허조그

HERZOG
by Saul BELLOW

Copyright ⓒ The Estate of Saul Bellow, 1961, 1963, 1964, 1989, 1991, 1992
All rights reserved.
Korean translation copyright ⓒ Munhakdongne Publishing Corp., 2025
This Korean edition was published by arrangement with The Estate of Saul Bellow through
The Wylie Agency.

이 책의 한국어판 저작권은 와일리 에이전시를 통해 The Estate of Saul Bellow와
독점 계약한 ㈜문학동네에 있습니다.
저작권법에 의해 한국 내에서 보호를 받는 저작물이므로
무단 전재와 무단 복제를 금합니다.

Herzog : Saul Bellow

허조그

솔 벨로 장편소설

김진준 옮김

문학동네

빼어난 편집자일 뿐 아니라
너그러운 친구라서 더욱 기꺼운
팻 코비치에게 애정을 보내며

일러두기

1. 번역 대본으로는 *Herzog* (Saul Bellow, Penguin Classics, 2003)를 사용했다.
2. 원주 표시가 없는 본문 중의 주석은 모두 옮긴이주다.
3. 고딕체는 원서에서 이탤릭체로 강조한 부분이다.

차례

허조그   9

해설 | 추락에서 치유로   589
솔 벨로 연보   597

내가 정말 미쳤더라도 상관없다, 모지스 허조그는 생각했다.

몇몇은 그가 돌았다고 생각했고, 한동안은 본인도 온전히 제정신은 아니라고 생각했다. 그러나 지금은, 여전히 행동이 좀 이상할망정 자신감을 되찾아 명랑하고 튼튼하고 통찰력이 샘솟는 기분이었다. 마법에 걸리기라도 한 듯 세상의 온갖 사람에게 편지를 써 갈겼다. 그렇게 편지질에 몰두한 채 6월 말부터 종이를 가득 담은 손가방을 들고 이리저리 쏘다녔다. 이 가방을 들고 뉴욕에서 마서스비니어드*까지 갔지만 그때는 곧바로 돌아왔고, 이틀 뒤에는 시카고로 날아갔고, 다시 시카고를 떠나 매사추세츠주 서부의 어느 마을로 향했다. 이 시골 마을에

---

* 매사추세츠주 동부 연안의 섬, 휴양지.

숨어서도 끊임없이, 미친듯이 편지를 썼다. 여러 신문사에, 공무원에게, 친구나 친척에게, 나중에는 죽은 사람에게도, 알고 지냈던 이름 없는 망자는 물론이고 생면부지의 유명한 망자에게도.

버크셔스*는 여름의 절정에 이르렀다. 허조그는 오래된 저택에 혼자 머물렀다. 평소에는 입맛이 까다로운 편이지만 요즘은 종이봉투에 포장된 '실버컵' 식빵,** 통조림 콩, 아메리칸 치즈 따위를 먹었다. 이따금 제멋대로 우거진 정원에 나가 얼빠진 상태에서도 조심스레 가시덤불을 들춰가며 산딸기를 따먹기도 했다. 잘 때는 시트도 없는 매트리스─버려진 신방 침대의 일부였다─아니면 해먹에 누워 외투를 덮고 잤다. 마당에 들어서면 키 크고 수염 많은 풀줄기, 아카시아, 단풍나무 묘목 따위가 사방을 둘러쌌다. 자다가 눈을 떠보면 별들이 정령처럼 가까이 다가왔다. 물론 불덩어리지만, 광물질과 고열과 원자로 이루어진 가스에 불과하지만, 새벽 다섯시에 외투로 몸을 감싼 채 해먹에 드러누운 사람에게는 감동적인 장면이었다.

문득 새로운 생각이 마음을 사로잡을 때마다 주로 머무는 부엌에 들어가 글을 썼다. 벽돌 벽에 칠한 흰색 페인트가 여기저기 벗어진 그곳에서, 가끔 식탁에 떨어진 쥐똥을 태연스레 옷소매로 쓸어내며, 들쥐가 밀랍과 파라핀에 환장하는 이유가 뭘까 생각해보기도 했다. 쥐들은 파라핀으로 밀봉한 저장식품에 구멍을 뚫어놓고 생일케이크용 양초를 갉아먹어 심지만 남겨놓았다. 한 마리는 식빵 봉지를 뚫고 들어가 식빵 한 장 한 장에 제 몸뚱이 모양의 구멍을 남겼다. 절반만 남은 식빵

---

* 매사추세츠주 서부와 코네티컷주 서북부의 구릉지.
** 미국 롱아일랜드시티의 고든 제빵회사가 생산했던 유명 식빵 브랜드.

에 잼을 발라 먹었다. 이제 쥐들과도 기꺼이 빵을 나눠먹는 사이가 되었다.

　그러는 동안에도 마음 한구석은 외부세계를 향해 열어놓았다. 아침에는 까마귀 울음소리를 들었다. 걸걸하긴 해도 반가운 소리였다. 해질녘에는 개똥지빠귀 울음소리를 들었다. 밤에는 올빼미가 울었다. 머릿속의 편지 때문에 흥분한 채 정원을 거닐다가 물받이 홈통을 휘감고 올라가는 장미 덩굴을 보았고, 뽕나무도, 뽕나무에 내려앉아 오디를 배불리 먹는 새들도 보았다. 낮은 뜨겁고, 붉게 물든 저녁은 먼지투성이였다. 모든 것을 예리하게 바라보았지만 반쯤 눈이 멀어버린 기분이 들었다.

　친구가, 아니, 친구였던 밸런타인이, 그리고 아내가, 아니, 아내였던 매들린이, 내가 제정신이 아니라는 소문을 퍼뜨렸다. 이 소문이 사실일까?

　텅 빈 집안을 한 바퀴 둘러보다가 거미줄이 붙은 흐릿한 유리창에 비친 얼굴을 보았다. 기이하리만큼 평온한 표정이었다. 이마 한복판에서 시작된 빛줄기가 똑바른 콧잔등을 지나 도톰하고 말없는 입술까지 이어졌다.

　늦봄부터 뭔가 설명하고 따지고 정당화하고 규명하고 밝히고 바로잡아야 한다는 충동에 사로잡혔다.

　당시 뉴욕의 야간대학에서 성인교양 강좌를 맡았다. 4월까지만 해도 충분히 논리적이었는데 5월 말부터 횡설수설하기 시작했다. 학생들이 보기에도 '낭만주의의 기원'에 대해 제대로 배우기는커녕 이상한 언행만 잔뜩 보고 듣게 될 것이 뻔했다. 학자다운 겉치레마저 하나둘씩 내던졌다. 허조그 교수는 딴생각에 깊이 몰두하여 부지중에 속내를 고스란히 드러냈다. 학기말이 다가올 무렵에는 강의를 한참 동안 중단하는 일도 잦았다. "잠깐만요." 그렇게 중얼거리며 상의 주머니에서 펜을 꺼냈다. 이윽고 교탁이 삐걱거리고, 펜을 쥔 손에 엄청난 힘을 쏟아가며 종이쪽지에 휘갈겨쓰는 일에만 전념하는데 두 눈에는 다크서클이 뚜렷했다. 창백한 얼굴은 모든 것을, 정말 모든 것을 말해주었다. 방금 떠오른 기발한 대안을 놓고 혼자 갑론을박하며 괴로워했다. 무방비 상태였고 여유가 전혀 없었다. 눈과 입은 말없이 모든 것을 드러냈다. 갈망, 아집, 쓰디쓴 분노. 누구든 훤히 볼 수 있었다. 학생들은 삼 분이든 오 분이든 아주 조용히 기다렸다.

처음에는 그가 쓰는 글에 아무런 형식도 없었다. 모두 파편에 불과했는데─무의미한 외마디, 감탄사, 왜곡된 격언이나 인용구, 혹은 오래전에 세상을 떠난 어머니의 이디시어 표현대로 트렘베터, 즉 이미 계단을 내려갈 때 뒤늦게 떠오르는 말대꾸 따위였다.

예컨대 이런 식이다. 죽음─죽어라─다시 살아라─다시 죽어라─살아라.

사람이 없으면 죽음도 없다.

그리고, 영혼이 무릎을 꿇었다고? 그렇다면 쓸모 있는 일을 해야지. 바닥청소라도 해라.

그다음은, 바보가 바보짓을 할 때는 스스로 똑똑하다 착각하지 않도록 제대로 응수하라.

바보를 닮지 않으려면 바보짓에 응수하지 말라.*

하나만 선택하시지.

이런 말도 썼다. J. S. 바흐가 진혼곡을 작곡할 때 검은 장갑을 끼었다는 사실을 월터 윈첼** 덕분에 알았다.

허조그는 이런 낙서를 어떻게 생각해야 좋을지 갈피를 잡지 못했다. 다만 낙서를 부르는 충동에 굴복했고, 때로는 정신분열의 징후가 아닐까 생각했다. 두렵지는 않았다. 간이부엌이 딸린 17번 스트리트 임대 아파트의 소파에 누워 자신이 개인사를 제조하는 공장이라고 상상하며 출생부터 죽음까지의 과정을 그려보기도 했다. 그리고 종이 한 장에 패배를 인정했는데,

변명의 여지가 없구나.

생애를 돌이켜보고 지금껏 매사에 실수만 거듭했음을 깨달았다. 번번이 그랬다. 흔히 말하듯 망해버린 인생이었다. 그러나 애당초 대단한 인생도 아니었으니 그리 아쉬워할 일은 아니다. 악취를 풍기는 소파에 누워 19세기, 16세기, 18세기를 떠올리다가 마지막 18세기에서 마음에 드는 문장을 찾아냈다.

여보게, 슬픔도 게으름의 일종이라네.***

허조그는 소파에 엎드려 자신을 성찰했다. 나는 똑똑한가, 멍청한가? 글쎄, 지금으로서는 똑똑하다고 말하긴 어렵겠지. 한때는 똑똑한 사람이 될 가능성도 없지 않았겠지만 헛꿈만 꾸다가 약삭빠른 자들에

---

* 윗줄부터 차례대로, 「잠언」 26장 5절과 4절에서 인용.
** 미국 언론인, 방송인.
*** 18세기 영국 시인이자 평론가 새뮤얼 존슨이 일기 작가 헤스터 스레일에게 보낸 편지에서 변용.

허조그 13

게 탈탈 털렸다. 그뿐인가? 머리숱마저 줄어간다. 두피 전문회사 토머스의 광고를 볼 때마다 지나칠 정도로 회의적인데, 오히려 광고문을 믿어보고 싶은 열망이 너무 깊고 강렬한 탓이다. 두피 전문가는 무슨! 아무튼…… 왕년에는 제법 미남이었다. 지금은 세월의 흔적이 얼굴에 고스란히 드러난다. 그러나 이런저런 고난은 내가 자초했고 심지어 가해자들에게 힘을 보태기도 했지. 그런 생각이 들어 자신의 성격을 되짚어보았다. 내 성격이 어떻더라? 글쎄, 현대적으로 표현하자면 자아도취적, 피학적, 시대착오적이다. 임상소견은 우울증인데—다만 중증은 아니고 조울증도 아니다. 나보다 심각한 환자도 수두룩하니까. 요즘은 누구나 인간은 원래 병든 동물이라고 믿는 듯한데, 그중에서도 나만 유난히 병이 더 깊고 특별히 더 무분별하고 남달리 더 타락했을까? 아니다. 내가 과연 지성인일까? 내 성격이 더 적극적이고 끈질겼다면 지성을 더 효율적으로 이용했으리라. 시기심은 좀 있지만 남달리 경쟁심이 심하지도 않고 그리 집요하지도 않다. 학문 쪽은 또 어떤가? 지금으로서는 교수로서도 신통찮았다고 인정할 수밖에 없다. 아, 물론 성실하긴 했지만, 어설프게나마 웬만큼은 정성을 기울였지만 지식을 체계화하는 데는 끝내 성공하지 못할지도 모른다. 박사학위 논문 「17, 18세기 영국과 프랑스 정치철학의 자연상태론*」은 훌륭한 출발점이었다. 그 밖에도 논문 여러 편과 『낭만주의와 기독교』라는 책을 발표했다. 그러나 그 이후의 야심만만했던 연구계획은 차례차례 시들어버렸다. 그나마 초기에 이룩한 업적 덕분에 교직을 찾거나 연구비를

---

* 사회나 국가가 성립되기 이전 인간이 본성대로 살아갈 때의 상태를 가리키는 개념. 토머스 홉스, 존 로크, 장자크 루소 등의 이 가설은 사회계약론의 출발점이 되었다.

얻어내는 데는 전혀 어려움이 없었다. 내러갠싯 주식회사가 여러 해에 걸쳐 1만 5천 달러를 지원하여 낭만주의 연구를 계속하게 도와주기도 했다. 결과물은 지금 벽장 안의 낡은 여행가방에 들어 있는데—장장 800쪽에 달하는 논문이지만 끝까지 초점을 찾지 못해 뒤죽박죽이다. 생각만 해도 괴롭다.

가까운 방바닥에 종이 여러 장을 놓아두고 이따금 몸을 기울여 글을 끼적거린다.

이런 말도 썼다. 그리 길지 않은 병, 나의 인생이여, 그러나 기나긴 회복기, 나의 인생이여.* 진보적 부르주아의 수정주의, 발전이라는 환상, 희망이라는 독소.

독약에 대항하는 내성을 길렀다는 미트리다테스**를 잠시 떠올려보았다. 암살자들이 미량의 독만 사용한 탓에 대왕은 중독되긴 했으나 죽지 않았다.

개똥도 약에 쓴다.***

다시 자기반성을 시작한 그는 자신이 나쁜 남편이었음을 인정했다. 그것도 두 차례나. 첫 아내 데이지에게는 너무 가혹했다. 두번째 아내 매들린은 반대로 그를 파멸시키려 했다. 아들과 딸을 사랑했지만 아빠 노릇은 형편없었다. 부모에게는 배은망덕한 아들이었다. 조국에게는

---

* 알렉산더 포프의 풍자시 「아버스놋 박사에게 보내는 편지」에서 변용. 포프의 원문은 "이 기나긴 병, 나의 인생".
** 기원전 1세기경 로마에 대항했던 소아시아 폰토스왕국의 미트리다테스 6세. 부왕이 독살당한 후 평소 소량의 독약을 복용했는데, 말년에 아들에게 배신당하고 음독자살을 시도했으나 내성 때문에 실패한 후 결국 호위병을 시켜 목숨을 끊었다고 한다.
*** Tutto fa brodo. 무엇이든 쓸모가 있다는 뜻의 이탈리아 속담.

무관심한 국민이었다. 형제자매에게는 다정하면서도 서먹서먹했다. 친구들에게는 이기주의자였다. 사랑하는 일에 게을렀다. 똑똑하면서도 멍청했다. 능력이 있는데도 수동적이었다. 자신의 영혼마저 외면해버렸다.

통렬한 자기반성에 만족한 그는 적잖이 혹독하지만 사실에 어긋나지 않는 이 준엄한 비판을 오히려 즐기며 소파에 길게 드러누워 두 팔을 뒤로 젖히고 두 다리를 마음껏 내뻗었다.

그래도, 누가 뭐래도, 우리는 여전히 얼마나 매력적인가.

아버지는, 가엾은 아버지는 나무에 앉은 새나 흙탕물에 숨은 악어마저 매혹시킬 정도였다. 매들린도 대단한 매력과 미모에 눈부신 지성까지 겸비했다. 그녀의 정부인 밸런타인 거즈바크조차 좀 둔하고 우악스럽기는 해도 충분히 매력적인 남자다. 턱은 튼튼하고, 이글거리는 구릿빛 머리카락은 그야말로 용솟음치는 듯하고(두피 전문가의 도움 따위는 필요 없다), 나무 의족을 짚으며 걸어갈 때도 곤돌라 뱃사공처럼 우아하게 몸을 굽혔다 편다. 허조그 자신도 적잖은 매력을 지녔다. 그러나 매들린이 그의 정력을 손상시켰다. 그래서 여자를 유혹하는 힘이 사라져버렸는데 어떻게 하면 옛 모습을 되찾을 수 있을까? 바로 이 문제 때문에 늘 회복기 환자 같은 심정이다.

아무짝에도 쓸모없는 성적 몸부림.

몇 해 전에 허조그는 매들린과 함께 새로운 인생을 시작했다. 교회로부터 그녀를 빼앗은 셈인데—처음 만날 당시 그녀는 개종한 직후였기 때문이다. 새 아내를 기쁘게 해주려고 흠잡을 데 없이 멀쩡한 교수직까지 팽개친 그는 매력적인 아버지에게 물려받은 2만 달러로 매사추세츠주 루디빌의 오래된 저택을 사버렸다. 친구들(즉 밸런타인 거즈바크 가족)이 사는 평화로운 버크셔스 지방에만 가면 낭만주의적 사회사상에 관한 두번째 저서도 손쉽게 집필할 듯싶었다.

　허조그가 학계를 떠난 까닭은 무능해서가 아니었다. 오히려 평판이 좋은 편이었다. 영향력 있는 논문이 프랑스어와 독일어로 번역되기도 했다. 첫 저서도 출간 당시에는 그리 주목받지 못했지만 지금은 여러 추천도서 목록에 올랐고, 젊은 세대의 역사학자들은 이 책을 새로운 역사학의 모범으로, 즉 '우리와 밀접한 역사,' 개인적이면서도 현실참여적인 역사를 다룬 책, 과거를 바라보면서도 동시대와의 연관성을 집요하게 추적하는 책으로 인정했다. 데이지와 결혼생활을 하는 동안만 해도 모지스는 줄곧 조교수로 존경받으며 나무랄 데 없이 정상적이고 안정적인 삶을 유지했다. 첫 저서에서는 실증적 연구를 통해 기독교가 낭만주의에 미친 영향을 밝혀냈다. 두번째 저서에서는 한층 더 강경하고 단정적이고 야심적으로 변해갔다. 사실 그의 성격은 매우 강인했다. 의지도 굳고 논쟁도 잘하며 역사철학을 좋아했다. 그런데 매들린과 재혼한 후 대학을 떠나(그녀가 당연히 그래야 한다고 생각했기 때문이다) 루디빌에 틀어박히면서 위험과 극단주의, 이단적 사상, 호된 시련 따위에 탐닉하는 취향과 재능도 있다는 사실이 드러났다. 한마디로 '파멸의 도시'*를 향해 치닫는 치명적 결함이었다. 그의 계획은 20세기의 여러 혁명과 민란을 제대로 다룬 역사책을 쓰는 일이었는데, 그 역시 토크빌처럼 인류는 보편적이며 영속적인 발전을 통하여 모든

---

* 존 버니언의 『천로역정』에 등장하는 도시로, '천상의 도시'와는 대조적인 현실세계를 뜻한다.

조건이 평등한 사회를 향해 나아간다고, 다시 말해 민주주의는 진보한다고 믿었다.

그러나 이 작업에 대해서는 자신을 속일 수 없었다. 작업 자체를 몹시 불신하게 되었다. 그의 야심은 갑작스러운 장애물에 부딪혔다. 헤겔이 엄청난 고민을 안겨주었다. 십 년 전만 해도 허조그는 헤겔이 바라보는 사회적 합의와 예의 개념을 이해한다고 확신했건만 어디선가 상황이 틀어져버렸다. 번민하고 안달하고 분개했다. 그때부터 허조그도 아내도 몹시 이상한 행동을 보였다. 아내는 불만이 가득했다. 처음에는 남편이 평범한 대학교수로 만족하지 않기를 바랐지만 시골에서 일 년을 보내더니 생각이 달라졌다. 매들린은 자기처럼 젊고 똑똑하고 원기왕성하고 사교적인 여자가 궁벽한 버크셔스 촌구석에 묻혀 살다니 너무 아깝다고 생각했다. 그래서 대학원에 가서 슬라브어를 연구하기로 했다. 허조그는 시카고로 편지를 보내 일자리를 알아보았다. 밸런타인 거즈바크에게도 직장을 마련해줘야 했다. 밸런타인은 피츠필드*의 라디오 아나운서 겸 디스크자키였다. 매들린은 밸런타인과 피비 같은 사람들을 이렇게 쓸쓸한 시골에 내버려두면 안 된다고 말했다. 시카고를 선택한 이유는 허조그가 그곳에서 성장하여 연줄이 많기 때문이었다. 그리하여 그는 다운타운 칼리지에서 강의를 하게 되었고 거즈바크는 루프**에 있는 FM 방송국의 교육국장이 되었다. 루디빌 부근에 있는 집은 닫아걸었다. 2만 달러나 들인 집은 물론이고 그곳에 보관한 책, 영국제 도자기, 새것과 다름없는 가전제품까지 모두 거미, 두더지, 들쥐에

---

* 매사추세츠주 버크셔의 도시.
** '시카고 루프', 시카고 중심가.

게 던져준 셈이다. 아버지가 그토록 힘들여 모은 재산을!

허조그 부부는 중서부로 이사했다. 그러나 시카고에서 새로운 삶을 시작한 지 일 년쯤 지났을 때 매들린은 이 결혼생활을 지속할 수 없다는 결론을 내렸다. 이혼을 요구했다. 그렇다면 이혼해줄 수밖에 없지 않은가? 이혼은 고통스러웠다. 그는 매들린을 사랑했고, 어린 딸과 헤어지는 일도 견디기 힘들었다. 그러나 매들린이 한사코 부부로 살기 싫다는데, 그토록 소원이라면 들어주는 수밖에 없다. 노예제도는 폐지됐으니까.

이 두번째 이혼은 허조그에게 극심한 중압감을 주었다. 몸과 마음이 허물어지는—아예 산산이 부서지는—듯했고, 당시 허조그 내외를 둘 다 담당했던 시카고 정신과의사 에드비그 박사도 일단 시카고를 떠나는 것이 모지스에게 최선이라는 데 동의했다. 모지스는 다운타운 칼리지의 학장과 의논하여 상태가 나아지면 복직해도 좋다는 승낙을 받아낸 후 슈라 형에게 돈을 빌려 유럽으로 향했다. 신경쇠약의 위기에 처한 사람이라도 아무나 유럽에 가서 휴식을 취하지는 못한다. 대개는 일을 계속하는 수밖에 없다. 날마다 출근해야 하고 여전히 지하철을 타야 한다. 혹은 술을 마시거나 영화관에 홀로 앉아 괴로워한다. 그러므로 허조그는 고마워해야 마땅했다. 철저한 파탄 상태만 아니라면 언제라도 고마워할 만한 이유가 하나쯤은 있기 마련이다. 허조그도 고마워했다.

유럽에서도 빈둥거리기만 하지는 않았다. 내러갠싯 주식회사의 요청으로 문화기행을 하며 코펜하겐, 바르샤바, 크라쿠프, 베를린, 베오그라드, 이스탄불, 예루살렘 등지에서 강연했다. 그러나 3월에 시카고로 돌아왔을 때는 지난 11월보다도 오히려 건강 상태가 더 나빴다. 학장에게는 차라리 뉴욕에 머무는 편이 낫겠다고 말했다. 시카고에서도 매들린은 만나지 않았다. 허조그의 언행이 몹시 이상해서 위협적이라고 느꼈는지 매들린은 하퍼 애비뉴에 있는 집 근처에는 얼씬도 하지 말라고 거즈바크의 입을 빌려 경고했다. 경찰에게도 허조그 사진을 넘겼으니 인근에 나타나기만 해도 체포될 각오를 하란다.

허조그는 미리미리 계획을 세울 줄 모르는 자신과 달리 매들린이 남편을 내쫓으려고 얼마나 치밀하게 준비했는지 이제야 깨달았다. 그를 쫓아내기 육 주 전에는 허조그를 시켜 미드웨이 부근의 집 한 채를 월세 200달러에 빌리게 했다. 그 집으로 이사한 후 허조그는 선반도 설치하고 정원도 치우고 차고문도 고쳐놓았다. 덧창까지 달았다. 이혼을 요구하기 일주일 전만 해도 허조그의 옷을 빨아주고 다림질까지 해주던 매들린이 막상 남편이 집을 떠나던 날에는 모조리 상자에 담아 지하실에 처박아버렸다. 옷장이 너무 비좁다나. 그 밖에도 보는 사람의 관점에 따라 슬프거나 우스꽝스럽거나 잔인하다고 할 만한 온갖 일이 벌어졌다. 마지막날까지도 허조그와 매들린 사이는 사뭇 진지한 분위기였는데—이를테면 서로의 생각, 인격, 문제점에 대해서도 존중해가며 허심탄회하게 이야기했다. 심지어 최후통첩을 전할 때조차 매들린은 시종일관 품위를 잃지 않은 채 평소처럼 사랑스럽고 능수능란한 말솜씨로 속내를 밝혔다. 모든 상황을 깊이 고민해보았지만 결국 실패를 인정할 수밖에 없었단다. 두 사람의 관계는 가망이 없으니까. 자신에게도 잘못이 있음을 인정한다고 했다. 물론 허조그도 전혀 예상하지 못한 일은 아니었다. 그러나 상황이 차츰 나아진다고 진심으로 믿던 터였다.
 화창하면서도 쌀쌀했던 어느 가을날 벌어진 일이다. 그는 뒷마당에서 덧창을 설치하는 중이었다. 벌써 첫서리가 내려 토마토가 얼어버렸다. 부쩍 추워진 날 아침, 촘촘하고 보들보들한 잔디밭은 거미줄이 내려앉은 듯 색다른 아름다움을 보여주었다. 빽빽이 맺힌 이슬은 쉽사리 스러지지 않는다. 토마토 덩굴은 시꺼멓게 시들고 빨간 열매는 다 터져버렸다.
 위층 창가에 준을 눕히고 낮잠을 재우는 매들린을 보았고 얼마 후 욕조에 물 받는 소리를 들었다. 이윽고 그녀가 부엌문 앞에서 그를 불렀다. 호수 쪽에서 돌풍이 불어오자 허조그가 들고 있던 유리창이 부르르 떨었다. 유리창을 조심스레 베란다에 기대놓고 캔버스 장갑을 벗었지만 곧 길을 떠나게 되리라 예감한 듯 베레모는 벗지 않았다.
 매들린은 자기 아버지를 맹렬히 증오했지만 유명한—미국의 스타니슬랍스키*라고 불리기도 하는—연극 감독 영감탱이도 아예 백해무익하지는 않았다. 이번 일을 계획하면서 그녀는 연극적 재능을 십분 발휘했기 때문이다. 검은색 스타킹에 하이힐을 신고 중앙아메리카 인디언의 문직紋織으로 지은 연보랏빛 드레스를 입었다. 오팔 귀고리를 달고 팔찌를 끼고 향수도 뿌렸다. 머리는 가르마를 새로 타서 가지런하게 빗었고 큼직한 눈꺼풀에는 파르스름한 화장이 빛났다. 눈동자도 파란색이지만 흰색 계통의 여러 색조가 섞여 신기한 색감을 만들어냈다. 이마에서 곧고 우아한 선을 그리며 내려온 코는 그녀가 유난히 흥

---

* 러시아 연출가(1863~1938).

분할 때마다 살짝살짝 움찔거렸다. 허조그에게는 이런 안면경련마저 사랑스러웠다. 매들린을 향한 사랑에는 지배당하는 성향이 있었다. 매들린이 군림하려 드는 성격이었으므로, 그리고 그녀를 사랑했으므로 허조그는 그런 성향까지 감수하는 수밖에 없었다. 그날 어수선한 거실에서 벌어진 맞대결에는 두 가지 이기주의가 공존했는데, 지금 뉴욕에서 소파에 드러누워 이 사실을 되새겨보았다. 매들린의 이기주의는 의기양양했고(굉장한 순간을 준비해두었으니까, 무엇보다 간절히 바라던 대로 결정타를 날리려는 참이니까), 허조그의 이기주의는 무저항 태세로 바뀐 채 유보되었다. 이제부터 당할 일은 자업자득이다. 오랫동안 열심히 죄를 지으며 이 사달을 불러들였다. 자초한 결말이다.

창턱에 놓인 유리 선반에 조그맣고 예쁜 유리병이 모여 있었는데 베네치아산과 스웨덴산이었다. 집을 살 때 함께 넘겨받았다. 햇빛이 유리병을 비췄다. 유리병 하나하나가 빛에 쩔렸다. 허조그는 온갖 빛깔의 물결무늬와 실선, 이리저리 교차하는 희미한 줄무늬를 보았고, 특히 매들린의 머리 너머 벽면 한복판에서 새하얗게 이글거리는 큼직한 반사광 무리를 눈여겨보았다. 그녀가 말했다. "더는 한집에 살 수 없어."

일장 연설이 몇 분 동안 이어졌다. 한마디 한마디가 흠잡을 데 없이 다듬어졌다. 미리 연습한 연설이었는데, 왠지 허조그 자신도 그녀의 이 공연이 시작되기만 기다렸다는 생각이 들었다.

끝까지 함께할 수 있는 결혼생활이 아니란다. 매들린은 허조그를 한순간도 사랑하지 않았단다. 그것이 골자였다. "사랑한 적이 없다고 고백하자니 나도 괴로워. 앞으로도 당신을 사랑하지 못할 테고. 이렇게 살아봤자 의미가 없어."

허조그가 말했다. "매들린, 내가 당신을 사랑하잖아."

시간이 흐를수록 매들린의 연설은 점점 더 훌륭해지고 찬란해지고 뛰어난 통찰력을 드러냈다. 안색도 몹시 붉어지더니 이맛살이 점점 올라가고 비잔틴 예술품 같은 코가 움찔거렸다. 가슴과 목에서 시작된 홍조가 얼굴로 번져가며 점점 더 짙어지자 그녀의 푸른 눈동자가 더욱 돋보였다. 매들린은 자의식의 황홀경에 빠져버렸다. 허조그는 매들린이 그에게 이토록 참담한 패배를 안겨주며 자긍심이 최고조에 달했고, 그래서 넘쳐흐르는 힘이 그녀의 지능을 더욱 강화하는 듯하다고 생각했다. 지금 그녀의 생애에서 가장 빛나는 순간 하나를 목격하는 중이라는 사실을 깨달았다.

"그 마음을 오래오래 간직해. 나도 진심이라고 믿어. 당신은 나를 정말 사랑하지. 하지만 이 결혼이 실패라는 사실을 인정하기가 얼마나 수치스러운지 당신도 잘 안다고 봐. 나로서는 최선을 다했어. 이렇게 돼버려서 나도 낙심천만이야."

낙심천만이라고? 그날 매들린은 어느 때보다 눈부시게 빛났다. 그녀의 표정에는 연극적 요소도 있었지만 정열이 훨씬 더 많았다.

그리하여 허조그는, 비록 안색이 창백하고 번민이 가득하지만 건장한 이 남자는 소파에 길게 누웠는데, 때는 바야흐로 늘어져가는 어느 봄날 저녁, 대도시 뉴욕의 들끓는 활력, 강물의 운치와 존재감, 긴 줄무늬를 그려 저녁놀을 더욱 아름답고 장엄하게 만들어주는 뉴저지의 오염된 대기를 배경으로, 비록 우리에 갇힌 듯 자기만의 공간에 틀어박혔지만 몸뚱이 하나는 튼튼한 허조그는(앓아누우려고 최선을 다했는데도 건강하다니 정말 기적이라고 부를 만하다) 그날 그토록 진지하고 사려 깊게 듣기만 하지 말고 매들린의 얼굴을 후려갈겼다면 어땠을까 상상해보았다. 그녀를 때려눕히고 머리끄덩이를 움켜쥐었다면, 비명을 지르며 몸부림치는 그녀를 질질 끌고 온 방안을 돌아다녔다면, 엉덩이에 피가 터지도록 매질을 해버렸다면. 차라리 그랬더라면! 그녀의 옷을 찢어발기고 목걸이마저 뜯어내고 머리통에 주먹질을 퍼부어야 마땅했건만. 그러나 한숨을 내쉬며 이 머릿속 폭력을 물리쳤다. 실제로 그런 야만적 성향을 남몰래 지녔을까봐 걱정스러웠다. 그렇지만 그녀에게 집에서 나가라는 말까지 해버렸다면 또 어땠을까. 엄밀히 말하자면 그 집은 그의 집이다. 함께 살기 싫다면 왜 그녀가 떠나지 않을까? 추문? 하찮은 추문 때문에 그가 쫓겨날 필요는 없었다. 물론 괴로웠겠지만, 꼴사나웠겠지만, 추문이란 결국 공동체를 즐겁게 하는 일종의 서비스. 다만 그때, 유리병이 빛을 뿌리던 그 거실에서, 허조그는 버텨보겠다는 생각조차 못했을 뿐이다. 그때까지도 그는 수동적 자세와 인성을 무기로 그녀를 설득할 수 있으려니, 한마디로 자기가 모지스라는—모지스 엘카나 허조그*라는—이유만으로 성공하려니 믿었다. 좋은 사람이니까, 매들린에게는 특별한 은인이니까. 그녀를 위해서라면 뭐든지 해주었으니까—뭐든지!

"이 결정에 대해서 에드비그 박사한테 얘기해봤어? 그 사람은 뭐래?"

"그 사람이 뭐라고 하건 나랑 상관없잖아? 나한테 이래라저래라 할

---

* '모지스 허조그'는 제임스 조이스의 『율리시스』에 등장하는 상인의 이름이다. '엘카나'(엘가나)는 예언자 사무엘의 아버지 이름으로, 『탈무드』에서는 아내 한나, 아들 사무엘과 함께 예언자로 일컫는다. 그에게도 아내가 둘이었다.

수는 없지. 그 사람은 내가 상황을 잘 이해하도록 도와줄 뿐이고……그래서 변호사를 만났어."

"어떤 변호사?"

"음, 샌도어 히멜스타인. 당신 친구니까. 당신이 거처를 정할 때까지 자기 집에 묵어도 된다더라."

대화는 그렇게 끝났고, 허조그는 다시 푸르고 그늘지고 축축한 뒤뜰에서 기다리는 덧창 쪽으로 걸어갔는데—온갖 기벽으로 이루어진, 자기만의 알쏭달쏭한 규칙체계로 되돌아간 셈이었다. 이례적 성향을 가진 그는 이런저런 사실 사이에서 맴돌다가 본질을 단숨에 낚아채는 재간을 익혔다. 재미있는 계략을 활용하여 기습적으로 덮치는 방법으로 본질을 간파하게 되기를 바랄 때도 많았다. 그러나 그날, 길게 찢은 헝겊으로 말뚝에 묶인 채 서리를 맞아 시들어가는 토마토 덩굴 사이에서 덜컹거리는 유리창을 끼우는 동안 그런 일은 일어나지 않았다. 풀냄새가 강렬했다. 하염없이 유리창만 만지작거리는 이유는 무력감에 빠져들기 싫어서였다. 기벽에 의지해봤자 현실을 더는 피할 수 없을 때 결국 직면할 수밖에 없는 절망의 구렁텅이가 두려웠다.

소파에 널브러져 두 팔을 머리 위로 아무렇게나 내던지고 두 다리를 멀찌감치 내뻗은 자세, 하다못해 침팬지만큼의 품위조차 찾아볼 수 없는 자세였지만, 정상치를 벗어난 광채가 번뜩이는 두 눈은 그날 뒤뜰에서 일하던 자신의 모습을 초연히—마치 망원경을 거꾸로 들고 조그맣지만 또렷한 영상을 들여다보듯이—바라보았다.

저 괴로워하는 얼간이.

그러므로 문제는 두 가지였다. 그는 이런 글쓰기, 이런 편지질이 우스꽝스럽다는 사실을 알고 있었다. 무의식적인 행동이기도 했다. 이 기벽은 그를 사로잡은 채 놓아주지 않았다.

내 안에 누가 있다. 나는 그의 손아귀에 붙잡혔다. 그에 대해 발설할 때마다 내 머릿속에서 입 닥치라고 탕탕 내리치는 손길을 느낀다. 그놈은 나를 파멸시키려 한다.

이렇게도 썼다. 러시아 우주비행사 몇 팀이 실종되었다는 보도가 있었다. 공중분해되었다고 짐작할 수밖에 없다. 누군가 "SOS—전 세계에 SOS"라고 외치는 소리가 들렸다고 한다. 소련은 사실 여부를 확인해주지 않았다.

어머니께, 제가 오랫동안 묘소를 찾지 못한 이유는……

완다에게, 징카에게, 리비에게, 라모나에게, 소노에게, 지금 나는 도움이 절박해. 이러다 무너져버리지나 않을까 두려워. 에드비그 박사님께, 저에게는 광기조차 허락되지 않는군요. 그런데 왜 박사님께 편지를 쓰는지 모르겠습니다. 대통령님께, 내국세 관련 법규는 온 국민을 경리직원으로 바꿔놓을 것입니다. 국민 한 사람 한 사람의 삶이 사업으로 변해갑니다. 제가 보기에 이런 현상은 인생의 의미를 최악으로 해석한 결과입니다. 사람의 삶은 사업이 아닙니다.

그런데 이 편지에는 뭐라고 서명할까? 모지스는 생각했다. 분노한 국민? 분노는 너무 피곤한 일이니까 중대한 부정부패에 대비해 아껴둬야겠다.

첫번째 아내에게도 썼다. 데이지, 이번 어버이날은 내가 캠프장으로 마르코를 만나러 갈 차례라는 거 아는데, 올해는 내가 나타나면 그애가 심란하기만 할까봐 걱정스러워. 자주 편지를 주고받아서 요즘 어떤 활동을 하는지도 잘 알아. 그렇지만 안타깝게도 마르코는 내가 매들린과 헤어진 걸 내 탓으로 여기며 내가 제 이복동생을 버렸다고 생각하는 게 사실이야. 마르코는 너무 어려서 두 건의 이혼이 서로 얼마나 다른지 이해하지 못하니까. 이 대목에서 허조그는 이 문제를 데이지에게 더 구체적으로 거론하는 것이 과연 올바른 일일까 자문해보고, 아직 쓰지도 않은 이 편지를 읽을 때 그녀의 잘생긴 얼굴에 떠오를 분노를 그려보고는 그만두기로 마음먹었다. 이렇게 말을 이었다. 당분간은 마르코가 나를 안 보는 편이 나을 듯싶어. 요즘 내가 좀 아파서—치료를 받기도 했고. 여기서 동정심에 호소하려는 술책을 알아차리고 혐오감을 느꼈다. 역시 사람은 제 성격대로 행동한다. 스스로 찬성하지 않으면서도 그렇게 움직인다. 허조그는 자신의 성격을 좋아하지 않았지만 지금 당장은 그런 충동을 이겨낼 도리가 없는 듯했다. 조금씩 건강을 되찾고 기력도 되살아나는데—데이지는 건전하고 긍정적인 사고방식을 가진 사람이니까, 현대적이고 진보적이니까, 내가 회복중이라는 소식을 들으면(물론 사실이라면) 기뻐해주겠지. 그러나 그녀 역시 그런 충동에 시달리므로 어쩔 수 없이 신문을 뒤적거리며 그의 부고를 찾아볼 것이다.

 허조그의 체력은 우울증에 완강히 저항했다. 6월 초, 만물이 소생하여 많은 이를 괴롭힐 때, 갓 피어난 장미가 꽃집 진열장에서조차 사람들에게 자신의 실패를, 빌기불능이나 죽음을 떠올리게 할 때, 허조그는 건강검진을 받았다. 센트럴파크를 마주보는 웨스트사이드로 늙은 망명객 에머리치 박사를 찾아갔다. 반세기나 지난 발칸전쟁 당시의 모자를 쓰고 노인 냄새를 풀풀 풍기는 지저분한 수위가 둥근 천장이 부서져가는 로비로 안내했다. 허조그는 진찰실에서 옷을 벗었고—불안하고 음산한 녹색 방인데 어두운 벽면은 뉴욕의 낡은 건물이 흔히 걸리는 질병 때문에 잔뜩 부어오른 듯했다. 허조그는 몸집은 크지 않아도 다부진 체격이었고 시골에서 고된 노동을 한 덕분에 근육이 잘 발달했다. 자신의 근육과 넓적하고 힘센 두 손과 매끄러운 피부를 내심 자랑스러워했지만 이런 심리의 이면도 스스로 꿰뚫어보았고, 잘난 체하지만 늙어가는 미남이라는 실체를 남에게 들킬까봐 두려워했다. 늙은 바보. 자신에게 내뱉으며 작은 거울에 비친 희끗희끗한 머리를, 그리고 기쁨과 슬픔이 새겨진 주름살을 외면해버렸다. 그 대신에 블라인드 틈새로 운모가 점점이 박힌 갈색 바위와 6월을 맞이한 공원의 짙푸르고 희망적인 녹음을 내다보았다. 곧 여름이 오면 나뭇잎이 더 커지고 저 녹음도 뉴욕의 매연에 찌들어 퇴색하겠지. 그러나 지금은 유난히 아름답고 구석구석 빠짐없이 싱싱하다. 나뭇가지도, 올망졸망한 새싹도, 눈에 띄지 않게 부풀어가는 각양각색의 수풀도. 아름다움은 인간의 발명품이 아니다. 구부정하지만 원기 왕성한 에머리치 박사가 진찰을 시작했다. 허조그의 가슴과 등을 청진하고 두 눈에 불빛을 비춰보고 피를 뽑고 전립선을 만져보고 심전도검사까지 했다.

"그래, 건강하시네. 스물한 살은 아니지만 튼튼하다고."

허조그는 그 말을 듣고 당연히 기뻐했지만 어렴풋하게나마 실망스럽기도 했다. 무엇이든 확실한 병명이 밝혀져 한동안 입원하게 되기를 내심 기대했기 때문이다. 스스로 앞가림을 할 필요가 없으니까. 그를 반쯤 포기하다시피 했던 형들이 달려올 테고 헬렌 누나가 나서서 보살펴줄지도 모르니까. 가족들이 치료비도 내고 마르코와 준의 양육비까지 대줄 테니까. 그런데 이제 글러버렸다. 폴란드에 갔을 때 가벼운 전염병에 걸렸던 일 말고는 건강 상태가 양호했고 그 전염병마저 지금은 깨끗이 나은데다 정체마저 불확실했다. 완다 때문이라기보다 그의 정신 상태, 즉 우울증과 피로 때문에 생긴 병일지도 모른다. 그때는 임질에 걸린 줄 알고 조마조마한 하루를 보냈다. 셔츠 앞자락을 여미고 단추를 채우며 생각했다. 완다에게 편지를 써야겠구나. 이렇게 시작했다. 완다에게Chère Wanda, 희소식이 있어요Bonnes nouvelles, 당신도 기뻐하겠지요T'en seras contente. 프랑스어로 주고받아야 했던 또하나의 떳떳하지 못한 연애였다. 그러나 그 정도도 못한다면 고등학교 때 프랑스어 문법책을 달달 외우고 대학교 때 루소와 메스트르*의 책을 읽은 보람이 없잖아? 그리하여 학문에서도 섹스에서도 성공을 거두었다. 그런데 성공이라고 불러도 될까? 자존심부터 만족시켜야 했다. 육체는 그다음이었다.

"어디가 불편하신가?" 에머리치 박사가 물었다. 늙은 에머리치는 허조그처럼 백발이 성성했는데, 깡마르고 재치 넘치는 얼굴을 들고 허조그의 눈을 들여다보았다. 허조그는 말귀를 제대로 알아들었다고 믿었다. 의사의 말은 이 무너져가는 진료실이 진짜 병약자들, 즉 절망적인 병에 걸려 괴로워하는 여자들과 죽어가는 남자들을 진찰하는 곳이라는 뜻이다. 그런데 허조그가 의사에게 바라는 것은 무엇일까? "몹시 흥분하신 기색일세." 에머리치가 말했다.

"예, 맞습니다. 흥분했죠."

"밀타운**을 드릴까? 스네이크루트?*** 혹시 불면증이 있나?"

---

* 프랑스 태생의 정치가, 철학자, 작가(1753~1821).
** 진정제 메프로바메이트의 상표명.
*** 뱀에 물렸을 때 쓰는 민간 약초. 지사제 및 해열제로도 사용되었다.

"심각하진 않습니다." 허조그가 말했다. "이런저런 생각이 걷잡을 수 없이 떠오르죠."

"정신과의사를 추천해드릴까?"

"아뇨, 정신과라면 지긋지긋합니다."

"그럼 휴가를 가는 건 어떻겠나? 젊은 여자랑 시골로, 바닷가로 가 보시라고. 지금도 매사추세츠에 집이 있나?"

"문만 다시 열면 되죠."

"자네 친구는 여전히 거기 살고? 라디오 아나운서 말이야. 덩치 큰 빨강 머리, 의족 달고 다니는, 그 친구 이름이 뭐였더라?"

"밸런타인 거즈바크예요. 아뇨, 시카고로 이사했는데, 제가—아니, 우리가 이사할 때 같이 갔죠."

"아주 재미있는 친구더군."

"그렇죠. 아주."

"자네가 이혼했다는 얘기는 들었는데—누가 말해줬더라? 아무튼 안타깝네."

행복을 찾아나설 때는 불행한 결과도 각오해야 한다.

에머리치는 이중초점안경을 쓰고 진료카드에 몇 마디 적었다. "아이는 매들린이랑 시카고에 살겠군." 의사가 말했다.

"그렇습니다만—"

허조그는 의사가 매들린을 어떻게 생각하는지 알아내려 했다. 매들린도 그의 환자였다. 그러나 에머리치는 입을 열지 않았다. 당연한 일이다. 의사는 환자의 비밀을 지켜줘야 하니까. 그러나 허조그를 바라보는 눈빛만 보아도 속내를 짐작할 만했다.

"난폭하고 히스테리가 심한 여자예요." 허조그가 에머리치에게 말했다. 노인의 입을 보니 뭔가 말하려는 듯했지만 에머리치는 결국 아무 말도 하지 않았고, 사람들이 말을 끊을 때마다 스스로 뒷말을 끝맺는 기이한 버릇이 있는 허조그는 내심 자신의 당혹스러운 성격을 마음에 새겨두었다.

이상한 심리야. 나 자신도 설명할 수 없는.

이제야 자신이 매들린을 비난하려고, 혹은 그녀를 알고 객관적 판단을 내릴 수 있는 사람을 만나 그녀에 대해 이야기하려고 에머리치를 찾아왔다는 사실을 깨달았다.

"하지만 자네한테는 다른 여자도 있을 텐데." 에머리치가 말했다. "누군가 있지 않나? 오늘밤도 혼자서 저녁식사를 해야 하나?"

허조그에게는 라모나가 있었다. 아름다운 여자였지만 당연히 그녀와의 관계에도 문제가 있었는데—문제는 반드시 생길 수밖에 없으니까. 라모나는 렉싱턴 애비뉴에서 꽃집을 하는 사업가다. 젊은 나이는 아니지만—아마도 삼십대일 텐데 정확한 나이는 모지스에게도 말해주지 않았다—엄청나게 매력적이고 조금은 이국적인데다 교육도 충분히 받은 여자다. 컬럼비아대학에서 미술사 석사과정을 밟다가 사업을 물려받았다. 사실 허조그의 야간강좌에 등록한 학생이었다. 원칙적으로 그는 학생들과의 연애에 반대했는데, 라모나 돈셀처럼 누가 보더라도 연애를 위해 태어난 듯한 여자도 예외가 아니었다.

그는 이렇게 표현했다. 방탕한 자들이나 할 만한 짓을 빠짐없이 하면서도 언제나 변함없이 진지한 놈. 무섭도록 진지한 놈.

물론 라모나도 허조그의 진지한 일면에 반해버렸다. 온갖 사상을 탐닉하는 여자였다. 말하기 좋아하는 여자였다. 요리 솜씨도 훌륭해서 새우 아르노*를 만들어 푸이퓌세 와인과 함께 내놓기도 했다. 허조그는 매주 몇 번씩 그녀와 함께 저녁을 먹었다. 우중충한 강의실을 떠나 라모나의 넓은 웨스트사이드 아파트로 가는 택시 안에서 그녀가 허조그에게 자기 심장이 얼마나 두근거리는지 만져보라고 말했다. 허조그가 라모나의 손목을 잡아보려 하자 그녀가 말했다. "우린 어린애가 아니잖아요, 교수님." 그러면서 그의 손을 다른 곳으로 이끌었다.

며칠 후 라모나는 이 만남이 평범한 바람기는 아니라고 말했다. 모지스가 좀 독특한 상태이긴 하지만 그에게는 정말 소중한, 정말 사랑스러운, 정말 건강한, 그리고 근본적으로 정말 한결같은 일면이 있으므로—마치 수많은 역경을 이겨내고 살아남았으니 신경쇠약 따위는 말끔히 나아버렸다는 듯이—어쩌면 처음부터 여자를 잘못 만난 탓인지도 모른다고 했다. 이윽고 그를 향한 관심이 급속도로 깊어졌고 그녀 때문에 그는 끊임없이 걱정하고 고민하기 시작했다. 에머리치를 만난 후 며칠이 지났을 때 라모나에게 그는 의사가 휴가를 권하더라고 말했다. 그러자 그녀가 말했다. "당연히 휴가가 필요하겠죠. 몬토크**는 어떨까요? 그쪽에 집을 샀는데 주말에는 나도 갈 수 있어요. 7월에는 한 달 내내 함께 지낼 수도 있고."

"집을 산 줄은 몰랐네."

---

* 삶은 새우를 차게 식히고, 각종 다진 채소, 식초, 올리브오일, 겨자 등으로 만든 소스에 버무린 요리.

** 뉴욕 롱아일랜드 동단의 바닷가 마을.

"몇 년 전에 매물로 나온 집인데, 사실 혼자 살기에는 너무 크지만 그때는 해럴드와 이혼한 직후라 기분전환이 필요했거든요."

그녀는 시골집을 찍은 컬러 슬라이드 몇 장을 보여주었다. 그는 뷰어를 바라보며 말했다. "아주 예쁜 집이네. 꽃도 많고." 그러나 마음이 무거웠다. 두려웠다.

"저기 가면 하루하루가 즐거울 거예요. 그리고 정말이지 화사한 여름옷 좀 사야겠어요. 왜 그렇게 칙칙한 옷만 입어요? 몸매도 아직 청년 같은데."

"지난겨울 폴란드와 이탈리아에 있을 때 살이 빠져서 그래."

"헛소리도 참―왜 말을 그렇게 해요! 자기가 잘생겼다는 거 알잖아요. 잘생겼다는 자부심도 있으면서. 아르헨티나에서는 당신 같은 사람을 '마초'라고 불러요. 남자답다고. 당신은 온순하고 점잖은 사람처럼 보이려고 마음속에 있는 악동을 감춰두길 좋아하죠. 그 악동을 왜 억눌러요? 좀 친해지지 못하고―아니, 왜 그러죠?"

대답 대신 마음속으로 편지를 썼다. 라모나―한없이 소중한 라모나. 당신을 아주 많이 좋아하고―나에게는 소중한 친구, 진정한 친구야. 어쩌면 그 이상이 될 수도 있겠지. 하지만 명색이 선생이라는 내가 훈계를 듣기 싫어하는 이유가 뭘까? 당신의 지혜로운 말이 나를 감동시켜. 당신의 지혜는 완벽하니까. 어쩌면 지나칠 정도로. 나는 잘못을 지적받았을 때 거부하지 않아. 지적받아 마땅한 부분이 많지. 거의 다 문제투성이야. 그런 나도 행운을 만나면 한눈에 알아차릴 정도는 되는데…… 한마디 한마디가 에누리 없는 진심이었다. 그는 라모나를 정말 좋아했다.

라모나는 부에노스아이레스 출신이다. 혈통은 그야말로 국제적인데

—스페인계, 프랑스계, 러시아계, 폴란드계, 유대계. 스위스에서 학창 시절을 보낸 탓에 아직도 외국식 발음이 조금 남았는데 그게 아주 매력적이다. 키는 작아도 몸매는 풍만하고 넉넉해서 엉덩이도 둥글둥글하고 유방도 탄탄하다(모두 허조그에게는 중요한 문제였는데, 본인은 도덕주의자라고 생각하겠지만 여자의 유방 모양을 대단히 중요시했다). 라모나는 턱에 대해서는 자신감이 부족하지만 목은 예쁘다고 확신했으므로 언제나 고개를 꼿꼿이 들고 다녔다. 걸음걸이는 빠르고 능률적이며, 구두 뒤축으로 또각또각 소리를 내는 활기찬 카스티야 스타일이다. 허조그는 그런 발소리에 중독되었다. 그녀는 방에 들어설 때마다 도발적인 자세를 취하는데, 한 손을 허벅지에 얹어 마치 가터벨트에 단검이라도 숨긴 듯한 모습으로 살짝살짝 몸을 흔들어댄다. 요즘 마드리드에서 이런 걸음걸이가 유행하는 모양인데, 라모나는 그렇게 강인한 스페인 여자 흉내를 내며 장난스럽게 등장하길 좋아했다. 우나 나바하 엔 라 리가.* 라모나가 가르쳐준 표현이다. 속옷만 입은 라모나를 바라볼 때 허조그는 상상 속의 단검을 종종 떠올렸다. 이 값비싼 검은색 속옷은 끈이 없는 '메리 위도'**인데 허리가 잘록하고 아래쪽에는 빨간색 리본이 주렁주렁 달렸다. 라모나의 허벅지는 짧은 편이지만 깊고 하얗다. 고무줄에 눌린 부분만 피부색이 짙다. 그리고 곳곳에 매달린 비단 띠, 그리고 가터 버클. 라모나의 갈색 눈은 예민하면서도 빈틈없고 선정적이면서도 계산적이다. 자기가 무엇을 원하는지 아는 여자

---

* '가터벨트에 꽂은 칼'이라는 뜻의 스페인어.
** 1950년대부터 유행했던 코르셋의 일종으로, 헝가리 작곡가 프란츠 레하르의 오페레타 〈명랑한 과부〉에서 유래한 명칭.

다. 따뜻한 체취, 솜털이 보송보송한 팔, 근사한 가슴과 가지런하고 하얀 치아와 살짝 휘어진 안짱다리―모두 매혹적이다. 모지스는 괴로워하는 와중에도 사치스럽게 괴로워한다. 행운은 아직 그를 버리지 않았다. 어쩌면 생각보다 운이 좋은지도 모른다. 라모나도 그 점을 말해주고 싶어했다. "몹쓸 년이지만 오히려 고맙죠. 덕분에 훨씬 더 행복해질 테니까."

모지스! 그는 썼다. 울면서도 빼앗고 빼앗으면서도 우는구나. 승리를 거두고도 스스로 믿지 못하는구나.

번민 따위는 저멀리 던져버려라.

그러나 말없이 라모나를 대면하는 이 순간, 정신적 편지 말고는 대답할 길이 없어 이렇게 썼다. 당신은 내게 크나큰 위안이야. 우리 사이의 문제는 그럭저럭 안정됐고 그럭저럭 감당할 만하고 그럭저럭 열광적이지. 그건 사실이야. 내가 좀 온순하고 차분해 보이기는 해도 내면에는 사나운 영혼이 있지. 당신은 그 영혼이 성적 쾌락만 원한다고 생각하는데, 그리고 성적 쾌락이라면 그놈한테 우리가 충분히 먹여주는데, 어째서 만사가 순조롭지 않을까?

그때 문득 그는 라모나가 섹스 전문가로 (혹은 여사제로) 변신했다는 사실을 깨달았다. 최근에 상대했던 여자들은 모두 시시한 아마추어였다. 내가 진정한 섹스의 달인과 동침하게 될 줄은 몰랐다.

그러나 그것이 과연 내 막연한 여성편력의 은밀한 목표였을까? 오랜 방황 끝에 드디어 내가 소돔과 디오니소스의 서자라고, 쾌락주의자 유형이라고 시인하는가? (라모나는 쾌락주의자 유형에 대해 이야기하길 좋아했다.) 프티부르주아 디오니소스 숭배자?

이렇게 적어두었다. 그따위 분류는 다 헛소리다!

"나중에 여름옷을 몇 벌 살지도 몰라." 라모나에게는 그렇게 대답했다.

덧붙일 말이 있다. 사실은 나도 멋진 옷을 좋아해. 아주 어릴 때는 에나멜 구두에 버터를 발라 닦기도 했지. 러시아계 어머니가 나를 '멋쟁이'라고 부르는 소리를 우연히 듣기도 했고. 그러다가 젊고 침울한 학생이 됐을 때, 그러니까 잘생긴 얼굴이 아직 말랑말랑할 때, 그리고 건방진 표정으로 시간만 낭비할 때, 그때도 바지나 셔츠에 대해서는 많이 생각했어. 옷차림이 촌스러워진 것은 교수가 된 다음이었지. 지난겨울에는 벌링턴 아케이드*에서 좀 화려한 조끼도 샀는데, 그때 샀던 스위스제 부츠는 요즘 보니까 빌리지** 호모들이 주로 신더라. 이런 말도 썼다. 우울했느냐고? 그래, 하지만 옷은 잘 차려입었지. 그런데 요즘은 그런 허영심을 부려봤자 별 이득도 없고, 솔직히 말하자면 나 자신이 보기에도 내 괴로움은 그리 대단치 않아. 이젠 다 시간낭비라는 생각이 들어.

냉정하게 생각해본 끝에 허조그는 라모나의 제안을 받아들이지 않는 편이 낫겠다고 결심했다. 꼼꼼하게 추측해본다면 라모나는 서른일곱 살이나 서른여덟 살쯤 됐을 테고, 그렇다면 지금 남편감을 찾는다는 뜻이다. 그런 생각 자체는 나쁘지도 않고 우스꽝스럽지도 않다. 단순하고 보편적인 인간적 상황은 지극히 똑똑해 보이는 사람에게도 똑같이 적용되기 마련이다. 라모나의 성적 기교는 책이 아니라 모험에서, 혼란 속에서, 때로는 상심도 감수하며, 악랄하거나 때로는 낯선 행

---

* 런던의 유명 쇼핑몰.
** 그리니치빌리지. 예술가, 작가가 많이 사는 뉴욕 주택가.

위에서 배운 것들이다. 그러므로 이제는 안정을 갈망하는 것이 분명하다. 좋은 남자를 만나 온 마음으로 사랑하며 알콩달콩 살게 되길, 손쉬운 섹스 상대 노릇은 그만두게 되길 바라겠지. 그녀의 표정이 진지해질 때도 많았다. 그런 눈빛을 볼 때마다 허조그는 깊이 감동했다.

한순간도 쉬지 않는 마음의 눈은 몬토크를 떠올려보는데―새하얀 해변, 눈부신 햇살, 반짝거리는 파도, 갑옷을 입은 채 썩어가는 투구게, 그리고 성대*류와 복어류. 수영복 차림으로 모래밭에 엎드려 불편한 배를 따뜻하게 덥히고 싶은 마음이 간절했다. 하지만 그럴 수는 없잖아? 라모나에게 너무 많은 도움을 받으면 위험하다. 그 대가로 자유를 잃을지도 모른다. 물론 당장 필요한 것은 자유가 아니다. 지금은 휴식이 필요하다. 그렇지만 잘 쉬고 나면 자유를 되찾고 싶을지도 모른다. 확신할 수는 없다. 그래도 가능성은 있다.

휴가는 내 신경과민성 삶에 대처할 힘을 북돋우리라.

지금은 너무 꼴사나운 모습이라는 생각이 들었다. 얼굴이 홀쭉해졌다. 머리카락도 더 많이 빠지는데, 이렇게 급격히 쇠약해지면 매들린에게, 정부 거즈바크에게, 그 밖의 온갖 적에게 굴복하는 셈이라고 생각했다. 남들이 허조그의 사려 깊은 표정을 보고 지레짐작하는 바와 달리 그는 적도 없고 미움도 전혀 안 받는 사람이 아니었다.

야간대학 학기가 곧 끝난다. 허조그는 아무래도 이참에 라모나를 떠나는 편이 현명하겠다고 판단했다. 그래서 비니어드로 가기로 결심했지만 혼자서만 지내면 좋지 않다는 생각이 들어 비니어드헤이븐**에

---

* 쏨뱅이목 성댓과의 바닷물고기.
** 마서스비니어드섬의 항구도시.

사는 오랜 여자 친구에게(한때는 둘 다 상대방과 사귀는 사이라고 생각했지만 결국 실행에 옮기지는 않았고 지금은 서로를 따뜻하게 배려하는 관계다) 야간 전보를 보냈다. 전보문에서 상황을 설명했더니 친구 리비 베인(리비 베인-에릭슨-시슬러는 최근에 세번째 결혼을 했고 헤이븐에 있는 집은 화학산업에 종사하는 남편의 소유였다)은 곧바로 전화를 걸었고, 연민과 진심이 가득한 목소리로, 자기 집에 와서 얼마든지 머물라고 말했다.

"해변 근처에 방 한 칸만 얻어줘." 허조그가 부탁했다.

"우리집에서 자."

"아냐, 아냐. 그럴 순 없지. 결혼한 지 얼마 되지도 않았잖아."

"에이, 모지스—낭만적인 소리 좀 그만해. 시슬러랑 나랑 한집에 산 지 벌써 삼 년도 넘었어."

"그래도 지금은 신혼이잖아?"

"아, 쓸데없는 소리 좀 그만하라고. 우리집에 묵지 않으면 내가 속상할 테니까. 방이 여섯 개나 있어. 지금 당장 와. 요즘 힘들게 지낸다는 소식도 들었고."

결국—어쩔 수 없이—수락했다. 그러나 아무래도 그릇된 행동이라는 생각이 들었다. 리비에게 전보를 쳤으니 사실상 초대해달라고 강요한 셈이다. 십 년쯤 전에 그녀에게 큰 도움을 주기는 했지만 이런 식으로 빚을 갚게 만들지 않았더라면 마음이 한결 편했을 텐데. 이렇게 도움을 청하다니 못할 짓을 했다. 귀찮은 놈이 돼버렸으니—나약한 짓, 부도덕한 짓을 하는구나.

그러나 적어도 상황을 더 악화시킬 필요는 없다고 생각했다. 리비에게 내 고민을 이야기하며 따분하게 만들지도 말고, 그녀 품에 안겨 징징거리며 일주일을 보내지도 않으리라. 두 사람을, 리비와 새신랑을 데리고 나가 외식도 시켜줘야겠다. 내 인생은 내가 지켜야 한다. 그것이야말로 인생을 지탱하는 주된 전제조건이다. 그렇다면 왜 망설이겠는가? 라모나의 말이 옳다. 가벼운 옷을 사자. 돈은 슈라 형에게 더 빌리면 되고—형은 기꺼이 빌려주겠지. 내가 당연히 갚을 것을 아니까. 그것이 올바른 생활원칙이다. 빚은 반드시 갚는다.

그래서 옷을 사러 나갔다. 우선 〈뉴요커〉와 〈에스콰이어〉에 실린 광고부터 훑어보았다. 요즘은 젊은 임원이나 운동선수뿐만 아니라 주름진 얼굴의 노인도 등장한다. 이윽고 평소보다 꼼꼼하게 면도하고 머리를 빗은 후(과연 옷가게 삼면거울에 비친 내 모습을 마주볼 엄두가 날까?) 도심으로 들어가는 버스를 탔다. 59번 스트리트에 내려 매디슨 애비뉴를 따라 걷다가 40번대 스트리트에서 발길을 돌려 5번 애비뉴의 플라자* 쪽으로 되돌아갔다. 그때 잿빛 구름이 열리고 눈부신 태양이 나타났다. 진열창마다 반짝거렸고 허조그는 쑥스러워하면서도 들뜬 마음으로 창유리 속을 들여다보았다. 최신 스타일은 당돌하고 천박해 보였는데—마드라스** 상의와 칸딘스키풍의 원색 반바지를 중년 남자나 배불뚝이 노인이 입으면 꽤나 우스꽝스럽겠다. 주름살이 자글

---

* 5번 애비뉴 서쪽, 58번과 59번 스트리트 사이에 있는 플라자호텔. 센트럴파크를 한눈에 내려다보는 전망으로 유명하다.
** 인도 동남부의 해안도시 마드라스(지금의 첸나이)에서 생산하는 격자무늬 무명천으로, 주로 여름옷에 사용되는 소재.

자글해 안쓰러운 무릎, 정맥류로 툭툭 불거진 혈관, 펠리컨처럼 불룩한 배, 화려한 모자를 써도 가려지지 않는 초췌한 얼굴 따위를 꼴사납게 드러내느니 차라리 청교도적 절제가 바람직하다. 물론 의족이라는 장애를 극복하고 매들린을 빼앗아간 밸런타인 거즈바크라면 저렇게 멋지고 화사한 줄무늬 옷도 거뜬히 소화하겠지. 밸런타인은 멋쟁이다. 얼굴이 큼직하고 턱도 다부지다. 모지스는 거즈바크가 히틀러의 피아니스트 푸치 한프슈탱글을 다소 닮았다고 생각한다. 그러나 거즈바크는 빨강 머리치고는 특이하게도 눈동자가 짙고 강렬하고 생기발랄한 갈색이다. 검붉은 속눈썹도 길고 생동감 있고 귀엽다. 그리고 머리카락은 곰 털처럼 굵고 풍성하다. 게다가 밸런타인은 외모에 대한 자신감이 대단하다. 누구라도 한눈에 알아차릴 정도니까. 밸런타인은 자기가 매우 잘생겼다는 사실을 안다. 그래서 여자들이—모든 여자가—자신에게 열광하길 바란다. 실제로도 그런 여자가 수두룩하지 않았던가? 허조그의 두번째 아내를 포함해서.

"저런 옷을 입으라고요? 나더러?" 5번 애비뉴의 상점 점원에게 허조그가 말했다. 그러면서도 진홍색과 흰색 줄무늬가 들어간 상의를 샀다. 그러고는 어깨 너머로 점원에게, 온 집안이 고국에 살던 시절에는 누구나 검은색 개버딘*만 입었다고 말했다.

젊은 점원은 여드름이 많아 피부가 거칠었다. 안색이 카네이션처럼 붉고 입에서는 개의 입냄새 같은 고기 냄새를 풍겼다. 모지스에게 조금 무례했는데, 허리 치수를 물었을 때 모지스가 "34"라고 대답하자

---

* 유대인의 길고 헐거운 웃옷.

"뻐기시긴" 하고 대꾸했다. 무심코 내뱉은 말이었으므로 점잖은 모지스는 딱히 불쾌하게 여기지 않았다. 그의 마음은 자제력으로부터 힘겨운 만족감을 얻는 편이었다. 시선을 떨어뜨린 채 회색 양탄자를 밟으며 탈의실로 향했고, 그곳에서 옷을 벗고 새 바지를 구두 위로 끌어올리며 점원에게 편지를 썼다. 맥에게. 자네는 날이면 날마다 한심한 얼간이들을 상대하겠지. 남자들의 자존심. 뻔뻔스러움. 교만. 그래도 자네는 싹싹하고 명랑하게 대할 수밖에 없어. 마지못해 일하는데다 화를 잘 내는 사람에게는 좀 힘겨운 직업이지. 뉴욕 사람들이 얼마나 무뚝뚝한가! 미안하지만 자네도 친절하진 않아. 하지만 우리 모두가 그렇듯이 자네도 가식적 상황에 묶인 몸이지. 조금은 예의를 차릴 줄도 알아야 하네. 거짓 없는 상황에서는 우리 모두가 못 견딜지도 모르니까. 나도 지금 예의 때문에 속이 더부룩하다네. 개버딘 이야기가 나왔으니 말이지만 길모퉁이만 돌면 턱수염과 개버딘이 수두룩한 보석상 거리가 있다는 사실을 방금 깨달았지. 편지를 끝맺었다. 오, 하느님! 저의 참견질을 용서하소서. 저를 펜역에 들게 하지 마옵소서.[*]

아랫단을 접어올린 이탈리아제 바지를 입고 옷깃이 날렵한 빨강하양 블레이저를 걸치기는 했지만 조명이 달린 삼면거울에 전신이 비치지 않도록 조심했다. 그의 몸은 온갖 걱정근심에도 별다른 영향을 받지 않은 듯했다. 얼굴만 좀 초췌해졌는데 특히 눈언저리가 심각해서 보자마자 안색이 창백해졌다.

---

[*] 'Penn Station'과 'temptation'의 유운(類韻) 효과, 즉 일치하는 모음 [e-ei-ən]의 효과를 이용한 말장난. "우리를 시험에 들게 하지 마옵시고 다만 악에서 구하옵소서"(「마태복음」 6:13). 펜역(펜실베이니아역)은 뉴욕 맨해튼의 장거리 철도역으로, 미국에서 이용객이 가장 많은 역으로 유명하다.

조용한 의류선반 사이에서 딴생각에 빠진 점원은 허조그의 발소리를 듣지 못했다. 점원에게는 고민이 많다. 요즘 장사가 신통찮다. 또 소규모 경기침체다. 돈을 쓰려는 손님은 허조그뿐이었다. 돈은 돈 잘 버는 형에게 빌릴 생각이다. 슈라 형은 인색하지 않다. 물론 윌리 형도 구두쇠는 아니다. 그러나 점잖은 윌리 형보다는 허조그 자신처럼 죄지으며 사는 슈라 형에게 빌리는 편이 한결 덜 부담스럽다.

"뒤쪽도 잘 맞나요?" 허조그는 제자리에서 빙그르 돌았다.

"맞춤복 같네요!" 점원이 말했다.

점원은 관심이 조금도 없었다. 한눈에 보기에도 분명했다. 허조그는 점원의 흥미를 끌기 어렵겠다는 사실을 알아차렸다. 그렇다면 나 혼자 알아서 하는 수밖에. 저 녀석이 있거나 말거나. 결정은 내가 한다. 내 차례니까. 그렇게 마음을 다잡고 삼면거울 앞으로 다가가 양복 상의만 살펴보았다. 만족스러웠다.

"포장해주세요." 허조그가 말했다. "바지도 사려고 하는데 오늘 가져가고 싶어요. 지금 당장."

"안 되겠는데요. 재단사가 바빠서요."

"오늘 안 되면 필요 없어요. 시외로 나가니까."

고집이라면 나도 안 진다.

"서두를 수 있는지 알아보겠습니다."

점원이 가버리자 허조그는 돈을새김한 단추를 풀었다. 보아하니 어느 로마 황제의 두상으로 쾌락주의자의 재킷을 장식했구나. 혼자 남은 허조그는 자신의 모습을 향해 혀를 쏙 내밀고 삼중거울 앞에서 물러났다. 매들린이 상점에서 옷을 입어보는 시간을 얼마나 좋아했는지, 자기 모습을 얼마나 자랑스러워하고 기뻐했는지를 새삼 돌이켜보았다. 여기저기 쓰다듬고 매만질 때 얼굴은 발그레 빛나지만 푸른 눈과 찰랑거리는 머리, 그리고 메달에 새긴 듯한 옆모습은 엄격하기 그지없었다. 자기만족이 정말 대단한, 아니, 어마어마한 여자다. 그래서 언젠가 두 사람이 헤어질 위기에 처했을 때 매들린은 화장실 거울에 비친 자신의 알몸을 새로운 눈으로 바라보았던 경험담을 모지스에게 털어놓기도 했다. "아직 젊더라고." 그러면서 자기 장점을 하나하나 꼽았다. "젊겠다, 예쁘겠다, 팔팔하겠다. 이런 몸을 왜 당신한테 낭비해야 해?"

그래, 말도 안 되지! 허조그는 글을 쓸 만한 종이를 찾아보았다. 종이와 연필을 탈의실에 두고 왔기 때문이다. 결국 점원의 메모패드 뒷면에 썼다. 음탕한 여자는 머지않아 경멸당하기 마련이다.

이제야 기분이 좀 풀린다는 듯 소리 없이 웃으며 비치웨어 더미를 뒤적거리다가 비니어드에서 입을 수영복 한 벌을 고르고, 고풍스러운 밀짚모자가 쌓인 선반이 눈에 띄어 그중 하나만 사기로 했다.

그런데 늙은 에머리치가 휴식을 권했다는 이유만으로 이렇게 온갖 물건을 사들이는 것일까? 허조그는 자문해보았다. 아니면 새로운 짓거리를 준비하는 중일까? 혹시 비니어드에서 또다른 관계를 맺게 되리라 예감했을까? 누구와? 누구를 만날지 어떻게 알아? 여자라면 천지에 널렸는데.

집에 돌아와 오늘 구입한 것들이 잘 어울리는지 확인해보았다. 수영복은 조금 갑갑했다. 그러나 타원형 밀짚모자는 마음에 들었는데, 옆머리는 여전히 숱이 많아 모자가 머리 위에 살짝 뜨는 느낌이었다. 모자 쓴 모습이 아버지의 사촌 일라이어스 허조그를 빼닮았는데, 일라이

어스 당숙은 1920년대에 제너럴 밀스*의 인디애나 북부 구역을 담당하는 밀가루 외판원이었다. 미국식으로 수염을 깨끗이 밀어버린 당숙은 금주법도 아랑곳하지 않고 맥주—집에서 빚은 폴란드 맥주 피바—를 마시며 완숙 달걀을 먹었다. 달걀은 베란다 난간에 깔끔하게 톡 깨뜨리고 껍데기를 꼼꼼히 벗겨냈다. 팔에는 다채로운 소매 멜빵을 두르고 바로 이 밀짚모자처럼 생긴 모자를 썼는데, 머리카락이 모지스와도 똑같았지만 당숙의 아버지, 즉 랍비 샌도어알렉산더 허조그도 마찬가지였다. 다만 랍비의 경우에는 멋들어진 턱수염도 길렀는데, 폭넓은 끈으로 묶은 휘황찬란한 턱수염이 턱을 가리고 프록코트의 벨벳 옷깃까지 덮을 정도였다. 허조그의 어머니는 턱수염이 근사한 유대인을 좋아했다. 외가 쪽도 노인들은 하나같이 숱 많고 풍성한 턱수염을 기르고 신앙심이 두터웠다. 어머니는 모지스도 랍비가 되길 바랐지만, 지금 수영복 차림에 밀짚모자를 쓴 꼬락서니, 무거운 슬픔이 내려앉은 얼굴, 그리고 신앙생활을 했다면 깨끗이 씻어냈을 어리석은 갈망 따위는 스스로 느끼기에도 섬뜩할 만큼 랍비와는 거리가 멀었다. 저 주둥이!—입가에는 온갖 욕망과 억누를 수 없는 분노가 가득하고, 똑바른 코는 때때로 냉혹해 보이고, 저 어두운 눈빛! 그리고 저 몸뚱이!—두 팔을 휘감으며 내려와, 늘어뜨린 두 손을 뒤덮은 긴 혈관들, 저 오래된 순환계의 역사는 유대인의 역사보다 훨씬 더 길다. 정수리가 평평한 밀짚모자에는 빨간색과 흰색 띠를 둘러 상의와도 잘 어울리겠다. 소매에 꽂힌 박엽지를 제거하고 옷을 입어보니 줄무늬 간격이 넓어진다.

---

* 미국 식품회사.

맨다리를 드러내 힌두교도 같은 모습이다.

허조그는 생각했다. 들판에 핀 나리를 보라. 수고도 아니하고 길쌈도 아니하되 솔로몬의 영화榮華조차 이 꽃에 미치지 못하였노라.*

여덟 살 때 몬트리올의 로열 빅토리아 종합병원 어린이 병동에서 이 구절을 공부했다. 어느 기독교인 아줌마가 매주 한 번씩 찾아와 성경을 낭독하라고 시켰다. 그래서 읽었다. 너희가 베풀면 너희 또한 받으리니, 뭇 사람이 넉넉히 눌러 담고 잘 흔들어 그릇이 넘치도록 너희에게 안겨주리라.**

병원 지붕에는 생선 이빨처럼 생긴 고드름이 주렁주렁 매달리고 끄트머리에 맺힌 물방울이 맑게 빛났다. 이교도goyische 아줌마는 긴 치마를 입고 단추 달린 구두를 신은 채 허조그의 병상 곁에 앉았다. 뒷머리에는 모자 핀 하나를 전차電車 집전기集電機처럼 꽂아놓았다. 옷가지에서 풀 먹인 냄새가 났다. 이윽고 그녀가 한 구절을 읽어보라고 했다. 어린아이가 나를 찾을 때 말리지 말라.*** 좋은 아줌마라고 생각했다. 그러나 그녀의 표정은 딱딱하고 근엄했다.

"꼬마야, 어디 사니?"

"나폴레옹 스트리트요."

유대인들이 사는 곳이니까.

"아빠는 무슨 일 하시고?"

아버지는 밀주업자다. 아버지의 증류기는 포인트세인트찰스****에 있

---

* 「마태복음」 6:28~29.
** 「누가복음」 6:38.
*** 「마가복음」 10:14.
**** 몬트리올의 변두리 지역.

다. 밀주단속반이 아버지를 노린다. 아버지는 가난뱅이다.
　물론 아줌마에게는 아무 말도 하지 않았다. 겨우 다섯 살이지만 바보는 아니었으니까. 어머니가 단단히 타일렀다. "절대로 말하지 마."

　이런 헛짓에도 일말의 지혜가 담겼다고 생각했다. 허우적거리다가 오히려 균형을 되찾을 수도 있다는 듯이, 약간의 광기를 허용함으로써 오히려 제정신으로 돌아올 수도 있다는 듯이. 그리고 그는 자조적인 농담을 즐겼다. 예컨대 지금도 빠듯한 형편에 여름옷까지 사들이며 라모나에게서 도망치려 한다. 그녀를 따라 몬토크에 가면 어떤 일이 벌어질지 뻔하다. 이스트햄프턴* 동물원의 길들인 곰처럼 이런저런 칵테일파티에 끌고 다니겠지. 안 봐도 눈에 선하다. 라모나가 웃거나 이야기하는 모습, 어깨를 훤히 드러낸 페전트블라우스(기막히게 예쁘고 여성미가 돋보이는 어깨라는 사실은 인정할 수밖에 없다), 검은 곱슬머리, 곱게 화장한 얼굴과 입술. 향수 냄새까지 떠오른다. 남자의 내면 깊은 곳에는 그런 향기에 꽥꽥거리며 반응하는 무엇이 있다. 꽥꽥! 연령이나 감수성, 지혜, 경험, 내력, 학식Wissenschaft, 교양Bildung, 인생관Wahrheit 따위와는 아무 상관도 없는 성적 반사작용이다. 아플 때나 건강할 때나 남자는 향기로운 여자의 살냄새만 맡으면 꽥꽥거리기 마련이다. 그렇다, 라모나는 새 바지와 줄무늬 재킷 차림으로 마티니를 홀짝거리는 허조그를 거느리고 다니리라…… 허조그에게 마티니는 독약 같았고 그는 잡담을 잘 견디지 못했다. 그러므로 뱃살을 애써 감

---

* 매사추세츠주 중남부의 도시.

취가며 아픈 발로 서서 참아야만 하리니—그는 이미 포로가 되어버린 대학교수, 그녀는 성숙하고 잘나가는데다 웃음 많고 관능적인 여자니까. 꽥꽥!

가방을 다 꾸린 후 창문을 잠그고 블라인드를 내렸다. 혼자만의 휴가 여행에서 돌아올 때쯤에는 이 아파트의 퀴퀴한 냄새가 더 심해지겠지. 결혼 두 번에 아이 둘, 그런 그가 바야흐로 일주일간의 천하태평한 휴식을 위해 출발하려 한다. 그의 천성, 특히 유대인의 가족정서에 비춰볼 때 자식들이 아빠도 없이 자라게 하는 것은 고통스러운 일이다. 그러나 어쩔 도리가 없지 않은가? 바다로 가자! 바다로 가자!—바다라니? 이스트춥과 웨스트춥* 사이의 만은 바다가 아니다. 물도 잔잔하다.

이 외로운 삶이 주는 슬픔과 싸우며 문을 나섰다. 가슴을 쫙 펴고 숨을 멈췄다. "젠장, 울지 마, 멍청이야! 살든 죽든 다 망쳐버리지 말란 말이야."

그나저나 이 문에 방범용 자물쇠를 왜 달았는지 모를 일이다. 범죄가 증가하긴 했지만 어차피 훔쳐갈 만한 물건도 없는데. 다만 잔뜩 흥분한 풋내기라면 뭔가 있으려니 짐작하고 마약에 취한 채 숨어 있다가 뒤통수를 냅다 후려갈기겠지. 허조그는 쇠막대를 밀어 바닥의 고정 홈에 꽂아놓고 열쇠를 돌렸다. 그다음에는 혹시 안경을 두고 나오지 않았는지 확인했다. 아니, 윗주머니에 잘 있다. 주머니에는 필기구, 공책, 수표책, 손수건 대용으로 잘라놓은 행주 쪼가리, 그리고 푸라단틴** 알약이 든 플라스틱 통도 챙겼다. 알약은 폴란드에서 걸렸던 감염증에 쓰

---

* 마서스비니어드섬 북쪽의 두 반도.
** 방광염에 사용하는 항생제.

는 약이다. 지금은 다 나았지만 만일의 경우에 대비해서 가끔 하나씩 먹어둔다. 크라쿠프의 호텔방에서 증상이 나타났을 때는 정말 기겁했다. 임질이다―결국 걸렸구나! 기나긴 세월 무사했는데. 하필 이 나이에! 가슴이 철렁 내려앉았다.

영국인 의사를 만나 호되게 꾸지람을 들었다. "무슨 짓을 저지르셨죠? 기혼입니까?"

"아닌데요."

"아무튼 성병은 아니군요. 바지 입으세요. 아마 페니실린 주사를 원하시겠죠. 미국인은 다 그러니까. 어쨌든 주사는 놔줄 수 없어요. 이 설파제나 받으시죠. 술은 금물이니 명심하시고. 홍차나 드세요."

영국인들은 성적 일탈을 용서하지 않는다. 그 영국인 의사도 화가 나서 신랄하고 시건방졌다. 그리고 나는 한없이 무력했고 무거운 죄책감에 시달렸다.

완다 같은 여자가 임질을 옮길 리가 없는데 내가 잘못 생각했다. 몸에 관해서라면, 육체에 관해서라면 더할 나위 없이 정성스럽고 충실하고 헌신적인 여자다. 문명인다운 종교를 가졌는데 그것은 바로 쾌락, 창의적이며 다채로운 쾌락이다. 피부는 민감하고 하얗고 매끄럽고 싱그럽다.

완다에게. 허조그는 편지를 썼다. 그러나 그녀는 영어를 모르니까 프랑스어로 다시 썼다. 공주님께, 자꾸 생각나서…… 안개 자욱한 마르샬코프스카*가 눈에 선하네. 전 세계의 3류, 4류, 10류 놈팡이라면 누구나 프

---

* 바르샤바 중심부의 '마르샬 거리.'

랑스어로 여자를 유혹하는 요령쯤은 알 테고 허조그도 마찬가지였다. 그러나 그런 부류와는 좀 달랐다. 그가 표현하고 싶은 감정은 모두 진심이었다. 그가 병들고 괴로워할 때 그녀는 대단히 친절했는데, 그 친절을 더욱 뜻깊게 만들어준 것은 이 폴란드 여자의 찬란하고 풍만한 아름다움이었다. 불그스름한 금발이 묵직하고, 코는 살짝 들창코지만 선 하나하나가 지극히 섬세하고, 포동포동한 여자치고는 코끝이 놀라우리만큼 우아하고 맵시 있게 생겼다. 피부는 하얗지만 건강하고 기운 찬 흰색이었다. 바르샤바 여자들이 대개 그렇듯이 검은색 스타킹에 길고 날렵한 이탈리아제 구두를 신었지만 낡아빠진 모피코트는 가죽이 드러날 정도였다.

슬픔에 빠진 내가 무슨 짓을 하는지나 알았던가? 엘리베이터를 기다리며 다른 종이에 썼다. 그리고 덧붙였다. 신의 섭리는 믿음이 있는 자를 보살피기 마련이다. 나는 그런 사람을 만나게 되려니 예감했다. 크나큰 행운이었다. '행운'이라는 말에 밑줄을 여러 개 그었다.

완다의 남편을 본 적도 있었다. 원망하는 표정을 하고 심장병까지 있는 불쌍한 남자였다. 허조그에게 완다의 유일한 잘못은 남편 지그문트를 만나보라고 강요한 일이었다. 모지스는 그 일의 의미를 아직도 이해할 수 없었다. 넌지시 이혼을 권해보았지만 완다는 딱 잘라 거절했다. 결혼생활에는 조금도 불만이 없다고 했다. 흠잡을 데 없는 결혼생활이라고 했다.

이쪽은 모든 게 엉망진창이에요.

바르샤바에서 열흘 남짓 —긴 시간은 아니었지요. 그러나 안개 낀 겨울은 날짜를 헤아리기조차 힘들었다. 태양은 차디찬 술병에 갇혀버렸다.

내 영혼은 몸에 갇혀버렸다. 호텔 로비의 거대한 펠트 커튼이 외풍을 막아주었다. 목제 테이블마다 얼룩지고 휘어지고 찻물에 익어버렸다.

완다의 피부는 새하얬고 감정이 어떻게 바뀌든 늘 변함없이 새하얬다. 녹색을 띤 눈은 폴란드인 특유의 얼굴에 맞춰 엄선한 듯했다(역시 자연의 솜씨는 완벽하다). 풍만하고 젖가슴이 말랑말랑한 여자인데, 요즘 유행하는 이탈리아제 뾰족구두를 신었지만 그러기에는 체중이 좀 무거운 편이었다. 하이힐을 신지 않고 검은 스타킹 차림으로 서 있을 때는 그야말로 안정적인 몸매였다. 완다를 보고 싶구나. 그가 손을 잡았을 때 그녀가 말했다. "아, 만지지 마세요. 위험해요." 그러나 전혀 진심이 아니었다. (나는 추억을 얼마나 애지중지하는가! 정말 유별나게 밝히는 놈이라니까! 온갖 기억에 집착한다고나 할까? 그렇다고 굳이 모질게 말할 필요가 있을까. 그렇게 생겨먹었을 뿐인데.)

지금까지도 그는 우중충했던 폴란드를 끊임없이 의식하며 사는데, 그곳은 사방이 얼어붙어 칙칙하거나 불그스름한 잿빛이었다. 돌멩이마다 전시에 벌어진 학살의 냄새가 여전했다. 그는 피 냄새까지 난다고 생각했다. 폐허가 된 게토*를 여러 차례 찾아갔다. 완다가 안내해주었다.

그는 고개를 절레절레 흔들었다. 내가 할 수 있는 일은 없었잖아? 다시, 이번에는 여행가방 모서리로 엘리베이터 단추를 눌렀다. 엘리베이터 통로 안에서 매끄럽게 움직이는 소리가 들렸다. 기름칠한 선로, 동력, 시꺼멓고 능률적인 기계.

가벼운 병에 걸렸지만 이제 다 나았어요. 이 말은 꺼내지도 말았어야 했

---

* 유대인 거주 지역. 특히 바르샤바 게토는 2차세계대전과 홀로코스트 당시 나치가 설립한 게토 중 최대 규모다. 1943년 나치가 폭파했으나 일부 건물과 벽돌담은 현존한다.

다. 괜히 완다가 놀라고 상심하게 만들었을 뿐이니까. 그는 이렇게 덧붙였다. 조금도 심각하지 않았어요. 결국 그녀를 울리고 말았다.

엘리베이터가 멈출 때 편지를 끝맺었다. 조그마한 두 손에 입맞춤을 보내요, 친구여.

새하얗고 조그맣고 말랑말랑한 손가락 관절을 프랑스어로 어떻게 표현하지?

벽돌이나 브라운스톤으로 지은 건물이 빽빽이 늘어선 후끈후끈한 거리를 지나는 택시 안에서 허조그는 안전벨트를 붙잡은 채 눈을 크게 뜨고 뉴욕 풍경을 내다보았다. 저마다 네모반듯한 생김새는 따분하기보다 활기찼고 허조그에게는 운명적인 움직임의 느낌, 친밀감에 가까운 느낌을 주었다. 어쩐지 자신도 이 도시의—무수한 방, 가게, 지하실의—일부인 듯했고, 한편으로 너무 다양한 자극은 좀 위험하다고 생각했다. 그러나 별일 없으리라. 지나치게 흥분했을 뿐이니까. 너무 긴장해서 전속력으로 치닫는 신경을 차분히 가라앉히고 내면을 태우는 이 음산한 불길을 꺼버려야 한다. 그는 대서양을 열망했다. 모래밭, 소금기, 차가운 물의 치유력. 바다에 들어갔다 나오면 정신이 맑아져 판단력도 좋아지겠지. 어머니는 해수욕의 효능을 굳게 믿었다. 그런데 너무 일찍 돌아가셨다. 하지만 그는 아직 죽을 수 없다. 아이들에게는 아빠가 필요하니까. 그래서 살아야 할 의무가 있다. 제정신을 지켜야 하고, 살아야 하고, 아이들을 돌봐야 한다. 그렇기 때문에 지금 이렇게 이 도시를 떠나려고 달려간다. 과열된 몸을 이끌고, 눈이 따가운데도. 모든 짐에서, 온갖 현실적 고민에서, 그리고 라모나에게서 벗어나려고 도망친다. 짐승처럼 인간도 남몰래 숨어버리고 싶을 때가 있다. 앞으로 무슨 일이 일어날지 모르지만—물론 코네티컷과 로드아일랜드를 거쳐 매사추세츠, 저멀리 우즈홀*까지는 갑갑한 열차가 휴식을 강요할 테지만(열차 안에서 뜀박질을 할 수는 없으니까)—허조그의 생각도 옳다. 바닷가는 광인에게 좋은 곳이다, 지나치게 미치지만 않았다면. 모든 준비가 끝났다. 제일 좋은 옷은 발치에 놓아둔 가방에 잘 챙겼고, 빨간색과 하얀색 띠를 두른 밀짚모자는? 머리 위에 잘 있다.

그러나 택시 좌석이 햇볕에 점점 달아오르자 어느새 분노가 다시 치밀었고, 또 편지를 쓸 수밖에 없다는 사실을 문득 깨달았다. 시작은 이러했다. 스미더스에게, 지난번에 만나서 점심 먹을 때—나에게는 악몽과 다름없는 관료적 회식이었는데, 엉덩이는 점점 마비되고, 핏속에는 아드레날린이 가득차고, 속 터져! 나름대로 그럴싸하고 예의바른 표정을 짓느라 안간힘을 써보지만 너무 따분해서 얼굴이 차츰 흙빛으로 변하고, 그 자리에 모인 자들에게 수프와 고기소스를 끼얹는 상상을 하고, 차라리 버럭버럭 고함을 지르거나 기절해버리고 싶었건만—새로운 강의 주제를 제안해보라기에 내가 결혼에 대한 연속강의는 어떻겠냐고 했잖나.

---

* 매사추세츠주 케이프코드반도 서남부의 마을. 마서스비니어드섬으로 건너가는 선착장이 있다.

그때 결혼이 아니라 '건포도'나 '구스베리'라고 말했어도 별다른 반응은 없었겠지. 스미더스는 자신의 운명에 지극히 만족하는 사람이다. 출생은 매우 우연적인 일이다. 자기가 어떤 사람으로 태어날지 누가 알 수 있으랴? 그러나 그는 스미더스로 태어날 운명이었고 그에게는 대단한 행운이었다. 스미더스는 토머스 E. 듀이*를 쏙 빼닮았다. 틈이 벌어진 앞니도 그렇고 잘 다듬은 콧수염도 그렇다. 여보게, 스미더스, 새로운 강의 주제로 아주 근사한 생각이 떠올랐다네. 자네 같은 조직형 인간은 역시 나 같은 놈한테 신세를 져야 한다니까. 야간강좌를 들으러 오는 사람들은 겉으로만 교양을 원해. 그들에게 정말 필요한 것, 그들이 정말 애타게 갈망하는 것은 바로 분별력과 명확성과 진실이라고. 티끌만큼이라도 상관없어. 하루 일과가 끝났을 때 집으로 가져갈 만큼 확실한 것이 아무것도 없으니 그 사람들은 그야말로—비유적 표현이 아니고—죽을 지경이라니까. 아무리 터무니없는 헛소리를 지껄여도 다들 얼마나 열심히 듣는지만 봐도 알잖아. 오, 스미더스, 수염 기른 형제여! 이 비대한 나라에서 우리 책임이 얼마나 막중한가! 미국이 세계적으로 어떤 의미가 될 수 있을지 생각 좀 해봐! 그런데 현실은 어떤가. 참으로 엄청난 종족을 길러낼 수도 있었을 텐데. 하지만 우리 꼴을 보게—자네를, 나를. 신문 좀 읽어보라고, 참을 수만 있다면.

그나저나 택시가 방금 30번 스트리트를 지나쳤는데, 일 년 전 허조 그는 길모퉁이 담뱃가게에 들러 버지니아 라운즈** 한 보루를 샀던 적이 있다. 거기서 한 블록 떨어진 곳에 사는 장모 테니에게 줄 선물이었다. 그날 공중전화 부스에 들어가 장모에게 지금 올라간다고 연락했던

---

* 검사 출신 변호사, 47대 뉴욕 주지사.
** 영국 벤슨 앤드 헤지스사의 궐련 상품명.

일도 생각난다. 부스 안은 캄캄했고 무늬가 새겨진 주석 내벽이 닳아 군데군데 시꺼멨다. 장모님, 제가 바닷가에서 돌아오면 한번 뵙고 얘기 좀 해야겠습니다. 장모님이 변호사 심킨을 통해 제가 요즘 통 찾아오지 않는 이유를 모르겠다고 하셨다던데, 솔직히 그 말씀은 좀 이해하기 어렵습니다. 장모님의 삶이 고달팠다는 사실은 저도 압니다. 혼자 계시니까요. 테니와 폰트리터는 이혼했다. 연극 감독인 장인 영감은 57번 스트리트에서 연기학원을 운영하고, 장모 테니는 31번 스트리트에 있는 방 두 개짜리 아파트에 사는데 무대장치처럼 꾸며놓은 이 집에는 전남편의 업적을 기리는 기념품이 가득하다. 포스터마다 장인 이름이 두드러진다.

폰트리터 감독
유진 오닐, 체호프 원작

이제 부부 사이도 아니건만 그들은 여전히 관계를 유지한다. 폰트리터는 자기 선더버드에 테니를 태우고 다닌다. 개막 공연을 관람한 후 함께 저녁을 먹는다. 장모는 쉰다섯 살인데 몸매가 호리호리하고 키도 폰보다 조금 더 크다. 반면에 장인 폰 영감은 체격이 다부지고 위풍당당하며 가무잡잡한 얼굴은 다소 까탈스러운 권위와 사고력을 내비친다. 스페인풍 옷차림을 좋아하는데, 허조그가 마지막으로 보았을 때도 투우사 의상처럼 재단한 흰색 무명바지에 알파르가타*를 신었다. 햇볕에 탄 두피에는 억세고 뻣뻣한 백발 몇 가닥이 듬성듬성 박혔다. 매들

---

* 노끈을 엮어 밑창을 만들고 윗부분은 천으로 제작한 가벼운 신발.

린도 아버지의 눈매를 물려받았다.

남편도 없고. 딸도 없고. 허조그는 썼다. 그러나 처음부터 다시 시작했다. 장모님, 볼일 때문에 만났을 때 심킨이 그러더군요. '자네 장모님이 섭섭해하시더라.'

심킨은 법률 서적이 어마어마하게 많은 사무실에서 위풍당당한 사이크스* 의자에 앉아 있었다. 사람은 누구나 고아가 되기 마련이고 고 아들을 남겨둔 채 세상을 떠나기 마련이지만 그런 의자는 (구입할 여력만 있다면) 크나큰 위안을 준다. 심킨은 의자에 앉았다기보다 눕다시피 한 모습이었다. 넓고 살찐 등, 짤막한 허벅지, 텁수룩하고 도발적인 머리, 겁먹은 듯 살포시 포개어 복부에 올려놓은 조그마한 손. 허조그에게 이야기할 때 심킨의 말투는 늘 소심해 보일 정도로 조심스러웠다. 허조그를 '교수님'이라고 불렀지만 조롱하는 기색은 전혀 없었다. 심킨은 유능한 변호사였고 돈도 많았지만 허조그를 존경했다. 그는 혼란에 빠져버린 고상한 사람들에게, 허조그처럼 도덕관념이 남아 있는 사람들에게 맥을 못 춘다. 절망적인 사람들! 모지스를 볼 때마다 심킨은 어리석은 사람이 슬픈 일을 겪으면서도 품위나마 지켜보려고 안간힘을 쓴다고 생각할 터였다. 심킨이 허조그의 무릎에 놓인 책을 눈여겨보았다. 허조그는 대개 지하철이나 버스 안에서 읽을 책을 들고 다녔기 때문이다. 그날 가져간 책은 뭐였더라? 지멜의 종교론? 테야르 드 샤르댕? 화이트헤드?** 내가 정말 집중해본 기억이 벌써 몇 년 전

---

* 뉴욕주 버펄로의 유서 깊은 가구 회사.
** 차례대로 독일 철학자, 사회학자 게오르크 지멜, 프랑스 신학자, 과학자, 철학자 피에르 테야르 드 샤르댕, 영국 수학자, 철학자 앨프리드 노스 화이트헤드. 저마다 국적도 다

이구나. 어쨌든 키는 작아도 몸은 건장한 심킨이 꼬불꼬불한 속눈썹에 둘러싸인 눈으로 허조그를 바라보았다. 대화할 때의 목소리는 아주 작고 온순해서 가냘프다고 할 정도지만 비서의 연락을 받고 인터폰을 켜기만 하면 갑자기 성량이 확 커졌다. 심킨이 우렁차고 근엄하게 말했다. "뭔데?"

"딘스타크 씨 전화예요."

"누구? 그 얼간이? 여태 진술서만 기다리는 중이야. 빨리 내놓지 않으면 고소인한테 개박살날 줄 알라고 해. 늦어도 오늘 오후까지는 가져오는 게 좋을걸, 빙충맞은 머저리 새끼!" 스피커로 증폭된 목소리가 어마어마했다. 심킨은 인터폰을 끊어버리고 다시 온순해진 말투로 모지스에게 말했다. "이런, 이런! 이제 이혼소송이라면 지긋지긋해. 이게 무슨 난장판인지! 점점 더 추잡해져. 십 년 전만 하더라도 그럭저럭 견딜 만했어. 나도 세상 물정을 알 만큼 안다고 생각했는데—현실적이고, 냉소적이고. 그런데 내 생각이 틀렸어. 해도 해도 너무들 한다니까. 방금 그 발 치료사라는 멍텅구리만 해도—어쩌다 그런 살쾡이랑 결혼까지 했는지. 그 여자가 처음에는 애들을 안 데려간다더니 데려간다, 안 데려간다, 또 데려간다고 변덕을 부렸어. 나중에는 남편 면상에 페서리*** 까지 팽개쳤대. 그러고는 은행에 갔지. 공동계좌에 들었던 3만 달러를 다 인출했고. 그래놓고 남편이 자기를 차 앞으로 떠밀어버리려 했다고 주장했다니까. 시어머니랑은 반지니 모피니 하다못해 닭 한 마리를 놓고도 아귀다툼을 했는데 또 뭘 가지고 싸웠는지 모를 일이지.

르고 전문분야도 다양한 저자들이다.
*** 질내에 삽입하는 피임기구.

그러던 와중에 웬 놈이 그 여자한테 보낸 편지 몇 통을 하필 남편이 발견한 거야." 심킨은 조그마한 두 손으로 자신의 약삭빠르고 위풍당당한 머리통을 벅벅 문질렀다. 그러더니 미소라도 지을 듯이 작고 가지런하고 무쇠처럼 단단한 이를 드러냈지만 사실은 다음 말에 대비한 준비과정이었다. 그가 연민어린 한숨을 내쉬었다. "교수님이 통 연락을 안 한다고 장모님이 섭섭해하시더라."

"그러셨겠지. 하지만 아직은 도저히 못 가겠더라고."

"다정한 분이지. 개망나니만 모인 집구석인데! 나는 테니가 부탁한 대로 말을 전했을 뿐이야."

"알았어."

"테니는 정말 좋은 분인데……"

"나도 알지. 나한테 목도리도 짜주셨어. 일 년이나 걸렸대. 한 달쯤 전에 소포로 받았지. 감사 인사는 해야 하는데."

"그래, 그래야지. 철천지원수도 아니고."

심킨은 허조그를 좋아했다. 허조그도 믿어 의심치 않았다. 그러나 심킨처럼 실리를 따지는 현실주의자에게는 연습이 필요하고, 건강 유지를 위해서라도 어느 정도의 적개심은 오히려 바람직하다. 더구나 모지스 허조그는 조금 어리석고 비현실적이지만 마음속에는 열망을 품은 사람, 다소 제멋대로인데다 무능하고 게다가 최근에는 매우 우스꽝스러운 상황에서(발 치료사의 경우보다 훨씬 더 익살맞은 상황이었으므로 심킨은 작은 손을 맞잡으며 내심 진저리를 치며 두려움에 떠는 시늉을 한다) 아내마저 빼앗겨버린 사람이니—남을 동정하는 동시에 놀려대기 좋아하는 심킨 같은 사람에게 모지스는 그야말로 견딜 수 없는 유혹이었다. 심킨은 현실을 가르쳐주는 교사다. 그런 사람은 흔하다. 내가 그들을 불러들인다. 그중 하나가 히멜스타인이지만 그는 잔인하다. 나를 화나게 하는 것은 현실주의가 아니라 잔인성이다. 물론 심킨은 매들린과 밸런타인 거즈바크의 불륜에 대해 이미 다 알 테고, 혹시 모르는 부분이 있더라도 친하게 지내는 장인과 장모가 말해주겠지.

테니는 연극계의 천재가 아니라 식료품 행상과 결혼한 듯이 삼십오 년 동안이나 남편을 따라다니며 집시처럼 살았지만 변함없이 자상한 누나 같은 여자였고 다리도 길었다. 그러나 다리는 못생겨지고 염색한 머리는 가시처럼 뻣뻣해졌다. 나비 모양의 안경을 끼고 '추상파' 장신구를 달았다.

장모님을 찾아간들 제가 뭘 어쩌겠습니까? 허조그는 썼다. 따님이 저한테 저지른 못된 짓 때문에 울화통이 터지는데도 거실에 앉아 점잖은 척하겠지요. 똑같은 짓을 당했으면서도 장모님은 장인어른을 용서하셨으니까요. 그녀는 아직도 장인 영감의 소득세 신고서를 작성해준다. 각종 서류를 보관하고 양말도 빨아준다. 지난번에 장모의 집 화장실에서 라디에이터에 널어놓은 장인 양말을 보았으니까. 그러면서도 나에게는 이혼하고 나서 정말 행복하다는데—무엇이든 마음대로 할 수 있고 개성을 살릴 수 있다나. 장모님이 안쓰럽습니다.

그러나 아름답고 다재다능한 따님이 밸런타인과 함께 장모의 아파트를 찾아갔다. 장모에게 귀여운 손녀를 맡겨 동물원에 보내놓고 자기들은 장모의 침대에서 그 짓을 했겠지. 위에는 빨강 머리 남아도는 그놈, 밑에는 눈동자 새파란 그년. 그런데 나더러 뭘 어쩌란 말인가. 장모를 만나 고작 연극이나 식당에 대한 이야기나 나눌까. 테니는 10번 애비뉴에 있는 그리스 식당 이야기를 하겠지. 그 이야기라면 벌써 대여섯 번이나 들었다. "친구가(물론 장인 영감 폰트리터였다) 마라톤 식당에서 저녁을 샀다네. 정말 색다른 집이었지. 그리스 사람들은 다진 고기와 쌀밥을 포도 잎에 싸서 조리하는데 양념이 아주 흥미진진해.* 누구든 마음만 내키면 혼자 춤을 추기도 하지. 그리스인들은 거리낌이 전혀 없거든. 사람들이 잔뜩 모였는데 뚱뚱한 남자들이 신발까지 벗어던지고 춤추는 광경은 직접 보기 전에는 몰라." 테니는 소녀처럼 명랑하고 다정하게 재잘거리며 뜨뜻미지근한 호감을 보여주었다. 그녀의 치아는 일곱 살짜리의 영구치처럼 듬성듬성했다.

그래, 허조그는 생각했다. 테니가 나보다 더 불쌍하지. 쉰다섯 나이에 이혼한데다 앙상해진 다리를 알아차리지 못해 아직도 자랑스레 드러내고 다닌다. 그리고 당뇨병 환자다. 그리고 갱년기. 게다가 딸에게까지 구박을 당한다. 테니에게도 조금은 심술궂고 위선적이고 교활한 일면이 있다고 한들, 그게 다 자기방어를 위해서라면 과연 비난할 수 있을까? 물론 테니는 멕시코 수제품이라는 은제 커틀러리 세트를 우리에게 주었거나 빌려주었는데—때로는 대여, 때로는 결혼선물이라고 했으니까—이제 돌려받고 싶어한다. 심킨을 통해 섭섭하다는 말을 전한 이유도 바로 그 물건 때문이다. 그녀는 은제품 세트를 잃어버리기 싫어한다. 그렇다고 딱히 냉소적인 태도라고 볼 수도 없다. 사이좋게 지내고 싶기도 하고 은제품도 원한다는 뜻일 뿐이다. 그녀에게는 보물이니까. 피츠필드 집 지하실에 있습니다. 시카고로 가져가기엔 너무 무

---

* 중동과 남유럽에서 즐겨먹는 '돌마(dolma)'에 대한 묘사.

거워서요. 물론 돌려드려야죠. 조만간에. 나는 귀중품을 오래 간직해본 적이 없다. 금이든 은이든. 나에게 돈은 매개물이 아니다. 오히려 내가 돈의 매개물이다. 돈은 나를 거쳐 지나간다. 세금, 보험료, 대출이자, 양육비, 집세, 변호사 비용. 이렇게 덤벙거리는 실수를 저지를 때마다 돈이 뭉텅뭉텅 나간다. 라모나와 결혼하면 좀 편해지려나.

　의류공장 일대에 들어서자 수많은 트럭 때문에 택시가 나아가지 못했다. 공장 위층에서 전동식 기계 돌아가는 소리가 천둥소리처럼 시끄러워 거리 전체가 흔들렸다. 천을 꿰매는 소리가 아니라 갈기갈기 찢어발기는 소리 같았다. 거리는 굉음의 파도에 휩쓸려 가라앉는 듯했다. 그런 거리에 흑인 남자가 여성용 코트를 실은 수레를 밀며 지나갔다. 수염이 멋있었고 도금한 장난감 나팔을 불었다. 나팔소리는 들리지도 않았다.

　이윽고 길이 열리자 택시는 저속기어 상태로 덜덜 떨다가 불쑥 2단으로 올라갔다. 기사가 말했다. "젠장, 지름길로 갑시다." 택시는 큰 원을 그리며 파크 애비뉴 쪽으로 방향을 돌렸고 허조그는 고장난 창문 손잡이를 얼른 움켜쥐었다. 창문은 열리지 않았다. 만약 열렸다면 먼지가 왈칵 밀려들었을 것이다. 건물을 철거하거나 건설하는 공사가 한창이었다. 도로에는 레미콘차가 즐비하고 젖은 모래와 잿빛 시멘트 가루 냄새가 가득했다. 밑에서는 쿵쿵거리며 말뚝을 박고 위에서는 강철 골조가 조금이라도 더 시원하고 더 고운 창공을 향해 굶주린 듯 끝없이 올라갔다. 기중기에 매달린 주황색 철골이 지푸라기처럼 보였다. 그러나 그 밑에 있는 거리는 값싼 연료를 태우고 유독한 배기가스를 뿜어내는 버스와 다닥다닥 붙은 자동차 행렬 때문에 숨막히게 답답하고 고통스러운데, 게다가 각종 기계의 소음과 필사적으로 어디론가 향하는 사람들까지—끔찍하다! 빨리 이곳을 벗어나 바닷가로 나가야 비로소 숨을 쉴 수 있겠다. 차라리 비행기표를 끊었으면 좋을 뻔했다. 그러나 비행기라면 지난겨울에 지긋지긋할 정도로 많이 탔는데 특히 폴란드항공은 최악이었다. 우선 비행기마다 낡아빠졌다. 바르샤바공항에서 이륙할 때는 쌍발 LOT* 여객기의 앞좌석에 앉아 칸막이벽을 발로 밟은 채 모자를 꼭 붙잡고 버텨야 했다. 안전벨트조차 없었다. 날개도 울퉁불퉁 찌그러지고 엔진 덮개는 새까맣게 그을었다. 뒤쪽에서는 우편행낭이나 나무궤짝이 이리저리 미끄러졌다. 폴란드의 새하얀 숲, 들, 점토 채취장, 공장, 강변을 따라 들락날락 흘러가는 강, 흰색과 갈색의 도형들이 어우러진 땅을 저멀리 내려다보며 비행기는 성난 듯 굽이치는 눈구름을 뚫고 날아올랐다.

아무튼 휴가여행이라면 모름지기 몬트리올에 살던 어린 시절처럼 열차로 시작해야 한다. 당시 온 가족이 전차를 타고 그랜드트렁크역으로 향했는데, 아버지 조나 허조그가 레이철 스트리트 시장에서 떨이로 구입한 배 한 바구니도 함께 실었다. 바구니는 여기저기 댓살이 쪼개져 아슬아슬했고 배는 무르익다못해 썩어버리기 일보 직전이라 얼룩덜룩한 꼬락서니에 말벌이나 꼬이기 십상이지만 황홀하리만큼 향기로웠다. 이윽고 열차로 갈아탄 후 닳아빠진 녹색 우단 좌석에 앉자마자 아버지는 자개 손잡이가 달린 러시아제 칼을 꺼내 배를 깎기 시작했다. 유럽인답게 능숙한 솜씨로 배를 빙빙 돌려가며 껍질을 벗기고

---

* 폴란드항공의 호출부호.

잘라냈다. 그러는 동안에 기관차가 길게 울부짖더니 벽면에 징을 박은 객차들이 움직이기 시작했다. 햇빛과 역사의 대들보들이 매연을 기하학적으로 갈라놓았다. 공장 담벼락 밑에는 때묻은 잡초가 무성했다. 양조장 쪽에서 엿기름냄새가 물씬 풍겼다.

열차가 세인트로렌스강을 건넜다. 모지스는 페달을 밟고 오물로 얼룩진 변기 배출구 사이로 거품이 가득한 강물을 내려다보았다. 그러다가 창가에 섰다. 반짝반짝 빛나는 강물이 거대한 암반을 타고 휘어지다가 소용돌이치며 라신 여울목의 물거품 속으로 빨려들어 굉음을 터뜨렸다. 건너편 기슭은 원주민들이 말뚝 위에 오두막집을 짓고 살았던 코그나와가 마을이었다. 그다음에는 불타버린 여름 들판이 나타났다. 창문은 열려 있었다. 열차 소리가 밀짚에 부딪쳐 되돌아오는 메아리는 마치 수염을 뚫고 흘러나오는 목소리 같았다. 기관차가 불타는 듯한 꽃과 털북숭이 잡초에 재와 검댕을 흩뿌렸다.

그러나 그때가 벌써 사십 년 전이다. 요즘 나오는 열차는 속력을 높이기 위해 벽면에 홈을 파고 칸칸이 잘라놓은 번쩍거리는 철관鐵管이다. 이곳에는 배도 없고 윌리 형도, 슈라 형도, 헬렌 누나도, 어머니도 없다. 택시에서 내리며 그는 어머니가 손수건에 침을 묻혀 얼굴을 깨끗이 닦아주던 일을 떠올렸다. 그러나 굳이 지금 그 시절을 회상할 필요는 없다. 그래서 밀짚모자를 쓰고 그랜드센트럴역 쪽으로 향했다. 이제 그는 성인이고 자기 인생으로 무엇을 하든 자신의 몫이다. 그러나 그 여름날 아침 캐나다의 땅딸막하고 텅 빈 역사에서 맡았던 그 냄새, 손수건에 묻은 어머니의 침냄새를, 그리고 그곳의 검은 쇠와 찬연한 황동을 잊지 않았다. 모든 아이에게는 뺨이 있고 모든 어머니는 침을 묻혀 아이의 뺨을 가만가만 닦아준다. 이런 일은 중요할 수도 있고 아닐 수도 있다. 어느 쪽인지는 이 세상이 어떤 곳인지에 달렸다. 이토록 생생한 기억은 정신이상의 징후일지도 모른다. 끊임없이 죽음을 생각하는 일이 그에게는 죄악과 다름없었다. 망자들의 유골 너머로 수레를 몰고 쟁기를 끌어라.*

그랜드센트럴역의 군중 속에서 최선의 노력을 기울였는데도 맑은 정신을 유지할 수 없었다. 혼이 나갈 지경이었다. 지하의 엔진 굉음, 수많은 목소리, 수많은 발, 복도에는 고깃국에 뜬 기름방울처럼 노랗게 맺힌 전등, 뉴욕 땅 밑의 숨막히도록 강렬한 냄새. 열차표를 사는 동안에도 목깃이 젖어들고 겨드랑이에서 옆구리를 타고 땀이 줄줄 흘렀고, 〈타임스〉 한 부를 샀고, 캐드베리사의 캐러멜로 초코바도 한 개 살까 했지만 새 옷을 사는 데 들인 돈을 감안해 자제했다. 탄수화물을 잔뜩 먹어버리면 그 옷을 입어보지도 못할 테니까. 뚱뚱해지고 군턱이 달리고 엉덩이가 펑퍼짐해지고 똥배까지 나와 시무룩한 표정으로 숨을 몰아쉴 지경이 되어버리면 적군에게 승리를 안겨주는 셈이다. 라모나도 좋아하지 않을 텐데, 라모나가 좋아하느냐 마느냐는 매우 중요한 문제다. 결혼에 대해서도 진지하게 고민하는 중이기 때문이다. 비록 그녀에게서 도망치려는 듯이 방금 열차표를 사긴 했지만 이렇게 혼란스러울 때는 이러는 편이 그녀에게도 바람직하다. 당장 지금도 몽환적이고 흐리멍덩한 상태니까. 열이 나고 상처받고 분노하고 호전적이

---

* 영국 시인 윌리엄 블레이크의 『천국과 지옥의 결혼』 중 「지옥의 잠언」에서 인용.

고 위태위태한 기분이다. 라모나의 꽃집에 전화를 걸려고 했지만 10센트짜리는 없고 5센트 동전 하나뿐이었다. 잔돈을 바꿔야겠지만 사탕이나 껌을 사기는 싫었다. 그래서 전보를 칠까 했지만 소심해 보일 듯싶었다.

그랜드센트럴역의 찜통 같은 플랫폼에서 여행가방을 발등에 올려놓은 채 허조그는 가장자리에 종이 부스러기가 붙은 두툼한 〈타임스〉를 펼쳤다. 조용한 전동트럭들이 우편물 자루를 싣고 획획 지나갈 때 그는 비상한 노력을 기울이며 기사 제목들을 노려보았다. 검은색 활자로 이루어진 살벌한 잡탕이다. 달착륙경쟁베를린흐루쇼프경고위원회우주엑스선푸마.* 그러다가 스무 걸음 너머에 있는 여자를 보았는데, 깊이 눌러쓴 반질반질한 검은색 밀짚모자 덕분에 더욱 돋보이는 여자의 희고 매끄러운 얼굴은 자존심이 강해 보였고 두 눈은 신호등만 늘어선 어둠 속에서도 본인조차 의식하지 못할 힘으로 허조그의 마음을 흔들어놓았다. 눈동자는 파란색이나 녹색, 어쩌면 회색인지도 모르는데—끝내 확인할 수 없을 터였다. 어쨌든 음란한 눈이 분명했다. 도도한 기질을 보여주는 여자의 눈빛은 허조그에게 즉각적으로 성적 매력을 발휘했고, 바로 그 순간 똑같은 일을 다시 경험했다. 동그스름한 얼굴, 색이 밝고 음란한 눈의 또렷한 시선, 자랑할 만한 다리.

그래서 매들린의 이모 젤다에게 편지를 써야겠다고 갑작스럽게 마음먹었다. 두 연놈이 그런 짓을 저질러놓고 무사히 넘어갈 줄 안다면 오산이지. 나를 그렇게 기만하고 오히려 내 탓으로 돌리다니. 두툼한

---

* '푸마'는 당시 라오스 총리 수바나 푸마를 가리킨다.

신문을 접고 서둘러 열차에 올랐다. 눈빛이 음란한 여자는 건너편 승강장에 있으니 차라리 잘된 일이다. 그는 뉴헤이븐*행 객차로 건너갔고, 등뒤에서 압축공기를 이용한 적갈색 문이 바람 빠지는 소리를 내며 빽빽하게 닫혔다. 차 안은 냉방이 잘되어 시원했다. 첫 승객이기에 자리를 골라잡을 수 있었다.

비좁은 공간에 웅크린 채 여행용 책상처럼 사용하는 가방을 가슴에 바싹 붙이고 스프링 노트에 빠르게 써내려갔다. 젤다 이모님께, 이모님은 당연히 조카딸 편을 드시겠지요. 저는 생판 남이니까요. 이모님과 허먼 이모부님은 저도 이제 가족이라고 하셨지만요. 제가 (이 나이에) '진심으로' 가족의 한 사람으로 여긴다는 둥의 헛소리를 곧이들을 만큼 어수룩한 놈이었다면 이렇게 당해도 싸다고 해야겠습니다. 암흑가에 오랜 지인이 수두룩한 이모부님이 호의를 보이셨으니 제가 잠시 우쭐했던 모양입니다. '진국'이라는 말씀에 뿌듯한 자부심까지 느꼈습니다. 문화계에서 불쌍한 일개 졸병으로 살았던 지지부진한 지식인 인생도 저의 인간적 공감능력까지 망쳐놓지는 못했다는 뜻이니까요. 제가 낭만주의에 관한 책을 썼으면 또 어떻습니까? 그래도 쿡 카운티의 민주당 당무위원께서—폭력조직, 사채업자, 노름왕, 코사노스트라** 등등 온갖 깡패와 두루 교류하는 정치인께서—저를 제법 괜찮은 놈으로, 편안한heimisch 사이로 여겨 경마 경기나 하키 시합에도 데려가셨는데 말입니다. 그러나 가엾은 허조그도 현실적 세계와는 거리가 멀었지만 사실 허먼은 폭력조직에서 더욱더 멀리 떨어진 주변부에 간신히 발을 걸친 정도였고, 둘 다 즐겁고 편안한 환경을 좋아해서 러시아식 증기탕에서

---

* 코네티컷주 남부의 항구도시.
** 미국 범죄조직.

목욕을 마치고 홍차와 훈제 청어를 먹고 마시길 좋아했다. 그사이에 집에서는 들뜬 여자들이 온갖 흉계를 꾸몄건만.

매디*의 착한 남편이었던 시절에는 저도 유쾌한 사람이었습니다. 그런데 매들린이 별안간 헤어지자고 하는 바람에―저는 별안간 미친개가 돼버렸더군요. 경찰에게 저를 조심하라고 경고하기도 하고 정신병원에 입원시키자는 말까지 나왔어요. 제 친구이면서 매들린의 변호사이기도 한 샌도어 히멜스타인이 에드비그 박사에게 연락해서 제가 정말 만테노나 엘긴으로 보내야 할 만큼 미쳤느냐고 물어봤다는 사실도 압니다. 제 정신 상태에 관해 이모님은 매들린의 말을 그대로 믿으셨고 다른 사람들도 마찬가지였어요.

하지만 이모님은 매들린의 속셈을 다 아셨지요. 매들린이 왜 루디빌을 떠나 시카고로 갔는지, 제가 왜 시카고에서 밸런타인 거즈바크의 일자리를 구해줘야 했는지도 알고, 제가 거즈바크 일가를 위해 집을 물색해주고 아들 에프라임 거즈바크가 다닐 사립학교까지 알아봐줬던 일도 모두 아셨어요. 사람들이―여자들이―배신당한 남편에게 품는 반감은 대단히 뿌리깊고 원시적인 감정인 듯한데, 이모님이 조카딸을 도와주려고 이모부님에게 저를 아이스하키 시합에 데려가라고 시키셨다는 사실을 지금은 저도 압니다.

허먼을 괘씸하게 여기지는 않았다. 그가 흉계에 가담했다고는 믿지 않았기 때문이다. 블랙호크스 대 메이플리프스.** 상냥하고 점잖고 똑똑하고 깔끔한 허먼 이모부, 검은색 간편화와 허리띠 없는 바지, 소방관 헬멧처럼 앞 챙을 세운 중절모, 가슴주머니에 작은 이무깃돌을 수놓은 셔츠. 아이스링크에서 선수들이 말벌떼처럼 뒤엉켰다. 날쌔게 휙

---

* 매들린의 애칭.
** 연고지는 각각 시카고와 토론토다.

획, 보호대를 착용한 빨강 노랑 검정이 빙판 위에서 돌진, 강타, 회전. 빙판 위에서는 촬영용 섬광분이 폭발한 듯 담배연기가 구름처럼 피어올랐다. 경기장측이 확성기를 통해 관중에게 스케이트 날에 걸릴 수도 있으니 빙판에 동전을 던지지 말아달라고 애원했다. 눈이 퀭해진 허조 그는 허먼 곁에서 긴장을 풀고 즐기려 노력했다. 심지어 내기에 이겨 허먼을 프리첼 식당으로 데려가 치즈케이크를 얻어먹기도 했다. 시카고 거물들이 다 모이는 곳이었다. 그때 허먼 이모부는 무슨 생각을 했을까? 만약 매들린과 거즈바크가 불륜관계라는 사실을 허먼도 알았다면? 뉴헤이븐행 열차 안은 냉방 때문에 시원했는데도 허조그는 얼굴에 진땀이 흐르는 것을 느꼈다.

지난 3월 유럽에서 돌아왔을 때 저는 신경쇠약증 환자였고, 제 인생을 조금이라도 바로잡기 위해 제가 할 수 있는 일이 뭐라도 있을까 싶어 시카고에 갔습니다. 그때는 정말 제정신이 아니었다. 부분적으로는 날씨 탓도 있고 시차 탓도 있었겠지. 이탈리아는 봄이 한창이었다. 튀르키예에는 야자수가 있었다. 갈릴리에서는 바위틈에 붉은 아네모네가 피어났다. 그러나 시카고에서는 3월에 눈보라를 만났다. 마중을 나온 거즈바크가—그렇게 최근까지도 그는 내 절친한 친구였다—측은하다는 듯이 나를 바라보았다. 그는 방한복 외투에 검은색 방한용 덧신을 신고 짙은 황록색 목도리까지 두른 채 두 팔로 주니를 안고 있었다. 거즈바크가 나를 얼싸안았다. 준이 내 얼굴에 입맞춤을 했다. 우리는 대합실로 향했고 나는 미리 사둔 장난감과 작은 드레스, 밸런타인에게 줄 피렌체 지갑, 피비 거즈바크에게 줄 폴란드 호박 목걸이를 가방에서 꺼냈다. 주니는 잘 시간이 지나버렸고 눈보라가 점점 더 심해졌으므로 거

거즈바크는 나를 서프모텔에 데려다주었다. 윈더미어호텔이 집에서 더 가까워 걸어가도 십 분밖에 안 걸리지만 그곳은 예약을 못했다고 한다. 아침에는 어느새 눈이 10인치나 쌓였다. 얼어붙어 부피가 커진 호수는 잿빛 눈보라가 휘몰아치는 가까운 수평선까지 흰눈에 덮인 채 환히 빛났다. 매들린에게 전화를 걸었지만 그녀는 내 목소리를 듣자마자 전화를 끊어버렸다. 거즈바크의 사무실에도 연락해보았지만 외출중이었다. 에드비그 박사는 예약이 다 차서 다음날만 가능하다고 했다. 자신의 가족, 즉 누이와 계모는 허조그 쪽에서 피했다. 결국 젤다 이모를 만나러 갔다.

그날따라 택시도 잡히지 않았다. 그래서 버스를 탔는데, 능직 외투만 입은데다 밑창마저 얄팍한 로퍼를 신었으므로 버스를 갈아타며 덜덜 떨었다. 움샨트 부부는 시카고 근교에 새로 생긴 주택가에 살았는데 팔로스파크* 너머 삼림보호구역 근처였다. 그곳에 도착할 무렵 눈보라는 그쳤지만 살을 에는 바람이 불고 나뭇가지에서 눈덩어리가 후두둑 떨어졌다. 상점 진열창마다 성에로 뒤덮였다. 술을 잘 마시지도 못하면서 주류소매점에 들어가 43도짜리 구켄하이머 위스키 한 병을 샀다. 술을 마시기에는 이른 시간이었지만 피까지 식어버릴 정도로 추웠다. 그리하여 위스키 냄새를 풀풀 풍기며 젤다 이모와 이야기를 나누게 되었다.

"커피 좀 데워줄게. 몸이 꽁꽁 얼었겠다." 젤다가 말했다.

변두리답게 에나멜과 구리로 치장한 부엌 곳곳에는 여성적 곡선이

---

* 시카고 교외의 마을.

들어간 흰색 제품이 두드러졌다. 심장박동 같은 소리를 내는 냉장고, 주전자 밑에서 용담빛 불꽃을 뿜어내는 가스레인지. 젤다는 화장한 얼굴이었고 황금색 슬랙스에 투명한 플라스틱 슬리퍼를 신었다. 두 사람은 자리에 앉았다. 탁자의 유리 상판 아래를 내려다보니 젤다는 두 손을 무릎 사이에 낀 자세였다. 허조그가 말을 꺼내자 그녀가 시선을 떨어뜨렸다. 금발에 하얀 피부였지만 눈꺼풀은 더 어둡고 더 따뜻해 갈색에 가까운 칙칙한 빛깔인데 파란색 아이라이너로 굵은 선을 그렸다. 처음에 모지스는 아래로 향한 젤다의 시선을 공감이나 동정의 표시로 여겼지만 그녀의 코를 지켜본 후 얼마나 큰 착각이었는지 깨달았다. 그 코에는 불신이 가득했다. 코의 움직임을 바라보며 모지스는 젤다가 그의 말을 모조리 무시한다는 사실을 알아차렸다. 그러나 자신이 좀 무례하다고 생각하기는 했다. 아니, 그 정도가 아니라 일시적으로 제정신이 아니었다. 자제하려고 노력했다. 반쯤 풀어놓은 단추, 충혈된 눈, 깎지 않은 수염, 남부끄러운 모습이었다. 꼴사나웠다. 젤다에게 자신의 입장을 설명하던 참이었다. "이모님이 저한테 반감을 갖게 되셨군요. 매들린이 이모님 마음에 편견을 심어놨어요."

"아니, 매들린은 자네를 존경해. 사랑이 식었을 뿐이야. 여자들은 그렇게 사랑이 식기도 해."

"사랑? 매들린이 저를 사랑했다고요? 터무니없는 거짓말이라는 거 아시잖아요."

"전에는 자네한테 홀딱 빠졌어. 한때는 자네를 숭배하다시피 했다는 걸 알아."

"아뇨, 아뇨! 그런 식으로 구워삶으려고 하지 마세요. 사실이 아니라는 거 아시잖아요. 매들린은 환자예요. 병에 걸린 사람을 제가 보살펴줬다고요."

"그건 나도 인정하지." 젤다가 말했다. "진실은 진실이니까. 하지만 병이라니……"

"아하!" 허조그는 모질게 내뱉었다. "이모님도 진실이라는 말을 좋아하시는군요!"

허조그는 매들린의 영향이라고 짐작했다. 매들린은 끊임없이 진실을 들먹거렸기 때문이다. 그녀는 거짓말을 못 참았다. 거짓말보다 더 빨리 매들린을 화나게 만드는 것은 아무것도 없었다. 이제 그녀는 젤다까지 똑같은 판단기준을 갖게 만들었고―젤다의 염색한 머리는 대팻밥처럼 푸석푸석하고 눈꺼풀에 그려놓은 푸르뎅뎅한 선은 송충이 같았다. (열차 안에서 허조그는 생각했다. 아이! 여자들이 자기 몸에 저지르는 만행에는 끝이 없구나. 그래도 우리는 그들을 보고 듣고 따르고 냄새 맡으며 비위를 맞춰야 하지.) 아무튼 지금 젤다의 얼굴에는 주름살이 조금 보였고, 유연한 콧구멍은 의심스럽다는 듯 힘차게 벌어졌고, 허조그의 흥분 상태에 매료되어―허조그 저놈, 싹싹할 때는 안 그러더니 이제야 본성을 드러내는구나―진실을 내세우며 허조그를 꾸짖었다.

"나는 자네한테 언제나 솔직하지 않았나? 변두리에 사는 평범한 가정주부hausfrau로 보면 곤란해."

"허면 이모부님이 깡패두목 루이지 보스콜라를 잘 안다고 하셨다는 이유로 하시는 말씀인가요?"

"그렇게 못 알아듣는 체하지 말고……"

허조그는 그녀에게 불쾌감을 주고 싶지 않았다. 그녀가 이런 말을 하는 이유가 문득 자명해졌다. 매들린은 젤다에게 자신도 비범한 여자라는 확신을 심어주었으리라. 매들린과 가까운 사람, 그녀의 극적인 인생 드라마에 엮인 사람은 누구나 비범하고 재능 많고 감탄스러운 사람이 되어버렸다. 허조그도 똑같은 경험을 했다. 그러나 매들린의 인생에서 추방되어 어둠 속으로 돌아간 후 다시 한낱 구경꾼이 되고 말았다. 지금 젤다는 스스로를 새로운 시각으로 바라보며 한껏 들뜬 상태였다. 허조그는 그녀가 그렇게 변할 정도로 매들린과 가까운 사이라는 사실마저 부러워했다.

 "이모님이 평범한 주부들과 다르다는 것쯤은 저도 알지만……"

 당신 부엌도 다르고, 이탈리아제 전등도, 카펫도, 프랑스 지방산 가구도, 웨스팅하우스 가전제품도, 밍크코트도, 컨트리클럽도, 뇌성마비 모금함도 모두 다르긴 하지.

 저는 이모님이 진심이었다고 믿어요. 위선은 아니었다고. 진정한 위선은 오히려 찾아보기 어렵죠.

 "우리는 옛날부터 이모와 조카라기보다 자매 사이에 가까웠어." 젤다가 말했다. "매들린이 무슨 짓을 하든 변함없이 사랑하겠지. 하지만 언제나 나무랄 데 없는, 아주 진지한 조카였다고 말할 수 있어서 기쁘다네."

 "헛소리!"

 "적어도 자네만큼은 진지한 아이라니까."

 "남편을 무슨 과자 한 접시나 호텔 목욕수건처럼 반품하는 사람인데요."

"상황이 마음처럼 흘러가지 않았을 뿐이야. 자네 잘못도 있어. 설마 부정하진 않겠지."

"제가 어떻게 부정하겠어요?"

"고압적이고 우울하고. 혼자 생각에 잠길 때가 많잖아."

"그건 그렇죠."

"요구사항도 많고. 뭐든지 자네 마음대로 해야 직성이 풀리고. 매들린은 자네가 자꾸 도와달라고, 응원해달라고 졸라대서 지쳐버렸대."

"다 맞는 말입니다. 더 많죠. 경솔하고 성미 급하고 버르장머리 없는 놈이에요. 또 있나요?"

"자네는 여자관계도 복잡했어."

"매들린이 저를 버린 다음에는 그랬는지도 모르죠. 자존심을 되찾아야 했으니까."

"아니, 이혼하기 전에도 그랬잖아." 젤다의 입매가 굳어졌다.

허조그는 얼굴이 붉어지는 것을 느꼈다. 가슴이 답답하고 화끈거리고 메스꺼웠다. 심장이 뻐근하더니 이마가 순식간에 젖어버렸다.

중얼중얼 항변했다. "매들린도 저를 힘들게 했어요. 성적으로."

"그야 나이가 들면…… 어쨌든 다 지난 일이지. 자네는 큰 실수를 했어. 무슨 연구계획을 끝낸답시고 촌구석에 틀어박혔으니. 뭐라더라, 그놈의 연구. 결국 끝내지도 못했다며?"

"그렇죠."

"도대체 무슨 연구였기에 그 난리를 쳤는지 원."

허조그는 연구계획에 관해 설명하려고 노력했다. 그 연구는 현대적 상황을 바라보는 시각을 제시하며 끝맺을 예정이었다. 보편적 관계들을 쇄신함으로써 삶을 영위하는 방법을 보여주고, 자아가 유일무이하다고 믿는 낭만주의의 마지막 오류를 타파하고, 케케묵은 서구적, 파우스트적 이데올로기를 바로잡고, '무無'의 사회적 의미를 탐구하고. 기타 등등. 그러나 자제했다. 그녀가 알아듣지 못했고, 그래서 불쾌해 했기 때문이다. 더구나 자신이 평범한 가정주부가 아니라고 믿었으니 더욱더 불쾌할 터였다. 그녀가 말했다. "굉장히 거창한 내용인가보네. 물론 중요하기도 하겠지. 하지만 문제는 그게 아니야. 자네는 자신과 매들린을, 그렇게 젊은 애를 버크셔스 촌구석에 가둬버렸어. 대화상대도 하나 없이."

"밸런타인 거즈바크와 피비뿐이었죠."

"그래. 한심한 짓이었지. 특히 겨울철에는 더 심각하고. 좀더 현명하게 판단했어야지. 매들린은 그 집에서 수감자가 돼버렸어. 감옥 못지 않게 따분했을 거라고. 빨래하랴 요리하랴, 게다가 아이가 울 때 얼른 달래지 않으면 자네가 노발대발했다더군. 준이 울면 생각을 못하겠다고 방에서 뛰쳐나와 고래고래 소리쳤다던데."

"예, 제가 멍청했어요. 바보천치였죠. 그런데 바로 그게 제가 연구하던 문제 중 하나였어요. 오늘날에는 인간이 자유롭게 살아갈 수 있지만 그 자유에는 알맹이가 전혀 없다는 사실. 황량한 공허뿐이죠. 매들린도 제 연구에 관심이 많은 줄 알았어요. 학구적인 사람이니까."

"매들린은 자네가 독재자라는, 그야말로 폭군이라는 말도 했어. 사람을 마구 들볶았다고."

허조그는 생각했다. 아닌 게 아니라 나에게는 몰락한 군주와 같은 일면이 있다. 위풍당당한 이민자였고 무능한 밀주업자였던 아버지가 그랬듯이. 그리고 루디빌에서의 삶이 아주 엉망이기는 했다. 끔찍했다고 인정한다. 그렇지만 애당초 그녀가 원해서 샀던 집이고 그녀가 원할 때 떠나지 않았던가? 더구나 이사 준비는 내가 도맡아 했고 심지어 거즈바크 가족 일까지 다 챙겼잖아? 내 덕분에 다 함께 버크셔스를 떠날 수 있었건만.

"또 뭐라고 불평하던가요?" 허조그가 물었다.

젤다는 허조그가 자기 말을 견뎌낼 만한 여력이 있는지 확인하려는 듯 잠시 그의 안색을 살폈다. "자네가 이기적이었다고."

아, 그거! 곧바로 알아들었다. 에야쿨라티오 프라이콕스!* 표정이 험악해지고 가슴이 두근거렸다. "한동안 문제가 있긴 했죠. 하지만 지난 이 년은 멀쩡했어요. 그리고 다른 여자를 만날 때는 그런 일이 거의 없었거든요." 이런 설명은 굴욕적이었다. 젤다가 믿어준다는 보장도 없고, 그래서 변명하는 모양새가 되어버렸고, 결국 그는 몹시 불리한 위치에 놓였다. 젤다를 위층으로 데려가 시범을 보일 수도 없고, 완다나 징카에게 진술서를 받아내기도 난감하기는 마찬가지다. (아직 출발하지 않은 열차 안에서, 그날 당황하고 분개하면서도 어떻게든 설명해보려고 쩔쩔매던 순간을 떠올려보니 웃음이 나올 뿐이었다. 허조그의 얼굴에는 희미한 미소만 스쳐갔다.) 악질 사기꾼들이다. 매들린도, 젤다도…… 다른 년들도. 세상에는 남자에게 크나큰 상처를 입혀놓고 아랑곳하지 않는 여자도 있다. 젤다는 여자라면 남편에게 무엇이든 요구할 권리가 있다고 믿는다. 밤마다 즐기는 성적 희열, 안전, 돈, 보험, 모

---

* '조루'를 뜻하는 라틴어.

피, 보석, 청소부, 커튼, 드레스, 모자, 나이트클럽, 컨트리클럽, 자동차, 극장!"

"자기를 원하지도 않는 여자를 만족시킬 수 있는 남자는 아무도 없죠." 허조그가 말했다.

"그래, 그게 자네 핑계지?"

모지스는 말을 하려고 입을 열었지만 이번에도 어리석은 항변만 하게 될 듯싶었다. 얼굴이 다시 창백해졌고 그는 입을 다물었다. 몹시 고통스러웠다. 고통을 참아내는 능력이 있다고 종종 큰소리치기도 했지만 지금은 그런 말을 꺼낼 엄두도 못 낼 만큼 극심한 고통이었다. 그는 말없이 앉아 지하실에서 건조기가 웅웅거리는 소리에 귀를 기울였다.

"모지스," 젤다가 불렀다. "한 가지 확실히 해두고 싶은 게 있어."

"무슨—"

"우리 사이." 그는 이제 젤다의 가무잡잡하고 화장한 눈꺼풀이 아니라 빛나는 갈색 눈을 바라보았다. 그녀의 콧구멍이 조금 긴장했다. 그녀가 동정어린 표정을 보여주며 말했다. "우리는 여전히 친구라는 거."

"그야……" 모지스가 말했다. "저는 허먼 이모부님을 좋아합니다. 이모님도 좋아하고."

"나는 정말 자네 친구야. 나 정직한 사람이야."

차창에 비친 자신의 모습을 바라보며 허조그는 그날 자신이 했던 말을 또렷하게 다시 들었다. "솔직한 분이라고 생각합니다."

"나 믿잖아, 자네."

"그러고 싶죠, 당연히."

"믿어도 돼. 자네가 잘되길 진심으로 바란다네. 준도 틈틈이 지켜보는 중이지."

"고맙습니다."

"하지만 매들린은 좋은 엄마야. 그러니 걱정하지 마. 남자들이나 만나고 돌아다니진 않으니까. 남자들이야 시도 때도 없이 전화질을 하면서 쫓아다니지만. 그래—워낙 미인이잖아. 더구나 굉장히 희귀한 타입이지. 아주 똑똑하기까지 하니까. 저 아래 하이드파크*에서도—이혼했다는 소문이 퍼지자마자 누가 연락했는지 알면 자네도 깜짝 놀랄걸."

"제 친구들이 했겠죠."

"무책임한 애였다면 남자들을 얼마든지 골라잡았겠지. 하지만 걔가 얼마나 진지한지 자네도 알잖아. 하기야 모지스 허조그 같은 사람도 여기저기 널리진 않았지. 자네처럼 두뇌와 매력을 겸비한 사람을 또 만나기는 쉽지 않을 테니까. 아무튼 걔는 노상 집에만 있어. 모든 걸 다시 생각해보는 중이야. 자기 인생 전체를. 딴 남자는 없어. 나 믿어도 된다는 거 알잖아."

물론 저를 위험인물로 생각하셨다면 당연히 거짓말을 해야 하는 상황이었겠죠. 내 꼬락서니가 엉망이었다는 사실은 나도 잘 안다. 얼굴은 퉁퉁 부은데다 눈은 빨갛게 충혈되고 광기가 서렸으니까. 하지만 여자의 속임수는 난해한 문제입니다. 기만의 짜릿한 전율. 성적 공모. 음모. 역성들기. 저는 이모님이 허먼 이모부님을 들볶아 자동차를 한 대 더 사게 만드는 장면도 보았고 때로는 심술을 부리신다는 사실도 잘 압니다! 이모님은 제가 매디와 밸런타인을 죽일지도 모른다고 생각하셨겠죠. 하지만 제가 둘 사이를 알게 되

---

* 시카고 도심 남쪽의 해변공원. 시카고대학이 있는 곳이기도 하다.

자마자 전당포로 달려가 권총을 사지 않은 이유가 무엇일까요? 더 간단한 방법도 있었는데, 우리 아버지가 책상에 권총 한 자루를 남겨두셨거든요. 그 권총도 거기 그대로 있어요. 하지만 저는 범죄자가 아니고 그런 성향도 아닙니다. 자신한테만 무서운 놈이죠. 아무튼 젤다 이모님, 벅찬 가슴을 안고 거짓말을 하며 두 배로 즐겁고 신나셨겠네요.

열차가 갑작스럽게 플랫폼을 벗어나 터널로 들어갔다. 일시적인 어둠 속에서 허조그는 펜을 멈추었다. 물방울이 떨어지는 벽면이 서서히 지나갔다. 먼지투성이 벽감마다 전등이 빛났다. 종교와는 무관한 풍경. 이윽고 긴 오르막길이 나타났고, 그 길을 따라 지하에서 지상으로 불쑥 빠져나간 열차는 눈부신 햇살을 받으며 파크 애비뉴 북부의 빈민가가 내려다보이는 제방 위를 달려갔다. 이스트 90번대 스트리트를 지날 때 보니 소화전 하나가 열려 물이 솟구치고 물에 젖어 찰싹 달라붙은 속옷 차림의 아이들이 깡충깡충 뛰며 환호성을 질렀다. 이제 어둡고 무겁고 무더운 스패니시 할렘*을 지나가는데 저멀리 오른쪽에는 벽돌로 이루어진 두툼한 서류 더미 같은 퀸스 일대가 대기 먼지에 가려져 흐릿하게 보였다.

허조그는 썼다. 여자들이 무엇을 원하는지 저는 영원히 모를 겁니다. 도대체 무엇을 원하나요? 여자들은 채소 샐러드를 먹고 인간의 피를 마시며 살아갑니다.

롱아일랜드해협 상공의 대기는 한결 나았다. 갈수록 점점 더 맑아져 매우 깨끗해졌다. 잔잔한 바닷물은 편안한 연파랑이고, 풀은 파릇파릇

---

* 맨해튼 동북부의 라틴계 주거지역 '이스트 할렘'의 다른 이름.

찬란하고, 곳곳에 야생화가 지천이었다. 갯바위마다 도금양이 군락을 이루고 산딸기도 꽃을 활짝 피웠다.

이제 저는 매들린의 우스꽝스럽고 역겹고 비정상적인 진실을 모두 알게 되었습니다. 생각해볼 일이 많군요. 그렇게 편지를 끝맺었다.

그러나 여전히 고속으로 달리는 허조그의 상념은 다른 길로 접어들어 다시 냅다 치달았고, 그는 시카고에 사는 오랜 친구이며 동물학자로 대학에 재직중인 루커스 애스팰터에게 편지를 썼다. 도대체 왜 그랬어? 나도 '세상만사'에 실린 이야기를 자주 읽지만 거기서 내 친구에 대한 내용을 보게 될 줄은 상상도 못했어. 〈포스트〉에서 네 이름을 보고 얼마나 놀랐을지 너도 충분히 짐작하겠지. 제정신이야? 네가 그 원숭이를 애지중지했다는 사실은 나도 잘 알고, 그 녀석이 죽었다니 정말 안타까워. 하지만 네가 그렇게 무식한 놈은 아니잖아. 죽은 원숭이를 되살린답시고 다짜고짜 입으로 인공호흡을 해버리다니. 더구나 로코는 폐결핵에 걸려 죽었으니 보나마나 입속에 병균이 득시글득시글했을 텐데. 애스팰터는 이상할 정도로 동물을 귀여워했다. 허조그는 저놈이 동물을 인간과 동일시하는 게 아닐까 생각했다. 짧은꼬리원숭이 로코는 애교를 부리기는커녕 까다롭고 고집스러운데다 털빛까지 칙칙해서 마치 늙고 무뚝뚝한 유대인 친척 아저씨를 보는 듯했다. 물론 폐병 때문에 천천히 죽어가는 마당에 밝은 표정을 짓기는 힘들었겠지만. 반면에 애스팰터는 아주 명랑한 성격이었고, 실리적인 문제에는 무관심했고, 어중간한 학자 타입이랄까, 아무튼 박사학위도 못 따고 비교해부학을 가르쳤다. 두꺼운 고무창 신발을 신고, 얼룩진 가운을 걸치고 다녔다. 가엾은 루크는 머리카락도 잃고 젊음도 잃었다. 갑자기 머리가 다 빠지고 앞머리 한 줌만 남는 바람에 잘생긴 눈과 아치형 눈썹은 돋보이는 반면에 콧구멍은 더욱 시꺼메지고 코털도 무성해졌다. 루크가 로코의 병균에 감염되지 않았다면 천만다행이지. 요즘 더 치명적인 신종 병균이 퍼져 폐결핵이 다시 기승을 부린다던데. 애스팰터는 마흔다섯 살 먹은 노총각이다. 그의 아버지는 매디슨 스트리트에서 싸구려 여인숙을 운영하던 사람이다. 모지스도 어릴 때 그곳에 자주 놀러갔다. 그러다가 십 년이나 십오 년쯤 허조그와 애스팰터는 그리 가깝게 지내지 못했는데, 최근에 갑자기 두 사람의 크나큰 공통점을 발견했다. 사실 매들린이 뒤에서 무슨 짓을 저질렀는지, 거즈바크가 허조그의 인생에 어떤 식으로 관여했는지 깨닫게 된 것도 애스팰터 덕분이었다.

어느 날 연구실에서 애스팰터가 말했다. "이런 말은 정말 하기 싫은데, 모즈* 너는 아주 지독한 것들한테 엮여버렸어."

3월에 눈보라가 휘몰아친 후 이틀째 되던 날이었다. 며칠 동안 한겨울처럼 추웠다는 사실이 믿기지 않을 정도였다. 네모난 안뜰을 향한 여닫이창도 활짝 열려 있었다. 때문은 미루나무가 모두 소생하여 껍질에 갇혔던 붉은 꽃이삭을 일제히 밀어냈다. 햇빛이 들지 않는 어둠침침한 안뜰이 주렁주렁 매달린 꽃들의 향기로 가득찼다. 눈만 봐도 병색이 완연한 로코가 밀짚으로 만든 자기 의자에 앉아 있는데 얼굴도 푸석푸석하고 털가죽도 푹 삶은 양파 같은 빛깔이었다.

"너 혼자 끙끙거리다가 나자빠지는 꼴을 보느니 차라리 말해주는

---

* 모지스의 애칭.

편이 낫겠다." 애스팰터가 말했다. "우리 실험실 조교가 가끔 너희 딸을 봐주는데 얼마 전에 제수씨 얘기를 하더라."

"내 아내가 어쨌는데?"

"밸런타인 거즈바크 얘기도 했어. 그 집에 살다시피 한다고, 하퍼 애비뉴에."

"그렇겠지. 나도 알아. 그 주변에 믿을 만한 놈이라고는 그놈뿐이야. 걔는 내가 믿어. 요즘 나한테 정말 잘해줬고."

"그래, 알지—나도 알아, 안다고." 애스팰터가 말했다. 창백하고 둥글둥글한 얼굴에는 주근깨가 가득하고, 평소 졸린 듯한 두 눈은 모지스가 안쓰러워 물기를 머금은 채 크고 어둡고 비통했다. "당연히 잘 알지. 밸런타인 덕분에 하이드파크 일대에서 유명무실했던 사회생활이 많이 활발해졌어. 우리가 그 인간 없이 어떻게 살았는지 모를 정도로. 굉장히 사근사근하고—걸걸한 목소리로 스코틀랜드인이나 일본인 흉내를 낼 때는 굉장히 떠들썩하고. 다른 사람 목소리는 들리지도 않지. 활기가 넘치잖아! 아, 정말 대단하다니까! 그리고 네가 그놈을 이리 데려왔으니까 다들 너한테 특별한 친구라고 생각하지. 본인도 그렇게 말하고. 하지만……"

"하지만 뭐?"

애스팰터는 잔뜩 긴장한 채 조용히 물었다. "몰랐어?" 안색이 몹시 창백했다.

"모르다니 뭘?"

"너는 아주 똑똑하니까—차원이 다른 놈이니까—지금쯤 뭔가 알아차렸거나 짐작이라도 할 줄 알았어."

곧 무서운 사태가 벌어질 듯했다. 허조그는 마음을 굳게 먹었다.

"매들린 말이야? 아직 젊은 여자니까 나도 충분히 이해하지. 조만간 그런 일이 생길지도 모른다고…… 아니, 생길 거라고."

"아냐, 아냐." 애스팰터가 말했다. "조만간이 아니야." 그러더니 불쑥 내뱉듯이 말했다. "전부터 줄곧 그랬다고."

"그게 누군데!" 온몸의 피가 한꺼번에 머리로 치솟았다가 한꺼번에 빠져나가는 듯했다. "설마 거즈바크 말이야?"

"맞아." 애스팰터는 이제 안면신경을 제대로 통제하지 못했다. 마음속의 괴로움 때문에 얼굴이 일그러졌다. 입술도 텄는지 검은 줄이 보였다.

허조그는 고함을 지르기 시작했다. "그따위로 지껄이지 마! 그런 소리 하지 말라고!" 그는 격분하여 루커스를 노려보았다. 몽롱하고 매스껍고 나른한 느낌이 밀려들었다. 몸이 오그라들고 갑자기 피가 다 빠져나간 듯 허탈하고 얼떨떨했다. 하마터면 의식을 잃을 뻔했다.

"목단추 풀어!" 애스팰터가 말했다. "맙소사, 기절하는 거 아니지?" 그러더니 허조그의 머리를 짓누르기 시작했다. "무릎 사이로 숙여."

"그만해." 말은 그렇게 했지만 머리가 뜨겁고 축축해서 결국 허리를 접었고 애스팰터가 응급조치를 해주었다.

그러는 동안에도 커다란 밤색 원숭이는 팔짱을 끼고 물기 없는 불그스름한 눈으로 조용히 구경하며 냉혹한 분위기를 발산했다. 허조그는 생각했다. 죽음이다. 저거야말로 진짜다. 저 짐승은 죽어간다.

"좀 괜찮아?" 애스팰터가 물었다.

"창문이나 열어줘. 동물학과 건물이라 악취가 심해."

"창문은 아까부터 열어놨어. 자, 물 좀 마셔." 그는 모지스에게 종이컵을 건넸다. "이거 하나 먹어. 이 약부터 먹고, 다음은 이 녹색, 흰색. 프로진*이야. 약병에 든 솜뭉치가 잘 안 빠지네. 괜히 나까지 손이 떨린다."

허조그는 알약을 사양했다. "루크…… 그 얘기가 정말 사실이야, 매들린이랑 거즈바크랑?"

애스펠터는 얼룩덜룩한 얼굴이 창백하게 질린 채 안절부절못하면서도 검고 따뜻한 눈으로 허조그를 바라보며 말했다. "젠장! 설마 없는 얘기를 지어내겠냐. 아무래도 내가 요령껏 얘기하지 못한 모양이네. 그래도 너라면 벌써 웬만큼은 눈치챘을 줄 알았는데…… 어쨌든 확실한 사실이야." 얼룩진 가운을 걸친 애스펠터는 복잡한 손짓으로 좌절감을 표현했다. 할말은 이미 다 했다는 뜻이다. 숨소리마저 거칠었다. "정말 아무것도 몰랐어?"

"몰랐지."

"그래도 이젠 다 이해되지 않아? 앞뒤가 들어맞잖아?"

허조그는 체중을 책상에 싣고 깍지 낀 양손에 힘을 주었다. 흔들거리는 꽃이삭들을 내다보았다. 불그스름한데 보랏빛이 돈다. 폭발하지 말자, 죽지도 말자─살아남아야겠다. 그가 바라는 것은 그것뿐이었다. "누구한테 들었어?"

"제럴딘."

"누구?"

"제리─제럴딘 포트노이. 너도 알 거라고 생각했는데. 가끔 너희 딸

---

* 신경안정제 상품명.

을 봐주거든. 저 아래 해부학 연구실에 있지."

"무슨……"

"인체해부학, 의과대학, 길모퉁이만 돌면 거기야. 나랑은 사귀는 사이지. 아니, 너도 알겠다, 네 강의도 들었으니까. 만나서 직접 얘기해볼래?"

"아니!" 허조그가 거칠게 대답했다.

"아무튼 제리가 네 앞으로 편지 한 통을 썼어. 나한테 주면서 전해줄지 말지는 알아서 하라더라."

"지금은 못 읽겠어."

"일단 받아." 애스펠터가 말했다. "나중에 읽고 싶어질지도 모르잖아."

허조그는 봉투를 주머니에 쑤셔넣었다.

책상 겸 여행가방을 부둥켜안고 열차 객실의 벨벳 좌석에 앉아 시속 70마일로 뉴욕주를 벗어나며 허조그는 그날 애스펠터의 연구실에서 왜 울지 않았는지 의아해했다. 그는 사소한 일에도 눈물을 흘리는 일이 흔했고 애스펠터 앞에서는 거리낌도 없었다. 두 사람은 오랜 친구였고 살아온 생애도 닮은꼴이었다. 환경, 습관, 품성. 그러나 안뜰이 내려다보이는 연구실에서 애스펠터가 뚜껑을 열고 진실을 폭로하는 순간 강렬하고 알싸한 냄새처럼 몹시 불쾌한 무엇이 방안에 확 퍼졌다. 기이한 인간적 실상이 손에 잡힐 듯 뚜렷해졌다. 그러므로 눈물은 불필요했다. 사건 자체가 너무 변태적이고 관련자 모두에게 너무 괴이한 일이었다. 더구나 거즈바크도 남달리 감정이 풍부해서 걸핏하면 울었다. 인정 많은 거즈바크의 적갈색 눈에는 뜨거운 눈물이 자주 고였다. 며칠 전만 하더라도 허조그가 오헤어공항에 내려 어린 딸을 껴안을 때 우람하고 건장한 거즈바크도 그 자리에 있었는데 두 눈에 눈물이 글썽글썽했다. 모지스는 생각했다. 그래, 그 새끼 때문에 이젠 마음껏 울지도 못하게 돼버렸구나. 거즈바크에게도 눈코입이 달렸다는 사실 때문에 내 눈코입마저 싫어질 때가 있으니까.

그래, 그날 로코에게는 죽음의 그림자가 붙어 있었지.

"기분 더럽네." 애스팰터가 말했다. 담배를 몇 모금 빨다가 꺼버렸다. 재떨이에는 장초가 가득했다. 그는 하루에도 두세 갑을 그렇게 소모한다. "술이나 마시자. 오늘밤은 다 모여서 저녁도 먹고. 제럴딘이랑 비치코머에 가기로 했거든. 여기서 북쪽인데 가까워. 네가 직접 만나서 판단해봐."

이제 허조그는 애스팰터의 몇 가지 이상한 점에 대해 생각해볼 수밖에 없었다. 어쩌면 내 영향 때문인지도, 내 격정적 성향이 전염되었는지도 모른다. 그는 저 시무룩한 털북숭이 로코를 사랑하게 되었다. 그렇지 않았다면 그런 격동을 어떻게 설명할 수 있으랴. 로코를 안아들고 입을 벌려 인공호흡까지 해버리다니. 루크에게 몹시 안 좋은 성향이 생기지나 않았는지 의심스럽다. 나는 지금 저놈이 실제로 어떤 놈인지를 감안해 판단해야 하는데—이상한 일면까지 포함해서.

결핵검사라도 좀 받아봐. 네가 설마 그렇게까지…… 허조그는 말을 끊었다. 식당차 사환이 종을 흔들어 점심시간을 알렸지만 허소그는 밥 먹을 시간이 없었다. 곧이어 다른 편지를 써야 했기 때문이다.

비즈코프스키 교수님께, 바르샤바에서 베풀어주신 호의에 감사합니다. 제 건강 상태 때문에 교수님께는 그리 만족스럽지 않은 만남이었겠지만. 나는 그의 아파트에 앉아 〈트리부나 루두〉*로 모자와 종이배를 접었다. 그것도 그가 어떻게든 대화의 물꼬를 터보려고 노력하는 동안. 교수는—키 크고 건장한 남자였고 모랫빛 트위드 반바지에 노퍽 재킷**을 입어 사냥꾼 같은 차림새였다—경악했을 것이다. 천성부터 선량한 사람이라고 믿는다. 푸른 눈만 봐도 착한 사람이 분명하다. 통통하지만 잘생긴 얼굴이 사려 깊고 남자답다. 나는 끊임없이 종이 모자를 접었는데—아마도 아이들을 떠올렸겠지. 비즈코프스키 부인이 붙임성 있게 내 쪽으로 고개를 숙이며 홍차에 잼을 넣겠느냐고 물었다. 반질반질하게 잘 닦은 오래된 가구들은 이미 사라져버린 중유럽 시대의 유물이었고—그러나 지금의 이 시대도 사라져가는 중이고 어쩌면 다른 모든 시대보다 더 빨리 끝나버릴지도 모른다. 부디 용서해주시기 바랍니다. 나중에 미국의 서독 점령기를 다룬 교수님의 논문을 읽어볼 기회가 있었습니다. 당시 불쾌한 일이 많았더군요. 그러나 트루먼*** 대통령과 매클로이**** 씨가 나에게 자문하지도 않고 저지른 일이다. 제가 독일 문제를 충분히 검토하지 못했다는 사실을 고백합니다. 제가 보기에는 어떤 정부도 정직하지 않습니다. 그리고 교수님이 논문에서 건드리지도 못한 동독 문제가 하나 있습니다.

함부르크 시내를 구경하다가 홍등가에 들렀다. 그곳을 꼭 봐야 한다

---

* '인민신문'이라는 뜻. 1990년 폴란드 민주화 직전까지 공산당 기관지였다.
** 허리에 벨트가 있고 앞뒤에 주름을 넣은 헐렁한 상의로 사격이나 사냥 때 입는다.
*** 서독 점령 당시 미국 대통령.
**** 변호사 출신으로 2차세계대전 당시 미국 전쟁부 차관보, 이후 독일 주재 고등판무관을 지냈다.

는 말을 들었기 때문이다. 검은색 레이스 속옷 차림에 독일군 군화를 신은 창녀들이 행인들을 향해 말채찍을 휘둘러 유리창을 찰싹찰싹 때렸다. 얼굴이 불그스름한 여자들이 어서 들어오라고 부르며 싱글싱글 웃었다. 춥고 쓸쓸한 날이었다.

허조그는 다시 편지를 썼다. 신부님께, 신부님은 바워리* 일대의 부랑자들에게 크나큰 인내심을 보여주셨습니다. 그들은 술에 취한 채 교회에 들어와 곯아떨어지거나 신도석에 똥을 누거나 비석에 병을 깨버리는 등 온갖 만행을 일삼는데도 말이지요. 마침 교회 정문에서 월 스트리트가 훤히 보이니까 안내책자를 준비해두시면 어떨까 합니다. 바워리 덕분에 월 스트리트의 중요성이 더욱 돋보인다고 설명하시면 좋겠습니다. 빈민굴은 대조적인 곳이고, 따라서 꼭 필요합니다. 사람들에게 거지 나사로와 부자**의 경우를 상기시켜주세요. 나사로 덕분에 부자는 향락을 누릴 때마다 특별한 만족감을 덤으로 얻습니다. 아니, 나는 부자라고 해서 인생이 마냥 즐거우리라 믿지는 않는다. 그런 삶에서 해방되고 싶다면 곧장 빈민굴로 가면 된다. 미국에 아름다운 빈곤, 도덕적 빈곤이 존재한다면 위험하기 짝이 없다. 그러므로 빈곤은 마땅히 꼴사나워야 한다. 그러므로 부랑자들은 월 스트리트에 공헌하는 셈이다. 그들은 월 스트리트의 증거자***들이다. 그나저나 비즐리 신부는 그 돈이 다 어디서 났을까?

우리는 이 문제를 너무 소홀히 생각했다.

---

* 맨해튼의 한 지역. 1970년대까지 '뉴욕의 빈민굴'로 불렸던 곳으로, 싸구려 술집이나 여관, 주정뱅이와 노숙자가 많기로 유명했다.
** 「누가복음」 16장의 비유에서, 각각 천국과 지옥에 들어가는 두 인물.
*** 박해에 굴하지 않고 신앙을 지킨 신자. 순교하지 않은 성인으로, 증성자(證聖者)라고도 한다.

또 편지를 썼다. 마셜필드백화점* 신용판매부 귀중. 이제 매들린 P. 허조 그의 외상값은 제 책임이 아닙니다. 지난 3월 10일부터 부부관계를 종결했습니다. 그러니 앞으로는 청구서를 저에게 보내지 마세요. 지난번 청구서를 받고 깜짝 놀랐습니다. 400달러도 넘더군요. 이혼한 이후에 구입한 상품입니다. 물론 이 편지를 더 일찍 보냈으면 좋았겠지만—이를테면 신용 신경중추부 귀중—그런 부서가 있을까? 어떻게 찾아야 할까?—한동안 경황이 없었습니다.

호일** 교수님께, 제가 골드의 기공氣孔이론***을 제대로 이해하지 못한 듯합니다. 철이나 니켈처럼 무거운 금속이 지구 중심부로 내려가는 현상은 저도 납득할 만합니다. 그런데 가벼운 금속의 경우는 어떻습니까? 그리고 '가엾은 지구를 포함하여' 여러 소행성의 형성 과정을 설명하며 침전물을 뭉치게 하는 점착성 물질에 대해서도 언급하셨는데……

발밑에서 열차 바퀴가 굉음을 내며 굴러갔다. 숲과 목초지가 불쑥 나타났다 멀어지고, 쇳녹으로 뒤덮인 측선側線과 너울너울 오르내리는 전깃줄이 나란히 따라오고, 오른쪽에는 아까보다 더 깊고 짙푸른 롱아일랜드해협이 보였다. 그리고 에나멜 바른 조개껍데기 같은 통근 차량, 겹겹이 쌓아놓은 폐차, 좁고 소박한 창문이 달린 오래된 뉴잉글랜드 방앗간, 시골 마을, 수녀원, 넘실거리는 직물 같은 바닷물을 가르며 나아가는 예인선, 그다음은 소나무 조림지, 생명의 요람인 적갈색 땅

---

* 시카고의 유명 백화점. 지금은 메이시백화점으로 바뀌었다.
** 영국 천문학자, 과학소설가 프레드 호일(1915~2001). 토머스 골드, 헤르만 본디와 함께 빅뱅이론의 대안으로 정상(定常)우주론을 주장했다.
*** 토머스 골드가 주창한 가설로, 석유와 천연가스의 유기물 기원설에 반대하는 무기물 기원설의 하나.

을 무수히 뒤덮은 바늘잎. 허조그는 우주에 대한 자신의 상상력이 매우 초보적이라는 사실을 자인하며 이런 생각을 했다. 그래, 신성新星이 폭발해서 천체가 생겨나고, 보이지 않는 자석 바큇살 덕분에 저마다 궤도를 유지하며 공전한다. 천문학자들은 마치 플라스크에 기체를 넣고 흔들기만 하면 우주가 탄생한다는 듯이 설명하지만. 어쨌든 수십억 년, 수십억 광년이 지나간 지금, 비록 어린애 같지만 결코 천진난만하지 않은 한 생물이, 머리에는 밀짚모자를 쓰고 가슴속에는 심장을 지닌 반은 선하고 반은 악한 이 생물이 우주의 장엄한 거미줄을 어설프게나마 그려보려 했다.

다시 쓰기 시작했다. 바베* 박사님께, 〈옵서버〉에서 박사님의 업적에 대한 기사를 읽었을 때 박사님의 사회운동에 동참하고 싶다는 생각을 했습니다. 옛날부터 도덕적이고 쓸모 있고 활동적인 삶을 간절히 원했으니까요. 그런데 어디서부터 시작해야 좋을지 몰랐습니다. 이상주의자가 돼버리면 곤란합니다. 그러면 자신의 진정한 본분을 깨닫기가 더 어려워지겠지요. 그렇지만 넓은 토지를 소유한 사람들을 설득하여 가난한 농부들에게 땅을 나눠주도록 하는 일은…… 인도 땅에서 걸어가는 가무잡잡한 사람들. 허조그는 그들의 빛나는 눈과 그 속에 깃든 정신의 빛을 상상해보았다. 거창한 역사적 시각보다 누구에게나 명백한 불의를 바로잡는 일부터 시작해야 한다. 최근에 〈길의 노래〉**를 보았습니다. 인도 농촌을 다룬 영화니까 아마 박

---

* 인도 철학자 비노바 바베(1895~1982). 인도 전역을 도보로 순례하며 토지헌납운동을 실천했다.
** 사티야지트 레이 감독의 데뷔작(1955). 인도 독립 이후 세계적 주목을 받은 최초의 작품으로 꼽는다.

사님도 아시겠지요. 두 장면이 저에게 깊은 감명을 주었습니다. 맨손으로 밥덩이를 집어먹던 노파가 나중에 풀밭에 들어가 죽는 장면, 그리고 어린 소녀가 비를 맞고 죽어가는 장면입니다. 허조그는 관객도 거의 없는 5번 애비뉴 극장에서 영화를 보다가 처량한 장송곡이 흐르기 시작하자 소녀의 엄마와 함께 울었다. 전통 금관악기를 연주하는 악사는 흐느낌을 모방하기도 하고 죽음의 소리를 내기도 했다. 그날은 인도 시골처럼 뉴욕에도 비가 내렸다. 허조그는 가슴이 아팠다. 그에게도 딸이 있고, 그의 어머니도 가난하게 살았다. 그 시절에는 허조그도 밀가루 부대로 만든 이불을 덮고 잤다. 그런 용도로 제일 좋은 상표는 세레소타*였다.

 막연한 생각이지만 루디빌에 있는 집과 땅을 바베의 사회운동에 기증할까 궁리해보기도 했다. 그러나 바베가 그 집으로 무엇을 할 수 있을까? 인도인들을 버크셔스로 보낼까? 그 사람들에게는 부당한 짓이다. 어차피 대출금도 아직 남았다. 모름지기 선물이란 흔히 말하는 '무조건 상속재산'이어야 하는데, 그러려면 남은 대출금 8천 달러를 마련해야 하고, 게다가 국세청에서 세금감면을 해주지도 않을 것이다. 해외 자선사업은 예외로 치겠지. 바베가 받아준다면 오히려 호의를 베푸는 셈이다. 그 집은 최악의 실수 중 하나였다. 행복을 꿈꾸며 샀던 그 집은 비록 폐가에 가까웠지만 가능성만은 무궁무진했다. 오래된 거목들, 시간 여유가 생기면 복원해볼 만한 정형整形 정원. 오랫동안 방치된 집이었다. 오리 사냥꾼이나 연인들이 침입해 이용하기도 했다. 허조그가 출입금지 팻말을 써붙이자 연인들과 사냥꾼들이 짓궂은 장난을 쳤

---

* 로마신화 농업의 여신 케레스의 이름을 딴 상품명. 그리스신화의 데메테르와 동일시되는데, 딸 페르세포네가 하데스에게 납치되어 명계의 왕비가 되었다.

다. 어느 날 밤에는 누군가 들어와서, 뚜껑을 덮은 채 책상에 놓아둔 그릇 속에 다 쓴 생리대를 남겼는데, 바로 낭만주의 연구에 필요한 메모 다발을 보관하는 곳이었다. 그것이 동네 토박이들의 환영인사였다. 열차가 풀밭이나 양지바른 솔밭 사이로 쏜살같이 달리는 동안 허조그의 얼굴에는 잠시나마 자신을 겨냥한 장난기가 스쳐갔다. 그때의 도전을 받아주었다면 어땠을까. 허연 수염을 기른 루디빌의 유대인 늙은이 모지스가 되어 빨랫줄 밑에서 낡아빠진 수동식 잔디깎이를 밀어가며 풀을 깎는 모습도 나쁘지 않을 텐데. 우드척*도 잡아먹고.

베르셰바**에 사는 외사촌 아셰르에게 편지를 썼다. 지난번에 내가 외삼촌이 제정러시아 군복 차림으로 찍은 오래된 사진에 대해 얘기했잖아. 헬렌 누나한테 그 사진 좀 찾아보라고 했어. 아셰르는 러시아 적군赤軍에 복무하다가 부상을 당했다. 지금은 전기용접공인데 치아가 튼튼하고 표정은 침울해 보이는 사람이다. 모지스는 아셰르와 함께 사해를 구경했다. 무섭게 뜨거운 곳이었다. 그들은 소금광산 갱구에 들어가 땀을 식혔다. 그때 아셰르가 물었다. "혹시 우리 아버지 사진 한 장 어디 없을까?"

대통령님께, 최근에 라디오에서 대통령님의 낙관적인 담화문을 들었을 때 세금에 관련해서는 그렇게 낙관하실 만한 근거가 별로 없다고 생각했습니다. 새 법률은 몹시 차별적이기도 하거니와 자동화를 가속화해 실업문제를 악화시킨다고 믿는 사람이 많습니다. 그렇게 되면 십대 불량배가 더 많아져 안 그래도 경찰력이 부족한 대도시 거리를 장악하겠지요. 인구과잉의 압박에, 인종

---

* 북아메리카산 마멋. 다람쥐과 설치류.
** 이스라엘 중부의 도시.

문제에……

하이데거* 교수님께, '인간의 삶이 진부해졌다'라는 표현이 무슨 뜻인지 알고 싶습니다. 언제 그런 일이 벌어졌습니까? 그런 일이 벌어질 때 우리는 어디 있었습니까?

미국 공중위생국의 에멧 스트로포스 씨에게, 에멧, 최근에 네가 텔레비전에 나와 멍청한 소리만 지껄이는 걸 봤어. 대학 동기동창이니까(M. E. 허조그, 38년도 졸업) 네가 말하는 원칙을 어떻게 생각하는지 솔직히 얘기해도 괜찮을 듯싶은데.

허조그는 마지막 편지를 북북 그어 지워버리고 〈뉴욕 타임스〉에 편지를 썼다. 정부 입장을 대변하는 과학자 에멧 스트로포스 박사가 방사능 낙진에 관한 논쟁에 또 '위험 원칙'을 들고 나왔습니다. 요즘은 화학 살충제 문제와 지하수 오염 문제까지 더해져 논쟁이 더 커졌지요. 저는 이런 독성물질 못지않게 과학자들의 사회적, 윤리적 사고방식에 대해서도 깊이 우려합니다. 예컨대 레이철 카슨에 관한 스트로포스 박사의 견해도 그렇고, 방사능의 유전적 영향에 관한 텔러 박사의 견해도 그렇습니다. 최근에 텔러 박사는 요즘 유행하는 쫄바지가 체온을 높이기 때문에 생식선에 방사능 낙진보다 심각한 악영향을 줄 수도 있다고 주장했습니다. 동시대 사람들에게 크나큰 존경을 받던 사람이 위험한 정신병자였다는 사실이 뒤늦게 밝혀지는 경우가 종종 있습니다. 가령 육군원수 헤이그** 장군의 경우를 보세요. 그는 군인 수십만 명을 플

---

* 독일 철학자(1889~1976). 대표작 『존재와 시간』으로 20세기 철학에 커다란 영향을 미쳤다.
** 영국 군인 더글러스 헤이그. 1차세계대전 당시 그가 지휘한 몇몇 전투에서 영국군이 큰 피해를 입었다.

랑드르 진흙탕에 빠뜨려 죽였습니다. 로이드 조지*가 그런 작전을 승인할 수밖에 없었던 이유는 헤이그가 대단히 중요하고 존경받는 지휘관이었기 때문입니다. 그런 자들은 알아서 하라고 그냥 내버려두는 수밖에 없습니다. 그런데 헤로인 중독자는 자신에게 저지른 잘못 때문에 장장 20년형을 선고받다니 얼마나 모순적인 일인지…… 이 정도면 내 말을 알아듣겠지.

스트로포스 박사는 방사능에 관련하여 자기가 주장하는 '위험 원칙'을 채택해야 한다고 말합니다. 히로시마 폭격 이후 (트루먼 대통령은 자신의 원자폭탄 사용 결정에 사람들이 의문을 제기할 때마다 '감상적인 생각'이라며 일축했습니다) 모든 문명국은 (공포의 균형을 통해 생존하므로) 위험을 토대로 삶을 영위합니다. 어쨌든 스트로포스 박사는 그렇게 주장하지요. 그러나 그는 인간의 삶을 기업의 벤처투자에 비유합니다. 얼마나 황당무계한 발상입니까! 최근의 비축물자 조사에서도 드러났듯이 대기업은 우연을 기대하지 않습니다. 부디 토크빌의 예언 하나를 주목하시기 바랍니다. 그는 현대의 민주주의가 범죄는 감소시키는 반면에 개개인의 악덕은 증가시킬 것이라고 믿었습니다. 차라리 개인범죄는 감소하고 집단범죄는 증가한다고 말했더라면 더 좋았겠지요. 이러한 집단적 또는 조직적 범죄의 상당수는 바로 위험을 줄이는 데 목적이 있습니다. 오늘날 인구 20억 명을 넘어선 지구상에서 질서를 유지하는 일이 그리 호락호락하지 않다는 것쯤은 저도 압니다. 이 숫자 자체가 경이롭기 때문에 우리가 아무리 실용적인 아이디어를 짜내도 무용지물이니까요. 이러한 양적 변화의 이면에 있는 사회적 원리를 간파한 지식인은 많지 않습니다.

---

* 당시의 영국 총리.

우리 문명은 부르주아 문명입니다. 마르크스주의적 의미로 사용한 말이 아닙니다. 겁쟁이! 오늘날의 예술이나 종교의 관점에서 볼 때 우주가 우리에게 위안과 평온과 도움을 주려고 창조되었다는, 그러므로 우리 마음대로 사용해도 좋다는 사고방식은 부르주아적입니다. 빛이 초속 25만 마일의 속도로 이동하는 덕분에 우리는 거울을 보며 머리를 빗을 수도 있고 돼지사태가 어제보다 저렴하다는 신문기사를 읽을 수도 있습니다. 토크빌은 민주사회에서 가장 강렬한 충동의 하나로 행복을 추구하는 충동을 꼽았습니다. 바로 이 충동의 파괴력을 과소평가했다고 하더라도 토크빌을 나무랄 일은 아닙니다. 〈타임스〉에 이따위 말을 지껄이다니 제정신이 아니구나! 세상에는 볼테르처럼 풍자정신이 투철해 더욱더 날카롭고 파괴적인 말을 찾느라 혈안이 된 부류가 수백만 명이나 있다. 차라리 시나 한 편 써 보내라, 이 멍텅구리야. 조직력을 자랑하는 그들보다 정신이 오락가락하는 너의 생각이 더 옳다고 믿는 이유가 뭐냐? 지금도 그들이 운행하는 열차를 타고 있잖아? 철도를 건설한 것은 정신착란이 아니었다. 자, 시라도 한 편 써서 신랄한 풍자로 다 죽여버려. 사설 면에 남아도는 빈자리를 채우려고 짤막한 시 한 편쯤 실어주기도 하니까. 그래도 그는 아랑곳하지 않고 계속 편지를 썼다. 니체, 화이트헤드, 존 듀이*도 '위험'이라는 문제를 언급했고…… 인류는 자신의 본성을 불신하고 저 너머나 저 위쪽, 즉 종교나 철학에서 위안을 얻으려 한다고 듀이는 말합니다. 그에게 '과거'는 종종 '과오'를 의미합니다. 그러다가 모지스는 자제했다. 요점부터 밝혀라. 그런데 요점이 뭐지? 요점은 이 세상에 인류를 멸망시킬 수 있는 자들이

---

* 미국 철학자, 심리학자, 교육학자(1859~1952).

있고 그들은 어리석고 교만한 미치광이들이니 제발 그러지 말라고 애원해야 한다는 사실이다. 생명의 적들은 물러가라. 이제 저마다 자신의 마음을 살펴보자. 내 심경에 큰 변화가 없다면 권력자의 자리에 섰을 때 어떻게 행동할지 나 자신조차 믿지 못한다. 내가 인류를 사랑했던가? 그들을 지옥으로 날려버릴 수 있는 상황에서도 살려줄 만큼? 이제 워싱턴에서도 모스크바에서도 다 함께 수의를 입고 행진하자. 남녀노소 모두가 드러누워 외쳐보자. "생명을 수호하자―우리는 살아남을 자격도 없지만 생명은 이어져야 한다."

모든 공동체에는 다른 사람들에게 몹시 위험한 부류가 존재합니다. 범죄자 이야기가 아닙니다. 범죄자에게는 징벌이 따릅니다. 제 말씀은 지도자들 말입니다. 가장 위험한 자들은 예외 없이 권력을 추구합니다. 분노가 가득한 객차 안에서 올바른 생각을 가진 시민은 속이 부글부글 끓는다.

편집장님, 우리는 우리를 파멸시킬 권력자들의 노예가 될 처지에 놓였습니다. 이제 스트로포스에 국한된 이야기가 아닙니다. 그는 제 동창입니다. 우리는 레이놀즈 클럽*에서 탁구를 쳤습니다. 궁둥이처럼 허옇고 둥글둥글한 얼굴에는 사마귀 몇 개가 있었고, 통통하고 꼬부라진 엄지손가락으로 탁구공에 지독한 스핀을 먹였습니다. 나는 그의 아이큐가 그리 높다고 믿지 않았지만 실제로는 꽤 높았는지도 모른다. 어쨌든 수학과 화학은 열심히 공부했다. 내가 운동장에서 빈둥거리는 동안. 주니가 좋아하는 노래에 나오는 베짱이처럼.

---

* 시카고대학의 학생회관.

> 베짱이 세 마리가 깽깽이를 켠다네.
> 잘한다, 잘한다, 멈추지 않고.
> 셋방살이 주제에 돈도 안 내고
> 하루종일 팔꿈치 구부려가며
> 깽깽이만 켠다네, 깽깽 깨개갱
> 깽깽이만 켠다네, 깽깽 깨개갱 깽깽깽.*

모지스는 기분이 좋아져 빙그레 웃었다. 아이들을 생각하니 얼굴에 다정한 주름살이 생겼다. 아이들은 어떻게 사랑을 금방 알아차릴까! 마르코는 말수가 적어지고 아빠를 서먹서먹하게 대하는 나이가 되었지만 주니는 예전의 마르코와 똑같았다. 아빠 무릎 위에 올라서서 머리를 빗겨주었다. 두 발로 허벅지를 잘근잘근 밟고 다녔다. 넘치는 부정을 가누지 못하고 가녀린 몸을 답삭 끌어안으면 얼굴에 스치는 주니의 숨결이 깊디깊은 애정을 불러일으켰다.

종종 주니를 유모차에 태우고 미드웨이** 일대를 산책했는데, 그럴 때는 지나가는 학생이나 교수에게 녹색 벨루어 모자의 챙을 만지며 인사를 대신했다. 모자는 경사면이나 잔디밭보다 더 짙은 녹색이었다. 벨벳 보닛 아래로 보이는 주니의 얼굴이 아빠를 참 많이도 닮았다고 생각했다. 얼굴에 미소를 가득 머금고 큼직한 주름이 진 갈색 눈으로 주니를 내려다보며 동요를 불러주었다.

---

* 영국 동요.
** 시카고대학 캠퍼스를 관통하는 도로와 공원.

"어떤 할머니가

바구니 타고

달님보다 열일곱 배 높이 날아갔대요."

"더!" 아이가 말했다.

"할머니 어디 가실까

아무도 몰랐대요.

겨드랑이에 빗자루 끼고 있었거든요."*

"더, 더!"

호수에서 불어오는 뜨거운 바람에 떠밀려 모지스는 고딕양식의 잿빛 건물들을 지나 서쪽으로 걸어갔다. 엄마와 정부가 어딘가의 침실에서 옷을 벗을 때 적어도 모지스의 곁에는 그렇게 아이라도 함께 있었다. 그리고 비록 욕정과 배신만 가득한 정사였지만 생명과 자연이 그들의 편이라면 그는 조용히 물러났을 것이다. 그래, 양보했겠지.

허조그가 모자 띠에 꽂아둔 열차표를 차장이(창백한 얼굴의 이 차장은 사라져가는 고대종족이었다) 뽑아갔다. 열차표에 구멍을 뚫으며 뭔가 말하려는 듯했다. 어쩌면 허조그의 밀짚모자를 보고 옛일이 떠올랐는지도 모른다. 그러나 허조그는 편지를 끝맺으려는 참이었다. 설령 스

---

* 할머니가 하늘에 걸린 거미줄을 치우러 간다는 내용의 전래동요.

트로포스가 철인왕哲人王*이라고 해도 생명의 유전적 기반을 제멋대로 뜯어고치고 지구의 대기와 물을 오염시킬 권리까지 넘겨줄 수는 없지 않겠습니까? 이렇게까지 분노하는 제 모습이 좀 이상해 보인다는 것은 저도 압니다. 그렇지만……

차장이 구멍 뚫린 마분지 열차표를 금속 번호표 뒤에 꽂아놓고 가버렸다. 모지스는 여전히 여행가방을 받쳐놓은 채 편지를 쓰느라 여념이 없었다. 물론 특별 객차로 건너가면 식탁이 있지만 그곳에서는 술도 주문하고 다른 승객들과 대화도 나눠야 한다. 더구나 가장 중요한 편지 하나가 아직 남았다. 시카고의 정신과의사 에드비그 박사.

허조그는 썼다. 그래, 에드비그, 당신도 결국 사기꾼이었군! 한심한 인간! 하지만 첫머리부터 이렇게 써버리면 곤란하다. 그래서 다시 썼다. 에드비그에게, 전해드릴 소식이 있소. 아, 그래, 훨씬 낫다. 에드비그는 마치 모든 소식을 훤히 아는 듯한 태도 때문에 짜증나는 사람이고, 게르만족과 영국계 켈트족의 혈통에서 태어난 차분한 개신교도다. 희끗희끗하고 조그마한 턱수염, 세련되고 곱슬곱슬하고 치솟은 머리, 둥글고 깨끗하고 반짝거리는 안경. 인정하겠소. 당신을 찾아갔을 때 나는 엉망이었지. 매들린은 결혼생활을 유지하는 조건으로 정신과 치료를 받으라는 조건을 내걸었소. 기억할지 모르겠지만 매들린은 내 정신 상태가 위험하다고 했지. 정신과의사를 고르는 일은 내 마음대로 하라더군. 당연히 나는 바르트, 틸리히, 브루너** 등에 대해 썼던 당신을 선택했소. 특히 매들린은 유대인이지만

---

* 철학적 소양을 갖춘 왕. 플라톤의 『국가론』에서 이상적 지배자를 일컫는 개념이다.
** 차례대로 스위스 신학자 카를 바르트, 독일 태생의 미국 신학자 폴 틸리히, 스위스 신학자 에밀 브루너.

가톨릭교로 개종해서 기독교적 일면이 있었으니 내가 그녀를 이해할 수 있도록 당신이 도와주길 바랐으니까. 그런데 당신은 오히려 매들린에게 반해버렸지. 부정해도 소용없소. 나를 통해 매들린이 아름답고 똑똑한데다 결코 제정신이 아니고 게다가 신앙심까지 있다는 사실을 알수록 더 반했잖소. 매들린과 거즈바크는 내 일거수일투족을 계획하고 조종했소. 정신과의사를 이용해 나를 떼어내려 했소. 극심한 신경과민, 어쩌면 절망적일 수도 있는 환자를. 어쨌든 내가 정신과 치료를 받는 동안은 증상에 마음을 빼앗겨 여념이 없을 테니까. 그들은 내가 매주 나흘씩 오후마다 진료실 소파에 눕는다는 사실을 알고 마음껏 침대에서 뒹굴었겠지. 당신을 찾아가던 날 나는 신경쇠약으로 쓰러지기 일보 직전이었소. 축축한 날씨, 간간이 흩날리는 눈발, 너무 더운 버스. 확실히 그날은 눈조차 내 마음을 식혀주지 못했다. 길바닥에는 노란 낙엽이 찰싹찰싹 달라붙었다. 녹색, 차분한 녹색 플러시 모자를 쓴 노파를 보았는데, 머리 위에 축 늘어진 모자는 마치 노파의 숨을 끊으려는 자루 같았다. 그래도 그날은 그리 나쁘지 않았다. 에드비그는 내가 미치지 않았다고 말했다. 그저 반응성 우울증*이라고 했다.

"하지만 매들린은 제가 미쳤다고 하던데요. 제가……" 간절하고 쓰라린 심정 때문에 얼굴이 일그러지고 목이 메고 목소리가 떨릴 만큼 고통스러웠다. 그러나 수염을 기른 에드비그의 친절한 미소 덕분에 힘을 얻었다. 에드비그의 속내를 알아내려고 최선을 다했지만, 그날은 우울증 환자에게 극심한 의존성이 생기며 관계가 단절되거나 상실의

---

* 외부 사건에 대한 반응으로 나타나는 우울증.

위기가 닥쳤을 때 히스테리를 일으키기 쉽다는 말밖에 듣지 못했다. 에드비그는 이렇게 덧붙였다. "그리고 말씀을 들어보니 선생님 잘못도 없진 않군요. 부인은 원래 화를 잘 내는 분인 듯싶고. 부인이 언제부터 교회를 멀리하셨죠?"

"잘 모르겠어요. 어쨌든 오래전에 발길을 끊은 것 같던데요. 그런데 지난 재의수요일* 에 보니 아내 이마에 검댕이 묻었더군요. 그래서 제가 그랬죠. '매들린, 이젠 가톨릭교 신자도 아닌 줄 알았어. 그런데 미간에 묻은 건 뭐야, 혹시 재 맞아?' 그랬더니 아내는 '무슨 소린지 모르겠네,' 그러더라고요. 망상이니 뭐니 하면서 어물쩍 넘어가려고. 하지만 그건 망상이 아니었어요. 얼룩이 있었죠. 희미했지만 틀림없이 얼룩이었어요. 그런데도 아내는 나 같은 유대인이 그런 문제에 대해 뭘 알겠느냐는 태도였어요."

허조그는 매들린에 대한 이야기를 할 때마다 에드비그가 그녀에게 점점 더 빠져든다는 사실을 알아차렸다. 허조그의 말끝마다 고개를 끄덕이고 눈길을 들고 턱수염을 쓰다듬고 안경을 번뜩이며 미소를 지었다. "부인이 기독교인이라고 생각하세요?"

"아내는 제가 바리새인 같은 위선자라고 생각하죠. 본인이 했던 말이에요."

"아?" 에드비그가 격렬한 반응을 보였다.

"아 다음은 뭐죠?" 모지스가 말했다. "아내 말에 동의한다는 뜻인가요?"

---

* 예수의 고행을 기리는 사순절의 첫날. 미사 때 참회의 의미로 이마에 재를 바르는 예식을 한다.

"제가 어떻게 알겠습니까? 선생님을 잘 알지도 못하는데. 그보다 제 질문은 어떻게 생각하세요?"

"20세기에 유대인을 위선자라고 부를 자격이 있는 기독교인이 어디 있을까요? 유대인의 관점에서 보면 기독교의 행태가 별로 바람직하지 않았던 시대잖아요."

"어쨌든 부인의 사고방식이 기독교적이라고 생각하세요?"

"아내의 관점은 좀 자의적이고 비현실적이라고 생각합니다." 허조그는 앉은 채로 허리를 더 곧게 펴고 조금은 엄숙한 어조로 말을 이었다. "저는 예수가 온 세상을 병들게 했다는, 노예들의 도덕관념을 퍼뜨렸다는 니체의 말에 동의하지 않습니다. 그렇지만 니체도 기독교적 역사관을 가졌죠. 지금 이 순간을 늘 어떤 위기로, 고전적 존엄성을 잃고 추락한 상태로, 구원이 절실한 타락이나 불행으로 여겼으니까요. 그래서 기독교적이라는 겁니다. 물론 매들린도 그렇게 믿어요. 어느 정도는 우리 대부분이 그렇게 생각하죠. 어떤 독소를 해독해야 한다고, 구원이나 속죄가 필요하다고. 매들린은 구원자를 원했는데 저는 아내가 찾는 구원자가 아니었죠."

에드비그는 모지스에게 이런 대답을 기대했던 모양이다. 모지스의 말을 모두 분석해볼 만한 자료로 여기는지 어깨를 으쓱거리고 미소를 지으며 매우 기뻐하는 눈치였다. 금발에 백인이고 상냥한 사람이다. 어깨는 좀 빈약하지만 반듯하다. 분홍색이 감돌지만 무색에 가까운 고풍스러운 안경테 때문에 따분하고 허름하고 신중한 의사처럼 보인다.

어찌된 영문인지 모르겠지만 당신이 내 정신을 분석하는 과정에서 차츰 매들린이 중심인물 자리를 차지했고, 나를 지배하듯이 분석 과정도 지배하게 되었소. 결국 당신까지 지배했고. 나는 당신이 매들린을 만나고 싶어 안달한다는 사실을 서서히 알아차렸소. 결국 내 사례에 특이한 점이 더러 있다면서 그녀와 면담해야겠다고 말하더군. 당신은 그렇게 내 아내를 만나면서 종교에 대한 토론에 점점 더 깊이 빠져들었지. 마침내 아내까지 치료해주게 됐고. 당신은 내가 아내에게 반해버린 이유를 짐작할 만하다고 말했소. 그때 내가 그랬지. '비범한 여자라고 했잖아요. 교활하고 무서운 년이에요!' 그러니까 내가 비록 (속된 말로) 대가리에서 나사 하나 빠진 놈일지언정 적어도 평범한 여자가 아니라는 말은 사실이었고 당신도 충분히 깨달았을 거요. 한편 매디는 당신까지 감쪽같이 속여 화려한 전적을 갱신했지. 덕분에 더 영리해졌고. 그리고 당시 (아마도) 러시아 종교사 연구로 박사학위를 받으려 했으니까, 한 번에 25달러씩 내고 당신을 만나면서 몇 달 동안 동방 기독교에 관한 강의를 들은 셈이오. 그런 다음부터 이상한 증상이 나타났소.

처음에는 모지스가 탐정을 고용해 자기를 감시한다고 비난했다. 그녀의 비난조에는 영국식 말투가 조금 섞였는데, 그 무렵 허조그는 곧 말썽이 생긴다는 신호로 여겼다. "난 상상도 못했네, 당신처럼 똑똑한 사람이 그렇게 눈에 확 띄는 놈을 끌어들일 줄이야."

"끌어들이다니?" 허조그가 말했다. "내가 누구를 끌어들였다고?"

"그 소름 끼치는 인간 말이야, 그 역겨운 놈, 스포츠 재킷을 입은 뚱뚱한 놈." 매들린은 자기 판단을 확신하며 허조그를 표독스럽게 노려보았다. "어디 잡아떼려면 잡아떼봐. 경멸할 가치도 없는 짓을 했으면서."

새파랗게 질린 그녀의 얼굴을 보고 허조그는 아무래도 조심해야겠다. 무엇보다 영국식 말투에 대해서는 입도 뻥긋하지 말아야겠다고 다짐했다. "매디, 그건 오해야."

"오해는 무슨. 당신이 그런 짓까지 할 줄은 꿈에도 몰랐어."

"무슨 소린지 모르겠네."

매들린의 목소리가 점점 높아지고 부들부들 떨렸다. 그녀가 사납게 쏘아붙였다. "나쁜 새끼! 그렇게 점잖은 체하지 마. 당신이 써먹는 수법은 내가 다 알아." 그러더니 빽 소리쳤다. "당장 그만둬! 탐정 따위가 나를 미행하다니 용납할 수 없다고!" 부릅뜬 아름다운 두 눈이 점점 붉어졌다.

"매디, 내가 왜 당신을 미행하게 해? 도무지 모르겠네. 그렇게 해서 뭘 알아내려고?"

"그놈이 오늘 피, 필드백화점에서 나만 졸졸 따라다녔어, 오후 내내." 그녀는 화가 나면 종종 말을 더듬었다. "내가 화, 화, 화장실에서 반시간이나 버티다가 나왔는데도 그놈은 여전히 거기서 기다리더라. 그리고 직행열차 터널에서…… 꼬, 꼬, 꽃을 사려고 할 때도."

"웬 놈이 당신을 꼬여보려고 따라다녔겠지. 나랑은 무관한 일이야."

"분명히 탐정이었다니까!" 그녀가 주먹을 불끈 쥐었다. 입술이 무시무시하게 얇아지고 온몸이 부들부들 떨렸다. "오늘 오후에 들어오면서 보니까 그놈이 옆집 베란다에 앉아 있더라고."

모지스의 얼굴이 창백해졌다. "어떤 놈인지 가리켜봐, 매디. 당장 가서 따질 테니까…… 어떤 놈인지만 가리켜보라고."

에드비그는 그 일이 편집증 증상이라고 했고 허조그는 곧 되물었다. "정말입니까?" 그는 잠시 생각해보다가 휘둥그런 눈으로 의사를 노려보며 분통을 터뜨렸다. "정말 매디의 망상이었다고 생각하세요? 매디가 제정신이 아니라고? 미쳤다고?"

에드비그는 단어를 골라가며 조심스럽게 말했다. "그런 일이 있었다고 다짜고짜 미쳤다고 할 수는 없죠. 방금 말씀드린 대로 편집증 증상일 뿐입니다."

"그렇다면 매디는 환자잖아요. 저보다 심각하잖아요."

아, 불쌍한 사람! 환자라서 그랬구나. 정말 정상이 아니었구나. 모지스는 늘 환자에게 각별한 연민을 느꼈다. 그래서 에드비그에게 확언했다. "말씀대로 제 아내가 정말 환자라면 앞으로 조심해야겠네요. 제가 잘 보살펴야겠어요."

동정심은 오늘날에도 수많은 고난에 시달리지만 앞으로도 영원히 불건전한 마음가짐이라는 의심을 받을 것이오. 예컨대 사도마조히즘처럼, 무슨 변태 행위처럼. 고상하거나 도덕적인 성향은 모두 속임수로 의심받기 마련이지. 우리는 케케묵은 말로 그런 마음씨를 찬미하면서도 내심 저버리거나 부정하니까. 아무튼 에드비그는 매들린을 돌보겠다는 모지스의 결심을 달가워하지 않았다.

"제 할일은 부인께 그런 증상에 대해 알려드리는 겁니다."

그러나 매들린은 편집증적 망상이 있다는 경고를 전문가에게 듣고도 별로 걱정하지 않는 듯했다. 자기가 비정상이라는 말은 그리 새로운 이야기도 아니란다. 아닌 게 아니라 그녀는 이 모든 일을 침착하게 받아들였다. "어쨌든 심심하진 않겠네." 그녀가 허조그에게 내뱉은 말은 그랬다.

말썽은 아직 끝나지 않았다. 한두 주 동안 필드백화점 배달트럭이 장신구, 담배상자, 상의와 드레스, 전등, 카펫 등을 거의 날마다 실어 날랐다. 매들린은 그런 물건을 구입했다는 사실조차 기억하지 못했다. 열흘 만에 1200달러를 넘어섰다. 모두 최고급이었고 매우 아름다웠다. 그 점은 그나마 약간의 만족감을 주었다. 그녀는 불안정할 때조차 품격을 잃지 않았으니까. 물건들을 반품하면서도 모지스는 아내를 측은히 여겼다. 에드비그는 그녀가 진짜 정신병자로 전락하는 일은 결코 없겠지만 앞으로도 평생 동안 이런 증상이 한 차례씩 나타나리라 예고했다. 모지스에게는 우울한 소식이었지만 어쩌면 그의 한숨은 약간의 만족감을 표출했는지도 모른다. 충분히 일어날 수 있는 일이다.

물건 배달은 곧 끝났다. 매들린은 대학원 공부를 다시 시작했다. 그러던 어느 날 밤, 어수선한 침실에서 둘 다 알몸이 되었을 때 허조그가 시트를 들추다가 그 밑에 있는 낡은 책(크고 오래되고 먼지로 뒤덮인 러시아 백과사전 몇 권)을 발견하고 좀 모진 말을 한마디 내뱉었는데, 매들린은 그 말을 참아내지 못했다. 허조그에게 비명을 지르더니 침대에 몸을 던지고, 담요와 시트를 갈기갈기 찢어버리고, 책을 방바닥에 내동댕이치고, 손톱으로 베개를 쥐어뜯으며 목멘 소리로 미친듯이 비명을 질렀다. 매트리스의 비닐 커버를 움켜쥔 채 비틀었고, 그러는 동안에도 새된 소리로 알아들을 수 없는 욕설을 바락바락 퍼붓는데, 입가에서는 허연 게거품이 흘러내렸다.

허조그는 쓰러져버린 전등을 세워놓았다. "매들린—무슨 약이라도 좀 먹는 게 좋지 않을까…… 당신 이러는 거?" 그러면서 어리석게도 매들린을 달래보려고 손을 내밀었는데, 바로 그 순간 그녀가 벌떡 일어나며 허조그의 얼굴을 후려갈겼지만 주먹질이 서툴러 별로 아프지 않았다. 그녀는 허조그에게 냅다 달려들어 두 주먹으로 마구 때렸는데, 여자들이 무턱대고 휘두르는 주먹질이 아니라 길거리 싸움꾼처럼 관절을 이용한 주먹질이었다. 허조그는 얼른 돌아서서 주먹세례를 고스란히 등으로 받아냈다. 불가피한 선택이었다. 매들린은 환자니까.

그때 아내를 때리지 않아서 다행인지도 모르겠소. 덕분에 그녀의 사랑을 되찾을 가능성이라도 남았으니까. 하지만 그런 위기상황에서도 내가 온순한 태도로 일관하자 아내는 더욱더 노발대발했소. 마치 내가 무슨 종교적 논쟁에서 자신을 꺾으려 한다는 듯이. 당신과 그녀가 아가페를 비롯해서 여러 숭고한 관념에 대해 이야기했다는 사실을 아는데, 내 언행에서 비슷한 성향이 조금이라도 보이면 아내는 몹시 격분했소. 나를 사기꾼으로 몰았지. 편집증에 사로잡힌 그녀의 마음속에서 나는 이미 원시적 수준으로 전락해버렸으니까. 그래서 내가 만약 아내를 허리띠로 매질했다면 그녀의 태도가 달라졌을지도 모른다는 거요. 어쩌면 야만인에게는 편집증이 정상적인 정신 상태일지도 모르겠소. 그리고 혹시 내 영혼이 느닷없이, 뜬금없이 그렇게 고상한 감정을 경험하더라도 어차피 칭찬 한마디 못 들었겠지. 선의를 바라보는 당신의 관점을 감안한다면 당신에게서도 칭찬은 기대할 수 없을 테고. 당신이 칼뱅*의 심리적 사실주의에 대해 설명한 논문을 읽어봤소. 내 말을 너무 불쾌하게 여기지 않았으면 좋겠소만, 그 논문은 인간성에 대하여 몹시 비열하고 비굴하고 쩨쩨한 인식을 여실히 드러냈소. 그것이 내가 바라보는 당신네 프로테스탄트 정신분석학의 실체요.

허조그가 그날 침실에서 공격당했던 일을 이야기하는 동안 에드비

---

* 프랑스 신학자, 종교개혁가 장 칼뱅(1509~1564).

그는 어렴풋이 웃으며 침착하게 앉아 있었다. 이윽고 에드비그가 물었다. "왜 그런 일이 벌어졌다고 생각하세요?"

"아마 책 때문이겠죠. 공부하는데 방해했다고. 제가 집이 더럽다고, 냄새난다고 하면 아내는 자기 사고력을 비판하고 다시 집안일이나 하길 강요한다고 생각해요. 사람 권리를 무시한다나……"

허조그는 에드비그의 미지근한 반응이 마음에 들지 않았다. 다정다감한 반응이 필요할 때 허조그가 찾아갈 만한 사람은 밸런타인 거즈바크뿐이었다. 따라서 고충이 있을 때마다 그에게 털어놓았다. 그러나 거즈바크의 집에 가서 초인종을 누르면 문을 열어주는 피비 거즈바크의 (이유를 알 수 없는) 냉랭한 태도부터 마주해야 했다. 그녀의 얼굴은 몹시 수척하고 건조하고 창백하고 불편해 보였다. 물론—한편 차창 밖에서는 코네티컷주의 풍경이 쏜살같이 달려들었다가 오르락내리락 지나가며 입체감을 드러내고 대서양의 수면이 찬란하게 빛난다—물론 피비는 남편이 매들린과 바람을 피운다는 사실을 그때 이미 알았다. 그리고 피비의 인생에서 유일한 관심사, 유일한 목표는 남편을 지키고 아이를 보호하는 일이었다. 초인종 소리를 듣고 문을 연 그녀가 발견한 것은 어리석고 정 많고 번민에 시달리는 허조그였다. 그가 친구를 만나러 왔다.

피비는 강한 여자가 아니고 기력에도 한계가 있었다. 그때쯤에는 빈정거리는 단계도 지났으리라. 그리고 연민으로 말하자면, 굳이 허조그에게 연민을 느낄 까닭이 있었을까? 간통은 그럴 만한 이유가 아니다. 워낙 흔해빠진 일이니 둘 다 심각하게 생각할 필요는 없으니까. 어차피 피비는 매들린의 육체를 대수롭게 여기지도 않았다. 어쩌면 허조그의 어리석은 지성인 근성, 즉 자신의 골칫거리를 고상한 범주로 승화시키려는 어설픈 시도에 연민을 느꼈는지도 모른다. 혹은 그저 그의 번민이 안쓰러웠거나. 그러나 아마도 자기 삶의 향방에 꼭 필요한 감정만 남아 그 이상의 여유는 없었겠지. 모지스는 피비가 자기를 원망한다고 확신했다. 밸런타인의 야심을 부추겼다는 이유로, 유명인사 거즈바크, 시인 거즈바크, 하다사*에서 마르틴 부버**에 대해 강연하는 텔레비전 지식인 거즈바크를 길러냈다는 이유로. 허조그가 그를 시카고 문화계에 소개했으니까.

"밸은 자기 방에 있어요." 피비가 말했다. "실례지만 저는 애한테 예배 보러 갈 준비를 시켜야겠어요."

거즈바크는 책장을 만드는 중이었다. 거구를 느릿느릿 침착하게 움직이며 목재와 벽면의 치수를 측정하고 석고 표면에 숫자를 적어놓았다. 수평기도 능숙하게 다루고 토글볼트를 훑어보기도 했다. 두툼하고 불그스름하고 현명한 얼굴, 넓적한 가슴, 의족 때문에 뻐딱한 자세. 그런 모습으로 전기드릴에 꽂을 비트를 고르는 데 열중한 채 거즈바크는 매들린의 이상한 공격에 대해 설명하는 허조그의 말을 들었다.

"우린 막 자려던 참이었어."

"그런데?" 애써 참는 기색이었다.

"둘 다 알몸이었지."

"뭘 하려고 했는데?" 거즈바크가 물었다. 근엄한 말투였다.

"내가? 천만에. 매디가 러시아 책으로 빙 둘러 성벽을 쌓았더라고.

---

* 미국의 유대계 여성 자선단체.
** 오스트리아 태생의 유대계 철학자(1878~1965).

키예프의 블라디미르,* 티혼 자돈스키** 등등. 내 침대에! 러시아 놈들이 우리 조상들을 박해했는데 뭐가 아쉬워서! 도서관 구석구석에 처박혀 지난 오십 년 동안 아무도 안 빌려간 책만 잘도 골라왔더라. 시트에는 싯누런 종이 부스러기가 수북하고."

"너 또 투덜거렸어?"

"그랬는지도 몰라, 조금은. 달걀 껍데기, 뼛조각, 깡통 따위가 식탁 밑에도, 소파 밑에도…… 준한테 위험하잖아."

"그게 네 실수였어! 바로 그거야. 매디는 그런 잔소리를, 그렇게 깔아뭉개는 말투를 못 참는 거라고. 내가 이 문제를 해결해주길 바란다면 너한테 해줄 말이 있어. 너랑 매디는—세상이 다 알다시피—내가 가장 사랑하는 두 사람이야. 그래서 미리 말해두는데, 하베르,*** 시시껄렁한 얘기만 늘어놓지 마. 자질구레한 일은 다 집어치우고 골자만 솔직하게, 진지하게 말해보란 말이야."

"매디한테 지금이 어려운 고비라는 건 알아. 자신을 찾느라. 가끔은 내 말투가 언짢다는 것도 알고. 그 점에 대해서는 에드비그와도 의논해봤어. 하지만 일요일 밤에는……"

"치근덕거리지 않은 건 확실하지?"

"그래. 마침 전날 밤에 관계도 했고."

거즈바크는 몹시 화가 난 표정이었다. 붉게 이글거리는 눈으로 모지

---

* 중세 동유럽 국가 키예프 루스의 군주 블라디미르 1세의 별칭. 서기 989년 기독교를 국교로 선포했다.
** 러시아 성직자 '자돈스크의 티혼'(1724~1783).
*** '친구'라는 뜻의 이디시어. 이하 이디시어의 경우는 각주에 뜻만 달았다.

허조그 109

스를 노려보며 말했다. "그걸 물어본 게 아니야. 나는 일요일 밤에 대해서만 물었어. 자꾸 요점을 벗어나지 말란 말이야, 염병할! 네가 솔직해지지 않으면 내가 도와줄 일이 아무것도 없어."

"내가 너한테 솔직하지 못할 이유가 없잖아?" 모지스는 거즈바크의 격렬한 반응과 붉으락푸르락 사나운 표정에 깜짝 놀랐다.

"아니야. 자꾸 얼버무리기만 하잖아."

거즈바크의 이글거리는 시선 앞에서 모지스는 그의 지적에 대해 생각해보았다. 거즈바크의 눈은 예언자의 눈, 쇼팟*의 눈이다. 그래, 이스라엘 재판관의 눈, 왕의 눈. 밸런타인 거즈바크는 불가사의한 사람이다. "우리는 전날 밤에 관계를 했어. 그런데 끝나자마자 매디가 불을 켜더니 먼지가 잔뜩 묻은 커다란 러시아 책을 대뜸 가슴에 올려놓고 읽기 시작하더라고. 입맞춤도 안 해주고. 마지막 애무도 없이. 코만 씰룩거리면서."

밸런타인이 희미한 미소를 지었다. "각방을 쓰는 편이 나을지도 모르지."

"내가 아이 방에 가서 잘 수도 있지. 하지만 안 그래도 준이 좀 불안해한단 말이야. 밤마다 잠옷 바람으로 쏘다닌다고. 자다가 깨면 내 침대 옆에 있더라. 오줌도 자주 싸고. 우리 사이의 긴장감을 준도 느끼는 거지."

"애 얘기는 하지 마. 이런 일에 애를 들먹이지 말라고."

허조그는 고개를 숙였다. 금방이라도 눈물이 흐를 듯했다. 거즈바크

---

* '판관'이라는 뜻.

가 한숨을 푹 쉬더니 곤돌라 뱃사공처럼 몸을 굽혔다 폈다 하며 벽면을 따라 천천히 걸었다. "내가 지난주에도 설명했지만……"

"한번 더 말해줘. 내 상태가 이러니까."

"그래, 내 말 잘 들어. 한번 더 얘기해보자."

허조그의 잘생긴 얼굴이 슬픔 때문에 많이 상했다. 아니, 아예 망가졌다고 해야겠다. 그의 교만에 상처받았던 사람이 지금의 찌든 모습을 본다면 분풀이가 끝났다고 생각하리라. 우스꽝스러울 만큼 크나큰 변화다. 그리고 거즈바크가 한바탕 늘어놓는 설교는—어찌나 열렬하고 활기차고 무지막지한지 역시 우스꽝스러울 정도였다. 더욱더 고상한 의미, 깊이, 품격을 추구하는 지식인의 욕심을 흉내낸 풍자극 같았다. 모지스는 눈부신 햇볕이 내리쬐는 창가에 앉아 귀를 기울였다. 길게 홈을 판 도금 봉에 달린 커튼이 탁자에 놓인 널빤지와 책을 뒤덮었다. 밸런타인이 말했다. "한 가지만 분명히 알아둬, 브루더.* 나는 다른 속셈 따위는 없는 놈이야. 이번 일에 아무런 편견도 없다고." 밸런타인은 말끝마다 이디시어 표현을 붙이기 좋아했다. 아니, 잘못 붙인다고 해야겠다. 허조그가 배운 이디시어는 상류층의 언어였다. 밸런타인이 함부로 내뱉는 백정, 마부, 평민의 말투를 들으면 본능적으로 우월감을 느꼈지만 일부러 억눌렀다. 맙소사! 집안 대대로 물려받은 케케묵은 편견, 이미 사라져버린 세계의 터무니없는 습성! "슈틱**은 다 집어치우자고." 거즈바크가 말했다. "가령 네가 개새끼라고 치자. 그래, 아예 범죄자라고 쳐. 그렇더라도 내 우정을 깨뜨릴 수 있는 건 아무것도

---

* '형제'라는 뜻.

** '헛소리'라는 뜻.

없어, 정말 아무것도! 실없는 소리가 아니야, 너도 알잖아! 네가 나한테 무슨 짓을 해도 다 참을 수 있어."

모지스는 다시 놀랐다. "내가 너한테 무슨 짓을 했는데?"

"잊어버려. 호브 에스 인 드레어드.* 매디가 못된 여자라는 거 알아. 그리고 넌 모르겠지만 나도 피비 엉덩이를 걷어차고 싶을 때가 한두 번이 아니야. 클리퍼!** 하지만 여자들 천성이 그렇지 뭐." 그는 풍성한 머리카락을 흔들어 제자리로 돌려놓았다. 타는 듯 짙은 구릿빛인데 뒤쪽은 무자비하게 싹둑 깎았다. "한동안 네가 매디를 보살폈지, 그래, 나도 알아. 하지만 매디 집안만 봐도 아버지는 정나미 떨어지는 인간이고 어머니는 크베치***인데 별수없잖아? 보답은 기대하지도 마."

"그래, 물론이지. 하지만 겨우 일 년 사이에 2만 달러나 써버렸어. 물려받은 유산 전부를. 이제 남은 거라고는 밤새도록 직행열차가 지나가는 레이크 파크의 다 쓰러져가는 집 한 채뿐이라고. 하수구는 악취가 진동하지. 온 집안이 쓰레기에 잡동사니에 러시아 책에 애 빨랫감 천지야. 그런 집에서 나 혼자 빈 콜라병 반납하고 청소기 돌리고 종이 태우고 송아지 뼈 줍느라 바쁘다니까."

"그 못된 여자가 너를 시험하는 거야. 너는 중요한 교수잖아. 학술회의에도 초청받고 국제적으로 편지도 주고받는. 매디는 그런 네가 자기 중요성도 좀 인정해주길 바라는 거라고. 너는 페림터 멘슈니까."

모지스는 하늘이 무너져도 이번만은 눈감아줄 수 없었다. 그래서 조

---

* '지옥에나 가라고 해'라는 뜻.
** '잔소리꾼'이라는 뜻.
*** '불평꾼'이라는 뜻.

용히 말했다. "베림터."*

"페, 베, 아무러면 어때. 아무튼 이 문제에는 네 이기심보다 신망이 걸렸어. 너는 진짜 멘슈가 될 수 있어. 그럴 만한 자질은 충분하니까. 그런데 이렇게 이기적인 짓이나 하면서 다 망치잖아. 심각한 일이야. 너처럼 귀중한 사람이 사랑 때문에 죽어가다니. 슬픈 일이지. 말도 안 되잖아!"

밸런타인을 만나면 마치 왕을 알현하는 듯하다. 위풍당당하다. 왕관을 써도 잘 어울리겠다. 밸런타인은 정말 왕이다. 그는 감정의 왕이고 그의 왕국은 넓디넓은 마음이다. 마치 신이 내린 권리나 정신적 권리라도 있다는 듯이 주변의 모든 감정을 빼앗아간다. 그런 감정은 자기가 더 잘 활용할 수 있으므로 그냥 몰수해버린다. 그는 거인이고, 이 거인은 진실만(또 그놈의 진실!) 요구한다. 허조그는 그런 위엄에 저항하지 못하는 체질이고, 설령 가짜 위엄이더라도 예외가 아니다(설마 밸런타인의 위엄이 다 가짜였을까?).

두 사람은 시원한 겨울 공기로 머리를 식히려고 바깥으로 나갔다. 거즈바크는 허리끈이 달린 커다란 방한복을 입고 모자는 쓰지 않은 채 하얀 입김을 내뿜으며 천하무적 같은 의족으로 눈을 걸어찼다. 모지스는 칙칙한 녹색 벨루어 모자의 챙을 더 끌어내렸다. 반사광 때문에 눈이 부셨다.

밸런타인의 말투를 들어보면 지독한 패배를 딛고 일어선 사람, 짐작하기 어려운 고통에서 살아남은 사람 같았다. 그의 아버지는 동맥경화

---

* '이름난'이라는 뜻. 앞에서 거즈바크가 말한 '멘슈'는 '난사람'이라는 의미.

로 사망했다. 자신도 언젠가는 같은 병에 걸릴 테고 결국 목숨을 잃으리라 예상했다. 그러나 죽음을 말할 때조차 위풍당당했고—달리 표현할 말이 없다—두 눈은 놀랍도록 활기차고 큼직하고 또렷하고 강렬해서, 허조그는 밸런타인의 영혼을 푹 우려낸 국물처럼 뜨겁고 찬란하다고 생각했다.

"내가 다리를 잃을 때 얘기야." 거즈바크가 말했다. "일곱 살 때 새러토가스프링스*에서 풍선장수를 뒤쫓아 달려갔어. 풍선장수가 작은 피펠**을 불었지. 나는 지름길로 가려고 조차장操車場***에 늘어선 화차 밑으로 기어들어갔어. 바퀴에 한쪽 다리가 잘리자마자 조차공이 발견해서 그나마 다행이지. 그 사람이 나를 외투로 싸매고 병원으로 달려갔어. 정신을 차려보니 코피가 나더라. 병실에는 나 혼자였고." 모지스는 하얗게 질린 채 이야기를 들었다. 매서운 추위도 그의 안색을 바꿔놓지 못했다. "급히 고개를 내밀었어." 거즈바크는 기적에 대해 설명하듯이 말을 이었다. "피 한 방울이 바닥에 똑 떨어져 튀는 순간 침대 밑에서 작은 생쥐 한 마리를 봤는데 내 핏방울을 노려보는 듯했어. 뒤로 물러나더니 수염이랑 꼬리를 움직이더라. 병실에는 찬란한 햇빛이 가득하고……" (태양에는 폭풍이 휘몰아쳐도 지상은 평화롭고 온화한 곳이라고 모지스는 생각했다.) "침대 밑은 작은 세계였어. 그때 다리 하나가 없어졌다는 사실을 깨달았지."

밸런타인은 두 눈에 맺힌 눈물이 자기연민 때문은 아니라고 할 터

---

* 뉴욕주 동부의 도시.
** '피리'라는 뜻.
*** 철도에서 객차와 화차를 잇거나 떼어 열차를 편성하는 곳.

였다. 아니야, 무슨 개소리. 그러겠지. 그때의 그 꼬마가 불쌍해서라고. 모지스도 자기 이야기를 골백번 되풀이할 때가 있으니 거즈바크의 반복적인 이야기에도 불평할 수 없었다. 사람은 저마다 몇몇 이야기를 시처럼 끊임없이 읊어대기 마련이니까. 그러나 거즈바크는 매번 거의 빠짐없이 눈물을 흘렸는데 둥글게 말린 적갈색 속눈썹이 서로 달라붙어 낯선 모습이었다. 그토록 여린 사람이지만 겉모습은 우락부락했다. 넓적하고 강인한 얼굴, 뻣뻣하고 무성한 수염, 그야말로 무지막지한 턱. 그리고 일반적으로 더 큰 고통을 겪은 사람이 더 특별하다고 생각하는 모지스는 거즈바크가 더 큰 고통을 겪었다고, 그날 거즈바크가 화차 바퀴 밑에서 겪었던 고통은 일찍이 자신이 겪어본 고통보다 훨씬 더 컸을 것이라고 기꺼이 인정했다. 괴로워하는 거즈바크의 얼굴은 붉게 빛나는 뻣뻣한 수염에 찔린 듯 돌처럼 하얘졌다. 아랫입술은 윗입술 밑으로 사라져 거의 보이지도 않았다. 저 크나큰 슬픔, 저 뜨거운 슬픔! 용암 같은 슬픔!

허조그는 썼다. 에드비그 박사에게, 당신은 매들린이 매우 종교적인 천성을 타고났다고 몇 번이나 말했소. 그녀가 개종할 무렵, 즉 우리가 결혼하기 전에 나는 몇 번쯤 그녀와 함께 성당에 갔소. 분명히 기억하는데…… 뉴욕에서……

매들린이 강요했다. 어느 날 아침, 택시를 타고 성당 문 앞까지 데려다주었을 때 그녀가 같이 들어가자고 말했다. 꼭 들어가야 한다면서. 자기 신앙을 존중해주지 않으면 둘 사이는 불가능하다나. "난 성당에 대해서는 아무것도 몰라." 모지스가 말했다.

매들린이 택시에서 내리더니 당연히 따라올 줄 안다는 듯 재빨리 계단을 올라갔다. 모지스는 운전사에게 택시비를 내고 그녀를 뒤쫓았다. 매들린이 여닫이문을 어깨로 밀어 열었다. 성수반에 손을 담그고 성호를 긋는 모습이 평생 하던 일처럼 자연스러웠다. 아마 영화에서 보고 배웠겠지. 그러나 얼굴에 나타난 지독한 열성과 일그러진 당혹감과 간절한 애원의 표정은—어디서 배웠을까? 다람쥐 모피 칼라가 달린 회색 정장에 큼직한 모자를 쓰고 하이힐을 신은 매들린이 바삐 앞쪽으로 걸어갔다. 허조그는 희끗희끗한 외투의 옷깃을 붙잡고 모자를 벗으며 천천히 따라갔다. 매들린의 가슴과 어깨가 성큼 부풀고 흥분에 겨워 얼굴이 붉어졌다. 모자로 가려진 머리카락은 뒤로 넘겨 질끈 동여맸지만 옆머리 몇 가닥이 흘러내렸다. 성당은 신축 건물이었다. 작고 춥고 어두운데 참나무 신도석에 칠한 니스만 유난히 반질거렸고, 제단 가까이 놓인 촛불 몇 개는 조금도 흔들리지 않았다. 매들린은 통로에 멈춰선 채 한쪽 무릎을 꿇었다. 그저 무릎을 꿇는 정도가 아니었다. 고개를 숙인 채 몸을 낮추었을 뿐이지만 아예 바닥에 납작 엎드려 마루청에 가슴을 맞대고 싶어했다. 모지스는 그런 속내를 한눈에 알아차렸다. 그는 눈가리개를 한 말처럼 얼굴 양쪽을 손바닥으로 가리며 신도석에 앉았다. 도대체 내가 여기서 뭐하는 거지? 그는 남편이고 아버지다. 유부남이고 유대인이다. 그런데 왜 성당에 들어왔을까?

종소리가 딸랑거렸다. 신부가 빠르고 무미건조한 어조로 라틴어를 읊조렸다. 신부의 말에 화답할 때마다 매들린의 높고 맑은 목소리가 다른 사람들을 이끌었다. 그녀가 성호를 그었다. 통로에서 다시 한쪽 무릎을 꿇었다. 이윽고 두 사람이 다시 거리로 나왔을 때 매들린의 안색은 평소와 다름없었다. 그녀가 미소를 지으며 말했다. "좋은 데 가서 아침 먹자."

모지스는 택시 운전사에게 플라자로 가자고 말했다.

"난 거기 갈 만한 차림새가 아니잖아." 그녀가 말했다.

"그럼 스타인버그 식당*으로 가자. 난 어차피 거기가 더 좋아."

그러나 매들린은 립스틱을 바르고 블라우스를 매만지고 모자를 바로잡느라 여념이 없었다. 이럴 때는 얼마나 사랑스러운가! 얼굴은 명랑하고 동그스름하고 발그레하며 푸른 눈동자는 한없이 해맑다. 생리통 때문에 화가 나서 무시무시하게 차가워진 얼굴, 그 살인자 같은 표정과는 딴판이다. 플라자 앞의 로코코양식 대기소에서 문지기가 뛰어내려왔다. 바람이 세차게 불었다. 그녀가 얼른 로비로 들어갔다. 야자수와 연분홍 카펫, 금박 장식, 직원들……

'종교적'이라는 말씀이 무슨 뜻인지 모르겠소. 종교적인 여자도 애인이나 남편을 사랑하지 않는다는 결론을 내릴 수는 있겠지. 하지만 그 여자가 남자를 증오한다면? 끊임없이 남자의 죽음을 바란다면? 정사를 나누는 동안에도 한없이 열렬하게 기원한다면? 사랑의 행위를 하는 도중에 그녀의 푸른 눈에서 처녀의 기도처럼 빛나는 소망을 보게 된다면? 자, 나는 그리 순진한 사람이 아니오, 에드비그 박사. 차라리 그랬으면 좋겠다고 생각할 때도 많지. 철학자도 아니면서 정신머리만 복잡해봤자 별로 보탬이 안 되니까. 나는 종교적인 여자라고 해서 마냥 사랑스럽길, 늘 경건하면서도 다정다감하길 바라지는 않소. 하지만 당신이 매들린을 매우 종교적인 여자라고 판단한 이유를 알고 싶소.

---

* 맨해튼에 있었던 유대음식 전문식당.

나는 어쩌다가 종교적 경쟁에 말려들었소. 당신과 매들린과 밸런타인 거즈바크가 모두 나에게 종교에 대해 이야기했으니까. 그래서 나도 시도는 해보았지. 겸손하게 행동할 때 어떤 느낌이 드는지 알아보려고. 마치 그렇게 백치처럼 수동적인 태도와 피학적 포복자세와 비굴함 따위가 지독한 추락이 아니라 겸손이나 순종이라는 듯이. 그러나 역겨웠소! 아, 참을성 많았던 그리젤다 허조그! 나는 사랑의 표시로 덧창을 달고 아이 양육비도 넉넉히 주고 집세와 연료비와 전화요금과 보험료까지 치렀는데도 결국 가방을 싸야 했소. 내가 집을 나서자마자 당신의 성녀 매들린은 내 사진을 경찰에 보냈소. 딸아이를 만나겠다고 그 집 베란다에 발을 들여놓기만 해도 경찰을 부르겠지. 영장까지 받아놨다니까. 딸아이를 보고 싶을 때는 밸런타인 거즈바크가 데려다주고 다시 집으로 데려갔소. 나에게 조언도 하고 위로도 하고 종교도 권했소. 책도(마르틴 부버였지) 가져다줬고. 열심히 읽어보라고 명령하더군. 그래서 『나와 너』『신과 인간 사이에서』『예언자의 신앙』 등을 정신없이 읽었소. 그런 다음에 만나서 토론도 했소.

당신도 부버의 견해를 잘 알겠지. 인간을(주체를) 사물로(객체로) 바꿔놓는 짓은 잘못이라나. 정신적 대화를 통해 '나와 그것'의 관계를 '나와 너'의 관계로 발전시켜야지. 그때 하느님이 강림하사 사람의 영혼으로 들어오고. 사람들끼리도 서로의 영혼에 드나들고. 때로는 서로의 침대에 드나드는 일도 생기지. 어떤 남자와 대화를 나누면서. 그 사람의 아내와 동침하면서. 불쌍한 남편 손을 잡아주면서. 눈을 바라보면서. 위로해주면서. 그러는 동안 그 사람의 삶을 완전히 바꿔놓으면서. 앞으로 살아갈 나날을 위해 생활비 예산까지 잡아주면서. 딸까지 빼앗아가면서. 그런데 신기하게도 이 모든 짓거리가 종교적으로 심오한 의미가 있는 행동으로 탈바꿈하지. 그래서 마침내 가해자의 고통이 피해자의 고통보다 더 커지고. 왜냐하면 가해자 쪽이 더 큰 죄인이니까. 그렇게 가해자가 오히려 피해자에게 이래라저래라 참견하지. 당신은 거즈바크를 향한 내 적대적 의심이 사실무근이라고 말했고, 심지어 넌지시 편집증이라는 뜻을 비치기도 했소. 그때 거즈바크가 매들린의 정부라는 사실을 알았소? 매들린이 말해줬소? 아니겠지, 당신이 알았다면 그때 그렇게 말하지 않았을 테니까. 매들린은 사설탐정이 미행할까봐 걱정할 이유가 충분했소. 신경성 증상 따위는 절대로 아니었다고. 당신 환자 매들린은 당신한테 자기가 하고 싶은 말을 했을 뿐이지. 당신은 그때 아무것도 몰랐소. 지금도 아무것도 모르고. 당신은 매들린에게 완전히 속았소. 게다가 그녀에게 반해버리기까지 하지 않았소? 그녀가 계획한 대로. 매들린은 나를 버리려고 당신을 이용했소. 어차피 어떻게든 버렸겠지만. 그래도 당신이라면 쓸모 있는 도구가 될 만하다고 생각했겠지. 내가 당신 환자였으니까……

스티븐슨* 주지사님께. 허조그는 질주하는 열차 안에서 좌석을 붙잡은 채 편지를 썼다. 친구로서 한마디만 하겠습니다. 1952년 선거 때 주지사님을 지지했습니다. 당시 많은 사람이 그랬듯이 저도 우리 나라가 곧 세계적으로 위대한 시대를 맞이하려니, 공공의 관심사에 드디어 지성이 발휘되려니 생각했습니다. 에머슨**의 〈미국의 학자〉***에 더 접근한 시대, 즉 지식인의 시대가 금방 온다고 말입니다. 그러나 대중은 본능적으로 지성주의를 거부하고 그

---

* 미국 정치가 아들라이 스티븐슨. 일리노이 주지사를 역임했고, 1952년과 1956년 대통령 선거 당시 민주당 후보로서 공화당의 드와이트 아이젠하워와 경합했으나 두 번 모두 패배했다.
** 미국 사상가, 시인 랠프 월도 에머슨(1803~1882).
*** 1837년 하버드대학에서 행한 강연. 유럽의 문화 전통에서 벗어나 미국 고유의 문화 정체성을 확립하자고 주장하여 정신적 독립선언으로 불린다.

개념을, 그 사상 자체를 거부했는데, 어쩌면 낯설다고 여겨 불신했는지도 모릅니다. 대중은 지성보다 눈에 보이는 재물을 더 신뢰했습니다. 그래서 세상은 예전과 다름없이 굴러갑니다. 생각은 많이 하지만 아무런 성과도 내놓지 못하는 사람들도 있고, 생각은 못하지만 모든 일을 확실히 해내는 사람들도 있으니까요. 그렇다면 차라리 후자를 위해 일하는 편이 낫겠지요. 그런데도 주지사님은 코리올라누스*처럼 유권자들에게 아부하느라 괴로우셨겠습니다. 특히 뉴햄프셔처럼 추운 지방에서 말이죠. 그래도 어쩌면 지난 50년대에 꽤 유익한 공헌을 하셨는지도 모릅니다. 고리타분하고 자신만 생각하는 '인도주의자'의 면모를, 그리고 공익을 위해 사생활을 희생했던 아픔을 슬퍼하는 '지성인'의 모습을 마음껏 과시하셨으니. 흥! 장군이 승리한 이유는 저급하고 보편적인 감성적 사랑을 기꺼이 표현했기 때문입니다.

그래, 허조그, 무엇을 원하느냐? 하늘에서 내려오는 천사? 내려오더라도 열차에 깔려버릴걸.

라모나에게, 내가 잠시 도망친다고 해서 당신을 좋아하지 않는다고 오해하지 마. 좋아하니까! 당신이 참 가까운 사람이라고 느낄 때가 대부분이야. 그리고 지난주 그 파티 때, 방 건너편에서 꽃 달린 모자를 쓴 당신을 봤을 때, 화사한 뺨 근처에 머리카락이 흘러내렸을 때, 당신을 사랑하는 기분이 어떨까 어렴풋하게나마 깨달았어.

그는 마음속으로 소리쳤다. 결혼해줘! 내 아내가 되어줘! 내 번민을 끝내줘!—그러자마자 자신의 성급함 때문에, 나약함 때문에, 그리고 그런 격정이 자신의 특징적 성격이므로 주춤했다. 얼마나 비현실적이

---

* 로마 장군. 외적으로부터 로마를 지킨 공로로 추앙받았으나 평민층의 반발로 추방된 후 적군에 가담했다.

고 전형적인 충동인지 잘 알기 때문이다. 우리는 생긴 대로 살아갈 수밖에 없다. 필연이다. 그런데 지금의 내 모습은 어떠냐? 자, 이렇게 라모나에게서 도망치면서도 한편으로는 그녀에게 매달리려 한다. 그리고 그녀를 구속할 생각을 하며 스스로를 구속한다. 이 영리한 어리석음은 오히려 자신을 함정에 빠뜨릴지도 모른다. 자기계발, 자아실현, 행복—그런 명목으로 이렇게 바보짓을 벌인다. 아, 불쌍한 놈!—허조그 그는 잠시나마 객관적 세계에 합류하여 자신을 경멸했다. 허조그 자신도 허조그를 비웃고 멸시할 수 있었다. 그래도 한 가지 사실만은 변하지 않는다. 나는 허조그다. 나는 나답게 살아야 한다. 아무도 나를 대신할 수 없다. 실컷 비웃고 나면 다시 '자신'으로 돌아가 현실을 직시해야 한다. 그런데 갑자기 묘안이 떠오른다. 세번째 허조그 부인! 그러나 이런 생각은 유아기의 집착이 저지르는 일이다. 어린 시절의 트라우마는 매미가 수풀 속에 빈 허물만 남기듯이 툭툭 털어버릴 수 없다. 진정한 개인, 마음대로 살 수도 있고 죽을 수도 있는 개인은 존재한 적이 없다. 병들고 비참하거나 쓸쓸하고 우스꽝스러운 바보들이 지상명령에 따라, 거대한 욕망에 따라 어떤 이상을 실현하길 바랄 뿐이다. 그러나 그런 바람이 이뤄지려면 인류 전체를 윽박질러 신념을 갖게 만들어야 한다.

라모나는 여러모로 정말 탐나는 아냇감이다. 이해심도 많다. 교양도 있다. 뉴욕에 기반도 튼튼하다. 그리고 돈. 성적으로는 타고난 걸작이다. 그 가슴! 사랑스럽고 넉넉한 어깨. 오목한 배. 좀 짤막하고 살짝 휘어지긴 했지만 그래서 더 매력적인 다리. 다 갖췄다. 다만 다른 애증문제가 아직 끝나지 않았다. 허조그에게는 끝맺지 못한 일이 있다.

징카에게, 지난주에 당신 꿈을 꿨어. 꿈속에서 우리는 류블랴나* 거리를 걸어갔는데, 나는 트리에스테**로 가는 표를 끊어야 했지. 떠나기 싫었어. 그래도 당신을 위해서는 내가 떠나는 편이 나았으니까. 눈이 내리더라. 꿈속에서만이 아니라 실제로도 눈이 내렸지. 베네치아에 도착했을 때도 눈이 내렸어. 올해는 세계를 절반쯤 돌면서 사람들을 많이 만났는데—죽은 사람들 말고는 다 만난 기분이야. 어쩌면 나는 망자들을 찾아 헤맸는지도 모른다. 네루 총리님께, 대단히 중요한 말씀을 드려야겠습니다. 킹 목사님께, 앨라배마의 흑인들에게 탄복했습니다.*** 미국의 백인들은 탈정치화의 위기에 처했습니다. 부디 흑인들의 본보기가 최면에 빠진 대중을 일깨워주기 바랍니다. 현대 민주주의에서 정치문제는 공공안녕의 현실입니다. 이런 문제가 한낱 공상에 불과하게 될 때 비로소 낡은 정치질서도 끝나겠지요. 저는 목사님 집단의 도덕적 존엄성을 공개적으로 인정하고자 합니다. 백인 선동가처럼 부패하길 원하는 파월**** 일가도 글러먹었고 증오를 부추기는 무슬림도 마찬가지입니다.

윌슨 경찰국장님께, 작년 마약 회의 때 옆자리에 앉았던 허조그입니다. 그날 허조그는 다부진 몸매, 거무스름한 눈에, 목에는 흉터가 있고, 머리는 반백이었으며, 옷은 아이비리그 정장*****이었는데(아내가 골라줬

---

* 슬로베니아의 수도.
** 이탈리아 동북부의 항구도시.
*** 1955년 로자 파크스가 흑인은 버스 앞좌석에 앉을 수 없다는 앨라배마 법률을 무시한 죄로 체포되었고, 마틴 루서 킹이 흑인 인권을 요구하는 시위를 이끌었다.
**** 목사, 정치가 애덤 클레이턴 파월. 뉴욕 최초의 흑인 하원의원으로 인권운동에도 앞장섰으나 1960년 민주당 전당대회 당시 인권시위를 계획중이라는 소식을 듣고 마틴 루서 킹을 협박했으며 가족이 연루된 부패 혐의 등으로 여러 차례 물의를 빚었다.
***** 1950년대에 유행했던 복장.

다) 재단 상태가 마음에 들지 않았다(내 체격에 비해 지나치게 젊은 스타일이었으니까). 국장님이 이끄시는 경찰에 대해 몇 가지 의견을 말씀드려도 될까요? 어떤 사회에서 공공질서가 유지되지 않을 때 누구 한 사람의 잘못은 아니겠죠. 그래도 걱정스럽습니다. 어린 딸이 잭슨공원* 근처에 사는데, 아시다시피 도심 공원은 치안이 제대로 유지되지 않습니다. 공원에 들어가고 싶어도 건달패 때문에 목숨을 걸어야 할 판입니다. 시의원님께, 군대는 왜 굳이 그 곳**에 나이키 미사일을 배치해야 한답니까? 쓰임새도 전혀 없는 구닥다리가 자리만 차지한다고 믿습니다. 시내에도 자리는 많습니다. 왜 쓸모없는 고철덩어리를 황폐한 땅으로 옮기지 않습니까?

더 빨리, 더 빨리! 열차는 풍경을 가로지르며 달려갔다. 뉴헤이븐을 순식간에 지나쳤다. 로드아일랜드를 향해 전력질주를 이어갔다. 색유리를 끼운 차창은 움직일 수 없게 봉인해놓았는데, 허조그는 이제 창밖을 좀처럼 내다보지 않았고, 바삐 날아다니는 정신이 이리저리 종횡무진하며 말하고 통찰하고 명료한 판단을 내리고 꼭 필요한 말만으로 마지막 설명까지 덧붙이도록 내버려두었다. 그는 어질어질한 무아경에 빠져버렸다. 바로 그 순간, 자신의 판단이 하나같이 끝도 없고 근거도 없는, 마음속 깊이 뿌리박힌 허세와 아집만 드러낸다는 사실을 깨달았다.

모지스 E. 허조그에게, 네가 언제부터 사회문제에, 외부세계에 이토록 지대한 관심을 보였지? 최근까지도 무지몽매한 게으름뱅이로 살았잖아. 그러더니 갑자기 파우스트처럼 세상만사에 불만을 품고 개혁을 부르짖는군. 잔소리

---

* 시카고대학에 인접한 호반공원.
** 미시간호의 프라먼터리곶.

를 늘어놓고. 독설을 퍼붓고.

관계자 여러분께, 베오그라드 관광청에서 친절하게도 겨울옷이 든 소포를 발송해주셨더군요. 저는 이른바 '망명자의 천국'이라는 이탈리아에 내복을 가져가기 싫었고, 그래서 곧 후회했습니다. 베네치아에 도착했을 때 눈이 내렸거든요. 손가방을 들고 바포레토*를 타볼 수도 없었습니다.

유돌** 장관님께, 최근 노스웨스트 기내에서 만났던 석유 전문가가 말해주던데, 국내 석유 매장량이 거의 다 고갈되어 북극 만년빙을 수소폭탄으로 폭파하고 그 밑에 묻힌 석유를 채굴한다는 계획을 수립했다고 하더군요. 놀랍지 않습니까?

샤피로!
허조그는 샤피로에게 해명할 일이 많았고 샤피로도 틀림없이 허조그의 해명을 기다릴 터였다. 샤피로는 상냥하게 생겼지만 그리 상냥하지 않다. 코는 뾰족해 화가 난 듯하고 입은 분노를 웃어넘기는 듯하다. 두 뺨은 하얗고 포동포동하며 숱이 적은 머리는 1920년대의 루돌프 발렌티노***와 리카르도 코르테스**** 같은 스타일로 빗어넘겨 반질반질하다. 몸은 땅딸막하지만 옷차림은 근사하다.

아무튼 이번에는 샤피로가 옳았다. 샤피로, 너한테 더 일찍 편지를 써야 했는데…… 사과도 하고…… 보상도 하고…… 하지만 나에게는 훌륭한

---

* 베네치아 운하의 소형 여객선.
** 당시 미국 내무장관 스튜어트 유돌.
*** 이탈리아 태생의 미국 영화배우.
**** 미국 영화배우, 감독.

핑계가 있다. 골칫거리, 병증, 혼란, 고민. 너 제법 괜찮은 연구서를 썼더라. 내 서평에서도 그런 의견이 확실히 드러났다면 다행일 텐데. 다만 한 군데에서 기억력이 말썽을 부리는 바람에 피오레의 요아킴*에 대한 얘기는 다 틀렸어. 너도 요아킴도 나를 용서해줘야 한다. 그때는 내 상태가 엉망이었으니까. 골칫거리가 생기기 전부터 샤피로의 연구서에 대한 서평을 써주기로 약속한 터라 이제 와서 취소할 수도 없었다. 허조그는 그 무거운 책을 여행가방에 넣은 채 유럽 전역을 돌아다녔다. 덕분에 옆구리가 몹시 쑤셨다. 탈장을 우려할 정도였고, 중량초과로 적잖은 추가요금을 물어야 했다. 허조그는 습관 때문에, 그리고 점점 무거워지는 죄책감 때문에 끊임없이 그 책을 읽었다. 꽁꽁 얼어붙은 어느 날 밤, 전차가 쌩쌩 지나다니는 베오그라드 메트로폴호텔 침대에서도 체리주스 병을 손에 든 채. 베네치아에서 마침내 자리를 잡고 앉아 서평을 썼지.

내가 저지른 실수에 대한 변명은 다음과 같다.

작년 10월에 시카고에서 내가 완전히 돌아버렸다는 소문은 너도 들었겠지. 샤피로는 위스콘신주 매디슨**에 살기 때문이다. 루디빌 집을 떠난 지 얼마 안 됐을 때였어. 매들린이 슬라브계 언어로 박사학위를 받겠다고 했어. 언어학만 열 과목이나 들어야 했는데 산스크리트어에도 관심이 생겼대. 매들린이 무슨 일이든 얼마나 열심히 하는지는 너도 짐작하겠지. 관심도 많고 열정도 많고. 이 년 전에 네가 우리 시골집에 왔을 때 시카고 얘기를 나눴던 일 기억나지? 슬럼가 같은 도시에 살면 과연 안전할까.

샤피로는 만찬에 초대받은 사람처럼 말쑥한 줄무늬 정장에 앞이 뾰

───────────
* 이탈리아 신학자.
** 위스콘신주의 주도로, 시카고에서 서북쪽으로 약 200킬로미터 거리에 있다.

족한 구두를 신고 허조그의 잔디밭에 앉아 있었다. 옆모습은 말라 보였다. 콧날은 날렵하지만 목살이 늘어지고 두 뺨도 입술 쪽으로 조금 처졌다. 샤피로는 매우 점잖은 사람이다. 그는 매들린에게 깊은 인상을 받았다. 정말 아름답고 똑똑한 여자라고 생각했다. 뭐, 사실이긴 하다. 대화는 활기찼다. 표면상으로는 "조언"을 듣고 싶다며 모지스를 찾아왔지만—실제로는 부탁을 하기 위해서였다—샤피로는 매들린과 함께하는 시간을 즐겼다. 그녀 때문에 들뜬 그는 탄산수를 마시며 자주 웃었다. 날씨가 뜨거운데도 보수적인 넥타이를 느슨하게 풀지 않았다. 뾰족한 검정 구두가 반짝거렸다. 발이 통통한 편이라 발등이 불룩했다. 모지스는 손수 깎은 잔디밭에 찢어진 면바지 차림으로 앉아 있었다. 매들린에게 자극을 받은 샤피로는 유난히 활발했고, 웃을 때마다 깔깔거리다시피 했고, 그런 웃음은 점점 더 잦아지고 요란해져 나중에는 이유도 없이 웃어댔다. 그러는 와중에도 몸가짐은 점점 더 정중해지고 신중해지고 현명해졌다. 매번 장문을 구사했는데, 본인은 프루스트식 문장이라고 생각했겠지만 사실은 독일식이었고 터무니없을 만큼 허풍이 심했다. 예컨대 이런 식이었다. "모든 것을 고려하자면 그런 성향의 장단점을 평가하기 전에 더욱더 성숙하게 심사숙고해야겠지요." 불쌍한 샤피로! 그날은 정말 꼴사나웠지! 미친듯이 시끄러운 웃음소리도 그렇고, 상대를 가리지 않고 아무나 비난할 때마다 입가에 머금는 허연 게거품도 그랬다. 매들린도 샤피로에게 자극을 받아 사뭇 거만한 몸가짐을 유지했다. 둘 다 서로에게 극도로 고무된 상태였다.

  매들린이 집에 들어가 술병과 유리잔이 담긴 쟁반을 들고 나왔다. 그

밖에도 치즈, 리버 페이스트,* 크래커, 얼음, 청어절임. 그녀는 파란색 바지에 노란색 중국 블라우스를 입었고, 내가 5번 애비뉴에서 사준 삿갓모자를 썼다. 매들린은 일사병에 잘 걸린다고 설명했다. 그녀가 빠른 걸음으로 집 그늘을 벗어나 반짝거리는 잔디밭으로 성큼 들어서자 앞쪽에 있던 고양이가 재빨리 달아나고 술병과 유리잔이 쨍그랑거렸다. 그렇게 서두르는 이유는 대화 내용을 조금이라도 놓치기 싫어서였다. 그녀가 잔디밭 탁자에 음식을 차리느라 허리를 굽혔을 때 샤피로는 몸에 꼭 맞는 면직 바지를 입은 그녀의 엉덩이에서 눈을 떼지 못했다.

"두메산골에 틀어박힌" 매들린은 학문적 대화라면 사족을 못 썼다. 샤피로는 모든 분야의 문헌에 통달했고—아니, 출간된 책이라면 모조리 읽었다. 전 세계 서점에서 책을 사 모았다. 매들린이 아름다울 뿐만 아니라 슬라브계 언어로 박사과정 시험까지 준비한다는 사실을 알게 된 그는 이렇게 말했다. "정말 멋지시네요!" 시카고 웨스트사이드 출신 러시아계 유대인이 '정말 멋지시네요!'라고 말하면 얼마나 어색한지 본인도 잘 알 텐데, 뻔히 알면서도 그렇게 고상한 체하다니. 혹시 켄우드** 출신의 독일계 유대인이라면—가령 1880년부터 포목상을 열어 떼돈을 번 집안이라면—그러려니 넘길 수도 있다. 그러나 샤피로의 아버지는 가난뱅이였고 사우스워터 스트리트에서 마차에 썩은 사과를 싣고 다니며 팔았다. 얼룩덜룩 썩어버린 사과가, 그리고 말냄새와 농산물냄새를 풍기던 늙은 샤피로가 보여준 인생의 진실은 아들 샤피로의 유식한 언급을 다 합쳐도 따라가지 못할 터였다.

---

* 간을 갈아 만든 반죽 형태의 스프레드.
** 시카고 시내의 대표적 부촌.

매들린과 나름대로 출세하신 이 손님은 러시아정교회, 티혼 자돈스키, 도스토옙스키, 게르첸* 등에 대해 이야기했다. 샤피로는 프랑스어, 독일어, 세르비아어, 이탈리아어, 헝가리어, 튀르키예어, 덴마크어 등을 모두 정확히 발음해가며 유식한 언급을 엄청나게 많이 했고, 그런 말을 내뱉을 때마다 웃음을 터뜨렸다. 번질거리는 이를 드러내며, 머리를 어깨 너머까지 젖혀가며, 숨을 들이마시며 소리를 내는 힘차고 떠들썩하고 목적이 불분명한 웃음. 하! 가시나무가 따다닥거렸다. ("어리석은 자의 웃음소리는 가마솥 밑에서 가시나무 타는 소리와 같나니."**) 엄청난 수의 매미가 울어댔다. 그해에는 매미떼가 땅속에서 기어나왔다.***

이렇게 들뜬 상태가 되면 매디의 얼굴은 특이한 반응을 보였다. 코끝이 움찔거리고, 화장품의 도움도 필요 없는 눈썹은 앞이 잘 보이지 않아 답답하다는 듯이 안절부절못하고 자꾸 위로 올라갔다. 에드비그 박사는 편집증의 징후라고 말하기도 했다. 여러 거목 밑에서, 버크셔스 산비탈로 둘러싸여 전망을 가로막는 집 한 채도 없는 그곳에서, 6월의 잔디는 싱싱하고 빽빽하게 자라 날렵하고 고왔다. 눈이 붉고 몸집이 통통하고 빛깔이 선명한 매미들은 허물을 벗은 직후에는 흠뻑 젖어 움직이지 못했다. 그러다가 몸이 다 마르면 기고 뛰고 구르다가 훌쩍 날아올라 높은 나무 위에서 새된 소리를 내며 끊임없이 노래했다.

이제 문화가―사상이―매디의 가슴속에서(그녀의 심장은 아주 이

---

* 러시아 소설가, 사상가(1812~1870). 러시아 사회주의의 선구자.
** 「전도서」 7:6. 소설 원문에는 생략되었지만 "이 또한 헛되도다"라는 말이 이어진다.
*** 우리나라에서는 해마다 매미를 볼 수 있지만 여기서는 13년 또는 17년마다 다수가 일시에 나타나는 북미대륙의 '주기매미(periodical cicada)'를 가리킨다.

상한 기관이 분명하다!) 교회가 있던 자리를 빼앗았다. 그날 루디빌의 잔디밭에서 허조그는 자기만의 생각에 몰두했다. 비록 면바지는 찢어진데다 맨발이지만 얼굴만은 검은 눈과 맵시 있는 입술이 돋보이는 교양 있는 유대인 신사였다. 그가 애지중지하는 아내를 바라보는 동안 (가슴속에는 당혹감과 노여움이 가득한데, 그의 심장도 특이하기는 마찬가지다) 그녀는 샤피로에게 자신의 풍요로운 정신세계를 마음껏 과시했다.

"제 러시아어 실력이 예전 같지 않습니다." 샤피로가 말했다.

"그래도 제 전공분야에 대해서는 아주 많이 아시네요." 매들린이 말했다. 그녀는 매우 행복했다. 얼굴이 발그레하게 빛났고, 푸른 눈은 따뜻하고 초롱초롱했다.

그들은 새로운 화제로 넘어갔다. 1848 혁명.* 샤피로의 풀 먹인 목깃이 땀에 젖어 있었다. 그런 줄무늬 셔츠를 사 입는 놈들은 달러에 미친 크로아티아 철강 노동자뿐일 줄 알았는데. 그나저나 바쿠닌**이나 크로폿킨***을 바라보는 샤피로의 견해는? 컴포트****의 저서도 알까? 물론 알았다. 포기올리*****도 알까? 물론이다. 샤피로는 포기올리가 몇몇 중요한 인물을—예컨대 로자노프******를—제대로 평가하지 못했다고

---

* 1848년 유럽을 뒤흔든 일련의 혁명. 프랑스대혁명의 정신을 억압하려는 빈체제에 맞서 일어선 자유주의 운동으로, '민중의 봄'이라고 부르기도 한다.
** 러시아 사상가, 무정부주의자(1814~1876).
*** 러시아 철학자, 과학자, 무정부주의자(1842~1921).
**** 영국 과학자, 의사, 무정부주의자(1920~2000). 저서 『성의 즐거움』으로 유명하다.
***** 이탈리아 출신의 미국 번역가, 비평가(1907~1963).
****** 러시아 문필가, 철학자(1856~1919). 성생활에 대한 담론으로 알려진 인물이다.

생각했다. 로자노프는 유대교 침례의식을 비롯한 몇몇 주제에서 허점을 드러내긴 했지만 위대한 인물이었고 그의 성애 신비주의는 대단히 독창적이었으니까—대단히. 그런 문제는 러시아인들에게 맡겨야 한다. 그들은 서구를 거부하고 조롱하면서도 서구 문명을 위해 온갖 공헌을 하지 않았던가! 허조그는 매들린이 자칫하면 위험할 정도로 흥분했다고 생각했다. 목소리가 그렇게 높고 날카로워지면, 목구멍에서 그야말로 클라리넷 같은 소리가 나기 시작하면, 온갖 생각과 감정이 뒤섞여 터질 듯한 상태라는 의미였다. 그럴 때 모지스가 얼른 동조해주지 않으면, 그녀의 표현을 빌리자면 따분하고 못마땅하다는 표정으로 바보처럼 우두커니 앉아 있기만 하면, 자신의 지성을 존중하지 않는다는 증거로 여겼다. 거즈바크는 언제나 우렁찬 목소리로 대화에 동참했다. 말투가 어찌나 단호한지, 눈빛이 어찌나 강렬한지, 표정은 또 어찌나 똑똑해 보이는지, 상대방은 옳은 말인지 따져볼 생각조차 못하기 일쑤였다.

  잔디밭은 들판과 숲이 한눈에 내려다보이는 높은 곳이었다. 거대한 초록색 눈물방울처럼 생긴 이 잔디밭의 뾰족한 정점에 잿빛 느릅나무 한 그루가 있는데, 느릅나무마름병에 걸려 죽어가는 이 거목은 나무껍질이 불그스름한 잿빛이었다. 어마어마한 크기에 비해 나뭇잎은 너무 빈약했다. 잔가지에 잿빛 심장 모양의 찌르레기 둥지 하나가 달랑달랑 매달렸다. 신의 베일은 만물을 뒤덮어 알쏭달쏭한 수수께끼로 만들어버린다. 세상 만물이 저마다 저토록 특별하고 정교하지 않았다면 내가 좀더 편히 쉴 수 있을 텐데. 그러나 나는 인식작용에 사로잡힌 자, 강박적인 관찰자다. 대자연은 지나치게 흥미진진하다. 그런데도 나는 저 칙칙한 널빤지로 지은 집에서 살아간다. 허조그는 느릅나무가 걱정스러웠다. 잘라버려야 할까? 그러기는 싫다. 이런 생각을 하는 동안에도 매미떼는 뱃속의 고막, 즉 후배부後背部의 각질 띠를 일제히 떨었다. 주변의 숲속에서 붉은 눈 수십억 개가 바깥을 내다보거나 내려다보았고, 까마득히 높은 음파가 여름날 오후를 휘감았다. 허조그는 떼를 지어 끊임없이 울어대는 매미 소리처럼 아름다운 소리를 들어본 적이 별로 없었다.

샤피로가 솔로비요프*를 언급하는데—아버지가 아니라 아들 쪽이다. 솔로비요프는 정말 환상을 보았을까, 다른 곳도 아니고 하필 대영박물관에서?** 우연한 일이지만 매들린도 한때 아들 솔로비요프에 관해 연구했으니 모처럼 좋은 기회를 얻은 셈이다. 이제 샤피로를 충분히 신뢰하게 되었으므로 거리낌없이 이야기할 수 있었다. 진심으로 그녀의 진가를 인정해줄 테니까. 매들린은 이미 세상을 떠난 러시아인의 생애와 사상에 관해 짤막한 강연을 펼쳤다. 그러면서 불쾌한 시선으로 모지스를 힐끔거렸다. 그녀는 늘 모지스가 자신의 말을 귀담아듣지 않는다고 불평했다. 언제나 혼자만 돋보이고 싶어한다고 했다. 그러나 사실이 아니다. 그는 이 주제에 대한 강연을 이미 여러 번, 그것도 밤늦도록 들어주었기 때문이다. 감히 졸린다고 말하지도 못했다. 어쨌든 지금의 상황을 감안한다면—이렇게 버크셔스 촌구석에 묻혀 지내니까—일종의 대가를 치르는 셈인데, 모지스도 루소나 헤겔의 까다로

---

* 러시아 철학자, 시인, 문학비평가 블라디미르 솔로비요프(1853~1900). 역사학자 세르게이 솔로비요프의 아들이다.
** 솔로비요프는 한때 대영박물관에서 연구 활동을 했는데, 그곳에서 신비로운 체험을 했다는 일화가 있다.

운 문제에 대해 매들린과 토론하려 들었으니 피장파장이다. 그는 그녀의 지적 판단력을 전폭적으로 신뢰했다. 솔로비요프를 연구하기 전에 그녀는 줄곧 조제프 드 메스트르에 대한 이야기만 했다. 그리고 드 메스트르 이전에는—허조그는 마음속으로 목록을 만들었다—프랑스대혁명, 아키텐의 엘레오노르,* 슐리만의 트로이 발굴, 초감각적 지각, 그다음은 타로 카드, 그다음은 크리스천 사이언스,** 그전에는 미라보,*** 아니, 추리소설(조세핀 테이)이었나, 과학소설(아이작 아시모프)이었나? 언제나 열정이 대단했다. 변함없는 관심사가 있다면 살인 미스터리였다. 하루에 서너 권씩 읽기도 했다.

 푸른 잔디 밑에서 검고 뜨거운 흙이 습기를 발산했다. 허조그는 맨발에 와닿는 습기를 느꼈다.

 매디는 솔로비요프에서 베르댜예프****로 자연스럽게 넘어갔고, 『노예냐 자유냐』—소보르노스트*****의 개념—에 대해 이야기하며 청어절임 한 병을 땄다. 당장 샤피로의 입술에서 군침이 흘렀다. 그는 재빨리 손수건을 접어 입가를 두드렸다. 허조그는 옛날부터 샤피로에게 식탐이 많았다는 사실을 기억했다. 학창시절 함께 썼던 개인 열람실에서도 입

---

* 프랑스 아키텐 공작령의 여공작으로, 프랑스 국왕 루이 7세의 왕비였으나 이혼 후 영국 국왕 헨리 2세의 왕비가 되었다.
** 기독교 교파로, 물질세계는 실재가 아니며, 성경의 기적은 믿음만 있다면 누구에게나 가능하고, 모든 질병은 마음의 문제이므로 기도만으로 치유할 수 있다고 믿는다.
*** 미라보 백작 오노레 가브리엘 리케티. 프랑스 정치가로 프랑스대혁명 초기의 중심인물.
**** 러시아 문필가, 철학자(1874~1948).
***** 러시아어로 '정신적 공동체'를 뜻하는 말.

을 벌린 채 양파를 넣은 호밀빵 샌드위치를 우적우적 씹어먹기 일쑤였다. 지금도 각종 향신료와 식초 냄새 때문에 눈물이 왈칵 쏟아졌지만 풍채 좋고 쾌활하고 코가 뾰족하고 세련된 겉모습을 그럭저럭 유지하며 깔끔하게 면도한 턱을 손수건으로 닦았다. "아뇨, 아뇨." 샤피로가 말했다. "고맙습니다, 허조그 부인. 정말 맛있겠네요! 하지만 위장이 안 좋아서요." 안 좋은 정도가 아니지! 샤피로에게는 위궤양이 있다. 허영심 때문에 말하지 못할 뿐이다. 심신의학*적 인과관계가 그리 자랑스럽지는 않을 테니까. 그날 오후 늦게 샤피로는 세면대에 토해버렸다. 그래서 뒤처리를 하며 허조그는 샤피로가 오징어를 먹은 모양이라고 생각했다. 왜 변기에 토하지 않았을까? 너무 뚱뚱해 구부리기 힘들었나?

아무튼 샤피로의 방문은 그런 결과를 남겼다. 모지스는 샤피로보다 먼저 찾아왔던 거즈바크 부부를 떠올렸다. 밸런타인과 피비는 소형차를 타고 와서 개오동나무 밑에 세워놓았는데―그때 이 나무는 작년에 열렸던 꼬투리를 여전히 매단 채 꽃을 피웠다. 밸런타인이 기우뚱거리는 걸음걸이로 차에서 내렸고, 계절과 상관없이 늘 창백한 피비가 못마땅한 목소리로 남편을 불렀다. "밸―배앨." 그녀는 빌려갔던 찜 냄비를 돌려주러 왔는데, 매들린의 커다란 무쇠 냄비 중 하나로 바닷가재 껍질처럼 붉었다. 데스코웨어 제품, 벨기에산이다. 그런 방문이 있을 때마다 허조그는 이유도 없이 기분이 우울해졌다. 매들린이 그에게 접의자를 더 가져오라고 시켰다. 어쩌면 하얀 종 모양의 개오동나무 꽃이 내뿜는 비릿한 꿀 향기 때문에 우울해졌는지도 모른다. 안쪽에 희미한 분홍

---

* 심리적 요인을 찾아 신체의 병을 치료하는 의학 분야.

색 무늬가 있고 꽃가루를 잔뜩 머금은 꽃이 자갈길에 즐비했다. 정말 아름답다! 거즈바크의 어린 아들 에프라임이 종 모양의 꽃을 모아 수북하게 쌓아놓았다. 모지스는 의자 심부름을 오히려 기뻐하며 퀴퀴하고 어수선한 집안으로 들어갔고 서늘하고 무심하면서도 아늑한 느낌을 주는 지하실로 내려갔다. 의자를 꺼낼 때도 느긋하게 시간을 끌었다.

돌아가보니 시카고 이야기가 한창이었다. 거즈바크는 양손을 바지 뒷주머니에 꽂은 자세로 서 있었는데, 얼굴은 방금 면도한 듯하고 깃털처럼 곤두선 머리는 안쪽까지 짙은 구릿빛이었다. 그는 이 촌구석에서 빨리 벗어나라고 충고했다. 젠장, 저기 산너머에서 벌어진 새러토가 전투* 이후로 재미있는 일은 하나도 없었잖아. 피곤하고 창백해 보이는 피비는 희미한 미소를 머금은 채 담배를 피웠는데 아마도 자기를 가만히 내버려두기만 바랄 터였다. 그녀는 자기주장이 강하거나 유식하거나 말 잘하는 사람들과 함께 있을 때 스스로가 초라하고 부족하다고 느끼는 듯했다. 사실은 그녀도 결코 멍청하지 않았다. 눈도 가슴도 다리도 예뻤다. 보조개가 길어져 엄격한 주름살처럼 보이는 바람에 수간호사 같은 인상을 주지만 않으면 좋을 텐데.

"당연히 시카고죠!" 샤피로가 말했다. "대학원 공부를 하려면 거기로 가야 합니다. 우리 학교에도 허조그 부인 같은 인재가 필요해요."

허조그는 생각했다. 말 많은 아가리로 청어나 처먹어라, 샤피로! 그리고 빌어먹을, 남의 일에 참견하지 마. 매들린이 재빨리 남편을 곁눈질했다. 그녀는 우쭐하며 즐거워했다. 남들이 그녀를 얼마나 높게 평

---

* 독립전쟁 당시였던 1777년 뉴욕주 동부의 새러토가 일대에서 영국군을 상대로 대승을 거둔 전투.

가하는지 허조그가 혹시 잊어버렸더라도 다시 깨닫길 바랐다.

어쨌든 샤피로, 그 무렵 나는 피오레의 요아킴과 인류의 숨겨진 운명 따위를 생각할 기분이 아니었어. 특별히 숨겨진 것도 없어 보였고—세상만사가 괴로울 정도로 분명했으니까. 이봐, 네가 오래전에, 아직 젊은 학생 주제에 벌써 잘난 체할 때, 언젠가는 우리가 '쟁점을 해결'하게 될 거라고 말했지. 그때 이미 둘 사이에 중요한 의견 차이가 있었다는 뜻이지. 내 생각엔 프루동*에 관한 세미나 때 문명의 종교적 기반이 쇠퇴해버린 상황에 대해 라슨 교수와 옥신각신 오랫동안 논쟁을 벌이면서부터 시작됐을 거야. 과연 모든 전통의 쓰임새가 끝나고 신념체계는 다 무너지고 대중의 의식은 아직 다음 발전단계로 넘어갈 준비가 안 되었을까? 과연 지금이 파멸에 이르는 총체적 위기일까? 도덕심이 허물어지고 양심도 사라지고 자유니 법률이니 미풍양속이니 뭐니 존중하는 풍조도 자취를 감춰 결국 비겁과 타락과 유혈참극만 남은 추악한 시대일까? 물론 어둠과 죄악을 꿰뚫어보았던 프루동의 통찰력은 간과할 수 없지. 하지만 우리는 천재들의 통찰력이 얼마나 빨리 지식인들의 통조림으로 전락하는지 잊지 말아야 해. 슈펭글러**의 '프로이센 사회주의,'*** 상투적인 '황무지' 전망, 값싼 정신적 자극만 주는 '인간소외론,' 그리고 '사이비론'이니 '절망론'이니 횡설수설하는 소리가 모두 한낱 사워크라우트 통조림이란 말이야. 나는 그렇게 어리석고 따분한 주장을 받아들일 수 없어. 우리는 지금 인류의

---

* 프랑스 철학자, 무정부주의자(1809~1865).
** 독일 역사학자, 문화철학자(1880~1936). 대표작『서구의 몰락』(1918)에서 문명도 유기체처럼 발생, 성장, 노쇠, 사멸의 과정을 밟는다고 주장하며 서양 문명의 몰락을 예언했다.
*** 바이마르공화국 당시 독일의 정치적 우파 진영에서 인기를 얻었던 우익 사회주의. 슈펭글러의 저서『프로이센주의와 사회주의』(1919)에서 비롯되었다.

삶 전체에 대해 이야기하잖아. 그런 나약함을, 그런 비겁을 용납하기에는 주제 자체가 너무 중요하고 너무 심오해. 너무 심오하고 너무 중요하다고, 샤피로. 네가 어떻게 그런 오판을 했는지, 괴로워 미칠 지경이야. 심미적으로만 바라본 현대사 비평이라니! 세계대전과 대량학살을 겪은 마당에! 너처럼 똑똑한 놈이 그런 짓을 하다니. 너는 값진 혈통을 물려받았어. 너희 아버지가 사과 행상을 하셨잖아.

그렇다고 내 입장은 좀 편하다는 뜻은 아니야. 이 시대를 살아가는 우리는 생존자들이니까 역사의 진보를 주장하는 이론은 어울리지 않아. 그 대가가 무엇인지 가까이서 목격했으니까. 우리가 생존자라는 깨달음은 충격적이지. 그런 운명을 떠올리면 울음을 터뜨리고 싶어지니까. 죽은 사람들이 떠나갈 때 목놓아 부르고 싶어도 그들은 얼굴도 영혼도 먹구름에 휩싸인 채 멀어져가고. 사람들은 그렇게 강제수용소 굴뚝에서 연기가 되어 사라져버렸고, 남은 우리는 역사적 성공이라는—서구의 기술적 성공이라는—밝은 빛을 누리게 됐어. 그때 비로소 우리는 인류가 여전히 앞으로 나아간다는 사실, 번영을 향해 나아간다는 사실을 깨닫고 가슴이 마구 두근거렸지. 비록 대폭발 같은 유혈참극 때문에 귀머거리가 되긴 했지만. 끔찍한 전쟁 때문에 단결하고, 혁명 때문에, 그리고 '관념론자들'(마르크스와 헤겔의 후예들, 교활한 논리로 무장한 자들)의 지시에 따라 발생한 계획적 기근 때문에 잔인하고 어리석은 짓에 대한 가르침도 얻고, 그래서 어쩌면 우리는, 현대인은(그렇게 불러도 될까!) 거의 불가능했던 일을 해냈는지도, 즉 비로소 뭔가 배웠는지도 몰라. 너도 알다시피 문명의 쇠퇴와 몰락은 고대의 본보기를 그대로 따라가지 않잖아. 옛 제국들은 멸망했지만 한때의 열강들은 전에 없이 부강해졌어. 물론 오늘날 독일의 번영을 생각할 때 기분이 썩 유쾌하진 않아. 그렇지만 그게 현실이잖아. 히틀러의 악마적 허무주의가 그 나라를 망쳐버린 지 불과 이십 년도 안 지났는데. 그리고 프랑스는? 영국은? 그래, 고전적 세계의 쇠퇴와 멸망에 유추해서 우리 시대를 판단할 수는 없어. 지금은 무엇인가 다른 일이 일어나고 있는데 그 무엇은 슈펭글러의 전망보다 콩트*의 전망—합리적으로 조직화한 노동의 결과—에 더 가까워. 슈펭글러의 옛 부르주아 유럽에서 벌어졌던 온갖 표준화의 죄악상 중에서도 최악은 바로 슈펭글러 같은 자들의 획일적인 탁상공론이었을 텐데—독일 김나지움에서, 그리고 고리타분한 관료제도가 관리하는 문화적 훈련에서 탄생했던 추악한 야만성 말이야.

나는 시골에서 낭만주의의 역사에 대한 새로운 장章을 쓸 예정이었어. 현대 유럽의 낭만주의는 결국 평민들의 선망과 야심이 변모한 형태라고 봤거든. 새로운 세력으로 떠오른 평민층은 물론 식량, 권력, 성적 특권 등을 얻으려고 싸웠지. 하지만 그들은 구체제의 귀족적 존엄성을 상속하기 위해서도 싸워야 했는데, 안 그랬다면 현대사회에서 쇠퇴를 들먹일 권리마저 빼앗겼을 테니까. 문화권에서는 교육받은 계층이 새로 등장하면서 미학적 판단과 도덕적 판단 사이의 혼란을 일으켰어. 그들은 산업이 자연을(러스킨**이 말했던 영국의 '템피 계곡'***을) 더럽힌다는 분노에서 출발해 결국 러스킨 같은 사람들의 오래된 도덕적 자질들을 잃어버렸지. 마침내 산업화된, '진부해진' 대중의 인간성마저 부정하는 지경에 이르렀고. 황무지 논객들은 간단히 전체주의에 동화돼버렸어. 여기서 예술가들의 책임이 어느 정도인지는 앞으로 평가해볼 일이고. 예컨대 언어가 악화되고 저열해지는 현상이 인간성 상실과 다름없다는 가정

---

* 프랑스 철학자, 사회학자(1798~1857).
** 영국 문필가, 예술평론가, 사회사상가(1819~1900).
*** 그리스의 올림포스산과 오사산 사이의 절경으로, 명승지의 대명사처럼 여겨진다.

은 곧장 문화적 파시즘으로 이어졌으니까.

문명의 역사에서 본보기의 문제, 모방imitatio의 문제도 살펴볼 계획이었어. 구체제를 오래도록 연구한 후 루이 14세 시대의 궁중, 정치, 연극 등에서 보이는 고상한 전통이 프랑스인의(결과적으로는 유럽인의) 성격에 미친 영향에 관해 이론을 정립하기 직전이었지. 현대사회에서는 부르주아적 사생활을 보장하는 환경 때문에 개개인은 '뜨거운 열정'을 표출할 기회조차 박탈당했고, 바로 여기서 낭만주의의 여러 경향 중 가장 매혹적이면서도 가장 불쾌한 경향이 드러났어. (이런 개인적 드라마의 결과 중 하나는 서구 문명이 식민지 세계에 스스로를 과장해 귀족적이라는 듯이 꾸몄다는 사실이지.) 네가 우리집에 왔을 때 나는 '미국의 신사'라는 제목으로 사회적 출세를 다룬 간략한 역사를 쓰는 중이었어. 그러니까 나는 루디빌의 허조그 나리였던 셈이지. 말하자면 버크셔스의 포토츠키 백작*이랄까. 아무튼 샤피로, 상황이 아주 요상하게 흘러갔어. 너와 매들린이 서로 뻐겨대고 유식한 농담을 주고받으며 깨끗하고 뾰족한 이를 드러내거나 머리를 젖히는 등 온갖 아양을 떠는 동안 나는 상황을 차분히 정리해봤어. 그리고 매들린이 학문 세계에서 내가 가진 지위를 빼앗으려 한다는 사실을 깨달았어. 나를 꺾으려는 야심. 매들린은 최후의 승격을 앞두고 있었지. 바로 지식인들의 여왕 자리, 흔들림 없는 여성 학자의 지위. 그리고 네 친구 허조그는 우아하고 뾰족한 구두 뒤축에 깔린 채 몸부림쳤어.

아, 샤피로, 워털루전투**의 승자는 전사한 병사들을(자신의 명령에 따라

---

* 유대교로 개종한 후 은둔생활을 하다가 로마가톨릭교회의 명령으로 화형당한 18세기의 폴란드 귀족. 유대인 사회에서 전설처럼 전해지는 이야기로, 실화인지는 불확실하다.
** 1815년 영국, 프로이센, 네덜란드 연합군이 나폴레옹의 프랑스군을 격파한 전투. 이 전투를 계기로 나폴레옹전쟁이 종식되었다. 연합군 총사령관은 영국의 웰링턴 공작.

죽어간 그들을) 생각하며 멀찌감치 물러나 비통한 눈물을 흘렸다지. 내 전처는 그런 사람이 아니야. 서로 모순적인 구약성경과 신약성경 사이에서 어중간하게 살지 않아. 웰링턴보다 강한 여자니까. 발레리*의 표현처럼 '황홀한 직업'을 원하지. 주된 도구는 자신을 바라보는 자신의 의견이고, 소재는 평판이나 명성이고.**

네 책에 대해 말하자면 역사적 허구가 너무 많아. 상당 부분이 유토피아 소설에 불과하다고. 이 판단은 절대로 달라지지 않아. 그래도 천년왕국설***과 편집증에 대한 아이디어는 아주 좋다고 생각했어. 그건 그렇고, 매들린은 나를 학문의 세계에서 꾀어내고 나 대신 자기가 들어가서 문을 닫아걸었어. 아직도 거기서 나를 헐뜯지.

샤피로의 그 아이디어도 대단히 독창적이지는 않았지만 꽤 명쾌한 내용이었다. 내가 서평에서 넌지시 귀띔했듯이 임상심리학자들이야말로 매혹적인 역사책을 쓸 수 있을지도 몰라. 전문가들을 실직시킬 정도로. 예컨대 파라오와 카이사르의 과대망상증이라든지, 중세시대의 우울증이라든지, 18세기의 정신분열증이라든지. 실제로 바노비치라는 불가리아인은 모든 권력투쟁을 편집증의 산물로 여기는데****—이 소름 끼치는 괴짜는 광기가 세상을 늘 지배한다고 믿었다. 독재자에게는 살아 있는 군중도 필요하고 시체

---

* 프랑스 상징주의 시인, 작가, 철학자(1871~1945).
** 발레리의 원문은 "주된 도구는 자신을 바라보는 자신의 의견, 원료는 자신을 바라보는 남의 의견".
*** 「요한계시록」 20장의 예언대로 장차 예수가 재림하여 천년 동안 세상을 평화롭게 다스린다는 기독교적 종말론.
**** 불가리아 태생으로 독일어로 활동한 영국 작가이며 1981년 노벨문학상 수상자인 엘리아스 카네티의 『군중과 권력』에 대한 언급.

가 된 군중도 필요하다. 인류의 미래는 수많은 식인종이다. 그들은 무리를 지어 뛰어다니고, 횡설수설하고, 자기들이 저지른 살인 때문에 통곡하고, 생명의 세계를 말살하여 죽은 배설물만 남겨놓는다. 동요와 동화 따위로 자신을 속이지 마라, 모지스 엘카나. 값싸고 보잘것없는 동정심이나 질질 짜는 감성적 사랑에 전율하는 자는 일찍이 역사를 새로 쓴 적이 없다. 샤피로가 드러낸 이빨, 군침을 흘리는 탐욕, 뱃속으로 파고드는 칼날 같은 위궤양 등은 그에게 진정한 통찰력도 함께 주었다. 새로 생긴 무덤이 분수처럼 뿜어내는 인간의 피! 끝없는 대량학살! 나는 절대로 이해할 수 없다!

최근에 어느 정신과의사에게 편집증 증상 목록을 받았어. 내가 써달라고 부탁했지. 상황을 이해하는 데 도움이 될지도 모른다고 생각했으니까. 의사는 기꺼이 부탁을 들어주었다. 나는 그가 휘갈겨 적은 목록을 지갑 속에 보관해두고 이집트의 재앙*처럼 달달 외웠다. 하가다**에 나오는 '담, 체파르데아, 키님'***처럼. 목록은 다음과 같다. "자만심, 분노, 과도한 '합리성,' 동성애 성향, 경쟁심, 감정에 대한 불신, 비판에 대한 인내심 결여, 적대적 심상, 망상." 다 있었다. 하나도 빠짐없이! 모든 항목에 매들린을 대입해보았는데, 아직 매들린의 행동을 다 설명할 수는 없지만 어린애를 그녀에게 맡기면 안 된다는 정도는 짐작할 수 있었다. 매디는 데이지와 다르다. 데이지는 엄격하고 우울하지만 믿음직스

---

* 성경 「출애굽기」에서, 하느님이 유대민족을 해방시키려고 이집트에 내린 열 가지 재앙.
** 유월절에 대한 이야기, 기도문, 시편 등을 수록한 율법서. 유월절 만찬의식도 하가다에 적힌 절차에 따라 진행한다.
*** 각각 피, 개구리, 이.

럽다. 마르코도 잘 자랐다.

샤피로에게 쓰던 편지는 때려치우고—고통스러운 생각이 너무 많이 떠올랐으므로, 그리고 휴가의 이점을 잃어버리지 않으려면 바로 그런 상황을 피해야 하므로—알렉산더에게 관심을 돌려 이렇게 썼다. 슈라* 형에게, 내가 갚아야 할 돈이 아마 1500달러쯤 될 거야. 내친김에 2천 달러를 채워주면 어떨까. 꼭 필요해서 그래. 예전의 나 자신을 되찾으려면. 슈라 형은 너그러운 사람이다. 허조그 집안에도 특징적인 문제점이 더러 있지만 인색함과는 거리가 멀다. 돈 많은 슈라는 보나마나 버튼을 누르고 비서에게 말하겠지. '얼빠진 모지스 허조그한테 수표 한 장 보내줘.' 잘생기고 건장한 형은 이미 백발인데, 값비싼 양복, 비쿠냐** 외투, 이탈리아제 모자, 흠잡을 데 없이 면도한 얼굴, 잘 다듬어 손톱이 발그레한 손에는 큼직한 반지 여러 개, 그런 모습으로 리무진에 앉아 귀공자처럼 거만하게 바깥을 내다본다. 슈라는 모든 사람을 알고, 모든 사람에게 뇌물을 주고, 모든 사람을 업신여긴다. 모지스는 가족이니까 남보다 덜 경멸할 뿐이다. 슈라는 토머스 홉스***의 진정한 제자다. 남 걱정은 바보짓이다. 리바이어던의 뱃속에서는 자신의 성공 이상을 바라지 말고 공동체에 쾌락주의적 모범을 보여야 한다. 슈라는 동생 모지스가 자신을 매우 좋아한다는 사실마저 재미있어했다. 모지스는 온 가족을 공개적으로, 심지어 주체하지 못할 만큼 사랑했다. 윌리 형, 헬

---

* 알렉산더의 애칭.
** 털이 부드러운 야생마.
*** 영국 철학자(1588~1679). 대표작 『리바이어던』에서 자연 상태의 인간은 "만인이 만인과 투쟁"하기 마련이므로 국가와 법률이 필요하다고 말했다.

렌 누나, 사촌들까지. 어른답지 못한 감정이고 본인도 알고 있었다. 그렇게 중요한 일면에서 아직 미숙하기 짝이 없는 자신의 성격을 생각하면 한숨만 나온다. 때로는, 본인의 표현을 빌리자면, 이미 낡아빠진 감정, 원시적인 감정이라고 생각하려 노력하기도 했다. 부족국가 시대의 감정이랄까. 조상숭배나 토템신앙에 어울리는 감정.

그리고 요즘 법률적인 문제가 좀 있어. 변호사를 추천해줬으면 좋겠어. 슈라의 법무사라면 수임료를 요구하지 않을 테니 더 좋고.

이제 머릿속으로 샌도어 히멜스타인에게 보내는 편지를 썼다. 작년 가을 매들린에게 쫓겨났을 때 돌봐주었던 시카고 변호사다. 샌도어! 지난번에 보낸 편지는 튀르키예에서 썼소. 하필 거기라니! 그러나 어떤 면에서 보면 샌도어에게 썩 잘 어울리는 곳이다. 튀르키예는 아라비안나이트의 나라인데 샌도어야말로 아라비아 시장에 방금 나타난 사람처럼 생겼기 때문이다. 그의 사무실이 시청 근처의 버넘 빌딩 14층에 있어도 마찬가지다. 허조그는 랜돌프 스트리트와 웰스 스트리트 교차로의 포슬 헬스클럽 한증탕에서 그를 처음 만났다. 키가 작고 가슴 일부가 보기 흉하게 떨어져나간 사람이었다. 그는 늘 노르망디상륙작전 때 다쳤다고 말했다. 입대할 때만 해도 난쟁이치고는 키가 큰 편이었던 모양이다. 난쟁이라 하더라도 군사법원 법무관실 보직은 가능했겠지. 그런 생각 때문에 허조그는 좀 거북스러웠다. 해군에 입대하긴 했지만 천식으로 일찍 제대하는 바람에 전투는 구경도 못했기 때문이다. 반면에 이 난쟁이 꼽추는 상륙거점에서 지뢰를 밟고 불구가 되었다. 부상 때문에 등이 꼽추처럼 구부러졌다. 아무튼 샌도어는 그런 사람이었다.

당당하고 빈틈없고 잘생긴 얼굴, 얇은 입술에 누르스름한 안색, 커다란 코, 듬성듬성하고 희끗희끗한 머리. 튀르키예에서는 비참한 처지였소. 역시 날씨 탓이기도 했다. 봄이 오려고 안간힘을 썼지만 바람이 바뀌었다. 컴컴한 하늘이 새하얀 이슬람 성원들을 뒤덮었다. 눈이 내렸다. 바지를 입어 남자 같은 튀르키예 여성들은 엄숙한 얼굴을 베일로 가렸다. 그들이 그토록 씩씩하게 걷는 모습을 보게 될 줄은 미처 몰랐다. 거리에는 석탄이 잔뜩 쌓였지만 정작 삽질할 일꾼들은 나타나지 않아 난방시설이 꺼져버렸다. 허조그는 카페에서 플럼 브랜디와 차를 마셨고, 혈액순환을 도우려고 손을 비비거나 신발 속에서 발가락을 꼼지락거렸다. 그 무렵에는 혈액순환에 대한 걱정을 많이 했다. 일찍 피어난 꽃들이 눈에 덮인 풍경은 그를 더욱 우울하게 만들었다.

나를 집에 받아줬던 형님과 비*에게 이 편지로 뒤늦게나마 간략하게 감사의 마음을 전하오. 나는 오랜 친구도 아니고 그냥 좀 아는 사이였을 뿐인데. 더구나 그때는 정말 형편없는 손님이었을 테고. 낙심하고 노발대발했으니까. 지독한 슬픔 앞에서 무너져버렸지. 불면증 때문에 수면제를 먹어도 잠들지 못했고, 약에 취한 채 이리저리 배회했고, 위스키를 퍼마시다가 빈맥증까지 생겼지. 정신병원 독방에 갇혀야 마땅한 상태였다. 고맙소! 그때는 정말 고마웠소. 그러나 이 말은 심약해서 마지못해 건네는 피해자의 인사일 뿐, 그 이면에는 노여움이 도사리고 있었다. 샌도어가 나를 맡아주었다. 그때 나는 망연자실한 상태였다. 그래서 자기 집으로 데려갔는데, 남쪽으로 멀리 내려간 곳, 일리노이 센트럴 철도에

---

* 비어트리스의 애칭.

서 열 블록쯤 떨어진 곳이었다. 매디는 주니를 동물원 등에 데려갈 때 필요하다고 주장하며 내 차를 차지했다.

샌도어가 말했다. "술 근처에서 자게 됐으니 싫진 않겠네." 간이침대를 펴놓은 자리가 바 옆이었기 때문이다. 방안에는 카멜 히멜스타인의 고등학생 친구들이 잔뜩 모여 있었다. "다 나가!" 샌도어가 십대 아이들에게 고래고래 소리쳤다. "염병할, 담배연기 때문에 아무것도 안 보이잖아! 콜라병마다 담배꽁초가 꽉 찬 거 봐라." 그러면서 에어컨을 틀었고, 모지스는 그날의 추위 때문에 아직도 얼굴이 빨갰지만 눈 밑은 창백한 모습으로 여행가방을 들고 우두커니 서 있었다. (지금 무릎에 올려놓은 바로 이 가방이다.) 샌도어가 몇몇 선반에 놓인 술잔을 모두 치웠다. "짐 풀어. 자네 물건은 여기다 두고. 이십 분 뒤에 저녁 먹자. 맛있을 거야. 자우어브라텐.* 비가 자랑하는 특기야."

모지스는 순순히 짐을 풀었다. 칫솔, 면도기, 데세넥스 항균 파우더, 수면제, 양말, 샤피로의 연구서, 문고판 블레이크 시집. 에드비그 박사가 적어준 편집증 증상 목록은 책갈피로 이용했다.

첫날밤의 저녁식사를 마치고 히멜스타인 가족의 거실에서 허조그는 샌도어의 호의를 받아들인 일도 역시 자신의 전형적인 실수였음을 마지못해 인정할 수밖에 없었다.

샌도어가 말했다. "자네는 다 이겨낼 거야. 괜찮아. 잘될 거야. 돈내기를 해도 좋아. 자네를 믿으니까."

그러자 비어트리스가 말했다. "모지스, 지금 어떤 심정인지 우리도

---

* 식초, 와인 등에 사흘 이상 절인 육류를 뭉근한 불에 쪄내는 독일 요리.

알아요." 그녀의 머리는 검은색이고 입술은 립스틱도 필요 없을 만큼 예쁜 분홍색이다.

"어딜 가든 못돼먹은 것들이 우글우글해." 샌도어가 말했다. "내 업무가 온통 못된 년들 상대하는 일이거든. 그런 년들이 무슨 짓을 하고 다니는지, 이 시카고에서 어떤 일이 벌어지는지 알아야 해." 그는 묵직한 머리통을 흔들며 혐오감을 못 이겨 입을 악다물었다. "젠장, 갈 테면 가라지! 그냥 보내줘! 자네는 잘 지낼 거야. 그래, 이번엔 자네가 한방 먹었어! 그게 뭐 대수냐고! 남자라면 누구나 이런저런 년한테 호구 노릇을 하기 마련이야. 나도 걸핏하면 눈깔 파란 것들한테 호되게 당했다고. 그래도 결국 정신 차리고 저렇게 예쁜 갈색 눈을 사랑하게 됐잖아. 우리 마누라 끝내주지?"

"물론이오." 그렇게 대답할 수밖에 없었다. 빈말은 그리 어렵지 않다. 마흔 넘도록 살면서 이런 순간을 잘 넘기는 요령조차 못 배울 만큼 숙맥은 아니니까. 고지식한 청교도라면 거짓말이라고 하겠지만 교양인에게는 교양일 뿐이다.

"아내가 나 같은 만신창이를 왜 좋아하는지 모르겠다니까. 아무튼 모지스, 당분간 우리집에서 지내. 이런 때일수록 친구가 필요하잖아. 물론 시내에 자네 가족이 있다는 건 나도 알지. 프리첼 식당*에 가면 자네 형들을 만나거든. 며칠 전에는 자네 작은형이랑 얘기했고."

"윌리 형."

"그래, 좋은 친구야. 유대인 사회에서도 아주 활동적이고. 거물입네

---

* 시카고 북서부의 독일 식당.

하는 알렉산더와는 딴판이지. 그쪽은 늘 추문이 따라다니거든. 한동 안은 고리대금업에 관련됐다더니 다음에는 지미 호파*와 관련이 있다 느니, 또 다음에는 더크슨** 패거리와 엮였다느니 하더군. 그래, 좋아, 자네 형들은 다 거물이지. 하지만 자네 마음만 더 아프게 할지도 몰라. 여기서 지내면 아무도 꼬치꼬치 캐묻지 않을 거야."

"우리집에서는 안심해도 돼요." 비어트리스가 말했다.

"글쎄, 이번 일은 도무지 이해할 수가 없어요." 모지스가 말했다. "매디와 저는 처음부터 우여곡절이 많았죠. 그래도 차츰 괜찮아졌거 든요. 지난봄에는 결혼생활에 대해 얘기하면서 우리 사이가 계속 같이 살아도 될 만한지 의논해봤고—현실적인 문제도 나왔죠. 임대차계약 을 유지할지 말지. 매디가 학위논문만 다 끝내면 둘째를 갖자는 말도 했는데……"

"내가 한마디만 하지." 샌도어가 말했다. "내 의견이 궁금할지 모르 겠지만 어쩌면 자네가 잘못했는지도 몰라."

"나? 무슨 소리요?"

"자네도 지식인인데 지식인 여자랑 결혼했잖아. 지식인이라면 으레 어딘가 꽉 막힌 구석이 있거든. 다들 자기 문제도 스스로 해결하지 못 하고—그래도 모즈 자네는 희망적이라고 봐."

"희망적이라니?"

"자네는 다른 엉터리 대학교수와는 다르니까. 난사람이잖아. 젠장,

---

* 미국 노동운동가. 트럭운송노조를 조합원 230만 명의 거대조합으로 성장시켰으나 마 피아와 결탁하는 등 각종 부패혐의로 복역 후 실종되었다.
** 미국 정치가(1896~1969).

그까짓 책상물림들이 다 무슨 소용이냐고! 나처럼 무식한 놈이 나서야 자유주의를 수호하지. 예일대학 나왔다는 헛똑똑이 도련님들은 사무실에 러니드 핸드* 사진을 떡하니 걸어둘지 몰라도 정작 일이 터지면, 가령 트럼불공원**에서 패싸움에 휘말린다든지, 디어필드***에 사는 겁쟁이들과 싸워야 한다든지, 톰킨스 같은 사람을 지켜줘야 한다든지……" 샌도어는 우체국 직원이었던 흑인 톰킨스를 변호했던 경력을 자랑스러워했다.

허조그가 말했다. "글쎄, 톰킨스가 흑인이라서 노리긴 했겠지. 하지만 안타깝게도 그 사람은 주정뱅이였소. 형님이 말해줬잖소. 그 사람 능력도 의심스러웠고."

"그런 말은 함부로 흘리고 다니지 말게. 엉뚱하게 이용될지도 몰라. 자네한테만 털어놓은 얘긴데 여기저기서 주절거려서야 되겠나? 정의가 걸린 문제였어. 공무원 중에 백인 주정뱅이는 없겠나? 천만의 말씀이야!"

"샌도어—비어트리스. 지금 기분이 엉망이에요. 또 이혼이라니—이 나이에 다시 쫓겨나다니. 못 견디겠어요. 글쎄…… 산송장이 된 기분이네요."

"아니, 그게 무슨 소리야!" 샌도어가 말했다. "애 때문에 좀 안쓰럽긴 하지만 다 이겨낼 걸세."

그때 형님은 내가 혼자 있으면 안 된다고 생각했고 나도 동의했지만 사실

---

* 미국 법학자, 법철학자(1872~1961). 연방항소법원 판사로 오래 재임했다.
** 시카고 남부의 공원.
*** 시카고 북쪽의 부촌.

은 혼자 있는 편이 나았을지도 모르겠소. 허조그는 썼다.

"여보게, 이번 일은 내가 다 알아서 처리하겠네." 샌도어가 다짐했다. "이 지랄맞은 상황에서 금방 벗어날 거야. 나한테 다 맡기라고. 나 믿지? 내가 설마 자네한테 마음에도 없는 말을 하겠나?"

차라리 쾨드랭글 클럽*에 가서 방 한 칸 빌릴 걸 그랬소.

"자네는 혼자 내버려두면 안 되겠어." 샌도어가 말했다. "그런 타입이 아니야. 인간이니까! 난사람이니까! 가슴에 난도질을 당했지. 현실감각이라고는 열 살 먹은 우리 셸던만도 못하니 원, 불쌍한 친구."

"떨치고 일어날 거요. 희생자가 되진 않겠소. 희생자 노릇은 질색이니까." 모지스가 말했다.

히멜스타인은 안락의자에 앉아 짤막한 배 밑에 양발을 모으고 있었다. 갓 썰어놓은 오이 같은 빛깔의 두 눈이 촉촉이 젖었다. 속눈썹이 섬세하다. 그는 시가 한 개비를 잘근잘근 씹었다. 손톱은 못생겼지만 잘 다듬었다. 파머 하우스**에서 손톱 손질을 받으니까. "결단력이 대단한 여자야." 샌도어가 말했다. "굉장히 매력적이지. 뭐든지 스스로 판단하길 좋아하고. 일단 결정하면 끝끝내 바뀌지 않고. 대단한 의지력이야. 그런 타입이 더러 있다니까."

"그래도 한때는 당신을 사랑했을 거예요, 모지스." 비어트리스가 말했다. 말이 아주 느릿느릿했다. 그녀의 버릇이다. 튼튼한 안와골에 둘러싸인 두 눈은 짙은 갈색이다. 입술은 선명한 분홍색이다. 모지스는 그녀와 시선을 마주치고 싶지 않았다. 한참 동안 뚫어져라 마주보게

---

* 시카고대학의 회원제 클럽.
** 시카고 도심의 유명 호텔.

될 텐데, 그래 봤자 얻을 게 없으니까. 그녀도 모지스를 동정하지만 결코 좋게 볼 리가 없기 때문이다.

"저를 사랑했다고 생각하지 않아요." 모지스가 말했다.

"틀림없이 사랑했을 거예요."

중산층 여성의 연대의식이다. 참한 여자가 타산적이고 냉혹하다는 비난을 받으려 할 때 보호해주려는 심리다. 참한 여자는 오직 사랑 때문에 결혼하기 마련이니까. 하지만 그 사랑이 식어버리면 다른 남자를 사랑할 자유도 있다. 훌륭한 남편이라면 그런 마음을 가로막지 말아야 한다. 그것이 정석이다. 전적으로 나쁘다고 할 수는 없다. 하지만 새로운 정석이긴 하다. 어쨌든 비어트리스와 다툴 입장은 아니라고 모지스는 생각했다. 지금은 그녀에게 신세 지며 위로받는 처지니까.

"매들린을 잘 몰라서 그래요." 모지스가 말했다. "처음 만났을 때 매들린은 도움이 많이 필요했어요. 남편만 도와줄 수 있는 상태였는데……"

불만을 품은 사람의 넋두리가 아주—끝없이—길어지기 마련이라는 사실은 나도 잘 알고 있소. 듣는 사람에게는 얼마나 따분한지도.

"그래도 저는 좋은 분이라고 생각해요." 비어트리스가 말했다. "처음에는 좀 도도해 보이고 행동도 수상쩍었지만 알고 보니 싹싹하고 아주 착하던데요. 원래는 좋은 분일 거예요."

"젠장! 착한 사람이 대부분이지. 그래서 누구에게나 기회를 줘봐야 해." 안색은 누르스름하지만 잘생긴 샌도어가 말했다.

"다 계획적이었소. 매디는 왜 내가 임대계약서에 서명하기 전에 헤어지자고 하지 않았을까?"

"애를 보살피려면 집이 필요하니까." 샌도어가 말했다. "그럼 뭘 기대했나?"

"뭘 기대했느냐고?" 허조그는 벌떡 일어났고 할말을 찾으려고 애썼다. 얼굴이 하얗게 질리고 눈이 휘둥그레졌다. 불룩한 배 밑에 작은 발꿈치를 맞대고 술탄처럼 앉아 있는 샌도어를 뚫어져라 노려보았다. 그러다가 문득 자신을 쳐다보는 비어트리스의 시선을 느꼈다. 예쁘장하지만 광택이 없는 그녀의 표정은 샌도어를 화나게 하지 말라고 경고했다. 누군가 자기 뜻을 거스르면 혈압이 위험수준까지 치솟기 때문이다.

허조그는 이렇게 썼다. 형님의 우정이 고마웠소. 하지만 그때 나는 정상이 아니었소. 누구라도 그런 상태에서는 아주 엄청난, 도저히 불가능한 요구를 하기 십상이지. 화가 나면 누구나 독재자로 돌변하니까. 받아주기 힘들지. 나는 진퇴양난에 빠졌다. 바 옆에서 자게 됐으니까. 가엾은 톰킨스에게 연민을 느꼈다. 샌도어에게 사건을 맡긴 후 톰킨스가 술을 퍼마신 이유도 이해할 만했다.

"혹시 양육권 다툼을 벌일 생각은 아니겠지?" 샌도어가 허조그에게 말했다.

"그래도 해본다면?"

"글쎄, 변호사로서 하는 말인데, 배심원들 앞에 앉아 있는 자네 모습이 눈에 선해. 배심원들은 먼저 한창나이인데다 사랑스러운 매들린을 보고 나서 초췌하고 머리가 허연 자네를 볼 테고, 그러면 꽝! 양육권 소송은 물건너가지. 배심원 제도가 그래. 원시인보다도 멍청한 놈들이야. 듣기 좋은 말은 아니겠지만 미리 얘기하는 편이 낫겠지. 우리 나이쯤 되면 현실을 무시할 수 없으니까."

"현실이라니!" 허조그는 어질어질하고 어리둥절하고 울화통이 치밀었다.

"나도 알아." 샌도어가 말했다. "내가 열 살 많긴 하지. 그래도 마흔 살 넘으면 다 마찬가지야. 일주일에 한 번씩만 세울 수 있어도 고마운 줄 알아야지."

비어트리스가 말려보려 했지만 샌도어는 이렇게 대꾸했다. "입다물어." 그러더니 다시 허조그를 돌아보며 고개를 흔들었다. 그러자 그의 머리가 손상된 가슴 쪽으로 천천히 내려가고, 등뒤의 견갑골이 불룩해지고, 흰색 셔츠 속에서 오탁골*이 볼록 튀어나왔다. "제기랄, 현실에 맞선다는 게 어떤 일인지 저런 친구가 알 턱이 있나. 누구에게나 사랑받길 바랄 뿐이지. 그게 안 되면 울며불며 하소연하고. 좋아! 디데이**가 지나간 후 나는 몸이 박살난 채 지랄맞은 영국군 병원에 누워 있었지. 불구자였어. 젠장, 왜냐고! 그래도 나올 때는 내 힘으로 걸어나왔어. 그리고 자네 친구 밸런타인 거즈바크는 또 어때? 그 친구야말로 대장부라고! 그 빨강 머리 절름발이는 진짜 고통을 알아. 그래도 꿋꿋하게 살아가지. 멀쩡한 놈 세 명이 다리 여섯 개를 합쳐도 그 친구 의족 하나만큼 잘 돌아다니진 못할걸. 괜찮아, 비. 모지스도 참을 수 있어. 이 정도 얘기에 발끈하면 다른 얼간이 교수들과 다를 게 없지. 그런 개자식이라면 상대하기도 싫고."

허조그는 울분을 못 이겨 횡설수설했다. "무슨 소리요? 백발 때문에 죽어도 싸다고? 애는 어쩌라고?"

---

* 위팔뼈 위쪽 끝의 앞부분에 있는 돌기 모양 뼈.
** 2차세계대전 당시의 1944년 6월 6일.

"자, 그렇게 우두커니 서서 바보처럼 손만 비벼대지 마. 젠장, 바보라면 딱 질색이니까!" 샌도어가 소리쳤다. 맑은 초록색 눈동자가 이글거리고 입술은 끊임없이 오물거렸다. 자기 딴에는 허조그의 영혼을 짓누르는 돌덩이 같은 자기기만을 뿌리째 뽑아버릴 수 있으리라 확신하는지 길고 하얀 손가락이, 특히 엄지와 검지가 신경질적으로 움찔거렸다.

"뭐가 어째! 죽어? 백발? 도대체 무슨 말을 지껄이는 거야! 배심원들은 애를 젊은 엄마한테 맡길 거라고 했을 뿐인데."

"매들린이 시킨 일이군. 이번에도 수작을 부렸어. 내가 소송을 걸지 못하게 하려고."

"매들린은 아무 상관도 없어! 다 자네를 위해서 하는 얘기야. 지금은 그쪽이 더 유리하다고. 매들린이 이기고 자네는 져. 어쩌면 매들린은 다른 남자를 원하는지도 모르지."

"정말이오? 자기 입으로 그렇게 말했소?"

"아무 말도 안 했어. '어쩌면'이라고 했잖아. 그러니까 진정하라고. 비, 모지스한테 술 한 잔 따라줘. 저 친구 술로. 스카치는 좋아하지 않으니까."

비어트리스는 허조그가 가져온 구켄하이머 43도를 가지러 갔다.

"자, 헛소리는 그만하자고." 샌도어가 말했다. "촌스럽게 굴지 말게." 그의 표정이 달라지더니 허조그에게 조금은 따뜻한 기색을 내비쳤다. "그래, 자네는 괴로울 때는 정말 제대로 괴로워하지. 희로애락을 끝까지 파고드는 진정한, 진짜배기 유대인 타입이니까. 그건 인정해주지. 나도 이해해. 알다시피 나도 유대인이 개돼지 취급을 받던 시절에

상거먼 스트리트*에서 자랐으니까. 고통이 뭔지 알아. 둘 다 같은 방송을 들으며 사는 셈이지."

열차승객 허조그는 썼다. 아무리 고민해도 이해할 수가 없소. 그때는 이러다 뇌졸중이라도 일으키겠다, 머리가 터져버리겠다는 생각을 자주 했소. 형님이 위로해줄수록 죽음의 문턱이 점점 더 가까워졌소. 그런데 내가 왜 그랬을까? 형님 댁까지 왜 따라갔을까?

내가 슬퍼하는 모습은 우스꽝스러웠겠지. 내가 머물던 방에서 뒷마당을 내다보면 잎이 다 떨어진 잡초가 보였다. 갈색으로 시들어버린 돼지풀의 연약한 뼈대. 씨앗을 다 뱉어내고 입을 딱 벌린 박주가리 꼬투리. 암회색 텔레비전 화면을 우두커니 바라보기도 했다.

일요일 아침 일찍 샌도어가 허조그를 거실로 불러냈다. "자, 여기 기가 막히게 좋은 보험 하나 찾아왔네."

바 옆의 침대에서 일어나 가운을 두른 허조그는 더듬더듬 끈을 묶느라 얼른 알아듣지 못했다.

"뭘?"

"자네 딸을 잘 지켜줄 끝내주는 보험이 있다고."

"무슨 소리요?"

"지난주에 얘기했는데 딴생각만 했던 모양이네. 자네가 병에 걸리거나 사고를 당하거나 한쪽 눈을 잃거나 심지어 미쳐버려도 주니는 무사할 거야."

"하지만 나는 유럽에 갈 예정이고 여행자 보험도 들었소."

---

* 시카고 남부의 빈민가.

"그건 자네가 죽었을 때 얘기지. 이 보험을 들어두면 자네가 신경쇠약으로 쓰러져 병원에 들어가야 하는 경우에도 애한테 다달이 양육비가 나온다니까."

"누가 쓰러진대?"

"이봐, 지금 나 좋으라고 하는 얘기 같나? 나는 중간에서 전해주기만 하는 거야." 샌도어는 그렇게 말하며 두툼한 카펫을 맨발로 쿵 굴렀다.

일요일, 호수에서는 잿빛 안개가 피어오르고 철광석 운반선 몇 척이 물에 들어간 소처럼 저음으로 울었다. 텅 빈 선체의 공명음도 들렸다. 허조그는 당장 덜루스*행 화물선의 갑판원이라도 되고 싶은 마음이 간절했다.

"내 법률 조언을 듣든 말든 마음대로 해. 어쨌든 나는 자네 가족 모두에게 최선의 길을 찾아주려는 거야. 맞지?"

"그야 뭐, 바로 내가 증거니까. 나를 이 댁에 받아줬잖소."

"좋아, 그럼 이제 사리에 맞는 얘기 좀 해보자고. 매들린은 자네를 귀찮게 하지 않을 거야. 위자료도 안 줘도 돼. 어차피 금방 재혼할 테니까. 일전에 점심을 먹으려고 프리첼 식당에 데려갔는데, 오랫동안 이 샌도어 H.를 본체만체하던 놈들이 잔뜩 발기한 채 헐레벌떡 달려오더라니까. 그중에는 내가 다니는 회당 랍비까지 있었지. 역시 매력덩어리거든."

"이 양반이 돌았나. 어떤 여자인지는 내가 더 잘 알아."

"그게 무슨―아니, 다른 매춘부들에 비하면 매들린은 심한 편도 아

---

* 미네소타주의 항구도시. 슈피리어호의 서쪽 끝에 있어 철광석, 밀 등 각종 화물의 집결지이며, 대서양에서 5대호를 거쳐 들어오는 선박의 종착점이기도 하다.

니야. 이 세상에서 우리는 다 매춘부라는 사실을 잊지 말라고. 나도 결국 매춘부에 불과하다는 사실을 누구보다 잘 알지. 그런데 자네야말로 눈에 확 띄는 멍텅구리야. 이제야 깨달았어. 적어도 책상물림들은 그런 식으로 말하더군. 그래 봤자 자네도 영락없는 매춘부야."

"대중적 인간이 뭔지 아시오, 히멜스타인?"

샌도어는 눈살을 찌푸렸다. "뭐?"

"대중적 인간. 군중의 일원. 오합지졸의 심리. 남들까지 다 고만고만한 크기로 끌어내리는 사람이지."

"오합지졸의 심리가 뭐 어쨌다는 거야! 괜히 허세부리지 마. 실없는 소리 말고 현실을 얘기하자는 거잖아."

"형님은 현실이 추잡하다고 생각하겠지."

"현실은 실제로 추잡해."

"추잡하니까 진짜 현실이라고 생각하시는 거요."

"그럼 자네는─자네한테는 현실이 벅차겠지. 누가 자네는 왕자님이래? 자네 어머님은 손수 빨래를 하셨고, 집에는 하숙생을 받았고, 아버님은 별 볼 일 없는 밀주업자였잖아. 허조그 집안이라면 나도 잘 알아. 자네 혈통을 샅샅이 안다고. 그렇게 건방 떨지 마. 나도 엄연한 유대인이고 지랄맞은 야간대학에서 학위 수여증 받은 놈이야. 알았어? 그러니까 둘 다 이런 개소리는 그만하자고, 이제 꿈 깨."

허조그는 몹시 당황하고 기가 죽어 대꾸할 말을 찾지 못했다. 여기까지 왜 따라왔을까? 도움을 얻으려고? 울분을 터뜨릴 광장이 필요해서? 부당한 대우에 대한 분노를? 그러나 이 집은 허조그의 광장이 아니라 샌도어의 광장이다. 뻐드렁니가 보이고 얼굴에는 깊은 주름살이 있는 저 사나운 난쟁이의 광장. 샌도어의 녹색 파자마 앞섶 사이로 망가져버린 한쪽 가슴이 비어져나왔다. 그러나 방금 보여준 모습은 샌도어가 몹시 언짢고 화가 났기 때문이라고 허조그는 생각했다. 샌도어는 매력적일 때도 있고, 너그럽거나 유쾌하거나 심지어 재치 있는 사람일 때도 있다. 저 가슴속의 용암이 갈비뼈를 밀어 뒤틀리게 하고 저 무시무시한 혀의 힘이 이를 튀어나오게 했는지도 모른다. 좋다, 모세* 허조그—어차피 불쌍해지기로 마음먹었다면, 도움과 구원을 간청해야 한다면, 저렇게 성난 자들의 손에 너 자신을 내맡기는 수밖에 없다. 그들은 저렇게 '진실'을 휘둘러 너를 매질한다. 그것이 너의 마조히즘이 치러야 할 대가다, 우리 소중한 귀염둥이. 착한 사람들은 인간의 인식에 이끌려 움직일 뿐, 자신의 이익을 생각하지 않는다. 그러므로 너는 자기 인식을 통하여, 경험을 통하여 통찰력의 문을 정화해야 한다. 더구나 대립이야말로 진정한 우정이다.** 그렇다고 들었다.

"자네 딸을 잘 보살펴주고 싶지?" 샌도어가 물었다.

"물론이오. 하지만 일전에 형님은 차라리 내가 준을 잊어버리는 편이 낫다고, 준도 나를 아예 모르고 자라는 편이 낫다고 하셨소."

"맞아. 다음번에 만나면 자네를 알아보지도 못할걸."

샌도어는 자기 자식들을, 햄스터처럼 멍청한 아이들을 기준으로 생각한다. 그러나 내 딸은 다르다. 더 고운 진흙으로 빚어진 아이다. 준은 나를 잊을 리 없다. "믿을 수 없소." 허조그가 말했다.

"변호사로서 그 아이를 돌봐줄 사회적 책임이 있어. 내가 지켜줘야

---

* 모지스의 히브리어 이름.
** 윌리엄 블레이크의 『천국과 지옥의 결혼』 중 「잊을 수 없는 환상」에서 인용.

한다고."

"형님이? 아빠는 나요."

"자네는 미쳐버릴 수도 있어. 죽을 수도 있고."

"죽을 가능성은 매디에게도 있소. 차라리 매디 명의로 보험을 들면 어떻겠소?"

"매디가 승낙하지 않을걸. 그런 일은 여자 몫이 아니야. 남자 몫이지."

"이 남자는 예외요. 매들린은 남자 못지않게 자기주장이 강한 여자요. 혼자 모든 결정을 내렸잖소. 아이는 자기가 키우겠다며 나를 길거리로 내몰았지. 자기가 엄마 아빠 노릇을 다 할 수 있다고 생각하니까. 매들린 명의로 생명보험을 들겠다면 보험료는 내가 내겠소."

샌도어가 별안간 버럭버럭 고함을 질렀다. "그 여자한테는 쥐뿔도 관심 없어! 자네한테도 쥐뿔도 관심 없고! 다 아이를 위해서 하는 소리야."

"내가 먼저 죽는다고 확신하는 이유가 뭐요?"

"자네가 사랑하는 여자가 맞나?" 샌도어가 나지막이 말했다. 위험할 정도로 높아진 혈압을 의식한 모양이다. 연녹색 눈과 입술이 복잡한 과정을 거치며 변화하고 턱살이 옴폭 들어갔다. 샌도어는 한결 침착한 목소리로 말했다. "신체검사에 통과할 수만 있다면 나부터 이 보험을 들고 싶다네. 내가 뒈지더라도 우리 비가 돈 많은 과부가 된다면 기분좋을 테니까."

"그럼 비는 마이애미에 가서 머리 염색을 해도 되겠군."

"그렇겠지. 내가 관 속에 들어가 오래된 1센트 동전처럼 푸르뎅뎅해질 때 비는 신나게 바람피우며 돌아다니겠지. 그래도 불만 없어."

"됐소, 샌도어—" 허조그가 말했다. 이 대화를 끝내고 싶었다. "지금 당장은 내 죽음을 준비하고 싶지 않소."

"염병할, 자네 죽음이 그렇게 대단한 일이야?" 샌도어가 외쳤다. 그러면서 일어섰다. 샌도어는 허조그 앞으로 아주 바싹 다가왔고, 새된 목소리에 조금 겁먹은 허조그는 눈을 휘둥그레 뜨고 집주인의 얼굴을 내려다보았다. 좀 우락부락하긴 해도 다부지고 잘생긴 얼굴이었다. 작은 콧수염은 뻣뻣하게 곤두서고, 두 눈은 푸르스름하고 희부옇게 사나운 독기를 뿜어내고, 입은 잔뜩 일그러졌다. "이 문제에서 손떼야겠어!" 히멜스타인은 고래고래 소리치기 시작했다.

"도대체 왜 이러시오! 비어트리스는 어디 계시나! 비어트리스!"

그러나 히멜스타인 부인은 오히려 방문을 닫아버렸다.

"그 여자는 악덕 변호사를 찾아갈 거야!"

"제발 소리치지 마시오."

"그놈들이 너를 끝장내겠지."

"샌도어, 그만해요."

"네놈을 궁지로 몰아넣겠지. 가죽까지 홀라당 벗겨내겠지."

허조그는 귀를 막았다 "더는 못 견디겠소."

"네놈 창자까지 꽁꽁 묶어버리겠지. 개새끼. 코에는 계량기를 달고 숨쉴 때마다 사용료를 받아내겠지. 네놈은 꼼짝없이 갇혀버릴 테고. 그때가 되면 정말 죽음이 생각나겠지. 차라리 죽여달라고 싹싹 빌겠지. 관 속이 스포츠카보다 매력적으로 보이겠지."

"하지만 내가 매들린을 버린 건 아니잖소."

"다 내가 이런저런 놈한테 몸소 해준 일이야."

"내가 매들린한테 무슨 피해를 줬다고."

"법정은 관심 없어. 네놈이 온갖 서류에 서명했고—읽어보긴 했어?"

"아니, 형님 말씀만 믿었으니까."

"법정에선 네놈한테 중벌을 때리겠지. 매들린은 엄마니까, 여자니까. 젖통이 달렸으니까. 네놈을 뭉개버릴 거라고."

"하지만 나는 아무 죄도 없는데."

"매들린이 네놈을 증오하잖아."

샌도어는 이제 소리치지 않았다. 평소처럼 목소리가 조금 클 뿐이었다. "염병할! 자네는 아무것도 몰라. 지식인 맞아? 우리 아버지가 돈이 없어 나를 시카고대학에 보내지 못한 게 오히려 천만다행이네. 나는 데이비스 스토어*에서 일하며 존 마셜 법대**를 다녔어. 지식인? 웃기지 마! 자네는 세상이 어떻게 돌아가는지 몰라."

모지스는 마음이 약해졌다. 다시 생각해보았다. "알았으니까—"

"뭘 알았다는 거야?"

"내가 생명보험을 들겠소."

"나한테 호의를 베푼다고 생각하지 말고!"

"호의를 베푸는 게 아니라……"

"꽤 큰 돈인데—418달러."

"마련해보겠소."

---

* 시카고 중동부에 있던 할인점.
** 2019년 시카고대학에 편입되어 명칭이 바뀌었다. 하이드파크의 메인캠퍼스에서 멀리 떨어진 곳이다.

그러자 샌도어가 말했다. "그래, 좋아. 이제야 말귀를 좀 알아듣네. 그럼 아침은 뭘 먹을까—내가 오트밀을 끓여보겠네." 그는 녹색 페이즐리 파자마 바람에 슬리퍼도 없이 길쭉한 맨발을 옮기며 부엌으로 향했다. 허조그도 따라나섰는데, 복도를 지나갈 때 샌도어가 부엌 싱크대 앞에서 소리쳤다. "이게 다 무슨 난장판이야! 냄비 하나—접시 하나—하다못해 숟가락 하나도 깨끗한 게 없잖아. 쓰레기 냄새가 진동하네. 시궁창이 따로 없어!" 늙고 뚱뚱하고 털이 다 빠진 개가 겁에 질려 허둥지둥 도망치자 발톱이 타일 바닥을 마구 두드렸다. 타닥타닥, 타닥타닥. "돈만 처먹는 년들!" 샌도어가 자기 집 여자들을 향해 소리쳤다. "기생충 같은 년들! 기껏 잘하는 일이랍시고 옷가게에서 엉덩짝 흔들어대고 덤불 속에서 못된 짓이나 하지. 그러다가 집에 오면 케이크나 잔뜩 처먹고 초콜릿이 덕지덕지 묻은 접시를 곧장 싱크대에 처박아버린다니까. 여드름이 날 수밖에 없지."

"진정하시오, 샌도어."

"내가 뭘 많이 바라기나 해? 나처럼 늙어빠진 상이군인이 시청 오르락내리락하며 이 법정 저 법정 뛰어다니는데—거기서 또 26번 스트리트와 캘리포니아 불러바드 교차로까지 가야 하는데. 다 자기들을 위해서! 알량한 사무실이나마 어떻게든 꾸려가려고 온갖 개잡놈한테 알랑거려야 하는데 저년들이 어디 신경이나 써?" 그는 싱크대를 벅벅 긁어대기 시작했다. 달걀 껍데기와 오렌지 껍질을 쓰레기통 옆의 구석으로 던져버렸다. 쓰레기통에는 커피 찌꺼기가 수북했으니까. 그러다가 점점 더 화가 나서 접시와 유리그릇을 부수기 시작했다. 진짜 꼽추처럼 길쭉한 손가락으로 크림 묻은 접시를 움켜쥐었다. 그러더니 매번 변함없이 아름다운 동작으로―놀라워라!―접시를 벽에 던져 박살냈다. 그릇 건조대와 가루비누를 쓰러뜨리더니 분에 못 이겨 울음을 터뜨렸다. 감정을 조절하지 못한 자신에게 실망한 탓이기도 했다. 벌어진 입과 뻐드렁니! 망가진 가슴에는 긴 털이 수북했다.

"모지스―저년들이 날 잡아먹어! 아비를 잡아먹는다고!"

딸들은 각자 자기 방에 누워 듣고만 있었다. 막내 셸던은 보이스카우트의 일원으로 잭슨공원에 갔다. 비어트리스는 나타나지 않았다.

"오트밀은 안 먹어도 괜찮소." 허조그가 말했다.

"아니, 냄비 하나만 씻을게." 샌도어는 여전히 눈물을 흘렸다. 수돗물을 세차게 틀어놓고 잘 손질한 손에 철수세미를 들고 알루미늄 냄비를 북북 문질렀다.

이윽고 좀 차분해졌을 때 샌도어가 말했다. "있잖아, 모지스, 내가 이 빌어먹을 설거지 때문에 정신과의사까지 찾아갔어. 한 시간에 20달러나 받더라고. 모지스, 우리 애들을 어떻게 해야 할지 모르겠어. 셸던은 괜찮을 거야. 테시도 아주 형편없진 않고. 그런데 카멜은! 도대체 어떻게 다뤄야 할지 모르겠어. 벌써 사내새끼들이랑 안 하는 짓이 없는 모양이더라고. 허조그 교수, 이 집에 묵는 동안 자네한테 아무것도 바라지 않겠지만"(숙식의 대가는 필요 없다는 뜻이다) "자네가 카멜의 정신발달에 관심 좀 가져주면 고맙겠네. 모처럼 지식인을―유명인을―권위자를 만나볼 기회니까. 카멜한테 얘기 좀 해주겠나?"

"무슨 얘기를?"

"책이나―사상 같은 거. 산책이라도 데려가든지. 토론도 하고. 부탁하네, 모지스, 내가 애원할게!"

"글쎄, 물론 얘기는 해보겠소."

"랍비에게도 부탁해봤는데—하지만 개혁파 랍비가 무슨 쓸모가 있겠나? 내가 저속한 놈인 줄은 나도 잘 알아. 성질 더러운 불뚱이지. 그래도 애들만 보고 일하는데……"

샌도어는 가난한 사람들을 쥐어짠다. 사우스사이드*에 사는 창녀들에게 장신구를 할부로 파는 상인들의 채권증서를 사들인다. 내가 내 딸을 포기해야 하는 상황은 아무렇지도 않게 여기면서 자기 햄스터들에게는 고상한 교양 교육을 해주려 한다.

"카멜이 조금만 더 나이를 먹었어도 자네와 결혼시켰을 텐데."

모지스는 깜짝 놀라 안색이 창백해졌다. "카멜이야 아주 매력적인 아가씨지. 하지만 어려도 너무 어리잖소."

샌도어가 긴 팔을 허조그의 허리에 둘러 가까이 끌어당겼다. "이리저리 떠돌지 말게, 허조그 교수. 이제부터라도 정상적인 생활을 해야지. 도대체 자네가 안 가본 곳이 어딘지—캐나다, 시카고, 파리, 뉴욕, 매사추세츠. 자네 형들은 다 여기서, 이 도시에서 잘만 살잖아. 물론 알렉산더나 윌리한테는 충분해도 자네 같은 거물한테는 좀 부족하겠지. 모지스 E. 허조그는—은행에는 돈 한 푼 없어도 도서관에만 가면 이름을 찾아볼 수 있으니까."

"나는 매들린과 함께 정착하길 바랐소."

"그런 촌구석에? 말도 안 되는 소리. 더구나 그런 여자랑? 지금 장

---

* 시카고 루프를 중심으로 시카고시를 크게 세 구역으로 나눌 때 남부에 해당하는 부분으로, 전체 면적의 절반 이상을 차지하며 비교적 저소득층이 많다. 나머지 둘은 서부와 북부이며, 호수에 막혀 동부는 따로 없다.

난해? 고향으로 돌아와. 자네는 웨스트사이드 유대인이야. 자네가 어렸을 때 유대인 문화회관에서 자주 봤어. 좀 느긋하게 살아. 너무 피곤하게 살지 말라고. 나는 내 지랄맞은 가족보다 자네를 더 사랑해. 자네는 내 앞에서 엉터리 하버드 천재 흉내를 내며 으스댄 적이 한 번도 없었지. 고향 사람들 곁에 딱 붙어 있으라고. 다 착한 사람들이잖아. 사랑이 넘치는 사람들. 젠장! 어떻게 생각하나?" 그는 크고 잘생기고 누르스름한 얼굴을 조금 뒤로 물려 허조그의 눈을 들여다보았고, 허조그는 두 사람 사이에 다시 흐르는 따뜻한 애정을 느꼈다. 주름살이 길고 누런 히멜스타인의 얼굴에 기쁨이 번져갔다. "버크셔스에 있는 돼지우리는 팔아치울 수 있겠나?"

"가능하겠지."

"이야, 그럼 됐네. 조금 손해를 보더라도 감수해야지. 이젠 하이드파크도 엉망이 돼버렸지만* 어차피 거기 장발 얼간이들 틈에서 살긴 좀 그렇잖아. 우리 동네에 셋집을 얻으라고."

허조그는 지칠 대로 지쳤지만, 그리고 바보처럼 마음이 아팠지만, 옛날이야기를 듣는 아이처럼 얌전히 귀를 기울였다.

"자네 또래 가정부도 한 명 구해봐. 이불 속에서도 화끈한 여자로. 뭐 어때? 아니면 아리따운 갈색 피부 가정부를 찾아보자고. 또 일본 여자는 만나지 말고."

"무슨 뜻이오?"

"무슨 뜻인지 알잖아. 아니, 어쩌면 자네한테는 강제수용소에서 살

---

* 하이드파크 일대는 백인 인구가 대부분이었으나 1950년을 전후하여 흑인, 아시아계, 라틴계 등이 대거 유입되었다.

아남은 여자가 딱 좋을지도 몰라. 편안한 집만 있어도 감지덕지할 테니까. 그리고 자네랑 나는 사람답게 살아보자고. 노스 애비뉴에 있는 러시아식 한증탕에도 가고. 오마하 해변*에서 이 꼴을 당했지만 그까짓 거, 나는 끄떡없어. 우리 신나게 살아보자. 정통파 회당도 찾아보고―개혁파 예배당이라면 이제 지긋지긋하니까. 자네랑 나―잘하는 하잔**한테 가서……" 샌도어가 입술을 움직이자 거의 안 보였던 콧수염이 드문드문 나타났고, 그는 이내 읊조리기 시작했다. "미 프네이 하토에누 골리노 마르체누."*** 죄를 지어 우리 땅에서 쫓겨났도다. "자네와 나는 구식 유대인이지." 그는 이슬 맺힌 초록색 눈으로 허조그를 물끄러미 바라보았다. "자네야말로 내 친구야. 마음씨 착하고 순진한 친구."

그러더니 모지스의 뺨에 입맞춤했다. 모지스는 감성적 사랑을 느꼈다. 불분명한, 과장된, 의욕적인, 무차별적인, 소심한 감성적 사랑.

"에잇, 이 멍청이!" 열차 안에서 모지스는 자신에게 소리쳤다. "머저리!"

비상시에 대비해서 형님에게 돈을 맡겼소. 형님은 그 돈을 모조리 매들린에게 넘겨 옷이나 사게 했소. 도대체 형님은 매들린의 변호사요, 내 변호사요?

평소 샌도어가 여성 고객에 대해 이야기할 때와 달리 남성 고객은

---

* 노르망디상륙작전의 다섯 개 상륙거점 중 하나이며 연합군의 피해가 가장 컸던 곳으로, 주력군은 미군이었다.
** 유대교 성가 선창자.
*** 유대교 기도문.

싸잡아 비난하는 버릇으로 미루어 진작 이런 상황을 알아차렸어야 했다. 그런데 맙소사! 어쩌다 그런 일에 말려들었을까? 어쩌려고 그런 인간을 가까이했을까? 그렇게 어처구니없는 일이 벌어지길 스스로 바랐나보다. 나는 지나칠 정도로 어리석었고, 히멜스타인 같은 자들은 그 사실을 나보다 먼저 알아차렸다. 그래서 나에게 인생의 현실을 보여주고 진실을 가르쳐주었다.

내 교만하고 아둔한 행태가 혐오스러워 스스로 벌을 내린 셈이다.

얼마 후, 화창한 오후가 기울어갈 무렵, 허조그는 우즈홀의 물가에서 연락선을 기다리며 짙푸른 물속을 들여다보다가 바닥에 그물무늬를 그리며 환하게 일렁이는 반사광을 보았다. 그는 태양의 힘에 대해, 빛에 대해, 바다에 대해 생각하길 좋아했다. 공기가 감동적일 만큼 깨끗했다. 티끌 한 점 없는 물속에 잔챙이떼가 이리저리 헤엄쳤다. 허조그는 한숨을 내쉬며 중얼거렸다. "하느님을 찬양하라―하느님을 찬양하라." 숨쉬기도 한결 편해졌다. 탁 트인 수평선을 바라보자 마음이 몹시 설렜다. 짙푸른 하늘과 바다, 대서양의 각종 해초와 어패류가 뿜어내는 희미하고 맵싸한 아이오딘 냄새, 희고 곱고 묵직한 모래밭. 그러나 무엇보다 아름다운 것은 돌바닥에 거미줄처럼 드리워진 황금빛 줄무늬가 훤히 들여다보일 만큼 맑디맑은 청록색 바닷물이었다. 한순간도 멈추지 않았다. 자신의 영혼도 그토록 찬란한, 그토록 강렬하고 감미로운 반영을 뿌려낼 수만 있다면 신에게 부디 그렇게 써달라고 애원했으리라. 그러나 너무 단순한 생각이겠지. 너무 유치한 생각이겠지. 현실세계는 이렇게 맑기는커녕 소란스럽고 분노만 가득하다. 인류의 어마어마한 활동이 이어진다. 저승사자가 지켜본다. 그러므로 조금이라도 행복을 느낀다면 감춰야 한다. 가슴이 벅차도 입을 다물어야 한다.

그렇게 잠시나마 제정신을 되찾았으나 마음의 평정은 그리 오래 유지할 수 없었다. 연락선이 도착하자 그는 바닷바람 때문에 모자를 꾹 눌러썼고, 휴가 특유의 들뜬 기분에 조금 쑥스러워하며 승선했다. 자동차가 모래와 흙먼지를 구름처럼 흩날리며 차례차례 배에 오르는 동안 이층 갑판에서 내려다보았다. 연락선이 바다를 건너는 동안에는 뒤집어놓은 여행가방에 두 발을 올린 채 일광욕을 하며 반쯤 감은 눈으로 지나가는 배들을 바라보았다.

이윽고 연락선이 비니어드헤이븐에 도착한 후 선착장에서 택시를 잡았다. 택시가 우회전하더니 항구와 나란히 뻗은 큰길로 들어섰고 좌우에는 거목이 즐비했다. 오른쪽에는 바다와 돛단배. 도로는 햇빛을 가득 머금은 나뭇잎 아래로 지나갔다. 상점마다 붉은 바탕에 커다란 금박 글자가 반짝거렸다. 쇼핑센터는 연극무대처럼 휘황찬란했다. 낡은 엔진이 심장병에 걸렸는지 택시는 느릿느릿 달려갔다. 공공도서관을 지나고, 기둥을 세워놓은 진입로 몇 개, 수금堅琴처럼 생긴 느릅나무와 군데군데 껍질이 벗어져 얼룩덜룩한 플라타너스 몇 그루―그는 플라타너스를 눈여겨보았다. 이 나무는 그의 인생에서 중요한 자리를 차지했다. 해질녘의 녹색 기운이 서서히 짙어졌고, 그늘진 잔디밭을 바라보다가 바다 쪽을 돌아보면 그때마다 파란색이 점점 더 희미해지는 듯했다. 택시가 다시 우회전하자 해변이 보였고 허조그는 차에서 내렸다. 요금을 낼 때 택시기사가 길을 알려주었지만 듣는 둥 마는 둥 했다. "계단을 내려가서—다시 올라간다. 알았어요. 고맙습니다." 화사한 드레스 차림으로 베란다에서 기다리는 리비를 발견하고 손을 흔들었다. 그녀가 입맞춤을 날리는 시늉을 했다.

그 순간 허조그는 자신이 실수했음을 깨달았다. 비니어드헤이븐은 그가 있을 곳이 아니었다. 물론 아름다운 곳이고 리비는 매력적이다. 세상에서 가장 매력적인 여자 중 하나로 손꼽을 만하다. 그래도 오지 말았어야 했다. 허조그는 올바른 행동이 아니라고 생각했다. 그의 모습은 비탈길에서 머뭇거리며 나무 계단을 찾는 듯하다. 튼튼해 보이는 남자, 마치 포워드 패스를 하려는 미식축구 선수처럼 양손으로 여행가방을 움켜쥔 남자. 그의 손은 널찍하고 핏줄이 굵다. 정신노동자가 아니라 타고난 벽돌공이나 페인트공의 손 같다. 바닷바람이 가벼운 옷을 부풀렸다가 몸에 찰싹 붙인다. 그리고 이 꼬락서니는—이런 얼굴이라니! 지금의 상태는 너무 이상해서 본인도 알아차릴 수밖에 없는데—간절하고, 비통하고, 황당하고, 위험하고, 광적이고, 또한 죽도록 '희극적'이다. 이런 상황에서는 누구라도 신에게 빌고 싶으리라. 뼈를 부러뜨릴 듯 무거운 이 짐, 자아와 자기계발이라는 짐을 제발 치워달라고, 이 실패자를 동족에게 돌려보내 원시적 치료라도 받게 해달라고. 그러나 한 사람의 삶을 이런 식으로 바라보는 관점은 이제 첨단을 지나 거의 진부해졌다. 이 관점에서 본다면 두 팔을 벌리고 우뚝 선 육체는 '십자가'에 비유할 만한데, 이 자세에서 우리는 비로소 별개인 존재와 의식이 겪는 고통을 깨닫는다. 따지고 보면 그는 이미 매들린과 샌도어 등 여럿에게 그런 원시적 치료를 받았는지도 모른다. 그렇다면 최근의 온갖 불운은 본인도 동참한 집단 과제로 볼 수도 있는데, 이는 사생활에 대한 가식과 허영심을 무너뜨림으로써 다른 수많은 사람처럼 허조그도 해체되고 괴로워하고 증오하게 만들려는 목적, 십자가처럼 고귀한 자리가 아니라 르네상스 이후의, 휴머니즘 이후의, 데카르트 이후의 혼란스러운 진흙탕에, 즉 '허무'의 옆자리에 묶어두려는 목적이 아닐까. 모두가 이 연극에 동참했다. '역사'는 만인을 공짜로 태워준다. 철학책이라고는 한 번도 읽어본 적이 없는 히멜스타인 같은 자들은 마치 매매할 수 있는 부동산처럼 '허무'를 강매한다. 이 시시한 마귀의 머릿속에는 온갖 현대사상이 가득한데, 그중에서도 특히 한 가지가 그의 잔인한 마음을 사로잡았으니, 요컨대 걸핏하면 툴툴거리기만 하는 초라하고 쩨쩨한 개성은—어차피 (분석적 관점으로 보면) 고집스러운 아이 같은 과대망상증에 불과하거나 (마르크스주의적 관점으로 보면) 역겨운 부르주아의 사유재산일 뿐이므로—희생시킬 수밖에 없다는 생각이다. 역사적 필연성 앞에서. 그리고 진실 앞에서. 그런데 이 진실은 인간에게 더 많은 치욕과 슬픔을 가져다주는 경우에만 진실이고, 따라서 해악을 드러내지 않는다면 진실이 아니라 망상이다. 그러나 물론 허조그는 예상대로 그런 풍조에 반항하는 사람이므로 충분한 용기나 사고력도 없이 늘 자신의 성격대로, 고집스럽게, 도전적으로, 맹목적으로, 언감생심 경이로운 허조그가 되려고, 즉 막연히 인식했을 뿐이면서 자신의 경이로운 자질대로 살겠다며 어설프게나마 노력하는 허조그가 되려고 했다. 그러다가 본인의 재능과 능력이 따라가지 못할 만큼 무리해버렸지만, 의욕도 강하고 신념도 있으나 뚜렷한 계획이 없는 사람에게는 잔인한 어려움이었다. 실패한들 어떠랴? 그렇다고 과연 그에게 성실성이나 너그러움이나 신성한 자질이 부족하다는 뜻일까? 차라리 평범하고 야망 없는 허조그로 만족해야 했을까? 아니다. 그런 남자였다면 매들린이 결혼하지도 않았겠지. 그녀가 도처에서 찾아 헤매던 사람은 바로 야심만만한 허조그였다. 결국 그를 쓰러뜨리고 끌어내리고 때려눕힌 후 흉악하고 심술궂은 발길질로 머리통을 깨부수려고. 아, 정말 한심하게도 살았다! 지성과 감성을 그따위로 낭비하다니! 구애와 결혼을 위해 따분함을 참아가며 끝없이 안달복달하는 과정에서 이런저런 준비에 얼마나 투자했는지, 이제는 생각만 해도―물질적인 부분만 따지더라도 열차와 비행기와 호텔과 백화점에 들인 돈, 그리고 거래하던 은행, 병원, 의사와 의약품, 대출이자 따위로 들어간 돈, 그리고 자신에게는 지독한 불면증에 시달렸던 수많은 밤, 나른하고 지루한 오후, 짝짓기 투쟁의 시련, 그 속의 온갖 잔혹한 자기중심주의 등등. 그런 와중에도 살아남았다는 사실이 신기할 정도였다. 아니, 살아남길 바랐다는 사실조차 신기했다. 자기 세대의 다른 사람들은 지쳐 쓰러지고, 뇌졸중이나 암으로 죽고, 더러는 스스로 목숨을 끊었다. 그러나 그는 온갖 실수를 저질렀는데도, 형편없는 얼간이였는데도 나름대로 교활하고 강인했던 모양이다. 살아남았으니까. 그런데 무엇을 위해서? 무엇 때문에 지금까지 버텼을까? 마침내 힘이 다 빠질 때까지 끊임없이 이런 인간관계를 이어가려고? 고작 은밀한 영역에서 굉장한 성공을 거두고 바람둥이가 되려고? 호색한 허조그가 되어 사랑을 갈구하며 완다, 징카, 라모나 등등을 번갈아 안으려고? 그러나 그것은 여성이 할 일이다. 포옹도 실연도 여성의 일이다. 남자의 사명은 임무, 쓸모, 교양, 그리고 아리스토텔레스 철학에서 말하는 정치다. 그렇다면 나는 왜 이곳 비니어드헤이븐까지 왔을까, 더구나 휴가랍시고! 상심했어도 잘 차려입고, 이탈리아제 바지와 만년필과 슬픔을 지닌 채―이렇게 찾아와 가엾은 리비를 귀찮게 하고 괴롭히려고, 그녀의 애정을 이용하려고, 전남편 에릭슨이 해까닥 돌아 그녀를 칼로 찌르고 자기는 가스로 자살하려 했을 때 내가 아주 친절하고 적절하게 보살펴줬으니 그때의 신세를 되갚으라 강요하려고? 그래, 그때는 내가 큰 도움을 주었지. 그러나 그녀가 그토록 아름답고 관능적인데다 명백히 나에게 반하지 않았더라도 과연 그렇게 기꺼이 친구가 되어주고 도와주었을까? 그런데 이제 재혼한 지 몇 달밖에 안 된 새색시에게 내 고민을 들이밀며 폐를 끼치려 하다니 그리 달가운 일은 아니다. 정말 보답을 받으러 왔나? 가라, 모세야,* 다음 연락선을 타고 돌아가라. 너에게는 이번 열차여행이 필요했을 뿐이다. 이미 목적을 이루지 않았느냐.

리비가 오솔길을 따라 마중을 나와 입맞춤을 해주었다. 오늘 저녁을 위해 오렌지색 또는 양귀비색인 듯한 칵테일 드레스를 입었다. 모지스는 방금 맡은 향기가 어디서 나는지, 근처 모란꽃밭인지 그녀의 목과 어깨인지 판단하느라 잠시 머뭇거렸다. 리비는 꾸밈없이 그를 반겨주었다. 그의 동기가 순수했든 아니든 간에 그녀는 진심으로 친구가 되었다.

"잘 왔어!"

"여기 있으면 안 되겠어. 옳지 않아."

"무슨 소리야? 몇 시간이나 걸려 겨우 도착했는데. 들어가서 아널드부터 만나봐. 앉아서 한잔하고. 정말 별종이라니까."

---

* 구약성경 「출애굽기」에서 이집트를 탈출하여 미디안 땅에 머물던 모세에게 하느님이 내린 명령. 이집트로 돌아가 이스라엘 백성을 이끌고 가나안으로 가라는 뜻이다.

리비가 웃음을 터뜨렸고 허조그도 따라 웃을 수밖에 없었다. 시슬러가 베란다로 나왔는데 차림새가 좀 너저분하고 졸려 보이지만 유쾌한 오십대 남자였고 굵은 목소리로 환영인사를 건네기 시작했다. 허리춤에 고무줄을 넣은 큼직한 분홍색 슬랙스를 입었다.

"아널드, 모지스가 벌써 돌아가야겠대. 내가 별종이라고 했잖아."

"그 말을 하려고 여기까지 오셨어요? 들어오세요―들어와요. 마침 불을 때려는 참이었어요. 한 시간만 지나면 추워질 테고 사람들이 저녁 먹으러 올 테니까요. 술은 뭘로 드릴까? 스카치나 버번? 술 대신 해수욕부터 하실래요?" 시슬러가 검은 눈을 가늘게 뜨며 환하고 붙임성 있고 주름진 미소를 보여주었다. 눈이 작고 잇새가 벌어졌다. 대머리인데 뒷머리만 무성하고 덥수룩해 마치 이끼 낀 나무줄기에 돋아나는 커다란 버섯 같다. 리비는 이렇게 편안하고 현명한 늙다리와 결혼했구나. 이런 부류는 끝까지 이해심 많고 인간성도 좋겠지. 바다를 향한 양지바른 집 앞에 서 있는 그녀의 모습이 지극히 만족스럽고 행복해 보인다. 얼굴은 햇볕에 그을어 반질반질하다. 입술에는 양귀비색 립스틱을 바르고, 팔에는 그물무늬 금팔찌를 끼고, 목에는 묵직한 금목걸이를 걸었다. 조금 나이가 들긴 했지만―지금쯤 서른여덟이나 서른아홉이겠지―검은색 눈은 미간이 좁아 표정이 풍부하고 열중한 듯한 인상인데(코도 참 섬세하고 예쁘다) 예전에 보았을 때보다 더 맑아졌다. 이제 슬슬 유전적 변화가 시작되어 조상에게 물려받은 결함이 하나둘씩 나타나는 나이지만―점이 생기거나 주름살이 깊어지는 등―처음에는 오히려 여자의 아름다움을 돋보이게 한다. '죽음'이라는 화가가 아주 천천히 붓질을 하기 시작했다. 그러나 시슬러는 조금도 아랑곳하지 않는다. 그는 이런 변화를 이미 받아들였고, 죽음을 맞이하는 그날까지 러시아 억양이 섞인 말투로 우렁우렁 떠들어대며 변함없이 정직한 사업가로 살아가겠지. 그러다가 때가 되면 숱 많은 뒷머리 때문에 옆으로 누운 채 숨을 거둬야겠지.

세계 인구를 줄이는 방안들.

그러나 허조그가 술잔을 받아들며 고맙다고 말하는 자신의 또렷한 목소리를 들었을 때, 그리고 사라사 무명천을 씌운 의자에 앉는 자신의 모습을 보았을 때, 그의 심리학적 해석은 방금 상상 속에서 임종한 남자가 시슬러가 아니라 아내가 있는 다른 사람일지도 모른다고 말해주었다. 환상 속에서 죽어가던 그 남자는 어쩌면 허조그 자신이었는지도 모른다. 한때는 그에게도 아내가 있었고—둘이나—종종 그렇게 죽음에 관련된 환상의 주인공으로 등장했으니까. 인간이 안정적으로 살아가는 데 필수적인 첫째 요건은 문제의 그 인간이 진심으로 생존하고 싶어해야 한다는 점이다. 스피노자가 했던 말이다. 행복(펠리치타스)을 위해서는 그런 욕구가 꼭 필요하다. 그것이 없으면 올바른 처신(베네 아게레)이나 올바른 삶(베네 비베레)이 불가능하다. 그러나 심리학에서 말하듯이 마음속으로 누군가를 죽이는 것도 자연스러운 일이라면 (날마다 한 번씩 정신적 살인을 감행하면 정신과의사도 필요 없다) 생존욕구만으로는 올바른 삶을 살아가기에 충분하지 않다는 뜻이다. 나는 살고 싶은가, 죽고 싶은가? 그러나 지금처럼 사회생활을 해야 할 때는 그런 질문에 답하기가 좀 난감한 노릇이고, 그래서 그는 짤랑거리는 술잔에 담긴 차디찬 버번을 꿀꺽 삼켰다. 위스키는 큼직한 불덩어리처럼 가슴속을 기분좋게 태우며 내려갔다. 아래를 내려다보니 마맛

자국처럼 얽은 해변이 보이고 수면에 타오르는 저녁놀도 보인다. 연락선이 되돌아간다. 해가 저물어가자 별안간 널찍한 선체 곳곳에 조명이 켜졌다. 고요한 하늘에 헬리콥터 한 대가 떠올라 케네디 일가가 사는 하이애니스 포트 쪽으로 날아갔다. 한때는 그곳에서 중대사를 결정했다. 세계 제일의 권좌였으니까. 우리는 그 사건에 대해 얼마나 알고 있을까? 모지스는 고인이 된 대통령을 생각하며 예리한 아픔을 느꼈다. (내가 정말 대통령을 만나 대화를 나눈다면 무슨 말을 할까.) 어렸을 때 어머니가 지포라 고모에게 아들 자랑을 하던 일이 떠올라 작은 미소를 지었다. "말재주가 보통이 아니라니까요. 우리 모셸*은 대통령을 만나도 마냥 재잘거릴걸요." 그러나 당시의 대통령은 하딩**이었다. 아니, 쿨리지***였나? 그런 생각을 하는 동안에도 대화는 계속되었다. 시슬러는 모지스의 마음을 더 편하게 해주려 하고—내가 좀 동요한 모습이었던 모양이다—리비는 걱정스러운 표정이었다.

"아, 내 걱정은 하지 마." 모지스가 말했다. "이런저런 일 때문에 조금 흥분했을 뿐이야." 그러면서 웃었다. 리비와 시슬러는 서로 시선을 주고받았지만 차츰 마음을 놓았다. "집이 참 좋네요. 빌리셨나요?"

"제 집입니다." 시슬러가 말했다.

"그런가요. 정말 멋진데요. 여름에만 여기서 지내시죠? 조금만 손보면 겨울에도 끄떡없겠는데요."

"그러려면 1만 5천 달러 이상은 들어갈걸요." 시슬러가 말했다.

---

* 모지스의 애칭.
** 미국 29대 대통령.
*** 미국 30대 대통령.

"그렇게 많이? 하긴, 섬이니까 인건비도 재료비도 많이 들긴 하겠네요."

"물론 일이야 제가 해도 되죠." 시슬러가 말했다. "하지만 이 집에 올 때는 그냥 쉬러 오거든요. 듣자니 형씨도 땅이 있다던데요."

"매사추세츠주 루디빌이죠."

"그게 어디죠?"

"버크셔스예요. 코네티컷 귀퉁이 근처죠."

"경치 좋겠네요."

"아, 당연히 좋죠. 그런데 너무 외딴 동네예요. 주변에 아무것도 없죠."

"한잔 더 하실래요?"

시슬러는 모지스가 술을 마시면 좀 진정되리라 생각하는 모양이다.

"여기까지 오느라 고생했으니 좀 씻고 싶을 텐데." 리비가 말했다.

"내가 방까지 모셔다드리고 올게."

시슬러가 허조그의 여행가방을 옮겨주었다.

"오래된 계단인데 아주 정교하네요." 모지스가 말했다. "요즘은 수천 달러를 줘도 흉내조차 못 내죠. 여름별장치고는 공을 많이 들였네요."

"육십 년 전에는 아직 장인들이 있었으니까요." 시슬러가 말했다. "이 문짝 좀 보세요. 새눈무늬 단풍나무죠. 자, 이 방입니다. 웬만한 물건은 다 있을 텐데―수건이든 비누든. 오늘 저녁엔 이웃에 사는 몇 명이 오기로 했어요. 독신 여자도 한 명 있죠. 가수예요. 미스 엘리자 선월드. 이혼녀죠."

방은 넓고 아늑했으며 바다 풍경이 내려다보였다. 이스트촙과 웨스트촙, 두 곳에 푸르스름한 등댓불이 켜졌다.

"전망이 좋군요."

"짐 푸세요. 그냥 편하게 지내시면 돼요. 서둘러 돌아가려 하지 마시고. 리비가 어려울 때 형씨가 잘해줬다고 들었어요. 그 불뚱이 에릭슨한테서 지켜주셨다고 하더군요. 불쌍한 사람을 찌르려고까지 했다던데. 의지할 사람이라고는 형씨밖에 없었다면서요."

"사실 의지할 사람이 없기는 에릭슨도 마찬가지였죠."

"그래서 어쨌다는 거죠?" 시슬러는 다부지게 생긴 얼굴을 살짝 돌리며 작고 빈틈없는 눈으로 허조그를 찬찬히 살펴보았다. "형씨는 리비를 지켜줬어요. 나한테는 한없이 고마운 일이죠. 내가 그 사람을 사랑하기 때문만이 아니고 세상에는 온갖 미친놈이 넘쳐나니까요. 지금 형씨도 걱정이 많다는 걸 한눈에 알겠더군요. 큰 충격을 받아서. 정도 많은 분인데—안 그런가요, 모지스." 그는 노랗게 물든 두 손가락을 입에 붙인 채 담배를 피우며 고개를 절레절레 흔들었다. 목소리가 우렁찼다. "그런 개자식도 차마 내치지 못하고, 그렇죠? 굉장히 불리한 조건이죠, 정이라는 거."

모지스는 나지막한 목소리로 대답했다. "아직도 그런 게 남았는지 잘 모르겠네요."

"내가 보기엔 남았어요. 아무튼……" 시슬러는 손목을 돌리고 마지막 햇살에 비춰가며 금시계를 들여다보았다. "아직 시간 여유가 있으니까 좀 쉬세요."

그가 나간 후 모지스는 잠시 침대에 누웠다. 매트리스도 편안하고 이불도 깨끗했다. 누운 채로 십오 분쯤 아무 생각도 하지 않고 입을 벌린 채 팔다리를 길게 펴고 조용히 숨을 쉬며 벽지 무늬가 어둠에 가려질 때까지 물끄러미 바라보았다. 이윽고 몸을 일으켰지만 씻거나 옷을 갈아입으려는 의도가 아니라 단풍나무 책상에 앉아 작별인사를 쓰기 위해서였다. 서랍에 편지지가 있었다.

돌아가야겠어. 지금은 친절을 견뎌낼 만한 여유조차 없어서. 감정, 기분, 모든 상태가 비정상이야. 끝맺을 일도 있고. 둘 다 잘 살아. 많이많이 행복하길. 너만 좋다면 여름 끝날 무렵에 다시 보자. 고마움을 전하며, 모지스.

살금살금 집을 나섰다. 시슬러 내외는 부엌에 있었다. 시슬러가 얼음 틀을 들고 달그락거렸다. 모지스는 재빨리 계단을 내려갔고, 미친 듯이 신속하게, 소리도 내지 않고 망사문을 벗어났다. 관목 사이로 빠져나가자 이웃한 주차장이었다. 오르막길을 지나 다시 연락선 선착장. 택시를 타고 공항으로 갔다. 이 시각에는 보스턴으로 가는 비행기밖에 없었다. 보스턴공항에서 아이들와일드* 행 비행기로 갈아탔다. 밤 열한시에는 자신의 침대에 누워 따끈한 우유를 마시며 땅콩버터 샌드위치를 먹었다. 이번 여행을 하느라 돈을 꽤 많이 써버렸다.

잠들기 전에, 늘 침대 머리맡의 협탁에 놓아두는 제럴딘 포트노이의 편지를 집어 다시 읽어보았다. 얼마쯤 시간을 끌다가 시카고에서 처음 읽었을 때 어떤 기분이었는지 되새겨보고 싶었다.

허조그 선생님께, 저는 루커스 애스팰터의 친구 제럴딘 포트노이예요. 혹시 기억하실지도⋯⋯ 기억하다 뿐인가? 처음에는 지금보다 급하게 읽

---

* 뉴욕 존 F. 케네디 국제공항의 옛 이름. 1963년 케네디가 암살된 후 지금의 명칭으로 변경되었다.

었는데(여성적인 필체였고—진보적인 학교에서 흔히 볼 수 있듯이 흘려 쓴 인쇄체인데 특이하게도 i자마다 점 대신에 완전히 닫히지 않은 동그라미를 조그맣게 그려놓았다) 편지 전체의 내용을 한꺼번에 알고 싶었고, 그래서 혹시 어딘가에 밑줄 친 요점이라도 있을까 하고 편지지를 넘겨보기도 했다. 사실 저는 '사회철학자로서의 낭만주의자들'이라는 선생님 수업을 들었던 학생이에요. 루소와 카를 마르크스에 대해서는 의견이 엇갈렸지요. 하지만 지금은 선생님 의견에 동의하게 됐어요. 마르크스는 인류의 미래에 대해 철학적 희망을 표현했다고. 예전에는 마르크스가 유물론에 대해 했던 말을 너무 곧이곧대로 이해했어요. 내 의견이라니! 상식인데. 그런데 왜 이렇게 나를 애태울까—빨리 본론부터 말하지 않고? 다시 요점을 찾으려 해봤지만 i자 위에 그려놓은 열린 동그라미가 쏟아지는 눈처럼 시야를 가로막아 내용을 파악하기 힘들었다. 선생님은 아마 저를 눈여겨보지 않으셨겠지만 저는 선생님을 좋아하기도 했고 루커스 애스팰터의 친구니까—루커스는 선생님을 굉장히 좋아하고 선생님이야말로 인간적 장점을 거의 다 갖춘 잔칫상 같은 분이라고 말하거든요—당연히 선생님에 대한 이야기를 많이 들었어요. 어렸을 때 루커스와 한동네에서 자라셨다는 이야기, 소년 공화국*에 가입하고 그리운 옛 시카고의 디비전 스트리트**에서 함께 야구를 했다는 이야기 등등. 제 이모부 한 분이 당시 코치였는데—줄스 행킨이라는 분이죠. 행킨이라면 생각나는 듯싶다. 파란색 카디건을 입고 가운뎃가르마를 탔지. 제 이야기를 오해하지 않으셨으면 좋겠어요. 선생님 일에 간섭할 생각은 없어요. 그리고 매들린 사모님을 적으로 여기지도 않아요. 오

---

* 1914년 시카고에서 창설된 청소년 자치단체.
** 시카고 시내를 동서로 관통하는 도로.

히려 그분에게 공감하는 편이죠. 늘 명랑하고 지적이고 매력적인 분인데다 제게도 늘 따뜻하고 솔직하셨거든요. 그래서 꽤 오랫동안 그분을 존경했고, 나이도 한참 어린 저에게 허심탄회하게 속내를 털어놓기도 하셔서 많이 기뻤어요. 허조그는 얼굴을 붉혔다. 매들린이 속내를 털어놓았다면 내가 겪은 성적 망신에 대한 이야기도 나왔을 텐데. 그리고 선생님의 제자였던 저로서는 당연히 선생님의 사생활에 관한 이야기에 호기심을 느꼈지만 사모님이 그토록 거리낌없이, 오히려 자발적으로 그런 이야기를 하시는 모습이 좀 놀랍기도 했고, 머지않아 사모님이 무슨 까닭인지 제 마음을 얻으려 하신다는 사실을 알아차렸어요. 루커스는 동성애 성향일 수도 있다며 조심하라고 했지만 동성 간의 진지한 감정은 종종 부당한 의심을 받기도 하죠. 그래도 제가 과학 분야의 경험을 통해 섣부른 일반화는 경계해야 한다고, 평범한 행동을 왜곡하는 섬뜩한 정신분석 따위는 피해야 한다고 배웠거든요. 하지만 사모님이 저를 당신 편으로 만들고 싶어하신다는 것만은 사실이었는데, 흔히들 말하듯이 속마음을 한꺼번에 쏟아내는 분은 아니니까 늘 신중하게 말씀하셨어요. 선생님이 아주 인간적이고 지성이 뛰어난 분이라고 하셨는데, 다만 신경쇠약 때문에 종종 무서울 정도로 신경질적이고 성미가 급해 견뎌낼 도리가 없었다고 하시더라고요. 그러면서도 선생님은 장차 위대한 학자가 될 만한 분이라고, 애정도 없는 불행한 결혼생활을 두 차례나 겪으셨으니 이제부터는 예정대로 학문에만 전념할지도 모른다고 하시더군요. 정서적 관계에는 정말 소질이 없는 분이라면서. 저도 곧 알게 된 일이지만 사모님은 지성이나 감성이 남달리 돋보이는 사람이 아니면 마음을 안 주는 분이 분명했죠. 난생처음 당신이 해야 할 일이 무엇인지 확실히 깨달았다고 하셨어요. 지금까지는 늘 혼란스럽기만 했고, 심지어 어디서 뭘 했는지도 모르겠는데 시간이 훌쩍 지나가버리는 일까지 있었다던데요. 선생님과 결혼한 이후로 그렇게 혼란스러운 상태였는데, 어떤 돌파구가 없었다면 줄곧 그렇게 살았을 거래요. 사모님과의 대화는 지극히 자극적이죠. 인생과 더불어 소중한 만남을 이어간다는 느낌이랄까—그토록 아름답고 뛰어난 분이 자신의 운명을 스스로 개척하시니까요. 경험도 많아 늘 넉넉한 모습이었고…… 이건 또 무슨 소리야? 처음에 허조그는 그렇게 생각했다. 매들린이 곧 아이를 낳는다는 뜻인가? 거즈바크의 아이를! 아니지! 오히려 잘된 일이구나—나에게는 크나큰 행운이다. 매들린이 사생아를 낳으면 탄원서를 제출해 주니의 양육권을 요구할 수도 있으니까. 그는 그 편지지를 황급히 읽어치우고 다음 장으로 넘어갔다. 아니구나, 임신이 아니었구나. 그런 곤경에 빠질 만큼 멍청한 여자가 아니다. 그녀가 살아남은 이유는 똑똑하기 때문이다. 병 때문에라도 약삭빠를 수밖에 없다. 그래, 매들린은 임신하지 않았다. 단순히 따님을 돌봐주는 대학원생 이상으로 허물없이 대해주셨어요. 따님도 저를 잘 따르고 저도 주니가 아주 특별한 아이라고 생각해요. 서구권에서는 이탈리아 문화가 어디보다 어린이 중심적이라지만(이탈리아 그림에서 표현하는 아기 예수의 모습만 봐도 짐작할 만하죠) 명백히 미국에서도 아동심리학에 열광하거든요. 적어도 겉으로는 매사에 아이부터 챙기잖아요. 객관적으로 본다면 사모님도 주니에게 나쁜 엄마는 아니라고 생각해요. 좀 권위주의적인 경향도 없진 않지만. 그리고 거즈바크 씨는 이 댁에서 위치가 좀 모호한데, 대체로 아이를 아주 즐겁게 해주는 분이에요. 주니는 밸 삼촌이라고 부르죠. 그리고 그분이 아이를 업어주거나 공중에 던졌다 받는 모습도 자주 봤어요. 여기서 허조그는 위험을 감지하고 화가 치밀어 이를 악물었다. 다만 한 가지 좀 못마땅했던 일을 말씀드려야겠는데 루커스와도 미리 상의했어요. 이런 일이 있었죠. 며칠 전 어느 날 밤에 제가 하퍼 애비뉴 쪽으로 걸어가는데 어디서 아이 울음소리가 들렸어요. 주니가 거즈바크 씨 차에 타고 있었는데 불쌍한 어린것이 나오지도 못하고 벌벌 떨면서 울더라고요. 처음에는 놀다가 문이 잠긴 줄 알았지만 벌써 어두워진 뒤였고 자야 할 시간에 집밖에 혼자 있다니 이해할 수 없었죠. 이 대목에서 허조그의 심장이 위험할 정도로 세차게 두근거렸다. 주니를 달래주고 나서 겨우 알게 됐어요. 엄마와 밸 삼촌이 집안에서 다퉜는데 삼촌이 손을 잡고 차로 데려가서 잠깐만 혼자 놀라고 했대요. 거즈바크 씨는 차문을 잠근 후 다시 집으로 들어갔고. 주니는 겁에 질려 비명을 지르는데 혼자 계단을 올라가는 그놈의 뒷모습이 눈에 선하다. 그런 짓을 하다니 죽여버리겠다—맹세코 그놈을 죽이고 만다! 편지의 결말을 다시 읽어보았다. 루크는 이런 일이라면 선생님도 꼭 아셔야 한다고 했어요. 그러면서 전화를 걸려고 했지만 전화통화로 이런 이야기를 들으면 선생님이 너무 속상해하실 테니 오히려 해롭겠다고 생각했어요. 차라리 편지로 말씀드리면 차분히 생각해보실 여유도 있고—그렇게 상황을 잘 숙고한 다음에는 더 안정적인 결론이 나올 테니까요. 사실 저는 사모님이 나쁜 엄마라고 생각하지 않거든요.

이튿날 아침에도 편지 쓰기에 매달렸다. 창가에 놓인 작은 책상은 검은색이라 비상계단 못지않게 캄캄하다. 비상계단 난간은 아스팔트 도료에 푹 빠뜨려 두껍고 새까맣게 칠했는데, 난간 사이의 간격은 일정하지만 원근감 때문에 달라 보인다. 써야 할 편지가 여러 통이다. 이제야 어렴풋하게나마 이해할 만한 문제들을 궁리하느라 정신없이 바쁘다. 오늘의 첫번째 편지는 잠이 덜 깨어 몽롱한 상태로 쓰기 시작했는데, 수신인은 몬시뇨르* 힐턴, 매들린을 가톨릭교로 개종시켰던 성직자다. 순면 페이즐리 가운을 걸친 허조그는 블랙커피를 마시며 눈을 가늘게 뜨고 목청을 가다듬었는데, 벌써 울분이 복받쳐 치밀어오르

---

* 고위 성직자의 경칭.

는 분노를 의식했기 때문이다. 사람들을 함부로 건드리면 어떤 결과가 생기는지 몬시뇨르에게 알려줘야 한다. 저는 몬시뇨르께서 개종시킨 젊은 여자, 그 유명한 연극 감독의 딸 매들린 폰트리터의 남편, 아니, 전남편입니다. 아마 기억하시겠지요. 매들린은 몇 년 전 몬시뇨르께 교육을 받고 세례까지 받았으니까요. 당시 래드클리프대학을 갓 졸업했고 굉장히 아름다운데다…… 매들린이 정말 그렇게 대단한 미인일까, 아니면 이미 잃어버린 여자라서 과장했을까? 그렇게 하면 내 괴로움이 더 두드러질까? 아니면 아름다운 여자에게 버림받았으니 오히려 위로가 될까? 그러나 그녀는 나를 버리고 하필 시끄럽고 유난스럽고 엉덩이 움켜쥐기 좋아하는 야만인 거즈바크를 선택했다. 여자의 성적 취향은 어쩔 도리가 없다. 오래된 상식이다. 남자도 마찬가지다. 그러나 아주 객관적으로 보더라도 그녀는 미인이 분명하다. 한창때는 데이지도 그랬다. 나도 한때는 미남이었지만 자만심에 빠져 외모를 망쳐버렸고…… 안색이 발그레하고 건강한 여자인데, 고운 검은색 머리를 뒤로 넘겨 둥글게 말고 앞머리는 이마에 늘어뜨렸고, 목은 날씬하고, 눈은 진파랑, 미간에서 곧바로 뻗어내려간 코는 비잔틴 예술품 같습니다. 앞머리에 가려진 이마에는 상당한 지능이, 혹은 악마 같은 의지력이 깃들었습니다. 아니면 그냥 정신병인지도 몰라. 스타일 감각이 탁월했죠. 가톨릭교 교육을 받으면서부터 십자가와 메달과 묵주 따위를, 그리고 어울리는 옷을 사들였습니다. 그렇지만 그때만 해도 대학을 갓 졸업한 젊은 여자에 불과했습니다. 그래도 저는 그녀가 저보다 잘 아는 게 많았다고 믿습니다. 그리고 미리 말씀드리는데, 몬시뇨르, 제가 이 글을 쓰는 목적은 매들린에 대해 폭로하거나 몬시뇨르를 비난하기 위해서가 아닙니다. 그저 사람들이 뭔가에서 벗어나고 싶어할 때 어떤 일이 일어날 수 있는지, 어떤 일이 실제로 일어나는지 몬시뇨르께서도 관심이 있으리라 믿기 때문인데…… 제가 찾는 말은 아마도 허무주의겠지요.

그렇다면 어떤 일이 일어날 수 있었을까? 어떤 일이 실제로 일어났을까? 허조그는 비니어드에서 도망치듯이 돌아와 다시 마주한 벽돌 벽을 바라보며 지난날을 이해해보려고 노력했다. 나는 필라델피아에 셋방을 마련하고—일 년짜리 일자리였다—일주일에도 서너 번씩 펜실베이니아 철도를 타고 뉴욕까지 출퇴근하다시피 하며 마르코를 만났다. 데이지는 이혼은 안 한다고 단언했다. 그리고 한동안은 소노 오구키와 동침했지만 내 삶에 어울리는 여자는 아니었다. 그리 진지한 사이도 아니었다. 연구에도 별 진척이 없었다. 필라델피아에서 판에 박힌 수업을 진행했을 뿐. 학생들은 나를 따분하게 여겼고 나도 그들을 따분해했다. 아버지가 나의 불건전한 생활에 대한 소식을 듣고 화를 냈다. 데이지가 편지로 시시콜콜 일러바쳤기 때문이지만 아버지가 상관할 일은 아니었다. 실제로는 어떤 일이 일어났을까? 나는 규칙적이고 목적의식이 뚜렷하고 올바른 삶이라는 안식처를 따분하다는 이유로, 그리고 한낱 게으름뱅이의 삶 같다는 이유로 포기해버렸다. 소노는 내가 자기 집에 들어와 동거하길 바랐다. 그러나 그렇게 했다가는 인디언 여자의 백인 남편 같은 처지가 될 듯싶었다. 그래서 원고와 책, 검은색 덮개가 달린 레밍턴 타자기, 음반, 오보에, 악보 등을 챙겨 필라델피아로 향했다.

열차를 타고 오락가락하느라 늘 기진맥진했는데—당시로서는 최선을 다한 희생이었다. 어린 아들을 만나러 가서 전처의 분노를 대면했다. 데이지는 애써 냉담한 체했다. 그러느라 표정이 몹시 일그러졌다.

계단 위에서 팔짱을 끼고 모지스를 맞이하며 사뭇 단호한 태도를 유지했는데, 초록색 눈동자와 짧게 자른 머리가 눈에 띄었다. 두 시간 이내에 마르코를 집으로 데려오라는 말을 하려고 기다린 터였다. 그는 이렇게 그녀와 마주치는 순간을 싫어했다. 물론 그녀는 그가 무엇을 하는지, 누구를 만나는지 샅샅이 알았고, 그래서 이따금 이런 말을 던졌다. "일본은 요즘 어때?" "교황 성하는 잘 지내시나?" 재미없는 농담이었다. 그녀에게는 장점이 많지만 유머감각은 전혀 없었다.

  모지스는 마르코를 데리고 외출할 준비를 했다. 서두르지 않으면 시간이 답답하게 흘러갔다. 열차 안에서 남북전쟁에 관한 사실을—날짜, 이름, 전투 등등—미리 외워두었고, 덕분에 늘 찾아가는 동물원 카페테리아에서 마르코가 햄버거를 먹는 동안 대화를 나눌 수 있었다. "이제 보러가드* 이야기를 할 차례구나." 허조그가 말했다. "이 대목은 아주 흥미진진하지." 그러나 그는 보러가드 장군이나 넘버텐섬**이나 앤더슨빌*** 등에 정신을 집중하려고 안간힘을 써야 했다. 머릿속으로는 소노 오구키에게 어떻게 대처하면 좋을까 궁리하는 중이었다. 매들린 때문에 소노를 버려야만 하는데—정말 버린다는 기분이 들었다. 소노는 지금도 그의 전화만 기다릴 터였다. 확실히 아는 사실이었다. 그리고 이따금 매들린이 성당 일로 너무 바빠 만나줄 수 없다고 하면 소노라도 만나보고 싶다는 유혹을 느끼기도 했다. 그냥 대화만, 그

---

* 남북전쟁 당시의 남군 장군.
** 19세기 중엽, 미시시피강 하류의 섬마다 일련번호를 붙였다. '10번 섬'은 남북전쟁 당시 주요 격전지였으나 침식작용 때문에 현재는 범람원의 일부로 흔적만 남았다.
*** 조지아주 앤더슨빌의 포로수용소.

이상은 안 바라니까. 그렇게 갈팡질팡하다니 꼴사나운 일이고, 그래서 자신을 경멸했다. 사내자식이 할일이 없어 고작 이따위 짓거리냐?

자존심도 잃어버린 채! 뚜렷한 생각도 없이!

마르코가 갈팡질팡하는 아빠를 동정한다는 사실을 짐작할 수 있었다. 오히려 마르코가 모지스와 놀아주는 중이었다. 남북전쟁에 대해 자꾸 물어보는 이유는 아빠가 해줄 수 있는 것이 그것뿐이었기 때문이다. 아빠의 진심이 담긴 선물을 마다할 수는 없으니까. 지금 페이즐리 가운을 걸친 허조그는 아빠를 향한 사랑의 표현이라고 생각했다. 커피가 점점 식어갔다. 아이들과 나는 서로 사랑한다. 하지만 내가 아이들에게 뭘 해줄 수 있지? 마르코는 해맑은 눈으로 아빠를 쳐다보곤 했다. 아이의 창백한 얼굴, 허조그 가문의 얼굴, 주근깨, 스스로 선택했다는 상고머리, 그리고 약간의 거리감. 입은 친할머니를 닮았다. "자, 그래, 우리 아들, 이제 아빠는 필라델피아로 돌아가야겠네." 허조그가 말했다. 그러나 굳이 필라델피아로 돌아갈 필요는 전혀 없다고 내심 생각했다. 필라델피아는 완전히 실수였다. 굳이 열차를 탈 이유가 뭐냐? 가령 엘리자베스나 트렌턴 따위를 내가 왜 지나가야 하지? 그런 도시가 어서 봐달라고 기다리기라도 하나? 필라델피아에 있는 싱글침대가 기다려주나? "열차 시간 다 됐겠다, 마르코." 그는 회중시계를 꺼냈다. 이십 년 전 아버지가 준 선물이다. "지하철에서는 항상 조심해. 동네에서도 조심하고. 모닝사이드공원은 들어가지 마. 불량배가 많으니까."

길가의 공중전화 부스에서 소노 오구키에게 연락해보고 싶은 충동을 억누르며 지하철을 타고 펜역으로 향했다. 긴 갈색 외투는 어깨가 좀 끼고 주머니마다 넣어둔 책 때문에 축 늘어졌다. 지하상가를 따라 걸음을 옮겼다. 꽃, 커틀러리, 위스키, 도넛, 석쇠구이 소시지, 촉촉하고 시원한 오렌지에이드. 힘겹게 계단을 오르자 빛이 가득한 둥근 천장이 나타나고 커다란 창문들이 희부연 가을 햇살을 조각조각 나눠놓았다. 의류공장지대를 지나며 어깨가 구부정해진 햇살이다. 풍선껌 판매기의 거울에 비친 허조그의 얼굴이 창백하고 병약해 보였다. 외투와 모직 목도리, 모자, 눈썹 등의 털 하나하나가 지나치게 밝은 불빛에 구불구불 바깥쪽으로 타오르며 얼굴을 둥그스름하게 드러냈다. 체면치레에 급급한 얼굴이었다. 허조그는 미소를 지으며 자신의 옛모습을 바라보았다. 희생자 허조그, 연인이 되고 싶은 허조그, 지성의 산물로 역사를 바꾸고 문명의 발전에 이바지하길 전 세계가 기대하는 허조그. 필라델피아 집의 침대 밑에 처박아놓은 색 바랜 종이 몇 상자가 장차 그토록 중요한 결과를 맺으리라.

새 열차표를 손에 쥐고 허조그는 금색 글자가 찍힌 진홍색 표지판을 붙여놓은 접이식 철문을 지나 씩씩하게 열차 쪽으로 걸어갔다. 구두끈이 풀려 질질 끌렸다. 자신의 몸에 대한 오래전의 자부심이 망령처럼 따라다녔다. 아래층으로 내려가자 칙칙한 붉은색 열차가 대기중이었다. 지금 들어가는 길인가, 나가는 길인가? 때때로 잊어버리기 일쑤였다.

주머니에 든 책은 프랫*의 남북전쟁 약사略史와 키르케고르**의 저서 몇 권이었다. 허조그는 담배를 끊었는데도 여전히 열차 흡연실을 선호했다. 담배연기를 좋아하기 때문이다. 지저분한 벨벳 좌석에 앉아 책 한 권을 꺼내 읽었다. 죽음은 인생이 끝난다는 뜻이지만 죽어간다는 말은

* 미국 역사가, 소설가(1897~1956).
** 덴마크 철학자(1813~1855).

죽음을 경험한다는 뜻이기도 하다.* 이 문장의 의미를 이해하려고 노력해 보았다. 혹시…… 그런가…… 아닌가…… 반면에 삶이 혐오스럽다면 신앙조차 불확실한 구원이다.** 그렇지 않다면—고통으로 무너져봐야 비로소 신에게 구원받으며 신의 권능을 실감하겠지. 우울증 환자에게 꽤나 유익한 책이로구나! 지금 책상 앞에 앉은 허조그는 미소를 지었다. 머리를 두 손에 떨어뜨린 채 거의 소리를 내지 않으며 웃었다. 그러나 그날 열차 안에서는 열심히 숙독했고 지극히 진지했다. 산 사람은 누구나 절망한다.(?) 절망은 죽음에 이르는 병이다.(?) 본성대로 살지 못할 때 인간은 절망한다.(?)

열차가 뉴저지주의 쓰레깃더미 사이를 지날 때 책을 덮었다. 머리가 뜨거웠다. 옷깃에 달린 큼직한 스티븐슨 지지 배지를 뺨에 대자 조금 시원해졌다. 객실 안의 담배연기는 달착지근하고 퀴퀴하고 강렬했다. 허파 깊숙이 연기를 빨아들였다. 가슴 설레는 악취. 오래된 담배파이프처럼 눅눅한 냄새를 황홀하게 들이마셨다. 열차 바퀴가 속력을 높여 요란한 굉음을 내며 철로를 짓밟았다. 서늘하게 식은 가을 햇살이 뉴저지 공장지대를 비춰주었다. 화산 모양으로 쌓아둔 폐광석, 골풀 군락, 쓰레기장, 정유소, 희미한 소각로 불빛, 이윽고 들판과 숲. 곳곳에 땅딸막한 참나무가 쇠붙이처럼 곤두섰다. 들판이 푸르스름하게 변해간다. 라디오 송수신탑은 저마다 핏방울 맺힌 바늘귀 같다. 엘리자베스시의 칙칙한 벽돌건물이 하나둘 멀어져간다. 황혼에 물든 트렌턴시가 이글거리는 숯불처럼 다가온다. 허조그는 도시 홍보문구를 읽었다.

---

* 키르케고르의 『죽음에 이르는 병』에서 인용.
** 신앙이 유일한 구원이라는 키르케고르의 말에 대한 반론.

트렌턴이 만들면 전 세계가 삽니다!

땅거미가 질 무렵, 싸늘한 전등불을 밝힌 필라델피아가 나타났다.

그때 가엾은 허조그는 건강이 좋지 않았다.

허조그는 간밤에 먹고 마신 알약과 우유를 떠올리며 씁쓸하게 웃었다. 필라델피아 집의 침대 옆에는 우유병 여남은 개가 늘어설 때가 많았다. 위장을 달래려고 우유를 홀짝거렸기 때문이다.

사람들은 현재 미국이 당면한 나날의 현실과는 별반 관계도 없는 거창한 사상과 관념 속에서 살아갑니다. 몬시뇨르께서 로마가톨릭교회의 유서 깊은 장백의長白衣나 중백의中白衣 차림으로 텔레비전에 등장하시면 꽤 많은 아일랜드계, 폴란드계, 크로아티아계 등이 술집에서 지켜보며 말귀를 알아듣습니다. 하늘을 향해 우아하게 양팔을 높이 들고 무성영화 스타처럼—가령 리처드 바델메스나 콘웨이 터얼처럼—관중을 훑어본다. 로마가톨릭을 믿는 노동자계급은 그를 매우 자랑스러워한다. 그렇지만 지성사에 밝은 전문가이며 정서적 혼란으로 어려움을 겪는 사람으로서 저는…… 과학적 사고가 가치관에 바탕을 둔 판단을 혼란에 빠뜨렸다는 주장에 반대하며…… 우주 공간이 아무리 광활해도 인간의 가치를 무효화할 수 없고 사실의 영역과 가치의 영역은 영원히 분리된 관계가 아니라고 확신합니다. 그리고 저의(유대인의) 마음속에 별난 생각이 떠올랐는데, 이 문제에 대해서는 나중에 확인하면 되겠죠! 제 삶이 전혀 다른 관점을 증명할 테니까요. 서양의 종교와 사상이 품었던 최고의 희망이 작금의 문명에 이르러 패배했다고 보는 현대적 형태의 역사결정론에 진절머리가 납니다. 하이데거의 말처럼 인간이 점점 진부해지고 평범해진다는 '제2의 타락' 같은 관점 말입니다. 철학자들은 평범함이 무엇인지 알지도 못하는 사람들입니다. 그 속에 깊이 빠져본 적이 없으니까요. 평범한 인간적 경험이라는 문제는 근현대 몇 세기에 걸쳐 매우 중요한 문제였는데, 다른 문제에 관해서는 의견이 엇갈렸던 몽테뉴와 파스칼도 그 사실을 분명히 알았습니다. 사람의 미덕이나 정신력은 평범한 일상생활을 보고 판단해야 합니다.

아무튼 제 마음속에 떠오른 생각은 누가 보아도 미친 발상이 분명한데, 그것은 제 행동에도 역사적 중요성이 있다는 생각이고, 그런 생각(공상?) 때문에 저에게 해를 끼친 사람들이 중요한 실험을 방해한다고 여겼습니다.

필라델피아에서 비참하게 우유를 홀짝거리는 허조그. 나약하면서도 희망을 버리지 못하는 이 미치광이는 쓰린 속을 달래고 불안한 마음을 가라앉히려고 결국 우유팩을 다 비우고 잠을 청했다. 마르코, 데이지, 소노 오구키, 매들린, 폰트리터 부부 등을 생각했고, 이따금 헤겔이 말했던 고대 비극과 현대 비극의 차이점, 현대인의 내면적 경험, 개인적 특성의 심화 따위를 생각했다. 자신의 개인적 특성에 대해서는 때때로 사실이나 가치관과 분리시켜 바라보았다. 그러나 현대인의 개성은 일관성이 없고 분열하고 변화한다. 고대인처럼 굳건한 확신도 없고, 17세기 사람들처럼 분명한 사상이나 명료하고 확고부동한 원칙도 없다.

모지스는 인간의 조건을 개선하기 위해 자신이 할 수 있는 일을 하고 싶었고, 그래서 자신을 지키려고 결국 수면제를 먹었다. 모두를 위한 일이니까. 그러나 이튿날 아침 필라델피아 학생들을 만났을 때는 강의 노트를 보기조차 힘들었다. 눈이 통통 붓고 머리가 흐리멍덩한데다 걱정스러운 심장은 어느 때보다도 빠르게 두근거렸다.

매들린의 아버지는 성격이 대단하고 두뇌가 비상할 뿐 아니라 뉴욕 연극계

특유의 괴상망측한 허영심을 골고루 갖춘 분인데, 제가 당신 딸에게 큰 도움이 될 듯싶다고 하더군요. 그때 폰트리터는 이렇게 말했다. "그래, 이젠 호모들이랑 어울려다니는 짓을 그만둘 때도 됐지. 잘난 체하는 수많은 여대생과 다를 게 없었는데—친구들이 죄다 동성애자거든. 잔 다르크보다 매디 발밑에 호모 놈들*이 더 많을걸. 그런 애가 자네한테 관심이 있다니 좋은 징조야." 그러나 영감도 허조그를 불쌍한 놈으로 여기기도 했다. 그런 심리적 사실을 감추려 하지도 않았다. 허조그가 폰트리터의 스튜디오로 찾아갔는데—매들린이 했던 말 때문이었다. "우리 아빠가 당신이랑 얘기 좀 해야겠대. 당신이 한번 들러주면 좋겠어." 폰트리터를 처음 보았을 때 그는 독선생을 불러들여 한창 삼바인지 차차차인지(허조그는 두 가지를 구분하지 못했다) 아무튼 춤을 추는 중이었는데, 상대는 한때 유명한 탱고 팀(라몬과 아델리나)의 일원이었다는 중년의 필리핀 여자였다. 아델리나는 허리에 살이 좀 붙었지만 다리는 길고 날씬했다. 가무잡잡한 안색은 화장을 했는데도 그리 밝아지지 않았다. 폰트리터는 몸집이 어마어마하고 구릿빛 두피에는(겨울 내내 태양등으로 일광욕을 한 덕분이다) 백발 몇 가닥만 드문드문 남았는데, 그날은 노끈 밑창이 달린 캔버스 무용화를 신고 종종걸음으로 스텝을 밟았다. 평퍼짐한 엉덩이를 흔들 때마다 축 늘어진 바지 엉덩이도 이리저리 흔들렸다. 푸른 눈이 엄격해 보였다. 음악소리가 울려 퍼지는데, 밀고 당기고, 작게, 두드리고 비벼대고, 그렇게 이어지는 스틸밴드** 리듬이었다. 음악이 끝났을 때 폰트리터가 다소 서먹서먹하

---

* faggots. 중의적 말장난. '남성 동성애자'를 뜻하는 말이지만 '장작'이라는 의미도 있다.
** 드럼통을 잘라 만든 타악기를 사용하는 서인도제도 악단.

게 관심을 표시했다. "자네가 모지스 허조그?"

"그렇습니다."

"내 딸을 사랑한다지?"

"예."

"자네 건강엔 도움이 안 되는 모양이구먼."

"원래 그리 건강하진 않았습니다, 폰트리터 씨."

"다들 나를 피츠라고 부르지. 이쪽은 아델리나라네. 아델리나―모지스요. 내 딸을 자빠뜨렸다나. 내 평생 이런 날이 올 줄은 몰랐는데. 아무튼 축하하고…… 부디 '잠자는 미녀'가 깨어나길 바라겠네."

"알로, 구아포."* 아델리나가 말했다. 누구에게 하는 말인지 알 수 없는 인사였다. 아델리나는 담배에 불을 붙이는 일에만 시선을 집중했기 때문이다. 폰트리터가 성냥불을 건네고 그녀가 받았다. 허조그는 스튜디오 채광창 밑에서 성냥불을 주고받는 행위가 순전히 형식적이라고 생각했던 기억을 떠올렸다. 인공적인 열기 말고는 아무것도 없었다.

그날 허조그는 테니 폰트리터도 만나 이야기를 나누었다. 테니가 딸에 대해 이야기할 때 그녀의 눈에 금방 눈물이 맺혔다. 사근사근하면서도 오랜 괴로움이 깃든 표정이었고 미소를 지을 때조차 조금은 울먹였지만 가장 슬퍼 보이는 순간은 우연히 마주쳤을 때였다. 모지스가 브로드웨이에서 다가오는 테니의 얼굴을 보았을 때―키가 평균보다 컸기 때문이다―큼직하고 싹싹하고 상냥한 얼굴이지만 입가에 깊이 새겨진 주름살에 괴로움이 가득했다. 그녀는 베르디광장에 잠시 앉

---

* '안녕, 멋쟁이'라는 뜻의 스페인어.

자고 청했다. 울타리를 두른 누덕누덕한 잔디밭 주변은 죽음을 앞둔 남녀 노인이나 구걸하는 장애자, 트럭운전사처럼 으스대는 레즈비언, 귀고리를 달고 머리를 염색한 가냘픈 흑인 동성애자 등이 늘 삼삼오오 모여드는 곳이었다.

"우리 딸은 내 말을 잘 안 들어." 테니가 말했다. "물론 매디를 끔찍이도 사랑하지. 하지만 쉽지 않았다네. 나는 피츠 곁에 머물러야 했으니까. 그이는 오랫동안 요주의인물이었거든. 그래도 신의를 지켜야 했지. 어쨌든 위대한 예술가이기도 하고……"

"그야 물론……" 허조그가 중얼거렸다. 인정해줄 때까지 그녀가 기다렸기 때문이다.

"피츠는 거장이야." 테니가 말했다. 이런 말을 할 때는 확고부동한 확신을 보여줘야 한다는 것을 깨달았겠지. 문화를 중시하는 버젓한 유대인 가문에서 자란 여자만이—테니의 아버지는 재단사였고 아르바이터 링* 회원인데다 이디시 문화 애호가였다—위대한 예술가를 위해 자신의 삶을 희생할 수 있다. "이런 대중사회에서!" 테니가 말했다. 그녀는 여전히 누이처럼 자상하고 호소력 있는 눈길로 허조그를 바라보았다. "돈이 지배하는 사회에서!" 허조그는 좀 의아하게 여겼다. 자기 부모를 몹시 신랄하게 비판하는 매들린은 아버지가 매년 5만 달러나 쓴다면서, 그 늙은 사기꾼은 여자들이나 연극에 미친 얼간이들을 꼬드겨 돈을 뜯어낸다고 말했다. "그래서 매디는 내가 자기를 저버렸다고 생각하지. 사정을 이해하지 못해서—자기 아빠를 증오한다니까. 내가

---

* 미국 유대인 비영리 단체의 하나인 '노동자 동아리'.

장담하는데, 모지스, 사람들이 본능적으로 자네를 믿나봐. 보아하니 매디도 자네를 믿는데, 걔는 좀처럼 사람을 믿지 못하거든. 그래서 자네를 정말 사랑하는 모양이라고 생각하게 됐지."

"저야말로 따님을 사랑하죠." 모지스가 감정이 실린 목소리로 말했다.

"정말 사랑하나봐―나야 믿지만…… 상황이 좀 복잡하네."

"제 나이가 많아서―유부남이라서? 그런 뜻으로 하시는 말씀인가요?"

"자네라면 걔한테 상처를 주지 않겠지? 매디가 어떻게 생각하든 나는 걔 엄마잖아. 매디가 뭐라고 하든 간에 나도 모성애가 있다고." 테니는 조용히 울기 시작했다. "아, 모지스…… 나는 늘 두 사람 사이에서 오도 가도 못한다네. 우리가 일반적인 부모가 아니었다는 사실은 나도 알아. 걔는 내가 자기를 바깥세상으로 내몰았다고 생각하지. 이제 와서 내가 할 수 있는 일은 아무것도 없어. 다 자네한테 달렸지. 그 아이를 도와줄 수 있는 유일한 방법을 자네가 꼭 찾아줘야겠네." 테니는 정교한 안경을 벗어버렸고, 이제 눈물을 감추려는 노력조차 하지 않았다. 얼굴과 코가 붉어지고 두 눈이 눈물에 젖어 앞을 못 볼 지경이었는데, 허조그에게는 어쩐지 가식적인 하소연으로 보였다. 테니의 연기에는 얼마쯤 위선과 계산이 섞였지만 그 이면에는 역시 딸과 남편을 향한 진심도 있고, 그 진심의 이면에는 더욱 의미심장하고 음울한 무엇이 숨어 있었다. 허조그는 이렇게 겹겹이 감춰진 현실에 지나칠 정도로 익숙했고―혐오스러움, 교만, 속임수, 그리고―하느님, 우리 모두를 도와주소서!―진실도 있었다. 그는 매들린을 걱정하는 테니가 자신을 조종하려 한다는 사실을 알아차렸다. 삼십 년 동안이나 집시의 아내처럼 사는 동안 진부한 이데올로기는 이미 나달나달 해져버렸고, 냉소적인 폰트리터 영감에게 이용만 당했지만 그녀가 달고 있는 '추상파' 장신구의 빛바랜 은사슬에 묶여 테니는 여전히 신의를 지켰다.

그러나 피할 수만 있다면 딸까지 그런 꼴을 당하게 두지는 말아야 했다. 엄마처럼 살지 않겠다는 매들린의 결심도 단호했다. 그런 상황인데 때마침 모지스가 베르디광장 벤치에 나타나주었다. 얼굴은 말끔히 면도했고, 셔츠도 깨끗하고, 손톱도 깨끗하고, 허벅지가 좀 굵긴 하지만 다리를 꼬고 앉아 테니의 말을 매우 주의깊게 경청하는데―해까닥 돌았다는 놈치고는 제법 그럴싸해 보였겠지. 그의 머릿속에는 온갖 거창한 계획이 가득해 아무것도 제대로 생각할 수 없었다. 물론 테니가 지금 덫을 놓는 중이라는 사실도, 그리고 자신이 그런 읍소에 잘 넘어가는 호구라는 사실도 알고 있었다. 허조그에게는 선행을 베풀고 싶어하는 결점이 있는데, 이 결점에 빌붙어 테니는 미망에 빠진 고집쟁이 딸을 구해달라고 부추겼다. 인내심, 자비심, 그리고 정력만 있으면 충분히 해낼 수 있다면서. 그러나 테니는 더욱 교묘한 사탕발림을 했다. 모지스가 노이로제에 걸린 한 여자의 삶에 안정을 되찾아줄 수 있으며 한결같은 태도로 마침내 그녀를 치유할 수 있다고 말했다. 늙거나 죽어가거나 고장나버린 사람들 틈에서 테니는 그렇게 도움을 호소하며 허조그의 순수하지 않은 연민을 뒤흔들었다. 격렬하게. 혐오스럽게. 그래서 허조그는 속이 느글거렸다. "테니, 저도 매들린을 많이 좋아합니다. 걱정 마세요. 가능한 일이라면 뭐든지 하겠습니다."

간절하고 경솔하고 집요하고 우스꽝스러운 놈.

매들린은 낡은 아파트에 살았고 허조그는 뉴욕에 갈 때마다 그녀 곁에 머물렀다. 침대 겸용 소파에서 모로코가죽을 덮고 함께 잤다. 모지스는 열정과 욕망을 가누지 못해 밤새도록 그녀의 몸을 탐했다. 그녀는 그리 뜨겁지 않았지만 최근에 개종했으니 이해할 만했다. 더구나 두 연인이 있다면 언제나 한쪽이 더 흥분하기 마련이니까. 때로는 그녀가 분노와 고뇌를 못 이겨 끝내 눈물을 보이며 죄스럽다고 한탄하기도 했다. 그러나 그녀도 원했다.

아침 일곱시가 되면 자명종 소리를 일 초 전에 예감하기라도 한 듯이 그녀의 몸이 순간적으로 굳어졌고, 자명종이 울리자마자 "젠장!" 하고 억눌렀던 분노를 터뜨리며 곧장 화장실로 성큼성큼 걸어갔다.

이 집의 시설물은 모두 구닥다리였다. 1890년대쯤에는 고급 아파트였겠지만. 주둥이가 널찍한 수도꼭지에서 찬물이 세차게 쏟아졌다. 그녀는 파자마 윗도리를 벗어던져 허리까지 알몸을 드러내고 물수건으로 구석구석 닦았는데, 푸른 눈이 돋보이는 얼굴이 붉어지고 젖가슴이 발그레해질 때까지 성난 사람처럼 세차게 문지르며 자신을 정화했다. 허조그는 말없이, 맨발로, 트렌치코트를 가운처럼 걸치고 화장실로 따라 들어갔고 욕조 모서리에 걸터앉아 지켜보았다.

타일은 빛바랜 버찌색이고, 칫솔걸이를 비롯한 시설물은 낡았지만 화려한 니켈 제품이다. 수도꼭지에서는 물이 마구 쏟아지고, 허조그는 매들린이 더 나이 많은 여자로 변신하는 과정을 지켜본다. 그녀는 포덤에 일자리를 얻었는데, 그녀가 생각하는 일차적 목표는 착실하고 성숙한 여자, 오랫동안 성당에 다닌 여자처럼 보이는 일이다. 허조그의 노골적인 호기심, 당연하다는 듯이 화장실까지 따라 들어와 함께 있다는 사실, 알몸에 트렌치코트만 걸친 꼬락서니, 빅토리아시대의 퇴색한 사치품들을 배경으로 아침마다 보여주는 핼쑥한 얼굴—그녀는 다 못마땅하다. 그래서 출근 준비를 하는 동안 한 번도 허조그를 바라보지 않는다. 브래지어와 슬립 위에 목이 긴 스웨터를 입고, 스웨터 어깨를 보호하려고 비닐 망토를 두른다. 그래야 모직 스웨터에 화장품 부스러기가 떨어지지 않을 테니까. 이제 화장을 시작한다. 변기 위의 선반에 각종 병이나 파우더 통이 즐비하다. 그녀는 어떤 화장이든 망설임 없이, 단호하게, 빠르고 능률적인 동작으로 진행하는데, 그렇게 서두르면서도 전문가처럼 자신만만하다. 조각가, 제빵사, 공중그네 곡예사가 선보일 만한 동작이다. 허조그는 너무 급하다고 생각하는데—저렇게 빨리 움직이다가 자칫 화장품을 엎지르지나 않을까 싶지만 그런 일은 한 번도 없었다. 먼저 양쪽 뺨에 크림을 바르고, 곧은 코와 앳된 턱과 보들보들한 목에 골고루 문지른다. 회색 크림인데 펄이 섞여 파르스름하다. 여기까지가 베이스다. 수건으로 톡톡 두드린다. 이제 기초화장 차례다. 이마선 아래, 눈언저리, 양쪽 뺨, 목 등을 면봉으로 쓰다듬는다. 길게 뻗은 목은 보들보들하고 여성스러운 살결이지만 벌써 도도한 분위기가 확연하다. 허조그에게조차 얼굴을 쓰다듬지 못하게 한다. 피부에 안 좋다나. 그는 호사스러운 욕조 모서리에 걸터앉은 채 그녀를 지켜보며 바지를 입고 셔츠 자락을 허리춤에 집어넣는다. 그녀는 거들떠보지도 않는다. 날이 밝아 하루가 시작되었으니 어떻게든 그를 떼어내려 한다.

  빛깔이 엷은 파우더를 바를 때도 똑같이 손놀림이 빨라 마치 목숨이라도 걸린 듯하다. 그러더니 재빨리 고개를 돌려가며 결과를 확인하는데—오른쪽 옆모습, 왼쪽 옆모습—거울을 붙잡은 양손이 가슴을 떠받치려는 듯하지만 실제로는 건드리지도 않는다. 파우더는 만족스러운 모양이다. 다음은 눈꺼풀에 바셀린을 살짝 바른다. 작은 솔로 속눈썹에 마스카라를 바른다. 허조그는 모든 동작을 골똘히, 말없이 바라본다. 여전히 한순간도 멈추거나 망설이지 않고 그녀가 양쪽 눈꼬리에 검은색을 살짝 묻힌 후 침착하고 성실해 보이도록 눈썹을 새로 그린다. 그러더니 커다란 재단용 가위를 집어 앞머리에 가져다댄다. 길이를 가늠할 필요도 없는 듯하다. 그녀가 원하는 이미지는 이미 정해졌으니까. 권총이라도 쏘듯이 단숨에 싹둑 잘라버리고, 허조그는 깜짝 놀라 가슴이 철렁 내려앉는다. 그녀의 결단력에 매혹을 느끼면서도 그렇게 매혹당하는 자신의 유치한 일면을 깨닫는다. 멀쩡한 놈이 이렇게 낡고 화려한—그리고 에나멜 표면에 익힌 대황의 잎맥처럼 구불구불한 실금이 가득한—욕조 모서리에 걸터앉아 매들린의 변모하는 얼굴에 넋을 잃다니. 그녀는 입술에 밀랍 비슷한 것부터 발라놓고 칙칙한 붉은색 립스틱으로 나이가 몇 살은 많아 보이게 한다. 혀를 내밀어 손가락 끝에 침을 묻히고 입술을 몇 번 문질러 마무리한다. 다 됐다. 거울 속의 침착한 눈썹을 엄숙하게 들여다보는데 자못 만족스러운 표정이다. 그래, 제대로 됐어. 길고 묵직한 트위드 스커트로 다리를 가린다. 하이힐 때문에 발목이 살짝 기울어진다. 다음은 모자 차례다. 회색 모자인데 정수리가 낮고 챙이 널찍하다. 단정한 머리에 모자를 쓰는 순간 마흔 살 먹은 여자로 변신하는데—이를테면 성당 통로에서 한쪽 무릎을 꿇는, 얼굴이 하얀, 히스테리와 우울증 증상이 있는 여자. 걱정스러운 이마를 가린 널찍한 챙, 어린애처럼 집중한 표정, 두려움, 종교적 의지—모두 안쓰럽다! 반면에 면도도 하지 않아 초췌한 그는 그녀의 구원 가능성을 위태롭게 하는 죄 많은 유대인이니—가슴이 아프다. 그러나 그녀는 그에게 좀처럼 눈길조차 주지 않는다. 옷깃에 다람쥐 모피가 달린 재킷을 걸치고 안쪽으로 손을 넣어 어깨 패드를 바로잡는다. 저 모자! 0.5인치 남짓한 넓이의 회색 테이프 한 가닥을 바구니처럼 돌돌 말아 만든 모자인데, 몬트리올에서 그가 입원했을 때 병실로 찾아와 성경을 읽어주던 기독교인 아줌마도 똑같은 모자에 핀까지 꽂았지. "바람은 늘 마음대로 불어 그 소리를 들어도……"* 준비가 끝났다. 사근사근한 중년 여자의 모습이다. 건드리지 않은 곳은 눈동자뿐인데 금방이라도 눈물이 글썽글썽할 듯하다. 화난 표정—아니, 격분한 표정이다. 그녀는 밤마다 그가 와주길 바란다. 나란히 누워 잠을 청할 때는 그토록 질색하면서도 스스로 그의 손을 잡아 자기 가슴에 올려놓기까지 한다. 그러나 아침이 오면 그가 사라져주길 바란다. 그는 이런 대우에 익숙하지 않다. 늘 사랑받는 데 익숙했으니까. 그러나 지금은 신세대 여성을 만나는 중이라고 마음속으로 다짐한다. 그녀에게 그는 아버지 같은, 늙어가는, 참을성 많은 난봉꾼이다(말도 안 되는 소리!). 그러나 배역은 이미 정해졌다. 개종자의 순수한 얼굴을 한 그녀 앞에서 그는 정반대의 역할을 마다할 수 없다.

"아침은 먹고 가야지." 그가 말했다.

"안 돼. 그러다 지각해요."

화장이 피부에 잘 먹었다. 그녀는 커다란 십자가를 가슴에 늘어뜨린다. 가톨릭교도가 된 지 겨우 삼 개월 지났는데 벌써 허조그 때문에 고

---

* 「요한복음」 3:8. 이어지는 구절은 "어디서 오고 어디로 가는지 알 길이 없듯, 성령으로 태어난 사람도 모두 이와 같으니라".

해성사도 못하는 처지다. 적어도 몬시뇨르에게는 그럴 수 없다.

　매들린에게 개종은 연극과 다름없는 행사였습니다. 연극―벼락부자, 기회주의자, 자칭 귀족의 예술이지요. 사실 몬시뇨르도 연극배우다. 배역은 하나지만 아주 짭짤한 배역이다. 그녀에게도 분명히 신앙심은 있었지만 성당의 매력과 사회적 출세가 더 중요했습니다. 몬시뇨르는 저명인사를 개종시키는 분으로 유명하므로 매디가 일부러 찾아갔습니다. 우리 매디는 무엇이든 최고가 아니면 만족하지 못하니까. 고상한 기독교인 신사숙녀를 유대인식으로 해석한다면 사회적 연극의 역사에서 흥미진진한 한 장을 차지할 만합니다. 고위층은 밑으로부터 끊임없이 보충된다. 출중한 사람들이 대중 속에서 태어나지 않는다면 자꾸 어디서 나타날까? 원한 맺힌 불꽃과 열정을 무기로 신분을 뛰어넘는 사람들. 제게도 꽤 유익했다는 점을 부인하지 않겠습니다. 그런 문제에 관련되었다는 사실이 매우 호의적으로 작용했으니까요.

　"빈속으로 출근하면 병난다. 나랑 아침 먹자. 포덤까지 가는 택시비 줄게."

　그녀가 단호하지만 좀 어정쩡한 태도로 화장실을 나서는데 길고 꼴사나운 스커트 때문에 큰 걸음을 뗄 수 없었다. 당장 날아가고 싶겠지만 수레바퀴만한 모자, 트위드 스커트, 종교적인 메달 몇 개, 커다란 십자가, 게다가 무거운 마음 때문에 지면 위로 날아오르기는 쉽지 않았다.

　허조그는 그녀를 따라 거울 벽이 있는 방을 지나고, 금색, 녹색, 적색 계통의 플랑드르 제단화祭壇畫 복사본을 넣은 액자 몇 개를 지나쳤다. 페인트를 여러 차례 덧칠한 탓에 문고리와 자물쇠가 뻑뻑해져 꼼짝도 하지 않았다. 매들린이 조바심을 내며 잡아당겼다. 허조그가 그녀의 등뒤로 다가가 왈칵 잡아당기자 흰색 현관문이 비로소 열렸다. 두 사람은 한때나마 호사스러웠던 카펫 위에 집집마다 내놓은 쓰레기 봉지가 줄줄이 늘어선 복도를 따라 걷다가 낡은 엘리베이터를 탔고, 캄캄한 엘리베이터 통로에 갇힌 퀴퀴한 공기와 로비의 곰팡내를 벗어나 혼잡한 거리로 나갔다.

"빨리 안 와요? 지금 뭐해요?" 매들린이 말했다.

어쩌면 그는 아직 잠이 덜 깼는지도 모른다. 허조그는 냄새에 이끌려 생선가게 앞에서 잠시 늑장을 부렸다. 깡말랐지만 근육이 발달한 흑인 한 명이 깊숙한 유리 진열대에 잘게 부순 얼음을 양동이째 쏟아부었다. 다닥다닥 붙여놓은 생선들은 저마다 몸이 둥글게 휘었고, 잘게 부서진 채 수증기를 피워내는 얼음 속에서 헤엄치는 듯했다. 핏빛 같은 적갈색, 미끌미끌한 암녹색, 잿빛이 도는 황금색 등등. 바닷가재는 유리 벽면까지 바글바글해 몇 놈은 더듬이가 구부러졌다. 그날 아침은 따뜻하고 흐리고 눅눅하고 신선하고 강물냄새를 풍겼다. 지하로 내려가는 엘리베이터 철문 앞에서 걸음을 멈춘 모지스는 얇은 구두 밑창에 밟힌 철판의 돋을새김 무늬를 느꼈다. 점자책 같다. 그러나 그는 그 속에 담긴 메시지를 해독하지 못했다. 생선들은 부글거리는 새하얀 얼음 부스러기 속에서 살아 있는 듯한 모습으로 굳어버렸다. 길거리는 음침하고 따뜻하고 온통 잿빛이고 친밀하면서도 불결한데, 오염된 강물의 냄새, 소금기를 머금고 밀려들어 성적 자극을 주는 냄새가 섞여 있었다.

"기다려줄 틈이 없어요, 모지스." 매들린이 어깨 너머로 딱딱하게 말했다.

그들은 식당 안으로 들어가 노란색 포마이카 식탁에 앉았다.

"왜 그렇게 꾸물거렸어요?"

"음, 우리 어머니가 발트해 연안 출신이었어. 생선을 좋아하셨지."

그러나 매들린은 허조그의 어머니에게 관심이 전혀 없다. 이십 년 전에 이미 세상을 떠난 분이고, 이 남자가 마음속으로 어머니를 아무리 그리워한들 소용없는 일이다. 허조그는 생각 끝에 자신에게 유죄판결을 내렸다. 매들린에게 그는 아버지 같은 사람이다. 그런 사람의 어머니까지 감안해주길 기대할 수는 없다. 어머니는 확실히 저세상 사람이고, 신세대에게는 아무런 영향도 미치지 못한다.

노란 포마이카 식탁에 빨간 꽃 한 송이가 있었다. 목을 조르는 듯한 금속 화병에 담겼는데 꽃잎에 뾰족뾰족한 얼룩무늬가 보였다. 허조그는 이 꽃도 플라스틱 조화인지 궁금해서 살짝 만져보았다. 진짜 꽃이라는 사실을 깨닫고 얼른 손을 치웠다. 매들린이 지켜보았다.

"서둘러야 한다는 거 알잖아요." 그녀가 말했다.

매들린은 잉글리시 머핀을 좋아했다. 허조그가 몇 개 주문했다. 그녀가 돌아가는 직원을 불렀다. "제 몫은 손으로 찢어주세요. 칼로 자르지 마시고." 그러더니 턱을 들어 보이며 말했다. "모지스, 화장이 잘 됐는지—목은 어때요?"

"당신 같은 피부에는 할 필요 없어."

"어쨌든 번지지는 않았죠?"

"전혀. 이따 다시 만날 수 있어?"

"잘 모르겠어요. 포덤에서 칵테일파티에 초대받았거든요. 선교사

환송회라나."

"그 모임이 끝나면—필라델피아는 막차 타고 가면 되니까."

"엄마랑 약속이 있는데…… 영감탱이랑 또 한바탕 싸운 모양이에요."

"다 끝난 일인 줄 알았는데—이혼하셨잖아."

"우리 엄마는 정말 노예 같아요!" 매들린이 말했다. "그냥 내버려두지 못하고, 영감탱이도 마찬가지예요. 자기한테만 유리한 관계니까. 엄마는 아직도 그 빌어먹을 연기학원이 끝날 때쯤 찾아가서 장부까지 정리해줘요. 엄마 인생에서 그 영감이 최우선이니—제2의 스타니슬랍스키라나. 한평생 희생만 하며 살았는데 남편이 위대한 천재가 아니라면 무슨 의미가 있겠어요! 그래서 한사코 영감탱이가 위대한 천재라고……"

"사람들이 굉장한 연출가라고 하던데."

"뭔가는 있죠. 거의 여성스러운 통찰력. 그리고 사람들한테 마약을 먹이는데—악독한 수법이죠. 엄마가 그러는데 영감탱이 혼자 해마다 5만 달러쯤 쓴대요. 천재적인 머리를 돈 펑펑 쓰는 데만 써먹는지."

"듣자니 당신을 위해 장부정리를 해주시는 게 아닐까 싶은데—최대한 절약해서 당신 주려고."

"그 영감이 소송이나 빚만 잔뜩 물려준다면 또 모를까……" 그녀가 구운 머핀을 앞으로 물었다—소녀처럼 이가 짤막하다. 그러나 먹지는 않았다. 머핀을 도로 내려놓더니 평소에도 그랬듯 두 눈에 느닷없이 눈물이 맺혔다.

"왜 그래? 어서 먹어."

그러나 그녀는 오히려 접시를 밀어버렸다. "포덤으로 전화 걸지 말라고 했잖아요. 그때마다 당황한단 말예요. 공사는 가려가며 살고 싶다고요."

"미안해. 안 그럴게."

"요즘 제정신이 아니었어요. 창피해서 몬시뇨르께 고해성사도 못 가요."

"다른 신부님한테 하면 되잖아?"

그러자 그녀가 찻잔을 탁 내려놓았고 꼴사나운 식당 도자기가 요란한 소리를 냈다. 찻잔 가장자리에 희미한 립스틱 자국이 남았다. "지난번에 만난 신부님도 당신 때문에 호되게 호통을 치셨어요. 성당에 다니기 시작한 게 도대체 언제부터냐고 물으시더군요. 몇 달도 안 돼서 그런 짓을 저지를 거면 세례는 왜 받았냐고!" 중년 여자처럼 화장한 커다란 눈이 그를 비난했다. 하얀 얼굴에는 곧게 그려놓은 눈썹이 있었다. 그는 그 밑에 진짜 눈썹의 윤곽도 어렴풋이 보인다고 생각했다.

"맙소사! 미안해." 모지스가 말했다. 뉘우치는 표정이었다. "문제 일으키긴 싫어." 이 말은 확실히 사실이 아니었다. 오히려 문제를 일으키는 데 열중했다. 이런 난관이 매들린의 주된 목적이라고 생각했기 때문이다. 그녀는 몬시뇨르와 허조그가 자기를 차지하려고 싸우길 바랐다. 그래야 성적 흥분이 더욱 고조되니까. 그는 이불 속에서 그녀의 배교적 충동과 싸워야 했다. 그리고 확실히 몬시뇨르는 불타는 눈빛으로 여성 개종자를 양산했다.

"마음이 참담해요—참담하다고. 곧 재의수요일인데 고해성사를 안 하면 성찬식도 못한대요."

"거참 난감하네……" 허조그는 진심으로 그녀를 동정했지만 이제 와서 물러나겠다고 말하기는 싫었다.

"그런데 결혼 문제는 어떡해요? 우리가 결혼할 수 있기는 해요?"

"어떻게든 해결해주겠지—교회는 오래되고 현명한 조직이니까."

"사무실에서 조 디마지오* 얘기를 하더라고요. 매릴린 먼로와 결혼하려고 하던 시절에 대해서. 타이론 파워** 얘기도 나왔는데—그 사람이 나중에 했던 결혼 한 번은 어느 추기경께서 혼배성사를 맡으셨다고. 일전에는 레너드 라이언스***가 가톨릭의 이혼에 대한 기사를 또 썼어요." 매들린은 가십 칼럼니스트의 글을 빠짐없이 읽었다. 〈포스트〉와 〈미러〉에서 오려낸 기사를 아우구스티누스의 책이나 기도서의 책갈피로 썼다.

"내용은 호의적이었어?" 허조그가 머핀을 접어 꾹꾹 누르며 물었다. 버터를 너무 두껍게 발라버렸다.

매들린의 커다란 보랏빛 눈이 조금 부은 듯했다. 이런저런 난관을 겪는 동안 여러 차례 분석을 거듭할수록 그녀는 마음의 갈피를 잡지 못했다. "신앙전도협회에서 일하는 이탈리아 신부님을 만나기로 약속했어요. 교회법 전문가예요. 어제 전화했죠."

개종한 지 십이 주밖에 안 됐는데 벌써 모르는 게 없다.

"데이지가 이혼해주면 일이 잘 풀릴지도 몰라."

---

* 뉴욕 양키스 소속으로 활약한 야구선수. 은퇴 후 1954년 매릴린 먼로와 결혼했으나 구 개월 만에 이혼했다.
** 미국 영화배우.
*** 미국 신문 칼럼니스트.

"당연히 이혼해줘야죠." 매들린이 갑자기 언성을 높였다. 허조그는 도시 외곽의 예수회 신부들을 만나려고 정성껏 화장한 얼굴을 바라보았다. 그때 어떤 변화가 일어났는데—가슴속에서 끈 같은 것이 팽팽해지고 틀어졌을까, 문득 그녀의 몸이 굳어졌다. 손끝이 하얘질 만큼 탁자 모서리를 짓누르며 그를 노려보는데, 입술은 얇아지고, 폐결핵 환자처럼 창백하게 화장한 얼굴은 점점 어두워졌다. "도대체 내가 한평생 당신이랑 연애만 하며 살아갈 작정이라고 생각하는 이유가 뭐죠? 나는 적극적인 행동을 원해요."

"하지만 매디—내 심정이 어떤지 알면서……"

"심정? 내 앞에서 감정이니 뭐니 그런 진부한 말은 꺼내지도 마요. 이젠 감정 따위는 안 믿으니까. 나는 하느님만 믿고—죄도—죽음도—그러니까 내 앞에서 그렇게 감상적인 헛소리는 아예 꺼내지도 말라고요."

"아니—내 말 좀 들어봐." 그는 모자를 썼다. 마치 중절모에서 어떤 권위가 나오길 바란다는 듯이.

"나는 꼭 결혼하고 싶어요." 그녀가 말했다. "나머지는 다 헛짓이에요! 우리 엄마는 집시처럼 떠돌며 살았어요. 폰트리터가 난잡하게 노는 동안에도 일만 하면서. 그 영감은 딴 여자랑 노닥거리다가 나한테 들킬 때마다 뇌물로 5센트 동전을 줬어요. 내가 ABC를 어떻게 깨쳤는지 알아요? 레닌의 『국가와 혁명』을 읽었죠. 그 사람들은 제정신이 아니라고요!"

허조그는 그럴지도 모른다고 내심 동의했다. 그러나 이제 매들린이 원하는 것은 화이트 크리스마스와 부활절 토끼 따위였고, 아마도 따분하고 황량한 퀸스구쯤에서 교구 소유의 벽돌 연립주택에 살며 예컨대 비스킷 공장에서 과자 부스러기를 쓸어 모으는 건전한 아일랜드계 남편과 함께 성찬식 때 입을 옷을 놓고 한바탕 소란을 피우는 인생일 터였다.

"어쩌면 내가 관습적인 일에 지나치게 집착하는지도 몰라요." 매들린이 말했다. "그래도 다른 대안은 없어요. 당신이랑 내가 성당에서 결혼할 수 없다면 이제 그만둘래요. 우리 애들은 세례도 받고 신앙 속에서 자라야 해요." 모지스는 멍하니 고개만 대충 끄덕였다. 그녀에 비하면 그저 무덤덤하고, 별다른 감정은 느끼지 못했다. 그녀의 얼굴에서 풍기는 파우더 냄새가 마음을 설레게 했다(지금 돌이켜보면, 예술에 대한 감상이었지, 어떤 예술이든 간에).

"어린 시절이 괴상한 악몽 같았어요. 늘 들볶이고 폭행당하고 학, 학, 학……" 그녀가 더듬거렸다.

"학대받았다고?"

그녀가 고개를 끄덕였다. 전에도 했던 이야기다. 그는 그녀의 성적인 비밀을 차마 폭로할 수 없었다.

"어른이었어요. 말하지 말라고 돈을 주더군요."

"누구였어?"

두 눈에 언짢은 눈물이 가득차고 예쁜 입은 지독한 복수심을 머금었지만 결국 내뱉지 못했다.

"많은, 아주 많은 사람이 당하는 일이야. 그런 일에 한평생 집착하면 안 돼. 별 의미는 두지 마."

"그게 무슨—꼬박 일 년 동안 기억상실증을 겪었는데 의미를 두지 말라고? 열네 살 때 기억이 통째로 지워졌단 말예요."

그녀는 허조그의 도량 넓은 위로를 받아들이지 못했다. 어쩌면 오히려 무관심으로 보였는지도 모른다. "내 부모는 나를 파멸시키다시피 했어요. 그래—이젠 다 상관없어요. 구세주 예수그리스도를 믿으니까. 이젠 주, 죽음도 두렵지 않아요, 모지스. 폰 영감은 누구나 죽어 무덤 속에서 썩어간다고 말했어요. 예닐곱 살 먹은 여자애한테 그랬다니까요. 그 말에 대해서는 벌받아야 마땅해요. 하지만 지금은 나도 살고 싶고 애들을 낳고 싶어요. 단, 애들이 죽음이나 무덤에 대해 물어볼 때 해줄 말이 있다면. 그래도 내가 평범하고 문란하게—원칙도 없이—살아갈 거라고는 기대하지도 마요. 어림도 없어요! 원칙을 안 지키면 끝장이에요."

모지스는 마치 깊고 투명한 물속에서 왜곡된 영상을 보는 잠수부처럼 그녀를 바라보았다.

"내 말 들었어요?"

"아, 그럼. 들었지. 정말이야."

"이제 가야겠어요. 프랜시스 신부님은 일 분도 안 늦어요." 그녀는 핸드백을 집어들며 종종걸음을 쳤고 갑작스러운 발걸음에 엉덩이가 흔들거렸다. 유난히 높은 하이힐을 신었다.

오늘처럼 서두르던 어느 날 아침, 그녀는 지하철을 타러 가다가 하이힐로 치맛단을 밟는 바람에 넘어져 등을 다쳤다. 그래서 절뚝거리며 길거리로 올라와 택시를 잡아타고 사무실로 갔지만 프랜시스 신부는 그녀를 의사에게 보냈고, 의사는 붕대를 잔뜩 감아주며 집으로 가라고 말했다. 그녀가 돌아왔을 때 모지스는 아직 옷도 제대로 입지 않은 채 생각에 잠겨 커피를 마시는 중이었다(그는 끊임없이 생각했지만 확실한 결과는 얻지 못했다).

"도와줘요!"

"무슨 일이야?"

"지하철에서 넘어졌어요. 좀 다쳤어." 목소리가 날카로웠다.

"어서 누워봐." 모지스는 모자 핀을 빼고, 재킷과 스웨터의 단추를 조심스레 풀고, 스커트와 슬립까지 벗겼다. 화장품을 바른 목 아랫부분부터 깨끗하고 발그레한 피부가 드러났다. 가슴에 늘어뜨린 십자가도 벗겨냈다.

"파자마 좀 가져다줘요." 그녀가 부들부들 떨었다. 폭넓은 붕대에서 약냄새가 진동했다. 그녀가 원하는 대로 침대로 데려다주고 곁에 누워 체온을 나눠주며 위로했다. 3월인데도 눈이 내려 지저분한 날이었다. 그날은 필라델피아로 돌아가지 않았다.

"죄지어 벌받았어요." 그녀가 거듭거듭 말했다.

몬시뇨르께서 몸소 개종시킨 사람의 진정한 내력에 흥미를 느끼시려니 생각했습니다. 기독교의 인형들—금실로 수놓은 여성복, 흐느끼는 파이프오르간. 무한한 우주는 말할 필요도 없거니와 현실세계도 더욱 엄격한, 정말 남성적인 성격을 요구한다.

누구처럼? 허조그는 생각해보았다. 예컨대 나처럼? 몬시뇨르에게 보내는 편지를 끝맺지 않은 채 준이 좋아하는 동요를 적어놓고 읽어보았다.

고양이를 사랑해요, 털도 참 따뜻하지.

내가 괴롭히지 않으면 고양이도 나를 괴롭히지 않아요.

난롯가에 앉아 먹이를 줘요.

고양이도 나를 사랑해요, 착한 어린이니까.

바로 이거야, 그는 생각했다. 그래. 상상력이란 나 자신까지 정면으로 겨냥해야지.

그러나 모든 일이 지나간 후 매들린은 결국 성당에서 결혼하지 않았고 딸에게 세례를 받게 하지도 않았다. 가톨릭교회도 한때의 치터 연주, 타로카드, 빵 굽기, 러시아 문명 등과 똑같은 길을 걸었다. 시골생활도 마찬가지였다.

매들린과 함께 허조그는 시골에서 살아보는 두번째 시도를 감행했다. 대도시 출신의 유대인치고는 특이하게도 그는 전원생활을 좋아했다. 『낭만주의와 기독교』를 집필할 때도 데이지에게 동부 코네티컷의 차디찬 겨울을 인내하도록 강요했는데, 그 오두막집은 수도관이 얼어붙어 촛불로 녹여야 하고 얼음장 같은 돌풍이 판자벽을 뚫고 들어오는 곳이었다. 그런 집에서 허조그는 루소에 대해 생각하거나 오보에를 연습했다. 이 악기는 시카고대학 재학 시절 룸메이트였던 앨릭 허슈바인이 세상을 떠나며 물려주었는데, 허조그는 이상야릇한 책임감을 버리지 못해(허조그의 마음속에는 애달픈 사랑도 많고 슬픔이 쉽사리 가시지도 않으므로) 독학으로 연주법을 익혔다. 그런데 지금 와서 생각해보면 싸늘한 안개가 몇 달 동안 이어지는 날씨보다도 쓸쓸한 오보에 소리가 데이지를 더 많이 괴롭혔는지도 모른다. 그런 경험이 마르코의 성격에까지 영향을 주었을 가능성도 있다. 마르코는 때때로 침울해졌다.

그러나 매들린과는 전혀 다르게 살아볼 생각이었다. 그녀는 가톨릭교회를 버렸고, 테니와 매들린의 등쌀에 못 이겨 모지스는 데이지와 그녀의 변호사는 물론이고 자신이 고용한 변호사까지 상대하며 고된 싸움을 거듭한 끝에 마침내 이혼하고 재혼했다. 결혼식 만찬은 피비 거즈바크가 준비했다. 지금 책상 앞에 앉아 거대한 뭉게구름을 내다보며(뉴욕에서는 좀처럼 보기 드물게 맑은 하늘이다) 허조그는 그날 먹었던 요크셔 푸딩과 수제 케이크를 떠올렸다. 피비가 손수 바나나 케이크를 구웠는데, 폭신폭신하고 촉촉하고 흰색 아이싱을 입혀 기가 막히게 맛있었다. 그 위에는 신랑신부 인형까지. 거즈바크는 떠들썩하게 웃어대며 위스키와 와인을 따르거나 탁자를 두드리거나 쿵쿵거리며 신부와 춤을 추었다. 자기가 좋아하는 헐렁한 스포츠 셔츠를 입었는데 널찍한 가슴팍까지 열어젖혀 어깨에서 스르르 흘러내리기 일쑤였다. 남성용 이브닝드레스랄까. 다른 하객은 없었다.

루디빌 집은 매들린이 임신했을 때 샀다. 허조그가 『정신현상학』*에 관련하여 마주친 문제점들을 해결하기에 이상적인 장소로 보였다. 예컨대 서구의 전통에서 '마음의 법칙'의 중요성, 도덕적 감상주의의 기원, 그 밖에 관련된 여러 문제에 대해서도 그의 생각은 뚜렷하게 달랐기 때문이다. 그는―지금은 자신의 속셈을 인정하며 남몰래 웃지만―이 주제를 매듭지어 학계를 깜짝 놀라게 하고, 뭐가 뭔지 설명하여 학

---

* 독일 철학자 헤겔의 철학서.

자들을 경악시키고, 그리하여 그들의 보잘것없는 학식을 백일하에 폭로할 계획이었다. 근본적 동기는 단순한 허영심이 아니라 책임감이었다. 정말 그렇게 생각했다. 그는 보수주의자였다. 루소의 말이 로베스피에르의 참혹한 단두대를 낳았고 칸트와 피히테가 군대보다 치명적이라는 하인리히 하이네의 믿음을 진지하게 받아들였다. 아무튼 당시 그에게는 어느 재단에서 받은 소액의 연구비가 있었고 아버지에게 물려받은 2만 달러는 시골집 한 채를 사는 데 썼다.

그는 그 집의 관리인으로 전락했다. 그때 몸소 일하지 않았다면 그 집에 들어간 2만 달러 이상의 돈은 모두 물거품이 되었을 테니까. 아버지가 미국에 와서 사십 년 동안 가난하게 살며 애지중지 모은 돈인데. 허조그는 어쩌다 그런 짓을 저질렀는지 모르겠다고 생각했다. 아무래도 그 수표를 쓸 때는 제정신이 아니었나보다. 수표는 들여다보지도 않았으니까.

계약서에 서명한 후 비로소 처음 본다는 듯이 집을 둘러보았다. 페인트가 벗어져 음산하고 빅토리아시대의 장식품은 다 삭았다. 일층은 포탄 구멍처럼 거대한 구덩이에 불과했다. 석고벽도 조각조각 부스러지고—윗가지에는 생김새는 실 같은데 곰팡이가 피고 구역질나는 것들이 주렁주렁 매달렸다. 애자와 절연튜브를 사용한 구닥다리 전기 배선도 위험천만했다. 토대에 깔아놓은 벽돌이 쑥쑥 빠졌다. 창문은 빗물이 샜다.

허조그는 벽돌공사, 유리공사, 배관공사 등을 배웠다. 밤늦도록 『DIY 백과사전』을 공부했고, 미친 듯한 열정으로 페인트를 칠하고 이곳저곳 때우고 물받이에는 타르칠을 하고 구멍마다 회반죽을 발라주었다. 오래되어 나뭇결이 드러나버린 목재에는 페인트를 두 번씩 칠해도 별 소용이 없었다. 욕실에 들어가면 못이 제대로 박히지 않아 못대가리가 비닐 타일을 뚫고 나오기 일쑤였고, 타일은 타일대로 트럼프카드처럼 낱낱이 떨어져나왔다. 가스 난방기를 돌리면 숨이 턱턱 막혔다. 전기난로를 켤 때마다 퓨즈가 끊어졌다. 욕조는 아예 골동품인데, 바닥에는 장난감처럼 생긴 금속 새발장식 네 개를 달아놓았다. 욕조에 들어가면 잔뜩 웅크린 채 스펀지로 몸을 닦아야 했다. 그래도 매들린은 슬론 목욕용품점에서 사치스러운 화장실 시설물, 가리비 모양의 은제 비누받침, 에퀴송 방향비누, 두툼한 튀르키예제 수건 따위를 사들였다. 허조그는 변기 물탱크에 낀 녹물 찌꺼기를 닦아내고 수위조절기가 제대로 작동하게 하느라 고생했다. 밤이 되자 수조에서 물 새는 소리가 들렸다.

그렇게 일 년 동안 일한 덕분에 집이 무너지는 사태는 모면했다.

지하실에는 지하벙커처럼 벽이 두꺼운 화장실이 하나 더 있었다. 여름에는 귀뚜라미가 애용했고 허조그도 마찬가지였다. 그곳에서 어슬렁거리며 10센트짜리 특가로 나온 드라이든이나 포프의 시집을 읽었다. 벽면에 갈라진 틈새로 바깥을 내다보면 한여름의 이글거리는 아침 풍경, 무시무시한 가시투성이 덩굴, 단단하고 예쁘장한 찔레꽃 봉오리, 저 너머에는 죽어가는 거대한 느릅나무와 잿빛 심장 모양의 찌르레기 둥지까지 보였다. 그는 책을 읽었다. "나는 큐에 계시는 전하의 개랍니다." 그런데 목에 가벼운 관절염이 생겼다. 돌로 지은 화장실이 너무 눅눅하다. 삐걱거리는 소리를 내며 물탱크 뚜껑을 열고 고무마개를 뽑아 물을 내렸다. 부속품이 모두 녹슬고 딱딱해졌다.

……큐에 계시는 전하의 개랍니다.
말씀해주세요, 그대는 누구의 개인가요?*

오전에는 정신노동을 하려고 노력했다. 『작센 왕립학술협회 논문집』을 구하려고 와이드너도서관**측과 편지를 주고받았다. 책상에는 각종 미납 고지서, 답장하지 못한 편지 따위가 쌓여 있었다. 돈을 마련하느라 잡문도 썼다. 여러 대학출판부에서 전문가의 판단을 구한다며 원고를 보내주었다. 뜯어보지도 않은 원고 더미가 몇 개나 밀렸다. 햇살은 점점 뜨거워지고, 땅은 축축하고 시꺼멓고, 허조그는 무성하게 퍼져가는 잡초들을 바라보며 절망감에 사로잡혔다. 그런 종이 무더기를 다 처리해야 하는데 도와줄 사람은 아무도 없다. 집수리도 해야 하는데—집은 거대하고 휑뎅그렁하고 수리가 시급하다. 먼지 속에 글씨를 썼다. '이성부터 빼앗는다.'*** 지금 신들이 그를 괴롭히지만 아직 미쳐버릴 정도는 아니다.

여러 논문에 의견을 달아줘야 하는데 손이 말을 안 듣는다. 편지를 오 분만 써도 쥐가 난다. 표정마저 나무토막처럼 굳어버렸다. 이제 핑곗거리마저 다 떨어졌다. 너무 늦어져 죄송합니다. 지독한 옻이 올라 책상

---

* 영국 시인 알렉산더 포프가 영국 왕세자에게 선물한 개의 목걸이에 새겨놓은 시. 큐는 영국 런던 교외의 마을 이름으로, 여기서는 큐궁전(Kew Palace)을 가리킨다.
** 하버드대학 중앙도서관.
*** 유명한 라틴어 격언. '신은 파멸시키려는 자의 이성부터 빼앗는다(Quos Deus vult perdere, prius dementat)'의 일부로, 고전시대부터 무수히 인용되며 지금의 형태로 변화했다.

에 앉지도 못했습니다. 종이 더미에 팔꿈치를 올려놓은 채 모지스는 칠하다 만 벽면, 빛바랜 천장, 더러운 창문 등을 멍하니 바라보았다. 아무래도 몸에 이상이 생겼다. 예전에는 끊임없이 일할 수 있었는데 요즘은 능률이 2퍼센트 안팎에 불과하고, 편지 한 통을 쓸 때도 다섯 번이나 열 번까지도 손봐야 하고, 온갖 물건을 잃어버리기 일쑤다. 해도 해도 너무하잖아! 파탄 직전이다.

오보에를 집어들었다. 망사창이 불룩해질 만큼 덩굴이 달라붙어 어두컴컴해진 서재에서 허조그는 헨델과 퍼셀의 지그, 부레, 콩트르당스 등을 연주했다. 두 뺨을 잔뜩 부풀린 채 재빠른 손놀림으로 키를 누를 때마다 소리가 높아지거나 낮아지며 만들어가는 음악소리는 매가리도 없고 쓸쓸하기만 하다. 아래층에서 세탁기가 돌아가는데 시계 방향으로 두 걸음, 반대 방향으로 한 걸음씩 움직인다. 부엌은 어찌나 지저분한지 쥐가 새끼를 칠 지경이다. 접시마다 달걀노른자가 말라붙고, 컵에 남은 커피는 이미 푸르뎅뎅하게 변해버렸고—토스트, 시리얼, 뼛속의 골수에 우글거리는 구더기, 초파리, 집파리, 그리고 포마이카 조리대 위에는 흠뻑 젖어버린 달러화, 우표, 경품 교환권 몇 장.

음악소리가 듣기 싫다는 듯 매들린이 망사문을 쾅 닫더니 곧이어 차 문까지 세게 닫는다. 엔진소리가 요란하다. 스튜드베이커의 머플러에 금이 갔기 때문이다. 그녀가 비탈길을 내려가기 시작한다. 차를 길 오른쪽으로 붙여야 하는데 깜빡 잊어버리면 배기관이 돌냉이에 긁히기 십상이다. 허조그는 그 소리를 들으려고 음악소리를 줄인다. 머플러는 며칠 안에 떨어지고 말겠지만 이젠 그녀에게 다시 말하기도 싫다. 이런 문제가 너무 많다. 말할 때마다 그녀는 화부터 낸다. 망사창을 안쪽으로 짓누르는 인동덩굴 사이로 바깥을 내다보며 비탈길 두번째 커브에서 그녀가 다시 나타나길 기다린다. 임신으로 몸이 좀 통통해졌지만 그녀는 여전히 아름답다. 그런 아름다움은 남자들을 짐승이나 호색한이나 노예로 돌변하게 한다. 그녀는 운전할 때마다 시야를 방해하는 머리카락 밑에서 무의식적으로 코를 실룩거린다(그게 다 운전하는 과정의 일부였다). 마노^{瑪瑙} 운전대를 움켜쥔 손가락은 더러 우아하지만 더러는 손톱을 물어뜯어 울퉁불퉁하다. 그는 임산부가 운전하면 위험하다는 의견을 밝혔다. 적어도 운전면허는 따야 한다고 생각했다. 그녀는 경찰단속에 걸리더라도 잘 구워삶기만 하면 된다고 대꾸했다.

매디가 가버린 후 오보에 속에 고인 침을 빼내고 리드를 살펴보고 나서 곰팡이가 핀 벨벳 케이스에 넣었다. 쌍안경을 목에 걸었다. 이따금 조류관찰을 시도하기 때문이다. 대개는 초점을 맞추기도 전에 새가 날아가기 일쑤지만. 홀로 남은 그는 책상 앞에 앉았다. 철제 다리에 합판 문짝을 얹어 만든 책상이다. 스탠드 받침에서 자라는 필로덴드론이 철제 다리를 휘감으며 자란다. 종잇조각을 뭉쳐 고무밴드에 걸고 유리창에 붙은 말파리를 겨냥해 몇 발 쏘았다. 유리창에는 페인트가 흘러내린 자국이 즐비하다. 페인트칠 솜씨가 엉망인 탓이다. 처음에는 분무기를 써봤는데, 송풍기 성능이 매우 탁월한 진공청소기 뒤쪽에 분무기를 연결했다. 허파를 보호하려고 넝마로 코를 막은 후 천장에 뿌려보았지만 분무기가 창문과 계단 난간을 얼룩지게 하는 바람에 다시 붓을 쓰기로 했다. 사다리, 양동이, 넝마, 시너 따위를 이리저리 끌고 다니며 퍼티 칼로 긁어내거나 메우고 페인트칠을 했는데, 그때마다 왼쪽, 오른쪽, 위쪽, 이 구간, 그 너머, 더 멀리, 저 구석까지만, 저 쇠시리까지만, 그렇게 떨리는 손을 한껏 내밀어 일직선으로 칠하려고 노력했지만 페인트는 여기저기 길쭉하게 묻어버릴 뿐, 예술적 기교와는 거리가 먼 절망적 결과를 낳기 일쑤였다. 이윽고 광란의 시간이 지나간 뒤에는 온몸이 페인트로 얼룩지고 땀이 줄줄 흘러 정원으로 나갔다. 옷을 다 벗어던지고 해먹을 향해 픽 쓰러졌다.

그러는 동안 매들린은 피비 거즈바크와 함께 골동품 상점 몇 군데를 돌거나 피츠필드 슈퍼마켓에서 식료품을 잔뜩 사 왔다. 모지스는 돈 문제로 끊임없이 잔소리를 늘어놓았다. 그녀를 질책하기 시작할 때는 언성을 높이지 않으려고 노력했다. 언제나 사소한 문제가 모지스의 비위를 건드렸는데—부도수표, 냉장고 속에서 상해버린 닭고기, 멀쩡한 셔츠를 찢어 만든 걸레 등등. 그때마다 허조그는 차츰 감정이 매우 격해졌다.

"도대체 언제까지 이런 잡동사니를 끌고 들어올 생각이냐고, 매들린—이렇게 망가진 찬장이나 물레바퀴 따위를."

"실내를 좀 채워야겠어요. 텅 빈 방은 꼴도 보기 싫어요."

"돈이 다 어디로 빠져나가지? 나는 뼈빠지게 일만 하는데." 속이 부글부글 끓었다.

"고지서가 올 때마다 갚아야 하고—내가 그 돈으로 뭘 하겠어요?"

"돈 쓰는 요령을 배워야겠다고 했잖아. 지금까지는 아무도 당신을 믿어주지 않았다면서. 그래도 나만은 당신을 믿고 돈 관리를 맡겼는데 자꾸 수표가 부도 처리되잖아. 방금 옷가게에서 전화가 왔는데—밀리 크로지어라더군. 임신복 한 벌에 500달러나 써버리다니. 태어날 아이가 대체 누군데—루이 14세라도 되려나?"

"네, 알아요, 소중한 어머님은 밀가루 부대로 만든 옷을 입으셨다면서요."

"파크 애비뉴에 있는 산부인과도 필요 없잖아. 피비 거즈바크도 피츠필드종합병원에 갔는데. 여기서 뉴욕까지 어떻게 데려가? 세 시간 반이나 걸린다고."

"열흘쯤 전에 미리 가면 돼요."

"할일이 이렇게 많은데?"

"그렇게 애지중지하는 헤겔도 시내로 데려가면 되잖아요. 어차피 몇 달 동안 끝까지 읽은 책이 한 권도 없었다면서. 그게 다 노이로제 증상이에요. 산더미 같은 메모지. 당신은 지독히도 어수선해요. 여느 중독자보다 나은 점이 하나도 없으니—추상적 개념에 찌들었잖아요. 어쨌든 헤겔도, 이 썩어빠진 집구석도 다 지긋지긋해요. 이런 집에는 하인이 네 명은 필요할 텐데 온갖 일을 어떻게 나 혼자 다 하란 말예요."

허조그는 입바른 말을 되풀이하다가 고리타분한 사람이 되고 말았다. 부아를 돋우는 사람이기도 했다. 스스로도 깨달았다. 그는 만사를 어떻게 처리해야 하는지 세세한 부분까지 빠짐없이 다 아는 사람처럼 보였다(이는 '실제적 자유정신'*의 범주 속에서 발전해가는 의식이 보편을 오해한 결과인데—'마음의 법칙'에 어긋나는 현실인식, 잔혹하게 개성을 말살하는 이질적 필연성, 기타 등등). 아, 물론 허조그도 자신의 잘못을 인정했다. 그러나 의미 있는 삶을 향한 자신의 노력이 모두에게 이로우므로 조금만 협조해주길 바랐을 뿐이라고 생각했다. 헤

---

* 헤겔의 『정신현상학』에서 의식과 자기의식을 잇는 세번째 범주로, '이성, 정신, 종교, 절대지'를 포함한다.

겔의 사상은 대단히 중요하지만 완전히 비현실적이다. 물론이다. 그것이 요점이니까. 그렇게 공들인 철학적 장광설을 다 빼버리고 단순화시킨 명제는 스피노자의 정리定理 37이다. 인간은 타인도 자신의 사고방식에 따라 살도록 만들기보다 자신이 누리는 행복을 타인도 함께 누리길 바랄 뿐이다―저마다 능력대로.

버크셔스의 푸르고 무더운 여름날, 허조그는 루디빌에서 그런 생각을 곱씹으며 홀로 벽면에 페인트칠을 했는데, 말하자면 베르사유와 예루살렘을 동시에 건설하는 셈이었다. 그러나 이따금 전화벨이 울려 사다리에서 내려가야 했다. 매번 매들린의 수표가 부도 처리되었다는 연락이었다.

"맙소사!" 그는 탄식했다. "또 부도라니, 매디!"

매디는 임산부용 진초록 블라우스에 무릎 길이의 양말 차림으로 허조그를 맞이했다. 이때쯤에는 몹시 뚱뚱했다. 의사도 사탕 종류를 피하라고 경고했다. 그래도 그녀는 아랑곳하지 않고 크기가 어마어마한 30센트짜리 허시 초콜릿 바를 남몰래 게걸스레 먹어치웠다.

"덧셈도 못하냐고! 젠장, 이렇게 수표가 자꾸 되돌아올 이유가 하나도 없잖아!" 허조그는 그녀를 노려보았다.

"아하―또 쩨쩨한 잔소리를 시작하시겠네."

"잔소리가 아니야. 아주 심각한 일인데……"

"이번에도 가정교육이 어쨌다느니 한바탕 늘어놓겠지―집시처럼 놀고먹는 형편없는 집안이라느니, 죄다 사기꾼이라느니. 당신은 그런 나를 어엿한 집안에 며느리로 들어앉혔고. 당신이 무슨 얘기를 할지 뻔해요."

"내가 똑같은 짓을 되풀이한다고? 당신도 마찬가지잖아, 매들린, 이렇게 수표를 남발하면서."

"돌아가신 아버님 돈을 함부로 쓴다는 뜻이겠지. 소중한 아빠 돈을! 당신이 질색하는 이유가 바로 그거잖아. 하지만 그분은 당신 아버님이야. 나는 당신한테 지긋지긋한 우리 아버지를 떠받들어달라고 한 적이 없어. 그러니까 당신 아버님에 대한 생각을 나한테까지 강요하지 말라고."

"주변 환경을 좀 정리할 필요가 있잖아."

매들린은 빠르고 단호하고 신중하게 말했다. "당신이 원하는 주변 환경은 영영 실현될 가망이 없어. 12세기쯤에는 가능했겠지. 걸핏하면 옛집이 어쨌다느니, 유포(油布)로 덮은 식탁이 어쨌다느니, 라틴어 책이 어쨌다느니. 알았으니까—또 무슨 처량한 옛날얘기를 하시는지 들어나볼까. 그래, 가엾은 어머님에 대해 얘기해보셔. 아버님에 대해서도. 그리고 하숙인이었다는 주정뱅이에 대해서도. 그리고 옛날에 다녔던 유대교 회당, 그리고 밀주, 그리고 지포라 고모…… 아이고, 헛소리도 참!"

"그렇게 과거도 없는 사람처럼 말하지 마."

"아이고, 또 헛소리! 이번엔 당신이 나를 '구해준' 얘기를 들어야겠네. 어디 다시 들어볼까. 난 정말 겁먹은 애송이였지. 인생에 맞설 만큼 굳세지 못했으니까. 그런 나한테 마음씨 넓은 당신이 아낌없이 '사랑'을 베푸시고 신부님들한테서 구해주셨지. 맞다, 알뜰살뜰 보살펴 생리통도 싹 낫게 해줬고. 당신이 나를 '살렸다니까'. 당신 자유까지 '희생'해가며. 그랬는데도 나는 배은망덕하게 데이지와 당신 아들한테서, 그리고 그 일본인 깔치한테서 당신을 빼앗아버렸고. 게다가 당신의 소중한 시간과 돈과 관심까지." 푸른 눈으로 어찌나 매섭게 노려보는지 사팔뜨기처럼 보일 정도였다.

"매들린!"

"에잇—염병할!"

"말하기 전에 생각부터 좀 해봐."

"생각? 생각이 뭔지 당신이 알기나 해?"

"내가 정신수양을 하려고 당신이랑 결혼했나보네! 많이 깨닫는 중이야."

"그래, 앞으로도 잘 가르쳐줄 테니 걱정하지 마!" 아름다운 임산부 매들린이 이를 악문 채 말했다.

허조그는 평소 좋아하던 책에서 인용했다. 반론이야말로 진정한 우정이로다. 지혜를 얻기 위해서라면 집도, 자식도, 그래, 전 재산도 기꺼이 바치리라.

남편—아름다운 영혼—비범한 아내, 천사 같은 아이, 완벽한 친구들, 모두 버크셔스에 모여 산다. 박식한 대학교수는 서재에 앉아 바야흐로…… 아, 나는 정말 당해도 싸다. 천진난만한 소년처럼 자신의 진심에 스스로 마음이 설렜으니—지세 은샤멜레, 착한 보물단지, 테니는 모지스를 그렇게 불렀다. 그때 내 나이가 마흔이었는데, 그렇게 진부한 호칭을 듣다니! 이마가 점점 땀에 젖는다. 그토록 어리석었으니 더 가혹한 처벌을 받았어야 마땅한데—병에 걸리거나 감옥에 갇히거나. 이번에도 '행운'이 따랐을 뿐이다(라모나, 음식과 와인, 해변으로 오라는 초대). 그래도 극단적 자학에는 별 흥미를 못 느낀다. 그리 합당한 일이 아니니까. 바보가 되지 않으려고 노력하기보다 차라리 더 힘겨운 대안들을 선택하는 편이 나을지도 모른다. 어차피 바보가 아닌 자가 어디 있더냐? 대중을 마음대로 쥐락펴락하는 권력자?—수백억의 예산을 집행하는 과학 지식인? 맑은 눈, 실용주의, 예리한 정치적 사고력—그런 조직적 현실주의자? 그런 사람이 될 수 있다면 얼마나 좋을까? 그러나 허조그는 전혀 다른 질서 속에서 활동하는데—그는 미래를 위한 일을 한다고 믿는다. 20세기의 몇몇 혁명 덕분에, 그리고 생산량 증가 덕분에 대중이 해방되고 사생활이 생겼지만 여가를 채울 만한 일은 나타나지 않았다. 그래서 허조그 같은 사람이 필요하다. 문명의 발전이—아니, 문명의 생존이—모지스 E. 허조그의 성공 여부에 달렸다. 허조그를 그런 식으로 대우함으로써 매들린은 원대한 계획을 훼손한 셈이다. 모지스 E. 허조그에게는 바로 이 점 때문에 모지스 E. 허조그의 경험이 몹시 기괴하고 개탄스러워 보였다.

　매우 특별한 어떤 유형의 미치광이는 자신의 원칙을 남에게 가르치려 한다. 예컨대 샌도어 히멜스타인, 밸런타인 거즈바크, 매들린 P. 허조그, 그리고 모지스 자신도 그렇다. 현실 교사들. 그들은 현실의 교훈을 통하여 가르침뿐만 아니라 처벌도 내리고 싶어한다.

　사진을 모아두는 허조그는 매들린이 열두 살 때 승마복 차림으로 찍은 사진을 간직해왔다. 말 옆에 서서 이제 막 올라타려는 듯한 모습인데, 키가 땅딸막하고 머리가 길고 팔목이 통통한 이 소녀의 눈 밑에는 심각할 정도로 어두운 그늘이 드리워져 고통과 복수심처럼 조숙한 징후를 엿보인다. 승마용 바지, 부츠, 중산모 등으로 차려입은 그녀는 머지않아 묘령의 여성으로 성장하여 남에게 상처를 줄 힘을 얻으리라는 것을 이미 안다는 듯 도도한 표정이다. 이 표정은 정신적 책략이다. 악행을 저지를 수 있는 능력은 곧 지배력이기도 하다. 열두 살 때 이미 그녀는 마흔 살 때의 나보다도 세상사에 밝았다.

반면에 데이지는 전혀 다른 유형으로—더 차분하고 더 일반적인 전통적 유대인 여자였다. 허조그의 침대 밑에 놓아둔 사물함 속에는 데이지의 사진도 많지만 굳이 사진을 보지 않더라도 그녀의 얼굴은 언제든 떠올릴 수 있으니—비스듬하고 커다란 녹색 눈, 곱슬곱슬한 금발이지만 윤기 없는 머리, 깨끗한 피부. 몸가짐은 소심하면서도 고집스럽다. 허조그는 어느 여름날 아침 손때 묻은 전공서적—파크와 버지스, 오그번과 님코프*—을 들고 51번 스트리트의 고가철도 밑에 나타난 대학생을 처음 보았던 순간을 어렵잖게 떠올렸다. 녹색과 흰색의 가느다란 줄무늬가 있고 목선을 네모나게 처리한 소박한 무명 드레스 차림이었다. 깨끗하게 세탁한 드레스 아래는 맨다리에 조그마한 흰색 구두를 신고 정수리에 핀을 꽂아 머리를 고정했다. 빨간 전차가 슬럼가를 지나 서쪽으로 달려갔다. 전차는 땡땡거리고 흔들거리며 느릿느릿 나아가고, 지붕 위의 촉륜觸輪이 녹색 불꽃을 흩뿌리고, 뒤쪽에서는 찢어진 종잇조각이 무수히 날아다녔다. 이윽고 콜타르 냄새가 진동하는 플랫폼에서 그녀가 차장에게 환승권을 내밀 때 모지스는 바로 뒤에 서 있었다. 그녀의 드러난 목덜미와 어깨에서 싱싱한 여름철 사과의 향기가 풍겼다. 데이지는 오하이오주의 제인즈빌 근처에서 자란 시

─────────────
* 사회학계의 유명 저자들.

골처녀였다. 매사를 아이처럼 질서정연하게 처리했다. 모든 상황에 대비하려고 서투른 인쇄체로 파일카드를 작성하던 모습을 회상하며 모지스는 종종 재미있어했다. 비록 어설픈 솜씨였지만 나름대로 일을 조직화하려는 노력이 매력적이기도 했다. 결혼 후 그녀는 녹색 금속제 서류철을 구입해 생활비를 보관했는데, 그 속에는 모지스의 용돈을 담은 봉투도 함께 있었다. 그날그날 할일, 청구서, 음악회 입장권 따위는 압정으로 게시판에 꽂아놓았다. 달력에도 일찌감치 표시를 했다. 성실성, 균형감각, 질서, 자제력 등이 데이지의 장점이었다.

데이지에게, 당신한테 할말이 있어. 내 불규칙한 습관과 불같은 성미가 데이지에게서 최악의 일면을 끄집어냈다. 데이지의 양말 솔기가 늘 흐트러짐 없이 반듯반듯한 것도, 단추마다 빠짐없이 가지런한 것도 나 때문이다. 뻣뻣한 커튼도, 그 밑의 네모반듯한 카펫도 나 때문이다. 일요일마다 굽는 송아지 가슴살의 빵 고물이 매번 찰흙처럼 굳어버리는 것도 나의 무질서한 생활 탓이고, 내가 사상사의 흐름에 거창하게—거창하긴 했지만 명백히 막연하게—관여한 탓이다. 모지스가 연구에 몰두하느라 여념이 없다고 말하면 데이지는 그대로 믿어주었다. 도무지 종잡을 수 없고 까다로울 때도 많은 허조그일망정 남편 곁을 지키는 것이 아내로서 당연한 의무니까. 그러면서도 진중하고 중립적인 태도를 유지했지만 이의가 있을 때마다 어김없이 자기 생각을 밝혔는데—한 번 말한 다음에는 되풀이하지 않았다. 나머지는 침묵으로 일관했는데—코네티컷에서 『낭만주의와 기독교』를 마무리할 때 겪었듯이 무거운 침묵이었다.

'낭만주의자와 광신자'를 다룬 장을 집필할 무렵에는 거의 녹초가 되었는데—하마터면 그때 둘 다 끝장날 뻔했다. (믿음을 유보하는 과학적 태도에 대한 광신적 반발은 어떻게든 믿음을 표현하는 특정 기질을 가진 사람들에게 결코 용납할 수 없는 태도이기 때문이다.) 그런 상황에서 데이지가 짐을 꾸려 모지스만 남겨두고 코네티컷을 떠났다. 오하이오로 돌아가야 했기 때문이다. 친정아버지가 위독했다. 시골집에 홀로 남은 모지스는 모서리를 니켈로 장식한 작은 취사용 스토브 곁에서 광신에 관한 문헌을 읽었다. 인디언처럼 담요를 두른 채 라디오를 들으며—광신의 장단점에 대해 혼자 논쟁을 벌였다.

그해 겨울에는 돌처럼 단단한 얼음이 얼었다. 연못이 널찍한 암염 덩어리처럼 변해버렸고—푸르스름하고 새하얗고 울림이 큰 얼음판을 밟는 소리가 쩌렁쩌렁했다. 물레방아 댐에서 졸졸 흐르던 물이 얼어붙어 구불구불한 얼음기둥이 여러 개 생겼다. 거대한 하프 모양의 느릅나무 몇 그루가 우지끈 갈라지는 소리를 냈다. 얼음장 같은 전초기지에서 문명을 사수하는 임무를 맡은 허조그는 난롯불이 꺼져버리면 비행사 헬멧을 쓴 채 침대에 누웠고, 한편으로는 베이컨과 로크를 연결하고 또 한편으로는 감리교와 윌리엄 블레이크를 연결해보았다. 가장 가까운 이웃은 이드윌 목사였다. 허조그의 휘펫*이 꽁꽁 얼어붙었을 때도 이드윌의 모델 A 포드는 멀쩡했다. 그들은 함께 장을 보러 나갔다. 이드월 부인이 초콜릿 젤라틴을 넣은 그레이엄 크래커 파이를 구워주고 모지스의 식탁에 다정하게 마주앉은 두 이웃을 두고 떠났다. 모지스가 혼자 연못과 숲속에서 산책을 하다가 돌아왔을 때 큼직한 파이렉

---

* 미국 자동차 회사 윌리스-오버랜드 모터스의 소형 승용차 모델명.

스 그릇에 담긴 파이를 발견하고 얼어버린 두 뺨과 손가락을 녹이기도 했다. 어느 날 아침, 젤라틴 파이로 식사를 때우다가 창밖을 내다보니 혈색 좋고 작달막한 이드월이 자기 집 침실에서 긴 내복 차림에 철제 안경을 쓰고 곤봉을 휘두르거나 무릎 운동을 했다. 부인은 거실에서 두 손을 포갠 채 앉아 있었는데 햇빛이 들어 얼굴에 레이스 커튼의 거미줄무늬가 어른거렸다. 일요일 저녁마다 농촌 가족들이 한자리에 모여 찬송가를 불렀는데, 모지스도 그 집에 초대되어 이드월 부인의 멜로디언 연주에 맞춰 오보에를 불었다. 그들이 농부였을까? 아니, 시골 빈민들—날품팔이를 하는 사람들이었다. 좁은 거실은 후덥지근하고 공기도 탁했는데, 모지스의 오보에 소리가 찬송가에 유대인의 우수를 보태주었다.

허조그와 목사 부부의 관계는 매우 돈독했지만 언젠가부터 목사가 기독교로 개종한 정통파 랍비들의 간증을 들려주기 시작했다. 파이 옆에는 털모자를 쓰고 수염을 기른 랍비들의 사진이 있었다. 그들의 커다란 눈, 특히 거품처럼 더부룩한 수염 사이로 삐죽 내민 입술 때문에 모지스에게는 왠지 미치광이들처럼 보이기 시작했고, 눈에 갇혀 오도 가도 못하는 시골집을 떠날 때가 되었다고 생각했다. 계속 이렇게 살아가자니 자신의 정신건강마저 걱정스러웠는데, 특히 데이지의 아버지가 세상을 떠난 뒤에는 더욱 심각해졌다. 모지스는 종종 장인의 환상을 보았다. 숲속에서 만나기도 했고, 문을 열자마자 식탁 앞에서 기다리거나 화장실에 앉은 장인과 마주치기 일쑤였는데 그때마다 생전의 남다른 모습 그대로였다.

허조그가 이드월의 랍비들을 거부한 일은 실수였다. 목사는 허조그를 개종시키는 데 더욱더 열중했고, 오후마다 찾아와 신학 토론을 벌였다. 이윽고 데이지가 돌아왔다. 슬픈 표정이지만 이제 눈물은 흘리지 않았는데, 대체로 입을 다문 채 반항적인 태도를 보였다. 그래도 아내였다. 아이도 돌아왔다! 눈이 녹기 시작했고―눈사람을 만들기에는 이상적인 시기였다. 모지스와 마르코는 진입로에 눈사람을 줄줄이 세워놓았다. 무연탄으로 만든 작은 눈동자가 별빛만 받아도 하나하나 반짝거렸다. 봄이 오자 캄캄한 밤에도 어린 새들이 목청껏 재잘거렸다. 허조그는 전원생활에 다시 애정을 느끼기 시작했다. 겨울철의 핏빛 저녁놀과 외로움은 이미 지나갔다. 무사히 견뎌낸 지금은 그런 기억도 그리 나쁘지 않았다는 생각이 들었다.

살아남아야 한다! 그렇게 썼다. 뭐가 뭔지 깨달을 때까지. 마침내 적극적으로 영향력을 발휘할 기회가 올 때까지. (역사를 향한 개개인의 책임은 서구 문화의 한 특징인데, 지구상에서 인간의 삶이 끊임없이 발전한다는 사상은 구약성경과 신약성경에서 기원했다. 허조그의 우스꽝스러운 열정을 달리 무엇으로 설명할 수 있으랴?) 하느님이 맡겨주신 거룩한 소명을 위해 싸우러 달려갔사오나 자꾸 넘어지는 바람에 미처 싸움터에 당도하지도 못했나이다.

이 말의 이면에 숨은 동기도 꿰뚫어보았다. 다른 문제까지 따지지 않더라도 그런 설명만으로 만족하기에는 당시 병이 너무 깊었으니까. 뉴욕 아파트 중간층에서 아래를 내려다보니 때마침 점심시간을 맞이한 사람들이 검은색 유리에 모인 개미떼처럼 바글거렸다. 구겨진 가운을 걸치고 다 식어버린 커피를 마시며 허조그는 더 위대한 업적을 이룩하려는 자신의 노력이 그들의 일상적 노동과는 다르다고 생각하지만, 지금은 그 사명에 대한 자신감도 부족하고 이따금 연구를 다시 시작하려고 노력할 뿐이다. 모스바흐 박사님께, 일찍이 낭만주의는 '엎질러진 종교'라고 정의한 T. E. 흄*에 대해 논의했던 제 글이 만족스럽지 않았다니 유감입니다. 흄의 견해에 대해 몇 가지 더 말씀드리고자 합니다. 흄은 세상만사가 선명하고 건조하고 검소하고 순수하고 담담하고 단단하길 바랐습니다. 이 점에 대해서는 우리 모두 공감하리라 생각합니다. 저 역시 흄이 말하는 낭만주의의 '눈물', 즉 낭만적 감정 분출에 적잖은 반감을 느낍니다. 루소가 못돼먹은 인간이었고 매우 타락한 인간이었다는 사실은 저도 잘 압니다(그가 신사답지 못했다고 한탄한다는 의미는 전혀 없는데, 저에게는 어울리지 않는 일이니까요). 그렇지만 그의 발언에 우리가 어떤 대답을 내놓을 수 있을지 모르겠습니다. '내 마음을 알고 인간을 안다.'** 병 속에 갇힌 종교는 보수적 원칙만 고수한다고—마음이 가진 그런 능력을 빼앗으려 한다고—그렇게 생각하십니까? 흄의 추종자들은 자기들의 발기부전을 고백하며 불임증을 진리로 여겼습니다. 그것이 그들의 열정이었습니다.

아직도 끝까지 싸우려 드는 허조그의 반론은 상당히 매서웠다. 정중한 표현 속에 크나큰 울분을 담을 때가 많았다. 온순한 태도, 겸손한 말투—그러나 자신은 속지 않았다. 스스로 옳다는 확신, 흘러넘치는 힘이 내장 속에서 샘솟으며 두 다리를 후끈 달궜다. 기이하구나, 분노

---

* 영국 시인, 비평가(1883~1917). '엎질러진 종교'는 에세이 「낭만주의와 고전주의」에서 낭만주의의 결점을 언급하며 했던 말로, 인간의 본성은 선하다고 믿는 낭만적 관점에 대한 비판이다.
** 루소의 『고백』에서 인용.

의 화려한 승리! 허조그의 가슴속에는 정열적 풍자가 깃들었다. 그러나 오류를 타파하는 일은 풍자가 아니라는 사실도 알았다. 그는 승리에 대하여, 제한 없는 자율성을 쟁취하는 행위에 대하여 새삼 두려움을 느끼기 시작했다. 인간의 본성이란 무엇입니까? 이를 자신만만하게 설명했던 사람들, 우리 '고유의' 특성에 대해 말해주었던 홉스, 프로이트, 기타 등등은 위대한 은인들이 아닙니다. 루소도 마찬가지입니다. 저는 낭만주의자들이 인간의 한 특성으로 손꼽는 완벽성을 비판했던 흄에게 공감하는 입장이지만 그의 편협한 억압적 태도 역시 좋아하지 않습니다. 현대과학은 인간성의 정의 따위는 아랑곳하지 않고 각종 연구 활동을 인식할 뿐인데, 지성의 놀라운 기능을 밝히는 일에만 매진하는 여러 무명인의 노력을 통하여 매우 중요한 성과를 거두었습니다. 과학이 발견한 이런 진실을 삶의 기준으로 삼을 수는 없겠지만 인간성을 함부로 정의하지 말라는 뜻으로 생각해도 좋겠습니다.

허조그는 허조그답게 별안간 이 주제를 포기해버렸다.

또 편지를 썼다. 나크먼에게, 지난 월요일에 8번 스트리트에서 내가 본 사람은 바로 너였어. 너는 나를 피해 도망쳤지. 허조그의 얼굴이 어두워졌다. 틀림없이 너였어. 거의 사십 년 전부터 내 친구였던—나폴레옹 스트리트에서 함께 놀았던 친구. 몬트리올 슬럼가에서. 사자갈기 같은 수염을 기르고 초록색 눈화장을 한 동성애자가 들끓는 길거리에, 느닷없이 어린 시절의 친구가 비트족 모자를 쓰고 나타났다. 큼직한 코, 백발, 두툼하고 지저분한 안경. 이 구부정한 시인은 모지스를 힐끔 보자마자 도망쳤다. 얼마나 절박했는지 깡마른 다리를 바삐 움직이며 길 건너편으로 달아났다. 목깃을 세우고 치즈가게 진열창을 들여다보았다. 나크먼! 내가 빌려준 돈 갚으라고 할 줄 알았니? 그 돈은 오래전에 단념했어. 전쟁이 끝난 파리에서 나에게는 아주 적은 액수였으니까. 그때는 돈이 많았지.

나크먼은 시를 쓰려고 유럽으로 건너왔다. 그는 생자크 거리의 아랍인 슬럼가에 살았다. 반면에 허조그는 마르뵈프 거리에서 안락하게 지냈다. 어느 날 아침, 구겨지고 더러운 몰골의 나크먼이 허조그의 집 앞에 나타났는데, 얼마나 울었는지 코가 빨갰고 주름진 얼굴은 죽음을 앞둔 사람 같았다.

"너 왜 그래!"

"모지스, 내 아내가 붙잡혀갔어—우리 로라가."

"잠깐—뭐라고?" 이때 허조그는 나크먼의 지나친 반응이 못마땅해 조금 냉담했는지도 모른다.

"장인 영감이 벌인 짓이야. 바닥재 장사를 하는 영감. 로라를 납치했어. 주술사 같은 영감이. 내가 없으면 로라는 죽어. 어린애 같은 사람이라서 나 없이는 인생을 견디지 못하니까. 나도 로라 없이는 살 수가 없고. 나는 반드시 뉴욕으로 돌아가야 한다고."

"들어와. 들어와. 이렇게 너절한 현관에서 얘기하지 말고."

나크먼이 작은 거실로 들어왔다. 20년대 양식의 가구가 딸린 아파트였는데—지독히도 빈틈없는 모양새였다. 나크먼은 꾀죄죄한 바지 때문에 선뜻 앉지 못하고 망설이는 듯했다. "벌써 알아볼 만한 데는 다 알아봤어. 내일 출항하는 홀랜디아호에 빈자리가 있대. 돈 좀 빌려줘. 안 그러면 나는 여기서 끝장이야. 파리에 친구라고는 너뿐이니까."

솔직히 나는 네가 미국에 머무는 편이 나았다고 생각했어.

나크먼과 로라는 유럽 전역을 오락가락하다가 랭보*의 나라에 이르러 시궁창에서 잠을 청하며 서로에게 반 고흐의 편지나 릴케의 시를 읽어주었다. 로라도 머리가 멀쩡한 여자는 아니었다. 마른 몸매에 온순한 얼굴이었고 창백한 입술은 양쪽 입가가 아래로 처졌다. 그녀는 벨기에서 독감에 걸렸다.

"한 푼도 빠짐없이 갚을게." 나크먼이 양손을 쥐어짰다. 손마디가 굵어졌는데—류머티즘의 흔적이다. 얼굴도 거칠어지고—온갖 병세와 고생과 어리석음 때문에 초췌해졌다.

길게 본다면 차라리 너를 뉴욕으로 돌려보내는 편이 더 저렴하겠다고 생각했지. 파리에서는 내가 너를 억지로 떠맡은 셈이었으니까. 너도 알다시피 나는 이타주의자 흉내 따위는 안 내잖아. 어쩌면 오히려 나크먼이 내 꼬락서니에 놀라 도망쳤는지도 모른다고 허조그는 생각했다. 그때는 내가 나크먼보다 더 많이 변했을까? 나크먼이 모지스를 보고 경악했을까? 그래도 우리는 어릴 때 길거리에서 어울려 놀던 사이잖아. 나는 너희 아버지 랍비 시카에게 히브리어 알파벳을 배웠고.

나크먼 가족은 길 건너편의 노란색 임대아파트에 살았다. 다섯 살 먹은 모지스가 나폴레옹 스트리트를 건너갔다. 기울어지고 휘어진 나무 계단을 올라갔다. 고양이 몇 마리가 구석에서 몸을 움츠리거나 조용히 위층으로 달아났다. 어둠 속에서 마른 똥을 밟을 때마다 알싸한 냄새가 풍겼다. 랍비 시카는 몽골 사람처럼 안색이 누르스름하고 키는 작지만 잘생긴 남자였다. 검은색 우단 스컬캡을 쓰고 레닌을 닮은 콧수염을 길렀다. 좁다란 가슴에 겨울용 내복을 걸쳤는데—펜먼스**의 모직 제품이었다. 올이 성긴 식탁보에 성경책을 펼쳐놓았다. 그때 모지

---

* 프랑스 상징주의 시인 아르튀르 랭보(1854~1891).
** 캐나다 토론토의 의류회사.

스는 히브리어 글자들을 또렷하게 보았는데—'드마이 오치초'—네 아우의 피. 그래, 바로 그 대목이었지. 하느님이 카인에게 하는 말. 네 아우의 피가 땅속에서 목놓아 울부짖느니라.*

모지스와 나크먼은 여덟시에 유대교 회당 지하실의 긴 의자에 함께 앉았다. 모세오경**의 책장에서 곰팡내가 풍기고 아이들의 스웨터는 땀에 젖었다. 랍비는 짤막한 수염을 길렀는데 큼직하고 뭉툭한 코에 검은 점이 가득했다. 랍비가 아이들을 꾸짖었다. "너, 로자비치, 게으른 놈. 이 책에서 보디발***의 아내에 대해 뭐라고 하지? 브티스페사유브비그디……"

"여자가 붙잡았다고……"

"뭘 붙잡았지? 베게드."

"베게드. 외투."

"그냥 옷이다, 이 도둑놈아. 후레자식! 네놈 아버지만 불쌍하다. 상속자라는 놈 꼬락서니하고는! 카디시****도 못 외우겠네! 아버지 시신이 무덤에 들기도 전에 돼지고기부터 잔뜩 처먹을 놈. 다음은 허조그, 너 하마눈깔—비야이조브 비그도 비오도."

"여자의 손에 남겨둔 채 달아났더라."

"뭘 남겼는데?"

---

* 「창세기」 4:10.
** 구약성경 앞부분의 「창세기」 「출애굽기」 「레위기」 「민수기」 「신명기」를 가리키는 말로, 모두 모세가 썼다고 전해진다.
*** 노예로 팔려간 요셉의 주인. 보디발의 아내가 유혹했을 때 요셉은 옷을 빼앗긴 채 도망치고, 강간범으로 몰려 감옥에 갇힌다(「창세기」 39장).
**** 부모나 가까운 친척을 기리는 기도문.

"비그도, 옷이죠."

"너도 조심해라, 허조그, 모지스. 너희 어머니는 네가 대단한 율법학자—랍비가 되길 기대하더라. 하지만 네놈이 얼마나 게으른 놈인지는 내가 더 잘 알지. 네놈들 같은 후레자식 때문에 엄마들은 가슴이 찢어진다고! 그렇다니까! 내가 정말 너를 알까, 허조그? 알다마다, 속속들이 알고말고."

유일한 피난처는 화장실이었는데, 녹색 소변기 안에서 소독용 나프탈렌이 점점 작아지고, 눈꺼풀에 주름이 가득한 반소경 노인들이 회당에서 내려와 한숨을 푹푹 내쉬거나 기도문 구절을 투덜투덜 읊어대며 안 나오는 오줌을 기다렸다. 놋쇠 파이프마다 오줌에 젖어 푸르뎅뎅한 쇳녹이 더께더께 앉았다. 문짝도 없는 칸막이에 들어간 나크먼이 바지를 발목까지 내린 채 하모니카를 불었다. 〈티퍼레리는 머나먼 곳〉.* 〈연인이 선물한 장미 한 다발〉. 나크먼이 쓴 모자는 끄트머리가 찌그러졌다. 나크먼이 숨을 들이쉬거나 내쉴 때마다 양철 하모니카 속에서 침 끓는 소리가 났다. 중산모를 쓴 노인들이 손을 씻은 후 손가락으로 수염을 빗질했다. 모지스는 그들을 관찰했다.

아무래도 나크먼은 오랜 친구의 기억력이 두려워 도망친 것이 거의 확실하다. 허조그는 비상한 기억력으로 모든 사람을 괴롭혔으니까. 무시무시한 엔진 같은 기억력이니까.

지난번에 우리가 만났을 때—몇 년 전이었더라?—너랑 나랑 로라를 만나러 갔지. 그때 로라는 정신병원에 있었다. 허조그와 나크먼은 버스를

---

* 1차세계대전 당시의 영국군 행진곡. 티퍼레리는 아일랜드 남부의 도시.

예닐곱 번이나 갈아탔다. 롱아일랜드까지 버스 정류장만 천 개쯤 지났을까. 병원에 도착해보니 녹색 무명옷을 입고 간편화를 신은 여자들이 복도에서 저마다 중얼중얼하며 서성거렸다. 로라는 손목에 붕대를 감은 모습이었다. 모지스가 알기로는 세번째 자살 시도였다. 그녀는 구석자리에 앉아 양팔로 가슴을 껴안은 채 프랑스문학에 대한 이야기만 했다. 얼빠진 표정이었지만 입술은 빠르게 움직였다. 모지스는 한마디도 알아듣지 못했지만 모두 동의하는 체할 수밖에 없었는데—발레리의 이미지 형상화에 대한 이야기였다.

이윽고 모지스와 나크먼이 병원을 나섰을 때는 이미 해질녘이었다. 그들은 가을비에 젖은 시멘트 안마당을 지나갔다. 건물 안에서는 녹색 제복을 입은 유령 같은 환자들이 떠나가는 병문안 손님들을 구경했다. 쇠창살 너머에서 로라가 붕대를 감은 손목과 파리한 손을 들었다. 안녕. 가늘고 긴 입술이 소리 없이 움직였다. 안녕, 안녕. 곧은 생머리가 두 뺨에 흘러내리고—부풀 곳은 부풀었지만 어린애처럼 밋밋한 몸매. 나크먼이 목쉰 소리로 말했다. "나의 천진한 연인. 나의 신부.* 무자비한 인간이 로라를 빼앗아갔어. 그 거물이—우리를 지배하는 권력자가. 로라를 꼭꼭 가둬버렸어. 나를 사랑한 게 미쳤다는 증거라는 듯이. 하지만 난 우리 사랑을 지켜낼 만큼 강해져야겠어." 핼쑥하고 주름진 나크먼이 말했다. 두 뺨이 움푹 꺼졌다. 눈 밑의 피부가 누르스름했다.

"로라가 왜 자꾸 자살하려고 하지?" 모지스가 물었다.

---

* 에드거 앨런 포의 「애너벨 리」에서 인용.

"식구들이 괴롭히니까. 어쩔 수 없잖아? 웨스트체스터*의 부르주아 세상! 결혼 발표, 각종 리넨, 외상거래, 로라 부모님은 그런 것들을 기대했지. 하지만 로라는 순수한 것만 이해하는 순수한 영혼이야. 여기서는 오히려 이방인 같은 사람이지. 그 집안은 우리를 갈라놓으려고만 해. 우리는 뉴욕에서도 부랑자 신세였어. 뉴욕에 돌아왔을 때—네 덕분이니까 취직해서 꼭 갚을게!—우리는 방 한 칸 빌릴 돈도 없었지. 내가 어떻게 일자리를 구하겠어? 로라는 누가 돌봐주라고? 그래서 친구들이 거처를 마련해줬어. 음식도, 몸을 누일 침대까지. 거기서 사랑도 나눴고."

허조그는 몹시 궁금했지만 간단하게 말했다. "그랬어?"

"오래된 친구니까 너한테만 하는 얘기야. 둘 다 조심할 수밖에 없었지. 절정을 느낄 때도 서로 조심하라고 말했어. 거룩한 행사 같았지만—신들이 시샘하면 곤란하니까……" 목소리가 떨리고 청승맞았다. "안녕, 고마운 사람아—소중한 사람아. 안녕." 그는 창문을 향해 애틋하고 감미로운 입맞춤을 던졌다.

버스를 타러 가는 길에 나크먼이 여느 때처럼 열렬하면서도 따분하고 비현실적인 장광설을 늘어놓았다. "그러니까 이 모든 일의 배후는 부르주아 미국이야. 화려하지만 똥만 가득하고 천박스러운 세상이지. 촌스러움을 숭배하는 교만하고 나태한 문명이니까. 너랑 나는 옛날부터 가난하게 살았어. 캐나다에 살던 시절에 비하면 얼마나들 미국화됐는지 모르겠지만—너희 집안도 미국에 꽤 오래 살았잖아. 하지만 나

---

* 일리노이주 동북부의 도시.

는 그렇게 살찐 신들을 결코 섬길 수 없었지. 나는 그럴 수 없어. 너도 알다시피 나는 마르크스주의자가 아니야. 내 마음은 윌리엄 블레이크나 릴케 쪽이니까. 하지만 로라 아버지 같은 사람은! 너도 알잖아! 라스베이거스, 마이애미 해변. 그 사람들은 로라가 파운틴블루*에서 돈 많은 남편을 낚아채길 바랐어. 최후의 심판이 코앞에 닥쳐도 인류의 마지막 무덤 앞에서 돈 계산이나 할 사람들이지. 대차대조표를 놓고 기도하면서……" 나크먼은 따분한 이야기를 끈질기게 이어갔다. 이가 몇 개 빠진데다 턱이 작은 편이었고 창백한 뺨에는 수염이 곤두섰다. 허조그에게는 나크먼의 여섯 살 때 모습이 아직도 눈에 선했다. 사실 허조그는 두 나크먼의 얼굴이 나란히 보인다는 착각을 지워버리지 못했다. 오히려 어린애 쪽이 현실이고—웃을 때마다 드러나는 앞니 사이의 틈새, 단추 달린 상의, 반바지—지금 바로 옆에서 미치광이처럼 장광설을 늘어놓는 핼쑥한 유령 쪽이 환상인 듯했다. 나크먼이 말을 이었다. "어쩌면 사람들은 인생이 끝나버리길 바라는지도 몰라. 다들 인생을 오염시켰어. 용기도, 명예도, 정직성도, 우정도, 의무도 모두 더러워졌지. 훼손되고. 그래서 부질없는 삶을 연장하기만 하는 일용할 양식을 싫어할 수밖에 없어. 한때는 인간이 태어나고 살고 죽던 시대도 있었지. 하지만 지금의 우리를 인간이라고 부를 수 있을까? 하찮은 생물일 뿐이야. 저승사자도 우리에게 질려버렸을걸. 저승사자가 하느님 앞에 가서 뭐라고 말할지 뻔해. '어쩌면 좋습니까? 이젠 저승사자 노릇도 옛날처럼 숭고하지 않습니다. 이 천박한 임무에서 벗어나게

---

* 파리 근교의 도시 '퐁텐블로.'

해주세요, 하느님.'"

"인생이 네 말처럼 형편없진 않아, 나크먼." 모지스는 그날의 대답을 기억했다. "대부분의 사람은 시처럼 살지 못하니까 네가 실망했을 뿐이지."

"그래, 불알친구, 너는 이 들쭉날쭉한 인생을 있는 그대로 받아들이는 방법을 배웠구나. 하지만 나는 심판의 환상을 봤어. 대개는 끈질긴 불구자들이더라. 우리는 자신을 사랑하지 않으면서도 끝까지 고집을 부려. 저마다 고집스럽게, 고집스럽게 자기만 지키려 하지. 끝끝내 자기가 최우선이야. 그런 생물에게도 저마다 남모를 특성이 있고, 그 특성을 지키기 위해서라면 무슨 짓이든 가리지 않아. 세상이 뒤집어져도 자기 특성만은 남에게 양보하지 않고. 차라리 지구가 먼지로 부서져 떠다니는 날을 기다리는 편이 더 빠를걸. 내가 쓰는 시가 다 그런 내용이야. 너는 내가 쓴 '새로운 시편'*을 별로 좋게 보지 않았지. 너는 눈뜬 장님이야, 친구."

"그런가."

"그래도 너는 참 좋은 놈이야, 모지스. 외고집을 못 버리긴 하지. 그래도 마음씨는 착하니까. 너희 어머니처럼. 늘 상냥한 분이었지. 너도 그런 성품을 물려받았어. 내가 굶주릴 때 너희 어머니가 음식을 주셨지. 손을 씻겨주고 식탁에 앉히셨어. 그건 똑똑히 기억해. 주정뱅이 라비치 삼촌한테까지 유일하게 친절했던 분이지. 지금도 가끔 너희 어머니를 위해 기도를 드려."

---

* 여기서는 구약성경의 「시편」을 가리킨다.

이스코어 엘로힘 에스 니시마스 이미…… 어머니의 영혼을 기억하소서.

"오래전에 돌아가셨어."

"모지스 너를 위해서도 기도하고."

거대한 타이어를 끼운 버스가 저녁놀에 물든 웅덩이와 가죽나무 잔가지와 낙엽을 짓밟으며 다가왔다. 그 노선은 나지막하고 인구 많은 교외의 벽돌건물 사이로 끝없이 이어지는 듯했다.

그러나 그로부터 십오 년 후 8번 스트리트에서 나크먼은 도망쳐버렸다. 치즈가게 쪽으로 허둥지둥 달려가는 뒷모습이 늙고 허름하고 구부정하고 삐딱해 보였다. 그의 아내는 어떻게 되었을까? 그는 설명을 피하려고 달아난 것이 분명하다. 터무니없는 체면의식 때문에 만남을 회피했다. 아니면 모든 일을 잊어버렸기 때문일까? 아니면 기꺼이 잊고 싶었을까? 그러나 나는 이런 기억력 때문에—망자들과 미치광이들을 머릿속에 고스란히 가둬놓고, 그래서 차라리 잊어주길 바라는 사람들에게는 원수와 다름없다. 남들에게 내 감정을 강요하며 억압하니까.

라비치 아저씨가 실제로 너희 삼촌이었나, 아니면 그냥 고향사람이었나? 옛날부터 잘 모르겠더라.

라비치는 나폴레옹 스트리트에 있던 허조그 일가의 집에서 하숙인으로 살았다. 곧게 뻗은 코가 늘 불그스름한데다 핏줄이 불거진 이마에는 중산모를 눌러쓰고 다녀 이디시어 연극무대의 비극배우 같은 모습이었는데, 1922년 당시에는 앞치마를 두르고 레이첼 스트리트의 과일가게에서 일했다. 영하의 날씨에도 그곳 시장에서 톱밥이 뒤섞인 눈을 쓸어냈다. 거대한 고사리 같은 성에로 뒤덮인 진열창마다 블러드오렌지나 적갈색 사과가 가득했다. 그렇게 술기운과 추위 때문에 얼굴이 불그레한 라비치는 우울한 사람이었다. 일생의 목표는 러시아에 남겨둔 아내와 두 아이를 불러들이는 일이었다. 그러려면 우선 그들을 찾아야 했다. 혁명 당시 종적이 끊어졌기 때문이다. 그래서 이따금 맨정신으로 몸을 씻고 히브리 이민자 후원협회에 가서 문의했다. 그러나 아무런 성과도 없었다. 급료를 받는 족족 마셔버리고—술고래였으니까. 자신을 그토록 모질게 혹평하는 사람은 아무도 없었다. 술집을 나서면 길거리에서 비틀거리며 교통정리를 하다가 말과 트럭이 오가는 진창길에 쓰러져버리기 일쑤였다. 걸핏하면 유치장에 갇혔지만 나중에는 경찰도 지쳐버렸다. 그래서 허조그의 집까지 데려와 현관으로 밀어넣었다. 라비치는 한밤중에 차디찬 계단에서 흐느끼는 목소리로 노래를 불렀다.

"알레인, 알레인, 알레인, 알레인
엘렌드 비 아 슈테인
밋 디 첸 핑거—알레인"*

조나 허조그는 침대에서 일어나 부엌 불을 켜놓고 노래를 들었다. 가슴에 주름을 넣은 러시아제 리넨 잠옷을 입었는데 페테르부르크에서 가져온 유한계급의 옷가지 중에서 마지막으로 남은 옷이었다. 난롯불은 이미 꺼져버렸고 윌리와 슈라 형과 나란히 한 침대에 누웠던 모지스도 형들과 함께 일어나 앉아 울퉁불퉁 멍울진 이불을 덮어쓴 채

---

* 다음 쪽 첫번째 인용에 영문 번역이 있다.

아버지를 바라보았다. 아버지의 머리 위에는 독일군 철모처럼 꼭대기가 뾰족한 알전구가 있었다. 큼직하고 덜렁거리는 텅스텐 필라멘트가 눈부시게 빛났다. 머리가 둥그스름하고 갈색 콧수염을 기른 아버지가 귀찮으면서도 안쓰럽다는 듯이 천장을 쳐다보았다. 미간에 곧은 주름살이 나타났다가 사라졌다. 고개를 끄덕이더니 생각에 잠겼다.

"외로워라, 외로워라, 외로워라, 외로워라
돌멩이처럼 홀로 남은 몸
내 곁에는 열 손가락뿐—외로워라"

침실에서 어머니가 말했다. "요나,* 얼른 방으로 데려가."
"알았어." 아버지는 대답만 하고 제자리에 머물렀다.
"요나…… 안쓰럽잖아."
"안쓰럽긴 우리도 마찬가지야." 아버지가 말했다. "젠장. 자는 동안만이라도 잠시나마 이 비참한 인생에서 벗어나보려는데. 그때마다 저 인간이 잠을 깨운단 말이야. 주정뱅이 유대인! 저놈은 주정뱅이 노릇도 제대로 못한다니까. 술을 마셨으면 왜 좀더 즐겁게, 명랑하게 지내지 못하냐고, 응? 왜 저렇게 징징거리며 남의 애간장을 후벼댈까. 에잇, 망할 놈." 아버지는 웃음기를 머금은 채 애꿎은 애간장까지 원망했다. "저런 한심한 술고래한테 방 빌려준 일만 해도 분통이 터지는데."

---

* 미국식 이름 '조나(Jonah)'의 애칭. 구약성경의 예언자 요나와 같은 이름이다.

"알 타스티어 포네호 미메니*
나는야 한 푼 없는 빈틸터리 신세.
우리에게 그대 얼굴 감추지 마오
아무도 마다하지 않으리니."

라비치는 캄캄하고 차디찬 계단에서 음정도 안 맞는 노래를 고집스레 부르며 울었다.

"오브라이언
로 미어 트렁켄 아 글레셀레 바이-아인**
알 타스티어 포네호 미메니
나는야 한 푼 없는 빈틸터리 신세
아무도 마다하지 않으리니."

아버지는 말없이, 찡그린 표정으로, 소리 죽여 웃었다.
"요나— 제발 부탁이야. 참을 만큼 참았잖아."
"아, 그냥 내버려둬. 내가 왜 개고생을 해야 하냐고."
"저러다 동네 사람들 다 깨우겠어."
"또 잔뜩 토했을 텐데, 바지도 엉망이고."
그러면서도 아버지는 밖으로 나갔다. 라비치는 아버지의 몰락한 처지를 상징하는 사람이지만 사실은 아버지도 그를 안쓰러워했기 때문

---

* '그대 얼굴 감추지 마오.'
** '술이나 한잔 드시구려.'

이다. 페테르부르크에 살 때만 해도 집안에 하인이 여럿이었다. 러시아에서 아버지는 어엿한 유한계급이었으니까. 비록 위조품이지만 조합원 신분증도 있었다. 그러나 유한계급 중에도 위조 신분증으로 살아가는 사람이 많았다.

아이들은 여전히 빈 부엌을 바라보았다. 벽면에 붙여놓은 시꺼먼 조리용 화로는 불이 꺼졌고, 계량기에 연결된 고무호스에는 2구짜리 가스풍로를 달았다. 음식물이 튀지 않도록 벽면에 일본식 갈대자리를 세워두었다.

아이들은 아버지가 곤드레만드레 취해버린 라비치를 일으켜세우려고 살살 달래는 소리를 재미있게 들었다. 가족극장 같았다. "괜찮나, 고향 친구? 걸을 수 있겠어? 아이고, 추워라. 자, 이제 그놈의 발부터 계단에 올려놓고—더 빨리, 더 빨리." 아버지가 숨을 몰아쉬며 웃었다. "이런, 바지가 엉망이라 밖에다 내놓는 편이 낫겠네. 어휴!" 아이들은 추위를 견디느라 몸을 밀착한 채 빙그레 웃었다.

아버지가 라비치를 부축한 채 부엌을 지나가는데—라비치의 똥 묻은 바지, 불콰한 얼굴, 축 늘어뜨린 손, 중산모, 만취 상태에서도 슬픔을 가누지 못해 질끈 감은 눈.

이제는 세상을 떠난 운나쁜 아버지 J. 허조그. 몸집이 그리 크지 않았는데, 허조그 가문에서는 오히려 왜소한 편이라 이목구비는 오밀조밀하고 머리는 둥그스름한데다 예민하고 소심하고 잘생긴 남자였다. 걸핏하면 성미가 폭발했는데 그때마다 쏜살같은 양손으로 자식들을 철썩철썩 때렸다. 동유럽 사람답게 절묘한 솜씨로 모든 일을 신속하고 깔끔하게 해치웠다. 머리를 빗을 때, 셔츠 단추를 채울 때, 뿔 손잡이가 달린 면도칼을 가죽숫돌에 갈 때, 엄지손가락에 대고 연필을 깎을 때, 빵덩어리를 가슴에 대고 칼날을 당겨가며 한 장씩 썰어낼 때, 꾸러미를 싸고 작고 단단한 매듭을 지어가며 소포를 묶을 때, 화가처럼 꼼꼼하게 장부를 작성할 때. 장부에 기록한 사업을 포기할 때마다 정성껏 X 표를 그려 페이지 전체를 지워버렸다. 숫자 1과 7에는 가로줄과 장식을 덧붙였다. 실패의 바람결에 휘날리는 깃발 같았다. 아버지가 처음 맛본 실패는 페테르부르크에서였는데, 당시 일 년 사이에 목돈을 두 번이나 날렸다. 이집트에서 양파를 수입하던 시절이었다. 그러다가 포베도노스체프*가 득세했을 때 불법주거죄로 경찰에 체포되었다. 유죄판결을 받았다. 두꺼운 녹색 종이를 사용하는 러시아 신문이 이 재판을 보도했다. 아버지는 가끔 그 신문을 펼치고 '일료나 이사코비치 게르초크'에 대한 재판과정을 영어로 번역해가며 온 가족에게 읽어주었다. 결국 징역살이는 하지 않았다. 탈출했기 때문이다. 워낙 대담하고 성급하고 고집스럽고 반항적인 성격이니까. 누이동생 지포라 야페가 사는 캐나다로 건너갔다.

  1913년 퀘벡주 밸리필드 부근에 땅을 사서 농사를 짓다가 실패했다. 그다음에는 시내로 들어가 빵 장사를 하다가 실패했고, 포목상도 실패했고, 중개상도 실패했고, 전쟁 때 아무도 실패한 사람이 없는 마댓자루 제조업을 하다가 또 실패했다. 고물상도 실패했다. 이번에는 결혼중매업을 하다가 실패했는데—성미가 급하고 너무 솔직한 탓이

---

* 제정러시아 법학자, 정치가 콘스탄틴 페트로비치 포베도노스체프(1827~1907). 세 황제의 법률고문을 역임하며 유대인 박해를 조언한 인물로, 당시 유대인의 거주지, 교육, 선거권 등이 제한되었다.

었다. 그러다가 이 무렵에는 밀주사업을 벌였지만 역시 실패를 목전에 두고 인근 밀주단속반에게 쫓기는 신세였다. 근근이 생계를 이어갔다.

서두르면서도 도전적인 태도, 멀끔하면서도 긴장한 얼굴, 걸음을 옮길 때마다 조금은 어색하게 한 발 한 발 체중을 실으며 절망감과 품위가 공존하는 걸음걸이, 한때는 안감이 여우 모피였으나 점점 건조해지고 털이 다 빠져 쩍쩍 갈라진 불그스름한 가죽만 남은 외투. 아버지가 걸어가면, 아니, 유대인답게 혼자서도 보무당당하게 행진하면 외투 자락이 활짝 펼쳐졌다. 몬트리올 시내를 돌며―파피노, 마일엔드, 베르됭, 라신, 푸앵트생샤를 등등―얼마나 담배를 피웠는지 카포랄 냄새가 몸에 배어버렸다. 불법 장사를 안 하려고 새로운 사업을 찾아보았다. 파산관리, 떨이판매, 인수합병, 재고처분, 농산물 판매. 백분율 계산도 암산으로 순식간에 해치웠지만 성공적인 장사꾼에게 필요한 기만적 상상력이 부족했다. 그래서 마일엔드에 소형 증류소를 차렸다. 염소 몇 마리가 공터에서 풀을 뜯는 곳이었다. 아버지는 전차를 타고 이동했다. 여기저기서 밀주 한두 병씩 팔아가며 큰 기회를 기다렸다. 국경에만 가면 미국인 주류밀매업자들이 맞돈을 내고 밀주를 얼마든지 사줄 테니까. 그때까지는 차디찬 전차 승강장에서 담배를 피우며 기다리는 수밖에 없었다. 국세청이 아버지를 검거하려 했다. 감시자들이 미행했다. 국경으로 가는 길에는 강도가 들끓었다. 그러나 나폴레옹 스트리트에는 먹여 살릴 식구가 다섯 명이다. 윌리와 모지스는 병약하다. 헬렌은 피아노를 배운다. 슈라는 뚱뚱하고 욕심 많고 반항적이고 음흉하다. 게다가 밀린 집세, 관리비, 외상값, 병원비도 내야 하는데 아버지는 영어도 못하고 친구도 연줄도 직업도 없는데다 재산이라고는 달랑 증류소 하나뿐이니―도와줄 사람은 아무도 없었다. 생탄에 사는 여동생 지포라가 부자였지만, 더구나 큰 부자였지만, 오히려 상황을 악화시킬 뿐이었다.

그때까지만 해도 할아버지가 아직 살아 있었다. 허조그 가문의 후손답게 무엇이든 장엄한 것을 좋아하는 본능 때문인지 1918년 겨울궁전*으로 피신했다(볼셰비키가 한동안 허용했으니까). 노인은 히브리어로 장문의 편지를 썼다. 격변기에 소중한 책을 다 잃어버렸다. 이제 연구는 불가능했다. 겨울궁전에서 미냔**을 모으려면 온종일 돌아다녀야 했다. 물론 굶주림 문제도 있었다. 나중에 그는 혁명이 결국 실패하리라 짐작했고, 장차 로마노프 황실이 부활했을 때 백만장자가 되겠다고 제정시대의 지폐를 모으기 시작했다. 그리하여 허조그 일가는 쓸모없는 루블화 몇 다발을 물려받았고, 윌리와 모지스는 거액의 돈을 가지고 놀았다. 화려한 지폐를 빛에 비춰보면 워터마크를 넣은 무지갯빛 종이 속에 표트르 대제와 예카테리나 여제가 있었다. 할아버지는 팔십대였지만 여전히 정정했다. 정신도 또렷하고 히브리어 필체도 기품이 넘쳤다. 몬트리올에서 아버지가 할아버지의 편지를 낭독했는데―추위, 이, 굶주림, 전염병, 죽은 사람들에 관한 사연이었다. 노인은 이렇게 썼다. "자식들 얼굴을 다시 볼 수 있을까? 누가 나를 묻어주려나?" 아버지는 다음 구절을 읽으려고 두어 번 시도했지만 목소리를 제대로 내지 못했다. 속삭이는 소리만 겨우 새어나왔다. 두 눈에 눈물이 글썽

---

* 러시아 상트페테르부르크 네바강변의 18세기 건축물. 로마노프 황실의 겨울용 궁전이었으나 혁명 이후 박물관으로 사용된다.
** 예배 정족수. 유대교 예배에 필요한 최소 출석자 수로, 13세 이상의 남성 열 명.

글썽하더니 콧수염을 기른 입을 갑자기 손으로 틀어막으며 뛰쳐나갔다. 아이들과 함께 부엌에 앉아 있던 어머니의 눈이 휘둥그레졌다. 햇빛이 전혀 안 드는 원시적인 부엌이었다. 낡고 새까만 화로, 무쇠 싱크대, 녹색 찬장, 가스풍로 따위가 있는 부엌은 동굴 같았다.

어머니가 현실을 대하는 방식은 얼굴을 반쯤 돌려 외면하는 자세였다. 왼쪽에서 현실과 맞닥뜨리더라도 종종 오른쪽으로 고개를 돌려 피해버리는 듯했다. 그렇게 현실을 회피할 때마다 어머니의 옆모습은 흔히 꿈꾸는 듯 울적한 표정이었고, 떠나온 구세계를 바라보는 듯했는데—유명한 미스나기드misnagid*였던 아버지, 비참했던 어머니, 이승과 저승의 형제자매, 페테르부르크에 남겨둔 리넨과 하인들, 핀란드에 있던 별장(모두 이집트산 양파 덕분이었다). 이제 어머니는 나폴레옹 스트리트 슬럼가에서 요리도 빨래도 바느질도 혼자 도맡아야 했다. 백발이 성성하고 이가 다 빠져버리고 하다못해 손톱마저 쭈글쭈글했다. 손에서는 늘 싱크대 냄새가 풍겼다.

그러나 허조그는 어머니가 도대체 무슨 힘으로 자식들 응석을 받아주었을까 생각했다. 나는 분명히 어머니의 응석받이였다. 한번은 어머니가 해질녘에 나를 썰매에 태우고 울퉁불퉁한 얼음판과 반짝거리는 작은 눈밭을 지나갔는데, 아마도 해가 짧은 1월 어느 날 네시쯤이었겠지. 식료품점 근처에서 숄을 두른 할머니를 만났다. "왜 애를 그렇게 끌고 다녀, 색시!" 눈 밑이 거무스름한 어머니. 홀쭉하고 싸늘한 얼굴. 어

---

* '반대파'라는 뜻으로, 18세기 후반 동유럽 유대인들의 신비주의적 신앙부흥운동 하시디즘에 반발했던 정통파 유대인. '미트나게드(Mitnagged)'라고도 하며, 지금은 하시디즘 신봉자가 아닌 유대인 전체를 일컫는 말이 되었다.

머니가 숨을 몰아쉬었다. 그날은 찢어진 물개가죽 외투, 뾰족한 빨간색 털모자, 얇은 버튼부츠 차림이었다. 가게 안에는 말린 생선 꾸러미를 주렁주렁 걸어놓았는데 들척지근한 설탕냄새, 치즈, 비누―열린 문으로 온갖 식재료의 악취가 흘러나왔다. 용수철에 달린 종이 딸랑딸랑 흔들렸다. 땅거미가 내리는 차디찬 길거리에서 숄을 두른 할머니가 말했다. "색시, 애들한테 그렇게 힘 빼지 마." 나는 썰매에서 내리지 않았다. 못 알아들은 체했다. 인생에서 가장 어려운 문제 중 하나는 빠른 이해력을 일부러 늦추는 일이다. 나는 제법 성공한 셈이지. 허조그는 생각했다.

어머니의 오빠 미하일은 모스크바에서 발진티푸스로 죽었다. 집배원이 편지를 배달했을 때 내가 받아 위층으로 가져갔는데―난간 밑의 고리를 하나하나 꿰어놓은 기다란 줄이 있었다. 빨래하는 날이다. 구리 보일러가 뿜어내는 수증기에 창문이 뿌옇게 흐려졌다. 어머니는 빨래를 물에 헹군 후 비틀어 짜는 중이었다. 슬픈 소식을 읽더니 비명을 지르며 기절해버렸다. 입술이 새파랬다. 한쪽 팔은 옷소매까지 물에 잠겼다. 그날 집에는 우리 둘뿐이었다. 그렇게 어머니가 쓰러졌을 때 나는 겁에 질렸다. 다리를 벌린 자세, 산발이 된 긴 머리, 갈색 눈꺼풀, 핏기 없는 입술, 한마디로 시체 같았다. 그러나 어머니는 곧 깨어났고 침대에 가서 누웠다. 하루종일 울기만 했다. 그랬는데도 이튿날 아침에는 오트밀을 끓여주었다. 모두가 일찍 일어났다.

나의 옛날. 이집트보다도 까마득한 옛일이다. 안개 자욱한 겨울, 새벽도 없었다. 어둠 속에 알전구가 빛났다. 화로마저 식어버렸다. 아버지가 쇠살대를 흔들어봐도 먼지만 풀썩 일어났다. 쇠살대가 툴툴거리고 삐걱거렸다. 아래쪽에서 조그마한 부삽이 덜그럭거렸다. 아버지는 카포랄 때문에 기침이 심했다. 헬멧을 쓴 굴뚝들이 바람을 빨아들였다. 이윽고 우유배달부가 썰매를 타고 나타났다. 똥과 쓰레기, 쥐의 사체, 개들 때문에 눈은 이미 더러워져 악취를 풍겼다. 양가죽 외투를 입은 우유배달부가 초인종 손잡이를 돌렸다. 황동 초인종 손잡이가 괘종시계 태엽감개처럼 생겼다. 헬렌 누나가 빗장을 벗기고 주전자를 챙겨 우유를 받으러 내려갔다. 그때 술이 덜 깬 라비치가 자기 방에서 나왔다. 두툼한 양털 스웨터, 옷이 몸에 더 잘 맞으라고 착용한 멜빵, 머리에는 중산모, 불그레한 얼굴, 죄지은 사람 같은 표정. 아저씨는 앉으라는 말을 들을 때까지 기다렸다.

아침해가 떴는데도 어둑어둑하고 추웠다. 길거리 곳곳의 움푹 들어간 벽돌 창문은 아직 어둠에 잠겨 캄캄했고 검은색 치마를 입은 여학생들이 둘씩 짝지어 수녀원을 향해 행진했다. 그리고 마차, 썰매, 짐수레, 부르르 떠는 말 몇 마리, 푸르스름하게 물든 무거운 공기, 똥 묻은 빙판, 재를 뿌린 흔적. 모지스 형제는 모자를 쓰고 모여 기도를 올렸다.

"마 토부 오할레카 야아코브……"
"이스라엘이여, 천막마다 아름답기 그지없어라."*

나폴레옹 스트리트, 냄새나고 조잡한 곳, 위태롭고 지저분하고 알쏭달쏭한 곳, 가혹한 날씨에 시달리는 곳—이곳에서 밀주업자의 아이들

---

* 유대교 회당에 들어갈 때 암송하는 기도문 '마 토부'의 첫머리. 원래는 유대교 율법 '토라'(구약성경 전체 또는 모세오경)의 한 구절로, 점쟁이 발람이 이스라엘 진영을 내려다보며 부르는 노래의 일부(「민수기」 24:5). 두 문장은 각각 히브리어와 번역문이다.

은 오래된 기도문을 암송했다. 모지스는 이 거리에 크나큰 애착을 느꼈다. 여기처럼 인간의 감정이 폭넓은 곳은 두 번 다시 찾아볼 수 없었다. 이 민족의 후손은 끊임없는 기적의 힘으로 대대손손 낯선 세상을 바라보았고, 그때마다 눈앞에 펼쳐진 세상을 간절히 사랑하며 똑같은 기도문을 읊었다. 허조그는 생각했다. 나폴레옹 스트리트가 어때서? 그가 원하는 것은 그곳에 다 있었다. 빨래하며 애도하는 어머니. 절망스럽고 두려운 상황에서도 끈질기게 싸우는 아버지. 음흉한 눈으로 두리번거리며 장차 세상을 정복하고 백만장자가 될 계략을 꾸미는 슈라 형. 천식발작으로 고생하는 월리 형. 숨을 쉬려고 안간힘을 쓸 때마다 식탁을 움켜쥐고 홰를 치려는 수탉처럼 까치발로 일어섰지. 긴 흰색 장갑을 걸쭉한 비누거품에 정성껏 빠는 헬렌 누나. 음악학교에 갈 때마다 이 장갑을 끼고 가죽 두루마리 악보를 가져갔지. 액자에 넣어 벽에 걸어둔 상장. '마드무아젤 엘렌 허조그…… 우등상.' 피아노를 잘 치는 상냥하고 새침한 누나.

어느 여름날 밤, 헬렌이 피아노를 연주하자 맑은 소리가 창문 너머 길거리로 퍼져나갔다. 직사각형 피아노 위에는 이끼 같은 초록색 벨벳 덮개를 씌워놓았다. 피아노 뚜껑이 무슨 석판이라는 듯이. 덮개에는 호두알만한 공이 주렁주렁 달렸다. 헬렌의 등뒤에 서서 하이든과 모차르트의 어질어질한 악보를 바라볼 때 모지스는 개처럼 낑낑거리며 울고 싶었다. 아, 그날의 음악소리! 허조그는 생각했다. 지금 그는 뉴욕에서 그리움이라는 지독한 질병과 싸우는 중인데—마음을 무르게 하고 결국 썩게 만드는 감정들, 검은 반점들, 한순간은 감미롭지만 독하고 시큼한 뒷맛을 남긴다. 헬렌 누나가 연주를 이어갔다. 세일러복 블라우스에 주름치마를 입고 뾰족한 구둣발로 페달을 꾹꾹 밟았다. 허영심은 좀 있지만 반듯한 소녀였다. 피아노를 칠 때는 얼굴을 찡그렸고 ─아버지처럼 미간에 주름살이 생겼다. 위험한 행동이라도 한다는 듯이 찡그렸다. 음악소리가 길거리에 울려퍼졌다.

지포라 고모는 누나의 음악공부에 비판적이었다. 헬렌은 타고난 음악가도 아니었다. 그녀는 식구들을 감동시키려고 연주했다. 어쩌면 신랑감을 찾을 목적도 있었겠지. 어쨌든 지포라 고모는 어머니가 자식들에게 거는 기대를 못마땅하게 여겼다. 어머니는 아이들이 장차 변호사, 유한계급, 랍비, 혹은 연주자가 되길 바랐기 때문이다. 허조그 가문은 위신을 따지는 광기를 대대로 물려받았다. 지금의 삶이 아무리 초라하고 보잘것없을지라도 상상 속의 품위를, 미래의 명예를, 그리고 앞으로 나아갈 자유를 결코 잊어버리지 않았다.

모지스는 지포라 고모가 어머니를 말리려 했다고 짐작했다. 고모는 아버지가 미국에서 실패만 거듭한 이유는 그런 흰색 장갑이나 피아노 레슨 탓이라고 주장했다. 지포라 고모는 야무진 성격이었다. 재치 있고 인색하고 아무에게나 대들었다. 얼굴은 불그스름하고 홀쭉하며 코는 맵시 있게 생겼지만 콧날이 좁아 모질어 보였다. 비음 섞인 목소리는 꼬치꼬치 따지며 상처를 남겼다. 엉덩이가 펑퍼짐해 보폭이 넓고 걸음걸이가 묵직했다. 풍성하고 반질반질한 머리를 한 줄로 땋아 등뒤로 늘어뜨렸다.

반면에 야페 고모부는 목소리도 조용조용하고 익살맞으면서도 내성적이었다. 체구는 왜소하지만 다부졌다. 어깨가 넓었고, 조지 5세처럼 검은 수염을 길렀다. 구릿빛 얼굴에 돋아난 수염이 촘촘하고 곱슬곱슬했다. 콧마루 한 곳이 움푹 들어갔다. 이가 큼직큼직한데 그중 하나에는 금으로 만든 치관을 씌웠다. 체커 놀이를 할 때마다 모지스는 고모부의 시큼한 입냄새를 맡았다. 야페 고모부가 체커 말판을 내려다볼 때마다 짧고 검은 곱슬머리가 조금 벗어진 큼직한 머리통이 살짝 흔들거렸다. 가벼운 떨림 증상이었다. 그때 문득 과거의 고모부가 지금 이 순간의 조카를 발견한 듯, 영리하고 다감하고 짓궂은 동물 같은 갈색 눈으로 모지스를 물끄러미 바라보았다. 빈틈없는 눈빛이 반짝거렸고, 어린 모지스가 실수를 저지를 때마다 심술궂은 만족감을 드러내며 빙그레 웃었다. 고모부는 다정한 분이었지만 그렇게 나를 속이기도 좋아하셨지.

야페 고모부는 생탄에서 고물상을 했는데, 울퉁불퉁한 절벽처럼 쌓인 고철더미에서 녹물이 흘러내려 곳곳에 웅덩이를 만들었다. 때로는 넝마주이 행렬이 정문 앞에 늘어섰다. 아이, 이민자, 늙은 아일랜드 여자, 혹은 우크라이나인, 코나와가 보호구역의 인디언 등이 손수레나 작은 마차에 실린 빈병, 넝마, 낡은 배관이나 전기 부품, 철물, 폐지, 타이어, 골제품 따위를 팔려고 찾아왔다. 갈색 카디건을 걸친 고모부가 허리를 구부린 채 튼튼하지만 떨리는 손으로 방금 사들인 물건을 일일이 분류했다. 허리 한 번 펴지도 않고 고물을 집어던져 제자리에 척척 올려놓았다. 쇠는 이쪽, 아연은 저쪽, 구리는 왼쪽, 납은 오른쪽, 그리고 배빗합금*은 창고 옆으로. 고모부는 아들 형제를 거느리고 전쟁 동안 큰돈을 벌었다. 지포라 고모는 부동산을 사들였다. 임대료를 받았

---

* 아연, 주석, 구리, 규소, 납 따위를 함유한 합금.

다. 모지스는 고모가 지폐 다발을 가슴에 품고 다닌다는 사실을 알았다. 직접 본 적도 있으니까.

"그래, 너는 미국에 와서 손해본 게 하나도 없지." 아버지가 고모에게 말했다.

고모는 대답 대신 경고하듯이 매서운 눈길로 아버지를 노려보았다. 그러다가 입을 열었다. "우리가 처음에 어떻게 시작했는지는 비밀도 아니야. 막노동부터 했지. 야페는 CPR*에서 곡괭이질이나 삽질을 하며 돈을 모았으니까. 그런데 오빠는! 태어날 때부터 비단옷을 입었지." 고모는 어머니를 바라보며 말을 이었다. "올케언니도 페테르부르크에서 하인이나 마부를 부리며 거들먹거리는 생활에 익숙했죠. 그날 핼리팩스**에서 도착한 열차에서 내리던 언니 모습이 아직도 눈에 선한데, 풋내기 이민자들 틈에서 혼자만 화려하게 차려입었잖아요. 하느님 맙소사! 타조 깃털에 호박단 치마까지! 타조 깃털로 치장한 이민자라니! 이제 깃털도 장갑도 다 잊어버려요. 이제는……"

"벌써 천 년쯤 지나간 옛날 같네요." 어머니가 말했다. "하인들에 대해서는 다 잊었어요. 이젠 내가 하인이죠. 내가 하인이에요."

"일은 누구나 해야죠. 망했다고 한평생 고생만 하지 않으려면. 어째서 언니네 애들만 음악학교나 히어시 남작*** 학교에 다니며 유난스럽게 잘난 체하죠? 우리 애들처럼 일을 시켜요."

---

* '캐나다 태평양 철도(Canadian Pacific Railway)'의 약자.
** 캐나다 동해안의 항구도시로, 노바스코샤주의 주도이며 이민자들의 첫 관문.
*** 독일 유대계 귀족, 자본가, 자선가. 미국, 캐나다, 아르헨티나 등지에 여러 교육기관을 설립했다.

"애들이 천박해지는 게 싫어서 그러지." 아버지가 말했다.

"우리 애들은 천박하지 않아. 걔들도 게마라* 정도는 알지. 그리고 우리 가문에서 으뜸가는 하시디즘 랍비가 줄줄이 나왔다는 사실을 잊지 마. 랍비 주샤!** 허셜 두브로브너! 잊지 말라고."

"누가 뭐랬다고……" 어머니가 말했다.

이렇게 과거에 연연하다니—망자들을 사랑하다니! 허조그는 자신의 성격 중에서도 유난히 특이한 이런 결점에, 이런 유혹에 너무 쉽게 빠져들지 말자고 다짐했다. 그는 우울증 환자였다. 우울증 환자는 어린 시절을 포기하지 못하고—어린 시절의 고통스러운 기억조차 잊지 못한다. 이런 상황에 대처하는 방법은 잘 알았다. 그러나 마음이 어쩌다 그의 인생에서 바로 그 페이지를 펼쳐버렸고, 도로 덮어버릴 만한 힘이 그에게는 없었다. 그리하여 1923년 겨울, 생탄에 들렀던 어느 날을 다시 보게 되었는데—장소는 지포라 고모네 부엌. 고모는 심홍색 비단 실내복 차림이었다. 실내복 안에 입은 낙낙한 노란색 속바지와 남성용 속셔츠가 어렴풋이 비쳤다. 주방용 화덕 옆에 앉았는데 얼굴이 벌겋게 물들었다. 고모의 비음 섞인 목소리가 점점 높아지면 가시 돋친 말로 비꼬거나 짐짓 실망한 체하거나 기분 나쁜 농담을 내뱉기 일쑤였다.

그러다가 문득 미하일 외삼촌의 죽음을 떠올렸는지 이렇게 물었다. "저기—언니네 오빠 말인데—무슨 일이에요?"

"우리도 몰라." 아버지가 대답했다. "본국에서 얼마나 험한 일이 벌어지는지 누가 상상할 수나 있겠니." (허조그는 아버지가 언제나 '본국

---

* 유대교 신학서 『탈무드』의 주석편.
** 18세기 폴란드 태생의 우크라이나 하시디즘 랍비.

에서'가 아니라 '인 데어 하임in der heim'이라고 말했다는 사실을 상기했다.) "그 집에 폭도가 침입했대. 외화를 찾으려고 이것저것 다 찢어발겼지. 그러고 나서 발진티푸스에 걸렸다는데, 정말 병 때문인지 모를 일이야."

어머니는 빛을 가리려는 듯이 손으로 눈을 가렸다. 아무 말도 하지 않았다.

"정말 좋은 분이었다고 기억해요." 아페 고모부가 말했다. "빛나는 에덴동산에서 편히 쉬소서."

그러자 저주의 효력을 믿는 고모가 말했다. "볼셰비키 놈들은 저주받아 마땅하지. 세상을 폐허로 만들려는 놈들. 손발이 다 말라비틀어져라. 그런데 미하일 처자식은 지금 어디 있어?"

"아무도 몰라. 편지를 보낸 사람은 사촌―슈펄링인데, 병원에서 미하일을 만났대. 하마터면 얼굴도 못 알아볼 뻔했다네."

지포라 고모가 종교적인 말을 몇 마디 보태더니 한결 평온한 태도로 덧붙였다. "그래, 워낙 활동적인 분이었지. 한창때는 돈도 많았고. 남아프리카에서 얼마나 많이 벌어 왔는지 모를 일이야."

"우리집에도 나눠줬어요." 어머니가 말했다. "오빠는 손이 컸죠."

"쉽게 벌었잖아요." 고모가 말했다. "그 돈 벌려고 고생고생하진 않았으니까."

"네가 어떻게 알아?" 아버지가 말했다. "함부로 말하지 마라, 지포라."

그러나 고모는 멈추지 않았다. "불쌍한 흑인들한테서 뜯어낸 돈이잖아! 무슨 수작을 부렸는지 누가 알아! 덕분에 오빠네는 슈발로보*에

별장까지 샀지. 그때 야폐는 캅카스에서 군복무를 했어. 나는 앓는 아이를 혼자 보살펴야 했고. 그런데 요나 오빠는 페테르부르크에서 싸돌아다니며 두 번이나 목돈을 날렸어. 그래! 처음에는 만 루블을 한 달만에 다 날려먹었지. 그때 미하일이 만 루블이나 선뜻 내줬고. 그 사람이 타타르족, 집시족, 창녀들을 모아놓고 말고기를 뜯으며 또 무슨 짓을 벌였는지, 얼마나 끔찍한 일을 저질렀는지 모르잖아."

"무슨 앙심이라도 품었니?" 아버지가 화를 냈다.

"미하일한테야 불만 없지. 나한테 해코지한 적은 없으니까." 고모가 말했다. "하지만 미하일은 나눠주는 오빠였고 나는 안 나눠주는 동생이지."

"그런 말은 아무도 안 했어." 아버지가 말했다. "하지만 네가 그렇게 생각한다면 사실이겠지."

의자에 가만히 앉아서 허조그는 이미 세상을 떠난 사람들의 이미 지나간 말다툼에 열심히 귀를 기울였다.

"나한테 뭘 기대했어?" 고모가 말했다. "우리도 애가 넷인데 돈을 퍼주기 시작하면 오빠 버릇만 나빠지고 끝없이 퍼줘야겠지. 오빠가 여기서 거지꼴로 사는 게 내 잘못은 아니잖아."

"내가 미국에서 거지꼴로 사는 건 사실이지. 내 꼴 좀 봐라. 먹고 죽으려고 해도 땡전 한 푼 없잖아. 수의 한 벌도 못 살 형편이니."

"천성이 나약한 탓이지." 고모가 말했다. "오빠 천성이 나약한데 누굴 원망해? 오빠는 자립능력이 없어. 그래서 세라 언니네 친정오빠한

---

* 러시아 서부의 농촌.

테 의지하며 살더니 이젠 나한테 의지하려 들지. 야페는 캅카스에서 복무했다고. 그런 암흑천지에서! 너무 추워 개들도 울부짖지 못하는 곳에서. 그러다가 혈혈단신 아메리카로 건너왔고 나를 불러들였지. 그런데 오빠는—오빠는 온갖 향락을 원하잖아. 여행할 때도 타조 깃털이나 달고 잔뜩 멋을 부리지. 워낙 귀하신 분이니까. 그런 분이 손을 더럽히실까? 천만의 말씀."

"맞는 말이야. 본국에선in der heim 똥거름 푸는 일도 못해봤어. 콜럼버스의 땅에 와서 처음 겪은 일이지. 어쨌든 나도 해봤어. 말한테 마구를 채우는 일도 배웠고. 새벽 세시에, 영하 20도 밑으로 내려가는 마구간에서."

지포라는 들은 체도 하지 않고 손사래를 쳤다. "그런 분이 이번엔 증류소까지 차렸다고? 경찰을 피하려고 러시아에서 탈출했잖아, 그런데 이번엔 국세청이야? 게다가 동업자라는 인간은 순 도둑놈이고."

"보플론스키는 믿을 만한 친구야."

"누가—그 독일인이?" 보플론스키는 폴란드 출신의 대장장이였다. 고모가 독일인이라고 부르는 이유는 끝이 뾰족한 군대식 콧수염과 독일식으로 재단한 외투 때문이었다. 외투 자락이 땅바닥에 닿을 정도였다. "오빠가 그런 대장장이 나부랭이와 무슨 공통점이라도 있어? 자그마치 허셜 두브로브너의 후손인데! 그 인간은 빨간 수염을 기른 폴란드 대장장이일 뿐이고! 쥐새끼 같은 놈이라고! 빨갛고 뾰족한 수염, 길고 삐뚤빼뚤한 이빨, 퀴퀴한 말발굽냄새, 영락없는 쥐새끼잖아! 흥! 그런 놈이 동업자라니. 그놈한테 어떤 일을 당할지 두고 보라고."

"나 그렇게 쉽게 당하는 사람 아니잖아."

"그러세요? 그럼 라잔스키한테는 왜 당했는데? 진짜 튀르키예식으로 호되게 당했잖아. 더구나 실컷 두들겨맞기까지 했다면서?"

빵집을 하는 라잔스키는 우크라이나 출신의 거인이었고 마부이기도 했다. 기골은 장대하지만 워낙 무지몽매한 사람, 한마디로 무식쟁이라서 빵을 구워놓고 히브리어로 감사기도를 올릴 주제도 못 되고, 그저 좁다란 초록색 배달마차에 올라타고 늙은 말을 채찍으로 찰싹 때리며 걸걸하고 우렁찬 목소리로 내뱉는 정도가 고작이었다. "이랴!" 말은 라신 운하의 제방을 따라 총총걸음으로 달려갔다. 마차에는 이렇게 적어놓았다.

라잔스키—최고급 빵

아버지가 말했다. "그래, 그놈한테 맞은 건 사실이야."

그날 아버지가 지포라 고모와 야페 고모부를 찾아온 이유는 돈을 빌리기 위해서였다. 그래서 언쟁에 휘말리지 않으려 했다. 그러나 고모는 아버지가 찾아온 목적을 이미 알아차린 것이 분명했고, 그래서 더 마음 편하게 거절하려고 일부러 시비를 걸어 아버지의 부아를 돋웠다.

"쳇!" 고모가 말했다. 감탄스러울 정도로 약삭빠른 고모는 캐나다의 조그마한 마을에서 썩히기 아까울 만큼 재주가 많았다. "오빠는 사기꾼이나 도둑놈이나 깡패 따위를 상대해서 떼돈을 벌 수 있다고 생각하지. 오빠가? 오빠는 점잖은 사람이잖아. 왜 그냥 예시바*에 머물지 않

---

* 탈무드를 연구하는 유대교 대학.

았는지 알다가도 모르겠어. 오빠는 늘 부잣집 도련님처럼 살고 싶었잖아. 깡패나 범죄자 같은 부류는 내가 잘 알아. 오빠한테는 피부, 이, 손가락이 있을 뿐이지만 그런 놈들한테는 무시무시한 가죽, 송곳니, 발톱이 있다고. 그런 마부나 백정은 오빠가 상대할 만한 놈들이 아니라니까. 혹시 사람을 쏴죽일 수 있어?"

아버지는 대답하지 않았다.

"만약에, 물론 그런 일은 없어야겠지만, 사람을 쏴야 한다면……" 고모가 외쳤다. "총질은 고사하고 사람 머리통을 내리치는 정도라도 할 수 있겠어? 말해봐! 잘 생각해보고. 어서 대답해. 강도를 만났을 때 골통 한 방 후려갈길 수 있어?"

이때 어머니도 동의하는 듯한 표정이었다.

"나도 약골은 아니야." 아버지가 말했다. 기운이 넘치는 얼굴, 갈색 콧수염. 그러나 허조그는 설령 아버지에게 폭력성이 있었더라도 파란만장한 인생과 집안싸움과 감정 따위로 모두 소모했으리라 생각했다.

"그런 놈들은, 그런 부류는 오빠한테서 뭐든지 마음대로 빼앗아버릴걸." 고모가 말했다. "그러니까 이제 머리를 좀 써먹을 때가 됐잖아? 머리는 좋으니까―오빠는 똑똑하잖아. 합법적인 일을 하면서 살아봐. 헬렌도 슈라도 일이나 시켜. 피아노는 팔아버리고. 지출을 줄이라고."

"지능도 있고 재능도 있는 애들인데 공부를 시켜야죠." 어머니가 말했다.

"애들이 똑똑하다면 오빠한테는 더욱더 좋은 일이죠." 고모가 말했다. "오빠한테 너무 심하잖아요―왕자님 공주님 뒤치다꺼리하다가 지쳐 쓰러질 지경인데."

아버지도 결국 고모 쪽으로 넘어가버린 모양이다. 도움의 손길이 절실해서 이것저것 가릴 형편이 아니었겠지.

"나도 애들을 사랑하지 않아서 이러는 게 아니에요." 고모가 말했다. "우리 모지스, 이리 와서 고모 무릎에 좀 앉아봐라. 우리 귀염둥이." 모지스는 속바지를 입은 고모의 무릎에 순순히 앉았고—고모의 붉은 손이 모지스의 배를 껴안았다. 고모는 무시무시한 애정이 담긴 미소를 지으며 모지스의 목에 입맞춤을 했다. "얘는 내 손으로 받아냈죠." 그러더니 어머니 곁에 선 슈라 형을 보았다. 굵고 짤막한 다리, 주근깨투성이 얼굴. "너는 어때?" 고모가 물었다.

"왜 그러세요?" 슈라 형이 깜짝 놀라 불쾌감을 드러냈다.

"돈벌이도 못할 만큼 어린 나이는 아니잖니."

그러자 아버지가 슈라 형을 노려보았다.

"저도 돕잖아요?" 형이 말했다. "술병 배달도 하죠? 상표도 붙이죠?"

아버지는 상표를 위조했다. 이따금 아버지가 명랑하게 말했다. "자, 애들아, 오늘은 어떤 술을 만들어볼까? 화이트호스? 조니워커?" 그러면 우리는 저마다 마음에 드는 술 이름을 외쳤다. 식탁에 풀 단지가 있었다.

고모가 슈라 형을 바라볼 때 어머니가 남몰래 형의 손을 슬쩍 건드렸다. 모지스는 보았다. 윌리 형은 바깥에서 사촌들과 함께 이리 뛰고 저리 뛰고 숨찬 목소리로 빽빽거리며 눈싸움을 하거나 눈을 쌓아 요새를 만들었다. 해가 점점 더 낮게 기울었다. 지평선을 물들인 붉은 띠가 반질반질한 눈으로 덮인 산등성이로 차츰 번져갔다. 울타리 앞의 푸르스름한 그늘에서 염소들이 풀을 뜯었다. 이웃집에 사는 탄산수 판매원이 기르는 염소였다. 지포라 고모네 닭은 닭장으로 돌아갈 시간이었다. 몬트리올에 있는 우리집을 찾아올 때 고모는 가끔 싱싱한 달걀 한 개를 가져다주었다. 딱 한 개만. 혹시 아이 하나가 앓아누웠을지도 모르니까. 싱싱한 달걀은 약효가 탁월하다나. 매사에 신경질적이고 트집 잡기 좋아하는 고모는 뚱뚱한 엉덩이를 흔들며 뒤뚱뒤뚱 꼴사나운 걸음걸이로 나폴레옹 스트리트의 우리집 계단을 올라왔다. 시끄러운 여자, 운명의 여신이 낳은 마귀할멈 같은 여자였다. 고모는 재빠르고 신경질적인 동작으로 손끝에 입맞춤을 하고 메주자*를 쓰다듬었다. 들어오자마자 어머니의 살림살이부터 검사했다. "다들 잘 지냈죠?" 고모가 말했다. "애들 주려고 달걀 하나 가져왔어요." 고모는 커다란 가방을 열고 이디시어 신문지(데어 카나더 아들러)로 싼 선물을 꺼냈다.

지포라 고모가 찾아오면 마치 군대에서 내무검사를 받는 듯한 기분이 들었다. 그러고 나면 어머니는 웃어버리기도 했지만 결국 투덜거리기 일쑤였다. "왜 그렇게 나를 못살게 구는지! 도대체 원하는 게 뭔데? 싸울 기운도 없는 사람한테." 고모의 적대적인 태도가 어머니에게는 알쏭달쏭하기만 했는데―영혼과 관련된 문제랄까. 아무튼 어머니의 고풍스러운 정신세계에는 오래된 전설이나 천사와 악마 따위가 가득했다.

물론 현실주의자였던 고모는 당연히 아버지의 부탁을 거절할 수밖에 없었다. 아버지는 밀주 위스키를 국경으로 가져가 큰돈을 벌고 싶

---

* 원래는 '문설주'라는 뜻으로, 성경 구절을 적은 양피지 두루마리를 가리킨다. 작은 상자에 넣어 유대인 가정이나 회당의 문설주에 붙여두는 풍습이 있다.

어했다. 아버지와 보플론스키는 결국 사채업자에게 돈을 빌렸고 트럭에 위스키 상자를 잔뜩 실었다. 그러나 그들은 라우시스포인트*에 도착하지도 못했다. 물건을 빼앗기고 두들겨맞고 시궁창에 처박혔다. 아버지는 저항하다가 더 심한 매질을 당했다. 강도들은 아버지의 옷을 찢어버리고 이 하나를 부러뜨리고 마구 짓밟았다.

아버지와 대장장이 보플론스키는 몬트리올까지 걸어서 돌아왔다. 아버지는 보플론스키의 빵집에 들러 세수를 했지만 피가 터지고 퉁퉁 부은 눈퉁이는 어쩔 도리가 없었다. 이가 빠진 자리도 여전했다. 외투는 찢어지고 셔츠와 속옷은 피투성이였다.

그런 모습으로 아버지는 나폴레옹 스트리트의 어두컴컴한 부엌에 들어왔다. 온 가족이 모였다. 때는 음산한 3월이었지만 어차피 부엌까지 햇빛이 드는 날은 드물었다. 그곳은 동굴 같았다. 우리는 혈거인이었다. "세라!" 아버지가 말했다. "얘들아!" 그러면서 다친 얼굴을 보여주었다. 두 팔을 벌려 누더기가 되어버린 옷가지와 그 속의 허연 맨살을 우리에게 드러냈다. 그러더니 주머니를 일일이 뒤집었는데—텅텅 비었다. 그러는 동안에 아버지는 울기 시작했고, 둘러선 아이들도 모두 울었다. 누군가 감히 아버지에게 폭력을 휘두르다니 도저히 참을 수 없는 일이었으니까—아버지에게, 신성한 존재에게, 우리의 왕에게. 그렇다, 우리에게 아버지는 왕이었다. 이 경악스러운 사태에 숨이 콱 막혔다. 금방이라도 죽어버릴 듯싶었다. 내가 누군가를 그들만큼 사랑한 적이 있을까?

---

* 캐나다 퀘벡주와 접한 뉴욕주 동북부의 국경마을.

이윽고 아버지가 자초지종을 들려주었다.

"놈들은 우리가 오길 기다렸어. 길을 막아났더라고. 트럭에서 우리를 끌어내리더군. 다 빼앗겼어."

"왜 대들었어?" 어머니가 물었다.

"우리 물건을 모조리…… 빚까지 얻었는데!"

"하마터면 죽을 뻔했잖아."

"손수건으로 얼굴을 다 가렸더라. 그중에는 어쩐지 눈에 익은 놈도……"

어머니는 믿지 못했다. "동포였다고? 말도 안 돼. 유대인끼리 그럴 리가 없어."

"말이 안 돼?" 아버지가 소리쳤다. "왜 안 되는데! 누가 안 된대! 왜 그러면 안 되냐고!"

"유대인은 아니야! 절대로!" 어머니가 말했다. "절대로 아니야. 절대로! 유대인이라면 차마 그럴 수 없으니까. 절대로!"

"애들아—울지 마. 불쌍한 보플론스키—침대에도 겨우겨우 올라가더라."

"요나," 어머니가 말했다. "이런 짓은 이제 그만해."

"그럼 우리는 어떻게 살아? 어떻게든 먹고는 살아야지." 아버지는 어린 시절부터 그날까지 살아온 인생 역정을 털어놓기 시작했다. 눈물을 흘리며 이야기했다. 네 살 때 집을 떠나 공부하러 갔다. 이가 득실거렸다. 예시바에서 보낸 소년 시절은 굶주리는 날이 태반이었다. 수염을 깎아버리고 신식 유럽인이 되었다. 청년 시절에는 크레멘추크*에 사는 숙모 밑에서 일했다. 페테르부르크로 건너가서는 위조서류 덕분에 십 년 동안 덧없는 행복이나마 누려보기도 했다. 그러다가 범죄자가 우글거리는 감옥에 갇혔다. 미국으로 도망쳤다. 굶주렸다. 마구간 청소를 했다. 구걸도 했다. 늘 두려움에 시달렸다. 늘 바알초프—즉 빚쟁이 신세였다. 경찰이 따라다녔다. 주정뱅이 하숙인조차 마다할 수 없었다. 마누라는 하녀로 전락해버렸다. 그런데도 집에 돌아와 어린 자식들 앞에 내놓을 수 있는 것이라고는 이게 전부다. 아이들에게 보여줄 것은 이것뿐—이 누더기와 상처뿐이다.

허조그는 싸구려 페이즐리 가운을 걸치고 아련한 눈으로 회상에 잠겼다. 맨발 밑에는 조그마한 카펫이 있었다. 위태로운 책상에 팔꿈치를 얹고 고개를 숙인 자세였다. 나크먼에게 보내는 편지는 몇 줄밖에 못 썼다.

그는 생각했다. 우리는 허조그 집안의 이런저런 사연을 일 년에 열 번도 넘게 들었지. 때로는 어머니가 이야기하고 때로는 아버지가 이야기했다. 그러므로 슬픔에 대해서는 충분한 교육을 받은 셈이다. 영혼이 울부짖던 소리를 아직도 기억한다. 그 소리는 가슴속에도 있고 목구멍에도 있다. 마음껏 입을 벌려 토해내고 싶다. 그러나 다 옛날이야기다. 그렇다, 성경에서 비롯한, 개인적 경험과 운명이 얽힌 성경적 의미에서 비롯한 유대인의 옛날이야기일 뿐이다. 전시에 벌어졌던 참사 때문에 아버지는 결코 남다른 괴로움을 겪었다고 주장할 수 없었다. 이제 우리는 더욱더 잔인한 기준, 지명석인 새 기준을 세웠으므로 개개인에 대해서는 무관심하다. 인간 정신이 전심전력하며 심지어 즐기기까

---

* 우크라이나 중부의 공업도시.

지 하는 파괴의 프로그램 속에 끼여 우리도 일부가 되었다. 이런 개인사, 오래전에 일어났던 케케묵은 이야기는 이제 기억할 가치조차 없을지도 모른다. 나는 기억한다. 기억할 수밖에 없다. 그러나 또 누가—또 누구에게 이런 일이 중요할까? 수백만 명이—무수한 군중이—끔찍한 고통 속에서 쓰러져간다. 게다가 요즘은 정신적 괴로움을 부정한다. 인간성 따위는 희극적 장면에 불과하다. 그런데도 나는 여전히 아버지의 고통에 사로잡혔다. 아버지가 신세한탄을 하던 그 모습! 남들이 보았다면 웃었으리라. 아버지의 '나더러'는 근엄하기 짝이 없었다.

"이제 그만해!" 어머니가 소리쳤다. "그만할 수밖에 없어!"

"그럼 나더러 어쩌라고! 장의사 일이나 하란 말이야? 일흔 살 먹은 늙은이처럼? 초상집 뒷바라지나 하라고? 나더러? 송장이나 닦으라고? 나더러? 공동묘지에 가서 유족들한테 푼돈이라도 뜯어내라고? '자비로우신 하느님'*이나 읊어대면서. 나더러? 내 눈에 흙이 들어가기 전엔 어림도 없어!"

"따라와, 요나." 어머니는 여느 때와 다름없이 진지하고 설득력 있게 말했다. "눈에 찜질 좀 해줄게. 와서 누워봐."

"내가 어떻게 그만둬?"

"그래도 그만둬야 해."

"그럼 애들은 뭘 먹고 살아?"

"자—당신 좀 누워야겠어. 셔츠 벗고."

어머니는 말없이 침대 옆에 앉았다. 우중충한 방에 들어간 아버지는

---

* 유대교의 장례식 기도문.

낡아빠진 붉은색 러시아제 담요가 깔린 철제 침대에 드러누웠다. 잘생긴 이마, 균형 잡힌 코, 갈색 콧수염. 모지스는 그날 어둑어둑한 복도에서 그랬듯이 오늘도 두 사람의 모습을 찬찬히 바라본다.

나크먼. 허조그는 다시 편지를 쓰다가 멈추었다. 나크먼에게 편지를 보낼 방법이 없잖아? 차라리 〈빌리지 보이스〉에 광고를 내는 편이 낫겠다. 그러고 보니 초안만 잡아놓은 다른 편지는 다 어디로 보내야 할까?

그는 나크먼의 아내가 죽었으려니 짐작했다. 그래, 죽었겠지. 몸매가 가냘프고 다리도 가느다란 여자, 검은 눈썹이 높이 올라가다가 다시 휘어져 눈가로 내려오고, 큼직한 입도 휘어져 입가가 늘어지고—아마 자살했을 테고, 나크먼은 그런 사연을 차마 모지스에게 밝힐 수 없어(탓할 일도 아니다) 도망칠 수밖에 없었겠지. 가엾어라, 가엾어라. 그녀도 공동묘지에 있겠구나.

전화벨이 울린다—다섯 번, 여덟 번, 열 번. 허조그는 시계를 보았다. 시간을 보고 놀랐는데—벌써 여섯시가 되어가다니. 어느새 하루가 지나갔을까? 전화벨이 계속 울려 시끄러웠다. 받기 싫었다. 그러나 두 아이가 있으니—엄연히 아빠이므로 결국 전화를 받을 수밖에 없다. 그래서 전화기 쪽으로 팔을 뻗었는데 다름 아닌 라모나였고—뉴욕의 짜릿한 전화선을 타고 흘러나오며 쾌락의 생활로 초대하는 라모나의 명랑한 목소리. 게다가 단순한 쾌락이 아니라 형이상학적, 초월적 쾌락—인간 실존의 수수께끼를 풀어주는 쾌락이다. 라모나는 그런 여자다—한낱 쾌락주의자가 아니라 이론가이며 여사제에 가깝다. 미국적 요구에 순응한 스페인풍 의상, 각종 꽃, 정말 아름다운 치아, 발그레한 뺨, 풍성하고 관능적이고 자극적인 흑발.

"여보세요―모지스? 거기 어디죠?"

"아르메니아 구호소입니다."

"아, 모지스! 당신이군요!"

"당신 지인 중에서 아르메니아 구호소를 기억할 만큼 늙은 사람은 나뿐인가보네."

"지난번엔 시립 영안실이라고 했잖아요. 오늘은 한결 기분이 나아졌나봐요. 라모나예요……"

"당연하지." 당신이 아니면 또 누구의 목소리가 이런 이국적 매력을 풍기며 이토록 높고 가볍게 떠다닐까. "스페인 아가씨."

"라 나바하 엔 라 리가."

"아니, 라모나, 단검 따위는 조금도 무섭지 않아."

"정말 기분이 좋은가봐요."

"온종일 말벗이라고는 아무도 없었거든."

"진작 전화하려고 했는데 가게 때문에 너무 바빴어요. 어제는 어디 다녀왔어요?"

"어제? 어디였더라―어디 보자……"

"당신이 도망쳐버린 줄 알았어요."

"내가? 그럴 리가 있나?"

"날 버리고 도망치진 않겠다는 뜻이죠?"

향기롭고 관능적이고 고상한 라모나를 버리고 도망치다니? 말도 안 되는 소리. 라모나는 방탕의 지옥을 겪어본 후 비로소 진지한 쾌락에 도달했다. 키르케고르가 말했듯이, 우리 같은 문명인은 언제 진실로 진지해질까? 지옥을 철저히 경험해야만 가능한 일이다. 그러기 전에는 쾌락주의와 경거망동을 일삼으며 한평생 지옥에서 헤매기 마련이다. 그러나 라모나는 인간에게 죄가 있다면 육체에 저지르는 죄뿐이라고 믿는다. 그녀에게는 육체야말로 정신을 섬기는 진정하고 유일무이한 신전이니까.

"어쨌든 어제 시내를 벗어나긴 했잖아요."

"당신이 그걸 어떻게—혹시 탐정을 붙여 미행이라도 시켰나?"

"미스 슈워츠가 그랜드센트럴역에서 여행가방을 들고 있는 당신을 봤대요."

"누구? 당신 가게에서 일하는 미스 슈워츠?"

"맞아요."

"거참, 별일도 다 있네……" 허조그는 더 자세히 이야기하지 않았다. 라모나가 말했다. "어쩌면 열차에서 어떤 예쁜 여자를 보고 덜컥 겁이 나서 라모나 곁으로 돌아왔는지도 모르죠."

"아……" 허조그가 말했다.

그녀가 늘 되풀이하는 화제는 허조그를 즐겁게 해주는 능력이었다. 매혹적인 눈, 풍만한 가슴, 짧지만 우아한 다리, 카르멘처럼 넌지시 유혹하는 몸짓, 침실에서의 (보이지 않는 경쟁자들을 압도하는) 기교 등등을 떠올리며 그는 라모나의 말도 결코 과장이 아니라고 생각했다. 사실이 뒷받침하는 주장이니까.

"아무튼 도망가는 길이었어요?"

"내가 왜? 당신은 정말 굉장한 여자잖아, 라모나."

"그렇다면 아주 이상한 행동이네요, 모지스."

"글쎄, 내가 좀 이상한 놈이긴 하지."

"그렇다고 내가 너무 자만하거나 부담을 주면 안 되겠죠. 인생에서 겸손을 배웠으니까."

모지스는 눈을 감고 눈썹을 추켜세웠다. 또 시작이네.

"당신은 공부를 많이 해서 자연스럽게 우월감이 몸에 뱄는지도 몰라요."

"공부라고 해봤자! 아무것도 모르는데……"

"이런저런 업적을 쌓았잖아요. 인명사전에도 올랐고. 반면에 나는 한낱 장사꾼―소시민 타입이죠."

"진심도 아니면서 괜히 그러지 마, 라모나."

"그럼 왜 나를 멀리해서 내 쪽에서 쫓아다니게 만들어요? 당신이 여러 사람을 만나고 싶어한다는 건 알겠어요. 큰 실망을 겪은 뒤에는 나도 그랬으니까, 자신감을 되찾기 위해서라도."

"고상한 체하는 지식인 얼간이, 구닥다리……"

"누가요?"

"나 말이야."

그녀가 말을 이었다. "그러다가도 자신감을 되찾고 나면 단순한 욕망의 단순한 힘을 깨닫기 마련이죠."

라모나, 제발! 모지스는 말하고 싶었다―당신은 아름답고 향기롭고 관능적이고 늘 어루만지고 싶은―그야말로 다 갖춘 여자야. 그렇지만 이런 잔소리는! 라모나, 제발 그만 좀 해. 그러나 그녀는 멈추지 않았다. 허조그는 천장만 올려다보았다. 쇠시리마다 라인강변의 경작지처럼 거미줄이 가득하다. 그러나 포도송이는 보이지 않고 거미줄로 꽁꽁 묶인 벌레만 곳곳에 주렁주렁 매달렸다.

라모나에게 내 인생 이야기를—변변찮은 집안에 태어나 결국 완벽한 실패자로 전락하기까지—구구절절 털어놓을 때 이미 자초했던 일이다. 그러나 살면서 온갖 실수를 저질렀던 사람은 친구들의 충고를 무시할 만한 여유가 없다. 하다못해 그 비열한 곱사등이 샌도어 같은 친구라도. 아니면 도덕적 과대망상증에 빠진 이스라엘 선지자 밸런타인 같은 친구라도. 그런 자들의 충고도 귀담아듣는 편이 현명하다. 질책을 들을지언정 아무것도 없느니보다 낫다. 적어도 혼자는 아니니까.

라모나가 말을 멈췄을 때 허조그가 말했다. "다 옳은 말이지—난 아직 멀었어."

그래도 나는 부지런하다. 열심히 노력하고 꾸준히 발전한다. 임종할 무렵에는 꽤 괜찮은 사람이 되겠지. 착한 사람은 요절하기 십상이지만 나는 무사히 살아남아 올바른 사람으로 인생을 끝마칠 기회를 얻었다. 선조들도 자랑스러워할 테고…… 나는 불멸을 얻은 난사람들의 Y.M.C.A.에 가입하겠지. 그러나 자칫하면 지금 이 순간 불멸의 기회를 영영 놓쳐버릴지도 모른다.

"내 말 들었어요?"

"당연하지."

"그럼 내가 방금 뭐랬는지 말해봐요."

"내 본능을 좀더 믿어보라고 했잖아."

"밥 먹으러 오랬잖아요."

"아."

"차라리 내가 못돼먹은 여자였으면 좋겠어요! 그럼 당신이 내 말을 열심히 들어줄 텐데."

"나도 당신을 초대하려고 했는데—이탈리아 식당에서 만나자고."
그는 어설픈 거짓말을 지어냈다. 가끔은 심할 정도로 딴생각에 빠져드는 게 문제다.

"벌써 저녁거리를 다 사다놨어요."

"하지만 어떻게, 파란 안경 쓴 염탐꾼 미스 슈워츠가 그랜드센트럴 역에서 도망치는 내 모습을 봤다면서……"

"어떻게 당신이 돌아올 줄 알았느냐고요? 당일치기로 뉴헤이븐에 다녀올 일이 생겼나보다 생각했죠—가령 예일대 도서관이라든지 뭐 그런…… 아무튼 꼭 와요. 당신이 안 오면 나 혼자 먹어야 하니까."

"왜, 고모님은 어디 가시고?"

라모나는 연로한 고모를 모시고 살았다.

"하트퍼드에 있는 친척집에 가셨어요."

"아하—그랬구나." 그는 타마라 고모가 이처럼 갑작스럽게 외출해야 하는 상황에 지금쯤 많이 익숙해졌으려니 생각했다.

"우리 고모는 이런 일도 잘 이해해줘요." 라모나가 말했다. "더구나 당신을 아주 좋아하거든요."

그리고 내가 좋은 신랑감이라고 생각하겠지. 더구나 남편도 없이 고달픈 연애만 되풀이하는 조카딸을 위해서라면 약간의 희생이 불가피하니까. 허조그를 만나기 직전에 라모나는 텔레비전 방송국에서 조연출로 일히는 조지 호벌리와 헤이졌는데, 당시 그는 큰 충격으로 비참해진 상태였고—히스테리에 가까웠다. 라모나의 설명에 따르면 누구보다 타마라 고모가 호벌리를 매우 측은히 여겼다는데—그래서 노인이 할 수 있는 선에서나마 온갖 조언과 위로를 베풀었다. 그러나 한편으로는 라모나 못지않게 허조그에게 홀딱 반해버렸다. 타마라 고모를 떠올리며 모지스는 이제야 매들린의 이모 젤다를 더 잘 이해하게 되었다고 생각했다. 여자들은 으레 비밀과 표리부동한 언행에 열중한다. 인간은 교활한 뱀의 아가리 속에서도 과일을 빼앗아 먹어야 하니까.

아무튼 허조그가 보기에도 라모나는 가족에 대한 사랑이 각별한 듯했고 그 점은 바람직하다고 생각했다. 라모나는 고모를 정말 좋아하는 듯했다. 타마라 고모의 아버지는 제정 폴란드의 이런저런 고관이었다 (가령 장군이라고 쳐도 상관없겠지?). 라모나는 고모를 이렇게 표현했는데, "그야말로 러시아 소녀 같은 분이죠"—탁월한 설명이다. 타마라 고모는 온순하고 천진난만하고 예민하고 충동적이었다. 자기 파파와 마마, 스승들, 그리고 음악학교에 대한 이야기를 할 때마다 메마른 가슴이 성큼 부풀고 쇄골이 도드라졌다. 파파의 뜻을 거역하고 연주자가 될까 말까 결정하지 못해 아직도 고민하는 듯했다. 허조그는 한껏 진지한 표정을 지으며 경청했지만 노인이 실제로 살가보*에서 독주회를 했는지, 아니면 독주회를 하고 싶었다는 뜻인지는 불확실했다. 아무튼 머리를 염색하거나 터무니없는 카메오 브로치를 달고 다니는 동유럽 출신 노부인들은 그리 어렵지 않게 허조그의 애정을 차지했다.

"자, 그래서, 올래요 말래요?" 라모나가 물었다. "그걸 결정하기가 왜 그렇게 힘들어요?"

"외출하긴 좀 곤란한데—할일이 많아서—편지도 써야 하고."

"무슨 편지! 당신은 정말 알다가도 모를 사람이에요. 도대체 무슨

---

* 파리의 유명 연주회장.

편지가 그렇게까지 중요해요? 업무 때문이에요? 업무라면 나랑 의논해야죠. 나를 못 믿겠다면 변호사를 불러도 좋고. 아무튼 어차피 밥은 먹어야 하잖아요. 혼자서는 밥도 안 먹는다면 또 모를까."

"밥이야 당연히 먹지."

"그래서 어쩔래요?"

"알았어." 허조그가 말했다. "금방 갈게. 와인도 한 병 가져가고."

"아니, 아니! 가져오지 마요. 벌써 얼음에 재워놨어요."

수화기를 내려놓았다. 라모나는 와인을 가져오지 말라고 사뭇 강경하게 말했다. 돈 쓰기 싫어한다는 인상이라도 심어줬을까. 아니면 자주 경험했듯이 또 보호본능을 불러일으킨 탓일까. 때로는 자신도 내심 운명과 더불어 모종의 협약을 맺었다고 믿는 부류가 아닐까 싶다. 온순하거나 순진한 선의를 간직한 채 살아간다면 최악의 사태만은 그럭저럭 모면할 수 있다는 믿음. 이미 오래전에 마음속으로 그런 거래를 맺었는지도—심령적 제안을 받아들이기로 마음먹었는지도—모른다고 생각하니 희미하지만 일그러진 미소가 입가에 떠오르는데—그렇게 특별대우를 받는 조건으로 고분고분하게 산다. 그런 거래는 여성적 발상이고, 이를 나무나 동물에게까지 확장시키면 어린애처럼 유치한 발상이다. 이런 자기비판은 전혀 두렵지 않다. 이제 와서 자신의 됨됨이를 원망해봤자 이로울 게 없으니까. 엄연한 현실이다—인간은 복합체이며, 자연력과 본인의 정신이 어우러져 만들어낸 신비로운 산물이다. 그는 홍콩산 페이즐리 가운을 풀어헤치고 자신의 알몸을 바라보았다. 어린아이의 몸이 아니다. 게다가 루디빌 집은 모든 면에서 재앙이었지만 몸뚱이 하나는 튼튼하게 단련시켰다. 자신의 재산을 되찾으려고 낡아빠진 폐허를 뜯어고치는 과정에서 두 팔이 제법 늠름해졌다. 덕분에 자아도취의 유통기한이 조금 더 연장되었다. 엉덩이가 묵직한 여자를 거뜬히 안아들고 침대로 데려갈 만한 힘이 생겼다. 아, 그렇고말고―아직도 젊고 원기 왕성한 사나이의 모습이 얼핏얼핏 스쳐가는데―예전에는 결코 찾아볼 수 없었던 일면이다. 모지스 엘카나 허조그 그는 애당초 에로스를 충실히 섬기는 사람이 아니었으니까.

그런데 라모나는 어째서 그토록 단호하게 와인을 거절했을까? 싸구려 캘리포니아 화이트와인을 가져올까봐 걱정스러웠는지도 모른다. 그게 아니면, 그래, 그녀는 자기가 즐겨 마시는 와인에 최음제 효과가 있다고 믿는다. 그래서 그랬겠지. 그것도 아니라면 부지불식간에 돈 문제에 대해 너무 자주 이야기한 탓일까. 마지막 가능성은 온갖 사치를 누리게 해주고 싶어서겠지.

허조그는 시계를 들여다보았는데, 능률을 생각하거나 목적이 있는 듯한 행동이었지만 실제로는 몇시인지 눈여겨보지도 않았다. 다만 창문 쪽으로 몸을 굽혀 지붕과 벽면 너머를 바라보니 붉게 물든 하늘이 보였다. 고작 편지 몇 통 쓰는 사이에 하루가 다 지나가버렸다는 사실을 깨닫고 깜짝 놀랐다. 더구나 한결같이 어리석고 분노에 찬 편지가 아닌가! 온통 원한과 울분으로 가득한 편지! 젤다! 샌도어! 도대체 그들에게 왜 편지를 썼을까? 몬시뇨르에게도! 만약 몬시뇨르가 허조그의 편지를 읽는다면 광기에 휩싸여 횡설수설하는 미치광이의 얼굴을 발견할 뿐이겠지―시꺼먼 아스팔트 도료를 덕지덕지 발라놓은 난간 사이로 지금 모지스가 저 벽돌 벽을 바라보듯이. 끝없는 반복은 정신 건강을 위협한다.

가령 내가 확실히 옳다고, 예컨대 몬시뇨르가 확실히 잘못했다고 가정해보자. 만약 내 생각이 옳다면 이 세상의 일관성이라는 문제도, 그리고 그것을 지키는 책임도 모두 내가 짊어져야 마땅하다. 모지스 E. 허조그가 뭐든지 마음대로 한다면 세상은 어떻게 받아들일까? 아니, 내가 왜 그런 책임을 져야 하지? 교회는 보편적 이해력을 지녔다고 한다. 그런 사고방식은 위험한 군국주의적 망상이라고 본다. 모든 질문에 답변하려 드는 태도는 틀림없이 어리석음의 징표다. 밸런타인 거즈바크가 뭐든지 모른다고 인정한 적이 있나? 그놈이야말로 괴테 못지않게 다재다능하지. 남의 말을 자기가 대신 끝맺고, 남의 생각까지 제멋대로 해석하고, 아무튼 뭐든지 일일이 설명해주는 놈이다.

……미리 말씀드리는데, 몬시뇨르, 제가 이 글을 쓰는 목적은 매들린에 대해 폭로하거나 몬시뇨르를 비난하기 위해서가 아닙니다. 허조그는 편지를 찢어버렸다. 거짓말이다! 몬시뇨르를 경멸하며 매들린을 죽여버리고 싶다. 그래, 기꺼이 그 여자를 살해할 수 있다. 그러나 무시무시한 분노가 휘몰아치는 외중에도 면도를 하고 옷을 입을 수 있다. 쾌락의 밤을 위해 머리를 빗고, 향수를 뿌리고, 입맞춤에 대비하여 표정도 누그러뜨려 어엿한 도시인으로 탈바꿈한다. 살인의 순간을 상상하면서도 움츠러들지 않았다. 허조그는 생각했다. 처벌을 피할 수 없으니까 죽이지 않을 뿐이야.

이제 씻어야겠다. 책상과 짙어져가는 저녁놀을 등지고 가운을 벗어던진 후 화장실에 들어가 세면대에 물을 받았다. 타일이 깔린 어둑어둑하고 서늘한 화장실에서 물부터 몇 모금 마셨다. 뉴욕은 대도시치고 물맛 좋기로는 세계에서도 으뜸가는 곳이다. 그다음에는 얼굴에 비누칠을 했다. 근사한 저녁식사를 기대해도 좋으리라. 라모나는 요리도 잘하고 식탁을 제대로 꾸밀 줄 안다. 촛불, 리넨 냅킨, 꽃도 준비하겠지. 지금쯤 꽃가게에서 저녁시간의 교통 체증을 뚫고 꽃을 배달하는 중인지도 모른다. 라모나의 자택 식사실 창턱에는 비둘기 몇 마리가 내려앉았다. 통풍구 너머에서 파닥거리는 날갯짓소리가 들렸다. 메뉴는 뭘까. 오늘 같은 여름밤에는 아마도 비시수아즈,* 그다음은 새우 아르노를 내놓겠지―뉴올리언스 스타일. 화이트 아스파라거스.** 시원한 디저트. 건포도를 넣은 럼주맛 아이스크림? 브리 치즈와 콜드워터 비스킷?*** 예전에 먹었던 저녁식사를 바탕으로 추측해본다. 커피. 브랜디. 그리고 식사중에는 옆방 전축에서 끊임없이 흘러나오는 이집트 음악―치터, 드럼, 탬버린으로 연주하는 모하마드 알 바카르****의 〈포트사이드〉.***** 그 방에는 중국산 융단을 깔았고, 녹색 전등의 불빛이 은은하고 고즈넉했다. 그녀는 그곳에도 싱싱한 꽃을 준비해두었다. 내가 온종일 꽃가게에서 일하는 사람이라면 밤새도록 꽃향기에 시달리긴 싫을 텐데. 커피테이블에는 화집이나 외국잡지를 쌓아두었다. 파리, 리우, 로마 등등 골고루 갖췄다. 그리고 늘 그렇듯이 라모나에게 반한 남자들이 최근에 선물한 물건도 그곳에 진열했다. 허조그는 작은 카드에 적힌 말을 일일이 읽어보았다. 어차피 읽어보라고 놔둔 거잖

---

* 차게 먹는 감자크림수프.
** 햇빛을 차단한 채 재배하여 유난히 희고 연한 아스파라거스.
*** 미국 남부의 대표적인 음식으로, 이스트를 넣지 않은 딱딱한 소형 식빵.
**** 실명은 레바논 테너가수 모하마드 엘바카르. 1952년 미국 브루클린으로 이주했다.
***** 이집트 북부 지중해 항구도시의 이름.

아? 지난봄까지만 해도 라모나는 조지 호벌리에게 새우 아르노를 만들어주었는데, 그는 아직도 장갑, 책, 극장표, 오페라 쌍안경 따위를 보낸다. 상표만 훑어봐도 그가 사랑에 미쳐 뉴욕 시내를 갈팡질팡 배회하는 모습이 눈에 선하다. 라모나는 아무것도 모르는 사람이라고 말했다. 허조그는 호벌리를 측은하게 여겼다.

청록색 카펫, 무어양식 장식품과 아라베스크 무늬, 널찍하고 편안한 침대 겸용 소파, 깃털 모양 유리로 만든 티파니 전등, 창가에 놓인 푹신한 안락의자, 브로드웨이와 콜럼버스 서클*을 내려다보는 전망. 그리고 저녁식사를 마친 후 커피와 브랜디를 들고 이 방으로 건너가면 라모나가 신발을 벗지 않겠느냐고 물어보겠지. 뭐 어때요? 여름밤에는 발이 편해지면 마음까지 편해지잖아요. 그리고 역시 선례를 바탕으로 추측해본다면, 무슨 딴생각을 그렇게 하느냐고 묻겠지―애들이 생각나서 그래요? 그러면 나는…… 지금 그는 거울도 보는 둥 마는 둥 수염을 손끝으로 더듬어가며 면도하는 중인데…… 그러면 나는 이제 마르코에 대해서는 크게 걱정하지 않는다고 대답하겠지. 녀석은 굳건한 성격이니까. 허조그 가문의 후손치고는 비교적 안정적인 편이니까. 그러면 라모나는 어린 딸에 대해 현명한 조언을 해주겠지. 그러면 모지스는 어떻게 그런 사이코패스들의 손에 딸아이를 내버려두겠느냐고 하겠지. 그들이 사이코패스라는 사실에 과연 의문의 여지가 있을까? 제럴딘이 보낸 편지라도 다시 읽어볼려나―그들이 어떤 짓을 벌이는지 말해주는 그 끔찍한 편지를? 그리고 나면 매들린, 젤다, 밸런타인

---

* 센트럴파크 서남단에 인접한 원형교차로.

거즈바크, 샌도어 히멜스타인, 몬시뇨르, 에드비그 박사, 피비 거즈바크 등등에 대해 또 한바탕 토론이 벌어지겠지. 나는 말하기 싫으면서도, 마치 마약을 끊으려 애쓰는 중독자처럼, 자기가 지금까지 속고 빼앗기고 조종당하고 저금한 돈을 갈취당하고 빚까지 지게 된 사연을, 더구나 믿었던 아내에게, 친구에게, 의사에게 배신당했던 사연을 다시 주절주절 늘어놓겠지. 바로 그 순간 허조그는 특정한 누군가의 혐오스러운 일면을 깨닫고, 개개인의 영혼을 온전히 구원하려면 전체가 필요하다는 사실을 깨닫고, 그래서 이야기를 하는 과정에서 자신의 지독한 울분을 고스란히 전달하려 하겠지만 당연히 불가능한 일이겠지. 그러다가, 한창 이야기하는 와중에, 자신에게는 이런 이야기를 강요할 권리가 없다는 깨달음, 그리고 상대방의 확인과 조언과 정당화를 기대하는 갈망은 다 부질없다는 깨달음이 문득 찾아오겠지. 게다가 올바르지도 않은 일이다. (무슨 까닭인지 지금은 프랑스어가 더 잘 어울린다는 생각이 들었고, 그는 "더러워Immonde!" 하고 내뱉은 후 더 큰 소리로 다시 외쳤다. "너무 더럽다고C'est immonde!") 그래도 라모나는 다정하게 공감해주겠지. 상처받은 사람은 원시적인 이유로 매력이 사라지고 심지어 우스꽝스러워 보이기 마련이지만 라모나는 진심으로 안타까워한다. 그러나 정신적으로 혼란스러운 시대에는 모지스처럼 감수성 예민한 남자가 오히려 돋보일지도 모른다. 요즘 그는 남달리 근시안적인 사고방식, 불충분한 현실감각, 눈에 띄는 천진스러움 등이 오히려 자신의 지위를 높여준다는 사실을 어렴풋하게나마 깨달았다. 라모나는 그런 태도를 매력적으로 느끼는 것이 분명했다. 그러므로 변함없이 마초의 모습을 보여주기만 하면 늘 눈을 빛내며 경청할 테고, 더욱더 공감하고 더 많이 공감하고 또 공감하겠지. 그녀는 그의 고통을 성적 흥분으로 승화시켰고, 당연한 상을 준다는 듯이 그의 슬픔을 유익한 방향으로 이끌었다. 홉스는 사람을 사귈 때 압도적인 힘을 느끼지 못하면 기쁨(즐거움voluptas) 대신 크나큰 슬픔(괴로움molestia)을 맛볼 뿐이라고 말했지만 동의할 수 없다. 압도적인 힘은 늘 존재하기 마련인데, 바로 자신의 두려움이다. 그러나 이런 이론적 고찰은 집어치우고, 때가 되면, 푸에르토리코 사람들이 소란을 피우는 길거리가 까마득히 내려다보이는 그곳에서 베네치아산 디캔터에 담긴 아르마냑 브랜디를 네댓 잔 마시고 나면, 그다음은 라모나 차례다. 당신이 나에게 잘해주면 나도 당신에게 잘해줄게요.

맹인처럼 촉감과 소리, 면도날이 수염을 깎아내는 소리에 의지하여 면도를 계속했다.

라모나는 남자를 즐겁게 하는 데 매우 능숙했다. 새우, 와인, 꽃, 조명, 향수, 옷 벗는 의식, 구슬프게 울려퍼지는 이집트 음악 등이 그녀의 경험을 말해주었는데, 그런 식으로 살아야 했다는 사실이 안쓰럽기도 했지만 한편으로는 만족스러웠다. 라모나는 모지스를 못마땅하게 여기는 여자도 있다는 사실에 놀라워했다. 그는 매들린과의 잠자리는 비참한 실패로 끝날 때가 많았다고 말했다. 지금 역량이 좋아진 까닭은 이미 매디를 향한 분노를 발산했기 때문일까. 그러자 라모나의 표정이 어두워졌다.

"글쎄요—혹시 나 때문인지도 모르는데—그런 생각은 안 해봤어요?" 그녀가 말했다. "가엾은 모지스—당신은 여자 때문에 늘 괴로워하지 않으면 진지한 관계라고 믿지도 못하는 사람이에요."

모지스는 상쾌한 풍년화* 로션을 한 손 가득히 따라 얼굴에 바르고 입가로 입김을 훅훅 불어 두 뺨을 진정시켰다. 세면대 위의 유리 선반에 놓인 소형 트랜지스터 라디오를 켜 폴란드 댄스곡을 틀어놓고 양발에 파우더를 뿌렸다. 그리고 나서는 춤을 추고 싶은 충동을 이기지 못하고 지저분한 타일 바닥에서 잠시 겅중겅중 뛰었는데, 시멘트에서 떨어져나온 타일 쪼가리 몇 개는 욕조 밑으로 차버려야 했다. 혼자 있을 때는 이렇게 느닷없이 춤을 추거나 노래를 부르는 등 평소의 진지한 모습에 어울리지 않게 괴상한 행동을 하는 버릇이 있었다. 그는 폴란드어 광고가 나올 때까지 춤을 추었다. "오치네-핀치-오치네, 핀치 애비뉴, 플러싱." 타일이 깔린 화장실—그는 '변소'라는 시대착오적 명칭을 썼다—의 누르스름한 상앗빛 어둠 속에서 아나운서 흉내를 내기도 했다. 숨을 몰아쉬며 폴카 춤을 한번 더 추려 했지만 문득 옆구리에 땀이 흐른다는 사실을 깨달았다. 춤을 또 추면 샤워를 해야 할 터였다. 그럴 시간도 없고 인내심도 없다. 몸을 말리는 과정은 떠올리기도 싫다. 그가 늘 귀찮아하는 지긋지긋한 절차였다.

 깨끗한 속옷을 입고 양말을 신었다. 양말로 구두코를 문질러 은은한 광택을 냈다. 라모나는 그의 구두 취향을 좋아하지 않았다. 언젠가 매디슨 애비뉴 발리** 매장의 진열창 앞에서 발목까지 오는 스페인 부츠를 가리키며 말했다. "당신한테 필요한 게 바로 저거예요—저렇게 잘 빠진 검은색 구두." 그러고는 미소를 지으며 고개를 들었고, 그는 그녀의 반짝이는 눈동자를 마주보았다. 완만한 곡선을 그리며 눈부시게 빛나

---

* 해열 및 지혈 효과가 있는 북미산 떨기나무.
** 스위스 패션 명품점.

는 새하얀 치아. 그렇게 아름다운 치아 앞에서 입술이 벌어졌다 닫히고, 짤막하고 코끝이 살짝 올라간 프랑스풍의 코는 아담하고 귀여웠다. 담갈색 눈동자, 풍성하고 생동감 넘치는 검은색 머리. 얼굴 하관이 좀 넓은 편이다. 허조그가 보기에는 작은 결함이다. 심각한 문제는 아니다.

"내가 플라멩코 댄서처럼 차려입어야겠어?"

"옷차림에도 조금은 상상력을 발휘해요―개성을 좀 강조해보라고요."

당신은 내가―허조그는 환하게 웃었다―인적 자본을 잘못 투자한 사례라고 생각하는구나. 그러면서도 라모나의 말에 동의하여 그녀를 놀라게 했다. 거의 유쾌한 기분으로 그녀의 말에 따랐다. 늘 자신의 장점, 지성, 감성, 기회를 낭비하며 살았으니까. 다만 그런 스페인 신발 따위가―어쨌든 좀 유치한 그의 취향에는 매우 매력적으로 보였지만―개성을 발전시킨다는 확신은 별로 없었다. 그래도 우리는 발전해야 한다. 반드시!

바지를 입었다. 이탈리아제 바지는 아니다. 식후에는 불편할 테니까. 다음은 새 포플린 셔츠 한 벌이었다. 고정 핀을 다 제거했다. 그다음에는 무명 재킷을 걸쳤다. 작은 화장실 창문 틈새로 고개를 숙여 항구 쪽에 무엇이 보이는지 훑어보았다. 눈에 띄는 것은 없었다. 건물이 너무 많은 이 섬을 온통 둘러싼 물의 존재감뿐이다. 시계를 보면서도 시간을 확인하지 않았듯이 다음 행동을 이어가려는 준비동작에 불과했다. 이제 사각형 거울 속에 허깨비처럼 떠 있는 자신의 모습을 살펴보았다. 이만하면 괜찮을까? 아, 끝내주네―정말 멋지다, 모지스! 대단해! 인간의 원시적 자기애, 자아를 보존하려는 이 즐거운 본능은 한

없이 뿌리깊고 한없이 유서 깊어 어쩌면 세포 단계에서부터 발달했는지도 모른다. 숨을 쉴 때마다 조용하면서도 광범위하게, 온몸으로, 말단신경 하나까지 골고루 퍼져가는 기분좋은 갈망을 의식한다. 홀데인 교수님께…… 아니, 지금 허조그가 이야기하고 싶은 상대는 그가 아니다. 테야르 드 샤르댕 신부님께, 저는 각종 원소의 본질적 측면에 대한 신부님의 개념을 이해하려고 노력했습니다. 감각기관은, 하다못해 가장 기초적인 감각기관조차도 분자로부터 진화할 수 없다고 하셨는데, 기계론적 유물론자들마저 분자는 비활성 상태라고 했으니까요. 그렇다면 물질 그 자체를 아직 진화중인 의식으로 보고 연구하는 편이 나을지도 모른다고……* 그런데 탄소 분자도 생각을 할 줄 알까요?

깨끗이 면도한 얼굴이 거울 속에서 중얼거리는데—눈 밑에 짙은 그늘이 졌다. 그래도 괜찮다고 생각했다. 조명이 너무 밝지만 않으면 아직도 잘생긴 남자니까. 앞으로도 당분간은 여자들을 만날 수 있어. 다 환영하겠지만 매들린은, 얼굴이 아름다울 때도 있고 마귀할멈 같을 때도 있는 그 쌍년만은 딱 질색이다. 자, 이제 가자—라모나가 음식도 먹여주고 와인도 따라주고 구두도 벗겨주고 비위도 맞춰주고 화도 풀어주고 입술을 잘근잘근 깨물어가며 입맞춤도 해줄 테니까. 이윽고 이불을 들추고 조명을 낮추고 침대에 들어 본격적으로 솜씨를 발휘하겠지……

적당히 우아하면서도 적당히 흐트러진 모습이었다. 옛날부터 그런 스타일이다. 넥타이는 꼼꼼하게 매는데 구두끈은 풀어져 땅에 끌린다. 늘 흠잡을 데 없는 맞춤옷을 차려입고 파머 하우스**에서 머리를 자르거

---

* 진화론을 다룬 대표작 『현상으로서의 인간』에 대한 언급.
** 시카고 도심의 유명 호텔.

나 손톱을 다듬는 슈라 형은 모지스가 괜히 일부러 그런다고 말했다. 한때는 사춘기의 반항이었는지도 모르지만 지금은 모지스 E. 허조그의 일상적 코미디로 굳어져버렸다. 라모나는 종종 이렇게 말했다. "당신은 진정한 미국인, 청교도적 미국인이 아니에요. 관능에 재능이 있거든요. 입만 봐도 드러나죠." 그런 말을 들을 때마다 허조그는 자기도 모르게 입술을 만져보았다. 그러나 곧 웃어넘겼다. 다만 그녀가 자기를 미국인으로 여기지 않는다는 사실은 좀 마음에 걸렸다. 가슴 아프다! 내가 미국인이 아니면 뭐란 말이냐? 군복무 시절의 동료들도 그를 외국인으로 여겼다. 시카고 출신들은 수상쩍다는 듯이 따져물었다. "스테이트와 레이크 사이*에는 뭐가 있지? 거기서 오스틴 애비뉴까지는 서쪽으로 얼마나 가야 하지?" 대부분은 근교 출신인 듯했다. 시내 사정이라면 모지스가 그들보다 훨씬 더 자세히 알았지만 이 사실조차 오히려 불리하게 작용했다. "아하, 다 외워버렸구나. 너는 간첩이야. 이렇게 증거가 뚜렷하잖아. 너도 머리 좋은 유대인 녀석이니까. 다불어라, 모즈—낙하산으로 적진에 침투할 예정이구나—맞지?" 아니, 그는 통신장교가 되었으나 천식 때문에 제대할 수밖에 없었다. 멕시코만에서 훈련 도중 마주친 안개 때문에 숨이 꽉 막혔고, 그의 쉰 목소리 때문에 연락이 끊어졌다. 다만 그가 투덜거리는 말은 함대 전체가 똑똑히 알아들었다. "길을 잃었어! 모두 좆돼버렸어!"

그러나 1934년 시카고에서 허조그는 매킨리고등학교의 졸업생 대표 연설자였고, 연설문은 에머슨의 글을 베꼈다. 이탈리아계 기계공,

---

* '스테이트 스트리트와 레이크 스트리트가 만나는 모퉁이'라는 뜻으로, 여기서는 시카고 중심가의 유명 식당 '스테이트 앤드 레이크'를 가리킨다.

보헤미아계 술통 제조공, 유대계 재단사 등이 모인 자리에서 연설할 때만 해도 그의 목소리는 멀쩡했다. 세상에서 가장 위대한 사업은…… 한 사람을 길러내는 일입니다. 한 사람의 삶이…… 역사상 존재했던 어떤 왕국보다 찬란한 국가일지도 모릅니다…… 지금 살아가는 우리의 삶이 평범하고 보잘것없다는 사실을 인정합시다…… 지금의 우리 모습은 그리 아름답지도 완벽하지도 않습니다…… 우리가 사는 이 사회는 모든 사람이 희열이나 거룩한 깨달음을 얻어야 한다고 믿지 못합니다.* 비록 빌럭시** 부근 어딘가에서 함대와 승선원 전체를 잃어버렸을지언정 아름다움과 완벽을 추구하는 허조그의 자세가 진지하지 않았다고 말할 수는 없다. 그는 자신의 미국인 자격이 충분하다고 믿었다. 앨라배마 출신의 어느 원사가 했던 말을 떠올리면 우스꽝스러우면서도 괴로웠다. "영어는 대관절 어디서 배우셨대요—혹시 벌리츠 어학원 아니었나요?"

아니, 라모나의 말은 그가 평범한 미국인처럼 살지 않았다는 칭찬이었다. 그렇다, 그에게는 처음부터 특이한 점이 많았다. 여기서 크나큰 가치나 사회적 차별성을 찾아야 할까? 한평생 그런 특이점을 감내하며 살았으니 조금은 유익하게 써먹어도 괜찮을 테지.

그런데 평범한 미국인이라는 말이 나온 김에 생각해보면, 나중에 라모나는 어떤 어머니가 될까? 어린 딸을 데리고 메이시백화점 퍼레이드를 구경하러 갈 수도 있을까? 모지스는 이시스***의 여사제 라모나가 트위드 정장을 입고 꽃마차 행렬을 구경하는 모습을 상상해보았다.

---

* 『미국의 학자』를 비롯한 여러 글에서 인용.
** 미시시피주의 항구도시.
*** 이집트신화에서 농사와 수태를 관장하는 여신.

맥시긴스에게. 자네가 쓴 연구서 『미국 실업계의 윤리사상』을 읽어봤네. 맥시긴스가 꽤나 신나게 써내려갔겠지. 흥미롭더군. 미국 결산 시스템의 공개적 비공개적 위선에 대해서도 더 자세히 조사했으면 좋을 뻔했어. 미국에서는 개개인이 제멋대로 자랑을 일삼아도 막을 방법이 없겠지만. 대중의 인기에 영합하는 사고방식 속에서 선량함은 차츰 공기 같은 공짜 상품이나 지하철처럼 공짜에 가까운 상품이 돼버렸지. 만인에게 뭐든지 최고급으로—마음껏 가져가세요. 그런데도 별 관심들이 없어. 벤 프랭클린은 정직한 얼굴이야말로 사업자산이라며 권장했지만 사실 이 말의 배경은 칼뱅의 예정설일세. 그래서 다른 사람이 선택을 받더라도 의심하지 말아야 하고. 그 사람의 신빙성을 깎아내릴 수는 있겠지만. 천벌에 대한 믿음이 희미해졌어도 '믿음직스러운 외모'에 대한 믿음만은 여전하니까.

아이젠하워 장군께. 대통령 임기중에는 명백히 시간이 없었겠지만 사생활을 되찾으신 지금은 당시 간과했던 여러 문제에 대해 돌이켜볼 여유도 있고 그럴 의향도 있겠지요. 예컨대 냉전의 압박이라든지…… 요즘은 많은 사람이 정치적 히스테리의 시기에 불과했다고 생각합니다만, 그리고 여러 시각이 급변하는 이 시대에는 예전과 달리 정치적 수완으로 보이기보다 미국의 국력낭비였다는 인상만 심어주는 덜레스 장관*의 행보와 발언에 대해서도 말입니다. 장군께서 유엔에서 실수로 핵전쟁이 일어날 위험성에 대해 말씀하시던 날, 저도 기자석에 있었습니다.** 그날은 2번 애비뉴에서 샹들리에를, 아니, 실제로는 구닥다리 가스등을 구입하려고 계약금을 치렀다. 루디빌 집에 또 10달러나 낭비한 셈이다. 흐루쇼프 서기장이 구두를 벗어 책상을 두드

---

* 미국 정치가, 반공주의자, 아이젠하워 행정부의 국무장관 존 덜레스.
** 유엔 본부는 뉴욕 맨해튼에 있다.

릴 때도 그 자리에 있었지요.* 그렇게 위기가 거듭되는 분위기에서는 제가 우려하는 문제, 즉 더욱 일반적인 문제에 대해서는 고민해볼 여유조차 없었습니다. 아니, 사실은 내 인생을 투자한 일이다. 그런데 나는 도대체 장군이 뭘 어떻게 해주길 바라는가? 그렇지만 휴즈 씨**의 저서를 바탕으로, 그리고 장군께서 그에게 보낸 편지에서 표명했던 '정신적 가치'에 대한 우려를 바탕으로 추측하건대, 장군께서 몸소 선임하신 국가목표위원회가 행정부 말기에 발표한 보고서를 잘 보시라고 말씀드려도 귀한 시간을 허비하게 만드는 일은 아니리라 믿습니다. 장군이 선임하신 위원들이 과연 적임자였는지 의심스러운데—기업의 고문변호사, 거물급 기업인, 한마디로 요즘은 산업정치인이라고 부르는 집단이니까요. 휴즈 씨는 장군께서 귀에 거슬리는 의견은 아예 듣지도 못하도록 차단된 상태, 굳이 말하자면 격리된 상태였다고 밝혔습니다.

지금쯤 이 편지를 쓴 사람은 누구일까 궁금하시겠지요. 진보주의자일까, 지식인 나부랭이일까, 오지랖 넓은 박애주의자일까, 그것도 아니면 그냥 좀 덜떨어진 놈일까. 일단 저는 공공의 이익이 중요하다고 믿는 신중한 사람이라고 말씀드리겠습니다. 영향력 없는 지식인은 으레 자신을 조금은 경멸하기 마련인데, 이는 정치적 또는 사회적 실권을 쥔 사람들이나 스스로 그렇다고 믿는 사람들의 경멸적 시각을 반영한 결과입니다. 좀더 간단명료하게 설명할 수는 없을까? 장군은 길고 복잡한 문서를 싫어하기로 유명하잖아. 지금 우리에게 필요한 것은 적국의 공산주의자들에 대한 투쟁심을 고취하는 충성스럽고 유용한 성명서 모음이 아닙니다. 일찍이 파스칼(1623~1662)은 인간이 갈대라고, 그러나 생각하는 갈대라고 표현했지만, 오늘날의 민주 시

---

* 1960년 10월 12일 유엔총회 당시 흐루쇼프가 필리핀 대표의 발언에 항의한 사건.
** 언론인, 아이젠하워의 연설문 작성자 에밋 존 휴즈.

민이라면 전혀 다른 일면을 강조해야 할 듯합니다. 인간은 생각할 줄 알지만 중심부에서 불어닥치는 바람 앞에서 구부러지는 갈대의 심정이라고 말입니다. 보나마나 아이크*는 이런 말을 귀담아듣지도 않겠지. 허조그는 다른 접근법을 시도했다. 톨스토이(1828~1910)는 '왕이야말로 역사의 노예'라고 말했습니다. 권력의 상층부로 올라갈수록 행동이 제한되기 마련이니까요. 톨스토이에게 자유는 전적으로 개인적인 권리였습니다. 주어진 상황이 단순하고 진실하다면—그것이 현실이라면—그 사람은 자유로운 사람입니다. 자유로우려면 역사의 굴레에서 벗어나야 합니다. 반면에 GWF 헤겔(1770~1831)은 인생의 본질이 역사에서 비롯된다고 믿었습니다. 역사, 기억—바로 그것이, 그리고 죽음에 대한 인식이 우리를 인간답게 만든다는 뜻이지요. '사람으로 말미암아 죽음이 도래했듯이.'** 우리는 죽을 줄 알기에 남을 희생해서라도 생명을 연장하려 하니까요. 그것이 권력투쟁의 근원입니다. 다 헛소리지! 그런 생각을 하며 허조그는 절망의 와중에도 유머감각을 잃지 않았다. 나도 참 여러 사람을 괴롭히는구나—네루, 처칠, 이번엔 아이크까지, 게다가 아이크에게는 세계 명저에 대해 한바탕 강의라도 할 기세로구나. 그러나 그의 마음속에는 진정성도 적지 않았다. 사회질서가 없다면 인류가 더 높은 수준으로 발전할 수 없습니다. 그러나 목표는 자유입니다. 더구나 개인이 국가에게 무슨 빚을 졌습니까? 국가적 목표를 설명하는 위원회 보고서를 읽으며 그런 생각을 했습니다. 그때 나는 의사소통을 하고 싶다는 열망 때문에, 혹은 의사소통을 시도해본다는 희한한

---

* 아이젠하워의 애칭.
** 「고린도전서」 15:21. 이어지는 말은 "사람으로 말미암아 망자들의 부활이 도래했도다".

계획 때문에 몹시 흥분했던 모양이다. 혹은 연합군 최고사령부 SHAEF의 총사령관에게 조롱의 의미로 열병과 미완의 폭력이라는 토양에서 피어난 꽃을 건네는 기분으로 '죽음'과 '역사'에 대한 견해를 전달하고 싶다는 거짓 열정에 사로잡혔을까. 따지고 보면 우리도 태양 주위를 공전하는 이 광물덩어리에 서식하는 동물의 일종에 불과한데 어째서 이토록 고상한 체하고 잘난 체할까? 저 유명한 '그레셤의 법칙'*을 변주해 봤습니다. '공생활이 사생활을 몰아낸다.' 우리 사회가 정치화될수록(가장 넓은 의미의 '정치화'—즉 집단을 지향하는 강박관념이나 욕구를 내포하는 말입니다) 점점 더 개성을 상실하는 듯합니다. 제가 '듯하다'고 말한 까닭은 개성의 은밀한 원천이 무수히 많기 때문입니다. 더 알기 쉽게 설명하자면 오늘날 국가의 목적은, 인간의 삶에는 전혀 필요하지 않지만 국가의 정치적 생존을 위해서는 필수불가결한 상품들의 제조과정과 밀접한 관련이 있습니다. 지금 우리 모두는 국민총생산이라는 현상에 휘말려버렸고 이런저런 부조리와 거짓을 억지로 신성시해야 하는 처지로 전락했습니다. 얼마 전까지만 해도 한낱 장사꾼에 불과했고 조롱거리였던 자들이—한마디로 돌팔이 약장수들이—이제 부조리와 거짓의 대제사장들입니다. 그런 반면에 노동시간이 하루 열네 시간이었던 한 세기 전에 비하면 이른바 '사생활'은 늘어났습니다. 이 모든 상황은 착취와 지배의 기술이 사생활의 영역을 (심지어 성생활까지) 침범하는 문제와도 관련이 있으므로 지극히 중대한 일입니다.

　비극적인 후임 대통령**이라면 관심을 보였겠지만 아이크는 아니다.

---

* 16세기 영국의 금융업자 그레셤이 엘리자베스여왕에게 보낸 편지에서 유래한 '악화가 양화를 구축한다'를 말한다.
** 35대 대통령 존 F. 케네디.

린든*도 마찬가지다. 그들의 정부는 지식인—물리학자, 통계학자 등등—없이는 제구실조차 할 수 없었지만 이제 지식인들은 산업계의 거물이나 억만장자들의 품속으로 사라져간다. 케네디도 상황을 바꿔보려 하지 않았다. 다만 그런 상황이 존재한다는 사실만은 비공식적으로나마 인정하는 듯했다.

새로운 아이디어가 모지스를 사로잡았다. 펄버에게, 1939년 허조그의 지도교수였고 지금은 〈애틀랜틱 시빌리제이션〉의 편집장인 해리스 펄버에게 간략한 내용을 알려보자. 그래, 몸집이 조그맣고 겁 많은 펄버, 소심하지만 진심이 담긴 푸른 눈, 무너져가는 치아, 로빈슨의 『고대사』에 실린 사진에서 보았던 이집트 미라를 닮은 옆모습, 안면홍조로 알록달록 물든 팽팽한 피부. 허조그는 늘 그랬듯이 무절제하고 격정적인 방식으로 그 사람을 사랑했다. 그는 이렇게 썼다. 이봐요, 펄버, 방금 근사한 아이디어가 떠올랐는데, '영감靈感의 상태'에 대해 대단히 중요한 평론을 쓸 수 있겠어요! 상향성 초월뿐만 아니라 하향성 초월도 있다고 믿어요? (둘 다 장 발**이 주창한 용어죠.) 초월이 불가능할지도 모른다는 생각은 일단 유보해볼까요? 이게 다 역사적 분석과도 관련이 있어요. 우리가 지금까지 새로운 유토피아적 역사, 목가적 역사를 지어내며 현재와 상상 속의 과거를 비교했던 이유는 현실세계를 혐오하기 때문이라고 보거든요. 우리는 현재에 대한 이 혐오를 아직 제대로 이해하지도 못했어요. 지금의 대중문화 속에서 새로 싹튼 의식의 첫번째 요구는 의미심장할지도 몰라요. 말도 하지 못하는 노예 상태에서 비로소 해방된 정신은 울분을 토하고 오랜 세월 쌓였던 고통에 겨워 울부

---

* 36대 대통령 린든 존슨.
** 프랑스 철학자(1888~1974).

짖죠. 어쩌면 물고기도, 도롱뇽도, 이리저리 질주하던 무시무시한 고대 포유류도 저마다 목소리를 얻고 이 비명소리에 자기들의 오랜 경험을 보태는지도 몰라요. 진화는 자연이 스스로를 자각해가는 과정이라고 가정한다면, 펄버―인간의 경우에는 이 단계에서 자기인식과 더불어 자연이 베풀어준 더 보편적인 힘을 잃어버렸다는 상실감, 즉 본능을, 자유를, 그리고 욕구를 희생하며 (노동소외,* 기타 등등) 대가를 치렀다는 상실감이 뒤따랐죠. 인간의 발달과정에서 이 단계의 드라마는 타락의 드라마, 그리고 자기보복의 드라마인 듯해요. 특이한 코미디의 시대죠. 우리 앞에 펼쳐진 세상은 일찍이 토크빌이 예언했던 평준화 사회일 뿐 아니라 진화론적 자기인식이 지배하는 서민화 단계이기도 하니까요. 어쩌면 자아도취의 욕구에 (또한 자유를 향한 요구에) 다수가, 아니, 종족 전체가 나서서 보복하는 상황이 불가피할지도 모르죠. 대중이 지배하는 새로운 세상에서 자기인식은 우리가 괴물이라는 사실만 드러내기 쉬워요. 그것은 명백히 정치적인 현상인데, 충분한 공간과 활동범위를 원하는 개인적 욕구 혹은 개인적 요구를 억누르려는 행동이죠. 개인은 정치에서 정의하는 대로 '권력'을 정의하도록, 그리고 개인적 결과는 스스로 해결하도록 강요당하거나 압박당해요. 이래서 결국 자신에게 보복을 자행하게 만들어요. 조롱과 경멸이라는 보복, 초월의 가능성을 부정하는 보복이죠. 특히 마지막의 이 부정은 인생에 대한 예전의 개념이나 지금은 유지하기조차 불가능한 인간의 표상에서 비롯된 착각이에요. 그렇지만 제가 보는 난제는 정의의 문제가 아니라 인간의 속성을 총체적으로 재고해야 한다는 사실이거든요. 어쩌면 아예 새로운 속성을 찾아내야 할지도 몰라요. 인간에게는 아직 발견되지 않은 속성도 틀림없이 존

---

* 마르크스의 소외론에서, 인간이 노동시장에 참여할 때 오히려 본성으로부터 멀어진다는 개념.

재한다고 확신하니까요. 인류를 자만심의(혹은 자학의) 수준에 머물게 하는, 그리고 터무니없는 주장을 내세우다가 결국 자기혐오의 고통까지 겪게 만드는 온갖 그릇된 정의는 그런 발견 또는 복원을 방해할 뿐이죠.

지금쯤 '영감의 상태'에 대한 이야기는 언제 나올지 궁금하겠네요. 이 상태에 도달하려면 음성적인 방법밖에 없다고 흔히들 생각하는데, 그래서 철학이나 문학을 통해 추구하기도 하고, 성적 체험을 이용하거나 마약의 힘을 빌리기도 하고, 혹은 '철학적인' '이유 없는' 범죄처럼 경악스러운 수단을 이용하기도 해요. (그런 '범죄자'들은 다른 인간에게 친절을 베푸는 행위에도 '이유' 따위는 필요 없음을 생각조차 못하는 듯하죠.) 현명한 평자들이 지적했듯이, 예전에는 정의, 용기, 절제, 자비 등을 통해서만 얻을 수 있다고 여겼던 '정신적' 명예나 '존경'을 요즘은 소극적 방법으로, 즉 괴이한 행동으로도 차지할 수 있다고 믿거든요. 이런 변화는 '가치' 중에서도 많은 부분이 과학기술에 흡수되었다는 사실과 유관할지도 모른다는 생각이 자주 들어요. 원시적인 지역에 전기를 공급하는 것은 물론 '좋은' 일이죠. 기술적 발전은 문화를, 심지어 도덕성까지 내포하니까요. 굶주린 사람에게 빵을 주고 헐벗은 사람에게 옷을 입히는 것은 선행이잖아요? 우리가 페루나 수마트라에 기계를 보내주는 것은 곧 예수의 뜻을 따르는 일이기도 하잖아요? 생산이나 운송을 위한 기계를 이용하면 선행이 쉬워지죠. 미덕이 기계와 경쟁할 수 있을까요? 신기술 그 자체는 수구적이고 합리성뿐만 아니라 선의도 내포해요. 그래서 어느 군중, 어느 수구파 무리는 허무주의로 내몰렸는데, 지금은 널리 알려졌다시피 허무주의의 근원은 기독교적 윤리관이고, 허무주의가 기승을 부리면 오히려 '건설적' 근거를 제공하죠. (폴라니,*

---

* 헝가리 태생의 영국 경제학자 칼 폴라니(1886~1964).

허조그 등을 참조하세요.)

낭만적인 사람들은(요즘은 그들도 대중이라고 해야겠지요) 이 대중문화가 아름다움, 숭고함, 진실성, 열의 등을 달성하지 못하게 방해한다며 비난합니다. '낭만'이라는 용어를 비웃고 싶진 않아요. 낭만주의는 '영감의 상태'를 수호했고, 대단히 광범위하고 빠르게 변화하던 격동기에, 현대적인 과학과 기술이 어느 때보다 급속하게 발전하던 시기에, 시, 철학, 종교의 가르침, 초월에 대한 가르침과 증언, 그리고 인류의 가장 너그러운 사상을 무사히 보존했으니까요.

마지막으로 덧붙이자면, 펄버, 영감의 상태로 살아가는 일, 진리를 아는 일, 자유롭게 살고 타인을 사랑하고 삶을 완성하고 마침내 명료한 의식을 유지하며 죽음을 맞이하는 일은—의식이 맑지 않다면 죽음을 피할 궁리를 하거나 도망치겠지만 이미 산송장과 다름없으니 영혼은 숨죽인 채 영생을 기다리겠죠—이제 그리 희귀한 목표가 아닙니다. 기계가 선이라는 개념을 구체화했듯이 파괴의 기술에도 형이상학적 성격이 생겼으니까요. 따라서 이제 실용성의 문제는 곧 궁극적인 문제이기도 합니다. 인류의 멸망이 가시화됐으니까요. 선과 악은 현실입니다. 그러므로 영감의 상태도 공상이 아닙니다. 신, 왕, 시인, 사제, 성지 등에만 허락되는 것이 아니고 인류 전체와 모든 존재에게 가능합니다. 그러므로—

그러므로, 어제 택시를 타고 의류공장지대를 지나다가 길이 막혔을 때 공장 위층에 있던 기계들처럼, 전기의 힘으로 끊임없이—무한하게!—게걸스럽게 마구 찔러 옷감을 꿰매며 천둥소리 같은 굉음을 울리던 그 기계들처럼, 허조그의 생각도 지칠 줄 모르는 에너지를 뿜어냈다. 줄무늬 재킷을 걸치고 다시 자리에 앉은 그는 양 무릎으로 책상

다리를 힘껏 조이며 이를 악물었고 밀짚모자가 이마에 파고들었다. 그는 이렇게 썼다. 이성은 존재합니다! 이성은…… 바로 그때 석조건물이 와르르 무너지는 소리, 목재와 유리가 터져나가는 소리가 은은하면서도 또렷하게 들렸다. 그리고 이성에 바탕을 둔 신념도 존재합니다. 그것이 없다면 한낱 조직의 힘으로 세계의 무질서를 바로잡을 수 없습니다. 아이젠하워의 국가목표 보고서*에 제가 어떤 식으로든 관여했다면 무엇보다 미국인의 개인적 및 내면적 생활부터 고려했을 텐데…… 제가 쓰려는 평론이 바로 그 보고서에 대한 비판이라고 밝혔던가요? 그는 골똘히, 깊이 생각한 끝에 이렇게 썼다. 자기 인생은 자기가 바꿔야 합니다. 바꾸고 싶다면!

그래서 나 모지스 E. 허조그가 어떻게 변모하는지 당신이 지켜보기 바란다. 기적처럼 달라진 마음을 증언해주기 바란다―지금 옆 블록에서 슬럼가를 철거하는 소리를 들으며, 변해가는 뉴욕의 잔잔한 대기 속에 하얗게 퍼져가는 석회 먼지를 바라보며 이렇게 세계의 권력자들과 소통하거나 지식과 예지가 가득한 말을 늘어놓지만, 그러는 와중에도 편안하고 즐거운 저녁을 위해 이미 약속을 잡아놓았는데―음식, 음악, 와인, 대화, 그리고 정사. 초월이든 뭐든. 일과 놀이를 골고루 병행해야 건강에 이롭다. 아이크는 송어낚시를 하거나 골프를 친다지만 나에게는 다른 것들이 필요하다. (여기서 또 허조그의 순박한 적개심이 드러난다.) 성적 억압이 질병, 전쟁, 자산, 돈, 전체주의와 어떤 관계가 있는지 이해하는 자유로운 사회에서는 마침내 성을 정당한 위치로 올려놔야 한다. 아니, 사실 섹스야말로 사회적으로 건설적이고 유

---

* 아이젠하워 대통령이 컬럼비아대학에 위촉하여 1960년에 받은 보고서.

익한 일, 한마디로 시민의 본분이 아닌가. 그래서 땅거미 지는 이 황혼에 이렇게 줄무늬 재킷을 입고, 이미 다 씻고 면도하고 파우더까지 뿌렸는데도 다시 땀이 맺히지만, 라모나의 입맞춤을 예상이라도 한 듯이 아랫입술을 초조하게 깨물며 기다린다. 거대한 산업문명은 정신적 욕구를, 허조그의 고상한 열망을, 윤리적 고뇌를, 선과 진리를 향한 갈망을 비웃는데, 이 쾌락주의적 조롱을 물리칠 기운이 없다. 지금 이 순간에도 심장은 경멸스럽게도 마구 두근거린다. 정신 좀 차리라고 심장의 멱살을 쥐고 흔들거나 아예 가슴속에서 끄집어내고 싶다. 내쫓고 싶다. 굴욕적인 코미디 같은 이 번민을 모지스는 혐오했다. 그러나 생각만 하면 꿈속의 삶에서 깨어날 수 있을까? 깨어난 그곳도 혼란의 영역이라면, 오히려 더 복잡한 꿈속이라면, 지성이 만들어낸 꿈이라면, 총체적인 설명이 가능하다는 망상에 불과하다면 다 소용없는 일이다.

일본인 친구 소노를 잠시 사귈 때 데이지의 어머니 폴리나에게 심각한 경고를 들었는데, 러시아계 유대인이며 여권론자인 폴리나가―지난 오십 년 동안 오하이오주 제인즈빌의 현대여성으로 살았던 그녀가 (데이지의 아버지는 1905년부터 1935년까지 그곳에서 탄산음료 트럭을 몰았다)―허조그를 불쑥 찾아왔다. 그때는 폴리나도 데이지도 소노 오구키에 대해 실질적으로 아무것도 모르는 상태였다. (허조그는 생각했다. 로맨스가 정말 많았지! 차례차례 끊임없이. 그게 내 진짜 경력이었을까?) 그런데…… 폴리나가 기세등등 들이닥쳤다. 백발, 펑퍼짐한 엉덩이, 뜨개질 가방. 장모는 세련되고 단호한 여자였다. 허조그에게 주려고 퀘이커 오트밀 상자에 사과파이를 잔뜩 담아왔는데―그 파이를 맛볼 수 없다는 사실을 떠올리면 아직도 마음이 아프다. 정말 맛있었는데. 그러나 파이에 대한 탐욕은 어린애 같은 생각이고 지금은 어른스럽게 매듭지을 문제가 있음을 잘 알았다. 그 세대의 신여성답게 폴리나에게는 좀 완고하고 엄격한 일면이 있었다. 한때는 미인이었지만 이제 외모는 팍삭 시들어버렸고, 팔각형 금테 안경을 썼고, 입가에는 노인에게서 흔히 볼 수 있는 흰색 털이 듬성듬성했다.

그들은 이디시어로 이야기했다. "자네는 뭐가 되려고 그래?" 폴리나가 물었다. "에인 우이즈버프—우이즈겔라센?" 난봉꾼—바람둥이? 노인은 톨스토이 시대의 산물이었고 금욕적이었다. 그래도 육류는 섭취했고 또한 폭군이었다. 검소하고 건조하고 깔끔하고 점잖고 오만했다. 그러나 그녀가 풋사과와 갈색 설탕으로 만드는 사과파이는 비할 데 없이 새콤하고 달콤하고 폭신폭신하고 향기로웠다. 그 맛이 어찌나 관능적인지 놀라울 정도였다. 그리고 데이지에게조차 비법을 가르쳐주지 않았다. "자, 대답 좀 해보겠나? 처음에는 이 여자, 다음에는 저 여자, 또다른 여자. 언제쯤 끝날까? 그런 여자들 때문에 아내와 아들을 버릴 수는 없잖아—창녀들 때문에."

모지스는 그때 그녀에게 굳이 '해명'하지 말았어야 했다고 생각했다. 내 행동을 모두에게 해명하면 체면이 지켜지나? 그러나 어떻게 해명한단 말인가? 나 자신도 이해할 수 없는데, 단서조차 없는데.

몸을 꼼지락거렸다. 슬슬 출발해야 할 텐데. 이러다 지각하시네. 업타운에 나를 기다리는 사람이 있는데. 그러나 아직 출발준비가 덜 됐다. 새 종이를 꺼내 이렇게 썼다. 소노에게.

그녀는 오래전에 일본으로 돌아갔다. 언제였더라? 햇수를 가늠하려고 눈을 치켜뜨다가 월 스트리트와 항구 상공을 흘러가는 흰구름을 보았다. 당신이 귀국해버렸다고 원망하진 않아. 소노는 자산가였다. 시골에 별장까지 있었다. 허조그도 컬러사진 몇 장을 보았는데—토끼, 닭, 새끼돼지가 돌아다니는 동양의 시골이었고 그녀는 전용 온천탕에서 목욕을 했다. 마을에서 안마를 해주러 찾아오던 맹인 안마사의 사진도 있었다. 그녀는 안마를 좋아했고 안마의 효험을 믿었다. 그래서 모지스에게도 자주 해주었고 모지스도 그녀에게 안마를 해주었다.

매들린에 대해서는 당신 말이 옳았어, 소노. 나는 매들린과 결혼하지 말았어야 했어. 당신과 결혼했어야 했지.

그러나 소노는 끝내 영어를 제대로 배우지 못했다. 그래서 이 년 동안 그녀와 모지스는 프랑스어로 대화를 나눴는데—엉터리 프랑스어였다. 그는 이렇게 썼다. 내 사랑, 내 인생은 끔찍한 악몽이 돼버렸어. 당신이 알면 놀라겠지! 그는 매킨리고등학교에서 무서운 노처녀 밀로라드 비치 선생에게 프랑스어를 배웠다. 내가 배운 과목 중에서 제일 유익했지.

소노는 매들린을 딱 한 번 봤을 뿐이지만 한 번으로 충분했다. 소노의 방에 놓인 안락의자에 앉았을 때 그녀가 경고했다. "모소, 조심해요. 주의하라고요, 모소."

소노는 마음이 약했고, 허조그가 겪은 슬픔에 대해 써 보내면 눈물을 흘릴 것이 분명했다. 즉각적인 눈물. 여느 서양인처럼 준비과정이 필요하지 않고 느닷없이 눈물이 솟구쳤다. 그러면 소노의 몸에 솟아오른 젖가슴처럼 그녀의 검은 두 눈이 통통 부어버렸다. 그래서 마음먹었다. 그래, 슬픈 소식은 전하지 말자. 대신에 지금쯤 소노는 어떤 모습일까 상상해보았는데(지금 일본은 아침이다), 김이 모락모락 피어오르는 온천탕에서 목욕을 하며 조그마한 입을 벌려 노래하겠지. 그녀는 목욕을 자주 하는데, 씻을 때는 눈을 치켜뜨고 우아하게 입술을 떨며 노래를 불렀다. 감미로우면서도 이상한 노래였는데, 높고 가늘어 때로는 고양이 울음소리처럼 들렸다.

그가 데이지와 이혼하느라 한창 힘들어할 때 웨스트사이드에 있던 소노의 아파트를 찾아가면 그녀는 곧바로 작은 욕조에 물을 틀어놓고 메이시백화점에서 구입한 입욕제를 풀었다. 모지스의 셔츠 단추를 풀고, 옷을 벗기고, 거품을 일으키며 소용돌이치는 향기로운 물속에 앉힌 후("천천히 들어가요, 뜨거우니까") 페티코트를 벗고 그의 등뒤에 앉아 높낮이가 오르락내리락하는 노래를 불렀다.

"쓱싹쓱싹
등을 밀어요
우리 모-소."

그녀는 어렸을 때 파리에서 살았는데 하필 그때 전쟁이 터졌다. 미군부대가 들어왔을 때는 폐렴으로 앓아누운 상태였는데, 아직 완쾌되지도 않은 채 시베리아횡단철도를 타고 본국으로 송환되었다. 그녀는 이제 일본을 좋아하지 않는다고 말했다. 이미 서양에 익숙해져 도쿄생활에 적응할 수 없었고, 그래서 돈 많은 아버지에게 허락을 받고 뉴욕에서 디자인 공부를 했다.

하느님을 믿는지 확신하지 못한다면서도 허조그가 믿는다면 자기도 믿어보겠다고 했다. 그리고 그가 공산주의자라면 자기도 기꺼이 공산주의자가 되겠다고 했다. 왜냐하면, "일본 여자는 정절을 지키니까요. 미국인들과는 달라요. 흥!" 그러면서도 미국 여자들을 재미있어했다. 이민국에 보증을 서줬다는 침례교 부인들에게 종종 저녁식사를 대접했다. 새우나 생선회를 준비하고 다도茶道를 소개하기도 했다. 가끔 여자들이 금방 돌아가지 않고 시간을 끌면 모지스는 맞은편 브라운스톤 건물의 현관 계단에 걸터앉아 기다리기도 했다. 그때마다 소노는 대단히 즐거워하며—비밀이라면 사족을 못 썼다(여자들의 심연 같은 속마음이여!)—창가로 다가와 화분에 물을 주는 체하며 은밀한 신호를 보냈다. 요구르트 통에 작은 은행나무 몇 그루와 선인장을 길렀다.

웨스트사이드에 있던 소노의 아파트는 천장이 높고 방이 세 개였다. 건물 뒤쪽에는 가죽나무 한 그루가 있고, 앞쪽 창문에는 거대한 에어컨을 달았는데 무게가 일 톤은 족히 넘을 듯싶었다. 아파트 안에는 14번 스트리트에서 헐값으로 사들인 물건이 가득했다—뚱뚱한 소파, 청동 병풍, 전등, 나일론 커튼, 밀랍으로 만든 조화 몇 다발, 연철과 구부러진 철사와 유리로 만든 장식품 등등. 그곳에서 소노는 발뒤꿈치에 힘을 주며 맨발로 바삐 오갔다. 예쁜 몸매에 어울리지도 않는 싸구려 네글리제를 입었는데 무릎까지 내려오는 이 옷은 7번 애비뉴 근처의 노점에서 샀다고 한다. 그녀는 물건을 구입할 때마다 다른 구매자들과 싸워야 했다. 흥분한 나머지 자신의 보들보들한 목을 감싸쥔 채 날카로운 소리를 지르며 사정을 설명했다. "자기! 이 앞치마는 내가 먼저 골랐어요. 그런데 어떤 여자가 달려들었죠. 왁! 흑인 여자였어요! 맙소사! 몸집이 엄청나더라고요! 엉덩이도 거대하고. 젖가슴도 거대하고. 게다가 브라도 안 했던데요. 무슨 나이아가라폭포 같더라니까요. 온통 새까만." 소노는 두 뺨을 부풀리고 두 팔을 구부린 채 지방 때문에 숨쉬기도 힘들어하는 시늉을 하더니 배를 불룩 내밀고 엉덩이를 내보였다. "내가 그랬어요. '아뇨, 아뇨, 아줌마. 나 먼저 왔어요.' 그 여자 팔뚝이 이만하더라고요―어마어마했다니까. 게다가 그 가슴골! 발코니에서 구경하는 사람도 많았죠. 그래도 소리쳤어요. '안 돼요! 안 돼, 안 돼, 아줌마.'" 소노는 거만하게 콧구멍을 내보이며 눈을 가늘게 뜨고 짐짓 험상궂은 표정을 지었다. 한 손은 허리춤에 올려놓은 자세였다. 허조그는 성당 바자회 때 가져왔다는 망가진 안락의자에 앉아 말했다. "잘했어, 소노. 14번 스트리트에서 감히 사무라이한테 시비를 걸다니."

잠자리에 들었을 때 허조그는 침대에 누운 채 미소를 짓는 소노의 눈꺼풀을 만져보았다. 복잡하고 말랑말랑하고 창백하고 신기한 눈꺼풀에는 손자국이 한참 동안 지워지지 않았다. 그는 썼다. 솔직히 말하자면 그 시절이 제일 좋았어. 하지만 나에게는 그런 즐거움을 견뎌낼 만한 의지력이 부족했지. 결코 농담이 아니었다. 남자의 가슴속이 마치 검은 새들이 모두 날아가고 텅 빈 새장처럼 느껴질 때―그는 비로소 자유로워지고 홀가분해진다. 그러다가 독수리들이 돌아와주길 바란다. 예전의 악전고투, 별 볼 일 없고 무의미한 노동, 분노, 고통, 죄악을 되찾고 싶어한다. 동양풍의 화려한 응접실에서 절도 있게―다시 말하건대, 절도 있게―활기를 북돋워주는 쾌락을 탐색하며, 그리고 모지스 E. 허조그가 가진 육체의 수수께끼를 해결해가며(그리하여 세속적 행복을 거부하는 세속적 사고방식을, 이 치명적인 질병을, 서양 특유의 전염병을, 정신적 나병을 치유하며) 그 과정에서 자신의 목표를 찾은 듯했다.

그러나 그는 안락의자에서 시무룩하고 우울한 상태일 때가 많았다. 젠장, 빌어먹을 슬픔! 그러나 소노는 그것마저 좋아했다. 사랑의 눈빛으로 나를 바라보며 이렇게 말했지. "아! 우울하구나—정말 멋있어요!" 죄책감과 슬픔 때문에 내 모습이 동양인처럼 보였는지도 모른다. 시무룩하고 성난 눈, 길어진 윗입술—흔히 '중국 머저리'라고 부르던 표정. 그러나 그녀에게는 그런 표정마저 멋있었다. 내가 공산주의자일지도 모른다고 생각했던 일도 무리가 아니다. 세상은 마땅히 연인들을 사랑해야 한다. 이론가들 말고. 이론가는 안 된다! 문밖으로 내보내라. 여자들이여, 침울한 놈들은 쫓아버려라! 꺼져라, 지긋지긋한 우울이여! 키메르족*의 캄캄한 사막에서 영원히 나오지 말지어다.

소노가 사는 브라운스톤 아파트의 천장 높은 방 세 개에는 영화에 나오는 극동의 풍경처럼 투명한 싸구려 커튼이 달렸다. 실내장식이 많았다. 가장 안쪽에 침대가 있었는데, 침대시트는 청록색이랄까, 물 빠진 엽록소 빛깔이랄까, 아무튼 정돈을 안 해서 온통 어수선했다. 목욕이 끝나면 허조그의 몸이 빨개졌다. 소노가 물기를 닦아내고 파우더를 뿌리고 기모노를 입혀주는 동안 그는 좋아하면서도 조금은 못마땅한 백인 인형처럼 우두커니 서 있었다. 방석에 앉을 때는 빳빳한 천이 겨드랑이를 압박했다. 그녀가 제일 좋은 찻잔에 녹차를 담아 가져다주었다. 그는 그녀의 이야기를 들었다. 소노는 도쿄 언론이 보도한 최신 스캔들을 들려주었다. 어떤 여자가 바람난 애인을 죽인 후 신체 일부

---

* 여기서는 호메로스의 『오디세이아』에서 세계의 서쪽 끝, 저승의 입구에 있는 나라에 산다고 묘사했던 민족을 가리킨다. 그곳은 안개 때문에 햇빛이 들지 않아 늘 암흑천지라고 한다.

를 잘라냈는데, 사라졌던 부분이 그녀의 오비* 속에서 발견되었다. 어떤 기관사가 깜박 졸다가 신호를 못 보는 바람에 154명이 사망했다. 아버지의 애첩이 요즘은 폴크스바겐을 몰고 다닌다. 그러나 안마당에 주차해도 좋다는 허락을 받지 못해 대문 밖에 차를 세운다. 그런 이야기를 들을 때 허조그의 생각은…… 어떻게 이럴 수가 있을까? 유대인을 훈육하는 온갖 전통, 열정, 자제력, 미덕, 명언, 명저 등등을—그 속에는 미사여구도 많지만 참된 진실도 담겼는데—두루 섭렵한 내가 어떻게 이런 너저분한 녹색 시트에, 이런 울퉁불퉁한 매트리스에 이르렀을까? 그러나 그가 여기서 무엇을 한들 누가 아랑곳하랴. 세계의 운명이 바뀌기라도 한단 말인가. 개인의 문제일 뿐이다. "나에게도 권리가 있어." 허조그가 속삭이듯 말했지만 그의 표정은 조금도 달라지거나 움직이지 않았다. 좋다. 오랜 세월 동안 세상은 유대인을 이상하게 여겼는데 이제는 유대인이 세상을 이상하게 여길 차례다. 소노가 술병을 가져와 그의 녹차에 코냑이나 시바스 리갈을 조금 탔다. 녹차를 몇 모금 마시고 나면 장난스럽게 으르렁거렸다. 그때마다 허조그는 웃음을 참을 수 없었다. 다음에는 소노가 족자 몇 개를 꺼냈다. 저마다 뚱뚱한 장사꾼과 가냘픈 소녀의 정사 장면을 담은 그림인데, 여자가 남자를 받아들이면서도 고개를 돌린 모습이 우스꽝스러웠다. 모지스와 소노는 책상다리를 하고 침대 위에 앉았다. 소노가 여기저기 가리키며 윙크를 하거나 탄성을 지르거나 둥그스름한 얼굴을 그의 얼굴에 댔다.

부엌에서는 늘 뭔가 튀기거나 끓이는 중이었고, 어두컴컴한 찬장은

---

* 기모노 허리에 매는 넓은 천.

생선, 간장, 해초 버미첼리, 오래된 찻잎 등의 악취를 풍겼다. 배관이 자주 고장났다. 흑인 관리인에게 수리해달라고 요구해도 웃기만 한다며 허조그에게 대신 말해달라고 했다. 소노는 고양이 두 마리를 길렀는데 배변판이 늘 지저분했다. 지하철을 타고 그녀를 만나러 갈 때는 벌써부터 아파트 내부의 냄새가 진동하는 듯했다. 실내의 어둠 때문에 마음마저 어두워졌다. 소노를 향한 욕망이 강렬했지만 그 집에 가기 싫은 마음도 그만큼 강렬했다. 지금까지도 그때의 열기가 느껴지고, 그때의 냄새가 떠오르고, 그때의 괴로움이 생생했다. 초인종을 누를 때마다 진저리를 쳤다. 쇠사슬이 달그락거리고, 이윽고 그녀가 커다란 현관문을 열어주며 두 팔로 그의 목을 부둥켜안았다. 얼굴에는 정성껏 화장을 했고 몸에서는 사향냄새가 풍겼다. 고양이들이 탈출하려 했다. 그녀가 얼른 붙잡고 소리치는데―늘 똑같은 고함소리―

"모소! 나도 방금 들어왔어요!"

그녀가 숨을 몰아쉬었다. 그를 만나려고, 몇 초라도 먼저 도착하려고 집까지 달려왔기 때문이다. 왜 그랬을까? 어째서 늘 아슬아슬하게 살았을까? 독립적이고 활동적인 삶을 과시하고 싶었는지도 모른다. 한자리에 앉아 기다리기만 하는 여자가 아니라는 뜻이었을까. 그는 윗부분을 둥글게 깎아낸 높다란 현관문으로 들어갔다. 소노는 빗장과 쇠사슬로 문을 잠갔다(여자 혼자 사니까 당연히 조심해야겠지만 일전에 관리인이 노크도 없이 문을 따고 들어오려 했다고 한다). 허조그는 가슴이 두근거리는데도 짐짓 침착한 표정으로 들어섰고, 백인 특유의 근엄한 태도로 집안을 둘러보았다. 몇몇 벽걸이(황갈색, 진홍색, 초록색), 최근에 구입한 물건의 포장지를 잔뜩 팽개쳐둔 벽난로, 그녀가 과제를 하기도 하고 고양이가 올라앉기도 하는 제도용 책상. 들뜬 소노에게 미소를 지으며 안락의자에 앉았다. "언짢은 일이라도 있어요, 자기?" 그렇게 물으며 그녀는 곧바로 그의 기분을 달래주기 시작했다. 볼품없는 구두를 벗겨주며 자기가 다녀온 곳에 대해 이야기했다. 크리스천 사이언스를 믿는 명랑한 아줌마들의 초대를 받고 클로이스터스*에서 열리는 음악회를 보러 갔던 일. 탈리아극장에서 동시상영 영화를 관람한 일—다니엘 다리외, 시몬 시뇨레, 장 가뱅, 그리고 해리 바우와우.** 일미日美교류협회의 초청으로 유엔 본부에 갔을 때 하이데라바드의 니잠***에게 꽃다발을 증정한 일. 일본 무역사절단의 소개로 나세르 대통령, 수카르노 대통령, 미국 국무장관과 대통령까지 만났던 일. 그날 밤에도 베네수엘라 외무장관과 함께 나이트클럽에 다녀오는 길이었다. 모지스는 그녀의 말을 의심해서는 안 된다는 것을 깨달았다. 그럴 때마다 나이트클럽에서 찍은 사진을 보여주었기 때문인데, 사진 속의 그녀는 목이 깊게 파인 드레스 차림으로 아름다웠고 웃는 모습이었다. 망데스프랑스****의 사인을 받은 메뉴판도 있었다. 그러나 허조그에게 코파카바나 나이트클럽에 가자고 청하는 일은 한 번도 없었다. 매우 진지한 허조그를 존경한다는 표시였다. "당신은 철학자예요. 아, 우리 철학자, 내 사랑 교수님. 당신은 아주 중요한 사람이에요. 내가 잘 알

---

* 맨해튼 북부의 미술관으로, 센트럴파크에 있는 메트로폴리탄미술관의 별관.
** 프랑스 배우 아리 보르(Harry Baur). '바우와우(Bow-wow)'는 개 짖는 소리의 의성어다.
*** 인도의 옛 왕국 하이데라바드의 군주 칭호. 마지막 니잠 오스만 알리 칸은 1948년 실권 후 1967년 사망했다.
**** 프랑스 총리를 역임한 정치가(1907~1982).

아요." 그녀는 왕이나 대통령보다 허조그를 더 높이 평가했다.

허조그에게 녹차를 대접하려고 물을 끓일 때마다 소노는 그날그날 겪었던 일을 부엌에서 목청껏 이야기했다. 다리가 세 개뿐인 개를 보았는데, 한 트럭이 개를 피하려다가 손수레를 들이받았다. 어떤 택시 운전사가 앵무새를 주겠다고 했지만 고양이가 잡아먹을까봐 사양했다. 그런 책임을 떠맡기는 싫으니까. 구걸하는 할머니가—늙은 거지가—부탁해서 〈타임스〉 한 부를 사주었다. 할머니가 원하는 것은 오로지 그날 아침에 나온 〈타임스〉였다. 무단횡단을 하다가 경찰에게 딱지를 떼일 뻔했다. 한 남자가 지하철 기둥 뒤에서 성기를 드러냈다. "으으, 어찌나 망측했는지—거시기가 정말!" 그녀는 자기 몸에 한 손을 대고 다른 손으로 길이를 가늠해보았다. "한 자도 넘었어요, 모소. 정말 흉측했다니까요."

"마음에 들었나봐." 허조그가 웃으며 말했다.

"천만에요! 모소, 안 그랬어요! 징그러웠다고요." 그러면서도 즐거워하는 기색이 역력했다. 모지스는 망가진 안락의자에 우아하게 기댄 채 다정한 시선으로 그녀를 바라보았는데, 어쩌면 좀 미심쩍은 시선이었는지도 모른다. 여기까지 오는 동안 느꼈던 열기가 이제야 차츰 가라앉았다. 이런저런 냄새도 예상만큼 심하지 않았다. 고양이 두 마리도 이제 질투심을 덜 드러냈다. 오히려 쓰다듬어달라고 다가왔다. 그는 미국 고양이보다 한층 더 격렬하고 게걸스러운 샴고양이의 울음소리에 익숙해졌다.

그때 그녀가 말했다. "이 블라우스—얼마에 샀을까요? 맞혀봐요."

"글쎄—어디 보자—3달러쯤 들었겠네."

"아뇨, 아뇨!" 그녀가 외쳤다. "60센트. 특매품이었어요!"

"설마. 아니, 그 정도면 적어도 5달러는 받을 만한데. 역시 쇼핑이라면 뉴욕에서도 으뜸가는 실력자라니까."

기분이 좋아진 그녀가 눈부신 윙크를 던지더니 그의 양말을 벗긴 후 두 발을 비벼주었다. 녹차를 가져다주고 시바스 리갈 두 잔 분량을 섞었다. 허조그를 위해서라면 무엇이든 최고급으로 준비했다. "스크롬블드에그 먹을래요, 자기? 배고파요?" 차디찬 비가 푸르스름한 얼음 바늘을 뿌려 황량한 뉴욕을 살해하는 중이었다. 노스웨스트 오리엔트 항공사를 지날 때마다 도쿄행 비행기표는 얼마인지 물어보고 싶어져. 소노는 달걀에 간장을 뿌렸다. 허조그는 먹고 마셨다. 음식마다 짜디짰다. 그래서 녹차를 들이켰다. "우리 목욕해요." 소노가 허조그의 셔츠 단추를 풀기 시작했다. "할래요?"

녹차와 목욕—뜨거운 물의 수증기 때문에 푸르스름한 회벽에 붙인 벽지가 느슨해졌다. 금란金襴 스피커가 달린 대형 콘솔라디오에서 브라스의 음악이 흘러나왔다. 고양이들은 의자 밑에서 새우 껍질을 툭툭 치며 놀았다.

"그래—좋지."

그녀가 목욕물을 받으러 갔다. 라일락 입욕제와 거품목욕 파우더를 뿌리며 노래하는 소리가 들렸다.

요즘은 누가 소노의 등을 밀어주려나.

소노는 큰 희생을 요구하지 않았다. 자신을 위해 일하거나 살림살이를 장만해주거나 자식들을 부양하거나 식사시간을 지키거나 명품매장에 외상거래를 트길 바라지도 않았다. 그저 이따금 곁에 있어주길 바랄 뿐이었다. 그러나 어떤 이들은 인생에서 최상의 상대를 만나도 갈등을 빚고 결국 꿈과 환상으로 변질시킨다. 우리의 대화는 이디시어와 프랑스어가 뒤섞여 우스꽝스럽지만 천진난만했다. 소노는 내가 영어로 흔히 들었던 그릇된 진실이나 더러운 거짓말을 늘어놓지 않았고, 내가 말하는 단순한 서술문도 그녀에게 그리 해롭지 않았다. 바로 그런 사람을 만나기 위해 남들은 서양을 포기하기도 한다. 그런데 나는 뉴욕에서 그런 사람을 만났다.

목욕이 이따금 시련을 안겨주는 일도 없지 않았다. 가끔 소노는 허조그가 바람을 피운다는 증거를 찾으려고 그의 몸을 꼼꼼히 살폈다. 그녀는 남자가 정사를 나누면 살이 빠진다고 굳게 믿었다. "아하!" 그녀는 그렇게 시작했다. "체중이 줄었네요. 혹시 바람피웠어요?" 그는 한사코 부인했지만 그녀는 미소를 머금은 채 고개를 절레절레 흔들며 부루퉁하고 언짢은 표정을 지었다. 그의 말을 믿으려 하지 않았다. 그러면서도 결국 용서해주었다. 그때는 다시 명랑해졌고, 그를 욕조에 앉히고 자기도 따라 들어왔다. 노래를 부르기도 하고 장난삼아 군대식 일본어로 윽박지르는 시늉을 하기도 했다. 어쨌든 평화가 돌아왔다. 그들은 목욕을 했다. 그녀가 발을 내밀면 그가 비누칠을 해주었다. 그녀가 플라스틱 바가지로 물을 떠 그의 머리에 부어주었다. 마침내 욕조에서 물을 빼는 동안 그녀는 비눗물을 씻어내려고 샤워기를 틀었고, 그들은 물줄기 아래 마주서서 미소를 지었다. "아주 깨끗해지겠어요, 자기."

그래, 소노는 늘 나를 아주 깨끗하게 해주었지. 기쁨과 슬픔을 동시에 느끼며 허조그는 옛일을 회상했다.

그들은 14번 스트리트에서 구입한 튀르키예타월로 물기를 닦았다. 그녀가 그의 가슴에 입맞춤을 하며 기모노를 입혀주었다. 그는 그녀의 손바닥에 입맞춤을 했다. 그녀의 눈빛은 다정하면서도 빈틈없었고 때로는 조심스럽게 반짝거렸다. 자신의 관능미를 어떻게 이용해야 하는지, 어떻게 하면 더 관능적인지 잘 알았기 때문이다. 그를 침대에 앉히고 녹차를 따라주었다. 그녀의 애첩이 된 듯한 기분. 그들은 침대 위에 책상다리를 하고 앉아 작은 찻잔으로 녹차를 마시며 춘화 족자를 감상했다. 문은 잠그고 수화기는 내려놓았다. 소노의 얼굴이 머뭇머뭇 다가오더니 입술을 삐쭉 내밀며 그의 뺨에 뽀뽀를 했다. 그들은 서로 거들어가며 동양풍의 옷을 벗었다. "살살 해요, 자기. 오, 천천히. 오!" 소노가 눈을 치켜뜨면 흰자위만 보였다.

언젠가 그녀는 지나가는 유성의 인력 때문에 지구를 비롯한 행성들이 태양에서 떨어져나왔다고 설명했지. 마치 개 한 마리가 지나가는 바람에 수풀 속에서 몇몇 세계가 생겨났다는 듯이. 그리고 그런 세계에 생명이 나타났고, 우리 같은 생명 속에는—영혼이 있다. 그녀는 우리보다 더 괴상한 생물도 많다고 말했다. 나는 그 이야기가 마음에 들었지만 그녀의 말을 제대로 이해할 수는 없었다. 당시 그녀가 일본으로 돌아가지 않은 이유는 나 때문이었음을 안다. 나 때문에 아버지의 말을 거역했다. 어머니가 세상을 떠난 뒤에도 소노는 몇 주 동안이나 그 사실을 입 밖에 내지 않았다. 언젠가 이런 말을 하기도 했다. "죽음은 두렵지 않아요. 하지만 당신 때문에 괴로워요, 모소." 당시 한 달 동안이나 연락을 끊었기 때문이다. 그사이에 소노는 다시 폐렴을 앓았다. 아무도 찾아오지 않았다. 쇠약해지고 창백해진 그녀가 울며 말했다. "너무 괴로워요." 그러면서도 그의 위로를 받아들이려 하지 않았다. 그가 매들린 폰트리터와 만난다는 소문을 들었기 때문이다.

어쨌든 그녀는 이렇게 말했다. "못된 여자예요, 모소. 질투심 때문에 하는 말이 아니에요. 어차피 다른 남자를 만나 사랑할 테니까. 당신은 나를 버렸으니까. 하지만 그 여자는 눈빛이 너무너무 차가워요."

그는 썼다. 소노, 당신 말이 맞아어. 당신한테 말해줘야겠다고 생각했지. 그 여자의 눈빛은 정말 차가워. 하지만 원래 그렇게 생긴 눈인데 매들린인들 어쩔 도리가 있으랴? 그렇다고 자신을 증오해봤자 쓸데없는 짓이다. 다행히 하느님이 증오할 만한 대상을 보내주셨으니, 그 사람이 바로 남편이었다.

아, 그런 현실을 깨달았을 때 남자에게는 위로가 필요하기 마련이다. 그래서 허조그는 다시 라모나를 만나러 갔다. 문 앞에서 방범용 자물쇠의 긴 쇠막대를 손에 잡았을 때 어떤 노래의 제목을 기억 속에서 더듬어보았다. 〈마지막 키스〉였나? 아니다. 〈저주스러운 상심〉도 아니고. 〈다시 키스해줘요〉. 바로 그거다. 문득 제목이 몹시 우스꽝스럽게 느껴졌고, 웃음이 터지는 바람에 복잡한 자물쇠를 만지작거리는 손길이 어설펐다. 사유재산을 지킨답시고. 이 세상에는 30억 명의 인간이 사는데, 저마다 조금씩이나마 재산을 소유하고, 저마다 소우주와 다름없고, 저마다 한없이 소중하고, 저마다 특별한 보물을 간직한 채 살아간다. 멀리 어딘가에 신기한 식물이 자라는 정원이 있고, 그곳의 아름다운 초록색 어스름 속에 모지스 E. 허조그의 심장이 복숭아처럼 열렸다.

사실 나에게 외출 따위는 필요 없는데. 열쇠를 돌리며 그런 생각을 했다. 그래도 가긴 가야겠지. 열쇠를 주머니에 넣었다. 이제 엘리베이터 버튼을 눌렀다. 엘리베이터가 움직이고 케이블이 요동치는 소리가 들렸다. 혼자 타고 내려갔는데, 콧노래로 〈다시 키스해줘요〉를 흥얼거리며 이런 옛노래가 자꾸 머릿속에 맴도는 이유가 뭘까 생각해보았다. 가냘픈 실오라기처럼 잡힐 듯 말 듯 생각나지 않았다. 너무 뻔한 이유는 아니다. (마음이 아프기도 하고 입맞춤을 받으러 가는 길이기도 하지만.) 더 난해한 이유가 있다(굳이 알아낼 만한 이유일지는 모르겠지만). 어쨌든 바깥공기를 쐬니 반가웠다. 밀짚모자의 안쪽 띠를 손수건으로 닦았다―엘리베이터 내부가 더웠기 때문이다. 그런데 이런 모자, 이런 블레이저를 누가 쓰고 입었더라? 맞다, 루 홀츠, 옛 보드빌 희극배우. 그는 이런 노래를 불렀다. "복숭아만 자란다는 사랑의 과수원에서 하필이면 레몬을 따고 말았네." 허조그의 얼굴에 다시 웃음꽃이 피었다. 시카고의 오리엔탈극장. 세 시간짜리 공연에 단돈 25센트.

 길모퉁이에서 걸음을 멈추고 철거작업을 구경했다. 커다란 쇠공이 벽면을 때려 벽돌을 간단히 부수며 방안으로 날아들었고, 느릿느릿 흔들리는 쇳덩어리가 부엌이나 거실을 들여다보았다. 쇠공이 건드리는 곳마다 진동하고 터지고 무너졌다. 하얀 석회 먼지가 구름처럼 평화롭게 피어올랐다. 날은 저물고 점점 넓어져가는 철거현장에는 잔해를 태우는 모닥불이 있었다. 모지스는 공기가 불길 쪽으로 서서히 빨려드는 소리를 듣고 열기도 느꼈다. 인부들이 모닥불에 장작을 쌓아올리며 가느다란 쇠시리를 투창처럼 던졌다. 페인트와 니스가 타오르며 향처럼 연기를 뿜어냈다. 오래된 마루청은 불에 타면서도 고마워하는 듯했다―지쳐버린 물건들의 장례식이다. 바퀴 여섯 개 달린 트럭이 부서진 벽돌을 가득 싣고 출발할 때마다 분홍색, 흰색, 녹색 등 각양각색의 문짝을 기대어놓은 비계가 부르르 떨었다. 이제 뉴저지와 그 너머 서쪽으로 떠나가는 태양은 고깃국처럼 희부옇고 찬란한 대기권 가스층에 둘러싸였다. 허조그는 사람들의 몸에 묻은 붉은 가루를 보았는데, 자신의 가슴과 팔도 군데군데 똑같이 울긋불긋했다. 7번 애비뉴를 건너 지하철역 입구에 들어섰다.

모닥불이 타오르는 현장의 먼지를 벗어나 서둘러 계단 아래 지하로 내려가며 열차가 들어오는 소리를 들으려고 귀를 기울이는 한편 지하철 토큰을 찾으려고 주머니 속의 동전 몇 개를 일일이 만져보았다. 돌냄새, 알싸한 지린내, 쇳녹과 윤활유 등의 냄새를 들이마시며 좀 빠르고 다급한 기류를 감지했는데, 이 무한한 욕망의 기류는 어쩌면 자신의 내면에 깃든 충동, 안절부절못하고 흘러넘치는 생명력이었는지도 모른다. (열정? 혹시 히스테리? 아무튼 라모나가 성적인 방법으로 해결해주겠지.) 눅눅하고 퀴퀴한 공기를 끊임없이 들이마시며 심호흡을 했고, 가슴이 팽창할수록 양쪽 어깨가 뻐근했지만 멈추지 않았다. 이윽고 천천히, 아주 천천히, 아래로, 아래로, 뱃속까지 숨을 내려보냈다. 그런 동작을 거듭거듭 되풀이하자 기분이 좀 나아졌다. 열차요금을 구멍에 집어넣으며 줄줄이 늘어선 토큰들을 들여다보았는데, 저마다 내부조명으로 밝게 빛나고 유리벽 때문에 확대된 모습이었다. 헤아릴 수 없이 많은 승객이 골반으로 밀고 들어간 회전문의 나무 가로대가 반들반들했다. 그 모습을 보니 친밀감이 들고—가장 저렴한 형태의 형제애였다. 회전문을 통과하며 허조그는 심각한 일이라고 생각했다. 더 많은 개인이 (나 같은 사람이 아는 다양한 절차를 거쳐) 파멸할

수록 집단을 향한 열망은 점점 더 악화한다. 악화한다고 말한 이유는 개인이 대중에게 돌아갈 때는 이미 동요한 상태이며 실패를 맛본 탓에 더욱 열렬해지기 때문이다. 그들은 형제가 아니라 변절자다. 감성적 사랑이 맹렬히 소모되는 순간을 경험한다. 그리하여 신성한 이미지는 이미 흐릿해져 흔들거리며 허덕이는 상황에서 두번째로 다시 왜곡된다. 심각한 문제다! 우두커니 서서 철로를 내려다보았다. 무엇보다 심각한 문제라고!

러시아워가 방금 끝났다. 거의 텅 빈 완행열차는 휴식과 평화가 돌아온 풍경이었고 차장들은 신문을 읽었다. 업타운으로 올라가는 급행열차를 기다리는 동안 허조그는 승강장 안을 돌아다니며 훼손된 광고 포스터를 구경했다—새까맣게 칠한 치아, 갈팡질팡 그린 수염, 로켓처럼 우스꽝스럽게 생긴 성기, 터무니없는 성교 장면, 온갖 표어와 권유. 무슬림들이여, 우리의 적은 백인들입니다. 유대인들이여, 골드워터*를 타도하자! 라틴계는 똥이나 처먹어라. 전화하세요. 당신 목소리가 마음에 들면 오럴섹스해줄게요. 어느 영리한 냉소주의자는 이렇게 썼다. 누가 따귀를 때리거든 그 새끼 낯짝을 후려쳐라.** 음담패설, 시비조의 광기, 기도문, 대중의 재치. 저승사자의 심심풀이 작품이다. 초월적 상스러움—요즘 유행은 이런 낙서를 그렇게 부른다지. 허조그는 낙서 하나하나를 꼼꼼히 살펴보았다. 일종의 여론조사였다. 미지의 예술가들은 청소년이려니 짐작했다. 권위를 향한 조롱. 미숙함은 새로운 정치적 범주다. 제대로 교육받지 못해 취직도 못하는 사람이 많아지면서 이렇게 그들의 정

---

* 미국 정치가, 상원의원. 1964년 공화당 대통령 후보 배리 골드워터.
** "누가 오른쪽 뺨을 때리거든 왼쪽도 돌려 대라"(「마태복음」 5:39)라는 구절을 비튼 말.

신적 해방도 빈번해진다. 차라리 비틀스를 들어라. 시간을 때우려고 허조그는 동전으로 작동하는 체중계를 구경했다. 거울을 철망으로 보강했구나—창의력이 풍부한 미치광이가 아니라면 깨뜨릴 수 없겠다. 벤치는 바닥에 고정하고 초콜릿 자동판매기에는 자물쇠를 달았다.

　영화배우 윌리*에게 보내는 편지. 그는 현재 종신형을 살고 있는 유명한 은행강도다. 자물쇠 연구자 서턴 씨에게, 기계장치와 미국인 천재라…… 다시 쓰기 시작했다. 후디니**에 버금간다더군요. 윌리는 총을 소지하지 않았다. 퀸스에서 단 한 번 장난감 권총을 사용하긴 했다. 웨스턴유니언 직원을 가장하여 은행에 들어간 후 가짜 권총으로 위협하여 돈을 빼앗았다. 그에게는 참을 수 없는 도전이었다. 사실 돈보다는 은행에 들어가는 일, 그리고 그 일에 수반되는 탈출이 도전과제였다. 좁은 어깨, 움푹한 뺨, 듬성듬성하면서도 가지런한 콧수염, 그 위에는 푸석푸석한 파란색 눈. 윌리는 자나깨나 은행만 생각했다. 모자를 쓰고 앞이 뾰족한 구두까지 신은 채 브루클린의 침대에 누워 담배를 피우면서도 지붕에서 지붕으로 이어지는 경로, 전선, 하수도 시설, 은행금고 따위를 떠올렸다. 자물쇠는 그가 건드리기만 해도 열렸다. 천재는 세상을 그냥 내버려두지 못한다. 그렇게 훔쳐낸 돈을 깡통에 담아 플러싱 메도스***에 파묻었다. 그때 은퇴할 수도 있었다. 그런데 산책을 하다가 은행을 보고 창의적인 기회를 발견했다. 이번에는 체포되어 교도

---

* 실존 인물 윌리 서턴의 별명. 일생의 절반 이상을 감옥에서 보냈고 세 차례 탈옥에 성공했다.
** 탈출마술로 유명한 미국 마술사.
*** 뉴욕 퀸스 북부의 공원.

소에 들어갔다. 그러나 위대한 탈출을 감행하기로 결심했고, 마음속으로 정교한 조사를 거쳐 치밀한 계획을 세웠고, 하수관을 엉금엉금 빠져나간 후 교도소 담벼락 밑에 땅굴을 팠다. 거의 성공할 뻔했다. 별들이 보였다. 그런데 땅을 뚫고 나가보니 교도관들이 기다리고 있었다. 그들은 서턴을 다시 교도소 안으로 데려갔고—이 하찮은 인간을, 탈옥의 명수를. 가장 위대한 탈옥수 중 한 명으로 손꼽히는, 그리고 후디니에 비해서도 크게 뒤지지 않는 분이잖아요. 범행동기는: 인간이 만들어낸 모든 시스템은 자유나 목숨을 잃을 위험을 무릅쓰더라도 어떻게든 속여보려고 노력하며 효능과 완결성을 끊임없이 시험해야 하므로. 지금 그는 종신범이다. 들리는 말로는 세계명저세트를 구비했으며 신Sheen 주교*와 편지를 주고받는다는데……

슈뢰딩거 박사님께, 『생명이란 무엇인가?』에서 박사님은 자연계를 통틀어 남에게 고통을 주길 망설이는 생물은 인간뿐이라고 하셨지요. 진화과정에서 파괴는 새로운 유형을 생산하는 원동력이므로 고통을 주기 싫어하는 심리는 자연법칙을 가로막으려는 인간의지의 표현일지도 모릅니다. 기독교와 그 모태였던 종교는 불과 몇천 년이라는 기간을 사이에 두고 어마어마한 차이를 드러냈는데…… 어느새 열차가 도착했고, 벌써 문이 닫히려 할 때 허조그는 문득 정신을 차리고 간신히 열차에 올라탔다. 손잡이 하나를 붙잡았다. 급행열차는 부리니케 업타운 쪽으로 달려갔다. 타임스광장에서 승객들이 일제히 내리고 탔지만 그는 좌석에 앉지 않았다. 앉아버리면 내릴 때 너무 힘들기 때문이다. 자, 어디까지 썼더라? 엔트로피에 대해

---

* 가톨릭 성직자, 신학자.

말씀하신 부분에서…… 생명체는 죽음에 저항하며 자신을 유지한다고 하셨는데—박사님은 열역학적 평형 상태에 저항한다고 표현하셨지만…… 육체는 물질로 이루어진 불안정한 조직이므로 늘 우리에게서 떨어져나가려 합니다. 자꾸 떠나려 하죠. 그것은 실존합니다. 그것! 우리가 아니죠! 나도 아니고! 이 생명체가 환경으로부터 자신에게 필요한 성분을 빨아먹으며 제 형태를 보존하는 능력이 있는 동안은 엔트로피가 끊임없이 감소하는데, 다른 생물의 생명을 이용하고 찌꺼기는 더 단순한 형태로 바꿔 세상으로 돌려보내니까요. 그게 바로 똥이죠. 질소 노폐물. 암모니아. 그런데 고통을 주기 싫은 심리와 먹어야 하는 필요가 합쳐지면…… 그 결과는 인간만의 독특한 재주인데, 그것은 바로 악을 인정하는 동시에 거부하는 이율배반입니다. 인간적 삶을 살면서 비인간적 삶을 살죠. 사실상 모든 것을 가지려 하고, 엄청난 창의력과 탐욕을 앞세워 온갖 요소를 결합시키려 들죠. 물어뜯고 삼켜버리며. 그러면서도 음식을 동정합니다. 연민을 느끼죠. 그러면서도 잔인한 행동을 합니다. 남에게 고통을 주길 꺼리는 심리는 사실 극단적인 형태의, 감미로운 형태의 관능이라는 의견도 있는데(그렇게 생각할 만도 하잖아요!) 우리는 윤리적 슬픔을 통해 고통을 더 화려하게 미화한다는 뜻입니다. 일거양득이죠. 그렇지만 분자와 원자로 이루어진 현실이 존재하듯이 윤리적 현실도 엄연히 존재합니다. 허조그는 질주하는 열차의 손잡이를 움켜쥔 채 온 세계를 향해 단언했다. 그러나 오늘날에는 최악의 가능성이라도 공개적으로 고찰할 필요가 있습니다. 사실 이 점에 대해서는 선택의 여지도 없고……

내려야 할 역에 도착했고 계단을 뛰어올랐다. 회전문을 밀고 나갈 때 몇 개의 가로대와 톱니바퀴가 달그락거렸다. 진하게 우려낸 홍차 빛깔의 불빛 속에 한 남자가 앉아 있는 잔돈 환전소를 황급히 지나쳐 계단

두 줄을 올라갔다. 지하철역 출구 앞에서 잠시 숨을 돌렸다. 머리 위의 꽃무늬 유리는 철망으로 보강한 잿빛 유리였고, 땅거미가 내린 브로드웨이는 나른하고 푸르스름해 열대지방을 방불케 했다. 80번대 스트리트의 내리막길 아래쪽에는 허드슨강이 수은처럼 느릿느릿 흘러갔다. 뉴저지 쪽의 라디오 송신탑 꼭대기에서 빨간 불빛이 작은 심장처럼 두근거리거나 욱신거렸다. 도로 한복판의 벤치마다 노인들. 얼굴에도 머리에도 노화의 흔적이 역력했다. 여자들의 굵은 다리, 남자들의 흐릿한 눈, 노파와 초점 없는 시선의 노인, 움푹 꺼진 입, 캄캄한 콧구멍. 지금은 박쥐들이 갈팡질팡 날아다닐 시간이고(루디빌에서) 수많은 종잇조각이 박쥐를 떠올리게 하는 시간이기도 하다(뉴욕에서). 도망친 풍선 하나가 정자처럼 너울너울 헤엄치며 서쪽 하늘의 주황색 먼지 속으로 새까맣고 빠르게 날아갔다. 닭고기와 소시지를 굽는 연기를 피하려고 길을 건너 우회했다. 널찍한 인도에는 사람들이 어슬렁거렸다. 모지스는 업타운 사람들에게, 특히 그곳의 연극 같은 분위기와 공연자들에게 깊은 관심이 있었다―이성의 옷을 입고 대단히 독창적인 화장을 한 동성애자, 가발을 쓴 여자, 앞모습이 매우 남성적이라서 지나갈 때까지 기다려 뒷모습까지 확인하기 전에는 진짜 성별을 가늠할 수 없는 레즈비언, 온갖 빛깔로 염색한 머리 등등. 지나가는 얼굴 중 거의 대부분에서 운명에 관한 심오한 식견이나 깨달음을 얻은 징후를 엿볼 수 있는데―형이상학적 발언을 담은 눈빛. 오래된 의무를 변함없이 지키려고 코셔 육류*를 사러 나온 신앙심 깊은 할머니들까지.

---

* 유대교의 율법에 맞게 도살하여 '정결한' 육류.

허조그는 라모나가 직전에 사귀었던 조지 호벌리가 이런저런 문간에 숨어 훔쳐보는 모습을 여러 번 발견했다. 키가 크고 깡마르고 허조그보다 젊었는데, 흠잡을 데 없는 아이비리그 스타일의 옷차림이 매디슨 애비뉴에도 잘 어울렸고, 여위고 서글픈 얼굴에는 검은 선글라스를 썼다. 라모나는 호벌리에게 연민 말고는 아무런 느낌도 없다면서 특히 '아무런'을 강조했다. 그는 두 차례에 걸쳐 자살을 시도했지만 그녀에게는 오히려 그에게 관심이 없다는 사실만 재확인시켰는지도 모른다. 매들린을 통하여 허조그는 여자가 남자에게 끝이라고 말하면 정말 끝이라는 뜻임을 알았다. 그러나 오늘밤에는 문득 어떤 생각이 떠올랐는데, 라모나가 평소 남자의 옷차림에 관심이 많고 허조그가 옷을 선택할 때 조언해주는 일이 잦았다는 사실을 감안한다면 호벌리도 그녀가 골라준 옷을 입은 게 아닐까. 그는 과거의 행복과 사랑이 남긴 장식품을 주렁주렁 매달아 쓸데없이 매력적인 차림새였지만, 사실상 좌절감만 경험하는 실험용 쥐와 다를 바 없었다. 라모나는 한밤중에 경찰의 전화를 받고 벨뷰종합병원*으로 달려가 병상을 지키는 일도 이제 지겹다고 말했다. 감정과 감동을 거래하는 시장 전체의 가격이 폭등했다—충격이나 스캔들을 일으키는 데 필요한 행동은 이제 평범한 남자가 감당할 수 없는 수준이다. 약간의 가스를 마시거나 손목을 그어버리는 정도로는 기별도 안 간다. 마약? 어림도 없다! 그룹 섹스? 아무것도 아니다! 방탕? 성욕을 죄악시하던 시대가 남겨놓은 고리타분한 낱말이지! 소득

---

* 맨해튼에 위치한 병원으로, 1736년 개원한 미국에서 가장 오래된 종합병원. 한때 정신질환자에게 사용했던 가혹한 치료법으로 악명이 높아 정신병원의 대명사로 여겨지기도 했다.

수준, 인두세人頭稅, 문해력 평가시험보다는—지금 허조그는 논설위원이 된 기분이다—본인이 절망했다는 증거를 제시해야만 투표권을 얻는 시대가 빠르게 다가온다. 철저히 비참해져야 한다. 예전의 결점들이 지금은 건강의 척도가 되었다. 모든 것이 변해간다. 옛날에는 아무 일도 없었다는 듯 묵묵히 참았지만 요즘은 깊은 상처를 낱낱이 고백한다. 좋은 연구주제다: 칼뱅주의 사회에서 평정심의 역사. 그때는 저마다 무시무시한 천벌을 두려워하며 하느님의 선택을 받은 사람처럼 처신해야 했다. 드디어 그런 역사적 공포심을—온갖 정신적 고뇌를—말끔히 청소할 때가 왔다. 이제 오히려 호벌리를 보고 싶다는 생각이 간절하기까지 하다. 고통, 불면증, 밤마다 수면제와 술과 기도로 지새우는 생활 때문에 수척해진 얼굴을 다시 보고 싶다—검은 선글라스까지, 테가 거의 없다시피 한 중절모까지. 짝사랑. 요즘은 히스테리성 의존증이라고 부른다. 라모나가 호벌리에 대해 이야기하며 깊디깊은 동정심을 드러낸 일도 몇 번 있었다. 그의 편지나 선물을 받고 종종 울었다고 말했다. 호벌리는 아직도 지갑이나 향수, 일기장에서 베낀 긴 인용문 따위를 보낸다. 심지어 상당한 목돈을 현금으로 보내기도 했다. 라모나는 그 돈을 타마라 고모에게 넘겼다. 타마라는 호벌리의 명의로 예금계좌를 개설했다. 사정은 안타깝지만 약간의 이자라도 챙기라는 뜻이었다. 호벌리는 타마라 고모를 흠모했다. 모지스도 그녀를 좋아했다.

라모나의 초인종을 누르자마자 버저가 울리고 아파트 현관문이 열렸다. 그녀는 늘 이렇게 사려 깊다. 변함없이 세심한 배려. 연인이 도착하는 순간은 결코 일상적인 일이 아니니까. 엘리베이터에서 사람들이 내렸다—배가 불룩하고 한쪽 눈을 감은 채 독한 시가를 피우는 남자, 치와와 두 마리를 데리고 나오는데 개목걸이에 어울리는 빨간색 매니큐어까지 바른 여자. 어쩌면 매연이 소용돌이치는 저 길거리 어딘가에서 모지스의 연적이 한 쌍의 유리문 너머로 지켜보는 중인지도 모른다. 엘리베이터를 타고 올라갔다. 15층에 도착하자 라모나가 벌써 문을 살짝 열고 쇠사슬만 남겨놓았다. 엉뚱한 남자가 들이닥쳐 놀라는 일은 피하고 싶었겠지. 그녀가 모지스를 보더니 쇠사슬을 풀고 그의 손을 붙잡아 자기 쪽으로 당겼다. 그리고 얼굴을 내밀었다. 허조그가 만져보니 달아오른 얼굴이 몹시 뜨거웠다. 향수 냄새가 물씬 풍겼다. 흰색 새틴 블라우스를 입었는데 숄로 가리라는 뜻인지 가슴을 훤히 드러낸 디자인이었다. 얼굴이 상기되어 입술에 바른 립스틱이 불필요해 보일 정도였다. 그가 말했다. "반가워, 라모나. 정말 반가워." 문득 접촉을 갈구하는 강렬한 열망을 느끼며 라모나를 얼싸안았다. 그리고 입맞춤을 했다.

"그래서—나를 만나서 반갑다고요?"

"그래! 그렇고말고!"

라모나는 미소를 지으며 문을 닫고 빗장을 걸었다. 허조그의 손을 잡은 채 카펫을 깔지 않은 복도를 지날 때 그의 구둣발에서 뚜벅뚜벅 군인처럼 활기찬 소리가 울려퍼졌다. "자," 그녀가 말했다. "잘 차려입은 모지스의 모습을 봐야겠어요." 그들은 금박을 입힌 화려한 거울 앞에서 걸음을 멈추었다. "밀짚모자가 아주 멋있어요. 그리고 정말 근사한 재킷이에요—그야말로 요셉의 줄무늬 재킷이네요."*

"마음에 들어?"

---

* 「창세기」에서, 야곱이 아들 요셉에게 만들어준 색동옷에 대한 언급.

"물론이죠. 아주 예쁜 재킷이잖아요. 얼굴이 가무잡잡해서 이 옷을 입으니까 꼭 인도인처럼 보여요."

"바베의 단체에 가입할지도 몰라."

"어떤 곳인데요?"

"넓은 땅을 빈곤층에게 나눠주는 단체야. 나는 루디빌 집을 기부하려고."

"뭘 또 기부하기 전에 나랑 의논부터 해봐야죠. 우선 술이나 한잔 할까요? 내가 술을 준비하는 동안 좀 씻고 싶을지도 모르겠네요."

"집에서 나오기 전에 면도했어."

"방금 달리기를 한 사람처럼 더워 보이는데다 얼굴에는 검댕까지 묻었어요."

아마도 지하철역 기둥에 몸을 기댔던 모양이다. 아니면 철거현장의 모닥불에서 묻은 얼룩이거나. "그래, 알았어."

"타월 가져다줄게요, 자기." 라모나가 말했다.

화장실에서 허조그는 넥타이가 늘어져 세면대에 닿지 않도록 목덜미 쪽으로 돌려놓았다. 간접조명을 설치한(그래서 얼굴이 초췌한 사람에게도 가혹하지 않은) 화려한 화장실이었다. 길고 반짝거리는 수도꼭지에서 물이 쏟아졌다. 비누 냄새를 맡아보았다. 은방울꽃이다. 손톱에 떨어지는 물이 차디찼다. 그는 유대인의 오래된 의식인 손톱물*을, 그리고 하가다에 나오는 '라하츠!'라는 말을 떠올렸다. '씻을지어다.' 공동묘지(베트 올람—'여럿이 머무는 집')를 다녀온 경우에도 손을 씻

---

* 이디시어 '네겔 바서(negel vasser)'의 직역. 양손을 번갈아 씻을 수 있도록 손잡이가 두 개 달린 컵을 가리키기도 한다.

어야 한다. 그런데 지금 왜 공동묘지나 장례식 따위를 생각하지? 혹시…… 오래된 농담 한 토막. 어느 셰익스피어 전문배우가 갈봇집에 갔다. 배우가 바지를 벗자 침대에 누운 창녀가 휘파람을 불었다. 그러자 배우가 말했다. "아가씨, 나는 시저를 찬양하러 온 것이 아니라 파묻으러 왔소이다."* 학창시절에 들었던 농담은 잊히지도 않는구나!

    수도꼭지 밑으로 입을 들이밀고 꼭 감은 두 눈에도 물줄기를 맞으며 만족감에 겨워 탄성을 터뜨렸다. 눈꺼풀 속에서 큼직한 무지갯빛 원반이 너울거렸다. 스피노자에게 편지를 썼다. 선생님은 서로 인과관계가 없는 사념들이 고통을 유발한다고 하셨지요. 저도 정말 그렇다고 생각합니다. 지성이 수동적일 때 무작위적 연상작용은 구속의 한 형태에 불과합니다. 아니, 그때는 온갖 형태의 구속이 가능해진다고 해야겠네요. 20세기에는 무작위적 연상작용이 정신 속에 가장 깊이 감춰진 비밀을 드러낸다고 믿는다는 사실을 말씀드리면 선생님도 흥미로워하시겠지요. 그러다가 문득 망자에게 편지를 썼다는 사실을 깨달았다. 위대한 철학자의 망령에게 최신 정보를 알려주려 하다니. 그렇지만 망자에게 편지를 쓰면 안 된다는 법도 없지 않은가? 어차피 산 사람들 못지않게—어쩌면 더 오랫동안—죽은 사람들과도 함께 살아가는 처지다. 더구나 산 사람에게 보내는 편지는 점점 머릿속으로만 쓰게 된다. 어쨌든 무의식 속에서라면 죽음 따위가 대체 무엇이란 말인가? 꿈은 죽음을 인식하지 못한다. 이성이 무질서에서 조화로움을 향해 꾸준히 발전한다고 믿으면서, 그리고 혼돈을 정복하려고 날마다 새로 시작할 필요는 없다고 믿으면서 말입니다. 정말 그렇

---

* 『줄리어스 시저』 3막 2장에서 인용.

다면 오죽이나 좋을까! 제발 그런 생각이 사실이길 내가 얼마나 간절히 바라는데! 모지스가 얼마나 열심히 기도했는데!

모지스와 망자들의 관계는 매우 나쁜 편이었다. 사실 그는 죽은 사람은 죽은 사람에게 맡기는 편이 낫다고 믿었다.* 그리고 삶이 삶다우려면 죽어간다는 사실 못지않게 자신의 삶을 분명히 이해할 수 있어야 한다고 생각했다. 커다란 약장을 열어보았다. 옛날 뉴욕에서는 무엇이든 큼직큼직하게 만들었다. 라모나가 모아둔 병에 흥미를 느껴 하나하나 살펴보았다. 피부 보습제, 에스트로겐 진피층 로션, '보니 벨' 발한 억제제. 그 옆에는 진홍색 처방약—배탈이 났을 때 하루 두 번. 냄새를 맡아보니 틀림없이 벨라돈나**가 들어간 듯한데—위를 안정시키지만 동공을 확장하기도 하는 성분이다. 독가지풀***로 만들다니. 생리통에 쓰는 약도 있었다. 왠지 라모나가 그런 타입일 거라는 생각은 들지 않았다. 매들린은 비명을 지르기 일쑤였다. 어쩔 수 없이 택시에 태워 세인트빈센트종합병원으로 데려갈 때마다 데메롤****주사를 놓아달라고 고래고래 소리쳤다. 겸자처럼 생긴 이 물건은 속눈썹을 말아올리는 도구가 분명하다고 짐작했다. 프랑스 식당에서 주는 달팽이 집게처럼 생겼다. 때밀이 장갑의 냄새도 맡아보았다. 특히 팔꿈치나 발꿈치에서 굳은살을 벗겨낼 때 쓰겠구나. 변기 손잡이를 발끝으로 눌러보았

---

* 예수를 따르기 전에 아버지의 장례부터 치르고 싶다는 제자의 말에 예수가 대답한 말. "죽은 자들의 장례는 죽은 자들에게 맡겨두고 너는 가서 하느님의 나라를 전파하여라"(「누가복음」 9:60).
** 가짓과의 여러해살이 독초.
*** 벨라돈나의 일반명.
**** 아편계 진통제의 상품명.

다. 조용하면서도 힘차게 물이 내려갔다. 가난한 집의 변기는 어김없이 시끄러운 소리를 낸다. 푸석푸석한 머리카락 끝에 브릴리언틴 머릿기름을 조금 발랐다. 셔츠는 당연히 축축하지만 라모나가 넉넉히 두 사람 몫의 향수를 뿌렸으니 상관없다. 다른 곳은 어떨까? 종합적으로 판단하자면 상태가 그리 나쁘지 않다. 아름다움이 차츰 훼손되는 것은 어차피 불가피한 일이다. 시공時空 연속체가 각종 원소를 회수하며 인체를 조금씩 빼앗아 결국 공허만 남긴다. 그러나 바로잡을 수 없는 성격이 초래하는 고통과 권태에 비하면, 늘 똑같은 행동만 하고 똑같은 치욕만 되풀이하는 인생에 비하면, 차라리 공허가 더 바람직하다. 다만 이런 치욕과 고통의 순간은 때때로 영원처럼 길게 느껴지는데, 그렇게 괴롭기만 한 순간 속에서 인간이 문득 영원성을 깨닫고 알맹이를 바꿔놓을 수만 있다면 거뜬히 혁명을 이룩하리라. 얼마나 멋진 일인가!

 이발사처럼 손바닥에 수건을 단단히 감고 이마선 주변에 송골송골 맺힌 땀방울을 닦아냈다. 그런 다음에는 체중을 달아보고 싶다는 생각이 들었다. 조금이라도 체중을 줄여보려고 볼일부터 보고 나서 몸을 숙이지 않은 채 구두를 벗고 노인처럼 한숨을 내뱉으며 체중계로 올라갔다. 발가락 사이에서 바늘이 170파운드* 눈금을 훌쩍 넘어갔다. 유럽에서 빠졌던 살이 도로 찌는 중이다. 뒤축을 짓밟으며 두 발을 구두 속에 욱여넣은 후 라모나의 거실로—거실 겸 침실로—돌아갔다. 그녀는 캄파리** 두 잔을 따라놓고 기다리는 중이었다. 맛은 달콤쌉쌀한데

---

* 약 77킬로그램.
** 이탈리아산 리큐어의 일종으로 주로 식전주 또는 칵테일용.

가스 냄새가 살짝 풍겼다―가스관에서 가스가 새는 듯한 냄새. 그래도 온 세상이 마시는 술이고 물론 허조그도 마셨다. 라모나가 술잔을 미리 냉장고에 넣어 식혀놓았다.

"건배."

"건배!" 허조그가 말했다.

"넥타이가 등 쪽으로 넘어갔어요."

"그래?" 그는 넥타이를 앞쪽으로 당겨놓았다. "건망증이야. 언젠가는 남자 화장실에서 나올 때 재킷을 바지 뒤춤에 넣은 채 강의실에 들어갔지."

라모나는 그가 자신의 실수담을 스스럼없이 고백한다는 사실에 놀란 듯했다. "아찔하지 않았어요?"

"바람직한 일은 아니었지. 그래도 학생들은 통쾌했을걸. 선생도 결국 인간이라는 뜻이니까. 더구나 창피를 당했어도 죽을 정도는 아니었잖아. 수업보다 더 소중한 경험이었겠지. 사실 나중에 여학생 한 명이 그러는데 그날 내 모습이 아주 인간적이었다고―모두가 안도감을 느꼈다나……"

"당신은 어떤 문제에 대해서든 숨김없이 털어놔서 재미있어요. 아주 재미있는 사람이에요." 저절로 마음이 끌릴 만큼 다정하다. 큼직하면서도 예쁘장한 치아, 그리고 검은색 아이라인 때문에 더욱 돋보이는 상냥한 갈색 눈이 허조그를 향해 미소를 던졌다. "그런데 더 웃기는 사실은 당신이 일부러―누가 시카고 출신 아니랄까봐―더 거칠고 난폭한 말투를 쓴다는 점이에요."

"그게 왜 웃겨?"

"겉치레잖아요. 괜히 으스대는. 실제로는 그렇지도 않으면서." 라모나는 그의 술잔을 다시 채워주고 일어나 부엌으로 향했다. "쌀밥이 잘 됐는지 봐야겠어요. 당신 심심하지 않게 이집트 음악이라도 틀어둘게요." 널찍한 인조가죽 벨트가 그녀의 허리를 더욱 돋보이게 했다. 그녀가 전축 쪽으로 몸을 굽혔다.

"음식냄새가 황홀하네."

모하마드 알 바카르 악단이 드럼과 탬버린을 두드리기 시작하더니 곧 징징거리는 현악기와 떠들썩한 관악기로 이어졌다. 걸걸하면서도 가냘픈 노랫소리가 흘러나왔다. "미 포트사이드Mi Port Said……" 혼자 남은 허조그는 이런저런 책이나 극장 프로그램, 잡지, 사진 따위를 뒤적거렸다. 라모나의 어린 시절 사진 한 장은 티파니 액자에 넣어 세워두었는데—일곱 살에 불과하지만 총명해 보이는 소녀가 벨벳 쿠션에 등을 기댄 채 손가락 하나로 관자놀이를 지그시 누르는 모습이다. 허조그도 이 자세를 기억했다. 한 세대 전에는 꽤나 유행했던 자세다. 꼬마 아인슈타인. 어린이의 비범한 지혜. 귀도 뚫고, 로켓 목걸이도 걸고, 이마에는 애교머리, 그리고 예전에 흔히 볼 수 있었던 조그마한 소녀의 조숙한 관능미.

타마라 고모의 괘종시계가 종을 치기 시작했다. 그는 타마라가 사용하는 응접실로 건너가서 고양이 수염처럼 긴 도금 눈금을 새겨놓은 고풍스러운 도자기 문자반을 들여다보며 빠르고 낭랑한 종소리에 귀를 기울였다. 시계 아래쪽에 태엽열쇠가 있다. 이런 시계를 소유하려면 규칙적인 생활을 해야 하는데—영구적인 거주지도 필요하고. 베네치아 풍경을 담은 액자와 네덜란드의 귀여운 도자기 장식품 몇 개가 놓인 이 좁다란 유럽풍 응접실의 블라인드를 올리면 창문 너머로 엠파이어스테이트빌딩과 허드슨강, 그리고 절반쯤 불을 밝혀 은빛으로 반짝이는 뉴욕의 푸르스름한 야경을 볼 수 있다. 생각에 잠긴 채 블라인드를 도로 끌어내렸다. 이 방—이 피난처는 라모나에게 부탁만 하면 그가 차지할 수 있으리라 믿는다. 그런데 왜 부탁하지 않을까? 오늘의 피난처가 내일은 감옥으로 돌변할지도 모르기 때문이다. 라모나의 말을 들어보면 모든 일이 지극히 간단했다. 그에게 무엇이 필요한지를 본인보다 더 잘 안다고 했는데 그 말이 사실일지도 모른다. 라모나는 늘 일말의 망설임도 없이 자기 생각을 허심탄회하게 표현했고, 그녀의 이야기 속에는 거리낌이 없다고나 할까, 아무튼 확연하게 극적인 일면이 더러 있었다. 오페라처럼. 문장학처럼. 그녀는 그에게 깊고 성숙한 감정을 느끼며 어떻게든 도와주고 싶다는 엄청난 열망을 품었다고 말했다. 그리고 허조그가 본인의 생각보다 더 훌륭한 사람이라고 했는데—속 깊은 사람, 아름다운 사람(이 말을 들었을 때는 자기도 모르게 움찔했다), 그러나 진심으로 원하는 것을 얻지 못해 서글픈 사람, 하느님에게 이끌려 은총을 갈망하면서도 종종 구원의 기회가 가까워지면 오히려 허둥지둥 도망치는 사람. 그런 허조그가, 이미 수많은 은총을 받은 이 남자가 무슨 까닭인지 쌀쌀맞고 머리도 어중간하고 남자 기죽이기나 하는 여자를 잠자리에서 감내하고 허조그라는 성을 붙여주고 심지어 창조의 매개체로 삼았건만 매들린은 오히려 그를 경멸하고 잔인하게 대했는데, 이는 어쩌면 그가 자신을 지나치게 낮추고 경시한 죄, 그리고 자신마저 속이며 그 여자를 사랑한다는 착각에 빠져 자기 영혼의 잠재력을 배신해버린 죄에 대한 형벌이었는지도 모른다. 라모나는 변함없이 오페라가수 같은 말투로 말을 이었는데—그토록 거침없이 열변을 토하면서도 수줍어하는 기색이 조금도 없어 놀라울 정도였다—이제부터 허조그가 반드시 해야 할 일은 지금까지 받았던 크나큰 선물, 즉 사고력, 매력, 학력 등에 대하여 은혜를 갚는 일, 그리고 자신을 해방하여 인생의 의미를 되찾는 일인데, 의미 따위는 찾을 길 없는 곳에서 헛되이 좌절하지 말고 늘 겸손하면서도 당당하게 학문에 정진해야 한다. 라모나 자신은 허조그의 인생을 더욱 풍요롭게 하고 그가 엉뚱한 곳에서 찾으려 했던 것을 베풀어주고 싶을 따름이다. 이는 사랑이라는 예술을 통하여 가능하다고 했다—사랑의 예술은 정신이 이룩한 숭고한 위업이니까. 그녀가 말한 풍요의 의미가 바로 사랑이었다. 그가 그녀에게 배워야 할 일은—아직 시간이 있을 때, 아직 팔팔할 때, 정력이 대체로 온전할 때—육체를 통하여 정신을 회복하는 방법이다(육체는 정신을 담는 소중한 그릇이므로). 라모나는—고마워라!—아름다움 못지않게 잔소리도 화려했다. 아, 얼마나 감미로운 달변가인가! 그런데 어디까지 들었더라? 아, 그래, 학문에 정진하며 인생의 의미를 찾으라고 했지. 내가, 이 허조그가 인생의 의미를 되찾다니! 손바닥으로 얼굴을 가린 채 웃음을 터뜨렸다.

그러나 (마음을 가라앉히고) 이런 일장 연설을 자주 듣는 이유는 자신의 분위기 때문이라는 사실도 알았다. 귀여운 소노도 그렇게 외치지 않았던가. "아, 우리 철학자—내 사랑 교수님!" 왜냐하면 허조그는 고상한 일에만 관심을 갖는 철학자처럼 굴었기 때문이다—창조정신, 악을 선으로 되갚는 방법, 고전에 담긴 온갖 지혜. 왜냐하면 그는 신념에 대해 생각하고 또 중요시했기 때문이다. (신념이 없는 인생은 한낱 기술적 변화, 즉 유행, 판매, 산업, 정치, 금융, 실험, 자동화 등등의 변화를 일으키는 원료에 불과하다. 이 모두가 기꺼이 죽음으로 끝내버리고 싶을 만큼 치욕적이다.) 그렇다, 그는 소노에게 철학자 같은 모습과 언행을 보여주었다.

어쨌든 그가 지금 이곳에 있는 이유는 무엇인가? 라모나도 그를 진지하게 생각하기 때문이다. 자기가 그의 삶에 질서와 건강한 정신을 되찾아줄 수 있다고 생각하는데, 정말 그렇게만 해준다면 당연히 그녀와 결혼하는 것이 순리다. 라모나의 표현방식을 빌리자면 그녀와 일심동체가 되길 원하리라. 정말 한몸 같은 부부가 되겠지. 식탁, 침대, 거실, 돈, 빨래와 자동차, 문화와 성생활 등이 거미줄처럼 연결되어 하나로 이어지겠지. 그녀의 말은 드디어 모든 것이 제자리를 찾는다는 뜻이다. 정말 포괄적인 행복이 아니라면 행복은 터무니없을뿐더러 해롭기까지 한 관념이지만, 이렇게 비범하고 운좋은 경우라면, 즉 둘 다 최악의 병적 관계를 경험했으나 기적 덕분에, 혹은 종교적이라고 할 만큼 간절히 생존과 희열을 추구하는 본능 덕분에 무사히 살아남았다면—라모나는 막달라 마리아 신앙의 개념을 빌리지 않고는 자신의 삶에 대해 이야기할 수 없다고 단언했다—포괄적인 행복도 충분히 가능하다. 그런 경우에는 오히려 행복해질 의무가 있으며, 이때 행복에 대한 (터무니없고 이기적인 망상이라느니 어리석다느니 하는) 비난에 제대로 응수하지 못한다면 비겁한 짓이고, 악의에 굴복하는 짓이고, 사살충동에 패배하는 짓이다. 이 허조그라는 남자는 죽음으로부터의 부활이 무엇인지 안다. 라모나 자신도 죽음과 허무의 쓴맛을 잘 안다. 그래, 알고말고! 그러나 허조그와 함께 있을 때는 진정한 '부활절'을 경험한다. '부활'이 무엇인지 아니까. 그리고 그는 의식적으로는 관능적 쾌락을 업신여기지만 그녀와 함께 옷을 벗은 다음에는 쾌락이 무엇인지 알게 된다. 성애의 행복, 그 깨달음은 어떤 기쁨으로도 대체할 수 없다.

모지스는 웃을 엄두조차 내지 못하고 고개를 숙인 채 열심히 들었다. 일장 연설의 일부는 요즘 대학가나 보급판 도서에서 유행하는 헛소리였고 또 일부는 결혼을 권장하는 광고 문구였지만, 그런 문제점을 감안하더라도 그녀의 말은 모두 진심이었다. 그 역시 충분히 공감하고 또한 그녀를 존중했다. 모두 옳은 말이다. 그녀의 마음속에는 진심이 있다.

내심 디오니소스 재유행을 비웃었지만 사실은 자신을 향한 조롱이었다. 허조그! 성애 르네상스의 귀공자, 마초 같은 차림새! 아이들은 어쩌지? 과연 새엄마를 좋아할까? 그리고 라모나가 주니를 데리고 산타클로스를 만나러 갈까?

"아, 이 방에 있었네요. 타마라 고모가 차려놓은 제정러시아 박물관을 당신이 흥미롭게 구경했다는 사실을 알면 기뻐하시겠어요."

"고풍스러운 실내장식이네."

"애처롭지 않아요?"

"감상주의에 물들게 하는 환경이야."

"고모가 당신을 아주 좋아해요."

"나도 그래."

"당신이 오면 집안이 밝아진다고 하셨어요."

"설마 내가……" 허조그는 미소를 지었다.

"당신이 왜요? 상냥하고 사람을 잘 믿는 얼굴이잖아요. 아무튼 칭찬 듣기가 좀 거북스러운가보네요. 왜 그래요?"

"내가 고모님을 쫓아낸 셈이잖아."

"잘못 생각했어요. 고모는 이렇게 나들이하길 좋아하거든요. 모자도 쓰고, 옷도 잘 차려입고. 고모한테는 철도역까지 가는 일이 굉장한 경험이거든요. 그리고 어차피……" 라모나의 말투가 변했다. "조지 호벌리를 피하기 위해서라도 좀 나가셔야 해요. 요즘 그 사람이 골칫거리가 돼버렸어요." 그녀는 잠시 우울한 표정이었다.

"……딱하네." 허조그가 말했다. "요즘 상황이 그렇게 안 좋았어?"

"불쌍한 사람…… 그 사람이 정말 가엾어요. 어쨌든 모지스, 저녁 준비는 다 됐으니 와인이나 따줘요." 그녀는 식사실로 들어가 모지스에게 술병 — 시원하게 식혀놓은 푸이퓌세* — 하나와 코르크 따개를 건넸다. 능숙한 솜씨와 단호한 결단력을 동원하여 목이 빨개지도록 힘을 주며 코르크 마개를 뽑아냈다. 어느새 라모나가 촛불까지 켜놓았다. 식탁을 장식한 꽃은 긴 화병에 꽂은 길쭉길쭉한 빨간색 글라디올러스였다. 창틀에 내려앉은 비둘기들이 꿈지락거리고 툴툴거리며 날개를 퍼덕이다가 다시 잠들었다. "쌀밥 좀 덜어줄게요." 라모나가 말했다. 코발트색 테두리가 있는 질 좋은 본차이나 접시를 집어들었다(특히 저 유명한 좀바르트**가 일찍이 간파했듯이 15세기부터 사치풍조가 각계각층으로 꾸준히 퍼져갔다). 어쨌든 허조그는 배가 고팠고 음식은 맛있었다. (이렇게 먹고 나면 당분간은 간소하게 먹어야겠다.) 새우 레물

---

* 프랑스 부르고뉴산 화이트와인.
** 독일 경제학자, 사회학자 베르너 좀바르트(1863~1941).

라드*를 맛보는데 복합적인 이유로 두 눈에 느닷없이 눈물이 고였다.
"굉장히 맛있네―아, 정말 최고야!" 그가 말했다.

"하루종일 굶었어요?"

"한동안 이런 음식은 구경도 못해봐서 그래. 프로슈토**를 곁들인 페르시아멜론이라. 이건 뭐지? 물냉이 샐러드구나. 끝내주네!"

라모나도 기뻐했다. "많이 먹어요."

새우 아르노와 샐러드를 먹은 다음에는 치즈와 콜드워터 비스킷, 럼주맛 아이스크림, 조지아산 자두, 조생종 청포도 등을 내놓았다. 그다음은 브랜디와 커피였다. 옆방에서는 철사 옷걸이를 앞뒤로 흔드는 소리와 드럼, 탬버린, 만돌린, 백파이프 등의 연주에 맞춰 모하마드 알 바카르가 콧소리 섞인 목소리로 구성지고 간드러진 노래를 불렀다.

"그동안 어떻게 지냈어요?" 라모나가 물었다.

"나? 아, 그야 이런저런 일을 하면서……"

"열차 타고 어디 갔어요? 나한테서 도망치는 길이었어요?"

"당신한테서는 아니었지. 도망쳤다는 말은 맞겠지만."

"아직도 나를 좀 무서워하는군요."

"그건 아니고…… 좀 혼란스러워서 그래. 신중해지려고 노력하는 중이지."

"까다로운 여자들한테 익숙해서 그래요. 그런 여자한테 들볶이길 좋아하는지도 몰라요."

"보물이 있으면 그걸 지키는 용도 있기 마련이야. 그러니까 용이 지

---

* 마요네즈에 각종 향료, 피클 등을 섞은 냉채용 소스.
** 짭짤한 이탈리아식 햄. 얇게 썰어 전채요리나 빵, 과일 등에 곁들인다.

킨다면 귀중한 보물이 분명하고…… 목깃 좀 풀어놔도 괜찮겠지? 자꾸 동맥을 압박하나봐."

"어쨌든 곧바로 돌아왔잖아요. 어쩌면 나 때문인지도 모르죠."

허조그는 거짓말을 하고 싶다는 강렬한 충동을 느꼈다. '그래, 라모나, 당신 때문이었어.' 어차피 철저하고 완전무결한 진실은 하찮은 말장난에 불과하고 오히려 불쾌한 노이로제 증상일지도 모르니까. 모지스는 라모나를 완벽하게 이해했다―사업에 성공하여 경제적으로는 자립했지만 여전히 애인에게 이런 저녁식사를 차려주는 삼십대 여자. 그러나 요즘 같은 시대에 여자가 충족감을 얻으려면 마음을 어떻게 다스려야 할까? 자유분방한 뉴욕에서 남자와 여자는 서로 적대적인 부족에 속하는 두 야만인처럼 현란한 위장을 한 채 대치한다. 남자는 여자를 속이려 하고 나중에는 헤어지려 한다. 반면에 여자의 작전은 남자를 무장해제하여 잡아두는 일이다. 그러나 라모나는 혼자서도 자기 앞가림은 하는 여자다. 젊은 여자였다면 마스카라를 칠한 눈으로 하늘을 우러러보며 기도를 올리는 정도가 고작이겠지. '오, 주님, 이 탱탱한 젖가슴에 나쁜 남자가 손대지 못하게 해주세요.'

더욱이 허조그는 라모나의 새우를 먹고 와인을 마신 후 그녀의 거실에 앉아 모하마드 알 바카르와 포트사이드 전문가들의 어수선하고 선정적인 음악을 들으며 이런 생각을 하다니 그리 바람직한 일은 아니라고 판단했다. 몬시뇨르 힐턴, 성직자들은 왜 금욕생활을 할까요? 차라리 바깥에 나가 여자를 만나는 일, 현대사회가 욕망에 어떻게 대처하는지 확인하는 일이야말로 더욱 혹독한 수련 방법일 텐데요. 오래된 사고방식 중에서도 더러는 타당성이 거의 없고……

어쨌든 한 가지는 분명해졌다. 서로에게서, 그리고 개인과 개인의 관계 속에서 충족감을 얻으려 하는 것이 여자들의 목적이다. 그리고 이상주의에 빠져 순수한 사랑을 갈망하면서도 이 여자 저 여자 전전하는 남자는 이미 여성의 영역에 들어선 셈이다. 나폴레옹이 몰락한 후 야심적인 젊은이들은 권력욕을 규방으로 옮겼다. 그러나 그곳의 지배자는 여자들이었다. 매들린도 그랬고, 기회만 있었다면 완다도 당연히 그랬겠지. 그런데 라모나라면 어떨까? 그리고 예전에는 어리석은 젊은이였고 지금은 어리석은 중늙은이가 되어버린 허조그는 (관계당국이 허용하는) 사생활의 형태를 받아들임으로써 애첩 비슷한 존재로 탈바꿈했다. 소노도 동양식으로 그 점을 분명히 했다. 그는 농담까지 하면서 그녀를 찾아오는 일이 얼마나 부질없어 보이는지를 마침내 깨달았다고 설명했다. "땅을 파고 씨를 뿌려도 수확이 없잖아." 농담조로 말했지만 소노의 대답은—천만에, 그는 애첩 따위가 결코 아니다. 오히려 까다롭고 호전적인 남자. 소노는 남자가 여자를 어떻게 대해야 하는지 보여주며 그를 가르치려 했을 뿐이다. 공작새의 긍지, 염소의 성욕, 사자의 분노, 모두가 하느님의 영광이며 지혜니까.

"당신이 가방을 들고 어디로 갔든 간에 본질적으로 건전한 본능에 따라 돌아왔잖아요. 본능이 당신보다 현명해요." 라모나가 말했다.

"그럴지도……" 허조그가 말했다. "요즘 내 인생관이 달라지는 중이야."

"타고난 권리를 포기하지 않았다니 다행이에요."

"나는 진정한 자립을 하지 못했어. 지금까지 나 자신이 아니라 남들을 위해, 이런저런 여자들을 위해 일했다는 사실을 깨달았지."

"당신이 유대식 청교도주의만 극복한다면……"

"도망노예 같은 정신 상태가 점점 심해져."

"그건 당신 잘못이에요. 군림하려 드는 여자들만 찾았잖아요. 자주 말했듯이 이제야 나처럼 전혀 다른 타입을 만난 거예요."

"나도 알아." 그가 말했다. "그리고 당신이 정말 대단한 사람이라고 생각해."

"글쎄요. 내가 보기엔 내 말을 알아듣지도 못했는데요." 여기서 그녀는 약간의 노여움을 내비쳤다. "한 달쯤 전에 당신은 내가 성적 서커스를 벌인다고 했어요. 내가 무슨 곡예사라는 듯이."

"아니, 라모나, 그건 별 뜻 없이 한 얘기였어."

"내가 남자들을 너무 많이 만났다는 뜻이었잖아요."

"너무 많이? 아니야, 라모나. 나는 그런 식으로 생각하지 않아. 오히려 당신을 잘 따라간다는 사실에 자부심까지 생기는걸."

"아니, 잘 따라간다는 생각 자체가 당신 속내를 드러내잖아요. 그런 말을 들으면 화가 나요."

"알아. 당신은 나를 높은 수준에 올려놓고 내 속에서 오르페우스* 같은 솜씨를 끌어내고 싶어하지. 그렇지만 사실대로 말하자면 좀 평범한 사람이 되고 싶었어. 맡은 일은 다 하고 약속도 지키고 의무도 끝낸 다음에 흔해빠진 응분의 대가를 기대했어. 물론 그러다가 뒤통수만 호되게 얻어맞았지. 내 인생과 더불어 최악의 사태만은 모면하게 해준다는 비밀협약을 맺었다고 생각했어. 누가 봐도 부르주아적인 발상이지. 그

---

* 그리스신화에 등장하는 시인, 음악가. 음악의 신 아폴론에게 하프를 배웠다고 한다.

러면서 속으로는 초월성을 가지고 놀기도 했고."

"매들린 같은 여자와 결혼하고 밸런타인 거즈바크 같은 친구를 사귀었다면 결코 평범한 경험이 아니긴 하죠."

울분이 치밀었지만 참아보려고 노력했다. 그 말은 라모나의 배려였고 분노를 발산할 기회를 주겠다는 뜻이었다. 그러나 이곳에 온 목적은 그게 아니다. 어차피 자신의 강박관념에는 넌더리가 났다. 게다가 라모나에게도 이런저런 골칫거리가 있다. 시인은 울분도 일종의 기쁨*이라고 했지만 과연 옳은 말일까? 말해야 할 때가 있고 침묵해야 할 때가 있다. 이 문제에서 유일하게 흥미로운 점은 그의 상처가 친밀한 사이를 바탕으로 기획되었으며 그를 정확히 간파했기에 더욱 예리한 공격이었다는 사실이다. 증오가 사랑을 방불케 할 만큼 가까이 접근할 수도 있다니 매혹적이다. 칼과 상처는 서로를 갈망한다. 물론 피해자의 취약성에 따라 결과는 크게 달라진다. 더러는 비명을 지르고 더러는 칼에 찔려도 소리를 내지 않는다. 후자는 인류의 정신사에서 다뤄 볼 만한 주제다. 보플론스키가 강도들과 한통속이라는 사실을 알았을 때 아버지는 기분이 어땠을까? 아버지는 아무 말도 하지 않았다.

허조그는 과연 오늘밤에 이 모든 일을 견뎌낼 수 있을까 생각했다. 가능하길 바랐다. 그러나 라모나는 차라리 울분을 터뜨리라고 할 때가 많았다. 저녁식사를 차려주는 답례로 한바탕 노래를 불러보라고 청하는 셈이랄까.

"내가 보기에 그 사람들도 평범한 한 쌍은 아니에요." 그녀가 말했다.

---

* 아일랜드 시인 W.B. 예이츠가 영국 시인 도로시 웰즐리에게 보낸 편지에서 인용.

"때로는 우리 세 사람이 코미디 팀 같다고 생각해." 허조그가 말했다. "거기서 나는 조연에 불과하지. 사람들이 그러는데 거즈바크가 내 흉내를 낸대—내 걸음걸이, 내 표정을. 제2의 허조그라나."

"어쨌든 매들린에게는 자기가 오리지널보다 훌륭하다고 믿게 만들었네요." 라모나가 말했다. 그러더니 눈을 내리깔았다. 눈동자가 흔들리다가 눈꺼풀 아래로 내려갔다. 촛불의 불빛 속에서 그녀의 얼굴에 순간적으로 스쳐가는 동요의 기색을 지켜보았다. 아마도 눈치 없는 말을 했다고 생각했겠지.

"내 생각이지만 매들린에게 가장 큰 야망은 사랑에 빠지는 거였어. 그 여자한테서 가장 웃기는 부분이 바로 그거야. 오만방자한 태도도 그렇고. 안면경련도 있고. 못돼먹은 여자지만 솔직히 예쁘긴 하지. 사람들의 관심을 한몸에 받길 좋아하고. 모피로 장식한 정장을 입고 도도하게 등장하는데, 안색은 발그레하고 눈빛은 새파랗고. 그리고 청중이 있을 때는 마법처럼 모두를 홀리기 시작하는데, 손바닥으로 플랫 패스* 비슷한 동작을 하기도 하고, 코끝을 작은 방향타처럼 실룩거리기도 하고, 머지않아 한쪽 눈썹도 합세해서 위로, 위로 올라가기 시작해."

"당신 얘기를 들으면 사랑스러운 여자 같네요."

"우리는 꽤 고상하게 살았지, 우리 모두. 피비만 예외였어. 피비는 따라다녔을 뿐이니까."

"어떤 여자예요?"

"생김새는 매력적인데 너무 엄격해 보여. 때로는 수간호사 같지."

---

* 미식축구나 하키에서 자신의 옆쪽으로 던지는 패스.

"피비는 당신을 좋아하지 않았어요?"

"……남편이 절름발이잖아. 거즈바크는 자기 약점을 최대한 이용할 줄 아는 놈인데, 섬뜩하게 흐느낀다든지, 아무튼 감정에 호소하지. 피비는 남편이 불량품이라서 헐값에 얻은 셈이야. 흠잡을 데 없는 신제품이었다면 그런 사치품을 구할 엄두조차 못 냈겠지. 그건 거즈바크도 알고 피비도 알고 모두가 알아. 지금은 통찰력의 시대니까. 교육을 받은 사람이라면 누구나 심리학 법칙들을 알잖아. 아무튼 거즈바크는 외다리 라디오 아나운서에 불과하지만 피비가 그렇게 독차지할 수 있었어. 그런데 매들린과 내가 나타났고 루디빌에서는 화려한 생활이 시작됐지."

"남편이 당신 흉내를 내기 시작했을 때 피비는 싫어했겠네요."

"그랬겠지. 하지만 어차피 나를 속여야 한다면 내 스타일로 속이는 것이 최선의 방법이었겠지. 인과응보랄까. 철학적이고 경건한 태도만 따라 하면 되니까."

"언제 처음 알아차렸어요?"

"매디가 루디빌을 떠나 나돌기 시작했을 때. 몇 번쯤 보스턴에 머물렀지. 그냥 혼자 지내며 이것저것 생각해봐야겠다고 하더군. 아이도 데려갔는데—너무 어렸으니까. 그래서 내가 거즈바크한테 거기로 가서 아내를 좀 설득해달라고 부탁했어."

"그때부터 당신한테 잔소리를 늘어놓기 시작했어요?"

그렇게 민감한 상처를 건드리는 바람에 다시 원한이 솟구치기 시작했고 허조그는 웃어넘기려고 노력했다. 자칫하면 억누르지 못할 수도 있으니까. "다들 그렇게 잔소리를 했지. 누구나 빠짐없이. 사람들은 말을 가지고 끊임없이 남을 심판하니까. 매들린이 보스턴에서 보냈던 편지 몇 통은 아직도 갖고 있어. 거즈바크가 보낸 편지도 있고. 온갖 기록을 보관해놨지. 매들린이 자기 어머니한테 보낸 편지까지 한 묶음이나 있다니까. 우편으로 나한테 배달됐지."

"아무튼 매들린이 뭐래요?"

"매들린은 대단한 글쟁이야. 헤스터 스탠호프* 같은 문장을 구사하지. 우선 내가 자기 아버지를 너무 많이 닮았다고 했어. 우리가 한 방에 있을 때는 내가 공기를 모조리 마셔버리는 바람에 자기는 숨도 못 쉬는 기분이라나. 너무 거만하고 유치하고 부담스럽고 냉소적인데다 심신질환성心身疾患性 폭력배라고 했어."

"심신질환성?"

"자기를 억압하고 싶을 때마다 복통이 생긴다면서, 그런 증상을 악용해서 뭐든지 내 뜻대로 밀어붙인다나. 다들 그렇게 말하더라고, 셋다. 매들린은 결혼생활의 유일한 기반에 대해서도 잔소리를 했어. 결혼은 충만한 감정에서 생겨나는 따뜻한 관계라느니 어떻다느니. 올바른 성관계 방법에 대해서까지 잔소리를 하더라고."

"굉장하네요."

"아마 거즈바크한테서 배운 대로 설명했겠지."

"굳이 얘기하지 않아도 돼요." 라모나가 말했다. "매들린이 최대한 아프게 찔러댔을 텐데."

"그러면서도 내 연구를 끝마치고 우리 세대의 러브조이**가 되라나

---

* 영국 탐험가, 작가(1776~1839).
** 미국 철학자 아서 O. 러브조이(1873~1962).

허조그 337

─학계에서나 통하는 실없는 농담인데, 라모나, 나는 그렇게 생각하지 않았어. 매들린과 거즈바크가 잔소리를 할수록 오히려 조용하고 평범한 삶이 유일한 목표라고 생각했지. 매들린은 내가 그렇게 조용히 지내도 흉계라고 말했어. '소극적 반항'으로 몰아붙이며 자기를 옭아매려는 새로운 전략이라고 우기더군."

"정말 이상하네요! 그래서 어쩌라는 거예요?"

"매들린은 내가 '구원'을 얻으려고 결혼했는데 뜻대로 안 해주니까 자기를 죽이고 싶어한다고 믿었어. 나를 사랑하지만 내 요구는 도저히 들어줄 수 없다면서, 터무니없는 욕심이라며, 보스턴에 가서 한번 더 생각해보고 부부관계를 유지할 길을 찾아보겠다고 했지."

"그랬군요."

"일주일쯤 지났을 때 거즈바크가 매들린 물건 몇 가지를 챙겨야 한다고 찾아왔더군. 매들린이 보스턴에서 전화로 부탁했다나. 옷이 좀 필요하다고. 돈도 필요하고. 거즈바크와 함께 숲속에 가서 오랫동안 산책했어. 초가을이었는데─화창하고 건조하고 아름답고…… 그래도 우울했지. 땅이 울퉁불퉁한 곳에서는 내가 부축해줬어. 거즈바크는 의족 때문에 절뚝거리니까……"

"전에 얘기했잖아요. 곤돌라 뱃사공 같다고. 그때 그 사람이 뭐랬어요?"

"자기가 세상에서 제일 사랑하는 두 사람 사이에 이렇게 큰 싸움이 벌어졌으니 도대체 어떻게 살아남아야 할지 모르겠다고 하더군. 그 말만 되풀이했는데─자기한테는 처자식보다 중요한 두 사람이라면서. 온몸이 갈기갈기 찢어지는 기분이래. 이런저런 신념이 다 무너질 듯싶다면서."

라모나가 웃었고 허조그도 따라 웃었다.

"그래서요?"

"그래서?" 허조그가 말했다. 그는 거즈바크의 검붉고 강인한 얼굴에 스쳐가던 전율을 떠올렸는데, 정육점 주인 같은 그 얼굴은 처음에는 좀 사나워 보이지만 나중에 알고 보면 감정이 깊고 섬세하다. "그래서 우린 집으로 돌아왔고 거즈바크가 매디의 물건들을 챙겼지. 그리고 그날 거즈바크가 찾아온 주목적은—매디의 피임용 페서리였어."

"설마 진담은 아니겠죠!"

"당연히 진담이지."

"당신은 마음속으로 그런 일마저 받아들인 모양인데……"

"내가 마음속으로 받아들인 것은 내가 너무 멍청해서 두 사람에게 빌미를 줬다는 사실, 그리고 점점 더 변태적인 짓을 하게 만들었다는 사실이야."

"왜 그따위 짓을 했느냐고 매들린에게 물어보지도 않았어요?"

"물어봤지. 그랬더니 대답을 들을 자격도 없다더군. 나는 늘 그런 식이래—쩨쩨하다나. 그때 밸런타인과 애인 사이가 됐느냐고 물어봤어."

"그랬더니 뭐래요?" 라모나의 호기심이 성큼 발동했다.

"거즈바크가 나한테 뭘 베풀었는지 깨닫지도 못한다더군—어떤 사랑이었는지, 어떤 감정이었는지. 내가 그랬어. '그렇지만 그놈은 약상자에서 버젓이 그 물건을 꺼내갔잖아.' 그랬더니 매들린이 이렇게 말했어. '그래, 그리고 보스턴에 올 때마다 준이랑 나랑 같이 하룻밤 묵기도 하지. 그렇지만 나한테 거즈바크는 친오빠 같은 사람이고, 그게 전부야.' 내가 선뜻 곧이듣지 않으니까 이렇게 덧붙이더군. '바보처럼 굴지 마, 모지스. 얼마나 상스러운 사람인지 알잖아. 내가 좋아할 만한 사람이 아니야. 우리 사이의 친밀감은 종류가 전혀 달라. 아니, 우리가 사는 조그마한 보스턴 아파트에서 그 사람이 화장실을 쓰기만 하면 냄새가 얼마나 지독한지 말도 못해. 내가 그 사람 똥냄새까지 훤히 안다고. 도대체 내가 그런 똥냄새를 풍기는 사람한테 몸이라도 바칠 성싶으냔 말이야!' 그렇게 대답했어."

"정말 끔찍해요, 모지스! 정말 그렇게 말했어요? 정말 이상한 여자네요. 정말 괴상망측한 인간이에요."

"글쎄, 우리가 서로를 얼마나 잘 아는지 여실히 보여주는 사례라고 해야겠지, 라모나. 매들린은 아내일 뿐만 아니라 교훈이기도 했어. 선량하고 착실하고 낙천적이고 이성적이고 부지런하고 점잖고 어린애 같은 놈, 즉 허조그처럼 여느 연구주제와 똑같이 인생도 하나의 연구주제일 뿐이라고 생각하는 놈은 한 번쯤 따끔한 교훈을 얻어야지. 그리고 체면 따위를, 케케묵은 개인의 체면 따위를 중요시하는 놈도 언젠가는 호되게 혼날 수밖에 없어. 어쩌면 체면은 프랑스산 수입품일지도 몰라. 루이 14세 시대. 극장. 명령. 권위. 분노. 용서. 체면. 서민들이 부르주아적 야심 때문에 그걸 물려받았어. 지금은 모두 박물관에 들어가야 마땅한 것들인데."

"그래도 매들린은 늘 품위를 잃지 않는 여자일 거라고 생각했어요."

"늘 그렇진 않지. 때로는 가식적인 겉모습을 버리고 돌변하는 여자니까. 그리고 밸런타인도 만만찮은 성격이라는 사실을 잊지 마. 현대인의 의식 속에는 모든 겉치레를 벗어던지고 싶다는 크나큰 욕구가 있지. 그때 비로소 그 인간의 참모습이 드러나. 모든 가식과 허구를 내팽개치니까. 거즈바크 같은 놈은 명랑할 때도 있어. 순진할 때도 있고. 가학적이고. 신나게 춤을 추기도 하고. 직관적이고. 무자비하고. 친구들을 부둥켜안고. 멍청하고. 농담을 들으면 깔깔거리고. 게다가 엉큼하기도 하지. '자네를 정말 사랑해!' 또는 '진심으로 그렇게 믿어!' 하고 외쳐대면서. 그런 '믿음'에 스스로 감동했을 때 오히려 사람을 등쳐먹는 놈이야. 아무도 이해할 수 없는 현실을 지어내면서. 백억 광년 떨어진 우주 공간에서 일어나는 일까지 다 알아내는 전파천문학자라도 거즈바크의 머릿속에서 날조되는 거짓말은 알아차리지 못할걸."

"당신 지금 너무 흥분했어요." 라모나가 말했다. "둘 다 잊어버리길 권할게요. 그렇게 어처구니없는 일이 얼마 동안이나 계속됐죠?"

"오랫동안. 어쨌든 몇 년쯤은 계속됐지. 그런 일이 있고 나서 한동안은 매들린과 다시 합치기도 했어. 그 무렵에도 매들린과 밸런타인이 내 인생을 마음대로 주물렀지. 나는 아무것도 몰랐고. 둘이서 모든 일을 결정했는데—내가 사는 집, 내가 일하는 직장, 내가 내는 월세 등등. 심지어 정신적인 문제까지 자기들이 판단했어. 숙제를 내주더라고. 그러다가 나를 내쫓아야겠다는 결심이 섰을 때 둘이서 치밀한 계획을 세웠는데—재산분배, 이혼수당, 양육비까지. 그러면서도 밸런타인은 나를 최대한 배려한다고 생각했을 거야. 매들린의 욕심을 억눌렀겠지. 밸런타인은 자기가 착한 사람이라는 사실을 알아. 남을 이해할 줄도 알고, 이해할수록 괴로워하지. 그럴수록 자기 책임은 더 커지기 마련이고. 괴로움에 따르는 책임 말이야. 나처럼 한심한 놈은 제 아내도 제대로 보살피지 못하니까. 그래서 자기가 보살펴준다는 거지.

그리고 나는 딸자식도 제대로 키우지 못하는 놈이잖아. 그래서 자기가 대신 키워줄 수밖에 없지. 우정 때문에, 연민 때문에, 넓디넓은 마음씨 때문에. 밸런타인은 매들린이 사이코패스가 맞는다고 인정하기까지 했어."

"설마 그렇게까지!"

"정말이야. 입버릇처럼 말했지. '가엾은 미치광이. 그 정신 나간 여자가 너무 불쌍해!'"

"결국 밸런타인도 좀 이상한 사람이었군요. 야릇하게 잘 어울리는 한 쌍이네요!"

"당연히 이상한 놈이지."

"모지스," 라모나가 말했다. "이런 얘기는 그만하기로 해요. 왠지 바람직한 얘깃거리가 아닌 듯한데…… 우리한테 바람직하지 않다고요. 이제 그만하고……"

"당신이 못 들은 얘기도 많아. 제럴딘이 보낸 편지에서는 둘이 애를 학대한다고 했지."

"알아요. 나도 읽어봤잖아요. 모지스, 그만 좀 해요."

"하지만…… 그래, 당신 말이 맞아." 허조그가 말했다. "그래, 당장 그만둘게. 식탁 치우는 일이나 도와줘야겠네."

"안 그래도 돼요."

"설거지라도 해줄게."

"아니, 설거지라면 더더욱 안 되죠. 당신은 손님이잖아요. 모두 싱크대에 담가놨다가 내일 하려고요."

허조그는 생각했다. 나는 충분히 이해할 수 있는 동기보다 부분적으로만 이해할 수 있는 동기를 선호한다. 지나치게 명쾌한 설명은 거짓이라고 생각하니까. 어쨌든 준은 내가 보살펴야 한다.

"아니, 아니, 라모나, 설거지를 하면 왠지 마음이 좀 차분해져서 그래. 가끔은 그럴 때가 있더라고." 그는 싱크대를 마개로 막고 가루비누를 넣고 물을 틀어놓은 후 찬장 손잡이에 재킷을 걸고 옷소매를 걷어붙였다. 라모나가 앞치마를 건넸지만 사양했다. "이래 봬도 꽤 노련해. 물 튀기지 않을게."

허조그는 손가락마저 관능적인 라모나가 평범한 일을 하는 모습을 보고 싶었다. 그러나 마른행주를 손에 쥐고 술잔과 은그릇의 물기를 닦는 그녀의 모습은 자연스럽기만 했다. 가정적인 사람처럼 보이려는 흉내가 아니다. 때때로 허조그는 타마라 고모가 집을 나서기 전에 새우 레물라드를 만들어놓지 않았을까 의심하기도 했다. 그런데 아니었다. 요리는 라모나가 직접 했다.

"이제 앞날에 대해서도 생각해봐야죠." 라모나가 말했다. "내년 계획은 뭐예요?"

"일자리를 구해보려고."

"어디서요?"

"우리 아들 마르코가 사는 동부가 좋을지, 아니면 준을 지켜볼 수 있는 시카고가 좋을지 고민중이야."

"이봐요, 모지스, 실리를 따져보는 것은 조금도 부끄러운 일이 아니에요. 제대로 판단할 줄 모르면 누가 상이라도 줘요? 자신을 희생해서라도 점수를 따고 싶어요? 지금쯤은 당신도 알겠지만 소용없는 짓이잖아요. 시카고를 선택한다면 실수일 거예요. 괴롭기만 할 테니까."

"아마 그렇겠지, 괴로움도 나쁜 버릇이고."

"농담이에요?"

"천만에."

"그보다 더 자학적인 상황은 상상하기도 힘들어요. 지금쯤 시카고 사람들은 당신 사정을 다 알겠죠. 당신은 그런 사람들 틈으로 들어가야 할 테고. 싸우고 설득하고 상처받으면서. 당신 같은 사람에게는 너무 굴욕적인 일이에요. 당신은 자신을 존중할 줄 몰라서 탈이에요. 그러다가 만신창이가 되고 싶어요? 어린 준한테 고작 그런 모습을 보여주려고?"

"아냐, 아냐. 그래 봤자 좋을 게 없잖아? 그렇다고 애를 두 연놈 곁에 내버려둘 수 있을까? 제럴딘이 뭐라고 썼는지 당신도 봤잖아." 허조그는 그 편지를 달달 외워버렸고 언제라도 낭송할 수 있었다.

"그렇다고 애를 엄마한테서 빼앗을 수도 없잖아요."

"준은 나와 같은 부류야. 내 유전자를 물려받았어. 허조그 집안의 후손이라고. 정신적으로도 두 연놈과는 전혀 안 맞아."

그는 또 흥분했다. 라모나가 그의 관심을 다른 데로 돌리려 했다.

"당신 친구 거즈바크가 시카고에서는 꽤 유명하다고 했죠?"

"그래, 그래. 라디오 교육방송으로 시작했지만 지금은 얼굴을 안 들이미는 데가 없어. 각종 위원회, 신문 등등. 하다사에서 강연도 하고…… 자작시 낭송회도 열고. 유대교 회당에서. 스탠더드 클럽에도 곧 가입한대. 텔레비전에까지 나온다니까! 어처구니가 없잖아! 시카고에 철도역이 하나뿐이라고 믿던 촌놈이. 그런데 지금은 대단한 재주꾼이 돼버렸으니—연어 먹고 게워낸 토사물 같은 빛깔의 트위드 재킷을 걸치고 링컨 콘티넨털을 몰아가며 시내 곳곳을 누빈다니까."

"당신은 그런 생각만 해도 금방 흥분해버리네요. 눈빛마저 불안해져요."

"거즈바크가 강당을 빌린 적이 있는데, 그 얘기도 했던가?"

"아뇨."

"자작시 낭송회 입장권을 팔았대. 내 친구 애스팰터가 말해주더군. 앞자리는 5달러, 강당 뒤쪽은 3달러. 그런데 청소부였던 할아버지에 대한 시를 읽다가 감정을 주체하지 못하고 울어버렸다는 거야. 그렇지만 아무도 나갈 수 없었지. 강당 문을 잠가버려서."

라모나는 웃음을 참지 못했다.

"하하!" 허조그는 행주를 짜서 물기를 빼고 연마제를 뿌렸다. 싱크대를 문질러 닦은 후 물로 헹궜다. 라모나가 비린내를 지우라고 레몬 한 조각을 가져다주었다. 그는 양손에 레몬즙을 발랐다. "거즈바크!"

"아무튼," 라모나가 진지하게 말했다. "당신은 다시 연구를 시작해야죠."

"글쎄. 앞이 꽉 막혀 오도 가도 못하는 기분이야. 그래도 그게 아니면 내가 뭘 하겠어?"

"지금은 너무 흥분해서 그래요. 마음이 진정되면 생각이 달라지겠죠."

"그럴지도 모르지."

라모나가 앞장서서 자기 방으로 향했다. "이집트 음악을 더 들을까요? 유익한 효과가 있는 음악이니까." 그녀가 전축 쪽으로 다가갔다. "그리고 구두 좀 벗지 그래요, 모지스. 이런 날씨에는 구두를 벗기 좋아하잖아요."

"발이 편해지니까. 그러는 게 좋겠군. 구두끈도 벌써 풀어놨으니."

허드슨강 상공에 달이 높이 떴다. 유리창 때문에 일그러지고 여름밤의 대기에 굴절된 달빛은 새하얀 힘에 겨워 휘어지는 듯했다. 흘러가는 강물 속에도 달빛이 반짝거렸다. 저 밑에 내려다보이는 좁다란 지붕들은 달빛 아래서 길고 희미하고 더 작아진 듯한 느낌이었다. 라모나가 레코드판을 뒤집었고, 이번에는 알 바카르 악단의 반주에 맞춰 한 여가수가 노래했다. "어서, 어서 내 품에 안겨봐요—초콜릿을 줄게요."

방석에 나란히 앉았을 때 라모나가 허조그의 손을 잡았다. "그런데 그 사람들이 당신을 속였어요." 그녀가 말했다. "사실은 전혀 다르거든요."

허조그가 그녀에게 간절히 듣고 싶어하던 말이었다. "무슨 소리야?"

"남자에 대해서는 내가 좀 알아요. 당신을 만나자마자 여러모로 경험이 부족하다는 사실을 알아차렸죠. 성생활 면에서. 아무도 건드리지 않았다고 해도 좋겠네요."

"가끔은 내가 한심스러운 실패자였지. 지독한 실패자였어."

"어떤 남자들은 잘 보호해줘야 하는데…… 필요하다면 법률을 동원해서라도."

"천연기념물처럼?"

"농담이 아니에요." 라모나가 말했다. 그는 그녀가 얼마나 상냥한 여자인지를 분명하게, 확실하게 알았다. 그녀는 그를 소중히 여긴다. 그가 괴로워한다는 것도 알고 무엇 때문에 괴로워하는지도 알기에 그가 이곳으로 오면서 명백히 기대했던 대로 위로를 건넸다. "그 사람들은 당신이 이미 늙어 다 끝났다고 믿게 만들려고 했어요. 하지만 한 가지 사실만 설명해줄게요. 늙은이한테서는 늙은이 냄새가 나요. 여자라면 누구나 알아요. 늙은 남자 품에 안긴 여자는 바람에 잘 말려야 하는 낡아빠진 옷처럼 퀴퀴하고 푸석푸석한 냄새를 맡기 마련이죠. 그 여자가 그런 상황까지 허락했다면, 그리고 남자가 많이 늙었다는 사실을 알아차렸지만(사람들은 위장을 잘하는데 여간해선 나이를 짐작하기 어렵거든요) 굳이 굴욕감을 주긴 싫다면, 십중팔구는 하려던 짓을 계속하겠죠. 너무 끔찍하잖아요! 그런데 모지스, 생화학적으로 보면 당신은 젊은 사람이에요." 그녀는 맨살을 드러낸 두 팔로 그의 목을 끌어안았다. "살결에서도 이렇게 좋은 냄새가 나는데…… 매들린 같은 여자가 뭘 알겠어요. 겉모습만 예쁘장한 여자가."

그는 자신의 인생이 정말 한심스럽다고 생각했다. 늙어가는 주제에 자존심만 내세우고, 지독한 자아도취에서 헤어나지 못하고, 품위도 체면도 없이 괴로워하기만 하고, 게다가 남을 달래줄 만큼 여유롭지도 않은 사람에게서 위안을 얻으려 하다니. 라모나가 지치거나 동요하거나 약해졌을 때의 모습을 본 적이 있다. 눈가에 그늘이 질 때, 옷매무새가 흐트러지고 양손도 차가울 때, 차디찬 입술을 벌려 이를 드러낼 때, 소파에 누워 있을 때, 그럴 때의 그녀는 그저 몸집이 조그마한 여자, 매우 풍만하지만 결국 키 작고 기진맥진한 여자에 불과했고, 입김마저 피로에 지쳐 시큼한 냄새를 풍겼다. 그 모습이 모든 사연을 말해주었다—악전고투와 실망의 연속. 그녀가 온갖 정교한 이론체계로 무장한 채 아무리 열변을 토해도 밑바탕을 들여다보면 그 속에는 그녀의 욕구, 여자로서의 욕구가 숨어 있을 뿐이었다. 라모나는 내가 가정에 어울리는 남자라고 직감한다. 가정적인 남자, 그래서 그녀가 원하는 가정에 꼭 필요한 남자다. 그녀가 생각하는 가족관계는 나에게도 매력적이다. 라모나는 아까부터 그의 입술에 입술을 문지르는 중이었다. 그러면서 (다소 공격적으로) 그의 마음속에서 증오심과 광신적 번민을 조금씩 밀어냈다. 머리를 뒤로 젖힌 채 빠르게 숨을 몰아쉬었다. 흥분과 기교와 의지가 어우러진 동작이다. 그녀가 그의 입술을 깨물었고, 그는 깜짝 놀라 피하려 했지만 반사적 행동에 불과했다. 그녀는 그의 입술을 놓치기는커녕 오히려 더 깊이 빨아들였고 허조그는 강렬한 성적 흥분에 사로잡혔다. 라모나가 그의 셔츠 단추를 풀었다. 그녀의 손이 맨살에 닿았다. 방석에 앉은 채 몸을 돌리고 다른 손으로 블라우스 뒤쪽의 지퍼를 끌어내렸다. 두 사람은 서로를 껴안았다. 그가 그녀의 머리카락을 쓰다듬기 시작했다. 그녀의 입술이 립스틱냄새와 살냄새를 풍겼다. 그때 입맞춤이 갑자기 중단되었다. 전화벨이 울렸기 때문이다.

 "아, 이런!" 라모나가 말했다. "이런, 이런."

 "받으려고?"

 "아니, 보나마나 조지 호벌리예요. 당신이 들어올 때 봤던 모양인데, 괜히 우리를 방해하려는 수작이겠죠. 그런다고 말려들면 안 되니까……"

 "나도 싫어."

 그녀가 전화기를 뒤집더니 하단 스위치를 눌러 벨소리를 꺼버렸다. "어제도 그 사람 때문에 울었어요."

 "최근엔 스포츠카를 선물하려고 했다던데."

"요즘은 유럽에 데려다달라고 졸라대요. 나더러 유럽 구경을 시켜 달라고."

"그렇게 돈이 많은 줄은 몰랐는데."

"돈도 없으면서 그래요. 어디선가 빌려야 할걸요. 가는 데마다 그랜드호텔에 묵으려면 1만 달러는 들 텐데."

"그렇게까지 하려는 의도가 뭘까?"

"무슨 뜻이에요?" 라모나는 허조그의 말투를 좀 수상쩍게 여기는 눈치였다.

"아니…… 아무것도 아니야. 다만 그 사람은 당신한테 그런 여행을 할 만큼 돈이 많다고 생각하는 건 아닐까 싶어서."

"돈 문제는 아무 상관도 없어요. 이제 둘 사이엔 아무것도 없으니까."

"전에는 뭐가 있었는데?"

"뭔가는 있다고 생각했는데……" 라모나의 담갈색 눈동자가 야릇한 시선을 던졌다. 그를 원망하는 눈빛이었다. 아니, 원망보다는 슬픔이 가득한 눈빛, 왜 그렇게 이상한 질문을 하느냐고 묻는 눈빛이었다. "이제 와서 그걸 따지고 싶어요?"

"그 사람이 길거리에서 뭘 하는 거야?"

"그게 내 잘못은 아니잖아요."

"그 사람은 당신한테 인생을 걸었지만 실패했고, 그래서 자기가 저주받았다면서 자살하려고 하지. 차라리 자기 집 소파에 누워 캔 맥주나 마시며 〈페리 메이슨〉*이라도 시청하는 편이 나을 텐데."

---

* 미국 소설가 얼 스탠리 가드너의 등장인물로 형사변호사. 여기서는 1957~1966년 미국에서 방영된 텔레비전 드라마 시리즈.

"너무 가혹해요." 라모나가 말했다. "내가 당신 때문에 그 사람을 버렸다고 생각해서 마음이 불편한지도 모르죠. 그 사람을 밀어냈으니 그 사람 역할까지 대신해야 할 듯싶어서."

허조그는 잠시 생각에 잠겨 의자에 등을 기댔다. "그럴지도 몰라." 이윽고 그가 말했다. "어쨌든 생각해보니 뉴욕에서는 내가 집안에 있는데 시카고에 가면 길거리에서 구경만 하는 신세였군."

"하지만 당신은 조지 호벌리와는 전혀 다른 사람이에요." 라모나는 그가 대단히 듣기 좋아하는 높고 음악적인 목소리로 말했다. 가슴속에서 흘러나오다가 목구멍에서 변화를 일으키는 목소리—그 소리를 들을 때마다 모지스는 크나큰 쾌감을 느꼈다. 다른 남자라면 그 목소리의 의도적 관능성에 반응하지 않을지도 모르지만 허조그는 달랐다. "나는 조지를 동정했어요. 그러니 애당초 일시적 관계 이상으로는 발전할 수 없었죠. 하지만 당신은—당신은 여자가 동정할 만한 사람이 아니에요. 뭐니 뭐니 해도 나약한 사람은 아니니까. 당신은 강한 사람이고……"

허조그는 고개를 끄덕였다. 또 잔소리를 듣는 중이었다. 그런데도 그리 거슬리지 않았다. 그가 행실을 바로잡아야 한다는 것은 누가 봐도 명백한 사실이다. 그런데 굳이 잔소리를 해줄 사람을 찾는다면, 그에게 피난처를 제공하고 새우 요리와 와인과 음악과 꽃과 호의를 베풀어준 여자, 말하자면 자신의 영혼에서 방 한 칸을 비워주고 마침내 육체까지 끌어안게 해준 여자보다 더 훌륭한 자격을 갖춘 사람이 또 있을까? 우리는 서로서로 도와야 한다. 이 불합리한 세상에서 인정과 동정심과 (사리사욕도 조금은 섞였을망정) 애정처럼 희귀한 것들을—극소수만이 수많은 인간적 전투를 치르며 어렵게 쟁취할 수 있거늘, 누구에게서도 쉽게 찾아볼 수 없으므로 그런 승리의 결과를 결코 당연시하지 말아야 하거늘—그렇게 희귀한 것들을 회의론자들은 누대에 걸쳐 헐뜯고 부정하고 거부하기 일쑤였다. 그러나 우리의 이성조차도, 논리조차도, 진실한 친절이 담긴 조그마한 몸짓 하나만 보여도 냉큼 무릎을 꿇고 감사하라고 재촉한다. 음악이 흘렀다. 은은한 녹색 전등 밑에서, 사방에 여름철의 꽃과 아름다운 장식품, 심지어 사치품까지 즐비한 그곳에서 라모나는 진심어린 이야기를 이어갔고—그는 그녀의 따뜻한 얼굴과 발그레한 안색을 다정하게 바라보았다. 그녀의 등 뒤에는 무더운 뉴욕이 보이는데, 달빛의 도움이 불필요할 만큼 휘황찬란한 야경이었다. 동양풍의 양탄자와 그 속의 화려한 무늬가 아무리 어려운 난제라도 거뜬히 해결할 수 있다는 희망을 품게 했다. 그는 라모나의 매끄럽고 서늘한 팔을 붙잡았다. 모지스의 셔츠 앞섶이 활짝 열려 있었다. 그는 미소를 머금은 채 그녀의 이야기를 들으며 가만가만 고개를 끄덕였다. 대부분은 반론의 여지도 없이 옳은 말이었다. 똑똑한 여자였지만 사랑스러운 여자라서 더욱 좋았다. 마음씨도 착했다. 그리고 검은색 레이스 속옷을 입었다. 그가 이미 아는 사실이었다.

"당신은 인생을 살아가는 데 필요한 잠재력이 가득한 사람이에요." 그녀가 말했다. "사랑도 충만한 사람이죠. 하지만 원한 따위는 떨쳐버리려고 노력해야 해요. 그러다가 당신만 망가져요."

"당신 말이 맞겠지."

"내가 지나치게 이론만 앞세운다고 생각한다는 거 알아요. 그렇지만 나도 실패를 한두 번 겪은 게 아니라서—끔찍한 결혼생활, 결코 바람직하지 않았던 수많은 관계. 들어봐요—당신에겐 어려움을 극복하는 능력이 있는데, 그 능력을 쓰지 않는다면 죄악이에요. 그러니까 당장 그 능력을 써보라고요."

"무슨 뜻인지 알아들었어."

"생물학적 현상인지도 모르겠어요. 당신 몸은 강인해요. 무슨 일이 있었는지 알아요? 어제 제과점 아줌마가 그러는데 내 모습이 많이 달라졌대요—안색도, 눈빛도. '미스 돈셀, 사랑에 빠지셨나보네요.' 당신 때문이라는 사실을 그때 깨달았어요."

"정말 달라 보여."

"더 예뻐졌나요?"

"사랑스럽지."

그녀의 안색이 더욱 붉어졌다. 그의 손을 잡아 블라우스 안으로 이끄는데, 그를 지그시 바라보는 눈동자가 초롱초롱 빛났다. 고마운 여자! 얼마나 벅찬 쾌락을 선사하는지! 일거수일투족이 만족감을 안겨준다—프랑스계, 러시아계, 아르헨티나계, 유대계의 장점을 두루 갖췄으니까. 그가 말했다. "당신 구두도 벗겨줄게."

라모나가 침대 곁의 녹색 전등만 남겨두고 불을 모두 꺼버렸다. 그리고 속삭였다. "금방 올게요."

"징징거리는 이집트 노래 좀 꺼줄래? 저 사람 혓바닥에 걸레질 좀 해야겠어."

그녀가 전축을 건드려 껐다. "몇 분만 기다려요." 그러면서 조용히 문을 닫았다.

'몇 분'은 빈말이었다. 그녀는 준비하는 시간이 매번 길었다. 그는 이미 기다리는 데 익숙해졌고 이유도 알기 때문에 요즘은 조바심을 내지 않는다. 그녀의 재등장은 늘 인상적이었고 기다린 보람이 충분했다. 그러나 본질적으로는 그에게 뭔가 가르쳐주려 한다는 사실을 알아차렸고(가르침에 순종하는 습성이 매우 강하므로) 기꺼이 배우려고 노력했다. 그런데 이런 수업을 어떻게 설명하면 좋을까? 우선 몹시 혼란스러운 그의 속마음부터, 어쩌면 그가 흔들리고 있다는 사실부터 설명해야겠지. 이유가 뭐냐고? 세계 전체에 짓눌리는 듯한 압박감을 느끼기 때문이다. 예를 들면? 글쎄, 예컨대, 인간으로 산다는 것은 무슨 뜻인가. 어떤 도시에서. 어떤 세기에. 과도기에. 대중 속에서. 과학의 힘으로 변화된 채. 조직화된 권력 밑에서. 어마어마한 통제를 받으며. 기계화가 이룩한 환경 속에서. 최근에 몇몇 파격적인 희망이 실패로 끝나버린 상황에서. 공동체가 아닌 사회, 사람의 가치를 폄하하는 사회에서. 다수의 힘이 커져 개인은 무시당하는 이곳에서. 적국에 대항하여 수십억 달러의 군비를 쓰면서도 국내 질서에는 인색하기 짝이 없는 이곳에서. 자국의 대도시마다 벌어지는 온갖 폭력과 만행을 묵인하는 곳에서. 그와 동시에, 공동의 노력과 사고력을 기울이면 어떤 일이 가능한지를 깨달은 수백만 인간이 압력을 행사한다. 엄청난 수압이 해저 생물의 형태를 결정하듯이. 밀물과 썰물이 돌을 둥글게 다듬듯이. 바람이 절벽에 굴을 파듯이. 아름다운 최첨단 기계가 무수한 사람들에게 새로운 삶을 열어준다. 그들의 생존권을 부정하겠느냐? 너는 구시대의 감미로운 가치들을 마음껏 누리면서 그들에게는 굶주리며 일하라고 요구하겠느냐? 너도—너 자신도 그런 대중의 자식이며 다른 모든 사람의 형제다. 그렇지 않다면 배은망덕한 자, 딜레탕트, 멍청이다. 허조그는 생각했다. 그래, 허조그, 예를 들어보라니까 대답하겠는데, 원래 세상은 그렇게 돌아간다. 더 나아가 세상은 상처받고 쓰라린 가슴에 독한 휘발유를 퍼붓는다. 그런 생각에 대해 라모나는 뭐라고 대답할까? 우선 건강을 되찾으라고 한다. 건강한 신체에 건강한 정신이 깃든다면서. 원인이 무엇이든 체질적 긴장 상태에는 성적 욕구 해소가 필요하다. 나이, 경력, 신분, 지식, 교양, 발육 등이 어떻든 간에 남자의 성기는 발기하기 마련이다. 어디서나 사용할 수 있는 화폐와 같다. 영국은행도 인정해준다. 그런데 왜 지금 기억 따위에 상처를 받는가? F. 니체도 천성이 강한 사람이라면 정복할 수 없었던 것들을 잊어버릴 수 있다고 말했다. 물론 니체는 정액을 재흡수하면 창조성을 일으키는 좋은 원동력이 된다고 말하기도 했다. 매독 환자가 금욕을 설파하다니 고마운 일이다.*

아, 발상의 전환, 발상의 전환—진정한 발상의 전환!

그러나 생각을 바꾸려고 자신을 속일 수는 없다. 라모나는 그가 끝까지 밀어붙이길 바랐다(담대하게 죄를 범하라!**). 성행위를 할 때 그는 왜 퀘이커교도처럼 점잖기만 할까? 비교적 최근에 몇 번이나 좌절을 경험한 터라 소박한 정상위로나마 성교가 가능하다는 사실만으로도 충분히 만족한다고 대답했다. 그녀는 그가 뉴욕에서 보기 드문 남자라고 말했다. 뉴욕 남자들은 겉으로는 얌전해 보여도 취향이 매우 특이한 경우가 많다고 한다. 그녀는 그가 어떤 방식을 원하든 기꺼이 쾌감을 주고 싶어했다. 그는 그녀가 아무리 노력해도 청어를 돌고래로 둔

---

* 니체의 정신착란이 매독 때문이라는 속설에 대한 언급.
** 마르틴 루터가 절친한 동료이자 조력자였던 필리프 멜란히톤에게 보낸 편지에서 인용.

갑시킬 수는 없다고 말했다. 기이하게도 라모나는 때때로 누드잡지에 나오는 음탕한 여자들처럼 행동했다. 그러면서 대단히 고상한 온갖 이유를 내세웠다. 교양이 풍부한 그녀는 카툴루스*를 비롯하여 동서고금의 위대한 연애 시인들을 인용했다. 심리학의 여러 고전도 등장했다. 마지막으로 '신비체'까지 들먹였다. 그러더니 옆방에 가서 옷을 벗고 향수를 뿌리며 즐겁게 준비했다. 그녀는 그에게 기쁨을 주고 싶어했다. 그렇다면 그저 기뻐하고 그 사실을 알려주기만 해도 그녀는 더욱 단순해질 터였다. 옷을 갈아입으며 얼마나 즐거워할까! 내 반응을 보면 또 얼마나 안도할까! '라모나, 이게 다 뭐야?' 그런데 라모나와 결혼해야 할까?

　결혼에 대해 생각하니 마음이 불편했지만 멈추지 않고 생각을 이어갔다. 라모나는 직관력이 뛰어나고 현실적이고 유능하며 그에게 상처를 주지 않을 여자다. 정신병리학의 공통적 의견에 따르면 남편의 돈을 흥청망청 낭비하는 여자는 이미 남편을 거세하기로 작심한 여자다. 실리적인 측면을 따져보더라도—모처럼 실리적인 생각을 다 해보다니 매우 신나는 일이다—모지스는 독신생활의 무질서와 외로움을 감당하지 못했다. 그는 깨끗한 셔츠와 다림질한 손수건, 구두마다 멀쩡한 뒤축 등등 매들린이 싫어하는 모든 것을 좋아했다. 타마라 고모도 라모나에게 남편이 생기길 바랐다. 노부인의 기억 속에는 아직도 이디시어 몇 마디쯤은 남은 모양인데—시다흐, 타흘리스.** 허조그 집안의 남자라면 누구나 그렇듯이 모지스도 어엿한 가장이 되리라. 가정적인

---

* 고대 로마의 서정시인.
** 각각 '중매결혼'과 '성실성'이라는 뜻.

남자, 즉 아버지, 생명을 전달하는 사람, 과거와 미래를 이어주는 중개인, 신비로운 창조의 매개자 따위는 유행이 지나버렸다. 아버지가 퇴물이라고? 남성적인 여자들에게만 그렇다—처량하고 불쌍한 지식인 나부랭이들. (이렇게 심술궂은 생각을 하면 얼마나 후련한가!) 그는 라모나가 학문이나 그의 저서, 백과사전 항목의 설명문, 박사학위, 시카고대학 등을 얼마나 좋아하는지도 알고, 허조그 교수의 사모님이 되고 싶어한다는 사실도 알았다. 모지스는 피어호텔*에서 열리는 연미복 파티에 도착하는 장면을 떠올리며 즐거워했다. 긴 장갑을 낀 라모나가 높고 매력적인 목소리로 모지스를 소개한다. '이쪽은 제 남편 허조그 교수예요.' 이때 모지스는 전혀 다른 사람처럼 행복감을 발산하고 나무랄 데 없는 품위를 과시하며 모두에게 한결같이 붙임성 있는 태도를 보인다. 뒤통수를 만지기도 하고. 두 사람은 얼마나 사랑스러운 부부가 될까, 저마다 안면경련을 일으키면서! 코미디 같겠지! 라모나는 한때 자신을 괴롭혔던 자들에게 보복할 테고. 그렇다면 모지스는? 역시 원수들에게 앙갚음을 한다. 예마흐 슈모! 그들의 이름마저 지워버려라! 그들은 내 발 앞에 그물을 깔아놓았다. 내 앞길에 함정을 팠다. 하느님, 저들의 아가리에서 이빨을 모조리 뽑아버리소서!

 그의 얼굴은, 특히 그의 눈빛은, 어둡고 강렬했다. 그런 상태로 바지를 벗고 셔츠를 마저 풀어헤쳤다. 그가 꽃 장사를 하겠다고 말하면 라모나는 뭐라고 대답할지 궁금했다. 못 할 이유도 없잖아? 손님들을 만날 때마다 새로운 삶과 접촉하는 일이다. 학자의 외롭고 고달픈 생활

---

* 뉴욕 센트럴파크 남단의 고급 호텔.

은 그의 성미에 맞지 않았다. 최근에 그는 뉴욕에서 방안에만 틀어박혀 사는 외로운 사람들이 경찰에 연락하여 도움을 청한다는 기사를 읽었다. "제발 순찰차 좀 보내주세요! 아무나 보내줘요! 사람 있는 유치장에 가둬주세요! 구해줘요. 나를 만져줘요. 오세요. 누구든—제발 와줘요!"

허조그는 연구를 끝마치지 못한다고 단언할 수 없었다. '낭만적 윤리주의'에 관한 장까지는 잘 풀렸지만 '루소, 칸트, 헤겔'이라는 장에서 글이 딱 막혔다. 정말 꽃 장사를 해보면 어떨까? 터무니없이 값비싼 사업이지만 그가 걱정할 일은 아닐지도 모른다. 줄무늬 바지를 입고 스웨이드 구두를 신은 자신의 모습을 그려보았다. 흙내와 꽃향기에 익숙해져야겠지. 삼십여 년 전 폐렴과 복막염으로 죽을 뻔했을 때 붉은 장미의 향기가 호흡기에 악영향을 미쳤다. 당시 필 스트리트의 꽃집에서 일하던 슈라 형이 보내주었는데 아마도 몰래 훔쳐냈겠지. 허조그는 이제 장미 향기쯤은 견딜 수 있으리라 생각했다. 그 지독한 꽃, 향긋한 아름다움, 보기 좋은 빨강. 그런 것들을 이겨내는 능력이 없다면 강렬한 독성이 침투하여 피를 토하며 죽을지도 모른다.

바로 그 순간 라모나가 나타났다. 그녀는 문을 열어젖히고 타일을 붙인 화장실 문간에 섰는데 등뒤에서 환한 불빛이 쏟아졌다. 몸에는 향수를 뿌렸고 골반 위까지는 알몸이었다. 골반에 아슬아슬하게 걸친 검은색 레이스 속옷, 아랫배를 훤히 드러내는 조그마한 헝겊조각 한 장이 전부였다. 발에는 3인치 높이의 하이힐을 신었다. 그 밖에는 향수와 립스틱뿐이었다. 그리고 검은색 머리.

"마음에 들어요, 모지스?"

"아, 라모나! 물론이지! 물어볼 필요도 없잖아! 황홀해!"

그러자 그녀가 시선을 떨어뜨리며 작은 소리로 웃었다. "아, 그래요. 정말 마음에 들었나보네요." 그녀는 이마에 흘러내린 머리카락을 쓸어 올린 채 살짝 허리를 굽혀 자신의 알몸이 그에게 어떤 효과를 내는지 —젖가슴과 여성적인 엉덩이를 보고 어떻게 반응하는지—살펴보았다. 눈을 크게 떴는데도 눈동자가 새까매 보였다. 그녀는 그의 손목에서 혈관이 불거진 곳을 붙잡고 침대로 이끌었다. 그는 그녀에게 입맞춤을 하기 시작했다. 그러면서 도저히 이해할 수 없다고 생각했다. 정말 수수께끼야.

"당신도 셔츠 좀 벗지 그래요. 지금은 필요 없잖아요, 모지스."

둘 다 웃었다—그녀는 그의 셔츠를 바라보며, 그는 그녀의 차림새를 바라보며. 굉장하다! 라모나가 옷차림을 매우 중요시하는 것은 당연한 일이다. 그녀에게 옷이란 화려한 보석을—즉 그녀의 알몸을—더욱 돋보이게 하는 세팅이니까. 그의 웃음소리는 차츰 작아져 그의 내면으로 퍼져가며 더욱더 통쾌해졌다. 검은색 레이스 팬티는 우스꽝스러울지도 모르지만 의도했던 결과를 이끌어냈다. 방법이 좀 유치했을망정 그녀의 예상은 적중했다. 그는 웃음을 터뜨리면서도 눈을 떼지 못했다. 머리는 즐거워했지만 몸은 활활 타올랐다.

"만져줘요, 모지스. 나도 만질까요?"

"아, 그래, 제발."

"나한테서 도망치지 않아서 다행스럽지 않아요?"

"그래, 그래."

"이러면 기분이 어떨까."

"좋아. 정말, 정말 좋아."

"당신이 본능을 믿을 줄 알기만 하면…… 저 전등도 마저 끌까요? 어둠이 더 좋아요?"

"아니, 전등 따위는 신경쓰지 마, 라모나."

"모지스, 내 사랑 모지스. 당신은 내 남자라고 말해줘요. 어서 말해요!"

"나는 당신 남자야, 라모나!"

"나만의 남자."

"당신만의 남자!"

"당신 같은 사람도 있어서 천만다행이에요. 가슴에 키스해줘요. 사랑하는 모지스. 아! 바로 그거예요."

둘 다 깊이 잠들었고 라모나는 조금도 뒤척이지 않았다. 허조그는 한 번 깼는데 제트기 소리 때문이었다―엄청난 힘을 지닌 무엇이 무시무시한 높이에서 내지르는 괴성. 잠이 덜 깬 상태로 침대를 빠져나갔고, 줄무늬 의자에 힘겹게 앉아 곧바로 편지 쓸 준비를 했고―이번엔 조지 호벌리에게 써볼까. 그러나 제트기 소리가 지나가자 그런 생각도 사라졌다. 눈에 들어오는 풍경은 조용하고 뜨겁고 잠잠한 밤―도시, 불빛들.

정사를 마치고 잠든 라모나의 얼굴이 발그레하고 편안해 보였다. 한 손에는 주름장식이 달린 여름용 담요 끄트머리를 붙잡고 머리는 베개를 벤 채 생각에 잠긴 듯한 자세였는데― 옆방에 있는 사진 속에서 우수에 젖은 소녀의 모습이 떠올랐다. 한쪽 다리는 이불 밖으로 내밀어

―허벅지 안쪽의 풍만하고 말랑말랑한 피부, 희미하게 스쳐가는 잔물결―감미롭고 도발적이다. 발등의 곡선이 볼록하고 사랑스럽다. 콧날도 곡선을 보여준다. 그리고 내림차순으로 가지런히 모인 포동포동한 발가락. 허조그는 미소를 지으며 라모나를 바라보다가 졸음에 겨워 굼뜬 몸짓으로 다시 누웠다. 그리고 그녀의 풍성한 머리카락을 쓰다듬으며 곯아떨어졌다.

아침식사를 마친 후 라모나를 가게까지 데려다주었다. 그녀는 몸에 꼭 맞는 빨간색 드레스를 입었고 두 사람은 택시 안에서 부둥켜안고 입맞춤을 나누었다. 모지스는 자못 흥분하여 헤프게 폭소를 터뜨렸고 내심 몇 번이나 중얼거렸다. '얼마나 사랑스러운 여자냐! 내가 잘해냈다.' 렉싱턴 애비뉴에서 그녀와 함께 내렸고 두 사람은 보도 위에서 다시 얼싸안았다(언제부터 중년 남자가 공공장소에서 이렇게 열정적인 행동을 했을까?). 라모나는 얼굴이 달아오르다못해 불타는 듯하여 립스틱이 불필요해 보일 정도였고 가슴을 그에게 밀착시킨 채 입맞춤을 퍼부었다. 기다리고 있던 택시기사와 라모나의 조수인 미스 슈워츠가 그들을 훔쳐보았다.

이거야말로 살맛나는 인생이 아닐까? 그런 생각이 들었다. 지금까지 충분히 고생했고 아픔도 겪을 만큼 겪었으니 이제 남들이 어떻게 생각하든 무시할 수 있는 권리를 얻었을까? 라모나를 더 힘껏 껴안으며 그녀가—꼭 맞는 빨간색 드레스 속의 육체도, 그 육체 속의 심장도—터질 듯이 부풀었다고 느꼈다. 그녀가 다시 향기로운 입맞춤을 해주었다. 가게 창가의 보도에는 데이지, 라일락, 작은 장미, 옮겨 심을 토마토와 고추가 담긴 모종상자 따위가 있었는데 방금 물을 뿌려준 모양이다. 초록색 물뿌리개에 구멍이 송송 뚫린 놋쇠 주둥이가 꽂혀 있었다. 시멘트에 떨어진 물방울이 흐릿하게 번져갔다. 버스가 매캐한 배기가스를 내뿜어 대기를 오염시키는데도 싱싱한 흙냄새를 맡을 수 있었고, 하이힐을 신고 딱딱한 보도를 밟으며 빠르게 지나가는 여자들의 발소리를 들을 수 있었다. 그리하여 재미있다는 듯이 구경하는 택시기사와 못마땅한 기색을 감추지 못한 채 나뭇잎 뒤에서 노려보는 미스 슈워츠의 눈초리 사이에서 그는 화장품냄새로 향기로운 라모나의 얼굴에 쉴새없이 입맞춤을 했다. 거대한 참호처럼 뻗어나간 렉싱턴 애비뉴에서 수많은 버스가 독기를 뿜어내는데도 꽃들은 살아남았고, 새빨간 장미, 엷은 빛깔의 라일락, 청순한 흰색, 화려한 빨간색, 이 모든 꽃이 뉴욕 하늘의 황금빛으로 물들었다. 그렇게 그곳 길거리에서, 그의 성격과 기질이 허락하는 범위 안에서, 그저 사랑할 줄만 알면 얼마든지 누릴 수 있는 삶을 잠시나마 맛보았다.

그러나 덜컹거리는 택시를 타고 혼자 달려갈 때는 피치 못하게 모지스 엘카나 허조그로 돌아올 수밖에 없었다. 아, 도대체 나는 어떻게 생겨먹은 놈이냐—정체가 무엇이냐! 파크 애비뉴에서 신호가 바뀌기 직전에 택시기사가 재빨리 교차로를 건넜고 허조그는 자신의 상황을 되짚어보았다. 나는 인생의 가시덤불에 넘어져 피를 흘린다. 그러고 나면? 인생의 가시덤불에 넘어져 다시 피를 흘린다. 그다음에는? 정사를 즐기거나 짧은 휴가를 떠나기도 하지만 머지않아 같은 가시덤불에 넘어져 고통에 고마워하고 기쁨에 괴로워하는데—어떤 조합인지는 누가 알 수 있으랴! 내 안에는 어떤 미덕이, 어떤 영속적인 미덕이 있을까? 탄생과 죽음 사이에는 아무것도 없고 그저 이렇게 괴팍스러운 행동을 통하여 혼란스러운 감정들을 추스르고 바람직한 균형을 잡는 정도가 고작일까? 자유도 없이? 욕구만으로? 그렇다면 내 마음속에 깃든 이 선한 일면은 다 헛것일까? 아무 의미도 없을까? 웃음거리에 불과할까? 자신의 가치를 착각하게 만드는 헛된 희망일까? 그게 있어야 계속 살아갈 테니까. 그러나 내 안의 선한 일면은 가짜가 아니다. 진짜라는 것을 안다. 맹세할 수 있다.

또 몹시 흥분했다. 아파트 현관문을 여는데 두 손이 달달 떨렸다. 무슨 일이든 실용적이고 쓸모 있는 일을 해야 한다고, 그것도 지금 당장 해야만 한다고 느꼈다. 라모나와 보낸 밤이 새로운 힘을 주었고 그 힘은 온갖 두려움을 되살려놓았는데, 그중에는 자신이 무너져버릴지도 모른다는 두려움, 이 격렬한 감정이 자신을 완전히 무너뜨릴지 모른다는 두려움도 있었다.

구두와 재킷을 벗은 후 셔츠 목깃을 풀며 거실 창문을 열었다. 항구 쪽에서 살짝 오염된 냄새를 풍기는 후덥지근한 바람이 불어와 꾀죄죄한 커튼과 블라인드가 들썩거렸다. 바람을 쐬자 마음이 조금 가라앉았다. 아니, 내 마음속에 깃든 선한 일면은 그리 대단치 않은 것이 분명하다. 왜냐하면 마흔일곱 살의 나이에 이렇게 입술이 부르트도록 물고

빨며 밤을 보내고 집으로 돌아왔건만 온갖 문제는 여전히 해결되지 않았는데, 장차 최후의 심판대에 섰을 때 내보일 것이라고는 그런 문제 밖에 없지 않은가? 전처 둘에 자식 둘, 한때는 학자였고, 벽장 속의 낡은 여행가방은 미완성 원고가 가득차서 악어처럼 배가 불룩하고 거칠거칠하다. 그가 늦장을 부리는 사이에 다른 사람도 똑같은 주제를 생각해냈다. 이 년 전 버클리대학의 머멜스타인 교수가 선수를 쳤고, 허조그가 꿈꾸었던 대로 학계 전체가 놀라고 감격하고 좌절했다. 머멜스타인은 똑똑한 사람이고 훌륭한 학자다. 적어도 인생이 복잡하지는 않기에 질서의 본보기를 세상에 내보일 수 있었을 테고, 따라서 인간사회에서 한자리 차지할 자격이 충분했다. 그런데 허조그는 거창한 진테제를 찾아내려 애쓰다가 자신의 마음에 어떤 죄를 짓고 말았다.

이 나라에 정말 필요한 것은 훌륭한 5센트짜리 진테제다.[*]

그야말로 실수의 연속이 아니냐! 예컨대 성적 몸부림만 해도 그렇다. 완전히 글러먹었다. 허조그는 커피를 끓이려고 눈금이 새겨진 잔에 물을 받으며 얼굴을 붉혔다. 히스테리가 있는 사람의 삶은 장점과 단점, 활력과 무기력, 건강과 질환 등 단순한 극단적 안티테제로 양극화되기 십상이다. 사회적 불의를 보면 반감을 느끼지만 너무 나약해서 맞서 싸우지는 못하고 대신 여자들과 아이들, 그리고 자신의 '불행'과 싸울 뿐이다. 예컨대 불쌍한 조지 호벌리의 경우를 보라. 호벌리, 징징

---

[*] 미국 28대 대통령을 역임한 토머스 마셜의 농담을 살짝 비틀었다. 상원의원 조지프 브리스토가 당시 미국에 필요한 변화를 길게 나열할 때 따분해진 마셜이 말했다. "이 나라에 정말 필요한 것은 훌륭한 5센트짜리 시가요." 진테제는 헤겔 변증법의 세 단계—테제(정), 안티테제(반), 진테제(합)—중 마지막을 가리킨다.

거리는 쪼다새끼! 허조그는 찻잔 안쪽에 동그랗게 남은 커피 얼룩을 닦아냈다. 호벌리가 뉴욕 시내 명품매장을 바삐 돌아다니며 속옷 선물을 사들여 라모나에게 공물로 바치는 이유가 무엇이더냐? 실연 때문에 절망했기 때문이다. 한 남자가 스스로 선택한 분야에서 자칫하면 큰 타격을 입거나 심지어 사장될 위험마저 무릅쓰고 기꺼이 일생을 바쳐가며 극단적 노력을 기울이는 모습을 보라. 정치적 동기일 리는 없으니 성적 동기가 분명하다. 어쩌면 호벌리는 잠자리에서 라모나를 만족시키지 못한 탓이라고 생각하는지도 모른다. 그러나 그것조차 가능성이 희박하다. 설령 남근에 무슨 문제가 있더라도, 심지어 에야쿨라티오 프라이콕스라 해도 라모나 같은 여자는 조금도 당황하지 않는다. 남자의 그런 굴욕은 오히려 그녀의 도전의식이나 관심을 자극하여 더욱 너그러운 반응을 유발했으리라. 그래, 라모나는 인정 많은 여자다. 다만 이 형편없는 인간이 자신의 짐을 모조리 떠맡기려 해서 마다했을 뿐이다. 어쩌면 호벌리 같은 남자는 스스로 무너져버림으로써 개인적 실존의 실패 사례를 보여주려 하는지도 모른다. 실존이 불가능하다는 사실을 입증함으로써. 사랑마저 우스꽝스럽게 만들어 영원히 폄훼한다. 그리하여 조직이라는 리바이어던을 더욱더 헌신적으로 섬길 준비를 한다. 그러나 다른 가능성도 있는데, 가령 자신도 미처 깨닫지 못한 욕구, 어떤 활동을 하고 싶다는 욕망, 동료들을 향한 책임감 따위가 가득한 사람이라면, 혹은 현실이나 하느님을 향한 갈망에서 벗어나지 못하는 사람이라면 희망 비슷한 것만 나타나도 견디지 못하고 허겁지겁 달려들기 마련이다. 그리고 라모나는 정말 희망처럼 보였으리라. 그렇게 보이기를 그녀가 원했으니까. 허조그는 이것이 어떤 상황인지 알았다. 자신도 종종 남들에게 희망을 주었기 때문이다. 은연중에 메시지를 보내면서. '나한테 의지해도 괜찮아.' 아마도 단순히 본능 때문이거나 건강 또는 활력에 따른 결과일 터였다. 남자의 활력은 끊임없이 거짓말을 늘어놓으며 자신을 오도하고 남들까지 희망을 품게 만든다. (파괴력도 거짓말을 지어내지만 그것은 또다른 문제다.) 허조그는 생각했다. 지금 나는 내 인생의 파란으로 나 자신을 불태우려 하는 듯하다. 온갖 조롱과 실패와 비난과 왜곡으로 나 자신을 관능적으로, 미학적으로 불살라 마침내 성적 절정에 도달하리라. 그리고 그 절정은 수많은 '고상한' 난제의 해결책이며 해답인 듯하다. 라모나에게 예언자의 역할을 믿고 맡겨도 좋다면 그렇다. 그녀는 허버트 마르쿠제,* 노먼 브라운,** 신프로이트학파의 책을 두루 읽었다. 그녀는 내가 육체는 정신적 실재이며 영혼의 매개체라고 믿길 바란다. 라모나는 사랑스러운 여자인데다 매우 감동적이지만 이런 사고방식은 위험한 유혹이다. 결국 더 고상한 실수로 이어질 수밖에 없으니까.

금이 간 여과기 뚜껑 속에서 끓어오르는 (머릿속의 잡생각 같은) 커피를 내려다보았다. 커피가 적당히 진해졌을 때 잔에 따르고 수증기를 들이마셨다. 데이지에게 편지를 쓰기로 마음먹었다. 몸이 안 좋다는 평계는 집어치우고 어버이날 마르코를 만나러 간다고 해야지. 꾀병은 이제 그만! 변호사 심킨과도 의논해봐야겠다. 지금 당장.

심킨의 습관을 잘 아는 마당에 진작 전화를 걸었어야 옳았다. 혈색

---

* 독일 태생의 미국 철학자(1898~1979).
** 미국 사회철학자(1913~2002).

좋고 뚱뚱하고 권모술수에 능한 이 노총각은 어머니와 과부가 된 누이, 그리고 몇몇 조카와 조카딸과 함께 센트럴파크 웨스트에 살았다. 아파트 자체는 호화로웠지만 그는 제일 작은 방에 들여놓은 군용 간이침대에서 잤다. 그 옆의 탁자에는 법률서적을 한 무더기나 쌓아두고 밤이 깊도록 일하거나 책을 읽었다. 벽면마다 액자도 없는 추상표현주의 그림을 바닥에서 천장까지 붙여놓았다. 심킨은 여섯시에 간이침대에서 일어나 선더버드를 몰고 이스트사이드의 작은 식당으로 달려갔고—중국식, 그리스식, 미얀마식 등 진정한 맛집을 찾아냈는데 한결같이 뉴욕에서도 가장 어두컴컴한 지하실이었다—전에는 허조그도 그런 곳에서 함께 식사하는 일이 많았다. 어니언롤*과 노바스코샤 훈제 연어로 아침식사를 마치면 사무실에 놓인 검은색 인조가죽 소파에 드러눕기 일쑤였는데, 그때마다 어머니가 손수 떠준 털실담요를 덮고 팔레스트리나** 아니면 몬테베르디의 음악을 들으며 재판 전략이나 사업 전략을 가다듬었다. 그러다가 여덟시쯤에는 노렐코 전기면도기로 드넓은 두 뺨을 면도했고, 아홉시가 되면 직원들에게 지시를 내린 후 사무실을 떠나 화랑을 돌거나 경매에 참석했다.

　허조그가 다이얼을 돌렸을 때 심킨은 아직 사무실에 있었다. 다짜고짜—늘 그랬듯이—불평부터 늘어놓았다. 때는 바야흐로 결혼의 계절 6월인지라 직원 두 명이 자리를 비우고 신혼여행을 떠나버렸단다. 멍청한 놈들! "그건 그렇고, 허조그 교수, 오랫동안 못 만났네. 무슨 일로 연락하셨나?"

---

* 말린 양파를 가미한 유대식 롤빵.
** 이탈리아의 교회음악 작곡가.

"하비, 우선 나한테 조언을 해줄 수 있는지부터 물어봐야겠어. 어쨌든 매들린 집안이랑 친하니까."

"친하다기보다 좀 아는 사이라고나 할까. 난 오히려 자네 편이야. 폰트리터 집안은 애당초 내 연민 따위는 필요 없는 인간들인데 매들린 그년은 두말할 나위도 없지."

"혹시 관여하기 싫다면 다른 변호사 좀 소개해줘."

"변호사 비용이 만만찮을걸. 듣자니 돈이 남아도는 형편도 아닌 듯한데."

허조그는 생각했다. 하비도 당연히 궁금하겠지. 내 상황을 최대한 알아내고 싶겠지. 지금 이게 현명한 행동일까? 라모나는 자기 변호사에게 의논해보라고 했다. 그러나 그랬다가는 또다른 일에 말려들지도 모른다. 게다가 그녀의 변호사라면 나에게서 라모나를 지켜주고 싶을 테지. "하비, 언제쯤 시간 나겠나?"

"저기—이번에 내가 유고슬라비아 원시파 그림 두 점을 샀거든. 파치치 작품이야. 최근에 브라질에서 건너온 사람이지."

"점심이라도 같이 먹겠나?"

"오늘은 안 돼. 요즘 저승사자가 실권을 잡아서……" 허조그는 심킨이 좋아하는 유대계 코미디의 독특한 말투를 알아차렸다. 공들여 두려움을 드러내는 방식도 그렇고 좌절감을 엄청나게 과장하는 방식도 그랬다. "돈 벌고 돈 쓰느라 기진맥진해서……" 심킨이 주절거렸다.

"삼십 분만."

"그럼 마카리오 식당에서 저녁이나 먹자고. 보나마나 자네는 들어보지도 못했을 텐데…… 그럴 줄 알았지. 정말 촌뜨기라니까." 그는 비서에게 버럭 소리쳤다. "얼 윌슨이 마카리오에 대해서 썼던 신문기사 좀 가져와. 내 말 들었어, 틸리?"

"하루종일 바쁘신가?"

"법정에 가야 해서. 그 얼간이들이 버뮤다에서 새색시랑 노는 동안은 나 혼자 저승사자를 대적해야 하거든. 마카리오 식당에서 스파게티 알 부로* 일인분이 얼마인지 알아? 맞혀봐."

허조그는 장단을 맞춰줘야겠다고 생각했다. 엄지와 검지로 이마를 문질렀다. "3달러 50센트?"

"비싸다고 생각하는 게 겨우 그 정도야? 5달러 50센트라고!"

"맙소사, 뭐가 들어갔는데?"

"치즈가 아니라 금가루를 뿌렸지. 각설하고, 오늘은 내가 소송을 맡아야 해. 내가—나 혼자서. 법정이라면 딱 질색인데."

"택시로 데리러 가서 시내에 내려줄게. 조금만 기다려."

"지금은 의뢰인을 기다리는 중인데. 이러면 어떨까, 나중에 혹시 몇 분이라도 틈이 생기면…… 자네 몹시 불안한 목소리네. 내 사촌동생 박셀이 지검장실에 있어. 내가 미리 말해둘 테니…… 음, 어차피 손님도 여태 안 나타나는데 대체 무슨 일인지 말이나 해봐."

"딸아이 때문이야."

"양육권 소송을 하려고?"

"꼭 그런 건 아니고. 그냥 아이가 걱정돼서 그러지. 어떻게 지내는지 전혀 모르거든."

---

* 버터 스파게티.

"아마 복수하고 싶은 마음도 있겠지."

"양육비도 꼬박꼬박 보내주면서 걸핏하면 준이 어떻게 지내느냐고 물어보는데 대답은 한마디도 못 들었어. 히멜스타인이, 시카고에 있는 변호사가 그러는데, 양육권 소송은 가망도 없다더군. 하지만 지금 내 딸이 어떻게 사는지도 모르는 형편이야. 그래도 애가 성가시게 굴 때 차 안에 가둬놨다는 사실은 알지. 둘이서 무슨 짓을 저지를지 모르잖아?"

"매들린이 엄마로서 부족하다고 생각하나?"

"나야 당연히 그렇게 생각하지만 모녀 사이에 끼어들 엄두가 안 나서 말이야."

"매들린이 그 인간이랑, 자네 친구랑 같이 사나? 작년에 폴란드로 달아날 때 유언장 작성했던 일 생각나지? 그때 자네가 그 인간을 유언 집행인 겸 관리인으로 지명했잖아."

"내가? 그래…… 이제야 생각나네. 그랬던 것 같아."

그때 변호사의 기침소리가 들렸고 허조그는 헛기침이라는 사실을 알아차렸다. 심킨이 웃고 있었다. 그렇다고 나무랄 입장도 아니다. 허조그 자신에게도 이른바 '절친'을 향한 이 감상적 믿음이 조금은 우스꽝스러워 보이기도 했고, 이토록 어리숙한 모습 때문에 거즈바크는 또 얼마나 즐거워했을까 하는 생각을 피할 수 없었기 때문이다. 모지스는 생각했다. 나는 제 앞가림조차 못하는 놈이 분명했고 날이면 날마다 무능함만 드러냈지. 멍청한 놈!

"자네가 그 인간을 지명한 일은 좀 뜻밖이었어." 심킨이 말했다.

"왜, 뭐 좀 아는 거라도 있었나?"

"그건 아니지만 그 인간 생김새도 그렇고 차림새나 떠들썩한 목소리나 엉터리 이디시어도 좀 걸리더라고. 더구나 과시욕은 또 얼마나 심한지! 그 인간이 자네를 얼싸안을 때도 마음에 안 들었어. 내 기억이 맞는다면 아마 입맞춤까지 했을걸."

"그거야 열정적인 러시아 기질 때문이고."

"아, 딱히 동성애자라는 뜻은 아니야." 심킨이 말했다. "아무튼 매들린이 그 매력적인 관리인이랑 살림을 차렸단 말이지? 적어도 뒷조사는 해봐야겠네. 사설탐정을 붙이는 건 어때?"

"사설탐정! 바로 그거야!"

"마음에 쏙 들어?"

"들고말고! 왜 진작 그런 생각을 못했지?"

"그럴 만한 돈은 있고? 정말 거액이 들어갈 텐데!"

"몇 달 안에 복직하기로 했어."

"그럼 얼마나 버는데?" 모지스의 소득을 언급할 때마다 심킨은 서글픈 여운을 남겼다. 야박한 대우를 받는 불쌍한 지식인. 그는 허조그가 분개하지 않는 이유를 납득하지 못하는 듯했다. 그러나 허조그는 아직도 대공황 시대를 기준으로 삼았다.

"빌리면 되잖아."

"사설탐정을 쓰려면 비용이 어마어마하다고. 더 자세히 설명해주지." 심킨은 잠시 말을 끊었다. "지금의 조세제도에서는 대기업이 새로운 귀족계급을 창조했어. 자동차, 비행기, 호텔방—모두 부수적인 혜택이라고. 식당, 극장, 기타 등등에 일류 사립학교까지, 월급쟁이 박봉으로는 엄두도 못 낼 만큼 비싸. 하다못해 매춘 비용까지 치솟았어. 의료비 공제 덕분에 정신과의사는 돈방석에 올라앉았고, 그래서 이젠

몸이 아플 때조차 돈이 더 들지. 보험, 부동산, 기타 등등에 써먹는 이런저런 속임수도 얼마든지 말해줄 수 있어. 모든 면에서 예전보다 더 교묘해졌지. 대기업은 자기들만의 중앙정보국까지 거느린다니까. 다른 기업에서 기밀정보를 훔쳐내는 산업 스파이 말이야. 아무튼 사설탐정도 그런 부자들한테서 거액을 받아내는 판국이니, 자네 같은 월급쟁이한테는 이 난장판이 그야말로 최악의 환경이라고. 사설탐정을 자처하는 협박범까지 수두룩하다니까. 이제 자네한테 아주 유익한 조언을 해주겠네. 들어보겠나?"

"그래—듣고 싶긴 해. 그런데……" 허조그는 머뭇거렸다.

"그런데 내 속셈은 또 뭐냐고?" 심킨은 허조그가 의도한 대로 스스로 질문을 던졌다. "매들린 그년이 나를 어떻게 배신했는지 모르는 사람은 아마 뉴욕 전체를 통틀어 자네뿐일걸. 중상모략도 유분수지! 그것도 친삼촌이나 다름없는 나한테. 다락방에 살면서 연극 패거리나 따라다닐 때만 해도 그 계집애는 겁먹은 강아지 같았어. 매디를 불쌍히 여겼지. 인형도 사주고 서커스장에도 데려갔어. 그렇게 자라서 래드클리프대학에 입학했을 때는 옷도 잔뜩 사줬다고. 그런데 그 대주교 나부랭이한테 속아서 개종한다기에 좀 타일러봤더니 다짜고짜 나를 위선자에 사기꾼으로 몰더라니까. 자기 아버지 연줄로 출세하려고 한다느니, 무식한 유대인에 불과하다느니. 무식하다니! 이래 봬도 1917년 고등학교 때 라틴어 우등상까지 받은 몸이야. 거기까지는 괜찮아. 그런데 이번에는 내 사촌동생한테까지 상처를 줬다고. 간질병으로 골골하느라 발육부진에다 순진하기만 해서 제 앞가림도 못하는 여자애한테—자세한 사정은 말하기도 싫고."

"대체 무슨 짓을 했는데?"

"그것도 사연이 길어."

"어쨌든 이제 매들린을 두둔하진 않겠다는 뜻이군. 매들린이 자네를 헐뜯는 소리는 못 들었는데."

"자네가 기억을 못할 수도 있지. 어쨌든 그년은 나한테 뼈아픈 상처를 줬으니까 그냥 믿으라고. 괜찮아. 나야 어차피 돈만 밝히는 욕심 많은 놈이고—성인군자를 자처할 입장은 아니지만…… 뭐, 세상이 다 그렇게 개판이니까. 자네 같은 사람은 세태를 잘 모를 수도 있지. 괴테처럼 진실하고 착하고 아름다운 부분에만 열중할 테니까."

"그래, 하비. 내가 현실주의자가 아니라는 것쯤은 나도 알아. 현실적인 판단을 할 만한 여력도 없고. 나한테 해주겠다던 조언이 뭔가?"

"지긋지긋한 의뢰인 놈이 나타날 때까지 잘 생각해보자고. 정말 소송을 걸고 싶다면……"

"히멜스타인이 그러는데 배심원들이 내 허연 머리를 보면 당장 불리한 평결을 내릴 거라더군. 염색이라도 해볼까."

"대규모 법률회사에서 단정한 기독교인 변호사를 찾아봐. 법정에 유대인들만 잔뜩 몰려들어 소란 피우게 만들지 말고. 좀 품위 있는 소송을 준비하라고. 그런 다음에 매들린, 거즈바크, 거즈바크 부인, 그렇게 사건 당사자들을 다 소환해서 선서를 시키고 증인석에 앉혀. 위증죄에 대해서도 미리 경고하고. 거기서 질문만 제대로 잘하면, 나도 그 단정한 변호사한테 기꺼이 몇 가지 가르쳐주면서 소송 전체를 진두지휘할 테니까, 자네 머리는 한 가닥도 건드릴 필요가 없을 거야."

허조그는 이마에 맺힌 땀을 옷소매로 문질렀다. 갑자기 몹시 더웠다. 뜨거운 체온 때문에 피부가 따끔거리고 몸에 밴 라모나의 체취가 흘러나왔다. 허조그 자신의 체취도 뒤섞였다.

"여기까지 알아들었나?"

"듣고 있으니 계속해보게."

"다들 사실대로 자백할 수밖에 없으니까 소송은 자네 뜻대로 흘러갈 거야. 거즈바크한테는 언제부터 매들린과 통정했는지, 그리고 자네한테 어떤 수법을 써서 중서부로 건너갔는지도 물어봐야겠지. 자네가 도와준 거 맞지?"

"일자리를 구해줬어. 집도 얻어주고. 싱크대에 음식물 쓰레기 분쇄기 설치하는 일도 주선해줬지. 피비가 매사추세츠 집에 달린 커튼을 가져갈지 말지 결정하라고 창문 크기까지 내가 일일이 재봤다고."

심킨은 놀랍다는 듯이 탄성을 지르는 시늉을 했다. "그래서 지금 그 인간은 어느 여자랑 살지?"

"그거야 나도 잘 모르지. 거즈바크는 내가 직접 상대하고 싶은데─법정에서 내가 신문을 진행할 수도 있나?"

"어려운 일이야. 하지만 변호사한테 시켜 물어보면 돼. 그 절름발이 놈을 박살내버려. 그리고 매들린도─지금까지는 뭐든 제멋대로 했지. 자네한테 일정한 권리가 있는 줄은 생각도 못했을 거야. 호되게 당하고 나면 정신이 번쩍 들걸!"

"자주 생각해보는 일인데, 차라리 매들린이 죽어버리면 내 딸을 되찾을 수 있겠지. 그때는 매들린 시체를 봐도 연민 따위는 못 느낄걸."

"두 연놈도 자네를 죽이려고 했잖아." 심킨이 말했다. "어떤 의미에서는 그럴 의도였다고 말할 수 있지." 허조그는 매들린의 죽음에 대한 언급에 흥분한 심킨이 더 자세히 듣고 싶어 안달하는 낌새를 알아차렸다. 심킨은 내 입에서 실제로 둘 다 죽여버릴 수 있다는 말이 나오기를 바란다. 그래, 사실이긴 하다. 상상 속에서나마 권총이나 칼을 시험해보았지만 두려움이나 죄책감 따위는 없었다. 조금도. 예전에는 그런 범죄를 꿈도 꾸지 못했건만. 그러므로 언젠가는 그들을 죽일지도 모른다. 그러나 하비에게 그런 말을 할 수는 없다.

심킨이 말을 이었다. "법정에 가면 그런 불륜관계 때문에 아이가 피해를 본다는 사실을 입증해야 해. 성관계 자체는 중요하지 않아. 일리노이주 법원은 애엄마가 콜걸인데도 양육권을 준 적이 있는데, 그 여자는 어떤 짓이든 호텔방에서만 했으니까. 법정이 우리 시대의 성혁명을 아예 중단시키려 들진 않는다는 거지. 하지만 홀레질이 집안에서 벌어졌고 아이가 그 꼴을 보게 됐다면 법정 분위기도 달라질 수밖에 없어. 어린 마음에 상처를 줄 테니까."

심킨의 말을 들으면서도 허조그는 창밖을 뚫어져라 노려보며 위경련의 통증과 심장을 쥐어짜는 듯한 아픔을 이겨내려고 안간힘을 썼다. 두개골 속에서 피가 고동치는 소리, 희미하지만 빠르고 규칙적인 소리를 전화기가 증폭시키는 듯하다. 귀청의 신경반응에 불과할지도 모른다. 고막이 부르르 떨리는 듯하다.

"명심하라고." 심킨이 말했다. "시카고 시내 신문은 모조리 이 사건을 다룰 테니까."

"밑져야 본전이야. 나야 시카고에서는 사실상 관심 밖에 있는 사람이니까. 스캔들이 터지면 나보다 거즈바크한테 타격이 더 클걸."

"왜 그렇게 생각하지?"

"어떻게든 출세하는 데만 혈안이 돼서 시카고 유명인사라면 빠짐없이 들러붙는 놈이거든. 성직자, 언론인, 교수, 방송인, 연방판사, 하다사 회원 등등. 정말 지칠 줄 모른다니까. 그놈은 텔레비전에서도 새로운 조합을 만들어내지. 이를테면 파울 틸리히와 맬컴 엑스와 헤다 호퍼*를 한 프로그램에 출연시킨다고."

"그 인간은 시인이고 라디오 아나운서인 줄 알았는데. 이제 보니 텔레비전 기획자 같네."

"매스컴의 시인이지."

"자네 정말 지독하게 당한 모양이군. 이게 다 약에 취해 떠드는 헛소리라면 또 모를까."

"글쎄, 어느 날 눈을 떠보니 혼신의 힘을 기울였던 일이 모조리 허사가 돼버렸다면 기분이 어떻겠나?"

"거즈바크 그 인간이 대체 뭘 노리는지 모르겠네."

"내가 말해주지. 그놈은 엘리트 계급을 위해 일하는 서커스단장이고 바람잡이고 연락책이야. 유명인들을 긁어모아 대중 앞에 세우지. 그러면서 자기야말로 온갖 부류가 원하는 요소를 두루 갖췄다고 착각하게 만들거든. 예민한 사람한테는 예민하지. 따뜻한 사람한테는 따뜻하고. 유치한 놈은 유치하게 대하고. 사기꾼은 위선적으로 대하고. 잔인한 놈은 좀 잔인하게 다뤄주고. 사람들이 간절히 원하는 건 뭐든지 해준다고. 말하자면 누구에게나 잘 맞는 정서적 혈장이랄까."

허조그는 이런 감정분출이 심킨에게 크나큰 즐거움을 준다는 사실

---

* 각각 독일 프로테스탄트 신학자, 미국 흑인운동 지도자, 미국 연예기자.

을 잘 알았다. 변호사가 일부러 그를 자극하고 흥분시킨다는 사실도 알아차렸다. 그래도 멈출 수 없었다. "그놈을 어떤 유형으로 파악해보려 했지. 이반 뇌제* 같은 놈일까? 라스푸틴**이 되려는 놈일까? 아니면 칼리오스트로***의 축소판일까? 아니면 정치인이나 웅변가나 선동가나 음유시인일까? 그것도 아니면 무슨 시베리아 주술사일까? 그런 부류에는 복장도착자나 남녀추니도 흔한데……"

"자네가 오랫동안 공부한 기라성 같은 철학자들이 고작 밸런타인 거즈바크 한 놈한테 졌단 말인가?" 심킨이 물었다. "스피노자부터 헤겔까지 두루 섭렵했는데도?"

"놀리지 말게, 심킨."

"미안. 재미없는 농담이었네."

"괜찮아. 옳은 말인 듯하니까. 수영 연습을 식탁 위에서 했던 셈이야. 글쎄, 내가 철학자들을 대신해서 말할 입장은 아니겠지. 토머스 홉스의 권력철학이라면 그놈을 분석할 수도 있으려나. 하지만 밸런타인을 생각할 때마다 내가 떠올리는 것은 철학이 아니라 어릴 때 열심히 읽었던 책, 프랑스혁명이나 러시아혁명에 관한 책이야. 그리고 〈마담 상젠〉**** 같은 무성영화—글로리아 스완슨. 아니면 제정러시아의 장군 역할을 했던 에밀 야닝스.***** 아무튼 내가 떠올리는 장면은 폭도가 궁

---

* 러시아 군주 이반 4세(재위 1547~1575)의 별명.
** 수도자 출신으로 러시아제국의 몰락을 앞당긴 간신.
*** 이탈리아의 유명한 사기꾼.
**** 리옹스 페레 감독의 코미디 영화(1925).
***** 스위스 태생의 독일 배우. 미국 영화 〈최후의 명령〉(1928)의 장군 역으로 제1회 아카데미 남우주연상을 받았다.

전이나 교회에 난입하고, 베르사유를 약탈하고, 크림 디저트를 마구 퍼먹거나 자기 자지에 와인을 콸콸 붓고, 진홍색 벨벳을 몸에 두르고, 왕관이나 주교관이나 십자가를 낚아채고……"

그렇게 말을 이어가면서도 허조그는 예전부터 자신을 지배하는 괴팍하고 위태로운 힘에 다시 사로잡혔다는 사실을 잘 알았다. 지금도 그 힘이 작동했고 그 앞에서 그는 구부러질 수밖에 없다고 생각했다. 금방이라도 뚝 부러지는 소리가 들릴 듯했다. 어떻게든 멈춰야 한다. 심킨이 조심스럽게, 그러나 끊임없이 웃어대는 소리를 들었는데, 아마도 작은 손으로 살찐 가슴팍을 부여잡았을 테고, 숱 많은 눈가와 털북숭이 귓가에는 잔주름이 잡혀 유쾌하게 빈정거리는 표정이겠지. "그렇게 광란으로 끝나는 해방. 상스러운 에너지를 마음껏 발산해가며 엄청나게 다양한 역할을 선택하고 연기하는 무제한적 자유."

"영화 속에서 자지에 와인을 붓는 장면은 한 번도 못 봤는데─자네는 언제 봤지?" 심킨이 말했다. "현대미술관*에서? 그리고 자네는 내심 베르사유나 크렘린이나 구체제 따위는 별로 좋아하지 않잖아?"

"그래, 그래, 당연히 싫어하지. 내 얘기는 비유일 뿐이지만 그다지 좋은 비유는 아닌 듯싶네. 나는 그저 거즈바크가 아무것도 내버려두지 않고 무엇이든 건드려본다는 말을 하고 싶었어. 예컨대 그놈은 내 마누라를 빼앗았으면서 왜 굳이 내가 느끼는 고통까지 짊어지고 괴로워할까? 그것마저 자기가 더 잘할 수 있으니까? 그리고 자기가 정말 비련의 주인공이고 자기 딴에는 반신반인과 다름없다고 믿는다면 어째

───────────
* 뉴욕 센트럴파크 남쪽의 유명 미술관.

서 누구보다 훌륭한 아버지 노릇, 가장 노릇까지 독차지하려고 할까? 그놈 마누라가 그러는데 그놈이야말로 이상적인 남편이래. 유일한 불만은 너무 밝힌다는 사실이라나. 밤마다 올라탄다고 하더라니까. 도저히 맞춰줄 수가 없다고."

"그런 얘기를 누구한테 했는데?"

"그야 물론 절친한 친구한테, 매들린한테 했지. 또 누가 있겠나? 사실 뭐니 뭐니 해도 밸런타인은 아주 가정적인 놈이야. 내가 얼마나 걱정하는지는 그놈만 아니까 딸아이에 대해 매주 꼬박꼬박 편지를 보내주기도 했지―아주 성실하게, 정말 자상하게. 그놈이 위로해주는 슬픔의 원인 제공자가 바로 그놈이었다는 사실을 내가 알게 될 때까지."

"그래서 그때 어떻게 했나?"

"그놈을 찾으려고 시카고 전역을 샅샅이 뒤졌지. 시카고를 떠날 때 공항에서 마지막으로 전보를 쳤어. 원래는 내 눈에 띄기만 하면 죽여버린다고 쓰고 싶었어. 그런데 웨스턴유니언*은 그런 전문을 접수하지 않거든. 그래서 다섯 단어로 전보를 쳤지. '가슴속에 흙이 들어온다Dirt Enters At The Heart.' 첫 글자만 모으면 '죽음death'이잖아."

"그런 협박을 받았으니 혼비백산했겠네."

허조그는 웃지 않았다. "모르겠어. 그놈이 미신을 믿긴 하지. 방금 밀했듯이 가정적인 놈이야. 가전제품도 손수 고치지. 애한테 방한복이 필요하면 자기가 나가서 사 오고. 힐맨 슈퍼마켓 지하매장에서 돌빵이나 청어절임을 사서 장바구니에 담아 오기도 해. 게다가 운동도 잘하

---

* 미국 통신회사.

는데—대학 때는 나무의족을 달고도 권투 챔피언이었다고 하더군. 피너클* 패거리를 만나면 피너클을 치고, 랍비를 만나면 마르틴 부버를 들먹이고, 하이드파크 마드리갈** 협회원을 만나면 마드리갈을 부르는 놈이라니까."

"그래 봤자 결국 사이코패스나 될 놈이지." 심킨이 말했다. "괜히 허풍 떨면서 과시하는 놈. 좀 병적이긴 하지만 한눈에 알아볼 만한 유대인 유형이야. 목소리 쩌렁쩌렁하고 떠들썩한 사기꾼 말이야. 그 자칭 시인께서 어떤 차를 타고 다니지?"

"링컨 콘티넨털."

"헤, 헤."

"그러면서도 콘티넨털 문을 닫기가 무섭게 카를 마르크스 같은 소리를 지껄이지. 이천 명이 모인 강당에서 연설할 때 나도 들어봤거든. 인종차별에 대한 토론회였는데 풍요로운 사회를 호되게 비판하더라고. 늘 그런 식이지. 연봉 1만 5천 달러쯤 받는 근사한 일자리가 있고 건강보험이랑 퇴직연금이랑 어쩌면 주식까지 마련해놨을 텐데 좀 급진적으로 나가도 상관없잖나? 공부 좀 했다는 놈들은 책에서 본 내용을 도용해서 자신을 미화하는데, 해초를 뜯어 몸치장을 한다는 몇몇 바닷게와 다름없는 짓이지. 청중도 문제였는데, 다들 평범한 사업을 하거나 전문직이 있는 사람들이라 형편도 넉넉하고 자기 사업이나 전문분야라면 웬만큼 꾸려갈 능력도 있지만 다른 분야만 나오면 어리둥절해서 쩔쩔매거든. 그런 사람들 앞이니까 강연자는 자신만만하게 열변과 독설

---

* 카드놀이의 일종.
** 무반주 합창곡.

을 쏟아가며 자기 소견을 발표하고 명령하거나 역설할 수 있지. 타오르는 용광로 같은 머리를 하고, 볼링장처럼 시끄러운 목소리로, 나무 의족으로 연단을 쾅쾅 구르면서. 나한테는 오페라 〈아이다〉를 열창하는 정신지체아처럼 신기한 구경거리였어. 그런데 청중한테는……"

"이런, 자네 좀 흥분했구먼." 심킨이 말했다. "갑자기 오페라 얘기는 왜 나와? 자네 얘기를 들어보니 아무래도 연극을 잘하는 놈이 분명하네. 매들린도 연극을 잘한다는 건 나도 잘 아는 사실이고. 내가 늘 실감했으니까. 그래도 좀 진정하라고. 너무 호들갑 떨면 자네한테 해로워. 건강을 좀먹는다고."

모지스는 잠시 입을 다물고 눈을 감았다. 이윽고 말했다. "글쎄, 그럴지도……"

"잠깐, 모지스, 의뢰인이 들어왔나봐."

"아, 그래, 여기까지만 하지. 사촌이라는 분 전화번호나 알려주고 나중에 시내에서 만나세."

"일이 급한 모양이군."

"그래, 오늘 안에 결판을 내야 하거든."

"그럼 내가 시간 좀 내볼게. 이제 마음 좀 가라앉혀."

"십오 분이면 충분해. 질문은 미리 준비해둘게."

박셀의 전화번호를 받아쓰면서 모지스는 앞으로 남에게 조언이나 도움을 청하는 일은 그만두는 게 좋겠다고 생각했다. 그런 행동 때문에 모든 상황이 달라질 수도 있으니까. 박셀의 전화번호를 더 알아보기 쉽게 메모지에 다시 또박또박 썼다. 전화선 너머에서 심킨이 의뢰인에게 거칠게 내뱉는 목소리가 들렸다. 개미핥기가 어쨌다는 거지……?

단추를 풀고 셔츠를 벗어 화장실 바닥에 떨어뜨렸다. 세면대에 물을 받았다. 조잡한 타원형 세면대였지만 희미한 불빛 아래서는 매끄럽고 아름다웠다. 거의 균일한 흰색 표면을 손끝으로 쓰다듬으며 수돗물 냄새를 들이마시고 하수관의 목구멍에서 올라오는 어렴풋한 악취를 맡았다. 예기치 못하게 쳐들어오는 아름다움. 인생은 이런 것이다. 물이 쏟아지는 수도꼭지 밑으로 고개를 들이밀고 흠칫 놀랐다가 이내 쾌감의 탄성을 내뱉었다. 친애하는 므시외 드 주브넬,* 선생 말씀대로 권력자를 교화하고 폭군에게 감명을 주어 스스로 마음가짐을 바로잡고 노력을 기울여 건설적인 사업에 매진하도록 만드는 것이 정치철학의 목적이라면 저도 한마디 드릴 말씀이 있습니다만—이미 드 주브넬에게 하는 말이 아니었다—일전에 선생의 텔레비전 프로그램에서 지미 호파의 모습을 보았을 때 저는 맹렬한 집념이 얼마나 폭력적일 수 있는지 깨달았습니다. 토론에 참가했던 불쌍한 교수님들을 호파가 마구 몰아붙일 때는 연민을 느낄 정도였지요. 호파에게 하고 싶은 말이 있는데 이 자리에서 말씀드리죠. "현실주의는 꼭 그렇게 잔인해야 한다고 믿는 이유가 뭐요?" 허조그는 수도꼭지에 두 손을 올려놓고 있었다. 왼손으로 온수를 잠그고 오른손으로 냉수를 더 세게 틀었다. 뒤통수와 목덜미에 찬물이 마구 쏟아졌다. 세차게 퍼붓는 온갖 상념과 감정의 물줄기에 온몸이 부들부들 떨렸다.

마침내 물이 뚝뚝 떨어지는 머리를 들고, 수건으로 감싼 채 물기를 닦고, 머리를 흔들며 조금이라도 평정을 되찾으려 했다. 그러는 와중에 문득 이렇게 화장실에 들어와 마음을 가다듬는 일도 버릇이라는 생

---

* 프랑스 철학자, 정치경제학자, 미래학자 베르트랑 드 주브넬(1903~1987).

각이 들었다. 화장실에서는 더 유능해지고 자신을 더 잘 다스리는 듯한 기분이었다. 루디빌에서 몇 주를 함께 보낼 당시 매들린에게 화장실 바닥에서 정사를 나누자고 요구했던 일도 생각났다. 매들린도 승낙했지만 그녀가 낡은 타일 바닥에 누웠을 때는 불쾌한 기색이 역력했다. 그랬으니 결과가 좋을 리 없지 않은가. 전능하다는 인간의 지성은 할일이 따로 없을 때 그런 짓을 저지른다. 이제 그는 페인트를 칠하다 만 루디빌 집에 11월의 비가 쏟아지는 광경을 떠올렸다. 옻나무가 붉은 색종이 같은 낙엽을 떨어뜨릴 때 전율하는 숲속에서는 사냥꾼이 사슴에게 총질을 하고—탕, 탕, 탕—죽은 짐승을 차에 실어 집으로 달려갔다. 숲 언저리에서 화약 연기가 서서히 피어올랐다. 모지스는 축 늘어진 아내가 내심 욕설을 퍼붓는 기색을 알아차렸다. 그는 짐짓 자신의 욕망을 희화화함으로써 이 상황이 얼마나 부조리한지를 드러내려 했다. 이것이야말로 인간의 투쟁 가운데 확실히 가장 비참한 형태, 한마디로 굴종의 진수가 아닐까.

　불현듯 모지스는 그로부터 한 달쯤 지났을 때 배링턴 변두리에 있는 거즈바크네 집에서 겪었던 전혀 다른 사건을 떠올렸다. 그날 거즈바크는 아들 에프라임을 위해 하누카* 촛불을 켜놓고 엉터리 히브리어로 축복의 말을 중얼거리더니 아들을 데리고 춤을 추었다. 에프라임은 단추 달린 꼴사나운 잠옷 바람이었고 밸런타인은 잘려나간 다리 따위는 아랑곳하지 않고 이리저리 절뚝거리며 씩씩하게 춤을 추었다. 그의 크나큰 매력이었다. 절름발이라서 우울하냐고? 웃기는 소리! 의족을 쾅

---

* 11월이나 12월에 8일간 진행되는 유대교 축제.

쾅 구르고 손뼉을 치며 춤을 추고, 언제나 목덜미에서 무자비하게 싹둑 잘라버리는 새빨간 머리가 오르락내리락하고, 아들을 바라보는 시선에는 열광적인 애정이 가득해서 두 눈이 뜨겁게 달아올랐다. 거즈바크가 그런 표정을 지을 때는 불그스름한 안색이 온통 갈색 눈으로 빨려들어 두 뺨이 허전해 보일 정도였다. 그날 매디의 표정을 보았을 때, 자기도 모르게 웃음을 터뜨리며 세차게 내뱉는 숨소리를 들었을 때, 나는 벌써 상황을 짐작했는지도 모른다. 그윽한 표정이었다. 낯설었다. 강철 바인더가 입을 벌린 듯한 표정. 저 배우를 사랑하는구나.

나는 정말 괴상망측한 놈이다! 허조그는 고통을 느끼면서도 충동적으로 그렇게 내뱉었고, 그의 정신은 즉시 외견상의 안정을 되찾으려 노력하며(즉 얼굴에 비누거품을 바르고 안전면도기에 면도날을 끼우며) 호킹 교수의 최신 저서에 실린 사상을 떠올렸다. 지상에서 정의를 보편화하고 사회화하는 일이 가능하든 불가능하든 간에 무릇 정의는 반드시 각자의 마음속에서부터 시작되어야 합니다. 주관적 편견은 반드시 극복해야 하며 공동체와 유익한 의무를 통하여 교정해야 합니다. 그리고 당신도 지적했듯이 사사로운 고행은 자학의 변형입니다. 그러나 우리는 이미 알고 있습니다. 압니다, 압니다, 알다마다요! 당신이 생각하듯이 창의적 고행은…… 기독교 신앙의 핵심이니까요. 이건 또 무슨 소리야? 허조그는 자신에게 더 자세히 설명해보라고 재촉했다. 내 진심이 뭐냐고? 아마 이런 것이겠지. 두 연놈을 증언대에 앉히고 토치로 발등을 지져가며 괴롭힐까? 그런데 무슨 명목으로? 그들은 함께 살 권리가 있다. 심지어 천생연분처럼 보이기도 한다. 그래, 둘 다 내버려두자. 그렇다면 정의는 어쩌란 말이냐?
―정의라니! 네가 뭔데 정의를 들먹이느냐고! 인류의 대부분은 정의

따위는 모르는 채—조금도 맛보지 못한 채—살아가고 죽어갔다. 오랜 세월에 걸쳐 수십억 명이 땀 흘리고 착취당하고 갈취당하며 종살이만 하다가 결국 숨이 막혀 죽거나 피를 흘리며 죽어 땅에 묻힐 때까지 가축보다 정의로운 대접이라고는 받아보지 못했다. 그러나 모지스 E. 허조그는 고통과 분노를 이기지 못하고 목청껏 소리치며 정의를 요구한다. 정의는 그의 보상이다. 그가 억눌러야 했던 모든 것에 대한 대가이며 무고한 피해자로서의 권리다. 고양이를 사랑해요, 털도 참 따뜻하지. 난롯가에 앉아 먹이를 줘요. 고양이도 나를 사랑해요, 착한 어린이니까. 그리하여 이제 그의 분노는 더욱더 커지고 더욱더 깊어져 무자비하고 살기등등하다못해 그야말로 황홀경에 빠진 채 연놈을 목 졸라 죽이고 싶어 두 팔과 손가락 마디마디가 뻐근할 지경이었다. 아이처럼 순수했던 그의 마음은 거기까지였다. 사회조직이란 본래 서투르고 사악한 것이지만 나보다 훨씬 더 많은 일을 해냈고 좋은 성과를 거두었다. 적어도 가끔씩은 정의를 구현하기 때문이다. 나 같은 만신창이가 정의를 들먹이다니. 나를 창조한 신에게 보답하는 방법은 인간다운 삶이다. 그런데 이게 뭐냐! 인간다운 삶이야말로 내가 목숨을 부지하는 유일한 핑계인데 이게 뭐냐고! 자랑스레 내보일 거라도 있나? 겨우 이런 꼴이잖아! 눈앞에는 얼룩덜룩한 거울에 비친 얼굴이 있었다. 거품 수염이 달렸다. 자신의 혼란스럽고 사나운 눈을 노려보며 버럭 소리쳤다. 맙소사! 저 괴물은 뭐야? 제 딴에는 인간이라고 생각하지. 하지만 정체가 뭐지? 저대로는 인간이 아니다. 그래도 인간이 되려는 갈망은 있다. 그리고 어지러운 악몽처럼 집요한 망상. 욕망. 저게 다 어디서 생겼을까? 정체가 뭘까? 뭐긴 뭐냐! 영원한 갈망은 아니다. 그래, 틀림없이 유한하지만 인간적인 갈망이다.

셔츠를 입으며 어버이날 아들을 만나러 갈 계획을 세웠다. 캐츠킬로 가는 시외버스는 오전 일곱시에 웨스트사이드 터미널에서 출발하여 고속도로를 타고 세 시간 이내에 도착한다. 그는 이 년 전 먼지투성이 운동장에서 아이들과 부모들 틈에서 이리 뛰고 저리 뛰던 일, 군대 막사 같은 건물의 거칠거칠한 널빤지, 지쳐버린 염소와 햄스터, 잎이 다 떨어진 덤불숲, 종이접시에 담긴 스파게티 따위를 떠올렸다. 오후 한시쯤 되면 기진맥진할 테고 버스를 기다리는 몇 시간 동안은 고달프고 서글프겠지만 마르코를 위해 가능한 일이라면 무엇이든 해야 한다. 데이지에게도 여행의 부담을 덜어주는 일이다. 요즘 그녀에게도 문제가 생겼는데 노모가 치매에 걸린 탓이다. 허조그는 여러 사람에게 그 이야기를 들었는데, 한때나마 장모였던 폴리나가, 기품 있고 독재적이고 철두철미한 여권론자였으며 이른바 '현대여성'이기도 했던 그녀가, 코안경을 끼고 풍성한 백발을 휘날리던 그녀가 자제력을 잃었다는 소식은 모지스에게 기이한 영향을 미쳤다. 무슨 까닭인지 폴리나는 모지스가 데이지와 이혼한 이유는 그녀가 매춘부가 되어 등록증까지 받았기 때문이라고 믿었는데—그런 망상에 빠진 폴리나는 다시 러시아인이 되었다. 오하이오주 제인즈빌에서 살았던 오십 년 세월은 온데간데없이 사라져버렸고, 폴리나는 데이지에게 '제발 사내들과 어울리지 말라'고 애원했다. 가엾은 데이지는 아침마다 아이를 학교에 보내고 출근하기 전에 그 말을 들어야 했다. 늘 한결같고 믿음직스럽고 무서울 만큼 책임감이 강했던 그녀가. 데이지는 여론조사기관 갤럽의 통계 책임자였다. 마르코를 위해서라도 집안 분위기를 명랑하게 유지하려고 노력했지만 그녀에게 그런 재능은 전혀 없었고, 그래서 잉꼬와 화초와 금붕어를 키우고 현대미술관에서 브라크나 클레의 화사한 복제화도 사다놓았지만 오히려 분위기가 더 슬퍼진 듯했다. 늘 단정한 데이지는 같은 목적으로 스타킹 솔기 하나도 가지런하게 정돈하고, 얼굴에는 파우더를 뿌리고, 더 활기찬 느낌을 주려고 눈썹 모양도 바꿔보았지만 무거운 마음을 감출 수는 없었다. 새장을 청소하고 작은 생물들에게 먹이를 나눠주고 화분에 물까지 준 다음에도 현관에서 치매에 걸린 노모와 마주쳐야 했다. 그때마다 폴리나는 수치스러운 생활을 청산하라고 종용했다. 그다음에는 이렇게 말문을 열었다. "데이지, 제발 부탁이다." 그리고 마지막으로, 엉덩이가 펑퍼짐한 이 노부인은 길게 땋은 백발을 늘어뜨린 채 힘겨운 동작으로 몸을 낮춰 무릎을 꿇었고, 갸름하고 가냘픈 잿빛 머리까지 깊이 조아리면—머리 생김새만큼은 아직도 꽤나 여성스럽고 섬세했다—비단 끈에 매달린 코안경이 대롱대롱 흔들렸다. "이렇게 살면 안 된다, 얘야."

데이지는 그녀를 바닥에서 일으켜세우려 했다. "알았어, 엄마. 이제부터 바꿔볼게. 약속해요."

"사내놈들이 너를 기다리잖아, 길거리에서."

"아니야, 아니야, 엄마."

"맞잖아, 사내놈들. 그런 짓은 사회악이야. 그러다 병 걸려. 끔찍하게 죽는다고. 그만둬야 해. 네가 그만두면 모지스도 돌아올 테니까."

"알았어요. 제발 일어나, 엄마. 내가 그만둘게."

"그런 짓을 안 해도 먹고살 방법은 얼마든지 있잖니. 제발 그만해라, 데이지, 내가 이렇게 빈다."

"이젠 안 한다니까, 엄마. 자, 여기 좀 앉아요."

늙은 폴리나는 마음대로 움직여주지 않는 엉덩이와 힘없는 무릎 때문에 부들부들 떨며 간신히 방바닥에서 일어났고, 데이지가 노모를 부축하여 의자에 앉혔다. "남자들은 다 쫓아버릴게. 자, 엄마. 텔레비전 켜줄게. 요리 프로그램 볼래? 디오니 루커스,* 아니면 〈브랙퍼스트 클럽〉?" 햇살이 베니션블라인드 틈새를 비집고 들어왔다. 화면 속에서 지직거리고 깜박거리는 영상이 누르스름해 보였다. 점잖고 백발이 성성한 폴리나, 누구보다 고결하고 부지깽이처럼 꼬장꼬장한 이 노부인은 텔레비전 앞에서 종일토록 뜨개질을 했다. 가끔 이웃들이 집에 들렀다. 브롱크스에 사는 사촌 아샤가 찾아오기도 했다. 목요일마다 청소부가 나타났다. 그러나 이제 팔순에 접어든 폴리나는 결국 롱아일랜드 어딘가에 있다는 양로원으로 들어가야 했다. 누구보다 강인했던 사람들의 최후가 겨우 그거냐!

아, 데이지, 이번 일은 정말 유감스러워. 안쓰럽고……

허조그는 슬픈 일이 잇달아 일어난다고 생각했다. 면도한 뺨이 따끔거려 풍년화 로션을 바른 후 손가락을 셔츠 자락에 문질렀다. 모자, 재킷, 넥타이를 집어들고 어둑어둑한 계단을 서둘러 내려가 길거리로 나섰다―엘리베이터는 너무 느리기 때문이다. 택시 승강장에 도착했을 때 반질반질한 검은색 머리를 휴대용 빗으로 매만지는 푸에르토리코인 운전사를 발견했다.

모지스는 뒷좌석에 앉아 넥타이를 맸다. 운전사가 고개를 돌렸다.

---

* 영국 요리사.

모지스를 유심히 살펴보았다.

"어디로 모실까요, 손님?"

"다운타운."

"저기요, 우연찮은 사건에 대해 말씀드려야겠네요." 그들은 브로드웨이가 있는 동쪽으로 달려갔다. 운전사는 운전을 하면서도 거울을 통해 허조그를 관찰했다. 허조그도 몸을 숙여 미터기 옆에 붙은 이름을 읽어보았다. 테오도로 발데페나스. "오늘 아침 일찍 일어난 일입니다." 발데페나스가 말했다. "렉싱턴 애비뉴에서 손님과 비슷한 옷차림을 한, 아니, 똑같은 재킷을 입은 남자를 봤어요. 모자까지 똑같았죠."

"얼굴도 봤어요?"

"아니…… 얼굴은 못 봤죠." 택시는 덜컹거리며 브로드웨이로 들어섰고, 이내 속력을 높여 월 스트리트 쪽으로 달려갔다.

"렉싱턴 애비뉴 어디쯤이었죠?"

"60번대 스트리트였을 거예요."

"그 사람이 뭘 했는데요?"

"빨간 드레스 입은 여자랑 입맞춤을 했죠. 그래서 얼굴은 못 봤어요. 그런데 정말 굉장한 입맞춤이었다니까요! 혹시 손님 아니었나요?"

"틀림없이 나였겠네요."

"세상에 이런 일이 다 있다니!" 발데페나스가 운전대를 탁 때렸다. "아이고! 대단한 우연이네요. 아까 라과디아공항에서 어떤 남자 손님을 태우고 나와 트라이보로대교*를 건너고 이스트리버 드라이브를 지

---

* 로버트 F. 케네디 대교의 옛 이름.

나 72번 스트리트와 렉싱턴 애비뉴가 만나는 교차로에 내려드렸거든요. 그런 다음에 손님이 어떤 여자랑 입을 맞추는 장면을 봤는데 겨우 두 시간 지나서 이렇게 모시게 됐으니 말입니다."

"왕비 반지를 삼킨 물고기*를 낚은 셈이군요." 허조그가 말했다.

발데페나스는 고개를 살짝 돌리고 어깨 너머로 허조그를 힐끔거렸다. "그 여자분 정말 예쁘던데요. 풍만하고! 매력 넘치고! 부인입니까?"

"아뇨. 미혼이에요. 그 여자도 미혼이고."

"아무튼, 아이고, 복도 많으십니다. 저도 늘그막까지 손님처럼 살려고요. 왜 포기합니까! 그리고 솔직히 말씀드리자면 이 나이에 벌써 젊은것들은 멀리하는 편입니다. 스물다섯 미만은 시간낭비니까요. 그런 년들은 사양하겠습니다. 서른다섯 살은 넘어야 남자관계를 진지하게 고민하니까요. 그 정도는 돼야 남자한테 제일 잘해주기도 하고…… 그런데 어디로 가십니까?"

"지방법원에 갑니다."

"변호사세요? 아니면 경찰?"

"이런 옷을 입었는데 형사일 리가 있습니까?"

"여보세요, 요즘은 형사가 여장을 하고 돌아다니기도 한다고요. 그러거나 말거나! 제 얘기 좀 들어보세요. 지난달에 어떤 젊은 년 때문에 정말 열불이 나더라고요. 침대에 드러눕더니 껌을 짝짝 씹으면서 잡지만 읽더라니까요. 마치 이렇게 말하는 것 같았죠. '마음대로 해!' 그래

---

* 영국 동화.

서 제가 한마디했죠. '어이, 테디가 왔잖아. 껌이나 씹을래? 잡지나 보고?' 그랬더니 글쎄 그년이 이러더라고요. '좋아요, 빨리 끝내죠.' 그렇게 시건방진 년이 다 있습니까! 그래서 제가 그랬죠. '나는 운전할 때만 서두르는 사람이야. 조동아리 함부로 놀리다가 얻어터지면 강냉이 탈탈 털리는 수가 있어.' 하나만 더 말씀드리죠. 그년은 흘레질도 영 시원찮았어요. 열여덟 살 먹은 년이 똥 하나도 제대로 못 싼다니까요!"

허조그는 웃음을 터뜨렸지만 주된 이유는 놀랐기 때문이었다.

"그렇지 않습니까?" 발데페나스가 말했다. "손님도 풋내기는 아니잖아요."

"물론이죠."

"사실은 마흔 넘은 여자야말로 정말 감사할 줄 아는데……" 지금 그들이 있는 곳은 브로드웨이와 휴스턴 스트리트가 만나는 교차로였다. 수염이 거뭇거뭇하고 튼튼한 턱이 거만해 보이는 주정뱅이 한 명이 지나가는 차의 앞유리를 닦아주고 팁을 받으려고 지저분한 걸레를 들고 빈손을 내민 채 기다렸다. "저 부랑자가 무슨 짓을 하는지 보세요. 오히려 유리만 더러워져요. 그런데도 부자들은 돈을 내놓죠. 다들 벌벌 떨거든요. 무서워서 안 줄 수가 없어요. 저런 거지새끼들이 차에 냅다 침 뱉는 장면도 자주 봤죠. 어디 내 차에 손만 대봐라. 여기 타이어 연장 하나 싣고 다닌다, 인마. 개새끼들 대갈통을 박살내려고!"

비탈진 브로드웨이에는 여름날의 짙은 그늘이 드리워졌다. 누군가 중고 책상, 회전의자, 낡은 녹색 서류 캐비닛 따위를 보도에 내다놓았다. 보도는 수족관 같은 녹색, 오이피클 같은 녹색으로 물들었다. 이제 뉴욕 금융가로 접어들었다. 그곳은 답답하고 어두컴컴했다. 바로 아래가 트리니티교회였다. 허조그는 마르코에게 알렉산더 해밀턴*의 무덤을 보여주겠다고 약속했던 일을 떠올렸다. 해밀턴과 버의 결투에 관해 설명해주고 어느 여름날 아침 배에 실려 돌아온 해밀턴의 피투성이 시신에 관해서도 이야기했다. 창백하지만 의젓한 마르코는 아빠의 이야기에 귀를 기울였는데, 허조그 가문의 생김새에 주근깨가 점점이 박힌 그의 얼굴은 별다른 감정을 드러내지 않았다. 마르코는 아빠의 머릿속에 어마어마하게 많은 (무서울 정도로 많은!) 지식이 담겼는데도 전혀 놀라워하지 않는 듯했다. 수족관에서 허조그는 물고기 비늘 분류법을 설명했고—"빗비늘, 방패비늘……" 실러캔스가 어디서 잡혔는지도 알고 바닷가재 위장의 해부학적 구조도 알았다. 그리고 아들에게 모조리 들려주었는데—이제 그런 짓은 그만둬야겠다고 허조그는 생각했다—죄책감에서 비롯된 행동이고, 아빠의 감정과잉이고, 나쁜 본보기니까. 나는 마르코와 함께 있을 때 지나치게 의욕적이다.

모지스가 택시요금을 치를 때까지도 발데페냐스는 끊임없이 떠들었다. 모지스는 명랑하게 호응해주었지만 기계적 반응에 불과했다. 아예 듣지도 않았으니까. 일장 연설 같은 음담패설은 잠시 동안만 흥미로웠다. "그럼 또 열심히 하세요."

"또 만나요, 발데페냐스."

그는 돌아서서 잿빛의 거대한 법원건물을 바라보았다. 드넓은 계단에 먼지가 소용돌이치고 돌바닥이 반질반질했다. 올라가는 길에 허

---

* 미국 정치가. 독립전쟁 당시 조지 워싱턴의 부관으로 활약했고 독립 후 미합중국 헌법 제정자의 한 사람으로 워싱턴 정부의 재무장관을 역임했다. 1804년 토머스 제퍼슨 정부의 부통령이었던 애런 버와의 결투에서 총상을 입고 사망했다.

조그는 어느 여자의 손에서 떨어졌음직한 제비꽃 한 다발을 발견했다. 어쩌면 새신부였겠지. 향기는 이미 희미했지만 문득 매사추세츠가 떠올랐다—루디빌. 지금쯤 모란이 만발하고 고광나무 덤불이 한창 향기롭겠지. 매들린은 화장실에 고광나무 방향제를 뿌렸다. 이 제비꽃은 여인의 눈물 같은 냄새를 풍긴다. 부디 상심한 여자가 떨어뜨린 꽃다발은 아니길 바라며 쓰레기통에 고이 묻어주었다. 셔츠 주머니 속에서 박셀의 전화번호를 적어 잘 접어두었던 쪽지를 더듬더듬 꺼내며 네 칸짜리 회전문을 밀고 로비로 들어갔다. 아직 전화를 걸기에는 너무 이른 시각이었다. 심킨과 의뢰인이 다운타운에 도착하지도 못했겠다.

시간이 좀 남은 탓에 허조그는 넓고 어둑어둑한 이층 복도를 따라 어슬렁어슬렁 걸었다. 복도 양쪽에는 조그마한 타원형 유리창이 달린 푹신푹신한 자동 여닫이문이 차례로 이어졌는데, 법정으로 들어가는 문이었다. 그중 한 곳을 들여다보았다. 널찍한 마호가니 의자가 편안해 보였다. 안으로 들어가서 판사를 바라보며 존경의 표시로 모자를 벗고 목례를 했지만 무시당했다. 판사는 몸집이 푸짐하고 얼굴도 큼직하고 목소리가 굵었는데, 서류 더미에 한쪽 주먹을 얹은 자세였다—재판관이다. 천장을 화려하게 장식한 법정은 어마어마하게 넓고 벽면에는 담황색 가죽을 붙였지만 이미 칙칙한 빛깔이었다. 경찰관 한 명이 판사석 뒤쪽에 있는 문을 열자 구치소 감방들이 보였다. 허조그는 다리를 꼬았고(제법 멋들어진 동작이었는데, 그는 자기 몸을 긁적거릴 때조차 결코 품위를 잃지 않는 사람이니까), 눈빛이 차분해졌고, 얼굴을 살짝 돌려 경청하는 자세를 취했는데, 바로 어머니에게 물려받은 버릇이었다.

처음에는 별일 없이 끝나버릴 사건처럼 보였다. 변호사 몇 명과 의뢰인 몇 명이 한자리에 모여 거의 태평스럽게 이런저런 의논을 하고 구체적인 내용을 협의했다. 그때그때 판사가 목소리를 높여 대화를 중단시켰다.

"아니, 잠깐. 방금 하신 말씀은……?"

"이쪽 의견으로는……"

"본인 말부터 들어보겠소. 방금 하신 말씀은……?"

"아뇨, 판사님, 그런 뜻이 아니었는데요."

그러자 판사가 따졌다. "그럼 무슨 뜻이었습니까? 변호인, 그 말을 무슨 뜻으로 받아들여야겠소?"

"제 의뢰인의 답변은 변함없이―무죄를 주장합니다."

"제가 저지른 짓도 아니고……"

"판사님, 저놈이 저지른 짓입니다요." 흑인 말투였는데 자신감이 부족했다.

"……세인트니컬러스 애비뉴 부근에서 술에 취한 피해자를 끌고 지하실로―그 집 주소가 정확히 뭐였더라? 아무튼 금품을 강탈하려는 목적이었고." 판사의 권위가 담긴 베이스 음성이었다. 뉴욕 사투리가 심했다.

뒷자리에 앉은 허조그도 이번 사건의 피고인이 누구인지 알아차렸다. 지저분한 갈색 바지를 입은 흑인이었다. 불안한 마음을 못 이겨 다리를 떠는 듯했다. 이제 막 경주를 시작하려는 육상선수처럼 보였다. 그러나 바로 10피트 앞에 번쩍거리는 구치소 철창이 있었다. 고소인은 머리에 붕대를 감은 사람이었다.

"주머니에 돈이 얼마나 있었습니까?"

"68센트였습니다요, 판사님." 붕대를 감은 사람이 말했다.

"저 사람이 강제로 지하실로 끌고 갔습니까?"

그러자 피고인이 말했다. "아닙니다요, 판사님."

"피고인에게 묻지 않았어요. 이제부터 입 좀 다물어요." 판사가 짜증을 냈다.

그때 부상당한 원고가 붕대를 감은 머리를 돌렸다. 허조그는 가무잡잡하고 푸석푸석하고 늙수그레한 얼굴과 빨갛게 멍든 눈언저리를 보았다. "아닙니다, 판사님. 저한테 술 한잔 사주겠다고 했습니다요."

"아는 분입니까?"

"아닙니다, 판사님, 그렇지만 술을 산다고 했습니다요."

"그래서 처음 보는 사람을 따라 지하실로 들어가셨다―그런데 그 집 주소는? 정리廷吏, 서류는 어디 있소?" 모지스는 이 판사가 자신과 법정 구경꾼들을 위한 심심풀이로 일부러 신경질을 부린다는 사실을 이제야 알아차렸다. 그런 재미조차 없다면 너무 따분한 과정이니까. "지하실에서 무슨 일이 있었습니까?" 판사는 정리가 건네준 서류를 살펴보았다.

"저놈이 저를 때렸습니다요."

"예고도 없이? 그때 저 사람은 어디 있었나요, 등뒤에?"

"못 봤습니다요. 갑자기 피가 왈칵 쏟아지는 바람에. 눈에서요. 앞을 볼 수도 없었습니다요."

이때 피고인의 다리에는 잔뜩 힘이 들어가 자유를 갈망하는 듯했다.

"그러더니 68센트를 빼앗았나요?"

"제가 저놈을 꽉 붙잡고 고래고래 소리쳤죠. 그러다가 한 대 더 맞았습니다요."

"피고인은 피해자를 뭘로 때렸죠?"

"판사님, 제 의뢰인은 저 사람을 때리지 않았다고 했습니다." 변호인이 말했다. "서로 아는 사이였어요. 함께 나가서 술을 마셨죠."

붕대를 감은 사람이 변호인을 노려보았다. 입술이 두툼하고, 얼굴은 푸석푸석하고, 두 눈에는 빨갛게 핏발이 섰다. "저놈이 누군지도 모릅니다요."

"자칫하면 피해자가 사망할 수도 있었습니다."

"금품을 강탈할 목적으로 폭행이라." 허조그는 그 말을 귀담아들었다. 판사가 덧붙였다. "내가 보기에 고소인은 처음부터 만취 상태였소."

즉─당시 석탄가루에 떨어진 피는 이미 위스키에 충분히 희석된 상태였다. 위스키 때문에 묽어진 피는 그렇게 왈칵 쏟아지기 마련이다. 범죄자가 끌려나가는데, 헐렁헐렁하고 우스꽝스러운 바지 속에는 팽팽한 긴장감이 여전했다. 경찰관이 피고를 감방으로 데려가는데, 두 뺨에 경찰 특유의 살집이 두두룩해 왠지 친절해 보이는 인상이었다. 살찐 얼굴의 경찰관이 문을 열고 피고의 어깨를 툭툭 두드려 감방 안으로 들여보냈다.

다른 사람들이 판사 앞에 섰고 사복형사가 증언했다. "오후 7시 38분, 그랜드센트럴역 일층 남자화장실 소변기에서…… 이 사람이 (성명 진술) 옆자리에서 손을 내밀어 제 성기를 만지며 입을 열었는데……" 허조그는 이 형사가 남자화장실 담당자였고 그날도 미끼가 되어 일부러 그곳에서 배회했으리라 짐작했다. 증언이 거침없고 능숙해서 일상적인 일이 분명했으니까. "그래서 피고인을 현행범으로 체포했고……" 사복형사가 규정위반 항목을 다 밝히기도 전에 판사가 말했다. "유죄를 인정합니까—부인합니까?"

가해자는 젊고 훤칠한 외국인이었다. 독일인. 여권을 제시했다. 갈색의 긴 가죽외투에 허리띠를 단단히 조인 차림새였는데 머리통이 작고 곱슬머리였다. 이마가 붉었다. 알고 보니 브루클린의 어느 종합병원에서 일하는 인턴이었다. 이때 판사가 허조그를 놀라게 했다. 허조그는 흔해빠진 판사로 여겼는데, 보나마나 상스럽고 불퉁스럽고 무식한 판사, 방청석의 (허조그를 포함한) 게으름뱅이들을 위해 연극이나 일삼는 정략적인 판사라고 생각했기 때문이다. 그런데 판사가 양손으로 검은색 법복의 목깃을 잡아당기며—허조그는 이 동작이 피고측 변호인에게 발언을 중단하라는 표시라고 생각했다—이렇게 말했다. "이 공소사실을 인정할 경우 다시는 미국에서 의료계에 종사할 수 없다고 의뢰인에게 조언해주시오."

판사의 검은색 법복에서 삐져나온 저 살덩어리가, 눈이 거의 안 보이거나 고래의 눈처럼 작디작아 보이는 저 대가리가 이제 보니 인간의 머리였다. 무성의하고 무식했던 목소리도 인간의 목소리였다. 그랜드센트럴역의 거대하고 악취 풍기는 동굴에서, 대도시의 시궁창에서, 안정감 따위는 누구도 찾을 길 없는 곳에서, 경찰이(어쩌면 본인이 그런 성향일지도 모르는데) 덫을 놓고 가엾은 영혼들을 유혹하는 그곳에서, 순간적 충동을 이기지 못했다는 이유로 한 사람의 일생을 망칠 수는 없다. 아까 발데페냐스도 말했듯이 요즘은 경찰이 여장을 한 채 강도나 난봉꾼을 유인한다는데, 경찰이 법의 이름을 앞세워 여장을 하고 다닌다면 앞으로는 또 무슨 짓을 생각해낼까! 더욱더 창의적인 경찰의 상상력…… 허조그는 경찰의 이런 변태적 함정수사에 반대했다. 부류를 막론하고 모든 성행위는—사회질서를 어지럽히지만 않는다면, 미성년자를 해치지만 않는다면—개인적인 문제다. 미성년자는 예외다. 아이들만은 안 된다. 그때는 엄격히 다스려야 한다.

그런 생각을 하는 동안에도 열심히 재판을 지켜보았다. 인턴 사건의 재판이 계속되었고, 이번에는 강도미수 사건의 당사자들이 법정에 출두했다. 피고인은 소년이었다. 얼굴의 주름살이 좀 야릇해서 더러 여성적인 면모가 눈에 띄었지만 나머지는 충분히 남성적이었다. 더러운 초록색 셔츠를 입었다. 염색한 머리는 길고 뻣뻣하고 지저분했다. 엷은 빛깔의 두 눈이 동그랬다. 소년은 명랑한 표정이었지만 왠지 허탈한—아니, 허탈보다 더 섬뜩한—미소였다. 질문에 대답하는 목소리는 높은 음색이었는데 차디차고 허세가 가득했다.

"성명을 밝히세요."

"어떤 성명 말씀이죠, 판사님?"

"피고인의 성명 말입니다."

"남자 이름, 아니면 여자 이름? 어느 쪽을 밝힐까요?"

"아, 그렇다면……" 소년의 대답에 경각심을 품은 판사가 법정 안을 둘러보며 참관인들의 시선을 집중시켰다. 다들 잘 들으시오. 모지스도 고개를 앞으로 내밀었다. "자, 피고인은 어느 쪽인가요, 남자예요, 여자예요?"

싸늘한 목소리가 답했다. "사람들이 저한테 어느 쪽을 원하는지에 따라 다르죠. 남자를 원하는 사람도 있고 여자를 원하는 사람도 있으니까."

"뭘 하려고?"

"성교를 하려고요, 판사님."

"남자 이름은 뭡니까?"

"앨릭입니다, 판사님. 앨리스라고도 하죠."

"어디서 일하나요?"

"3번 애비뉴 일대에 있는 이런저런 술집에서요. 앉아 있기만 하면 되죠."

"그게 생계수단인가요?"

"판사님, 저는 매춘부예요."

그러자 구경꾼, 변호인, 경찰관 등이 일제히 빙그레 웃고 판사마저 매우 즐거워했는데―굵은 팔을 드러낸 채 가까이 서 있던 뚱뚱한 여자 한 명만 예외였다. 판사가 물었다. "좀 씻고 다니는 편이 직업상 유리하지 않나요?" 연극배우 같은 놈들! 허조그는 생각했다. 모두가 연극배우와 다름없다!

"오히려 더러울수록 좋죠, 판사님." 냉랭한 소프라노 음성은 뜻밖에도 신속하고 날카롭게 대답했다. 판사는 매우 만족스럽다는 표정이었다. 그가 큼직한 양손을 모으며 물었다. "자, 혐의사실이 뭐요?"

"14번 스트리트에 있는 잡화점에서 가짜 권총으로 금품을 강탈하려고 했습니다. 계산대 직원에게 돈을 내놓으라고 했는데 직원이 피고인을 내리치고 권총을 빼앗았죠."

"가짜 권총이라니! 그 직원은 어디 있소?"

뚱뚱하고 팔이 굵은 여자였다. 반백의 머리가 삐죽삐죽하고 숱이 많았다. 어깨가 두툼했다. 코는 들창코였고, 진지하다못해 성난 듯한 표정이었다.

"접니다, 판사님. 마리 폰트라고 합니다."

"마리? 아주 용감한 분이군요, 마리, 판단력도 빠르고. 무슨 일이 있었는지 말씀해주시죠."

"저놈이 주머니 속에 권총이 있다는 시늉만 하면서 가방을 내밀고 돈을 넣으라고 했습니다." 허조그는 생각했다. 듬직하고 단순한 사람이구나. 흔히 말하는 중배엽 체형.* 육체라는 감옥에 갇힌 불멸의 영혼. "속임수라는 걸 알아차렸죠."

"그래서 어떻게 했나요?"

"야구방망이가 있었습니다, 판사님. 가게에서 파는 물건이죠. 그걸로 저놈 팔을 내리쳤습니다."

"잘하셨네요! 모두 사실인가요, 앨릭?"

"그렇습니다."

앨릭이 맑고 냉랭한 목소리로 대답했다. 허조그는 이 빈틈없고 명랑한 표정의 비밀을 짐작해보려고 노력했다. 이 소년은 지금 어떤 인생관을 피력하고 있을까? 그는 코미디에는 코미디로, 농담에는 농담으로 세상에 대응하려는 듯하다. 추위에 시달린 양털 같은 염색 머리, 마스카라의 흔적이 남은 동그란 눈, 몸에 꽉 끼는 선정적인 바지, 그리고 앙심을 품었으면서도 즐거워하는 듯한 표정까지 어딘가 양을 닮았고,

---

* 사람의 체질을 내배엽, 외배엽, 중배엽으로 나누었던 가설에 대한 언급. 서구권에서는 1970~1980년대에 폐기되었다.

아무튼 이 소년은 대단한 연극배우였다. 불건전한 환상을 앞세워 불건전한 현실에 반항하며 은연중 판사에게 이렇게 역설한 셈이다. '당신의 권위도 나의 퇴폐행위와 전혀 다를 바 없잖아.' 그래, 그런 생각이겠지. 허조그는 그렇게 판단했다. 샌도어 히멜스타인은 화를 내며 모든 인간은 매춘부와 다름없다고 단언했다. 물론 저 판사가 문자 그대로 가랑이를 벌린 적은 없겠지만, 재판관으로 임명되기까지 권력구조 안에서 필요한 일이라면 무엇이든 했으리라. 그러나 판사는 소년의 소리 없는 비난을 부정하려는 기색조차 보이지 않았다. 그의 표정에 환상 따위는 없고 굳이 위선을 떨 이유도 없으니까. 화려한 매력을 내세우고 심지어 약간의 '정신적' 공로까지 내세우는 사람은 오히려 앨릭이었다. 누군가 그에게 구강성교야말로 진실과 명예에 이르는 길이라고 가르쳤으리라. 그래서 머리를 염색하고 타박상을 입은 이 앨릭도 어김없이 착각에 빠져버렸다. 그는 누구보다 순수하고 고결하며 결코 거짓말을 하지 않으니까. 그런 착각에 빠진 사람은 샌도어만이 아니었다 —진실과 명예에 대한 최소한도의 기이한 착각. 현실주의. 초월적 지위를 주장하는 추악함.

마약 전과도 있었다. 예상할 만한 일이었다. 마약 살 돈이 필요해서 그랬을까?

"맞습니다, 판사님." 앨릭이 대답했다. "저 아줌마가 부치* 같아서 포기할 생각도 했습니다. 만만찮을 줄 알았거든요. 그래도 일단 시도해봤죠."

---

* 레즈비언 관계에서 '팸'과 대응하며, 남성성이 두드러지는 쪽을 가리킴.

마리 푼트는 질문을 받기 전에는 입을 열지 않았다. 줄곧 고개를 숙인 자세였다.

판사가 말했다. "앨릭, 이렇게 살다가는 결국 무연고자 묘지에 묻힐 텐데…… 길어봤자 사오 년 안짝이겠지."

무덤 속으로 들어간다! 두 눈은 실제로 텅 비어버리고, 입술에 묻은 그 억지웃음도 썩어 없어지고. 자, 앨릭, 어쩔래? 이제 생각 좀 해볼래—진지해질래? 그러나 앨릭이 진지해진들 무엇이 달라질까? 그런다고 무슨 희망이 있을까? 이제 구치소로 돌아가야 하는 소년이 소리쳤다. "안녕히들 계세요. 안녕." 달콤하고 여운이 오래 남는 목소리였다. "안녀엉." 냉랭한 목소리. 사람들이 소년을 밀어냈다.

판사가 고개를 절레절레 흔들었다. 동성애자들, 한심한 놈들! 그가 검은색 법복 안에서 손수건을 꺼내 목을 닦으며 고개를 들자 수많은 불빛이 쏟아져 얼굴이 황금빛으로 물들었다. 웃는 표정이었다. 여전히 제자리에 서 있는 마리 푼트에게 그가 말했다. "고맙습니다. 이제 가셔도 됩니다."

허조그는 문득 자신이 우아하게 다리를 꼰 채, 깔쭉깔쭉한 타원형 모자의 테두리를 허벅지에 찍어누르며, 아직 단추조차 풀지 않은 줄무늬 재킷이 팽팽히 당겨질 만큼 의욕적인 자세로, 그리고 지성인다운 침착성과 매력과 연민이 깃든 표정으로, 지금까지 일어난 일을 열심히 구경했다는 사실을 깨달았다—오래된 노랫말과 일맥상통하는 상황이라고 생각했다. "내 몸에도 파리가 앉고 당신 몸에도 파리가 앉지만 예수님의 몸에는 파리가 앉지 않는다오." 남달리 훌륭하고 인정 많은 사람은 경찰의 관할권 바깥에 있는 사람이고, 따라서 천박한 고통이나 처벌 따위에 시달리지 않는다. 허조그는 방청석에 앉은 채 자세를 바꾸며 바지 주머니에 한 손을 어렵게 쑤셔넣었다. 공중전화에 쓸 10센트 동전이 하나쯤 남았을까? 박셀에게 전화를 걸어야 하는데. 그러나 손이 동전에까지 닿지 않아(살이 쪄서 그런가?) 자리에서 일어났다. 그리고 두 발로 서자마자 몸에 무슨 문제가 생겼음을 깨달았다. 마치 염증을 일으키는 쓰디쓰고 지독한 물질이 핏속으로 침투하여 혈관과 얼굴과 심장을 마구 찌르고 불태우는 듯했다. 머릿속에서는 맥박이 격렬하게 뛰지만 보나마나 얼굴은 창백하겠지. 법정을 나설 때 목례 정도는 해야 하지 않겠느냐는 듯이 노려보는 판사의 모습도 보이고⋯⋯ 그러거나 말거나 허조그는 홱 돌아서서 자동 여닫이문을 밀어젖히며 황급히 복도로 나갔다. 단춧구멍이 너무 뻣뻣한 새 셔츠의 목깃을 간신히 풀어헤쳤다. 얼굴에 땀방울이 맺혔다. 높고 널찍한 창문 앞으로 다가가자 그럭저럭 정상에 가까운 호흡이 가능했다. 창틀에는 창살이 박혀 있었다. 그 사이로 한결 선선한 바람이 불어오자 진녹색 블라인드의 차곡차곡 쌓인 갈피 밑에서 먼지가 소리 없이 떠돌았다. 아리 삼촌까지 들먹이지 않더라도―그리고 보니 우리 아버지도―허조그와 가까웠던 친구 중에는 심장마비로 죽은 사람이 많았고, 때때로 허조그도 심장마비를 일으키지나 않을까 노심초사했다. 그렇지만 아니다, 사실은 매우 튼튼하고 건강해서 나에게 그런⋯⋯ 도대체 무슨 말을 하려고? 그러나 아랑곳하지 않고 하려던 말을 내뱉었다. 그런 행운이 찾아올 리 없다. 그래서 살아야 한다. 임무를 끝내야 한다―그게 뭐든지 간에.

화끈거리던 가슴이 차츰 가라앉았다. 조금 전에는 독약을 한 모금

삼킨 듯한 느낌이었는데. 그러나 이제는 이 독약이 혹시 내부에서 생겨난 것이 아닐까 하는 막연한 의혹에 사로잡혔다. 아니, 의혹이 아니라 확실한 사실이다. 무엇이 만들어냈을까? 한때는 멀쩡했던 무엇이 상해서 썩어버렸다고 생각해야 할까? 아니면 처음부터 부패한 부분이 있을까? 내면의 악일까? 법의 손아귀에 붙잡힌 사람들을 구경하다가 마음이 동요했다. 의학도의 붉은 이마도, 그 흑인이 부들부들 떨던 다리도 꼴사나워 보였다. 그러나 자신의 반응도 의심스러웠다. 사람들은, 예컨대 심킨, 또는 히멜스타인, 또는 에드비그 등은 허조그가 어떤 면에서는 좀 어리석으며 그의 인도적 감정은 유치하다고 믿었다. 애완용 거위가 도끼질을 모면하듯이 허조그의 몇몇 감정도 세파에 시달려 파괴되지 않고 무사히 살아남았다고 믿었다. 그렇다, 애완용 거위처럼! 심킨은 마치 병약하고 순진한 사촌동생을 보듯이, 매들린이 상처를 주었다는 그 간질병 환자를 보듯이 허조그를 바라보는 듯했다. 허조그는 빅토리아시대의 여자들이 피아노와 자수刺繡를 배우며 성장했듯이 유대인 아이들은 윤리적 원칙을 배우며 성장한다는 생각을 했다. 그리고 오늘은 전혀 다른 무엇을 보려고 이곳에 왔다. 그것이 나의 참된 목적이다.

의도적으로 계약서를 오독한 셈이다. 나는 내 몸의 주인이 아니라 임차인에 불과했다. 여전히 하느님을 믿는 모양이다. 결코 시인하진 않지만. 그러나 내 행동과 내 인생을 달리 무엇으로 설명할 수 있을까? 그러므로 차라리 현실을 인정하는 편이 나을지도 모른다. 그러지 않으면 나 자신을 설명할 길이 없다는 이유 하나만으로도. 내 행동을 함축적으로 표현하자면 나는 처음부터 지금까지, 평생토록, 어떤 장애물을 밀어내며 살았고, 그러면서 그 장애물은 반드시 밀어내야 하며 그 일이 끝나면 무엇인가 얻으리라 믿었다. 어쩌면 결국 장애물을 통과할 수도 있으려니. 그것은 신념이었을까? 아니면 누가 시키는 대로 해내기만 하면 사랑받으리라 기대하는 유치함이었을까? 심리학적 설명을 찾으려 한다면 유치하고 고전적인 우울증이라고 해야겠지. 그러나 허조그는 절감의 원칙*처럼 가장 가혹하거나 가장 인색한 설명이 반드시 가장 진실한 설명이라고 믿는 사람은 아니었다. 사람을 골병들게 하는 간절한 충동, 사랑, 열정, 아찔한 흥분. 내가 그런 내면의 채찍질을 얼마나 더 견딜 수 있을까? 이 육체의 겉치레가 무너져버리겠지. 내 평생 이 경계를 허물려고 그토록 노력했건만, 꺾여버린 갈망의 힘이 결국 지독한 독약이 되어 나를 찌른다. 악이다, 악이다, 악이다……! 들뜬 사랑, 개성적 사랑, 황홀한 사랑이 악으로 변해버렸다.

고통스러웠다. 당연한 일이다. 인과응보다. 많은 사람이, 물론 어머니부터 시작하여 정말 많고 많은 사람이 거짓말을 하게 만들었다는 이유만으로도 고통받아 마땅하다. 어머니라면 필요에 따라 아이들에게 거짓말을 하기 마련이다. 그러나 모지스의 어머니는 아들에게서 극심한 우울증, 자신과 똑같은 우울증을 발견하고 놀랐는지도 모른다. 집안 내력 같은 표정, 눈, 눈빛. 그래서 그는 사랑 가득한 마음으로 어머니의 슬픈 얼굴을 회상하면서도 진심으로 그런 슬픔을 영원토록 보고 싶다고는 차마 말할 수 없었다. 그렇다, 그 슬픔은 한 종족의 내밀한

---

* 사물을 설명할 때는 가급적 가정을 줄인 간결한 이론일수록 진실일 가능성이 높다는 원칙. 단순성의 원칙, 경제성의 원칙, '오컴의 면도날'이라고도 한다.

경험을, 그리고 행복이나 죽음을 바라보는 태도를 반영한다. 그리하여 이 우울한 육체는, 이 가무잡잡한 껍데기는, 인간으로 태어난 운명에 묵묵히 순종하느라 굳어져버린 이 주름살은, 이 장엄한 얼굴은 어머니의 지극히 섬세한 신경조직이 슬픔과 죽음으로 가득찬 인생의 위대함에 어떻게 반응했는지를 보여준다. 그래, 어머니는 아름다웠지. 그러나 그는 변화를 원했다. 우리가, 우리 인간이 죽음을 받아들이면 표정부터 달라진다. 외모까지 변해버린다. 죽음을 받아들이면 그때 비로소!

어머니가 거짓말을 했던 이유가 매번 그의 감정에 대한 배려는 아니었다. 어느 늦은 오후, 어머니가 거실 창가로 데려갔던 일을 기억하는데, 그가 성경에 대해 질문했을 때였다. 하느님은 어떻게 흙으로 아담을 창조했을까. 그때 나는 예닐곱 살이었지. 어머니는 증거를 보여주려 했고. 어머니의 드레스는 갈색과 회색이 섞여—개똥지빠귀 같은 빛깔이었다. 머리는 까맣고 숱도 많았지만 벌써 군데군데 새치가 보였다. 어머니는 창가로 가서 보여줄 것이 있다고 하셨다. 길거리에 쌓인 눈 때문에 바깥이 환했지만 실제로는 어둑어둑한 날이었다. 창틀마다 다른 색을 칠했고—노란색, 황갈색, 빨간색—차디찬 유리도 곳곳에 금이 가거나 소용돌이 모양의 결함이 있었다. 그 시절에 사용하던 굵직굵직한 갈색 전봇대가 꼭대기의 수많은 가로대에 녹색 유리 애자를 주렁주렁 매단 채 갓돌을 따라 늘어섰고, 얼음에 뒤덮여 축 늘어진 전깃줄을 지탱해주는 가로대마다 참새가 옹기종기 내려앉았다. 세라 허조그가 손바닥을 보여주며 말했다. "이제 자세히 보면 아담이 무엇으로 창조됐는지 알게 될 거야." 어머니가 한 손가락으로 손바닥을 문지르고 또 문지르자 깊은 손금이 새겨진 피부에서 거무스름한 무엇이 서서히 나타났는데, 아주 작았지만 틀림없이 흙처럼 보였다. "봤지? 정말이잖아." 현재의 법정 바깥에서, 움직임 없는 돛폭처럼 널따란 무채색 유리창 밑에서, 성인이 된 허조그는 어머니가 했던 대로 따라 해보았다. 미소를 지으며 손바닥을 문질렀더니 역시 성공이다. 그날처럼 손바닥에서 거무스름한 물질이 생겨나기 시작했다. 이제 황동 창살의 거뭇거뭇한 표면을 물끄러미 바라보았다. 어쩌면 어머니는 그런 증거를 보여주며 부분적으로나마 희극적 효과를 의도했는지도 모른다. 죽음을 똑바로 응시하고 인간의 현실을 깨달아야만 가능한 재치.

어머니가 돌아가실 무렵도 한창 겨울이었다. 시카고에 머물 때였는데, 그때 허조그는 열여섯 살, 청년에 가까운 모습이었다. 웨스트사이드에서 일어난 일이다. 어머니가 서서히 죽어갔다. 모지스는 그 죽음에 관여하기 싫었던 모양이다. 그는 이미 자유사상가였다. 그에게 다윈, 헤켈,* 스펜서** 등은 구닥다리였다. 모지스와 젤리그 코닌스키는 (이 부잣집 도련님은 지금 어떻게 되었을까?) 공공도서관을 경멸했다. 그들은 월그린***에서 39센트에 파는 두툼한 책을 닥치는 대로 사들였다—예컨대 『의지와 표상으로서의 세계』와 『서구의 몰락』.**** 그런데 무슨 일이 벌어졌더냐! 허조그는 이맛살을 찌푸리며 억지로 기억을 끄집어냈다. 당시 아버지는 밤에 일하고 낮에는 잤다. 그래서 집안에서도 살금살금 걸어야 했다. 실수로 깨우면 아버지가 노발대발했다. 화장실

---

* 독일 생물학자 에른스트 헤켈(1834~1919).
** 영국 철학자, 사회학자, 생물학자 허버트 스펜서(1820~1903).
*** 1901년 시카고에서 창업하여 약국을 중심으로 운영하는 전국적인 잡화점 체인.
**** 각각 쇼펜하우어와 슈펭글러의 저서.

문 안쪽에는 아마인유 냄새를 풀풀 풍기는 작업복을 걸어놓았다. 오후 세시가 되면 옷도 갖춰 입지 않은 아버지가 나타나 말없이 차를 마셨는데 얼굴에는 근엄한 분노가 가득했다. 그러나 머지않아 다시 사업가로 변신했고, 화물열차가 다니는 체리 스트리트의 흑인 갈봇집 건너편에서 되는대로 이런저런 장사를 했다. 접이식 뚜껑이 달린 책상을 사용했다. 콧수염은 밀어버렸다. 그런데 그때 어머니의 죽음이 점점 가까워졌다. 나는 부엌에서 『서구의 몰락』을 숙독하며 겨울밤을 보냈다. 방수포를 덮은 원형 식탁이었다.

　무시무시한 1월이었고, 길거리는 강철 같은 얼음판으로 뒤덮였다. 엉성한 각목 베란다가 그늘을 드리운 뒷마당에는 반질반질한 눈이 달빛을 받아 반짝거렸다. 부엌 밑에는 화덕이 있었다. 유연탄 가루가 묻어 수염이 거뭇거뭇한 흑인 관리인이 앞치마 대신 마댓자루를 두른 채 불을 지폈다. 부삽으로 시멘트 바닥을 긁는 소리, 화덕 입구에 뎅그렁 부딪치는 소리. 그는 철문을 부삽으로 밀어 쾅 닫았다. 그러고 나면 통 안에 수북한 연탄재를 바깥으로 내갔는데—이 통은 원래 복숭아 광주리였다. 나는 틈만 나면 세탁실로 내려가 그곳에서 일하는 여자들을 끌어안았다. 그러나 이 무렵은 슈펭글러에게 매료되어 이 악랄한 독일인의 망망대해 같은 통찰력 속에 푹 빠진 채 허우적거리던 시기이기도 했다. 처음은 누구나 탄성을 내뱉는 고대였다—아름다운 그리스! 다음은 현자들의 시대, 그다음은 파우스트의 시대였다. 나는 유대인이므로 타고난 현자였지만, 현자들의 전성기는 이미 지나가버렸고 영원히 돌아오지 않는다는 것을 알았다. 아무리 노력해도 나는 기독교와 파우스트의 세계관을 이해하지 못해 영원히 이질감을 느낄 터였다. 디즈레

일리는 영국인들을 이해하며 그들을 이끌 수 있다고 믿었지만 완벽한 착각이었다. 나도 운명에 몸을 맡기는 편이 나을 터였다. 도마뱀이 위대한 파충류 시대의 유물이듯이 유대인도 유물에 불과한데, 이미 쪼그라들어 멸망해가는 문명의 사역 동물이라고 할 수 있는 이교도들을 등쳐먹으며 그릇된 성공을 누릴지도 모른다. 어쨌든 정신적 고갈의 시대였고―옛날의 꿈은 모두 지나갔다. 그래서 화가 났다. 나는 화덕처럼 활활 타올랐다. 읽을수록 분노가 치밀어 속이 메스꺼웠다.

내가 빽빽한 글자에 담긴 음험하고 현학적인 글을 읽다가 복수심의 박테리아와 야망에 감염된 채 고개를 들었을 때 어머니가 부엌으로 들어왔다. 문틈으로 새어나오는 불빛을 보고 반대쪽 끝의 병실에서부터 그곳까지 터벅터벅 걸어서. 몸져누운 사이 어머니는 머리를 잘라야 했고, 그래서 눈빛마저 낯설었다. 아니, 머리가 짧아졌기 때문에 어머니의 눈에 담긴 전언이 더 간결해졌는지도 모른다. 아들아, 이것이 죽음이란다.

나는 그 전언을 읽지 않기로 마음먹었다.

"불빛을 보고 왔단다." 어머니가 말했다. "여태 안 자고 뭐하니?" 그러나 죽음을 앞둔 사람들은 시간을 포기해버린 사람들이다. 어머니는 머지않아 어머니를 잃게 될 나를 가엾게 여길 뿐이었고, 내가 가식적이고 야심만만한 바보라는 사실을 알아차렸고, 그래서 언젠가 심판의 날이 오면 시력과 체력이 필요하리라 생각했다.

그로부터 며칠 후, 어머니는 말할 기력조차 없으면서도 모지스를 위로하려 했다. 옛날 몬트리올에서 어머니가 썰매를 끌어주느라 헐떡인다는 사실을 알면서도 썰매에서 내리지 않았던 그날처럼. 교과서 몇 권을 들고 어머니의 병실에 들어가 무슨 말인가를 하려고 했다. 그때 어머니가 양손을 들어 손톱을 보여주었다. 푸르스름했다. 그가 손톱을 뚫어져라 바라볼 때 어머니가 천천히 고개를 끄덕였는데, 마치 이렇게 말하는 듯했다. '그래, 모지스, 엄마는 이제 죽는다.' 그는 침대 곁에 앉았다. 곧 어머니가 그의 손을 쓰다듬기 시작했다. 어머니로서는 최선을 다한 움직임이었다. 이미 손가락이 굳어버렸기 때문이다. 손톱 밑의 살이 벌써 무덤 속의 푸르뎅뎅한 흙으로 바뀌어가는 듯했다. 어머니가 흙으로 변해간다! 차마 바깥을 내다볼 수 없었지만 아이들이 길거리에서 썰매를 타는 소리, 울퉁불퉁한 얼음판 위에서 행상인의 수레바퀴가 삐걱거리는 소리, 사과장수의 목쉰 외침소리, 그리고 그의 철제 저울이 달그락거리는 소리를 들었다. 배기구도 작은 소리를 내며 수증기를 내뿜었다. 창문은 커튼으로 가려진 상태였다.

법정 바깥의 복도에서 허조그는 양손을 바지 주머니에 넣고 어깨를 움츠렸다. 신경이 곤두섰다. 철딱서니 없는 책벌레 소년. 그다음은 장례식이었지. 장례식장에서 윌리가 어찌나 울던지! 역시 윌리 형은 누구보다 마음이 여린 사람이다. 그렇지만…… 모지스는 고개를 절레절레 흔들며 그날의 기억을 떨쳐버렸다. 과거를 떠올릴수록 점점 더 슬퍼졌으니까.

공중전화 앞에서 차례를 기다렸다. 수화기를 들어보니 여러 사람의 입과 귀가 닿았던 곳이 축축했다. 허조그는 심킨이 알려준 전화번호를 돌렸다. 박셀은 심킨에게서 아무 연락도 못 받았지만 자기 사무실로 올라와 기다려도 된다고 말했다. "아닙니다, 다시 연락하죠." 허조그가 말했다. 그는 남의 사무실에서 얌전히 기다릴 수 있는 사람이 아니었다. 무엇이든 기다리는 일이라면 딱 질색이다. "혹시 아시면―지금 심킨은 이 건물 어디쯤에 있을까요?"

"건물 안에 있는 건 확실하죠." 박셀이 말했다. "아마 형사사건일 듯싶은데요. 그렇다면……" 그는 방 번호 여러 개를 빠르게 불러주었다.

허조그는 그중 몇 개를 골랐다. "가서 둘러보고 삼십 분쯤 지나서 다시 연락해도 될까요?"

"예, 물론입니다. 하루종일 영업하니까요! 우선 팔층부터 가보세요. 아마 땅꼬마 나폴레옹이―그런 목소리라면 복도까지 쩌렁쩌렁 울릴걸요."

처음 찾아간 법정에서 배심 재판이 열린다는 말을 듣고 안으로 들어갔다. 반질반질한 나무 벤치에 삼삼오오 모여 앉은 소수의 사람 사이에 끼어들었다. 그리고 불과 몇 분 사이에 심킨을 찾는 일은 까맣게 잊어버렸다.

업타운의 어느 슬럼가 여관에 살던 젊은 남녀가 여자 쪽의 세 살배기 아들을 살해한 혐의로 재판을 받는 중이었다. 아이의 친아빠는 여자를 버리고 떠나버렸다고 변호인이 진술했다. 허조그는 변호사들이 한결같이 나이가 많고 백발이 성성하다는 사실을 알아차렸다. 다른 세대에 속하는 사람들, 다른 생활권에서 살아가는 사람들―참을성 많고 풍족한 사람들. 피고인들은 표정과 옷차림으로 금방 알아볼 수 있었다. 남자는 얼룩지고 닳아빠진 지퍼 재킷을 입었고, 여자는 빨강 머리에 얼굴이 넙데데하고 불그스름한데 갈색 날염 홈드레스 차림이었다. 둘 다 멍하니 앉아만 있어 겉보기에는 증언 내용에 조금도 동요하지 않는 듯했다. 남자는 구레나룻과 금빛 콧수염을 길렀고, 여자는 뭉툭한 광대뼈 언저리에 주근깨가 많으며 눈이 길고 가늘어 잘 보이지도 않았다.

그녀는 트렌턴 출신이었고 태어날 때부터 절름발이였다. 아버지는 자동차 수리공이었다. 교육은 초등학교 4학년까지가 전부였고 아이큐는 94였다. 부모가 오빠만 귀여워하고 그녀는 방치했다. 못생기고 부루퉁한데다 한쪽 발에 신은 보정용 신발 때문에 걸음걸이마저 유별난 그녀는 일찍부터 비행소년이 되고 말았다. 변호인은 침착하고 온화하고 듣기 좋은 목소리로 이미 그녀의 기록을 법정에 제출했다고 말했다. 1학년 때부터 화를 잘 내고 통제하기 어려운 아이였다. 교사들의 진술서도 있었다. 의료기록과 정신과 치료 기록도 있었는데, 변호인은 특히 신경학 진단서를 주목해달라고 요청했다. 뇌기능 검사에서 의뢰인의 뇌손상이 발견되었으므로 급격한 행동변화를 일으킬 수도 있다는 내용이었다. 분을 못 이겨 몇 번이나 간질성 발작을 일으킨 적이 있는데, 두뇌에서 감정조절을 담당하는 부분이 손상된 탓에 인내심이 매우 부족했다. 가엾은 절름발이라는 이유로 자주 괴롭힘을 당했으며 나중에는 사춘기 남자아이들에게 성폭행까지 당했다. 아닌 게 아니라 소년법원의 전과기록이 꽤 두툼했다. 어머니마저 그녀를 싫어해 재판에 참석하지도 않았는데, 변호인은 그녀가 이렇게 말하더라고 전했다. "내 딸도 아니에요. 우리는 걔랑 인연을 끊기로 했어요." 피고인은 열아홉 살 때 몇 달 동안 유부남과 동거하다가 임신했는데, 남자가 아내와 가족에게 돌아가버렸다. 여자는 아이를 입양시키라는 권유를 거절하고 한동안 아이와 함께 트렌턴에 살다가 플러싱으로 이사했고 어느 가정에서 요리와 청소를 했다. 그러던 어느 주말, 당시 콜럼버스 애비뉴의 한 식당에서 잡역부로 일하던 공범을 만났고, 103번 스트리트에 있는 몬트캄여관에서 동거하기로 합의했다—허조그도 자주 지나다니던 여관이다. 길거리에서도 그곳의 비참한 현실을 알아차릴 수 있었다. 열린 창문마다 지독한 악취를 뿜어냈으니까—침구, 쓰레기, 소독약, 살충제 등등. 입이 바싹바싹 말랐지만 더 잘 들으려고 상체를 기울였다.

　검시관이 증언대로 올라갔다. 사망한 아이를 보셨습니까? 봤습니다. 증언할 만한 내용이 있습니까? 있습니다. 검시관은 날짜를 밝힌 후 검시상황을 진술했다. 뚱뚱하고 근엄한 대머리 남자였는데 입술이 두툼하고 신중해 보였으며 성악가가 악보를 펼치듯이 기록장을 양손으로 들었다. 경험 많고 능숙한 증인이었다. 아이의 신체는 정상적으로 발달했지만 영양실조에 시달린 듯합니다. 구루병 초기증상이 보였고, 유치는 벌써 많이 썩었지만 임신중독증에 걸린 산모에게서 태어난 아이도 간혹 그런 증상을 보입니다. 아이 몸에서 특이한 흔적이 눈에 띄었습니까? 그렇습니다, 어린애가 구타를 당한 모양입니다. 한 번이었나요, 반복적이었나요? 제가 보기에는 자주 맞은 듯합니다. 두피가 찢어질 정도로. 등과 다리에 타박상이 유난히 심하더군요. 양쪽 정강이도 변색됐고. 타박상은 어디가 제일 심했습니까? 복부 쪽, 특히 성기 부근이 심했는데, 피부를 찢어놓을 만한 물건, 예컨대 금속 버클이나 하이힐 따위로 맞은 듯합니다. "체내 검사결과는 어떻습니까?" 검사가 질문을 이어갔다. 늑골 두 개가 부러졌는데 하나는 예전에 부러졌습니다. 최근에 부러진 늑골 때문에 폐가 좀 손상됐습니다. 간은 아예 파열

됐고, 거기서 생긴 출혈이 직접적인 사인이었을 가능성도 있습니다. 뇌병변도 발견했습니다." "그렇다면 아이가 사고사를 당했다는 소견인가요?" "제 소견은 그렇습니다. 간 손상만으로도 충분히 가능한 일입니다."

허조그가 느끼기에는 이 모든 과정이 특이할 정도로 차분하게 진행되었다. 모두가—변호인도, 배심원도, 엄마도, 그녀의 억센 동거인도, 판사까지—매우 절제하는 분위기였고 지극히 조심스럽게 조용조용 말했다. 허조그는 생각했다. 이토록 고요하다니—살인사건에 반비례하는 적막일까? 판사, 배심원, 변호인, 피고인, 모두가 감정을 조금도 드러내지 않았다. 그런데 허조그는? 새로 산 무명 재킷을 입고 밀짚모자를 손에 든 채 앉아 있었다. 그는 모자를 힘껏 움켜쥐며 메스꺼움을 느꼈다. 밀짚모자의 깔쭉깔쭉한 테두리가 손가락에 자국을 남겼다.

다른 증인이 선서를 하는데, 서른다섯 살쯤으로 착실해 보이는 남자였고, 근사한 회색 옥스퍼드 하복 정장은 매디슨 애비뉴의 재단 솜씨였다. 얼굴은 둥글고 통통하며 군턱이 졌지만 이마가 좀 좁은데다 짤막한 상고머리 때문에 머리통이 더욱 납작해 보였다. 증인석에 앉을 때 아주 멋들어진 동작으로 바짓가랑이를 잡아당기고 셔츠 소맷부리를 풀더니 몸을 앞으로 숙인 채 신중하고 성실하고 남자다우면서도 예절바른 태도로 질문에 답변했다. 눈은 갈색이었다. 대답을 고민하며 얼굴을 찡그릴 때마다 두피에 생긴 주름살이 훤히 보였다. 그는 덧창 회사에서 망사문이나 덧창 따위를 판매하는 영업직원이라고 밝혔다. 허조그도 어떤 제품인지 알아들었다—삼중 레일이 달린 알루미늄 창틀이다. 광고문을 읽어본 적도 있다. 증인은 플러싱에 살았다. 피고인을 잘 아십니까? 일어나보라는 요청을 받고 여자가 자리에서 일어났는데, 왜소한 몸집에 비틀거리는 동작이었다―검붉은 곱슬머리, 움푹 들어간 눈, 주근깨투성이 피부, 두툼한 암갈색 입술. 물론 증인이 아는 여자였다. 팔 개월 전만 해도 그의 집에서 살았는데, 딱히 가정부로 고용하진 않았고, 먼 친척인데 사정이 딱하다며 그의 아내가 방 하나를 내줬고―그가 독채처럼 꾸며놓은 조그마한 다락방인데 화장실도 따로 있고 에어컨까지 갖춘 곳이었다. 자연스럽게 집안일을 거들어주게 되었지만 아이만 남겨두고 훌쩍 나가 며칠씩 들어오지 않을 때도 많았다. 피고인이 아이를 학대하는 장면도 보셨나요? 아이는 깨끗한 적이 없었습니다. 무릎에 앉히기 싫을 정도였어요. 언젠가는 입가에 발진이 생겼는데 아이 엄마가 그냥 내버려둬서 결국 제 아내가 연고를 발라줬어요. 손이 많이 가지 않고 조용한 아이였는데, 겁이 많아 늘 엄마 곁에만 붙어 있었고 몸에서는 악취가 풍겼습니다. 피고인의 양육방식에 대해 더 증언해주실 수 있을까요? 음, 어느 날 차를 몰고 할머니 댁에 가다가 하워드 존슨*에 들렀습니다. 모두가 음식을 주문했죠. 피고인은 바비큐 비프 샌드위치를 주문했는데 음식이 나오자 애한테는 안 주고 혼자 먹더군요. 그래서 (분개한 말투로) 제 고기와 소스를 애한테 덜어줬죠.

이해할 수가 없다! 이 선량한 남자가 소리 없이 군턱을 흔들며 증언대에서 내려올 때 허조그는 생각했다. 나로서는 도저히…… 그러나 한평생 인문학만 공부한 사람, 그래서 잔인성에 대해서는 책 속에 묘

---

* 미국 호텔 체인. 원래는 식당업을 겸했는데, 여기서는 1970년대까지 성업했던 가맹점을 가리킨다.

사하기만 해도 다 끝난 일이라고 착각하는 사람에게는 까다로운 문제일 수밖에 없다. 물론 허조그조차도 그 정도로 어리석지는 않았는데—인간들은 굳이 허조그 같은 사람이 이해할 만한 방식으로 살아가지 않는다는 사실쯤은 허조그도 이해하니까. 그럴 이유가 없지 않은가?

그러나 그런 생각에 빠질 때가 아니었다. 벌써 다음 증인이 선서를 마쳤는데 이번에는 몬트캄여관의 직원이었다. 오십대 독신 남자다. 축 처진 입술, 굵직굵직한 주름살, 망가진 뺨, 새로 다듬은 듯한 머리, 굵고 우울한 목소리, 말끝마다 음성이 작아지는 리듬. 목소리가 점점 작아지다가 마지막 몇 마디는 잘 들리지도 않을 만큼 가느다란 울림으로 끝나버렸다. 허조그는 피부 상태로 미루어 한때는 알코올중독자였으리라 판단했고, 말투는 좀 여성적이고 신경질적이었다. 그는 '이 불쌍한 연인들'을 줄곧 주시했다고 말했다. 그들은 살림용 방을 빌렸다. 여자는 구호금을 받았다. 남자는 무직이었다. 몇 번쯤 경찰이 찾아와 남자에 대해 물었다. 그런데 그 아이는, 그 아이에 대해서도 말씀해주시겠습니까? 애가 많이 울었어요. 그래서 입주자들이 불평했는데, 확인해보니 벽장 안에 가둬놨더군요. 피고인은 벌을 준다고 했어요. 나중에는 울음소리가 점점 드물어졌죠. 하지만 애가 죽던 날은 정말 시끄러웠어요. 삼층에서 뭔가 떨어지는 소리, 울부짖는 소리가 들렸죠. 엄마도 아이도 목이 터져라 비명을 질렀거든요. 하필 그때 누가 장난을 쳤는지 엘리베이터도 내려오지 않고, 그래서 삼층까지 뛰어올라갔어요. 방문을 두드렸지만 애엄마는 고래고래 비명을 지르느라 듣지도 못하더군요. 그래서 그냥 문을 열고 들어갔죠. 목격하신 대로 말씀해주시겠어요? 애엄마가 아이를 들고 있었죠. 그래서 안아주는 줄 알았는데, 두 손으로 애를 냅다 집어던지는 바람에 깜짝 놀랐어요. 애를 벽면에 패대기쳤다고요. 아래층까지 들렸던 소리가 바로 그거였어요. 다른 사람도 있었나요? 예, 다른 피고인이 침대에 누워 담배를 피웠죠. 그때 아이가 비명을 질렀나요? 아뇨, 그때쯤에는 바닥에 쓰러진 채 아무 소리도 내지 않았어요. 그런 상황에서 직원은 뭐라고 말했을까? 그는 여자의 표정과 퉁퉁 부은 얼굴 때문에 덜컥 겁이 났다고 답변했다. 여자는 얼굴이 붉어진 채, 아니, 새빨개진 채 목청껏 비명을 지르며 발을 굴렀는데, 뒤꿈치를 보정한 바로 그 발이라는 사실이 눈에 띄었고, 직원은 그녀가 손톱으로 자기 눈을 할퀼까봐 두려웠다. 그래서 아래층으로 내려가 경찰에 연락했다. 머지않아 남자도 따라 내려왔다. 남자는 아이가 골칫거리라고 설명했다. 애엄마가 아무리 가르쳐도 똥오줌을 못 가린다나. 때로는 엄마를 화나게 하려고 일부러 똥을 묻히기도 하고. 게다가 밤새도록 울어대면서! 그들이 그런 대화를 나눌 때 경찰차가 도착했다. 그리고 사망한 아이를 발견했습니까? 예, 경찰이 도착했을 때는 이미 사망한 뒤였어요.

"반대신문?" 재판장이 물었다. 피고측 변호인은 길고 하얀 손가락을 흔들어 신문을 포기한다는 의사를 밝혔다. 판사가 말했다. "증인은 내려가셔도 됩니다. 다 끝났습니다."

증인이 일어날 때 허조그도 일어났다. 몸을 움직여야 했고 이곳에서 나가야 했다. 이러다가 메스꺼움을 못 이겨 쓰러질지도 모른다는 생각이 다시 들었다. 아니, 아이의 공포가 마음속으로 파고든 탓일까? 아무튼 심장판막이 막혀 피가 허파로 역류하는 듯 가슴이 답답했다. 무거운 발길을 옮기며 빠르게 걸었다. 방청석 통로에서 뒤를 돌아보니 듬성듬성하고 희끗희끗한 재판장의 머리만 눈에 들어왔는데, 소리 없이 입술만 달싹거리며 증거자료를 읽어보는 중이었다.

복도에 이르러 혼잣말을 내뱉었는데—"맙소사!"—입을 여는 순간 신물이 넘어와 도로 삼키는 수밖에 없었다. 그러고 나서 문간에서 걸음을 옮기려다가 지팡이를 짚은 여자와 맞부딪쳤다. 중년의 나이로 보였지만 눈썹도 까맣고 머리는 아주 새까맸는데, 여자가 말 대신 지팡이로 아래쪽을 가리켰다. 허조그는 금속 고정 핀이 박힌 깁스와 매니큐어를 바른 발톱을 발견했다. 역겨운 취향을 눈여겨보며 말했다. "죄송합니다." 불쾌한 두통이 머리를 꿰뚫는 듯 고통스러웠다. 불가에 너무 가까이 다가갔다가 허파에 화상이라도 입은 듯한 기분이었다. 여자는 한마디도 안 했지만 그를 쉽사리 놓아주려 하지도 않았다. 허조그를 여전히 세워둔 채 매섭게 노려보는 퉁방울눈이 네놈은 머리끝부터 발끝까지, 완벽하게, 속속들이, 바보가 분명하다고 내뱉는 듯했다. 다시—말없이—이 멍청이야! 빨간색 줄무늬 재킷을 입은 채, 밀짚모자를 겨드랑이에 낀 채, 머리는 헝클어진 채, 두 눈은 퉁퉁 부은 채, 그는 여자가 지나가기만 기다렸다. 마침내 여자가 가버렸을 때, 지팡이도 깁스도 고정 핀도 얼룩덜룩한 복도를 따라 멀리 사라졌을 때 그는 마음을 가다듬었다. 온 힘을 다해—지성과 감성을 총동원하여—살해당한 아이에게 해줄 일은 없을까 고민했다. 그러나 무엇을? 어떻게? 더욱 격렬하게 자신을 다그쳤지만 제아무리 '온 힘'을 기울여봐도 이미 땅에 묻힌 아이에게 해줄 수 있는 일은 아무것도 없었다. 자신의 인간적 연민을 경험할 뿐이었는데, 그런 감정은 아무짝에도 쓸모가 없다는 생각이 들었다. 울고 싶은들 무엇하랴? 기도하고 싶은들? 그는 손과 손을 맞붙였다. 이러면 무엇이 느껴지는가? 자신의 육체가 느껴질 뿐이다—떨리는 손, 따끔거리는 눈. 그런데 현대의 기독교에…… 후기 기독교 시대의 미국에서 대체 무엇을 기원해야 좋을까? 정의—정의와 자비? 삶의 극악무도한 현실을, 이 악몽 같은 현실을 기도 따위로 물리칠 수 있을까? 허조그는 중압감을 해소하려고 입을 벌렸다. 슬픔에 짓눌리고, 다시 짓눌리고, 거듭거듭 그렇게 짓눌렸다.

아이는 비명을 지르며 매달렸지만 여자는 두 손으로 아이를 벽면에 패대기쳤다. 여자의 다리에는 불그스름한 털이 있었다. 그녀의 정부는, 턱이 길고 멋들어진 구레나룻을 기른 남자는 침대에 누운 채 구경만 했다. 자리에 누우면 성교를 하고, 일어나면 살인을 저지른다. 어떤 이들은 사람을 죽인 후 울음을 터뜨린다. 어떤 이들은 울지도 않는다.

이제 뉴욕은 그를 붙잡아둘 수 없었다. 시카고로 가서 딸을 만나고 매들린과 거즈바크를 대면해야 했다. 결단을 내리기까지의 과정은 없었다. 저절로 정해졌으니까. 집으로 돌아가서 그날 기분전환삼아 입었던 새옷을 벗고 낡은 무명 정장으로 갈아입었다. 다행히 비니어드에서 돌아온 후 아직 짐을 풀지도 않은 상태였다. 재빨리 여행가방을 점검한 후 아파트를 나섰다. 역시 모지스답게 정확히 무엇을 해야 할지 모르면서도, 심지어 자신의 충동을 억누를 수 없다는 사실을 의식하면서도 어떻게든 행동하기로 마음먹었다. 비행기를 타고 공기 맑은 곳으로 올라갔을 때 그렇게 날아가는 이유를 깨닫게 되길 바랄 뿐이었다.
초음속 여객기는 지구의 자전방향과 반대되는 서쪽으로 날아가 구십 분 이내로 시카고에 도착할 테고, 덕분에 오후와 햇빛이 더욱 길어질 터였다. 아래쪽에서 하얀 구름이 거품처럼 일어났다. 그리고 태양, 무너져가는 공간 전체에 대항할 힘을 길러주는 우두 자국. 비행기 날개에서 눈부시게 반짝이는 엔진과 푸른 허공을 바라보았다. 비행기가 흔들릴 때는 입술을 깨물었다. 비행이 두려워서가 아니라 이 비행기가 추락하거나 그냥 폭발해버린다면(최근에 메릴랜드 상공에서 목격되었듯이 꼬투리에서 완두콩이 쏟아지듯 사람들이 우수수 떨어진다면) 준의 보호자는 거즈바크가 될 테니까. 혹시 심킨이 유언장을 찢어버렸다면 또 모를까. 심킨에게, 눈치 빠른 심킨, 내 유언장을 찢어줘! 이제 보험증도 둘인데 하나는 아버지가 아들 모셰를 위해 들어놓았다. 그때의 그 아이가, 어린 허조그가 지금 어떤 꼴이 됐는지 봐라—주름지고, 혼란스럽고, 가슴 아프고. 나 자신에게 털어놓는 진실이다. 하늘에 맹세코. 스튜어디스가 음료수를 권했지만 고개를 저으며 사양했다. 그녀의 예쁘고 건강미 넘치는 얼굴을 차마 바라볼 자신이 없었다.

 이윽고 비행기가 착륙했을 때 허조그는 시계부터 뒤로 돌렸다. 서둘러 38번 출구를 빠져나갔고 긴 복도를 지나 렌터카 사무소로 향했다. 신분 확인을 위해 아메리칸 익스프레스 카드, 매사추세츠 운전면허증, 대학 신분증을 제시했다. 때묻고 구겨진 무명 정장은 말할 필요도 없고 신분증마다 주소가 제각각이라 본인마저 모지스 엘카나 허조그를 수상쩍게 여길 지경이었다. 그러나 정작 신청서를 접수한 직원은(상냥하고 가슴 크고 주먹코에 키가 아담한 곱슬머리 여자였는데, 지금 상황에서도 허조그는 희미하게나마 미소를 보이고 싶은 충동을 느꼈다) 컨버터블을 원하는지 하드톱을 원하는지 물어볼 뿐이었다. 청록색 하드톱을 선택했고, 낯선 표지판 사이에서 길을 찾으려 애쓰며 푸르스름한 신호등 불빛과 뿌연 햇빛 아래로 차를 몰았다. 구불구불한 입체 교차로를 지난 후 고속도로에 진입하여 질주하는 차량 행렬에 합류했다—이 구간은 제한속도 시속 60마일이었다. 시카고 신시가지는 잘 모르는 곳이었다. 고대의 호수 밑바닥에 만들어진 꿀사납고 역겹고 연약한 시카고, 흐릿한 주황색으로 물든 이 서쪽 변두리, 초여름 하늘을 향해 매연과 검댕을 뿜어내는 시끄러운 공장과 열차. 시내 쪽에서 나오는 방향은 통행량이 많았지만 허조그가 가는 방향은 그렇지 않았고, 우측 차선을 유지하며 낯익은 도로명을 찾아보았다. 할렘 애비뉴[*]를 지나 본격적인 시내로 접어들자 비로소 아는 길이 나타났다. 몬트로즈[**]에서 고속도로를 벗어났고, 동쪽으로 차를 돌려 돌아가신 아버지의 집을 향해 달려갔다. 벽돌로 지은 조그마한 이층집인데, 청사진 한 장으로 줄줄이 찍어낸 여러 채 중 하나였다—물매진 지붕, 건물 오른쪽에 설치한 시멘트 계단, 거실 창틀을 따라 길게 매달린 직사각형 화분, 토대와 인도 사이에 두두룩하게 높여놓은 잔디밭. 갓돌을 따라 늘어선 느릅나무와 볼품없는 미루나무—쭈글쭈글한 나무껍질이 먼지를 뒤집어써서 거뭇거뭇한데, 한여름이 되면 잎이 몹시 질겨진다. 시카고 특산종도 있는데, 빨간색과 보라색 크레용 부스러기처럼 조잡하고 말랑말랑해 얼핏 가짜처럼 보이는 진짜였다. 이 하찮은 꽃들은 너무도 보잘것없고 촌스러워 오히려 감동적이었다. 늘그막에 비로소 집주인이 된 아버지가 이 정원을 알뜰살뜰 보살피던 일도 떠오르고—저녁 무렵이면 호스를 끌어다가 화분마다 물을 뿌리는 아버지의 황홀한 표정, 말

---

[*] 시카고 시내를 남북으로 관통하는 도로.
[**] 시카고 시내를 동서로 관통하는 도로.

없이 기뻐하는 입, 흙냄새를 만끽하는 곧은 코. 허조그가 하드톱 렌터카에서 내릴 때 좌우에서 춤추며 빙글빙글 도는 스프링클러가 찬란한 물보라를 흩뿌리며 무지갯빛 베일을 펼쳐주었다. 아버지는 몇 년 전에 바로 이 집에서 세상을 떠났는데, 어느 여름밤, 침대에서 벌떡 일어나 앉으며 말했다. "나 죽는다!" 그러더니 곧 숨을 거두었고, 온몸의 혈관이 다 쪼그라들고 붉은 피는 흙빛으로 변해버렸다. 그다음에는 몸뚱이도―아, 맙소사!―야트막한 무덤 속에서 시들어가고, 뼈만 남고, 마침내 뼈마저 삭아 먼지가 되고 만다. 그리하여 지구는 더욱 인간화되고, 수많은 항성과 행성이 모인 은하계에서 이 작디작은 행성은 공간에서 공간으로 이동하며 우주와는 무관한 존재 의미 때문에 괴로워한다. 무관하다고? 허조그는 유대인들의 방식으로 어깻짓을 하며 속삭였다. "누, 마일레……" 그렇거나 말거나.

어쨌든 아버지가 살던 집이고 지금은 미망인이 산다. 모지스의 계모는 몹시 늙었지만 허조그 가문의 작은 박물관 같은 이 집에서 홀로 살아간다. 이 방갈로는 가족의 공동소유다. 그러나 이 집을 원하는 사람은 없다. 슈라 형은 갑부니까 이 집은 필요 없다고 분명히 밝혔다. 윌리 형은 아버지가 하던 건축자재 사업을 물려받아 크게 성장시켰고―어마어마한 원통형 몸통이 달린 트럭을 여러 대 소유했는데, 이 차는 가는 길에 시멘트를 혼합하여 현장에서 쏟아내리거나 퍼올리며(모지스도 잘 몰랐다) 고층빌딩을 세웠다. 헬렌 누나의 남편도 윌리 형만큼의 수준에는 못 미치지만 그럭저럭 잘사는 편이었다. 요즘은 누나가 돈 이야기를 꺼내는 일도 드물어졌다. 그런데 모지스 자신은? 은행에는 달랑 600달러가량이 남았을 뿐이다. 그래도 목적을 이루기에는 충분하다. 가난은 그의 몫이 아니다. 실직, 슬럼가, 변태, 절도범, 법정에서 보았던 피해자들, 몬트캄여관의 경악스러운 살인사건, 부패와 치명적인 살충제의 냄새를 풍기는 살림용 방—그런 것들과는 무관하다. 지금도 마음만 먹으면 이렇게 초음속 여객기를 타고 시카고로 날아올 수 있고, 청록색 팰컨*을 빌려 타고 옛집을 찾을 수 있으니까. 그리하여 특권의 척도 속에서—풍요, 교만, 혹은 거짓의 척도라고 해도 좋겠지—자신의 위치를 신기할 정도로 명료하게 깨달았다. 자신의 위치만이 아니라, 두 연인이 말다툼을 할 때 그들에게는 우는 아이를 가둬놓을 링컨 콘티넨털이 있었다는 사실도 함께 깨달았다.

얼굴은 창백하고 입은 굳게 다문 채 그는 다가오는 석양 때문에 그늘진 계단을 올라가 단추를 눌렀다. 초인종 한복판에 밤마다 켜지는 초승달 모양의 불빛이 보였다.

안쪽에서 초인종 소리가 들리는데, 현관문 위쪽에 달린 크롬 스피커가 쇳소리를 내는 실로폰으로 〈즐겁게 살아요〉**를 연주하다가 마지막 두 음정을 남겨두고 뚝 끊어졌다. 한참 기다려야 했다. 새어머니 타우버는 옛날에도, 심지어 오십대 때도 느릿느릿했고, 늘 신중하고 철저해서 남달리 손재주 좋은 허조그 일가와는 딴판이었으니—허조그네 아이들은 아버지를 닮아 한결같이 터무니없을 만큼 민첩하고 우아했으며, 혼자서도 위풍당당하게 행진하며 세상을 주름잡던 아버지의 자신만만한 성격도 고스란히 물려받았다. 모지스는 새어머니 타우버를 꽤 좋아한다는 사실을 마음속에 되새겼다. 그렇지 않았다면 고민이 많

---

* 포드 자동차 회사의 소형차.
** 워너브라더스의 만화영화 시리즈 〈루니 튠스〉와 〈메리 멜로디스〉의 주제곡.

앉을 테니까. 동그란 퉁방울눈으로 세상을 바라보는 불안한 시선은 느리게 산다는 결심, 늘 미루고 늑장을 부리며 살겠다는 평생 계획에 기인했는지도 모른다. 그녀는 기다시피 느릿느릿 움직이면서도 자기가 세운 목표는 빠짐없이 이뤄냈다. 먹을 때도 느리고 마실 때도 느렸다. 컵을 입으로 움직이기보다 입을 컵 쪽으로 움직였다. 말도 느려터져 오히려 빈틈없는 성격이 돋보였다. 물건을 단단히 움켜쥐지 못하는데도 요리솜씨 하나는 일품이었다. 카드놀이를 할 때도 동작이 굼떴지만 번번이 돈을 땄다. 질문을 할 때마다 두어 번씩 물어보고, 대답을 들으면 혼잣말을 하듯이 되뇌었다. 그렇게 느린 동작으로 머리를 땋거나 틀니를 꺼내 닦거나 무화과와 대추, 소화를 돕는 센나 잎 따위를 잘게 다졌다. 나이가 들수록 입술이 늘어지고 목이 점점 굵어져 고개를 조금 숙인 자세로 굳어버렸다. 아, 지금은 팔십대로 접어들었고 건강도 그리 좋지 않았다. 관절염도 있고 한쪽 눈은 백내장에 걸렸다. 그러나 폴리나와 달리 정신만은 맑았다. 늙어갈수록 점점 더 사나워지고 성급해지고 까다로워지기만 하는 아버지와 함께 살았던 시련의 세월이 두뇌를 강화시킨 모양이다.

집안은 캄캄했고, 모지스가 아니라 다른 사람이었다면 집에 아무도 없는 줄 알고 가버렸을 것이다. 그러나 그는 새어머니가 곧 문을 열어줄 것을 알기에 잠자코 기다렸다. 젊은 시절부터 모지스는 그녀가 탄산수 병뚜껑 하나를 오 분이나 걸려 간신히 따는 장면을 지켜보았기 때문이다―빵을 구우려고 식탁 위에서 반죽을 밀 때는 한 시간이나 걸렸다. 새어머니가 빨간색과 초록색 보석 같은 잼을 넣어 구워주는 파이는 보석세공인의 작품 같았다. 드디어 문 쪽으로 다가오는 발소리가 들렸다. 그리고 좁은 틈새에 낀 황동 사슬을 밀어올리는 소리. 이윽고 새어머니의 검은 눈이 나타났는데, 이제는 예전보다 더 흐릿하고 더 많이 튀어나온 듯했다. 그녀와 모지스 사이에는 아직도 방한용 유리문이 있었다. 모지스는 그 문도 잠겼으리라 짐작했다. 노인들은 자기 집에서도 사람을 경계하고 의심이 많기 마련이므로. 모지스는 불빛이 자신의 등뒤에서 비친다는 사실도 알았다. 게다가 예전과 똑같은 모지스도 아니었다. 그러나 새어머니는 낯선 사람을 대하듯 찬찬히 훑어보기는 했지만 그가 누구인지 이미 알아차린 뒤였다. 뭐니 뭐니 해도 사고력만은 느릿느릿하지 않았으니까.

"누구요?"

"모지스인데요……"

"모르는 분인데. 나 혼자 있다오. 모지스라고?"

"작은엄마—모지스 허조그예요. 모셰."

"아하—모셰."

힘없는 손이 느릿느릿 빗장을 열었다. 팽팽하게 당겨진 사슬을 푸느라 문을 닫았다가 다시 열고, 그러자—맙소사!—비애와 고령 때문에 움푹움푹 꺼진 얼굴, 입가에는 아래로 새겨진 깊은 주름살! 모지스가 들어서자 새어머니가 힘없는 두 손을 들어 그를 껴안았다.

"모셰…… 어서 들어와. 난 가서 불 좀 켜야겠다. 문 닫아라, 모셰."

그가 스위치를 찾아 누르자 몹시 흐릿한 전구 하나가 현관을 밝혔다. 불빛이 불그스름했다. 이 고풍스러운 유리 전등은 유대교 회당에 매달린 성화^{聖火} 네르 타미드를 연상시켰다. 그는 물에 젖어 향기로운 잔디밭 방향을 현관문으로 막아버리고 안쪽으로 들어갔다. 집안은 답답하고 가구 광택제 때문에 약간 시큼한 냄새가 풍겼다. 희미하고 어둑어둑한 거실에는 그가 기억하는 광택이 여전했다―상판을 상감세공한 장식장과 탁자, 반질반질한 보호용 비닐을 덮어놓은 브로케이드 소파, 동양풍 양탄자, 창문에는 완벽하고 뻣뻣한 커튼과 수평으로 뻣뻣한 베니션블라인드. 뒤쪽에서 전등 하나가 켜졌다. 전축 위에 놓인 사진 한 장이 눈에 띄었는데, 마르코가 더 어렸을 때 무릎을 드러낸 채 벤치에 앉아 미소를 짓는 모습이었고 검은 머리를 빗어내린 얼굴이 풋풋하고 귀여웠다. 그 옆에는 모지스의 사진도 있었는데, 석사학위를 받을 때 찍은 이 사진에서 그는 잘생겼지만 살짝 군턱이 진 모습이었다. 지금보다 젊은 얼굴이 숨김없이 자부심을 드러냈다. 그때는 이미 성인이었지만 나이만 먹었을 뿐, 아버지가 보기에는 유럽인처럼 살지 않으려고 발버둥치는, 즉 일부러 순진한 체하는 풋내기에 불과했다. 모지스는 죄악을 알기조차 싫어했다. 그러나 죄악을 경험하는 일마저 피할 수는 없었다. 그리하여 남들이 나타나 그에게 죄악을 저지르고 (그에게) 악인이라는 비난을 받았다. 다른 사진 중에는 아버지가 마지막으로 변신했을 때―즉 미국 국민이 되었을 때―찍은 사진도 있었는데, 잘생기고, 수염도 말끔하게 깎고, 말썽 많은 남성적 반항 정신이나 한때의 성깔이나 격렬한 항변 따위는 깨끗이 사라져버린 표정이었다. 어쨌든 아버지의 집에서 아버지의 얼굴을 바라보자 모지스의 마음이 솜 누그러졌다. 새어머니 타우버가 느릿느릿 다가왔다. 이곳에 자기 사진은 한 장도 놓아두지 않았다. 모지스도 알듯이 그녀는 주걱턱이기는 해도 젊은 시절에는 굉장한 미인이었는데, 과부 카플리츠키라는 이름으로 처음 만났던 오십대 때만 하더라도 숱 많은 눈썹이 힘차고 단정했고, 길게 땋은 고동색 머리는 묵직했고, 좀 흐트러지긴 했어도 여전히 나긋나긋한 몸매를 '고르셀렛'*으로 단단히 조인 모습이었다. 그러나 그녀는 과거의 아름다움과 활력을 상기하기 싫어했다.

"어디 얼굴 좀 보자." 그녀가 모지스에게 다가오며 말했다. 눈이 좀 부었지만 충분히 안정된 시선이었다. 그는 새어머니를 바라보며 경악한 내색을 안 하려고 애썼다. 틀니를 끼느라 오래 걸린 모양이라고 짐작했다. 새 틀니였는데 만듦새가 조악했다—치아를 자연스러운 곡선이 아니라 일직선으로 배치하다니. 얼굴이 다람쥐 같다는 생각이 들었다. 손가락도 흉해지고 관절마다 피부가 헐렁헐렁 늘어졌다. 그래도 손톱에는 매니큐어를 발랐다. 그런데 내 얼굴에서 어떤 변화를 보셨을까? "아이고, 모셰, 많이 변했구나."

그는 대답을 자제하고 고개만 끄덕였다. "어떻게 지내셨어요?"

"보는 대로야. 산송장이지."

"혼자 사세요?"

"어떤 여자랑 같이 지냈어. 생선가게 하던 벨라 오키노프. 너도 알던 여자야. 그런데 깔끔하지 않았어."

"이리 오세요, 작은엄마, 좀 앉으세요."

"아, 모셰, 나는 앉지도 서지도 눕지도 못해. 빨리 네 아빠 곁으로나 가버렸으면 좋겠다. 네 아빠 처지가 나보다 편해."

"그렇게 안 좋으세요?" 허조그가 자기도 모르게 감정을 너무 많이 드러낸 탓일까, 그녀가 좀 예리한 시선으로 그의 얼굴을 살피는데, 그

---

* 코르셋.

가 자신을 염려한다는 사실을 믿을 수 없어 진짜 목적이 무엇인지 알아내려는 듯했다. 아니면 백내장 때문에 그런 표정으로 보였을까? 그는 새어머니의 팔을 잡고 부축하여 의자에 앉힌 후 자신은 비닐을 씌운 소파에 앉았다. 벽면에 태피스트리가 걸려 있었다. 피에로. 청자색. 베네치아의 달빛. 학창시절 그를 우울하게 만들었던 지긋지긋한 진부함. 그러나 지금은 특별한 영향력을 미치지 못했다. 그는 이미 다른 사람이고 목표도 달라졌으니까. 노인은 그가 찾아온 이유를 알아내려고 애쓰는 기색이 역력했다. 그가 몹시 동요한 상태라는 사실을 감지했고, 한때 M. E. 허조그 박사가 습관적으로 짓던 멍한 표정이나 방심한 듯하면서도 오만한 태도가 사라졌다는 사실을 알아차렸다. 그 시절은 영원히 지나갔도다.*

"일은 열심히 하지, 모셰?"

"그럼요."

"먹고살 만하고?"

"아, 물론이죠."

노인은 잠시 고개를 숙였다. 그는 그녀의 정수리와 성긴 백발을 내려다보았다. 휑뎅그렁하다. 유기체의 수명이 끝나간다.

노인의 말뜻을 명확하게 알아들었다. 비록 이 집이 허조그 가문의 재산이지만, 그리고 이렇게 살아 있음으로써 유산의 일부를 빼앗은 셈이지만, 자신에게도 이곳에 살 권리가 있다는 의미였다.

"괜찮아요, 저는 아무 불만도 없어요, 작은엄마."

---

* 미국 만화가 앨 포즌의 신문 연재만화 제목. 네 컷짜리 만화의 마지막 장면에서 등장인물들이 외치는 말이기도 하다.

"뭐라고?"

"집 걱정은 하지 말고 오래오래 사세요."

"옷차림이 좀 허름하구나, 모셰. 왜 그러니, 요즘 형편이 어려워?"

"아니에요, 비행기 타느라 편한 옷을 입어서 그래요."

"시카고에 볼일이 있어?"

"맞아요, 작은엄마."

"애들은 잘 지내고? 마르코도?"

"캠프장에 갔어요."

"데이지는 아직 재혼하지 않았니?"

"예."

"요즘도 이혼수당을 줘야 하니?"

"큰돈은 아니에요."

"내가 못돼먹은 계모는 아니었지? 사실대로 말해봐."

"좋은 새엄마였어요. 아주 잘해주셨잖아요."

"나름대로 최선을 다했지." 그렇게 다소곳한 모습에서 그는 예전에 그녀가 썼던 가면을 얼핏 보았는데—한때는 잘나가는 도매업자 카플리츠키의 아내였고, 아이도 없어 남편의 사랑을 독차지했고, 작은 루비가 여러 개 박힌 로켓 목걸이를 목에 걸었고, 여행할 때도 풀먼 응접실형 객차—20세기의 포틀랜드 로즈*—나 베렝가리아호** 일등석만 이용했지만 모지스의 아버지를 만날 때는 참을성 많은 과부 카플리츠키라는 신분으로 정교하고 설득력 있는 연기를 펼쳤다. 아버지와 재혼

---

* 오리건주 포틀랜드에서 워싱턴주 시애틀까지 운행했던 직행열차.
** 1913년부터 독일과 미국 사이를 오가던 원양 여객선.

하여 두번째 허조그 부인이 된 뒤에는 인생이 그리 순탄치 않았다. 카플리츠키의 죽음을 애도할 이유가 충분했다. 전남편을 언급할 때마다 '고트젤리거* 카플리츠키'라고 불렀다. 언젠가 모지스에게 이렇게 말하기도 했다. "고트젤리거 카플리츠키는 내가 아이를 낳지 않길 바랐지. 의사가 내 심장에 안 좋다고 했거든. 그래서 매번…… 카플리츠키가 ―편히 쉬소서― 다 알아서 처리했지. 나는 본 적도 없구먼."

그녀의 이야기를 떠올리며 허조그는 아주 짤막한 웃음을 터뜨렸다. '나는 본 적도 없구먼'이라는 말을 라모나가 들으면 재미있어하겠지. 그녀는 매번 들여다보았으니까―발그레하게 물든 얼굴을 바싹 들이대고, 흘러내리는 앞머리를 손으로 쓸어올린 채 골똘히 바라보다가 허조그가 부끄러워하면 대단히 즐거워했다. 간밤에 누웠을 때도 그를 향해 두 팔을 벌리며…… 전보라도 쳐야겠다. 모지스가 사라져버린 이유를 모를 테니까. 그런 생각을 하는 순간 머릿속에서 맥박이 뛰기 시작했다. 이곳에 찾아온 목적이 생각났기 때문이다.

지금 그가 앉은 자리 근처에서 아버지는 돌아가시기 일 년 전에 모지스를 쏘아죽이겠다고 위협했다. 아버지가 그렇게 노발대발한 이유는 돈 때문이었다. 빈털터리가 되었을 때 아버지에게 대출보증을 부탁했다. 아버지는 모지스의 직장, 지출, 아들 등에 대해 꼬치꼬치 캐물었다. 모지스의 행실 때문에 인내심이 바닥났을 때였다. 당시 나는 필라델피아에 혼자 살며 소노와 매들린 중 누구를 선택해야 좋을지 고민하는 중이었지. (선택의 여지도 없었잖아!) 아버지는 내가 가톨릭으로

---

* '고인(故人)'이라는 뜻의 독일어.

개종하려 한다는 말까지 들었을지도 모른다. 누군가 그런 소문을 퍼뜨렸는데, 어쩌면 데이지였는지도 모른다. 아버지가 부른다는 말을 전해 듣고 시카고에 갔을 때였다. 아버지는 유언장 내용을 어떻게 변경했는지 말해주려 했다. 유산을 어떻게 나눠줄까 밤낮으로 고민했고, 우리 형제 한 명 한 명에 대해서도 과연 유산을 받을 자격이 있는지, 장차 그 돈을 어떻게들 사용할지 생각해보았다. 아버지는 시도 때도 없이 전화를 걸어 당장 오라고 명령했다. 열차 안에서 밤을 지새우기 일쑤였다. 아버지는 나를 구석으로 데려가서 말했다. "마지막이니까 잘 들어라. 네 큰형 윌리는 정직한 놈이야. 내가 죽으면 우리가 의논한 대로 처리하겠지." "저도 그렇게 믿어요, 아버지."

그러나 아버지는 번번이 화를 냈고, 나를 권총으로 쏘려 했던 이유는 내 얼굴을, 내 표정을, 내 자만심이나 잘난 체하는 번민을 더는 참을 수 없었기 때문이다. 엘리트의 표정. 새어머니 타우버가 이런저런 병에 대해 길고 느리게 설명하는 동안 모지스는 아버지만 탓할 일도 아니라고 생각했다. 아버지는 막내아들의 얼굴에 떠오른 그 표정을 견디지 못했다. 이제 나도 나이가 들었다. 내 정신을 해방하겠다는 멍청한 계획에 매달려 나 자신을 낭비했다. 아버지는 나 때문에 마음이 아파 노여워했다. 그리고 아버지는 자신의 죽음에 차츰 둔감해지는 여느 노인들과는 달랐다. 그래, 아버지의 절망감은 예리하고 지속적이었지. 그리고 모지스는 아버지를 회상하며 다시 찌르는 듯한 고통을 느꼈다.

코르티손* 요법에 대해 설명하는 타우버의 이야기를 잠시 들어보았

---

* 부신피질호르몬의 일종으로 관절염 치료제.

다. 크고 초롱초롱하고 유순했던 눈, 아버지를 가정적인 남자로 만들었던 그녀의 눈은 이제 모지스를 쳐다보지도 않았다. 그 눈은 모지스의 어깨 너머 어딘가를 응시했고, 덕분에 그는 마음놓고 아버지의 말년을 회상할 수 있었다. 어느 날 우리는 담배를 사려고 몬트로즈까지 함께 걸어갔다. 지금처럼 따뜻한 6월이었고 날씨도 맑았다. 그날 아버지는 좀 터무니없는 이야기를 늘어놓았다. 과부 카플리츠키와는 벌써 십 년 전에 이혼했어야 마땅하다며, 원래는 여생을 즐겁게 보내길 기대했지만—그런 이야기를 할 때 아버지의 이디시어는 더욱 난해해지고 괴상해졌다—식어버린 용광로에 철물을 들이민 셈이라고 말했다. 꺼진 용광로였어, 모셰. 불씨가 없더라고. 그녀에게 빌린 돈이 너무 많아 이혼도 못한다나. "그래도 지금은 돈이 좀 있잖아요?" 모지스가 퉁명스럽게 말했다. 그러자 아버지가 걸음을 멈추고 그의 얼굴을 뚫어져라 노려보았다. 모지스는 초여름의 밝은 햇빛 아래서 아버지의 얼굴이 벌써 얼마나 망가졌는지를 확인하고 경악했다. 그러나 아직 여전한 부분은 믿기 어려울 만큼 팔팔해서 변함없이 모지스를 압도했다—곧은 코, 미간의 주름살, 갈색과 녹색이 섞인 눈동자. "돈이 필요해서 그래. 누가 나를 보살펴주겠냐—네가? 아직은 저승사자를 매수해서 꽤 오래 버틸 수 있을지도 몰라." 그러더니 살짝 무릎을 굽혔고—모지스는 이 오래된 신호의 의미를 즉각 알아차렸다. 한평생 아버지의 몸짓을 해석하는 기술을 연마했기 때문이다. 무릎을 굽히는 동작은 바야흐로 대단히 중요한 이야기를 꺼내려 한다는 뜻이었다. "내가 언제 풀려날지 모르겠다." 아버지가 속삭였다. 아버지는 여자의 분만을 뜻하는 오래된 이디시어를 사용했다—킴펫. 모지스는 뭐라고 대답해야 좋을지 몰랐고, 그의 목소리도 속삭임에 지나지 않았다. "너무 괴로워 마세요, 아버지." 아버지는 죽음의 손아귀로 들어가는 제2의 탄생이 두려워 두 눈을 빛내며 말없이 입을 다물었다. 이윽고 아버지가 말했다. "좀 앉아야겠다, 모셰. 햇볕이 너무 뜨겁구나." 아닌 게 아니라 아버지의 안색이 별안간 몹시 붉어진 듯했고, 모지스는 아버지를 부축하여 잔디밭을 둘러싼 시멘트 가두리에 조심스레 앉혔다. 이때 아버지는 남자로서의 자존심이 상한 표정이었다. "오늘은 제게도 좀 덥네요." 모지스는 아버지에게 내리쬐는 햇볕을 가려주었다.

"다음달쯤 세인트조*에 목욕하러 갈지도 몰라." 타우버의 목소리가 이어졌다. "휘트컴**에 가려고. 참 좋은 곳이지."

"혼자 가시진 않겠죠?"

"에셀이랑 모디카이도 가고 싶대."

"오호……?" 이야기를 계속하라는 뜻으로 고개를 끄덕였다. "모디카이 아저씨도 잘 지내시죠?"

"그 나이에 어떻게 잘 지내겠니?" 모지스는 새어머니의 이야기가 웬만큼 진행될 때까지 열심히 듣는 시늉을 하다가 다시 아버지에 대한 기억으로 돌아갔다. 그날은 뒷베란다에서 점심을 먹었는데 거기서 또 말다툼이 시작되었다. 어쩌면 그때 모지스는 돌아온 탕아의 모습으로 이 자리에 와서 최악의 잘못을 인정하고 아버지의 자비를 구하는 듯한 기분이었고, 따라서 아버지는 아들의 얼굴에서 어리석은 간청의 표정만 보았는지도 모른다—이해할 수 없는 표정. "멍청이!" 아버지가 버

---

* 시카고 동쪽, 미시간호수 건너편의 도시 세인트조지프를 가리킨다.
** 유황온천으로 유명했던 휘트컴호텔. 지금은 고급 실버타운이다.

럭 소리쳤다. "머저리!" 그러다가 모지스의 참을성 있는 표정 속에 감춰진 성난 요구를 발견했다. "나가! 네놈한테는 한 푼도 남겨줄 수 없어! 전부 윌리와 헬렌한테 줘야겠다! 네놈……? 싸구려 여관에서 뒈져버리라지." 허조그가 일어서자 아버지가 소리쳤다. "그래, 꺼져라. 내 장례식에도 오지 말고."

"알았어요, 그러죠."

그때 새어머니 타우버가 눈썹을 치켜들며—그때는 아직 눈썹이 남아 있었으니까—입다물라고 경고했지만 이미 늦었다. 얼굴이 일그러진 아버지가 식탁에서 비틀비틀 일어나더니 권총을 찾으러 달려갔다.

"어서 가, 어서 가! 나중에 다시 와라. 연락해줄 테니까." 타우버가 모지스에게 속삭였고, 아버지의 집에서 자신의 비참한 처지를 인정받지 못해 당황하고 실망하고 분노하고 괴로워하면서도(그의 기괴한 자기중심주의가 또 터무니없는 요구를 했다)—마지못해 식탁에서 일어났다. "빨리, 빨리!" 타우버는 모지스를 현관문 쪽으로 데려가려 했지만 아버지가 권총을 들고 그들을 따라잡았다.

아버지가 외쳤다. "네놈 죽여버리겠다!" 그리고 허조그는 믿지도 않는 이런 위협보다 아버지가 기운을 차렸다는 사실에 더욱 놀랐다. 노발대발한 아버지는 잠시나마 힘을 되찾았지만 그 결과로 목숨을 잃을 수도 있었다. 목에 잔뜩 힘을 주고, 바득바득 이를 갈고, 안색은 무시무시하고, 권총을 들어올리며 성큼성큼 다가오는 러시아 군대식 걸음걸이까지—허조그는 가게로 가다가 풀썩 주저앉던 모습에 비하면 차라리 지금이 더 낫다고 생각했다. 아버지는 누가 동정할 만한 분이 아니니까.

"어서 가, 어서 가라니까." 타우버 새엄마가 말했다. 그때쯤 모지스는 눈물을 흘렸다.

"어쩌면 네놈이 먼저 뒈질지도 몰라!" 아버지가 소리쳤다.

"아버지!"

사촌 모디카이가 머지않아 은퇴한다고 느릿느릿 이야기하는 새어머니의 말을 흘려들으며 허조그는 그 외침의 말투를 우울하게 곱씹었다. 아버지—아버지. 내가 멍청한 놈이었어! 그날 아버지는 미친듯이 화가 난 상태에서도 제발 남자답게 굴라는 말 대신에 행동으로 보여주려 했을 뿐이다. 아들이라는 놈이 오래도록 괴로워하다가 결국 기독교인처럼 억지웃음을 지으며 아버지를 찾아오다니. 차라리 매디처럼 아예 개종해버렸다면 좀 나았을 텐데. 그날 아버지는 방아쇠를 당겼어야 옳았다. 내 표정이 아버지를 고통스럽게 했으니까. 늙은 아버지를 그렇게 괴롭히지 말았어야 했다.

그리고 모지스가 퉁퉁 부은 눈으로 길가에서 택시를 기다리는 동안 아버지는 창가에서 황급히 오락가락 아들을 내다보며 괴로워하고—그래, 내가 아버지를 그런 상태로 몰아갔다. 늘 그랬듯이 바삐 서두르며, 빠르게 걸음을 옮길 때마다 한쪽 발꿈치에 체중을 실어가며 갈팡질팡. 권총은 이미 던져버렸다. 모지스가 안겨준 슬픔 때문에 아버지의 수명이 단축되었는지도 모를 일이다. 어쩌면 분노 때문에 오히려 수명이 연장되었는지도 모른다. 아직 어설프기만 한 모지스를 두고서는 차마 눈을 감을 수 없었을 테니까.

그들은 이듬해에 비로소 화해했다. 그러고 나서 똑같은 일을 되풀이했다. 그러다가…… 아버지의 죽음.

"차 한 잔 끓여줄까?" 타우버 아줌마가 말했다.

"예, 주세요. 끓여주시면 마실게요. 그리고 아버지 책상을 좀 봤으면 좋겠는데요."

"아버지 책상? 서랍이 잠겼어. 책상을 보겠다고? 어차피 다 너희 것이잖니. 내가 죽으면 그 책상은 네가 가져가."

"아뇨, 아뇨!" 모지스가 말했다. "책상이 필요해서가 아니라 그냥 공항에서 지나가는 길에 어떻게 지내시는지 보러 왔어요. 그런데 기왕 왔으니 그 책상도 한 번 보고 싶어서요. 작은엄마가 마다하실 이유도 없고."

"찾는 물건이라도 있니, 모지스? 지난번엔 너희 엄마가 썼던 은제 동전통을 가져갔잖아."

그 통은 매들린에게 주었다.

"아버지 시곗줄도 아직 거기 있어요?"

"아마 윌리가 가져갔을걸."

모지스는 이맛살을 찡그리며 정신을 집중했다. "그럼 루블화는 어떻게 됐어요?" 그가 물었다. "마르코한테 주려고요."

"루블화?"

"우리 할아버지가 혁명 때 제정러시아 시대의 루블화를 사들이셨는데 옛날부터 책상 서랍에 있었거든요."

"서랍에? 한 번도 못 봤는데."

"차 끓이시는 동안 제가 가서 볼게요, 작은엄마. 열쇠 주세요."

"열쇠라……?" 방금 캐물을 때는 말이 좀 빨랐는데 이제 다시 느릿느릿한 말투로 돌아가 시간을 끌려는 기색이 역력했다.

"어디 두셨어요?"

"어디냐고? 어디 뒀더라? 아버지 옷장인가? 다른 데였나? 어디 보자. 요즘 내가 이렇다니까. 기억이 가물가물해서……"

"어디 있는지 알았어요!" 모지스가 벌떡 일어나며 말했다.

"네가 안다고? 어딘데?"

"뮤직박스 안에. 언제나 거기 두셨잖아요."

"뮤직……? 아버지가 열쇠를 거기서 꺼내긴 했지. 내 사회보장연금이 나올 때마다 수표를 서랍에 넣고 잠가버렸으니까. 돈은 자기가 다 관리해야 한다나……"

모지스는 자신의 짐작이 옳았음을 알았다. "제가 찾아볼 테니 걱정 마세요. 작은엄마는 차나 끓여주세요. 굉장히 목말라요. 하루가 너무 길고 뜨거웠어요."

노인의 연약한 팔을 잡고 그녀를 일으켜세웠다. 그렇게 제멋대로 행동했는데—보잘것없는 승리였고 자칫 위험한 결과를 낳을 수도 있었다. 새어머니를 혼자 내버려두고 침실로 들어갔다. 아버지의 침대는 이미 치워버린 뒤였다. 새어머니의 침대만 남았는데 꼴사나운 침대보는—설태 낀 혓바닥을 연상시키는 소재였다. 오래된 냄새와 어둡고 무거운 공기를 들이마시며 뮤직박스의 뚜껑을 열었다. 이 집에서 원하는 물건을 찾으려면 기억을 더듬어보기만 해도 충분했다. 기계장치가 원통을 돌리자 조그마한 쇠막대기들이 〈피가로의 결혼〉을 들려주었다. 모지스는 노랫말까지 알고 있었다.

결혼식을 올리는

그 순간조차

영문도 모르고

나 자신을 비웃었지.*

손가락으로 더듬다가 열쇠를 발견했다.
 침실 바깥의 어둠 속에서 새어머니가 물었다. "찾았니?"
 "찾았어요." 상황을 더 악화시키지 않으려고 나지막하고 상냥한 목소리로 대답했다. 어쨌든 이 집은 새어머니의 집이니까. 이렇게 제멋대로 뒤지다니 무례한 짓이다. 그렇다고 부끄러워하지는 않았고, 다만 객관적으로 보더라도 옳지 않은 짓이라는 사실을 의식할 뿐이었다. 그래도 꼭 필요한 일이었다.
 "물은 제가 끓일까요?"
 "아니다, 아직 차 한 잔 끓일 만한 기력은 있어."
 느릿느릿한 발소리가 들렸다. 부엌으로 가는 중이다. 허조그는 재빨리 작은 거실로 향했다. 커튼이 닫혀 있었다. 책상 옆에 놓인 전등을 켰다. 스위치를 찾다가 오래된 실크 전등갓을 찢어버리는 바람에 고운 먼지가 떨어졌다. 이런 빛깔을 회자색灰紫色이라고 하던가—확신할 수 있었다. 접이식 벚나무 책상의 널찍한 상판을 열고 양쪽 버팀목을 당겨 고정시켰다. 그런 다음에 문 쪽으로 돌아가서 새어머니가 부엌에 들어갔는지부터 확인하고 문을 닫았다. 시렴마다 눈에 익은 물건들—가죽, 종이, 금붙이. 좀 긴장했지만 신속하게, 머리에는 핏줄이, 양손

---

* 모차르트의 오페라 〈피가로의 결혼〉 4막에서 인용.

에는 힘줄이 불거진 채 여기저기 더듬거리다가 찾던 물건을 발견했다
—아버지의 권총. 총신에 니켈도금을 한 낡은 권총이다. 아버지가 구
입하여 체리 스트리트의 철도역 광장에 보관하던 물건이다. 탄창을 열
어보았다. 총탄 두 발이 들었다. 결국 이렇게 됐구나. 재빨리 탄창을
닫고 주머니에 넣었다. 주머니가 너무 불룩해졌다. 지갑을 꺼내고 권
총을 넣었다. 지갑은 뒷주머니에 넣고 단추를 채웠다.

이제 루블화를 찾아보기 시작했다. 이윽고 작은 칸막이 안에서 발견
했다. 오래된 여권 몇 개도 함께 있었는데 리본에 찍은 밀랍 봉인이 말
라붙은 핏덩어리 같았다. '시민 세라 허조그와 자녀들, 알렉산드르 8세,
헬레네 9세, 기윰 3세,' 서명자는 페테르부르크 시장 아들러베르크 백
작. 루블화는 큼직한 돈지갑에 들었는데—사십 년 전에 장난감처럼 가
지고 놀던 돈이다. 화려한 문장紋章 속에 그려진 표트르 대제, 휘황찬란
한 예카테리나 여제. 불빛에 비춰보니 워터마크도 선명하다. 윌리 형과
함께 이 돈으로 노름을 하던 일이 생각나 짤막한 웃음을 내뱉고는 커다
란 지폐 다발로 권총을 감싸 주머니에 넣었다.

"찾던 물건은 찾았니?" 부엌 쪽에서 타우버 아줌마가 물었다.

"찾았어요." 에나멜을 칠한 금속탁자에 열쇠를 내려놓았다.

새어머니의 표정이 양을 닮았다는 생각은 부적절했음을 깨달았다.
이렇게 마음속으로 비유하는 버릇은 판단력을 떨어뜨리는데, 언젠가
는 이 버릇 때문에 파멸할지도 모른다. 어쩌면 그날이 가까워졌는지도
모르고, 어쩌면 바로 오늘밤 영혼을 잃어버릴지도 모른다. 권총이 마
음을 무겁게 했다. 그러나 불룩 튀어나온 입술, 커다란 눈, 주름진 입
가는 실제로 양을 닮았는데, 그녀의 표정은 파멸의 위험을 무릅쓰고 지

나친 도박을 하지 말라고 경고하는 듯했다. 무덤과 싸워 이긴 베테랑 생존자, 느릿느릿한 움직임으로 죽음마저 좌절시킨 작은엄마의 경고는 귀담아들어야 한다. 모든 것이 쇠퇴했지만 그녀의 빈틈없는 통찰력과 놀라운 인내심은 여전했고, 그녀는 모지스에게서 아버지의 모습을 다시 보았다—오만하고 성급하고 충동적이면서도 번민에 시달리는 모습. 부엌에서 그녀 쪽으로 고개를 숙일 때 모지스의 눈이 씰룩거렸다. 그녀가 중얼거렸다. "걱정거리가 많니? 괜히 상황을 악화시키지 마라, 모셰."

"걱정거리는 없어요, 작은엄마. 그냥 처리할 일이 좀 있어서…… 아무래도 차가 다 끓을 때까지 기다리지는 못하겠네요."

"너희 아버지가 쓰던 찻잔을 꺼내놨는데."

모지스는 아버지의 찻잔으로 수돗물을 받아 마셨다.

"안녕히 계세요, 작은엄마, 건강하시고." 새어머니의 이마에 입맞춤을 했다.

"내가 도와줬던 일 기억하지?" 새어머니가 말했다. "잊어버리면 안 된다. 잘 지내라, 모셰."

뒷문으로 나갔다. 아까보다 간단하게 집을 나설 수 있었다. 아버지 살아생전에도 그랬듯이 인동덩굴이 낙숫물받이 홈통을 타고 올라가며 저녁 하늘에 향기를 뿜어내는데—지나칠 정도로 짙은 향기다. 사람의 심장이 이렇게 돌처럼 굳어질 수도 있을까?

신호등 앞에서 가속페달을 부릉부릉 밟으며 하퍼 애비뉴까지 가는 최적의 경로를 궁리해보았다. 새로 생긴 라이언 고속도로는 매우 빠른 길이지만 그쪽으로 가면 웨스트 51번 스트리트를 오가는 흑인 행렬 한복판으로 들어갈 텐데, 그곳은 차를 몰거나 산책을 하는 사람들로 한창 붐비겠지. 가필드 불러바드가 훨씬 낫겠다. 그러나 어두워진 후 워싱턴파크를 통과하는 길을 제대로 찾아갈 자신이 없었다. 결국 에덴 고속도로를 타고 콩그레스 스트리트까지 간 후 콩그레스에서 아우터 드라이브로 건너가야겠다고 마음먹었다. 그래, 그 길이 제일 빠르겠지. 하퍼 애비뉴에 도착해 무엇을 할지는 아직 결정하지 못했다. 매들린은 모지스가 집 근처에 나타나기만 해도 체포될 줄 알라고 위협했다. 경찰이 그의 사진을 가지고 있다는 말도 했지만 순전히 허풍이고, 허풍인 동시에 피해망상이고, 한때는 매력적이라고 여겼던 도도한 상상력에 불과했다. 지금 모지스와 매들린 사이에는 본질적인 문제가 있는데, 아이가 있다는 현실—바로 준이다. 온갖 비겁과 장애와 협잡 속에서, 실수만 연발하는 아빠와 교활하고 못돼먹은 엄마 사이에서 어떻게 그런 알짜배기가 태어났을까! 소중한 내 딸! 고속도로 진입로를 질주하며 아무도 내 딸만은 해치지 못하게 하리라 다짐했다. 자기 차선에서 차량 행렬에 맞춰 속력을 높였다. 내면의 목숨줄이 팽팽히 당겨졌다. 금방이라도 끊어질 듯이 부르르 떨었다. 목숨줄이 끊어지는 것보다 해야 할 일을 완수하지 못하는 것이 더 두려웠다. 소형차 팰컨이 질풍처럼 달려갔다. 오른쪽에서 뒤로 휙 지나가는 거대한 트레일러트럭을 보았을 때 비로소 무시무시한 속력을 깨달았고, 지금은 속도위반 단속에 걸리면 곤란하다는 생각이 들어—주머니 속에 권총이 있으니까—페달에서 발을 뗐다. 좌우를 살피다가 새로 뚫린 이 고속도로가 옛길을, 즉 그가 아는 도로를 지나간다는 사실을 깨달았다. 불빛이 점점이 박힌 거대한 가스탱크를 새삼스러운 눈으로 바라보았다. 폴란드 교회의 뒷모습도 보였는데, 상점 진열장처럼 환하게 불을 밝힌 유리창에 브로케이드로 지은 옷을 입은 그리스도 상을 전시했다. 동쪽으로 향하는 긴 굽잇길이 화물열차 조차장 상공을 가로지르는데 석양에 물든 땅이 타오르는 듯하고 철도는 서쪽으로 뻗어갔다. 다음은 어마어마한 우체국 건물 밑으로 지나가는 터널, 그다음은 스테이트 스트리트의 술집들. 콩그레스 스트리트의 마지막 비탈길에서 내려다보니 황혼 때문에 왜곡된 호수의 모습이 야트막한 담장처럼 일어서는데, 수면에는 진보라색, 암청색, 불규칙한 은색 줄무늬가 일렁거리고, 수평선은 푸르스름한 회색으로 물들고, 방파제 안쪽에 닻을 내린 배들이 출렁출렁 흔들리고, 머리 위에는 헬리콥터와 경비행기의 불빛들이 기우뚱거렸다. 남쪽으로 달려가는 동안 담수호 특유의 친숙한 냄새, 텁텁하면서도 얼얼한 냄새가 풍겼다. 지금까지 온갖 시련을—욕설, 추문, 독촉, 고통, 심지어 루디빌의 귀양살이까지—감내했으니 이제 정신이상 때문에 폭력을 행사했다고 우겨도 그리 불합리한 주장은 아닐 듯싶었다. 그에게 루디빌 집은 정신병원과 다름없었다. 나중에는 그의 무덤이 되어버렸다. 그러나 그들은 허조그에게 다른 잘못도 저질렀다—전혀 예상하지 못한 잘못을. 양심의 가책 없이 사람을 죽일 기회는 아무에게나 오지 않는다. 그들은 살인을 정당화할 수 있는 길을 열어주었다. 죽어 마땅하니까. 그에게는 그들을 죽일 권리가 있다. 자기들이 왜 죽는지는 그들도 알겠지. 설명 따위는 필요 없다. 그가 나타나면 굴복할 수밖에 없으리라. 거즈바크는 자기 연민에 빠져 눈물을 흘리며 고개를 숙이겠지. 네로황제처럼—쿠알리스 아르티펙스 페레오.* 매들린은 악다구니를 부리며 욕설을 퍼붓겠지. 자신의 일생에서 가장 강력한 천성이었고 다른 능력이나 동기보다 훨씬 더 막강했던 증오심에 몸부림치며. 정신적으로 그녀는 이미 모지스를 죽인 살인자와 다름없고, 그래서 자유로워진 그는 아무런 가책도 없이 그녀를 사살하거나 교살할 수 있었다. 벌써 두 팔과 손가락에서, 그리고 가슴속 깊은 곳에서 그녀의 목을 짓누르는 감미로운 힘이 느껴졌다―사람을 죽일 때의 끔찍하고도 달콤한, 오르가슴에 가까운 희열. 땀이 마구 쏟아져 벌써 셔츠 겨드랑이가 싸늘했다. 솟내나는 액체가 입으로 넘어왔는데, 신진대사가 만들어낸 이 독약은 싱거우면서도 치명적인 맛이었다.

하퍼 애비뉴에 이르렀을 때 길모퉁이에 차를 세워두고 집 뒤쪽으로 지나가는 골목에 들어섰다. 콘크리트 바닥에 모래가 가득했다. 깨진 유리와 목탄 부스러기 때문에 발소리가 커졌다. 조심스럽게 나아갔다. 뒷마당 울타리가 많이 낡았다. 정원의 흙이 널빤지 밑으로 흘러나오고 관목과 덩굴이 울타리 위로 넘어왔다. 꽃을 피운 인동덩굴을 다시 보았다. 덩굴장미까지 피었는데 저녁 어스름 때문에 짙붉은 색으로 보였다. 차고 앞을 지날 때는 비탈진 지붕에서 길 쪽으로 휘늘어진 가시덤불을 피하느라 얼굴을 가려야 했다. 살금살금 마당에 들어선 후 걸음을 멈추고 앞길이 보일 때까지 기다렸다. 장난감이나 연장에 걸려 넘어지면 곤란하니까. 어느새 두 눈에 물이 고였다. 눈물은 매우 맑아 사물이 조금 왜곡되어 보일 뿐이었다. 손끝으로 닦아내고 외투 옷

---

* '빼어난 예술인이 이렇게 죽는구나'라는 뜻의 라틴어.

깃에 문질렀다. 별이 떴다. 지붕 그림자, 나뭇잎, 전깃줄 따위가 보랏빛 점들을 둘러쌌다. 이제 마당의 풍경이 드러났다. 빨랫줄도 보였다. 매들린의 속옷, 딸의 조그마한 셔츠와 드레스, 작은 양말. 부엌 창문에서 흘러나오는 불빛이 잔디밭에 놓인 모래상자를 비춰주었는데, 걸터앉을 수 있도록 넓은 선반을 설치한 빨간색 새 모래상자였다. 더 가까이 다가가 부엌 안을 들여다보았다. 매들린이다! 숨을 죽인 채 훔쳐보았다. 블라우스와 슬랙스 차림인데, 빨간색 가죽과 황동으로 만든 널찍한 허리띠는 그가 주었던 선물이다. 윤기가 흐르는 머리를 늘어뜨린 채 식탁과 싱크대 사이를 바삐 오가며 여느 때처럼 급작스럽고 능률적인 동작으로 저녁식사 뒷정리와 설거지를 했다. 싱크대 앞에 서서 싱크대의 거품을 골똘히 들여다보며 수온을 조절하는 그녀의 옆얼굴과 턱밑 살을 유심히 보았다. 뺨의 홍조도 보이고 푸른 눈동자도 살짝 보였다. 그녀를 지켜보며 차츰 분노를 키우고 가다듬어 최고조로 끌어올렸다. 아직 덧창을 떼어내지 않았으니 마당에 있는 그의 인기척을 알아차릴 우려는 별로 없었다. 적어도 작년 가을에 그가 집 뒷면에 설치한 덧창은 모두 그대로 있었다.

집 바깥의 통로에 들어섰다. 다행히 이웃들이 집을 비워 이웃집 불빛까지 걱정할 필요는 없었다. 매들린은 보았으니 이제 딸을 보고 싶었다. 식사실에는 아무도 없었다. 식후의 빈 식탁, 콜라병 몇 개, 종이 냅킨. 다음은 화장실 창문인데 다른 창문보다 높았다. 그러나 예전에 시멘트 블록을 밟고 올라서서 화장실 망사창을 떼어내려다가 그 창을 대신할 덧창이 없다는 사실을 깨달았던 기억이 떠올랐다. 그래서 망사창은 제자리에 있었다. 그때 썼던 시멘트 블록은? 그날 놓아둔 자리,

통로 왼쪽의 은방울꽃 사이에 그대로 있었다. 적당한 곳으로 옮길 때 바닥을 긁는 소리가 났지만 욕조에 물 받는 소리에 묻혀버렸고, 블록을 밟고 올라가 건물 외벽에 옆구리를 찰싹 붙였다. 숨소리를 죽이려고 입을 벌렸다. 물이 콸콸 쏟아지고, 장난감 몇 개가 둥실둥실 떠 있고, 딸의 조그마한 알몸이 환하게 빛났다. 내 새끼! 매들린이 그냥 내 버려뒀는지 검은 머리가 길어졌는데 지금은 목욕을 하려고 고무줄로 묶었다. 딸을 향한 애틋한 애정에 마음이 스르르 녹아내렸고, 감정이 복받쳐 무슨 소리라도 낼까봐 벌린 입을 한 손으로 막았다. 아이가 얼굴을 들더니 그에게는 보이지 않는 누군가에게 입을 열었다. 뭐라고 말하는 목소리가 물소리를 뚫고 들려왔지만 말을 알아들을 수는 없었다. 딸의 얼굴은 허조그 가문의 얼굴이었다—크고 검은 눈은 모지스의 눈, 코는 아버지, 지포라 고모, 윌리 형의 코, 그리고 입은 모지스의 입을 빼닮았다. 심지어 아름다움 속에 깃든 약간의 우수까지—어머니의 표정이다. 얼굴을 살짝 돌린 채 자신을 둘러싼 삶에 대해 곰곰이 생각하는 세라 허조그의 모습이다. 모지스는 입을 벌린 채, 한 손으로 얼굴 절반을 가린 채 숨을 쉬었고, 딸을 지켜보며 감동했다. 날아다니는 딱정벌레가 눈앞으로 지나갔다. 무거운 몸뚱이가 망사창을 때렸지만 딸아이의 주의를 끌지 못했다.

그때 손 하나가 다가와 수도꼭지를 잠갔다—남자의 손. 거즈바크다. 저놈이 내 딸을 목욕시키다니! 거즈바크! 이제 그의 허리까지 보였다. 시야 속으로 들어온 그는 둥그스름한 옛날식 욕조 곁에서 몸을 굽혔다 폈다 하며 돌아다니는데—역시 베네치아 뱃사공 같은 걸음걸이였고, 그러다가 몹시 힘겨운 동작으로 무릎을 꿇으며 자세를 잡을 때 허조그는 그의 가슴을, 그의 머리를 볼 수 있었다. 벽면에 몸을 붙인 채, 한쪽 어깨에 턱을 올린 채, 허조그는 거즈바크가 페이즐리 스포츠 셔츠의 소매를 걷어붙이는 장면, 숱 많고 불타는 듯한 머리를 뒤로 넘기는 장면, 비누를 집어드는 장면을 지켜보았고, 결코 쌀쌀맞다고 할 수 없는 목소리로 말하는 소리를 들었다. "자, 이제 장난은 그만." 이때 주니는 킥킥거리고 돌아앉고 첨벙거리고 보조개와 작고 새하얀 이를 드러낸 채 콧등에 주름을 잡아가며 장난을 쳤기 때문이다. "이제 가만히 좀 있어." 거즈바크가 말했다. 물수건으로 아이의 귓속을 닦아주고 얼굴을 문지르고 콧구멍과 입까지 구석구석 닦아줄 때 아이가 비명을 질렀다. 아이를 씻기는 동안 그의 말투는 엄격하면서도 다정했고, 툴툴거리면서도 미소 띤 얼굴이었고, 이따금 웃음을 터뜨리기도 했고 —비누칠을 하고 헹궈내고 장난감 배로 물을 떠 등에 부어줄 때마다 아이는 몸을 비비 꼬며 빽빽거렸다. 아이를 씻겨주는 손길이 다정다감했다. 그의 표정은 가짜일지도 모른다. 그러나 허조그는 진정한 의미의 표정은 없다고 생각했다. 거즈바크의 넙데데한 얼굴은 성적 매력을 물씬 풍겼다. 풀어헤친 셔츠 앞자락 사이로 묵직하고 물렁물렁한 털북숭이 가슴팍이 들여다보였다. 뭉툭한 턱은 돌도끼처럼 우악스럽게 생겼다. 그런 반면에 눈빛은 감상적이고, 머리는 텁수룩하고, 목소리는 유별나게 능글맞고 상스러우면서도 따뜻했다. 모지스가 싫어하는 특징이 다 있었다. 그렇지만 준에게 장난스럽게, 상냥하게 놀을 끼얹는 모습을 보라! 그가 아이에게 엄마의 꽃무늬 샤워캡을 씌워주자 아이의 머리에 고무 꽃잎이 피어났다. 이윽고 주니에게 일어서라고 시키더니 아이가 살짝 몸을 굽히자 조그마한 틈새까지 닦아주었다. 아이의 친아빠는 그 장면을 보고 눈이 휘둥그레졌다. 아픔이 밀어닥쳤지만 그 순간은 금방 지나갔다. 주니가 다시 앉았다. 거즈바크가 맑은 물로 아이를 헹궈주더니 힘겹게 일어나 목욕수건을 펼쳤다. 차분하고 꼼꼼하게 물기를 닦아낸 후 큼직한 스펀지로 파우더를 골고루 발라주었다. 기분이 좋아진 주니가 깡충깡충 뛰었다. "소란 피우지 마." 거즈바크가 말했다. "이제 가서 잠옷 입어라."

아이가 달려나갔다. 허조그는 고개를 숙인 거즈바크의 머리 위에 아직도 희미하게 떠다니는 파우더를 볼 수 있었다. 빨강 머리가 오르락내리락했다. 욕조 바닥을 닦는 중이었다. 그를 죽여버릴 기회였다. 모지스의 왼손이 루블화 다발로 감싼 권총을 만졌다. 거즈바크가 노란색 스펀지에 세제 가루를 꼼꼼히 뿌리는 사이에 쏴버리면 된다. 탄창에는 총탄 두 발이 있고…… 그러나 그 총탄은 탄창을 떠나지 못할 터였다. 허조그는 분명하게 깨달았다. 아주 조심스럽게 블록에서 내려왔고, 아무 소리도 내지 않고 다시 마당으로 나갔다. 딸아이가 부엌에서 매디를 올려다보며 뭔가 달라고 말하는 모습을 보고 나서 살금살금 대문을 빠져나와 골목으로 들어갔다. 권총을 쏘겠다는 결심은 생각만으로 끝나버렸다.

인간의 영혼은 양서류이며 나는 영혼의 양면을 모두 만져보았다. 양서류! 그들은 내가 영원히 알 수 없는 다양한 환경에 서식한다. 그리고 머나먼 어느 별에서는 장차 더욱 기상천외한 생물을 창조할 새로운 물질이 만들어지는 중이겠지. 나는 준이 허조그 가문답게 생겼다는 이유만으로 아이가 저들보다 나와 더 가깝다고 생각한 듯하다. 그러나 내가 아이의 삶에 아무런 역할도 못한다면 어떻게 가깝다고 말할 수 있으랴?

아이 곁에는 사랑을 연기하는 저 괴상한 배우들만 남았다. 그리고 나는 아이가 나와 비슷한 삶을 살지 못한다면, 즉 허조그 가문의 기준에 맞는 '마음씀씀이'를 비롯하여 온갖 가정교육을 골고루 받으며 자라나지 못한다면 올바른 인간으로 성장하는 데는 실패하리라 믿는 모양이다. 정말 터무니없는 생각이지만 마음 한구석으로는 당연한 귀결이라고 여긴다. 사실 따지고 보면 그런 연놈들에게 아이가 무엇을 보고 배울까? 거즈바크는 지나치게 감상적이고 불쾌하고 해로운데다 한 개인이라기보다 파편 같은 놈, 군중 속에서 떨어져나온 쪼가리 같은 놈이다. 그런 놈을 사살하다니!―터무니없는 생각이다. 실제로 살아 숨쉬는 거즈바크가 실제로 아이를 목욕시키는 현장을 지켜보며 비로소 현실을 깨닫는 순간, 어릿광대 같은 그놈이 아이에게 얼마나 상냥한지 절감하는 순간, 작심했던 폭력은 한낱 연극의 한 장면으로, 우스꽝스러운 무엇으로 전락해버렸다. 아직 그렇게까지 완벽한 바보짓을 저지를 만한 상태는 아니었다. '상심'했다는 이유로 파멸을 자초하려면 우선 자기혐오가 필수적이니까. 어떻게 그런 연놈들 때문에 상심할 수 있으랴? 잠시 골목에서 서성거리며 행운을 자축했다. 이제야 숨통이 트이는데 숨쉬기가 이토록 반가운 일이었다니! 여기까지 달려온 보람이 있다.

생각해봐라! 팰컨 천장의 실내등 아래 메모지를 펼쳐놓고 이렇게 썼다. 인구학자들은 지금까지 태어난 인류 중 적어도 과반수가 금세기에, 바로 이 순간에 살아간다고 본다. 그렇다면 인간의 영혼을 연구하기에는 얼마나 좋은 시대인가! 통계적 개연성에 비춰보건대 유전자 풀에서 나오는 온갖 특징이 최고의 인간과 최악의 인간을 복원했으리라. 지금 우리 곁에. 지상 어딘가에는 부처와 노자가 거닐겠지. 티베리우스와 네로도 있을 테고. 온갖 끔찍한 일,

온갖 숭고한 일, 아직 아무도 상상하지 못한 일이 일어나겠지. 그리고 너, 파트타임 선지자여, 명랑하면서도 비극적인 포유류여. 너와 네 아이들, 그리고 아이들의 아이들까지…… 고대에는 인간의 천재성이 주로 '은유'를 창조하는 데 쓰였다. 그러나 오늘날에는 사실을 밝혀내는 데 쓰이는데…… 프랜시스 베이컨.* 도구. 그러다가 형언할 수 없는 만족감을 느끼며 덧붙였다. 지포라 고모는 아버지가 누구에게도 총을 쏘지 못한다고, 그래서 마부나 백정이나 싸움꾼이나 깡패나 범죄자 따위는 도저히 상대할 수 없다고 말했다. '부잣집 도련님'이라나. 사람 머리통을 후려갈길 수 있어? 총질할 수 있어?

모지스는 확신을 가지고 단언할 수 있었다. 아버지가 이 권총의 방아쇠를 당긴 적은 한 번도―평생 단 한 번도―없었으리라. 위협만 하셨겠지. 이 총으로 나를 위협했듯이. 그때 새어머니가 나를 감싸주었다. 나를 '구해주었다.' 타우버 작은엄마! 불 꺼진 용광로! 가엾은 아버지!

그러나 아직 하루를 끝마칠 때가 아니었다. 피비 거즈바크를 만나 이야기를 나눠야 했다. 가장 중요한 용무였다. 그래서 그녀에게 마음의 준비를 하거나 만남을 거절할 기회를 주지 않으려고 연락도 없이 찾아가기로 마음먹었다. 곧바로 우드론 애비뉴로 차를 몰았다―하이드파크 일대에서도 좀 우중충한 지역이지만 그가 잘 아는 시카고의 전형적인 모습이었다. 광활하고 꼴사납고 제멋대로 생겨난 곳, 진흙탕과 부패와 개똥의 냄새를 풍기는 곳, 매연에 찌들어 거무스름한 건물들,

---

* 영국 철학자, 과학자(1561~1626). 귀납적 방법론을 체계적으로 제시하여 고전 경험론의 창시자로 불리며, "아는 것이 힘"이라는 명언으로 유명하다. 이른바 도구주의를 통하여 과학적 지식으로 인간의 삶을 개선하고 자연을 지배할 수 있다는 믿음을 설파했다.

구조 따위는 아랑곳없는 돌덩어리들, 삼층까지 무분별하게 치장해놓은 베란다. 원래는 꽃을 심는 용도였지만 오래된 담배꽁초를 비롯하여 얼룩덜룩한 쓰레기만 가득찬 시멘트 항아리, 타일을 붙인 박공 밑에는 일광욕실, 건물 사이사이에는 퀴퀴한 통로, 잿빛 뒷계단, 여기저기 터지고 갈라져 잔디가 자라는 콘크리트, 무성한 잡초를 소중히 지켜주는 육중한 각목 울타리. 그렇게 널찍널찍하고 쾌적하고 허름한 아파트가 즐비한 곳, 진보적이고 인정 많은 사람들이 사는 (대학가니까) 이곳에서 허조그는 오히려 마음이 편안해졌다. 어쩌면 이 동네처럼 그 역시 중서부 출신답게 어수선한 사람인지도 모른다. (이런 성격은 환경결정론이라기보다 오히려 결정적 요소의 결핍―즉 성격형성에 필수적인 영향력의 부재―에서 비롯되었다고 생각했다.) 어쨌든 모든 것이 전형적인 풍경이었고 빠진 것은 아무것도 없었다. 심지어 싱싱한 여름 가로수 아래 보행로에서 지글거리며 서투르게 굴러가는 롤러스케이트 소리까지 여전했다. 푸르스름하고 투명한 가로등 불빛 아래서 짧은 치마를 입고 머리에는 리본을 단 여자아이 두 명이 스케이트를 탔다.

거즈바크의 대문 앞에서 잠시 소심해져 머뭇거렸지만 이내 이겨내고 현관문으로 걸어가 초인종을 눌렀다. 피비가 빠른 걸음으로 다가왔다. "누구세요?" 그러다가 현관문 유리창 너머로 허조그를 발견하고 침묵했다. 혹시 겁에 질렸을까?

"오랜 친구예요." 허조그가 말했다. 삼시 시간이 흘러갔다. 그녀는 입을 굳게 다문 채 망설였지만 앞머리 밑으로 보이는 눈은 휘둥그레졌다. "들어오라는 말도 안 해요?" 모지스가 말했다. 차마 거절할 생각조차 할 수 없는 말투였다. "시간을 많이 빼앗지는 않을게요." 집안으로 들어서며 그가 말했다. "하지만 몇 가지 의논할 일이 있어요."

"부엌으로 오세요."

"그럴까요……" 그녀는 거실에서 대화를 나누다가 지금 침실에 있는 아들 에프라임이 불쑥 들어오거나 엿들을까봐 우려했다. 부엌에 들어가자 그녀가 문을 닫으며 허조그에게 앉으라고 말했다. 그녀가 눈으로 가리킨 의자는 냉장고 옆에 있었다. 그 자리에 앉으면 부엌 창밖에서는 전혀 볼 수 없을 터였다. 그는 희미한 미소를 지으며 의자에 앉았다. 그녀의 갸름한 얼굴은 지극히 침착했고, 그래서 그는 지금 그녀의 심장이 몹시 두근거린다는 사실을 알아차렸다. 어쩌면 자신의 심장보다 더욱더 격렬하게 뛰는지도 모른다. 피비는 반듯한 여자니까, 자제력이 대단히 강하고 깔끔한 여자니까—한마디로 수간호사 같은 여자니까—사무적인 표정을 유지하려고 노력했다. 허조그가 폴란드에서 사다준 호박구슬 목걸이를 걸었다. 그는 권총 손잡이가 드러나지 않도록 재킷 단추를 채웠다. 피비가 권총을 보면 보나마나 죽도록 겁에 질릴 테니까.

"그래, 어떻게 지냈어요, 피비?"

"우리는 잘 지내요."

"편안하게 정착했어요? 시카고는 마음에 들고? 꼬맹이 에프라임은 아직 부속학교에 다녀요?"

"그렇죠."

"유대교 회당은 어때요? 최근에 밸이 랍비 이츠코비츠를 만나 찍은 프로그램이 있던데—제목이 뭐였더라? 〈하시디즘 유대교, 마르틴 부버, 『나와 너』〉. 여전히 부버라면 환장하네요! 랍비들하고도 친하고.

어느 랍비랑 합의하에 서로 마누라를 바꿔 자보고 싶어 그러는지. '나와 너'로 시작해서 '나랑 너랑'을 거쳐—'너랑 나랑, 아이까지!' 하지만 당신이라면 그쯤에서 거부하겠죠. 뭐든지 허락하지는 않을 테니까."

피비는 대답하지 않고 여전히 서 있었다.

"당신이 앉지 않으면 내가 더 빨리 나갈 거라고 생각하는군요. 자, 피비, 이리 앉아요. 무슨 소동을 피우려고 온 게 아니니까. 내가 여기 온 목적은 하나뿐인데, 물론 오랜 친구를 보고 싶기도 했지만……"

"사실 우리가 오랜 친구라고 할 만한 사이는 아니죠."

"햇수로 따지면 그렇겠죠. 하지만 루디빌에 있을 때는 아주 친했잖아요. 그건 사실이죠. 지속기간도 감안해야죠—베르그송*이 말하는 지속. 우리는 오랜 기간 알고 지냈어요. 어떤 이들은 무슨 판결이라도 받은 듯이 관계를 맺기도 하죠. 모든 관계는 기쁨 아니면 판결일지도 몰라요."

"그런 식으로 생각한다면 당신이 받은 판결은 자업자득이네요. 당신과 매들린이 루디빌에 들이닥쳐 나한테까지 친분을 강요하기 전에는 다들 평온하게 살았으니까." 야윈 얼굴이 후끈 달아오른 채, 눈 한 번 깜빡거리지 않으면서, 피비는 허조그가 끌어다놓은 의자 끄트머리에 걸터앉았다.

"좋아요. 당신 생각을 말해봐요, 피비. 그걸 듣고 싶으니까. 편하게 앉아요. 무서워하지 말고. 말썽 일으킬 생각은 없어요. 둘 다 같은 문

---

* 프랑스 철학자이자 1927년 노벨문학상을 수상한 앙리 베르그송(1859~1941).

제를 해결해야 하잖아요."

피비는 그 말을 부인했다. 완강한 표정으로 고개를 절레절레 흔드는데 지나칠 정도로 세찬 움직임이었다. "나는 평범한 여자예요. 밸런타인은 뉴욕주 북부 출신이고."

"시골뜨기에 불과했죠. 그랬다니까요. 대도시의 화려한 부패상에 대해서는 아무것도 모르는. 오죽하면 전화 다이얼 돌리는 방법조차 몰랐을까. 어쩔 수 없이 내가 한 걸음씩 이끌어주며 타락시켰죠―이 모지스 E. 허조그가."

뻣뻣하게 굳어진 채 머뭇거리던 피비가 여느 때처럼 갑작스럽게 몸을 돌렸다. 그러더니 무슨 결심이라도 했는지 다시 갑작스럽게 몸을 돌려 모지스를 마주보았다. 피비는 예쁘지만 좀 뻣뻣하고, 아니, 몹시 뻣뻣하고 앙상하고 자신감이 부족한 여자다. "당신은 그이에 대해 아무것도 몰라요. 그이는 당신한테 반해버렸어요. 숭배하다시피 했죠. 당신을 도와주고 싶어 지식인이 되려고 노력했는데―당신이 어엿한 교수직을 포기해버린 일이 얼마나 어리석었는지, 매들린과 함께 시골 구석에 틀어박힌 일이 얼마나 무모했는지 잘 알았으니까. 그이는 매들린이 당신을 망친다고 생각해서 바로잡아주려고 노력했어요. 그런 시골에서도 당신 말벗이 되어주려고 온갖 책을 읽었다고요, 모지스. 당신에게는 도움이 필요하고 칭찬과 아부와 지지와 애정이 필요했으니까. 하지만 아무리 노력해도 부족했죠. 결국 그이도 지쳐버렸어요. 당신을 도와주려다가 죽을 뻔했단 말예요."

"그랬나요……? 또 뭐가 있죠? 계속하세요." 허조그가 말했다.

"아직도 만족을 못하는군요. 지금 그이한테 바라는 게 뭐예요? 도대체 왜 왔어요? 자극을 더 많이 받고 싶어서? 아직도 자극이라면 사족을 못 써요?"

허조그는 이제 웃음기를 지워버렸다. "당신 얘기도 더러는 옳아요, 피비. 루디빌에서는 확실히 내가 실수연발이었죠. 하지만 배링턴에 살 때만 해도 완벽하게 정상적인 생활이었다니 좀 당황스럽네요. 그러니까 매디와 내가 온갖 책을 싸들고 나타나서 화려한 모습만 보여주고, 고차원적 정신생활을 과시하고, 거창한 사상을 들먹이고, 역사상의 여러 시대에 대해 이러쿵저러쿵 떠벌린 탓이라는 뜻이잖아요. 그렇지만 당신이 우리를 두려워한 이유는 우리가—특히 매디가—밸에게 자신감을 심어줬기 때문이죠. 밸이 별 볼 일 없는 절름발이 라디오 아나운서에 불과했다면 자기 딴에는 거물이랍시고 뻐겨댈지언정 당신이 원하는 곳에 남아 있었을 테니까. 허풍쟁이인데다 괴짜지만, 어떤 면에서는 이상한 놈이지만, 그래도 당신 남편이니까. 그런데 밸이 점점 대담해졌죠. 과시욕이 점점 심해졌어요. 그래요, 나는 바보예요. 당신이 나를 싫어하는 것도 당연해요—무슨 일이 벌어지는지 알려고도 하지 않아서 결국 당신에게 또다른 부담을 줬다는 이유 하나만으로도. 하지만 어째서 아무 말도 하지 않았죠? 뭐가 어떻게 돌아가는지 다 알았잖아요. 몇 년 동안이나 계속된 일인데 당신은 아무 말도 해주지 않았어요. 당신도 똑같은 일을 겪었다는 사실을 내가 알아차렸다면 그렇게 모르는 체하지는 않았을 텐데."

피비는 그 말에 답변하길 망설였고 안색은 더욱더 창백해졌다. 그러다가 마침내 말했다. "당신은 남들이 사는 방식을 이해해보려고 노력하지도 않는 사람인데, 그게 내 잘못은 아니잖아요. 온갖 생각에만 정신이 팔린 탓이죠. 어쩌면 나처럼 약한 사람에게는 선택의 여지조차 없었는지도 몰라요. 당신한테 아무것도 해줄 수 없었어요. 특히 작년에는. 그때는 정신과에 다녔는데 의사가 일절 관여하지 말라고 했거든요. 당신을 멀리하라고, 무엇보다 당신이나 당신 고민거리를 멀리하라고. 의사는 내가 충분히 강한 사람이 아니라고 했는데, 당신도 알다시피 사실이잖아요—나는 강한 여자가 아니에요."

허조그는 그녀의 말을 곰곰이 곱씹었다—피비가 약한 여자라는 것은 틀림없는 사실이었다. 요점을 꺼내기로 결심했다. "밸런타인과 이혼해버리지 그래요?"

"이혼할 이유가 없잖아요." 그녀의 목소리가 즉각 힘을 되찾았다.

"당신을 버렸잖아요?"

"밸이? 왜 그런 말을 하는지 모르겠네요! 나는 버림받지 않았어요."

"지금 어디 있죠—오늘밤에? 지금 이 순간에."

"시내에 있어요. 일 때문에."

"아, 제발, 그런 헛소리는 집어치워요, 피비. 밸은 매들린이랑 한집에 살잖아요. 부정할 수 있어요?"

"물론이죠. 도대체 왜 그렇게 터무니없는 생각을 하는지 모르겠네요."

모지스는 앉은 자리에서 한쪽 팔로 냉장고를 짚으며 몸을 돌려 손수건을 꺼냈다—뉴욕 아파트에서 가져온 키친타월 쪼가리다. 얼굴을 닦았다.

"당신이 이혼소송을 제기한다면, 그럴 권리는 충분하니까, 매들린을 간통죄로 고발할 수 있어요. 비용문제는 내가 좀 도와줄게요. 전체

비용에 대해 지급보증을 해줄게요. 주니를 되찾고 싶어요. 모르겠어요? 우리가 힘을 합치면 연놈들을 꼼짝 못하게 만들 수 있다고요. 지금까지 매들린에게 이리저리 휘둘리며 살았잖아요. 무슨 염소처럼."

"당신 마음속의 마귀가 또 헛소리를 하는군요, 모지스."

염소라는 말은 실수였다. 피비가 더 완고해졌을 뿐이니까. 하지만 피비는 어차피 자기 입장을 고수할 터였다. 모지스의 계획에 동참해줄 리가 만무했다.

"내가 준의 양육권을 되찾는 게 싫어요?"

"관심도 없어요."

"당신도 매들린을 상대로 전쟁을 벌이는 중이겠죠." 허조그는 말했다. "한 남자를 둘러싼 전쟁. 여자들끼리의 싸움—여자들만의 남자 쟁탈전. 하지만 결국 당신이 져요. 그 여자는 사이코패스니까. 당신에게도 뚝심이 있다는 건 알아요. 그렇지만 그 여자는 미친년이고, 언제나 미친년이 이기기 마련이죠. 더구나 밸런타인 자신도 당신 차지가 되길 바라지 않아요."

"도무지 무슨 소린지 모르겠네요."

"당신이 물러나자마자 밸런타인은 매들린에게 아무 가치도 없는 놈이 돼버려요. 승리를 거두고 나면 내팽개치겠죠."

"밸런타인은 밤마다 들어와요. 늦게 오는 일은 절대로 없어요. 오늘도 금방 들어올 텐데…… 내가 어디 나가서 조금만 늦게 와도 걱정하느라 안절부절못하거든요. 시내 곳곳에 전화질을 하면서."

"오히려 희망 때문일 수도 있죠." 모지스가 말했다. "관심을 빙자한 희망. 상황이 어떻게 돌아가는지 모르겠어요? 당신이 사고로 죽기라도 한다면 거즈바크는 한바탕 울고 나서 짐을 꾸려 매들린이랑 살림을 합쳐버릴걸요."

"당신의 마귀가 또 헛소리를 하네요. 우리 애가 누구처럼 친아빠를 잃어버릴 일은 없어요. 아직도 매들린한테 미련이 남았군요!"

"내가? 천만에요! 히스테리를 참아주는 데도 한계가 있죠. 그 여자를 치워버렸더니 속이 다 후련해요. 이젠 그 여자를 죽도록 미워하지도 않아요. 그리고 나한테서 야금야금 빼앗아간 돈도 다 가지라고 해요. 보나마나 그동안 내 돈을 빼돌려 은행에 차곡차곡 모아놨겠죠. 좋아요! 오히려 덕담을 해줄 테니 다 가지라고 해요. 잘 살아라, 쌍년아! 행운을 빌어줄 테니 부디 잘 가라. 그 여자가 분주하고 쓸모 있고 안락하고 인상적인 삶을 살았으면 좋겠어요. 사랑도 포함해서. 누구보다 뛰어난 사람도 속절없이 사랑에 빠져들기 마련이고, 그 여자도 누구보다 뛰어난 사람이고, 그래서 그놈을 사랑하겠죠. 둘 다 서로를 사랑하겠죠. 하지만 주니를 키울 만큼 좋은 여자는 아니고……"

허조그가 멧돼지라면 피비의 앞머리는 그녀를 지켜주는 산울타리였다—피비의 갈색 눈에도 경계심이 가득했다. 그래도 모지스는 그녀를 안쓰러워했다. 그들이 그녀를 몰아세웠다—거즈바크도, 그리고 거즈바크를 통해 매들린도. 그러나 피비는 이 싸움에서 기필코 승리할 작정이었다. 그토록 소박한, 최소한에 불과한 목표를 세웠는데도—식탁, 시장, 빨래, 아이—패배하다니 상상조차 못할 일이겠지. 인생이 그렇게까지 부당하지는 않을 테니까. 안 그런가? 또하나의 가설: 성생활에 냉담하다는 사실이 그녀의 무기였다. 그녀는 초자아의 권위를 행사했다. 그리고 또하나: 그녀는 현대적 타락상의 창의적인 심각성을, 즉

인습에 구애받지 않고 쾌락에 탐닉하는 자들의 다채로운 악행을 모두 인정했고, 따라서 진창에 빠진 채 노이로제에 시달리는 불쌍하고 불행한 중산층 여자의 삶을 받아들였다. 그녀에게 거즈바크는 평범한 남자가 아니었고, 풍요로운 성격 때문에, 정신적이면서도 색정적인 성욕 때문에, 혹은 뭔지 모를 썩어빠진 형이상학 때문에 둘 이상의 아내가 필요한 남자였다. 어쩌면 두 여자는 각자 전혀 다른 필요성 때문에 주황색 털로 덮인 이 살덩어리를 서로에게 빌려주는지도 모른다. 한쪽은 이인삼각의 성교를 위해. 한쪽은 가정의 평화를 위해.

"피비," 모지스가 말했다. "당신이 약하다고 인정하더라도—도대체 얼마나 약하죠? 죄송하지만…… 이런 상황은 좀 우습군요. 알면서도 모조리 부정하면서 완벽한 겉모습을 유지하네요. 조금이라도 인정할 수 없나요?"

"내가 인정하면 당신한테 도움이 되나요?" 그녀가 모질게 따졌다. "그리고 당신은 나한테 뭘 해줄 수 있죠?"

"나요? 나는 도와주려고……" 그렇게 말문을 열다가 생각을 바꿨다. 그렇다, 그녀에게 해줄 수 있는 일은 별로 없다. 그녀에게 허조그는 정말 쓸모없는 사람이다. 거즈바크 곁에 머물면 변함없이 아내로서 살아갈 수 있다. 그는 집에 돌아온다. 그녀는 요리하고 다리미질하고 장을 보고 수표책에 서명한다. 거즈바크가 없으면 그녀는 존재할 수도 없고 요리할 수도 없고 이부자리를 정돈할 수도 없다. 최면 상태가 풀려버린다. 그렇게 되면 어쩌라고?

"도대체 왜 나를 찾아왔어요, 딸의 양육권을 원한다면서? 뭐든 당신이 알아서 하든지, 아니면 잊어버려요. 이제 나 좀 내버려둬요, 모지스."

이 또한 흠잡을 데 없이 정당한 요구였다. 모지스는 말없이 피비를 골똘히 응시했다. 타고난 정신적 습관이기에 일찍부터 시작되었고 요즘은 이렇게 거리낌없이 발동하기 일쑤였는데, 그의 시선은 피비의 얼굴 곳곳에 조그맣게 찍힌 핏기 없는 자국에서 의미를 발견했다. 마치 죽음이 그녀를 한입 물어보고 아직 설익었음을 깨달은 듯했다.

"만나줘서 고마워요, 피비. 이제 가볼게요." 자리에서 일어났다. 허조그의 얼굴이 평소에 비해 따뜻하고 친절했는데, 그에게서 자주 보기 어려운 표정이었다. 어색하게 피비의 손을 잡았고, 그녀는 그의 입술을 피할 만큼 동작이 빠르지 않았다. 피비를 가까이 잡아당기며 정수리에 입맞춤을 했다. "당신 말이 맞아요. 내가 괜히 찾아왔네요." 피비가 잡힌 손을 뺐다.

"잘 가요, 모지스." 피비는 모지스를 마주보지도 않으며 말했다. 그는 그녀가 나눠줄 수 있는 것 말고는 아무것도 얻어내지 못할 터였다. "......당신은 비열한 짓을 당했어요. 그건 사실이에요. 하지만 다 끝났잖아요. 떠나요. 이제 이런 상황에서 벗어나요."

문이 닫혔다.

보잘것없는 예의―우리 같은 가난뱅이가 서로에게 나눠줄 수 있는 것은 이 정도가 고작이다. 그러므로 '개인적' 생활은 굴욕적일 수밖에 없고 남다른 삶은 경멸의 대상이 되기 마련이다. 누군가 의도적으로 하는 행동보다는 우리에게 옷을 입히거나 신발을 신기거나 고기를 먹이는 등 무심하게 진행되는 역사적 과정이 오히려 훨씬 더 많은 도움을 준다. 허조그는 렌터카 팰컨에 올라탄 후 썼다. 그리고 이렇게 유용한 일용품도 익명의 인물이 계획하고 노동하여 우리에게 주는 선물이므로, 의도적 선행을 통해서는 (선행을 베푸는 자가 아마추어일 때) 무엇을 성취할 수 있는지가 문제다. 특히 우리처럼 정서적이고 열정적이고 표현력이 풍부하며 사회적 관계를 맺는 동물은 건강을 위해서라도 자비심과 사랑을 연습해야 한다. 복잡한 감정과 관념을 소유한 우리는 매우 독특한 존재이며, 조직화와 자동화를 통하여 바야흐로 인간적 의존성에서 벗어나 자유로워지길 희망할 만한 수준에 접근했다. 사람들은 벌써 미래의 상황을 연습한다. 나 같은 감정유형은 이미 구태의연하다. 농경시대나 유목시대라면 또 모를까……

허조그는 이런 일반론에 무슨 의미가 있는지 대답할 수 없었다. 다만 몹시 흥분했으므로―이미 물살을 탔으므로―걸핏하면 생각에 잠기는 버릇을 이용하여 평정을 되찾으려는 의도였다. 그의 영혼도 피가 끓었고, 지금으로서는 오히려 자유롭거나 미쳐버린 듯했다. 그러다가 문득 이렇게 정교하고 추상적인 정신노동을―마치 생존을 위한 투쟁이라는 듯 언제나 전력을 다했던 이 노동을―굳이 계속할 필요는 없다는 사실을 깨달았다. 생각을 멈춰도 안 죽는다. 내가 정말 생각을 멈추면 죽는다고 믿었나? 지금 그따위 걱정을 하다니―정말 어처구니없다.

루커스 애스팰터의 집에서 하룻밤 묵으려고 보행로에 설치된 공중전화 부스에서 전화를 걸었다. "방해가 되진 않겠지? 혹시 옆에 누가 있어? 없다고? 특별히 부탁할 게 있어. 내 딸을 만나고 싶은데 매들린한테 연락할 방법이 없어. 내 목소리를 듣자마자 끊어버리니까. 네가 나 대신 연락해서 내일 준을 만날 수 있게 약속 좀 잡아줄래?"

"그야 물론이지." 애스팰터가 말했다. "당장 연락해보고 네가 도착하면 결과를 말해줄게. 느닷없이 와버렸냐, 충동적으로? 계획도 없이?"

"고마워, 루크. 지금 연락해봐."

공중전화 부스를 나서며 오늘밤은 정말 푹 쉬며 조금이라도 자둬야겠다고 생각했다. 그러면서도 눕거나 눈을 붙이기가 좀 망설여졌다. 지금처럼 단순하고 자유롭고 강렬한 깨달음의 상태를 내일까지 유지한다는 보장이 없으니까. 그래서 천천히 차를 몰다가 월그린에 들러 루크에게 줄 커티삭* 한 병과 준에게 줄 장난감을 샀다―소파 등받이 너머나 길모퉁이 너머를 볼 수 있는 장난감 잠망경, 그리고 입으로 부는 비치볼이었다. 심지어 시간을 내서 블랙스톤 애비뉴와 53번 스트리트 사이에 있는 노란색 웨스턴유니언 건물에 들어가 라모나에게 전보까지 쳤다. 전보문은, 시카고 업무 이틀. 많이 사랑해. 라모나를 믿어라, 그녀라면 내가 없는 사이에도 즐겁게 지낼 테니까, 나처럼 '버림받았다'는 이유로 낙담하지는 않을 테니까―그렇게 유치하기 짝이 없는 문제점이, 죽음을 대하는 어린애 같은 두려움이 내 인생을 비틀고 구부려 이렇게 기기묘묘한 형태로 변형시켰다. 실수투성이 애어른에게는, 무지라는 강보에 싸여 순진하기만 한 사람에게는 누구나 너그러워진다는 사실, 그래서 필요하다면 거짓말도 기꺼이 받아준다는 사실을 깨달은 다음부터 온갖 선량한 감정으로 나 자신을 포장했다―진실, 우정, 아이들을 위한 헌신(미국인들의 전형적인 자식 숭배), 그리고 감성적 사랑. 거기까지는 이미 아는 사실이다. 그러나 그것이―그것조

---

* 스카치위스키 상품명.

차도—전부는 아니다. 진정한 자의식의 출발점에 겨우 한 걸음 다가갔을 뿐이다. 여기서 필수적인 전제는 한 인간은 아무래도 그의 여러 특성을, 즉 감정이나 노력이나 취향 따위를 망라하여 스스로 '내 인생'이라고 부르는 총체적 구조를 넘어서는 존재라는 점이다. 우리에게는 '인생'이 무수한 분자들의 집합체나 주어진 현실 이상의 무엇이길 기대할 만한 근거가 있다. 우리가 이해할 수 있는 것들을 하나하나 되새겨보면 결국 이해할 수 없는 것들만이 빛을 던져준다는 결론에 이르게 된다. 지금의 그에게 이는 결코 막연한 '일반론'이 아니었다. 눈부시게 밝은 전신국 안에서 눈에 보이는 그 무엇보다 훨씬 더 확실한 사실이었다. 모든 것이 대단히 명료해 보였다. 무엇 때문에 명료해졌을까? 지금 걸어가는 이 길의 맨 끝에 있는 무엇. 그것은 '죽음'일까? 그러나 그의 마음은 죽음조차도 이해할 수 없는 것으로 여기지 않았다. 그래, 전혀 아니지.

생각을 중단하고 벽시계 문자반 위에서 째깍째깍 움직이는 가느다란 초침을 응시했다. 다른 시대에 만들어진 노란색 벽시계—대기업이 막대한 수익을 내는 것도 무리가 아니다. 비싼 요금, 낡은 시설, 게다가 우체국이 전보 사업을 접은 뒤에는 경쟁자도 없으니까. 저 사람들은 저 노란색 책상에서 아버지보다 훨씬 더 많은 돈을 벌어들이겠지. 아버지는 체리 스트리트에서 똑같이 생긴 책상을 놓고 일했다. 갈봇집 건너편이었다. 여자 포주가 뇌물을 바치지 않으면 경찰이 떼로 몰려와 창녀들의 침대를 이층 창밖으로 내던졌다. 여자들이 호송차로 끌려가며 흑인들만의 욕지거리를 고래고래 내질렀다. 사업가였던 아버지는 그런 책상 사이에 서서 미국인들을 바라보며, 즉 타락과 만행을 일삼는 경찰과 뚱뚱하고 야만스러운 여자들을 바라보며 생각에 잠겼고—창고세일마다 찾아다니며 널리 쓰이는 중고품을 사들였다. 내가 물려받은 유산은 그때부터 만들어졌다.

애스팰터의 집 앞에서 주니에게 줄 선물을 트렁크에 넣고 팰컨의 차 문을 잠가놓았다. 딸이 잠망경을 좋아하리라 확신했다. 하퍼 애비뉴에 있는 집안에서도 이것저것 구경할 수 있을 테니까. 아이가 인생을 찾게 해줘야지. 어쩌면 평범할수록 바람직한 인생일지도 모른다.

애스팰터가 계단까지 마중을 나왔다.

"네가 오길 기다렸어."

"뭐가 잘못됐어?"

"아냐, 아냐, 걱정하지 마. 내일 열두시에 내가 준을 데리러 가기로 했어. 어린이집에 다닌대, 오전에만."

"잘됐네." 허조그가 말했다. "어려운 일은 없었고?"

"매들린 때문에? 전혀. 너를 만나긴 싫대. 서로 마주치지만 않는다면 네 딸을 마음껏 만나도 된다고 했어."

"내가 법원 명령서를 들고 나타날까봐 그러겠지. 법률상으로는 좀 모호한 입장이니까, 그 새끼가 그 집에 살아서. 그건 그렇고, 어디 얼굴 좀 보자." 그들은 조명이 더 환한 아파트 안으로 들어갔다. "수염을 길렀네, 루크."

애스팰터는 소심하고 쑥스러운 표정으로 턱을 쓰다듬으며 고개를 돌렸다. "작심하고 길러보려고."

"재수없게 별안간 대머리가 돼버려서 보상심리가 발동했어?"

"우울증을 극복하려고." 애스팰터가 말했다. "이미지를 바꿔보면 도움이 될지도 모르니까…… 집이 엉망이라서 미안해."

애스팰터는 옛날부터 이렇게 대학원생처럼 지저분하게 살았다. 허조그는 주위를 둘러보았다. "나한테 또 뜻하지 않게 큰돈이 생기면 책꽂이를 사줄게, 루크. 이 낡아빠진 궤짝들은 이제 버릴 때도 됐잖아. 과학책은 다 무거운데. 아니, 이것 봐라, 나 쉬라고 소파침대에 깨끗한 시트를 깔아놨네. 이렇게까지 해주다니 정말 고맙다, 루크."

"너는 오랜 친구잖아."

"고마워." 허조그가 말했다. 놀랍게도 허조그는 말을 잇지 못했다. 느닷없이 감정이 복받쳐 목이 메었다. 눈물이 솟구쳤다. 이것은 감성적 사랑일 뿐이라고 생각했다. 평상시의 자신으로 돌아가자고 다짐하며—호들갑 떨지 마라—자제력을 되찾았다. 마음가짐을 바로잡으니 기분까지 상쾌해졌다. "루크, 내 편지 받았는지 모르겠네."

"편지? 나한테 편지 보냈어? 나도 너한테 한 통 보냈는데."

"못 받았어. 뭐라고 썼는데?"

"일 때문이지. 일라이어스 튜버먼 기억해?"

"체육교사랑 결혼한 사회학자?"

"농담할 일이 아니야. 지금은 스톤 백과사전 편집장인데 개정판 예산이 자그마치 100만 달러라고. 나는 생물학 분야를 맡았어. 역사학 분야를 맡기려고 너를 찾더라."

"나?"

"네가 썼던 『낭만주의와 기독교』를 다시 읽어봤대. 그 책이 출간됐던 50년대에는 별로 높이 평가하지 않았는데 그때는 자기가 눈뜬장님이었다나. 기념비적인 책이라더라."

허조그는 심각한 표정을 지었다. 이런저런 평계를 대려다가 다 포기해버렸다. "내가 아직도 학자인지 잘 모르겠어. 데이지와 이혼할 때 학문까지 그만뒀나봐."

"그러자 매들린이 곧바로 낚아챘지."

"그래. 둘이서 나를 나눠가졌어. 밸런타인은 내 고상한 언행을 가져가고, 매들린은 교수가 되려 하고. 곧 구술시험이지?"

"얼마 안 남았어."

애스팰터의 원숭이가 죽었던 일을 떠올리며 허조그가 물었다. "그때는 도대체 왜 그랬어, 루크? 원숭이한테서 폐결핵이 옮진 않았지?"

"그래, 그래. 정기적으로 투베르쿨린 검사를 받았어. 멀쩡해."

"로코한테 인공호흡까지 해주다니 제정신이 아니었어. 괴짜 노릇도 너무 심했다고."

"그런 일까지 보도됐어?"

"당연하지. 안 그랬으면 내가 어떻게 알았겠어? 어쩌다 신문에까지 실리게 됐지?"

"생리학과에 다니는 어떤 새끼가 〈아메리칸〉에서 푼돈 받으려고 염탐질을 한다더라."

"원숭이가 결핵에 걸린 줄 몰랐어?"

"병든 줄은 알았지만 그건 전혀 몰랐지. 그 녀석이 죽었을 때 내가 그렇게 큰 충격을 받을 줄은 상상도 못했고." 애스팰터의 심각한 표정은 허조그가 미처 예상하지 못한 일이었다. 새로 기른 수염은 얼룩덜룩했지만 두 눈은 이미 빠져버린 머리카락보다도 어두운 빛깔이었다. "그때는 정말 자제력을 잃어버렸어. 로코랑 놀아주는 일이 재미있다고만 생각했거든. 나한테 얼마나 소중한 녀석인지는 깨닫지 못했다고. 누가 죽었어도 그렇게까지 큰 충격을 받지는 않았겠지. 심지어 우리 형이 죽었다면 그때의 절반쯤이라도 충격을 받았을까 자문해보게 되더라. 아마 아닐걸. 누구나 어떤 면에서는 미치광이라는 생각이 들었어. 그렇지만……"

"내가 좀 웃어도 신경쓰지 마." 허조그가 사과했다. "도저히 안 웃을 수가 없어서 그래."

"누가 봐도 웃을 수밖에 없겠지?"

"인간은 원숭이를 사랑하는 것보다 더 형편없는 짓도 많이 해." 허조그가 말했다. "마음속에는 자기만의 이유가 있다.* 너도 거즈바크를 만나봤잖아. 내겐 소중한 친구였으니까. 그런데 매들린이 그놈을 사랑한다나. 그런 판국에 네가 부끄러워할 이유가 있을까? 그때 일은 고통스러운 감상적 코미디였을 뿐인데. 콜리어**가 침팬지와 결혼한 남자에 대한 소설을 썼는데 혹시 읽어봤어? 『원숭이 아내』. 흥미진진한 얘기였어."

"끔찍하게 우울했지." 애스펠터가 말했다. "이젠 한결 좋아졌어. 하지만 두 달쯤은 아무 일도 못했는데, 처자식이 없으니 걸핏하면 울어대는 꼴을 감출 필요도 없다는 게 차라리 고맙더라."

"그게 다 원숭이 한 마리 때문이었어?"

"실험실에도 안 나갔어. 내 손으로 진정제도 써봤지만 그것도 한두 번이지. 결국 어쩔 수 없이 병원에 갔어."

---

* 블레즈 파스칼의 유고집 『팡세』에서 부분 인용. 원문은 "마음속에는 이성이 알지 못하는 자기만의 이유가 있다".
** 영국 태생의 소설가 존 콜리어(1901~1980).

"에드비그 박사한테 갔어?" 허조그가 웃으며 물었다.

"에드비그? 아냐, 아냐. 다른 정신과의사를 찾아갔지. 그 사람 덕분에 안정됐어. 하지만 매주 두 시간뿐이었지. 나머지 시간에는 온몸이 떨리더라고. 그래서 도서관에 가서 책을 몇 권 빌렸는데…… 티나 조콜라라는 헝가리 여자가 그런 위기에 대처하는 법에 대한 책을 썼는데 혹시 읽어봤어?"

"아니. 그 여자가 뭐래?"

"어떤 연습을 권하더라."

모지스도 흥미를 느꼈다. "무슨 연습?"

"제일 중요한 건 자신의 죽음을 직시하는 연습이야."

"어떻게 하는 건데?"

애스펠터는 평범하고 일상적인 말투로 설명하려고 노력했다. 말하기가 몹시 어려운 이야기인 듯했다. 그런데도 말하고 싶은 충동을 이겨내지 못했다.

"우선 자기가 이미 죽었다고 상상해보는 거야." 애스펠터가 말문을 열었다.

"최악의 상황이 이미 일어났다…… 그리고?" 허조그는 더 잘 들으려는 듯이, 더욱 집중해서 듣겠다는 듯이 고개를 돌렸다. 두 손은 무릎에 포개고, 두 어깨는 피로에 지쳐 늘어뜨리고, 두 발은 안쪽으로 모았다. 나무궤짝 하나에 클램프 전등을 달았는데 책이 너무 많아 퀴퀴한 이 방, 그리고 여름을 맞은 길거리에서 살랑거리는 나뭇잎이 허조그에게 약간의 평화를 가져다주었다. 겉모습은 괴상해도 진실한 것들. 그런 생각을 했다. 이해할 수 있었다. 애스펠터가 안쓰러웠다.

"최후의 일격이 떨어졌지. 고통도 지나갔고." 애스팰터가 말했다. "이미 죽었으니까 죽은 듯이 누워야 해. 관 속에 들어가면 기분이 어떨까? 푹신한 비단의 감촉." 애스팰터가 말했다.

"그래? 그렇게 상상해본단 말이지. 꽤나 어려운 일이겠네. 그래……" 모지스는 한숨을 쉬었다.

"연습이 필요해. 느끼지 않으면서 느껴야 하고, 살아 있으면서도 살아 있지 말아야 하니까. 그 자리에 존재하는 동시에 존재하지 말아야 해. 그러면 내 인생에서 만났던 사람들이 한 명씩 나타나 내 얼굴을 들여다봐. 아버지. 어머니. 사랑했던 사람들이나 미워했던 사람들."

"그러고 나면?" 완전히 이야기에 몰입해버린 허조그는 아까보다 더 많이 고개를 돌린 채 루크를 바라보았다.

"그러고 나면 이렇게 자문하지. '지금 저 사람들에게 무슨 말을 해야 할까? 저 사람들에게 어떤 감정을 느끼는가?' 이제 와서 할말이 있다면 그게 자신의 진심이겠지. 물론 이미 죽었으니까 말은 못하고 속으로 생각만 해. 환상이 아니라 현실을. 거짓이 아니라 진실을. 그게 끝이야."

"죽음을 직시하라. 하이데거의 생각이지. 그렇게 해서 뭘 얻으려고?"

"관 속에서 허공을 올려다보면 처음에는 내 죽음에, 그리고 살아 있는 사람들과의 관계에 온전히 집중할 수 있고, 그러고 나면 비로소 다른 일도 차례차례 떠오르는데—매번 그래."

"슬슬 지쳐간다는 뜻이야?"

"아냐, 아냐. 그때마다 똑같은 일이 생각난다고." 루커스가 불안하고 고통스럽게 웃었다. "우리 아버지가 웨스트 매디슨 스트리트에서 싸구려 여관을 운영할 때도 우리가 아는 사이였나?"

"그래, 학교에 가면 너를 만났으니까."

"대공황이 닥쳤을 때 우리 가족도 그 낡아빠진 여관으로 이사할 수밖에 없었지. 아버지가 꼭대기 층을 아파트로 개조했거든. 몇 집 건너에 헤이마켓극장이 있었는데 생각나니?"

"스트립쇼하던 극장? 그야 물론이지, 루크. 몇 번이나 학교 땡땡이 치고 엉덩이 흔드는 춤을 보러 갔는데."

"그래, 맨 처음에 떠오르는 장면은 우리 여관에 불이 났던 날이야. 우리는 꼭대기 층에 갇혀 오도 가도 못했어. 형이랑 나는 동생들을 담요로 둘둘 말아놓은 채 창가에 서 있었고. 이윽고 소방대가 사다리차를 가져와서 우리를 구해줬어. 나는 어린 여동생을 안고 있었지. 소방대원이 한 명씩 내려줬어. 마지막 차례는 레이 고모였어. 그런데 우리 고모는 몸무게가 200파운드 가까운 거구였거든. 소방대원이 고모를 내려주는데 드레스 자락이 펄렁펄렁 나부끼더라. 소방대원은 무겁기도 하고 긴장하기도 해서 얼굴이 시뻘겠고, 아일랜드인의 큼직한 얼굴. 내가 밑에서 지켜보는데 고모 궁둥이가 천천히 다가오고—어마어마한 궁둥이, 그리고 새파랗게 질려 어쩔 줄 모르는 거대한 볼때기."

"죽은 체까지 해가면서 본다는 장면이 겨우 그거란 말이지? 죽다 살아난 고모의 뚱뚱한 궁둥이라."

"웃지 마라." 애스펠터는 험상궂은 표정을 지으면서도 웃음을 터뜨렸다. "내가 보는 장면 중 하나가 그거야. 또하나는 스트립쇼하는 여자들인데 그때는 바로 옆집에 살았거든. 자기들 차례가 끝나면 할일이 아무것도 없었지. 영화를 돌렸으니까—톰 믹스.* 분장실에만 앉아 있으려니 따분했겠지. 그래서 길거리로 몰려나와 야구시합을 했어. 다들 무척이나 좋아하더라. 하나같이 덩치 크고 건강하고 포동포동했으니 운동이 필요했겠지. 나도 갓돌에 걸터앉아 시합을 구경했어."

"스트립쇼할 때 입는 무대의상 그대로?"

"화장도 하고 립스틱도 발랐지. 머리도 잘 매만지고. 그런데 던지고 때리고 달릴 때마다 젖가슴이 막 출렁거렸어. 시합은 연식야구였고—소프트볼 말이야. 모지스, 내가 정말……" 애스펠터는 수염을 기른 두 뺨을 양손으로 붙잡고 목소리까지 떨렸다. 눈물에 젖은 검은색 눈동자가 당황한 와중에도 고통스러운 미소를 지었다. 그러더니 의자를 뒤로 물려 불빛을 벗어났다. 울어버릴 모양이다. 허조그는 제발 울지 말았으면 좋겠다고 생각했다. 마음이 측은했다.

"그렇게 괴로워하지 마, 루크. 이제 내 말 좀 들어봐. 이번 일에 대해서 내가 해줄 말이 있어. 적어도 내 생각은 어떤지 말해줄게. 누군가 이렇게 말했다고 치자. '지금부터는 진실만 말하겠다.' 그런데 진실은 그 말이 끝나기도 전에 부리나케 도망쳐 숨어버리지. 인간에게는 좀 우스꽝스러운 일면이 있는데, 문명화된 지성은 자기 생각을 비웃기 마련이거든. 티나 조콜리라는 여자가 했다는 말도 아마 농담일 거야."

"내 생각은 다른데."

"그렇다면 흔해빠진 죽음의 상징memento mori이겠지—수도사가 책상에 올려놨던 두개골을 현대로 가져왔다고나 할까. 그런다고 뭐가 달

---

* 미국 영화배우. 주로 서부영화에 출연했고 대부분 무성영화였다.

라져? 거슬러올라가면 결국 독일 실존주의로 귀결되는데, 두려움은 좋은 것이라느니, 정신을 집중시키고 자유롭게 해주고 진정한 자신을 찾도록 도와준다느니. 이제 신은 없다. 그러나 '죽음'은 있다. 그게 실존주의자들의 주장이야. 그리고 지금 우리는 행복조차 기계에 나란히 진열되는 쾌락주의적 세상에 살잖아. 우리는 그냥 포장을 뜯고 행복을 꺼내기만 하면 돼. 그래서 또다른 이론가들은 죄의식이나 두려움에서 오는 긴장감을 제재 수단으로 도입했어. 하지만 인간의 삶은 그런 모델보다, 심지어 독일에서 개발한 온갖 독창적인 모델보다도 훨씬 더 복잡하지. 굳이 공포와 고통에 대한 이론을 연구할 필요가 있을까? 티나 조콜리는 엉터리야. 자신을 죽이는 연습을 시키더라도 지성인이라면 재치 있게 대처해야지. 아무튼 문제를 너무 확대시키지 마. 이렇게 죽도록 자조하지 말라고. 더 모질게. 원숭이, 궁둥이, 이번엔 소프트볼 하는 코러스걸이라니."

"이 문제에 대해 얘기해볼 기회가 오길 바랐어."

"너무 자학하지 마, 루크, 네 감정을 억눌러가며 이렇게 황당무계한 얘기를 지어내지도 말고. 네가 참 착하고 진심으로 슬퍼한다는 사실은 나도 알아. 그리고 너는 세상을 믿지. 세상은 너에게 괴상한 조합 속에서 진실을 찾아보라고 권하고. 그리고 지식인으로서의 명예를 중요시한다면 헛된 위안을 멀리하라는 경고도 하지. 이 이론에 따르면 진실은 형벌이고 우리는 남자답게 참아야만 해. 불쌍한 인간은 거짓말을 늘어놓고 거짓말을 기준으로 살아가려는 경향이 있으니까 진실은 영혼을 좀먹는다는 주장이지. 그러니까 혹시 네 영혼 속에 아직 드러나지 않은 부분이 더 있더라도 그런 사람들을 통해서 발견하지는 못할 거야. 꼭 그렇게 관 속에 들어가는 상상까지 하면서 죽는 연습을 해야겠어? 어차피 생각이 깊어지면 제일 먼저 죽음과 맞닥뜨리기 마련인데. 오늘날의 철학자들은 죽음에 대한 고리타분한 두려움을 되살리고 싶어하겠지. 인생이란 굳이 고민할 필요도 없을 만큼 시시한 것이라는 새로운 사고방식이 문명의 본질을 위협하니까. 하지만 그건 두려움의 문제도 아니고, 그따위 낱말로는 표현할 수 없는…… 그래도 사상가나 인문학자라면 어차피 적절한 낱말을 찾아내려고 안간힘을 쓰는 일 말고는 할 수 있는 일이 없잖아? 예컨대 내 경우만 봐도 그래. 그동안 사방팔방 정신없이 편지를 썼어. 말을 마구 쏟아냈지. 나는 언어를 통해 현실을 파악하려 하니까. 어쩌면 현실을 모조리 언어로 바꿔놓고 싶었는지도 몰라—그래야 매들린과 거즈바크도 양심의 가책을 느낄 테니까. 좋은 말이 나왔네. 아무튼 양심이 없는 인간은 인간이라고 부를 수도 없고, 그래서 양심의 가책을 더욱 고조시키려 했나봐. 그래도 그 연놈들이 괴로워하지 않는다면 이미 내 손에서 벗어났다는 뜻이겠지. 그들이 도망치지 못하게 하려고 온 세상을 편지로 가득 채웠어. 나는 그들이 인간의 모습으로 남아 있길 바라고, 그래서 말의 힘으로 환경을 통째로 만들어 그 속에 가둬놓고 싶었지. 그런 허구의 세계를 창조하려고 혼신의 힘을 기울였어. 그래도 결국 허구의 세계일 뿐이더라."

"너는 그나마 인간들을 상대하잖아. 반면에 나는 뭘 내세울 수 있지? 로코를?"

"아니, 핵심을 벗어나지 말자. 나는 진심으로 형제애야말로 인간을 인간답게 만든다고 믿어. 하느님을 위해서라도 인간적인 삶을 살아야 한다면 내가 실패한 부분은 바로 이거야. '사람은 혼자서만 살지 않고 형제의 얼굴을 대하며 살아가나니…… 저마다 "영원한 아버지"를 바라보며 사랑하고 기뻐해야 마땅하리라.'* 두려움만 설파하는 설교자들이 타인은 형이상학적 자유를 방해할 뿐이라고 말할 때는 반드시 외면해야겠지. 더 현실적이고 본질적인 문제는 타인들이 우리를 어떻게 대하고 우리가 타인들을 어떻게 대하느냐는 점이야. 그렇게 진정한 관계를 맺지 못하면 죽음을 두려워하기는커녕 오히려 탐닉하기 마련이지. 그리고 자기가 무엇을 위해 살아야 하고 무엇을 위해 죽어야 하는지 분명히 알지 못할 때 인간의 의식은 자신을 학대하고 조롱할 뿐이야. 네가 로코와 티나 조콜리 때문에 그랬듯이, 내가 터무니없는 편지질을 해가며 그랬듯이…… 좀 어지럽네. 내가 사 온 커티삭은 어디 있지? 한잔 마셔야겠다."

"잠이나 자라. 금방이라도 쓰러지겠어."

"그렇게까지 힘들진 않아." 허조그가 말했다.

"나는 어차피 아직 할일이 남았어. 먼저 자라. 답안지 채점이 덜 끝났거든."

"그럼 나 먼저 자야겠다." 모지스가 말했다. "소파침대가 참 편해 보인다."

"내일은 늦게까지 안 깨울게. 시간은 넉넉하니까." 애스팰터가 말했다. "잘 자라, 모지스." 그들은 악수를 나누었다.

---

* 윌리엄 블레이크의 미완성작 『발라, 네 조아 *Vala, or The Four Zoas*』에서 인용.

마침내 딸아이를 얼싸안았고, 아이가 작은 손으로 그의 두 뺨을 감 싸며 입맞춤을 해주었다. 딸의 감촉에 오래 굶주렸던 그는 아이의 향 긋한 체취를 들이마시고 아이의 얼굴과 검은 눈동자를 들여다보고 머 리카락을 쓰다듬고 옷 속의 피부도 만져보고 작은 뼈 하나하나까지 어 루만지며 더듬더듬 말했다. "주니, 내 새끼. 정말 보고 싶었어." 행복 이 넘쳐 고통스러울 정도였다. 그리고 주니는 한없이 귀엽고 천진난만 하게, 그리고 어린 소녀만의 순수한, 혹은 요염한 본능을 드러내며, 번 민에 씨들어 초췌해시고 세균이 득실서리는 아빠의 입술에 입맞춤을 했다.

옆에 서 있던 애스팰터도 미소를 지었지만 왠지 좀 머쓱한 표정이었 는데, 대머리에는 땀방울이 송골송골 맺히고 최근에 기른 얼룩덜룩한

허조그 475

수염마저 더워 보였다. 지금 그들이 있는 곳은 잭슨공원에 위치한 과학박물관의 드넓은 잿빛 계단이었다. 때마침 검은색과 흰색 옷을 차려입은 아이들이 버스에서 내려 인솔 교사와 부모를 따라 안으로 들어가는 중이었다. 청동 테두리를 한 유리문이 열리고 닫히며 반짝거리고, 그때마다 우유 냄새와 지린내를 풍기는 아이들이 바삐 드나드는데, 지금 이 순간 박애심이 넘치는 허조그에게는 미래의 선과 악을 동시에 품은 조그마한 몸뚱이 하나하나가, 각양각색의 귀여운 머리통 하나하나가 다가오는 세상의 희망으로 보였다.

"사랑하는 우리 준. 아빠가 정말 보고 싶었어."

"아빠!"

"있잖아, 루크!" 행복에 겨우면서도 일그러진 표정으로 허조그가 불쑥 내뱉었다. "샌도어 히멜스타인은 얘가 아빠를 잊어버릴 거라더라. 자기네 히멜스타인 족속이랑 똑같을 줄 알았나―기니피그나 햄스터 같은 놈들이랑."

"허조그 집안은 더 고운 흙으로 빚어졌다는 얘기야?" 애스펠터가 의문형으로 말했다. 그러나 말투는 상냥하고 다정했다. "⋯⋯이따 오후 네시에 이 자리에서 만나자."

"겨우 세 시간 반 남았잖아? 그 여자는 도대체 언제까지 이러려고! 그래, 알았어, 안 싸울게. 나도 옥신각신하기 싫어. 오늘만 날이냐."

마음 한구석이 불끈 솟구치더니 기나긴 넋두리를 내뱉고는 (내 딸을 포기할 때 가슴이 미어졌다. 혹시 내 딸도 음탕한 멍청이로 자라날까? 아니면 세라 허조그처럼 우수에 젖은 미인으로 자라서 장차 할머니의 영혼이나 그 영혼이 섬겼던 하느님을 알지도 못하는 아이들을 낳을 운명일까? 혹은 인류가 새로운 길을 발견하면서 나 같은 부류는 아예 쓸모조차 없어질까?—그렇게만 된다면 오죽이나 좋으랴!—언젠가 뉴욕에서 강연을 끝냈을 때 젊은 임원 한 명이 빠른 걸음으로 다가와 말했다. "교수님, '예술'은 유대인들이나 하는 일이오!" 그때 허조그는 이 호리호리하고 난폭한 금발 청년을 향해 고개를 끄덕이며 간단히 대꾸했다. "한때는 고리대금업도 그랬소.") 또하나의 아픔만 남긴 채 떠나갔다. 모지스는 바로 이것이 신사실주의라고 생각했다. "루크? 고맙다. 이따 네시에 이리로 올게. 너도 종일 쓸데없는 생각만 하지 말고."

모지스는 병아리가 부화하는 광경을 보여주려고 딸을 안고 박물관으로 들어갔다. "혹시 마르코가 엽서 보냈니, 주니?"

"응. 캠프장에서."

"마르코가 누군지 알아?"

"우리 오빠."

매들린이 온갖 미친 짓을 벌여도 허조그 집안으로부터 준을 떼어놓으려 하지는 않는 모양이다.

"이 박물관 지하에 있는 탄광도 본 적 있니?"

"무서웠어."

"병아리 보러 갈까?"

"벌써 봤어."

"또 보고 싶어?"

"그럼, 그럼. 걔네들 좋아해. 지난주엔 밸 삼촌이 데려다줬어."

"밸 삼촌이라니, 아빠도 아는 사람이야?"

"에이, 아빠! 순 장난꾸러기." 아이가 킥킥 웃으며 그의 목을 껴안았다.

"누군데?"

"새아빠잖아. 아빠도 알면서."

"엄마가 그래?"

"새아빠랬어."

"너를 차 안에 가둔 사람이 밸 삼촌이었니?"

"응."

"그래서 어떻게 했어?"

"울었어. 그래도 오래 울지 않았어."

"그랬는데도 밸 삼촌이 좋아?"

"그럼, 그럼, 아주 재미있어. 웃기는 표정을 잘 짓거든. 아빠도 웃기는 표정 지을 줄 알아?"

"몇 가지는." 그가 말했다. "그런데 체면 때문에 잘하진 못해."

"얘기는 아빠가 더 잘하잖아."

"아빠도 그렇게 생각해, 주니."

"별을 다 가진 소년 얘기."

내가 지어낸 이야기를 기억하는구나. 허조그는 고개를 끄덕이며 딸에게 감탄하고 자랑스러워하고 고마워했다. "주근깨 소년?"

"얼굴이 밤하늘 같은."

"주근깨 하나하나가 별처럼 생겼는데 골고루 다 있었지. 북두칠성, 큰곰자리, 작은곰자리, 오리온자리, 쌍둥이자리, 베텔게우스,* 은하수까지. 얼굴에 온갖 별이 다 모였어, 제가끔 자기 자리에."

"그중에서 별 하나는 아무도 몰랐고."

"사람들이 소년을 천문학자들한테 데려갔어."

"텔레비전에서 천문학자 봤어."

"그랬더니 천문학자들이 말했어. '흥, 흥, 재미있는 우연일 뿐이야. 신기한 꼬맹이네.'"

"더. 더."

"마지막으로 하이럼 슈피탈닉을 만나러 갔는데, 나이가 아주, 아주, 아주 많은 이 할아버지는 수염이 땅바닥에 끌릴 만큼 길고 몸집이 아주 작았어. 그래서 모자상자 속에 살았지. 그 할아버지가 말했어. '우리 할아버지께 여쭤봐야겠다.'"

"호두껍데기 속에 사는 할아버지."

"그랬지. 그리고 그 할아버지의 친구들은 모두 꿀벌이었어. 바쁜 꿀벌은 슬퍼할 겨를이 없지. 슈피탈닉 할아버지가 호두껍데기 속에서 망원경을 들고 나와 루퍼트의 얼굴을 올려다봤어."

"소년 이름이 루퍼트였지."

"슈피탈닉 할아버지가 꿀벌들에게 높이 올려달라고 부탁하더니 소년의 얼굴을 살펴보다가 진짜 별 하나를 찾았다고, 새로운 발견이라고 말했어. 지금껏 그 별을 찾아 헤맸다면서…… 자, 병아리떼가 여기 있구나." 그는 아이를 난간 위에서 멀찌감치 왼쪽에 앉혔는데, 자기 증조할아버지의 투블화도 삼싼 권총에 닿지 않도록 하기 위해서였다. 여전히 오른쪽 윗주머니에 있었으니까.

---

* 오리온자리의 일등성.

"모두 노란색이네."

"저 안은 아주 덥고 환하게 해놨어. 저쪽에 흔들거리는 달걀 하나 보이지? 병아리가 나오려고 그래. 조금만 기다리면 부리로 껍데기를 뚫고 나올 거야. 잘 지켜봐."

"아빠, 요즘은 왜 면도를 우리집에서 하지 않아?"

이 슬픔을 이겨내야 한다. 필요하다면 모질어져야 한다. 그러지 못하면 피아노를 보고 이렇게 말했다는 야만인과 다름없다. '자꾸 때린다고 엉엉 울잖아.' 유대인 특유의 눈물을 참아내야 한다. 그는 신중히 말을 골라가며 대답했다. "아빠 면도기가 다른 집에 있어서 그래. 엄마는 뭐래?"

"우리랑 같이 살기 싫어서 그런댔어."

분노가 치밀었지만 아이에게는 내색하지 않았다. "그랬니? 글쎄, 아빠는 언제나 너랑 같이 살고 싶은데. 그럴 수 없을 뿐이지."

"왜?"

"왜냐하면 아빠는 남자니까, 남자들은 일해야 하니까, 세상으로 나가야 하니까."

"뺄 삼촌도 일해. 시를 써서 엄마한테 읽어주거든."

심각했던 허조그의 표정이 밝아졌다. "멋지구나." 그놈이 쓴 졸작시를 들어줘야 하는 신세란 말이지. 반쪽짜리 예술과 악덕이 손을 잡았구나. "반가운 소식이네."

"시를 읽을 때 아저씨 표정이 좀 이상해."

"울기도 하고?"

"그럼, 그럼."

감수성과 잔인성이라―하나가 있으면 다른 하나도 따라오기 마련이지, 화석과 석유처럼. 돈 주고도 살 수 없는 소식이다. 듣기만 해도 행복해진다.

어느새 준이 고개를 숙인 채 손목으로 눈을 가리고 있었다.

"왜 그러니, 주니?"

"엄마가 밸 삼촌 얘기는 하지 말랬는데."

"왜?"

"아빠가 많이많이 화낼 거랬어."

"화나지 않았어. 오히려 웃음을 참는 중인걸. 좋아. 이제부터 밸 삼촌 얘기는 하지 말자. 아빠가 약속해. 한마디도 안 할게."

경험 많은 아빠인 그는 팰컨 앞에 당도할 때까지 신중하게 기다렸다가 입을 열었다. "트렁크 속에 선물 가져왔다!"

"와, 아빠―뭐 가져왔어!"

꼴사납게 입을 딱 벌린 잿빛 과학박물관 앞에서 아이의 모습은 너무나 풋풋하고 싱그러웠다(쫏니, 드문드문 찍힌 주근깨, 기대감이 가득한 커다란 눈, 가녀린 목). 엄청난 기계가 즐비하고 물리학과 응용과학의 법칙들이 지배하는 이 세상을 아이가 장차 어떤 식으로 물려받을까 생각했다. 지능은 충분한 아이였다. 벌써 제2의 퀴리 부인을 보는 듯 자랑스러웠다. 준은 잠망경을 보고 좋아서 어쩔 줄 몰랐다. 두 사람은 자동차 너머에서, 나무줄기 뒤에 숨어서, 공중화장실 아치문 안쪽에서 서로를 염탐했다. 아우터 드라이브를 타고 다리를 건너 호숫가를 거닐었다. 아이의 신발을 벗겨 얕은 물속에서 돌아다니게 했고, 이윽고 그녀가 나오자 셔츠 자락으로 발을 닦아주며 발가락 사이에 낀 모래까지 꼼꼼히 떨어냈다. 아이는 잔디밭에 앉아 아빠가 사준 '크래커 잭'* 한 상자를 먹었다. 민들레가 화났는지 활짝 펼친 꽃씨가 하늘하늘한 명주실 같았다. 잔디밭은 폭신폭신했고, 5월의 잔디처럼 축축하지도 않고 햇볕에 시달린 8월의 잔디처럼 뻣뻣하지도 않았다. 전동식 잔디깎이가 동그라미를 그리며 경사면을 다듬고, 잘린 풀잎이 물보라처럼 흩날렸다. 햇빛이 남쪽에서 비쳐 수면이 눈부시게 아름다웠고, 물색은 한낮의 짙고 시원한 파란색이었다. 이글거리는 따뜻한 수평선 위로 맑은 하늘이 펼쳐졌고, 다만 개리 방향은 철강공장의 검은 기둥이 가늘게 피어오르다가 유황냄새를 풍기는 황갈색 연기가 되어 뭉게뭉게 흘러갔다. 이 년 동안 깎지 않은 루디빌 잔디밭은 지금쯤 잡초밭이 되어버렸을 테고, 아마도 인근 사냥꾼들이나 연인들이 또 창문을 부수고 침입해 모닥불을 피우겠지.

"수족관도 보고 싶어, 아빠." 준이 말했다. "엄마가 아빠한테 데려다달라고 하랬어."

"아, 그랬니? 그럼 어서 가자."

팰컨은 햇볕에 달아올라 뜨거웠다. 차를 식히려고 창문을 열어놓았다. 이제 열쇠가 너무 많아져 조만간 여러 주머니에 다시 정리해야겠다. 뉴욕 아파트 열쇠 여러 개, 라모나가 준 열쇠 하나, 대학교에서 주었던 남자 교수 휴게실 열쇠, 애스팰터의 아파트 열쇠, 그리고 루디빌 집 열쇠 몇 개까지. "너는 뒷좌석에 앉아야겠다, 준. 조심해서 타—비닐커버가 몹시 뜨거우니까 치맛자락 잘 내리고." 서쪽의 공기는 뉴욕

---

* 당밀, 캐러멜, 땅콩 등을 섞어 둥글게 뭉친 팝콘 상품명.

보다 건조했다. 허조그의 예민한 감각이 차이를 감지했다. 요즘처럼 미치도록 심란하고 온갖 생각이 갈팡질팡 밀려들 때는 감정의 저류가 감각을 더욱 예리하게 만들거나 자신의 기분을 주변에까지 퍼뜨리기 마련이다. 마치 자신의 입속에서, 핏속에서, 간, 창자, 생식기 등에서 온갖 액체와 색깔을 뿜아내 주변을 물들이듯이. 따라서 지금도 그렇게 희비가 엇갈린 심정으로 시카고를, 삼십 년이 넘도록 살며 친숙해진 이 도시를 의식했다. 그리고 도시의 여러 구성요소를 바탕으로 자신의 감각기관이 지닌 남다른 재간을 발휘하여 자기만의 도시를 창조했다. 그곳에는 흑인 슬럼가의 두꺼운 담벼락과 여기저기 뒤틀리고 떨어져나간 길바닥이 악취를 뿜어낸다. 더 멀리 서쪽에는 공장지대, 느릿느릿 흘러가는 사우스 브랜치 개천*에는 오물이 가득하고 더께더께 엉겨붙은 황금빛 진창이 반짝거리는데, 가축 방목장은 텅텅 비어버리고, 붉은색의 높다란 도살장 건물은 저마다 쓸쓸히 무너져가고, 그다음에는 어렴풋이 웅성거리는 방갈로 단지와 볼품없는 공원, 그리고 거대한 쇼핑센터, 그 너머에는 공원묘지—과거와 현재의 허조그 가문이 대대로 묻힌 월드하임,** 그리고 승마를 즐기기도 좋고 크로아티아 사람들이 소풍을 나오거나 연인들이 거닐거나 끔찍한 살인사건이 일어나기도 하는 삼림보호구역, 몇몇 비행장, 채석장, 마지막으로 옥수수밭. 그런 곳에서 다양한 활동이 끊임없이 진행되는데—현실이다. 모지스는 현실을 알아야만 했다. 어쩌면 현실을 더 자세히 볼 수 있도록, 현실의 답답한 품에 안긴 채 잠을 청하는 일은 없도록, 현실로부터 어느 정도

---

* 시카고 시내를 관통하는 시카고강의 남쪽 지류.
** 시카고 서쪽 교외의 유대인 묘지.

는 면제되었는지도 모른다. 인식이야말로 그의 일이므로, 의식의 확장이야말로 그의 업무이며 사명이므로. 부단한 불침번처럼. 그런 사람이 이렇게 어린 딸을 데리고 물고기를 보러 갈 기회를 얻었다면 어떻게든 그 시간만큼의 불침번 근무를 벌충해야 하리라. 오늘은 마치—마음을 굳게 먹고 기억을 되살렸다—아버지의 장례식 날 같구나. 그날도 꽃이 만발하는 날씨였다—장미, 목련. 모지스가 울다 잠들던 전날 밤에도 대기는 모질도록 향기로웠고 그는 현란한 꿈을 꾸었다. 고통스럽고 불길하면서도 풍요로웠던 꿈은 드물게 경험하는 몽정의 쾌감으로 끝났고—노예로 전락해버린 본능 앞에 죽음은 또 자유라는 미끼를 흔들어대는구나. 가엾은 아담의 후손들은 몸도 마음도 기이한 신호에 따를 수밖에 없구나. 좀더 일관성 있는 사상들을 기준으로 살아보려고 노력하며 내 인생의 대부분을 보냈다. 어떤 사상들인지도 잘 안다.

"아빠, 여기서 돌아야 해. 벨 삼촌도 매번 여기서 차를 돌렸어."

"알았어." 백미러 속에서 그는 말실수를 저지르고 걱정하는 딸의 모습을 보았다. 무심코 거즈바크를 다시 입 밖에 냈으니까. "어이, 귀염둥이." 모지스가 말했다. "벨 삼촌에 대해 무슨 말을 하든 엄마한테는 이르지 않을게. 삼촌에 대해 물어보지도 않을게. 그러니까 괜히 걱정하지 마. 다 쓸데없는 걱정이니까."

어머니가 베르됭에 있는 증류소에 대해서는 아무에게도 말하지 말라고 단단히 타일렀을 때 모지스는 준 못지않게 어린 나이였다. 지금도 증류기의 모습이 눈에 선하다. 구불구불한 도관이 아름다웠다. 그리고 코를 찌르는 술덧냄새. 아버지는 쉬어버린 호밀빵 몇 포대를 양조통에 연거푸 쏟아넣었다. 어쨌든 비밀이 있다는 것도 그리 나쁜 일은 아니다.

"몇 가지 비밀이 있어도 괜찮아." 모지스가 말했다.

"비밀이라면 나도 많이 알아." 뒷좌석에 앉았던 아이가 모지스의 등받이에 바싹 다가서서 아빠의 머리를 쓰다듬었다. "밸 삼촌은 참 착해."

"당연히 그렇겠지."

"그래도 난 싫어. 냄새가 안 좋아."

"하, 하! 그럼 우리가 향수 한 병 선물해서 끝내주는 냄새가 나게 해줘야겠네."

딸의 손을 잡고 수족관 계단을 오르며 주니가 신뢰할 만큼 굳센 힘과 침착한 판단력을 겸비한 아빠가 된 듯한 기분을 만끽했다. 건물 중앙의 광장은 채광창으로 들어오는 빛 때문에 눈부시게 밝고 몹시 더웠다. 출렁거리는 물, 우거진 식물, 그리고 은은하게 풍기는 열대어 비린내 때문에 모지스는 퍼뜩 정신을 차리고 기운을 되찾았다.

"뭐부터 볼래?"

"큰 거북이."

두 사람은 황금빛과 초록빛이 일렁이는 어둑어둑한 복도를 따라 이리저리 거닐었다.

"여기 작고 재빠른 물고기는 후무후무엘리엘리라는 놈인데 하와이가 원산지야. 저쪽에서 너울거리는 놈은 노랑가오리인데 꼬리 끝에 맹독성 가시가 있어. 그리고 여기 모인 녀석들은 칠성장어라고 먹장어 친척인데, 입에 달린 빨판으로 다른 물고기 몸에 달라붙어 죽을 때까지 피를 빨아먹지. 저쪽에 보이는 놈들은 구피라고 해. 이쪽 복도에 거북이는 없지만 저쪽 끝에 있는 덩치 큰 녀석들 좀 봐. 상어일까?"

"브룩필드동물원에서 돌고래 구경했어. 해군 모자를 쓰고 종을 치더라. 꼬리로 일어나 춤을 추기도 하고 농구도 했어."

허조그는 딸을 번쩍 안고 돌아다녔다. 이렇게 아이들을 데리고 다니면 다들 감정이 풍부한 탓인지 매번 지쳐버리기 일쑤였다. 마르코와 함께 하루를 보내고 나면 한동안 눈에 냉찜질을 하며 누워 있어야 했다. 늘 이렇게 아이들의 삶에 유령처럼 홀연히 나타났다 사라지는 아빠로 살아갈 운명인 듯했다. 그러나 만남과 헤어짐에 따르는 이 야릇한 감정도 어떻게든 다스려야 했다. 이토록 절절한 슬픔을—그는 프로이트가 썼던 용어를 생각해내려고 노력했는데, 이 슬픔은 억압되었던 정신적 외상의 부분적 회귀 현상이며 궁극적 기원은 자살충동이라고 했던가?—아이들에게까지 전해서는 안 된다. 평생에 걸쳐 죽음을 맛보는 듯한 고통을 대물림할 수는 없다. 바로 이 감정 때문에 인류는 이승에서도 저승에서도 사랑하는 사람들과 차마 헤어질 수 없었고, 그래서 슬픔은 자궁이 되어 지상뿐만 아니라 하늘에도 도시를 건설했음을 학자인 허조그는 잘 알고 있었다. 그러나 지금 딸을 안고 다니며 푸르스름한 물속에서 헤엄치는 먹장어, 반질반질한 상어, 그리고 그들의 뱃가죽에 달라붙은 빨판 따위를 구경하는 모지스 E. 허조그에게 이 감정은 폭정과 다름없었다. 이제야 처음으로 모지스는 알렉산더 V. 허조그가 아버지의 장례식을 치렀던 방식을 전혀 다른 관점에서 바라보았다. 그날의 장례식장에서 엄숙한 분위기는 찾아볼 수 없었다. 슈라의 친구들은 한결같이 풍채 좋고 골프를 하느라 구릿빛으로 그을린 은행가나 기업대표였는데, 머리숱은 빈약한 대신에 어깨와 손과 뺨은 두툼해서 한자리에 모이면 살덩어리로 이루어진 성벽처럼 위압적이었다.

이윽고 장례 행렬이 시작되었다. 슈라 허조그가 시내에서 발휘하는 영향력을 감안하여 시청이 모터사이클 호위대를 보냈다. 경찰관들이 선두에서 요란한 사이렌을 울리며 승용차나 트럭을 차선 밖으로 쫓아내 영구차가 신호등을 무시하고 달릴 수 있도록 배려해주었다. 월드하임 공원묘지까지 그들보다 더 빨리 도착한 경우는 일찍이 없었으리라. 모지스가 슈라에게 말했다. "살아생전에 아버지는 늘 경찰에 쫓기셨지. 지금은……" 그때 리무진에는 헬렌과 윌리까지 사남매가 모두 타고 있었는데, 모지스의 말을 듣고 조용히들 웃었다. 관을 내릴 때는 모지스를 비롯하여 모두가 울었다. 그때 슈라가 모지스에게 말했다. "염병할 놈의 이민자처럼 굴지 마라." 자기 골프 친구들, 기업대표들 앞에서 나 때문에 난처했겠지. 내 행동이 전적으로 옳았다고 말하기는 어려울지도 모른다. 형은 이미 어엿한 미국인이었으니까. 그런데 나는 여전히 유럽인의 때를 벗지 못해 구세계의 감정에 얽매인 상태였다—'사랑' '효심'. 그렇게 오래되고 혼미한 꿈속을 헤맸다.

"저기 거북이다!" 준이 소리쳤다. 수조 깊은 곳에서 바다거북이 떠오르는데, 뿔이 돋아난 복갑, 부리 달린 굼뜬 머리, 영겁의 무관심을 드러내는 눈, 느릿느릿 움직이며 유리벽을 밀어대는 물갈퀴, 분홍빛을 띤 노란색의 큼직큼직한 비늘, 물의 표면장력을 모방한 듯 아름다운 줄무늬를 그리며 둥그스름하게 휘어진 검은색 등딱지. 꽁무니에서 보풀보풀한 초록색 기생식물이 길게 늘어졌다.

미시시피강의 민물거북과 비교해보려고 중앙 수조로 되돌아갔는데, 그들은 옆구리에 붉은 띠가 있고 저마다 통나무 위에서 꾸벅꾸벅 졸거나 양치류로 그늘지고 동전이 즐비한 바다 근처에서 메기들과 함께 헤엄쳤다.

이제 아이는 볼 만큼 보았고 아빠도 마찬가지였다. "이제 가서 샌드위치 먹자. 점심시간이네." 모지스가 말했다.

나중에 허조그는 주차장을 나설 때 충분히 조심했다고 생각했다. 그는 늘 신중하게 운전했다. 그러나 그날 팰컨을 몰고 차량 행렬 속으로 들어갈 때는 북쪽에서 오는 긴 굽잇길이 끝나는 지점에서 차들이 속력을 낸다는 사실을 감안하지 못했는지도 모른다. 소형 폴크스바겐 트럭이 바싹 따라붙었다. 속력을 늦춰 상대방이 추월하게 하려고 브레이크 페달을 살짝 밟았다. 그러나 브레이크는 신품이었고 지나치게 민감했다. 차가 우뚝 서버리자 곧바로 소형트럭이 추돌했고 팰컨은 전봇대를 들이받았다. 허조그의 몸이 앞으로 왈칵 쏠려 운전대에 부딪치는 순간 준이 비명을 지르며 아빠의 어깨를 붙잡았다. 내 딸! 그런 생각이 들었지만 그의 걱정거리는 아이가 아니었다. 비명소리로 미루어 준은 좀 놀랐을 뿐 다치지는 않은 듯했다. 그는 운전대 위에 엎드린 자세였고 온몸에 기운이 하나도 없고 무력한 상태였다. 눈이 침침해지고 메스꺼움과 마비증상이 점점 더 심해졌다. 준의 비명소리가 이어지는데도 돌아볼 수 없었다. 곧 기절하겠다는 생각을 하는 순간 의식을 잃었다.

사람들이 그를 끄집어내 잔디밭에 눕혔다. 아주 가까운 곳에서 기관차 소리가 들리는데—일리노이 센트럴 철도구나. 그러나 다시 들었을 때는 소리가 조금 멀어져 찻길 건너편 풀밭 사이로 지나가는 듯했다. 처음에는 검은색 얼룩들이 시야를 가로막았지만 차츰 작아져 무지갯빛 반점으로 변해갔다. 누가 바짓가랑이를 걷어올린 모양이다. 양쪽 다리에 한기가 느껴졌다.

"준은 어디 있습니까? 내 딸 어디 있어요?" 몸을 일으키다가 두 흑인 경찰관 사이에서 아빠를 바라보는 준을 발견했다. 당연한 일이지만 경찰은 허조그의 지갑, 제정시대의 루블화, 그리고 권총까지 가지고 있었다. 다 들켰구나. 다시 눈을 감았다. 말썽에 휘말렸다는 생각을 하니 메스꺼움이 되살아났다. "애는 괜찮아요?"
"괜찮습니다."
"이리 와, 주니." 팔을 벌리자 아이가 품속으로 들어왔다. 딸의 이곳저곳을 만져보고 겁에 질린 얼굴에 입맞춤을 할 때 옆구리에서 날카로운 통증이 느껴졌다. "아빠가 잠시 누웠을 뿐이야. 아무렇지도 않아." 그러나 아이는 이미 아빠가 이 잔디밭에 널브러진 모습을 보았다. 박물관 너머의 신축 건물을 막 지나친 지점이다. 경찰이 주머니를 뒤지는 동안에도 힘없이 늘어진 아빠의 모습이 아마 시체처럼 보였겠지. 얼굴이 뻣뻣하고 허전해 핏기가 하나도 없는 느낌이고 감각이 급격히 굳어져 덜컥 겁이 났다. 모근이 따끔거리는 느낌으로 미뤄보건대 머리카락이 한꺼번에 백발로 변해가는 모양이라고 생각했다. 지금 경찰은 그가 정신을 차릴 때까지 잠시 기다려주는 중이었다. 경찰차의 파란색 경광등이 번쩍거리며 회전했다. 소형트럭의 운전자가 성난 눈으로 노려보았다. 조금 떨어진 곳에는 찌르레기사촌 몇 마리가 돌아다니며 뭔가 쪼아먹는데, 먹이를 삼킬 때마다 새까만 목 주변의 동그란 반사광이 유연하게 오르내렸다. 허조그는 어깨 너머에 있는 필드박물관을 떠올리며 생각했다. 차라리 저곳 지하실에 있는 미라가 돼버렸으면!
아무래도 체포되겠구나. 경찰의 묵묵한 표정만 봐도 충분히 짐작할 수 있었다. 허조그가 주니를 데리고 있으니 기다려줄 뿐이었다. 아직은 너무 거칠게 다루지도 않겠지. 벌써 시간을 끌기 시작한 그는 실제 느낌보다 더 얼떨떨한 듯이 행동했다. 예전에도 가끔 겪어봤듯이 경찰 중에는 아주 못된 놈도 많았다. 그러나 옛날 일이다. 지금은 시대가 변했는지도 모른다. 경찰국장도 바뀌었다. 허조그는 작년 마약 회의 때 올랜도 윌슨 경찰국장 근처에 앉았다. 악수도 나눴다. 물론 그런 일까지 밝힐 필요는 없다. 어차피 덩치 큰 흑인 경찰관 두 명에게 영향력을 과시하려 했다가는 오히려 반감만 사기 십상이니까. 그들에게 허조그는 오늘 올린 건수 중 하나일 뿐이고, 루블화와 권총까지 확보한 마당에 순순히 보내주길 기대할 수도 없었다. 게다가 전봇대를 들이받고 찌그러져버린 청록색 팰컨도 있다. 찻길에는 차량 행렬이 쌩쌩 지나갔다.

"모지스 맞습니까?" 두 흑인 중에서 연장자로 보이는 쪽이 물었다. 드디어 시작이구나—책임을 피할 길 없는 상황에서만 들을 수 있는 무시무시하고 친근한 말투였다.

"네, 제가 모지스입니다."

"애는 선생님 아이가 맞나요?"

"네—제 딸입니다."

"머리에 손수건이라도 대시죠. 조금 찢어졌어요, 모지스."

"그래요?" 모근 부위가 따끔거렸던 이유를 알게 되었다. 손수건을—사실은 키친타월 쪼가리를—찾을 수 없어 실크 넥타이를 풀어 반으로 접은 후 넓은 쪽을 머리에 댔다. "대수롭지 않네요." 아이는 아빠의 어깨에 머리를 감춘 자세였다. "아빠 옆에 앉아봐, 주니. 여기 잔디밭에, 아빠 바로 옆에 앉으면 돼. 머리가 좀 아파서 그래." 아이가 그대로 따랐다. 아이의 순종, 아빠를 걱정하는 마음, 그리고 나이는 어리지만 현명한 마음씀씀이와 공감능력이 아빠를 감동시켰고 마음이 더욱 무거워졌다. 넓고 간절한 손으로 아이의 등을 감싸주었다. 몸을 숙인 채 넥타이로 머리를 눌렀다.

"이 권총 말인데, 소지허가는 받으셨나요, 모지스?" 경찰관은 두툼한 입술을 오므린 채 답변을 기다리며 조그마한 콧수염을 손톱으로 쓸어올렸다. 다른 경찰관은 노발대발한 트럭 운전자와 이야기를 나누는 중이었다. 얼굴도 뾰족하고 붉은 코도 뾰족한 운전자가 모지스에게 눈을 부라리며 말했다. "저놈 운전면허를 취소해버려야 하지 않겠소?" 권총 때문에 내 입장이 난처해지니까 저 인간이 이때다 하고 설치는구나. 그의 울분을 교훈삼아 자신의 감정은 마음속에만 담아두었다.

"방금 물어봤지만 다시 물어볼게요, 모지스, 소지허가증은 있습니까?"

"아뇨, 없습니다."

"여기 총탄 두 발이 들었어요. 장전된 무기란 말입니다, 모지스."

"경관님, 아버지가 소지하셨던 권총입니다. 아버지는 돌아가셨고, 매사추세츠로 가져가는 길이었어요." 최대한 간략하고 참을성 있게 대답했다. 앞으로도 똑같은 말을 몇 번이나 되풀이해야 할 터였다.

"이 돈은 뭡니까?"

"쓸모없는 돈입니다, 경관님. 러시아판 남군 화폐라고 할 수 있겠죠. 연극용 소품이랄까. 아무튼 그것도 유품입니다."

피로에 지친 경찰관의 표정에는 동정하는 기색도 없지 않았지만 의심스러워하는 기색도 함께 엿볼 수 있었다. 눈을 반쯤 감은 상태였고 굳게 다문 두툼한 입술에는 어렴풋한 미소가 감돌았다. 소노가 예전에 사귄 여자들에 대해 따져 물을 때도 저런 표정이었지. 아무튼—경찰은 날마다 기기묘묘한 사건, 알리바이, 거짓말, 헛소리와 마주칠 테니…… 마음속에는 무거운 책임감과 두려움이 가득했지만 나름대로 최대한 이성적으로 앞일을 가늠해보며 저 경찰관으로서는 허조그가 어떤 부류인지 판단하기가 쉽지 않으리라 믿었다. 물론 허조그를 지칭할 만한 꼬리표도 더러 있었지만 저런 정복경찰관은 그런 호칭에 익숙하지 않을 터였다. 지금과 같은 상황에서도 그런 생각 속에는 약간의 자부심이 깃들었는지도 모르겠는데, 역시 인간의 어리석음에는 끝이 없다. '주여, 천사들로 하여금 주님을 칭송하게 하옵소서. 인간은 어리석고 또 어리석은 존재입니다. 우행과 죄악을 저지를 뿐이오니……'* 두통 때문에 나머지는 기억나지 않았다. 머리에 댔던 넥타이를 떼어버렸다. 상처에 말라붙으면 곤란하니까, 억지로 떼어내면 딱지까지 떨어져버릴 테니까. 준이 아빠의 무릎에 머리를 얹었다. 아이의 눈에 햇볕이 들지 않도록 가려주었다.

"사고경위서를 써야 합니다." 반질반질한 바지를 입은 경찰관이 허조그 곁에 쭈그리고 앉았다. 뚱뚱하고 불룩한 골반에 경찰용 권총이 나지막이 매달려 있었다. 십자꼴 무늬를 새긴 갈색 금속제 손잡이와 탄띠는 아버지가 체리 스트리트에 보관했던 크고 투박한 리볼버와는 전혀 달랐다. "저 팰컨 등록증이 안 보이네요."

소형차는 앞뒤가 모두 찌그러졌고 엔진 뚜껑은 홍합 껍데기처럼 입을 딱 벌린 모습이었다. 엔진 자체는 심하게 손상되지 않았는지 액체

---

* 영국 종교시인 조지 허버트의 「고뇌Misery」에서 인용.

가 떨어진 흔적은 없었다. "렌터카예요. 오헤어공항에서 빌렸습니다. 서류는 글러브박스에 들었어요."

"여기에 그런 사실을 기록해야겠습니다." 경찰관이 서류철을 펼치더니 노란색 연필을 들고 두꺼운 종이에 인쇄한 신고서 양식을 작성하기 시작했다. "주차장에서 나오실 때—속력은?"

"서행했습니다. 시속 5마일이나 8마일쯤—나오자마자 사고를 당했죠."

"저분 트럭은 못 보셨나요?"

"못 봤습니다. 커브길 때문에 가려졌는지. 저도 모르겠네요. 아무튼 제가 찻길에 들어섰을 때 저 사람이 바싹 따라붙었어요." 옆구리의 통증을 좀 덜어보려고 상체를 숙이며 자세를 바꿨다. 아까부터 고통을 무시하려고 마음먹은 터였다. 준의 빰을 쓰다듬었다. "적어도 애는 다치지 않아서 다행이네요."

"제가 뒷좌석 창문으로 꺼내줬어요. 문이 안 열려서. 제가 살펴봤습니다. 따님은 괜찮아요." 그러자 콧수염을 기른 흑인이 눈살을 찌푸렸는데, 허조그에게는—즉 장전된 권총을 소지했던 자에게는—아무것도 설명해줄 필요가 없다고 말하는 듯했다. 허조그의 주된 혐의는 자동차 사고가 아니라 실탄 두 발이 장전된 꼴사나운 대형 권총을 소지한 혐의일 테니까.

"애한테 무슨 일이라도 생겼다면 제 머리통을 날려버렸을 겁니다."

쭈그리고 앉은 경찰관은 침묵을 지켰고, 모지스가 무슨 짓을 저지르든 관심 없다는 태도였다. 그리고 비록 자신의 머리통을 날린다고 했을지언정 권총을 사용하겠다고 말해버리다니 영리한 짓은 아니었다. 그러나 그의 관점에서 보면 지난 며칠간 이상하게 허공을 이리저리 맴돌다가 이렇게 느닷없이 지상으로 떨어져버렸으니 아직도 좀 얼떨떨하고 어지러울 수밖에 없었다. 갑작스러운 추락의 절망감은 말할 필요도 없는데다 사고의 충격까지. 아직도 머리가 빙빙 돌았다. 이렇게 바보 같은 짓을 당장 그만두지 않으면 사태가 더욱더 악화되겠지. 딸을 지켜주려고 시카고로 달려왔다가 하마터면 아이를 죽일 뻔했다. 거즈바크의 영향력을 상쇄하고 딸에게 자신의—남자로서, 아빠로서, 기타 등등—장점을 부각하려고 왔건만 고작 전봇대를 들이받았을 뿐이다. 더구나 아빠가 차에서 끌려나와 기절해버리는 장면, 머리의 상처, 그리고 아빠의 주머니에서 나온 권총과 루블화까지 아이가 모두 보고 말았다. 그렇다, 한평생 큰 잘못에 대한 인과응보를 면하려고 자신의 결점이나 병처럼 사소한 문제를 핑계로 내세우며(오만하게 번갈아 써먹으며) 평정을 유지했지만—허조그식 자이로스코프였다—이제 그 방법은 쓸모가 없다. 그런 핑계는 유효기간이 끝나버린 모양이다.

폴크스바겐 소형트럭의 운전자가 녹색 점퍼 차림으로 사고경위를 진술했다. 모지스는 점퍼 윗주머니에 노란색 실로 수놓은 글자를 읽어보려고 노력했다. 가스회사 직원일까? 모르겠다. 당연한 일이지만 그는 모든 잘못을 모지스에게 덮어씌우려 했다. 매우 독창적인—창의적인—진술이었다. 갈수록 점입가경이었다. 허조그는 생각했다—아, 장엄하기 짝이 없는 정당화로구나. 저런 인간도, 저렇게 코가 새빨간 인간도 이런 일이 닥치면 천재성을 발휘하는구나. 남자의 두피와 이마의 주름살 모양이 전혀 달랐다. 그 차이로 미루어 원래는 머리카락이 어디까지 있었는지 짐작할 수 있을 정도였다. 남은 머리카락은 몇 가닥에 불과했다.

"저놈이 다짜고짜 끼어들었단 말입니다. 깜빡이도 안 켜고. 음주측정이라도 하지 그래요? 보나마나 음주운전인데."

"자, 됐어요, 해럴드." 나이 많은 흑인이 말했다. "속력은 얼마였죠?"

"이런, 젠장! 제한속도보다 훨씬 느렸어요."

"회사 차를 운전하는 사람들은 자가용 운전자를 애먹이는 경우가 많죠." 허조그가 말했다.

"끼어들자마자 브레이크를 콱 밟더라니까요."

"저분 차를 세게 박으셨잖아요. 너무 바싹 붙었다는 뜻이죠."

"맞아. 내가 보기엔……" 연장자는 다음 말을 내뱉기 전에 연필 끄트머리에 달린 지우개로 찻길 쪽을 두 번, 세 번, 다섯 번 가리켰다. 도로상황을 눈여겨보라는 뜻이었다(도로 위에서 각양각색으로 반짝거리며 질주하는 차량 행렬을 바라보며 허조그는 절벽 쪽으로 달려가는 가다라의 돼지떼*를 떠올렸다). "내가 보기엔 저분을 지나치게 몰아세운 듯싶네요, 해럴드. 저분은 다음 차선으로 끼어들기 힘들었을 테고, 그래서 속력을 줄여 추월할 기회를 주려고 했겠죠. 그러다가 브레이크를 너무 세게 밟는 바람에 추돌을 당했고. 면허증에 찍힌 스테이플러 자국을 보니 벌써 교통위반 경력이 두 번이군요."

"맞아요, 그래서 더 조심했죠."

그렇게 화를 내다가는 두피가 홀라당 타버리겠소, 해럴드. 얼굴이

---

* 「마태복음」 「마가복음」 「누가복음」 등에서 언급되는 돼지떼. 예수가 가다라(거라사) 지방을 지나다가 신들린 자를 고치려고 악령들을 돼지들의 몸속으로 들어가게 했고, 모두 호수에 빠져 죽었다고 한다.

붉으락푸르락하는데다 개 입천장처럼 울룩불룩해서 영 꼴사납구려.

"내가 보기엔 선생이 너무 바싹 따라붙지만 않았어도 저렇게 정통으로 들이받진 않았을 겁니다. 운전대를 돌리다가 저 차 오른쪽 꽁무니를 들이받았겠죠. 그러니 딱지를 떼야겠어요, 해럴드."

그러더니 모지스에게 말했다. "선생을 연행하겠습니다. 경범죄로 입건할 예정입니다."

"낡아빠진 권총 때문에?"

"실탄이 장전됐고……"

"아니, 별일 아니잖아요. 전과기록도 없고—입건된 적도 없단 말입니다."

그들은 그가 일어나길 기다렸다. 코가 뾰족한 폴크스바겐 트럭 운전자는 적갈색 눈썹을 모은 채 허조그를 노려보았고, 허조그는 새빨갛고 성난 시선을 받으며 자리에서 일어나 딸을 안아들었다. 아이를 들어올리는 순간 머리핀이 빠져버렸다. 꽤 길어진 머리가 풀려 두 뺨에 흘러내렸다. 자라 등딱지로 만든 머리핀을 찾아보려 했지만 허리를 굽히기 힘들었다. 비탈길에 세워둔 경찰차의 문이 활짝 열린 채 그를 기다렸다. 이제 경찰에게 연행되는 기분이 어떤지 몸소 경험할 수 있겠구나. 아무것도 훔치지 않았고 아무도 죽이지 않았다. 그런데도 마음속에 무겁게 내려앉은 캄캄한 어둠을 느낄 수 있었다. 자신을 꾸짖었다. '이거야말로 너다운 짓이다, 허조그.' 자책을 피할 길이 없었다. 어제는 니켈 도금을 한 저 커다란 권총으로 무슨 짓을 하겠다고 막연하게나마 마음먹었든 간에 오늘만은 애스팰터의 소파 밑에 밀어놓은 가방 속에 두고 나왔어야 했다. 아침에 재킷을 입다가 가슴팍에서 거북스러운 중

량감을 느꼈을 때 돈키호테처럼 황당무계한 행동을 당장 그만둘 수도 있었다. 어차피 너는 돈키호테도 아니잖아? 돈키호테는 위대한 영웅들을 흉내내기라도 했지. 너는 대체 누구를 흉내내려고 했느냐? 돈키호테는 기독교인이었지만 모지스 E. 허조그는 기독교인도 아니다. 돈키호테도 코페르니쿠스도 이미 과거사가 되어버린 오늘날의 미국은 인간의 정신이 우주 공간에 자유롭게 떠 있는 곳, 그래서 지금보다 비좁은 우주에 갇혀 살았던 17세기 사람들은 상상조차 하지 못했던 관련성을 발견할 수 있는 곳이다. 그러므로 20세기를 살아가는 사람에게 더 유리할 수밖에 없다. 다만―그들은 잔디밭을 지나 번쩍거리는 파란색 불빛 쪽으로 다가갔다―네 일상생활의 9할은 앞서간 사람들의 그것과 똑같다. 네가 권총을 가져온 이유는(그때의 의지는 강렬하면서도 어수선했다) 아버지의 아들이기 때문이었다. 너는 아버지 조나 허조그가 경찰이나 세무조사원이나 깡패 등을 두려워하면서도 그런 적들을 멀리할 수는 없었으리라 거의 확신했다. 아버지는 두려움과 맞서 싸우며 자신을 죽여보라고 도전했다(공포: 이겨낼 수 있을까? 충격: 살아남을 수 있을까?). 시편을 읽고 숄을 두르고 수염을 길렀던 허조그 가문의 선조들이라면 권총 따위는 손대지도 않았으리라. 폭력을 쓰는 일은 이교도나 하는 짓이니까. 그러나 그들은 이미 지나가버린 옛날 사람들이다. 조나는 단돈 1달러에 권총을 구입했고, 오늘 아침 모지스는 '아, 젠장―알 게 뭐냐' 하고 생각하며 재킷 단추를 채우고 주차장으로 내려갔다.

"이 팰컨은 어쩌죠?" 경찰에게 물었다. 그러느라 걸음을 멈추었다. 그러자 경찰이 그를 밀어붙이며 말했다. "차는 걱정 마세요. 우리가 처리할게요."

 기중기와 갈고리를 달고 다가오는 견인차를 보았다. 그 차의 지붕에도 파란색 불빛이 번쩍거렸다.

 "경관님." 허조그가 말했다. "애부터 집으로 돌려보내야겠는데요."

 "집으로 돌아가게 될 겁니다. 걱정하지 마세요."

 "하지만 네시에 친구가 데려다주기로 했는데요."

 "두 시간이나 남았잖아요."

 "하지만 이대로 가면 한 시간은 넘게 걸리지 않을까요? 애 문제부터 해결하게 해주시면 정말 고맙겠습니다."

 "어서 가시죠, 모지스……" 연장자가 엄격하면서도 상냥하게 재촉했다.

 "애가 점심도 못 먹었어요."

 "지금은 애보다 선생이 더 딱한 처지예요."

 "자, 어서 갑시다."

 허조그는 어쩔 수 없다는 어깻짓을 하고 피 묻은 넥타이를 뭉쳐 길가에 버렸다. 상처가 심하지 않았는지 출혈은 이미 멈춘 뒤였다. 준을 먼저 태운 후 파란색 비닐로 덮인 뜨끈뜨끈한 뒷좌석에 앉아 아이를 무릎에 앉혔다. 어이, 허조그, 네가 허조그답게 열심히 찾아 헤매던 현실이 혹시 이거냐? 남들과 부대끼며 살아가는—이렇게 평범한 생활? 너 혼자서는 어느 현실이 진짜인지 판단할 능력조차 없나? 철학자라면 합리적 판단이 다 그렇듯이 상식적 근거를 바탕으로 결정하면 된다고 말하겠지. 다만 이따위 짓거리는 영 글러먹었을 뿐이야. 그래도 인간적이긴 해. 인간은 빈대 잡으려고 초가삼간 태워버리기 일쑤니까. 인류는 늘 그런 식으로 빈대를 잡았으니까.

준에게 설명해주었다. "이제부터 신나게 달려보자, 주니." 아이는 말없이 고개만 끄덕였다. 얼굴에 수심이 가득했지만 울지 않았고, 그래서 더욱 안쓰러웠다. 마음이 아팠다. 가슴이 미어졌다. 마치 매들린과 거즈바크만으로는 부족하다는 듯 이번에는 아빠까지 달려와 애틋한 사랑과 흥분을 가누지 못하고 아이를 얼싸안고 뽀뽀하고 잠망경을 선물하며 애달픈 심정을 고스란히 드러냈다. 그러다가 아빠의 머리에서 피가 흐르는 꼴을 보여주었다. 눈시울이 뜨거워져 엄지와 검지로 지그시 눌렀다. 문이 쿵쿵 닫혔다. 엔진이 요란한 콧방귀를 뀌더니 조용히 움직이기 시작했고, 건조하고 풍요로운 여름 공기가 배기가스 냄새와 함께 밀려들었다. 강제통풍처럼 메스꺼움을 악화시켰다. 경찰차가 호숫가를 벗어날 때 눈을 뜨자 누르스름하고 꼴사나운 22번 스트리트가 보였다. 여름날의 저주에 시달리는 낯익은 풍경이었다. 시카고! 도넬리 공장에서 흘러나오는 화학약품과 각종 잉크의 후끈하고 매캐한 냄새를 맡았다.

준은 경찰이 아빠의 주머니를 뒤지는 장면을 목격했다. 그 나이 때 모지스는 모든 일을 생생하게 경험했다. 모든 것이 아름답거나 무시무시했다. 핏자국과 악취가 영원히 지워지지 않았다. 준도 나처럼 빠짐없이 기억할 수밖에 없을까. 내가 닭 잡는 광경을 기억하듯이, 윗가지를 엮어 만든 닭장에서 끌려나오며 목이 터져라 외쳐대는 닭 울음소리, 닭똥과 톱밥과 더위와 조류 비린내, 목이 잘린 후 양철 선반에 던져진 닭들이 머리를 길게 늘어뜨린 채 피를 흘리며 죽어가는 모습, 벅벅, 벅벅, 박박, 박박, 철제 받침을 끊임없이 긁어대는 발톱까지 잊지 못하듯이. 그래, 로이 스트리트에서 겪은 일이지. 옆집은 중국인 세탁소였는데 검은색 글자가 적힌 주홍색 깃발들이 펄럭거렸지. 그리고 그곳에서 가까운 어느 뒷골목에서—갑자기 심장이 마구 두근거리고 열이 났다—어느 우중충한 여름날 저녁, 한 남자가 모지스를 덮쳤다. 남자는 뒤에서 다가와 손바닥으로 입을 막아버렸다. 그의 바지를 끌어내리며 위협적인 말을 내뱉었다. 남자의 입은 충치투성이였고 얼굴에는 수염이 거뭇거뭇했다. 붉고 껍질도 없고 소름 끼치게 생긴 물건이 소년의 허벅지 사이에서 오락가락, 오락가락 움직이다가 허연 거품을 왈칵 쏟아냈다. 뒷마당에 갇힌 개들이 울타리에 몸을 던지며 침을 질질 흘리고 컹컹 짖고 으르렁거리고—개들이 그렇게 울부짖는 동안 모지스는 남자의 팔에 목이 졸린 상태였다. 이러다 죽을 수도 있겠구나. 그걸 어떻게 알아! 충분히 짐작할 수 있었다. 그래서 얌전히 서 있었다. 이윽고 남자가 군용 외투의 단추를 채우며 말했다. "동전 하나 줄게. 우선 이 돈부터 바꿔야겠다." 모지스에게 지폐를 보여주며 그 자리에서 기다리라고 말했다. 모지스는 뒷골목 진창길을 밟으며 멀어져가는 남자를 지켜보았는데, 구부정한 자세, 긴 외투를 걸친 수척한 남자, 아픈 발을 절뚝거리며—모지스는 아픈 발은 나쁜 발이라고 기억했다—바삐 걸어가는, 아니, 뛰다시피 하는 뒷모습. 어느새 개 짖는 소리도 그쳤지만 무서워서 꼼짝도 못하고 기다렸다. 그러다 결국 축축한 바지를 주워 입고 집으로 돌아갔다. 현관 계단에 한동안 앉아 있다가 아무일도 없었다는 듯이 저녁을 먹으러 들어갔다. 아무 일도 없었다! 월리 형과 함께 세면대에서 손을 씻고 식탁에 앉았다. 수프부터 먹었다.

그리고 나중에 그가 입원했을 때 착한 기독교인 아줌마가 찾아왔는데, 단추 달린 구두를 신고 전차 집전기처럼 생긴 모자 핀을 꽂은 아줌마, 목소리는 상냥하지만 표정은 근엄했던 그 아줌마가 신약성경을 읽어보라고 했을 때 그는 책을 펼쳐놓고 이 부분을 읽었다. "어린아이가 나를 찾을 때 말리지 말라." 아줌마가 책장을 넘기자 이런 말이 나왔다. "너희가 베풀면 너희 또한 받으리니, 뭇사람이…… 너희에게 안겨주리라."*

자, 비록 독일 속담이지만, 견딜 수 없는 일이라면 잊으라는 유명한 조언, 거창한 조언도 있다. 강한 자는 역사를 잊을 수도 있고 덮어버릴 수도 있다. 얼마나 좋으냐! 힘을 들먹여봤자 결국 자화자찬에 불과할지라도—심미안이 있는 철학자들이 어떤 태도를 취하든 권력은 모든 태도를 휩쓸어버린다. 그렇지만 언제까지나 한 악몽에서 다른 악몽으로 갈아타며 살아갈 수 없는 것도 사실이고, 그 점에 대해서는 니체의 말이 분명 옳았다. 심약한 사람들은 마음을 단련해야 한다. 과연 이 세계가 메마른 흙덩어리에 불과할까? 물론 아니지만 때로는 모든 사람이 아는 상식마저 부정하고 방해하는 시스템으로 보이기도 한다. 나는 아이들을 사랑하지만 그들에게 나는 이 세계처럼 무엇과도 바꿀 수 없는 사람인 동시에 악몽을 가져다주는 사람이다. 원수의 몸에서 아이를 얻었다. 그리고 아이를 사랑한다. 지금 이 순간 아이를 보기만 해도, 머리 냄새만 맡아도 사랑에 사무쳐 몸이 떨린다. 원수의 아이를 그토록 사랑하다니 불가사의한 일이 아니냐고? 그러나 사람에게 필요한 것은 자신의 행복이 아니다. 그래, 고통 따위는 얼마든지 참을 수 있다—괴

---

* 「마태복음」 19:14, 「누가복음」 6:38.

로운 기억도, 자신의 일상적 죄악도, 절망도. 그리고 그것이야말로 인류의 기록되지 않은 역사이며, 눈에 띄지 않는 음성적 업적이며, 또한 더 위대한 무엇이 있다면, 자신은 물론이고 만인이 뛰어들 만큼 위대한 무엇이 존재한다면 비록 자신은 행복하지 않더라도 당당히 살아갈 수 있게 해주는 힘이기도 하다. 그렇게 강렬한 열망을 이룩할 가능성만 있다면 의미 따위는 필요 없다. 왜냐하면 당연히 해야 할 일이니까, 그 일이야말로 의미 그 자체니까.

그러나 이런 짓은 그만둬야 한다. 여기서 이런 짓이란 지금처럼 경찰차에 실려 연행되는 따위의 행동을 뜻한다. 효심(사실상 중국식 사고방식)을 내세우며 꼴사납고 쓸모없는 권총을 가지고 다니는 짓. 증오심, 그리고 이 증오심 때문에 어떻게든 해봐야겠다는 생각. 증오심은 곧 자존심이다. 사람들 앞에서 고개를 꼿꼿이 들고 싶다면……

사우스 스테이트 스트리트를 지나는 중이다. 옛날에는 영화 배급사들이 이 일대에 화려한 포스터를 내걸었지만—절벽에서 뛰어내리는 톰 믹스—지금은 술집에서 쓰는 유리제품을 판매하는 조용하고 한적한 거리일 뿐이다. 아무튼 요즘 세대의 철학은 무엇일까? '신은 죽었다'는 아닌데, 그 시점은 오래전에 지나갔다. '죽음이 곧 신이다'로 바꿔야 할지도 모른다. 요즘 세대의 생각에 따르면—이 세대에서 가장 중심적인 사상이기도 한데—아무리 바람직한 것이라도 취약하고 나약하다면 결코 오래 버티거나 진정한 힘을 발휘할 수 없다. 죽음이 그런 것들을 기다린다—시멘트 바닥이 떨어지는 전구를 기다리듯이. 얄팍한 유리벽이 산산이 부서지고 그 속의 조그마한 진공 상태가 사라져버리면 그것으로 끝이다. 우리는 서로에게 이런 철학을 가르친다. '인류의 역사는 박애주의의 역사라고 믿어? 멍청하긴! 수백만 명이 어떻게 죽어갔는지 보라고. 그들을 가엾게 여기고 연민을 느낄 수 있어? 아무 느낌도 없잖아! 너무 많았으니까. 우리는 그들을 불태워 재로 만들거나 불도저로 밀어 땅에 파묻었지. 인류의 역사는 나약한 자들이 믿는 사랑의 역사가 아니라 잔혹성의 역사라고. 우리는 인간의 모든 능력을 시험해보며 그중 어떤 능력이 가장 강하고 훌륭한지 확인하려 했지만 단 하나도 발견하지 못했어. 실용성만 남았지. 과거의 신이 아직도 존재한다면 보나마나 살인자야. 진정한 신은 죽음뿐이니까. 그것이 현실이란 말이야—비겁한 환상을 걷어내면.' 머릿속에서 그런 말이 천천히 들려오는 듯했다. 손이 축축해 준의 팔을 놓아주었다. 어쩌면 아까 기절해버린 이유는 교통사고 때문이 아니라 이런 생각의 전조증상이었는지도 모른다. 이런 생각이 너무 걱정스럽고 자극적이고 참을 수 없을 만큼 강렬해 속이 메스꺼웠는지도 모른다.

경찰차가 멈추었다. 마치 물위에서 흔들리는 배를 타고 경찰본부에 도착한 듯이 차에서 내려 보행로를 밟자마자 다리가 휘청거렸다. 프루동은 "신이 곧 악"이라고 말했다. 그러나 우리가 세계 혁명의 내면에서 새로운 신앙la foi nouvelle을 찾아본다면 어떻게 될까? 늘 순리가 아니라, 이성적 신념이 아니라 죽음이 승리했다. 우리의 살인적 상상력, 즉 신이 인간을 살해했다는 비난에서 출발한 인간적 상상력이야말로 거대한 권력이었다. 이런 재앙의 저변에는 인간의 불만이 도사리고 있는데, 나는 그런 일에 더는 관여하고 싶지 않다. 신을 비난하기보다 아예 삶을 포기하는 편이 더 쉽다. 훨씬 간단하다. 더 깨끗하다. 어쨌든 이 문제에 대해서는 이제 그만!

경찰이 그에게 딸을 건네주고 엘리베이터까지 호송했는데, 일개 중대가 탈 만큼 널찍한 엘리베이터였다. 경찰에 체포된 두 남자도—즉 오늘 연행된 다른 남자 두 명도—허조그와 함께 타고 올라갔다. 이곳은 11번 스트리트와 스테이트 스트리트 사이에 있는 건물이다. 허조그도 기억하는 곳이었다. 끔찍한 곳이다. 무장경찰이 타거나 내렸다. 허조그는 지시대로 뚱뚱하고 손도 크고 엉덩이도 펑퍼짐한 흑인 경찰관을 따라 복도를 걸어갔다. 다른 사람들은 허조그를 따라왔다. 아무래도 변호사가 필요할 듯싶었고, 허조그는 자연스레 샌도어 히멜스타인을 떠올렸다. 샌도어가 뭐라고 할까 생각해보니 웃음이 났다. 사실 샌도어도 경찰의 수사방식을 활용하는데, 루뱐카*에서 그랬듯이, 세계 전역에서 그랬듯이 교묘한 심리전을 써먹기 일쑤였다. 처음에는 잔인한 일면을 강조했지만 자기가 원하는 결과를 얻어내면 좀 누그러져 한결 싹싹해지기도 했다. 그가 했던 말은 실로 인상적이었다. 자기는 사건에서 손을 떼겠다면서, 악덕 변호사들의 손에 걸려들면 꼼짝없이 갇혀 입도 막히고 창자까지 묶인 채 코에는 계량기가 달려 숨쉴 때마다 사용료를 낼 각오를 하라며 고래고래 소리쳤다. 그래, 그래, 잊을 수 없는 발언, 과연 '현실'을 가르치는 교사다운 발언이었지. 정말 최고였다. '그때는 죽음이 오히려 반가워질걸. 신제품 스포츠카에 올라타듯이 제 발로 냉큼 관에 들어가겠지.' 그리고, '내가 뒈지면 우리 마누라는 돈 많은 과부가 될 테고, 아직 젊은 나이니까 신나게 바람을 피우겠

---

* 당시의 러시아 국가보안위원회(KGB) 본부를 가리킨다. 모스크바 번화가의 루뱐카광장에 있는 건물로, 오랫동안 비밀경찰의 본거지로 사용되었으며 1920년부터는 교도소를 겸하여 거리 이름이 곧 공포의 대명사였다. 지금의 러시아 연방보안국(FSB).

지.' 샌도어가 자주 되풀이했던 말이다. 지금 생각해봐도 재미있다. 얼굴이 벌겋게 상기되고 여기저기 때가 묻고 셔츠는 핏자국으로 얼룩졌는데도 허조그는 샌도어의 말을 떠올리며 빙그레 웃었다. 샌도어가 너무 모질게 군다고 경멸하지 말아야겠다. 그의 말은 대중적 견해, 즉 미국식 사고방식을 나름대로 소화하여 좀 혹독하게 표현했을 뿐이다. 반면에 나는 어떻게 살았던가? 고양이를 사랑해요, 털도 참 따뜻하지, 내가 괴롭히지 않으면 고양이도 나를 괴롭히지 않아요—이 말도 똑같은 사고방식의 유치한 표현인데, 이런 믿음이 잔인하게 깨져버리면 누구나 현실주의자가 되어 으르릉거리기 마련이다. 정신 차려라, 멍청이야! 그리고 타우버 작은엄마의 순진한 현실주의: '고트젤리거 카플리츠키가 다 알아서 했지. 나는 본 적도 없구먼.' 그러나 타우버 작은엄마는 상냥하면서도 약삭빨랐다. 망각과 망각 사이에서 우리가 하는 행동, 우리가 하는 말…… 그러나 이때 그는 준과 함께 넓은데도 답답한 방으로 들어가야 했고, 그곳에서 경사 계급의 또다른 흑인 경찰관에게 입건절차를 밟았다. 나이가 지긋하고 주름살이 자글자글한 사람이었다. 그의 주름살은 살 속에 새겨지기보다 볼록하게 튀어나왔다. 낯빛은 암황색, 이른바 황금빛 흑인이었다. 그는 허조그를 연행해 온 경찰관과 협의하다가 권총을 살펴보고 총탄 두 발을 꺼내더니 반질반질한 바지를 입은 경찰관에게 귓속말로 다시 질문을 던졌고, 그 경찰관도 고개를 숙이며 은밀하게 속닥거렸다.

"자, 거기." 경사가 모지스를 불렀다. 가느다란 금테에 식민지시대 명판 모양의 렌즈를 끼운 원근 겸용 안경을 썼다. 그러더니 펜을 집어 들었다.

"이름?"

"허조그―모지스."

"중간이름 이니셜?"

"E. 엘카나."

"주소?"

"시카고에 살지는 않습니다."

경사가 제법 참을성 있게 다시 물었다. "주소?"

"매사추세츠주 루디빌, 그리고 뉴욕시. 아니, 좋아요, 매사추세츠주 루디빌로 하죠. 번지수는 없고."

"선생 아이요?"

"그렇습니다. 제 딸 준입니다."

"아이는 어디 살고?"

"시내에서, 하퍼 애비뉴에서 엄마랑 같이 삽니다."

"이혼했소?"

"그렇습니다. 애를 만나러 왔어요."

"그렇군. 애는 내려놓겠소?"

"괜찮습니다. 경관님―경사님." 그는 말을 바로잡으며 싹싹한 미소를 지었다.

"지금 입건중이오, 모지스. 혹시 음주운전을 했소? 오늘 한 잔이라도 마셨소?"

"어제 잠들기 전에 한잔했습니다. 오늘은 안 마셨죠. 음주측정을 해보시겠어요?"

"필요 없소. 교통위반 혐의는 없으니까. 이 권총 때문에 입건하려는 거요."

허조그는 딸의 치맛자락을 내려주었다.

"유품일 뿐입니다. 돈도 그렇고."

"이 돈은 뭐요?"

"러시아 돈입니다, 1차세계대전 당시 발행한."

"주머니를 다 비워보시오, 모지스. 확인해봐야 하니까 소지품을 다 꺼내시라고."

허조그는 군말 없이 돈, 공책, 펜, 키친타월 쪼가리로 만든 손수건, 휴대용 빗, 열쇠 꾸러미 따위를 내려놓았다.

"내가 보기엔 열쇠가 너무 많구려, 모지스."

"그렇긴 합니다만 어디에 쓰는 열쇠인지 다 말씀드릴 수 있습니다."

"괜찮소. 열쇠를 금지한다는 법은 없으니까, 선생이 절도범이라면 또 모를까."

"시카고에서 쓰는 열쇠는 빨간 점이 찍힌 이 열쇠 하나뿐입니다. 제 친구 애스팰터의 아파트 열쇠죠. 이따 네시에 로젠월드박물관 앞에서 그 친구를 만나기로 했습니다. 그때까지 애를 데려다줘야 합니다."

"글쎄, 아직 네시도 안 됐고, 아직은 여기서 나갈 수 없소."

"그 친구가 나오기 전에 연락했으면 좋겠습니다. 안 그러면 한없이 기다릴 테니까요."

"그런데 모지스, 왜 선생이 직접 엄마한테 데려다주지 않고?"

"그게 말입니다…… 저희가 서로 말을 섞는 사이가 아니라서요. 너무 자주 다퉜죠."

"선생이 부인을 좀 무서워하는 모양이군."

허조그는 잠깐이나마 분노를 느꼈다. 그를 자극하려고 일부러 내뱉은 말이었기 때문이다. 그러나 지금은 화를 낼 여유조차 없었다. "아닙니다, 그렇지도 않아요."

"그럼 부인이 선생을 무서워하든지."

"둘이서 합의한 일이고, 친구가 중간에서 수고해주기로 했죠. 작년 가을 이후로는 그 여자를 본 적도 없습니다."

"좋소, 그럼 우리가 선생 친구한테 연락하고 애엄마한테도 연락하겠소."

그때 허조그가 소리쳤다. "아, 그 여자한테는 연락하지 마세요!"

"연락하지 말라고?" 경사가 야릇한 미소를 짓더니 자기가 원했던 반응을 이끌어냈다는 듯이 의자에 앉은 채 잠시 쉬었다. "그래도 일단 이리로 모셔서 뭐라고 하시는지 얘기라도 들어봐야겠소. 부인이 선생을 고소라도 했다면 그때는 단순한 총기 불법소지보다 상황이 더 심각해지겠지."

"고소당한 적은 없습니다, 경사님. 굳이 그 여자를 여기까지 오라고 하지 말고 기록만 확인해보셔도 되잖아요. 아이 양육비를 제가 대는데 한 번도 거르지 않았습니다. 허조그 부인이 말씀드릴 만한 내용은 그것뿐입니다."

"이 권총은 어디서 샀소?"

또 시작이다—경찰의 타고난 무례함. 부아를 돋우려는 속셈이다. 그래도 변함없이 침착하게 대답했다.

"산 게 아닙니다. 아버지 유품입니다. 권총도 루블화도."

"그냥 감상적인 이유로 소지했단 말이오?"

"맞습니다. 제가 원래 좀 감상적인 놈입니다. 그렇게 넘어갑시다."

"이것도 감상적인 이유였다고 하시겠소?" 그는 실탄 두 발을 차례로 툭툭 건드렸다―하나, 둘. "좋소, 그럼 이제 가서 양쪽 다 연락해봅시다. 어이, 짐, 이름이랑 전화번호 좀 받아적어."

허조그를 연행했던 경찰관에게 경사가 말했다. 볼때기가 불룩한 경찰관은 그때까지 근처를 떠나지 않고 입술을 오므린 채 손톱으로 콧수염을 만지작거리며 기다리는 중이었다.

"그냥 제 주소록을 가져가시죠, 저기 있는 저 빨간색 수첩. 보고 나서 돌려주세요. 제 친구 이름은 애스펠터예요."

"다른 분 이름은 매들린 허조그야." 경사가 말했다. "주소는 하퍼 애비뉴 맞소?"

모지스는 고개를 끄덕였다. 갈겨쓴 글씨와 잉크 얼룩이 즐비한 파리제 가죽 주소록을 뒤적거리는 굵은 손가락을 지켜보았다. "애엄마한테 연락하시면 제 입장이 좀 곤란해집니다." 경사를 설득해보려는 마지막 시도였다. "제 친구 애스펠터를 불러도 마찬가지 아닙니까?"

"어서 연락해봐, 짐."

흑인이 빨간색 연필로 전화번호에 표시를 하더니 가버렸다. 모지스는 감정을 드러내지 않으려고 각별한 노력을 기울였다―반감을 드러내지도 않고, 특별히 간청하지도 않고, 개인적 색채는 조금도 내비치지 않았다. 한때 사람을 똑바로 바라보면 호소력이 생긴다고 믿었던 일이 떠올랐다―서로의 입장 차이와 환경 차이 따위는 무시해버리고 다만 한 인간이 다른 인간에게 말없이 마음을 연다. 그렇게 본질과 본질이 만나면 서로를 이해하리라. 그 시절을 생각하며 내심 미소를 지었다. 감미로운 공상일 뿐이다! 지금 경사의 눈을 들여다보려 하면 공책을 냅다 집어던지겠지. 결국 매들린이 이곳으로 오겠구나. 그래, 올 테면 오라지. 어쩌면 처음부터 그녀와 대면할 기회가 오길 바랐는지도 모른다. 곧은 코와 창백한 얼굴로 바닥만 골똘히 내려다보았다. 품속에서 준이 자세를 바꾸자 옆구리가 다시 쿡쿡 쑤셨다. "아빠가 미안해, 주니." 그가 말했다. "다음번엔 돌고래를 보러 가자. 상어를 보는 바람에 재수가 없었나봐."

"앉으셔도 좋소." 경사가 말했다. "다리에 힘이 빠진 모양이오, 모지스."

"형한테 연락해서 변호사를 보내달라고 부탁하고 싶습니다. 변호사가 필요 없다면 또 모르지만. 어차피 보석금을 내야 한다면……"

"보석금은 내야겠지만 금액이 얼마일지는 아직 모르겠소. 보증인이 필요하다면 여기도 많소." 경사가 손등으로, 혹은 손목을 흔드는 동작으로 모지스의 뒤쪽을 가리켰고, 고개를 돌려보니 벽면을 따라 온갖 부류가 줄줄이 모여 있었다. 특히 가까이 다가온 두 남자가 눈에 띄었는데, 말쑥한 차림새로 미루어 보증인인 듯했다. 두 남자는 모지스를 바라보며 보석금을 떼일 위험이 있다고 판단한 듯했지만 불쾌감이 들진 않았다. 그들은 모지스의 비행기표, 열쇠, 펜, 루블화, 지갑 등을 이미 보았다. 드라이브에서 부서진 사고 차량이 자가용이었다면 소액의 보석금은 확보할 수 있다. 그러나 렌터카였다지? 다른 주에서 온 남자, 게다가 지저분한 무명 정장 차림에 넥타이도 안 맸다? 그렇다면 지불능력이 몇백 달러에 불과할 수도 있다. 모지스는 그 정도의 금액이라면 굳이 윌이나 슈라를 귀찮게 하지 않고 어떻게든 마련할 수 있겠다고 생각했다. 어떤 사람은 남들에게 늘 좋은 인상을 준다. 그러나 나에게는 그런 능력이 없다. 내 감정변화 때문이다. 열정적인 사람은 신용점수가 낮을 수밖에 없다. 누가 나에게 묻더라도 실리를 따져본다면 다른 판단을 내릴 수 없겠지.

공터에서 편가르기를 할 때마다 외야로 쫓겨났던 일도 떠올랐다. 그곳에서 그는 딴생각에 빠져 공을 놓치기 일쑤였고, 그때마다 아이들이 일제히 소리쳤다. "어이! 유대인 모. 덜렁쇠! 얼뜨기! 지금 나비 구경하냐? 유대인 등신새끼. 저 등신새끼!" 말은 안 했지만 자신도 그런 조롱에 동참했다.

딸의 가슴에 두 손을 깍지 끼었는데 아이의 심장이 빠르고 가볍게 두근거렸다.

"자, 모지스, 장전된 권총을 소지한 이유를 말해보시오. 누군가를 죽이려 했소?"

"물론 아닙니다. 그리고 부탁인데요, 경사님, 애가 듣는데 그런 말씀은 좀 곤란합니다."

"애를 데려온 사람은 내가 아니라 선생이잖소. 겁만 줄 생각이었는지도 모르지. 누구한테 원한이라도 있소?"

"아닙니다, 경사님, 문진으로 쓰려고 했을 뿐이에요. 깜박 잊고 총탄을 꺼내지 않았는데, 제가 총을 잘 몰라서 미처 생각하지 못했습니다. 전화 한 통만 써도 되겠습니까?"

"나중에 하시오. 아직 덜 끝났소. 다른 일을 처리하는 동안 잠시 앉아 계시오. 애엄마가 올 때까지 기다리시라고."

"애한테 우유 한 통 사줘도 됩니까?"

"저기 있는 짐한테 25센트만 주시오. 사다줄 테니까."

"빨대도 있으면 좋겠지, 준? 기왕이면 빨대로 마시는 게 좋겠다." 아이가 고개를 끄덕이자 허조그가 말했다. "괜찮으시면 빨대도 가져다 주세요."

"아빠?"

"그래, 준."

"최고최고에 대한 얘기는 안 해줬잖아."

잠시나마 알아듣지 못했다. "아하, 뭐든지 최고만 모인 뉴욕 클럽 말이구나."

"그 얘기 맞아."

아이는 아빠의 무릎 사이로 보이는 의자에 걸터앉았다. 허조그는 아이의 자리를 조금이나마 넓혀주었다. "어떤 협회에 사람들이 모였어. 뭐든지 최고인 사람들이었지. 최고로 머리숱 많은 대머리도 있고, 최고로 머리숱 적은 털보도 있고."

"최고로 뚱뚱한 말라깽이 아줌마."

"최고로 깡마른 뚱보 아줌마도 있었지. 최고로 키 큰 난쟁이, 최고로 키 작은 거인까지. 그렇게 모두가 모여들었어. 최고로 힘없는 천하장사, 최고로 힘센 약골. 최고로 멍청한 학자, 최고로 똑똑한 멍텅구리. 절름발이 곡예사도 있고 못생긴 미녀도 있었지."

"그 사람들이 뭘 했어, 아빠?"

"토요일 밤에 만찬 무도회를 열었지. 모두 한자리에 모여 시합을 벌였어."

"누가 누구인지 구별하는 시합."

"그래, 주니. 가령 최고로 머리숱 많은 대머리와 최고로 머리숱 적은 털보를 구별해낸 사람이 상을 타는 식이었지."

깜찍하게도 아이는 아빠의 허무맹랑한 이야기를 좋아하고 즐거워하는 듯했다. 아이가 아빠의 어깨에 머리를 기대고 조그마한 이를 드러내며 졸음에 겨운 미소를 지었다.

실내가 너무 덥고 답답했다. 한쪽으로 떨어져 앉은 허조그는 엘리베이터를 함께 타고 올라왔던 두 남자를 눈여겨보았다. 사복형사 두 명이 증언하는 중이었는데―그는 곧 풍속사범 단속반이라는 사실을 알아차렸다. 그들이 연행한 여자 한 명도 있었다. 아까는 미처 못 봤던 모양이다. 창녀일까? 그래, 점잖은 중산층 여자인 체하지만 창녀가 분명하다. 허조그 자신도 곤란한 처지였지만 계속 지켜보며 열심히 귀를 기울였다. 사복형사가 말했다. "저 사람들이 이 여자 방에서 드잡이판을 벌였습니다."

"천천히 마셔, 주니." 허조그가 말했다. "시원하니? 조금씩 천천히 마셔, 주니."

"복도에서도 들릴 정도였나?" 경사가 물었다. "왜 싸웠대?"

"저 남자가 귀고리에 대해 뭐라고 소리치던데요."

"귀고리가 어쨌다는 거지? 지금 저 여자가 한 귀고리 말이야? 그건 어디서 났소?"

"샀어요. 저 사람한테서. 평범한 거래였죠."

"할부로 샀으면서 돈을 안 갚았잖아."

"갚으려고 했잖아요."

"몸으로 때우라고 했던 모양이군. 알겠소." 경사가 말했다.

"제 생각은 이래요." 사복형사가 퉁퉁하고 우둔해 보이는 표정으로 설명했다. "이 친구가 저 남자를 데려왔는데, 일이 다 끝나고 나서 남자가 여자한테서 귀고리 외상값 10달러를 받아내려고 했던 거죠. 여자는 줄 수 없다고 버텼고."

"경사님!" 두번째 남자가 항변했다. "제가 외지에서 와서 그런 사정까지는 몰랐습니다."

니네베 출신이라는 남자는 눈썹이 가무잡잡하고 구불구불했다. 모지스는 아이의 관심을 돌리려고 이따금 귓속말을 하면서도 흥미진진하게 지켜보았다. 여자의 짙은 화장, 에메랄드빛 아이섀도, 염색한 머리, 자존심이 엿보이는 도톰한 콧날—그래도 왠지 낯익은 여자였다. 그녀에게 꼭 물어보고 싶었다. 혹시 매킨리고등학교를 나오지 않았나요? 혹시 합창단원 아니었나요? 나도 그래! 나 기억나? 허조그? 졸업생 연설도 했던 허조그—그날 에머슨 얘기도 했는데?

"아빠, 우유가 안 나와."

"빨대를 자꾸 씹어서 그래. 씹힌 자리를 잘 펴보자."

"우린 빨리 가봐야 합니다, 경사님." 장신구 외판원이 말했다. "기다리는 사람들이 있어요."

아내들이겠지! 허조그가 생각했다. 아내들이 기다린다는 뜻이겠지!

"두 분은 친인척 관계요?"

장신구 외판원이 대답했다. "이쪽은 제 처남인데 루이빌에 살다가 잠시 여행중이죠."

아내들이 그들을 기다리는데 그중 한 명은 다른 남자의 누나이기도 하다. 허조그도 기대감에 들뜬 채 결말을 기다렸다. 저 여자가 정말 고등학교 합창단에서 〈다시금 기뻐하며〉(바그너 작곡)의 콘트랄토 솔로를 불렀던 칼로타일까? 불가능한 일은 아니다. 지금의 그녀를 보라. 저런 여자와 하고 싶어하는 남자도 있을까? 왜냐! 충분히 짐작할 수 있었다. 저 다리의 굵은 핏줄, 그리고 바싹 졸라맨 젖가슴을 보라. 빨긴 했지만 다림질을 안 한 옷가지 같다고나 할까. 그리고 약간 흐리멍덩한 눈빛, 두툼한 입술. 그런데도 하고 싶어지는 이유를 안다. 그녀가 온갖 음탕한 기교에 능통했기 때문이다. 외설적 지식 때문이다.

바로 그 순간 매들린이 도착했다. 들어오자마자 말했다. "내 딸은 어디……!" 그러다가 허조그의 무릎에 앉은 준을 발견하고 빠른 걸음으로 다가왔다. "이리 와, 주니!" 우유팩을 치워버리고 아이를 안아들었다. 허조그의 고막 속에서 맥박이 두근거리고 뒷골이 몹시 무거워졌다. 지금은 매들린이 허조그의 얼굴이라도 봐야 하건만 그녀는 알은체도 하지 않았다. 이맛살을 움찔거리며 싸늘하게 돌아섰다. "애는 별일 없나요?"

경사가 풍속사범 단속반에게 멀찌감치 떨어지라는 시늉을 했다. "괜찮소. 생채기 하나라도 생겼다면 마이클 리스 종합병원으로 데려갔겠지." 매들린은 초조한 손길로 준의 팔다리를 만져보았다. 경사가 모지스에게 손짓했다. 그는 앞으로 나아갔고, 책상을 사이에 두고 매디와 마주앉았다.

매들린은 연파랑 리넨 정장 차림에 뒷머리는 길게 늘어뜨렸다. 그녀의 거동을 한마디로 표현하면 능수능란했다. 그녀의 하이힐은 이 소란스러운 실내에서도 또렷하게 들릴 만큼 기세등등한 소리를 냈다. 허조그는 그녀의 푸른 눈을, 비잔틴 예술품 같은 코를, 조그마한 입술을, 그리고 턱살을 지그시 누르는 아래턱을 찬찬히 살펴보았다. 발그레한 안색은 지금 그녀의 의식이 활발하게 움직인다는 징후였다. 얼굴에 살이 좀 붙었다는 생각이 들었다―피부도 조금 거칠어졌나. 사실이길 바랐다. 거즈바크의 상스러운 측면이 그녀에게도 자연스럽게 전해졌을 테니까. 당연한 일이 아닐까? 엉덩이는 확실히 넓어졌다. 얼마나 움켜쥐고 비벼댔기에 저렇게 됐을까 상상해보았다. 애처가다운 행동―아니, 그건 정확한 표현이 아니고…… 연인다운 행동이다.

"이분이 애아빠 맞소, 부인?"

매들린은 여전히 허조그를 알은체도 하지 않았다. "네." 그녀가 말했다. "이혼했어요. 얼마 전에."

"그럼 이분은 매사추세츠주에 살고?"

"어디 사는지는 저도 몰라요. 제가 상관할 일이 아니잖아요."

허조그는 그녀를 보며 놀라워했다. 완벽한 자제력에 감탄할 수밖에 없었다. 그녀는 한순간도 망설이지 않았다. 이 방에 들어서자마자 주니의 우유팩을 빼앗았는데 어디에 버려야 하는지를 정확히 파악했다. 지금쯤 권총은 물론이고 루블화를 포함하여 책상에 놓인 물건들을 낱낱이 확인했겠지. 권총을 본 적은 없겠지만 원형 자석 고리에 달린 루디빌 열쇠를 알아보았을 테고, 권총이 내 물건이라는 사실도 깨달았겠지. 허조그는 그녀의 일거수일투족에 익숙했다―이런저런 태도, 귀족적 스타일, 코를 움찔거리는 버릇, 명백하고 광기마저 깃든 오만한 눈빛. 경사가 그녀에게 질문을 던지는 동안 모지스는 조금 얼떨떨한 상태였지만 강렬한 연상작용을 억누를 수 없었고, 그녀의 몸에서 풍기는 여성 분

비물의 냄새는 여전한지 궁금하게 여겼다—불결한 생활습관에서 비롯된 냄새. 달착지근하고 시큼한 체취, 타는 듯 새파란 눈, 날카로운 시선, 그리고 온갖 심술궂은 말을 거침없이 내뱉는 작은 입 따위는 두 번 다시 예전과 같은 영향력을 발휘하지 못하리라. 그러나 그녀의 얼굴을 보기만 했는데도 여전히 머리가 지끈거린다. 머릿속에서 맥박이 빠르고 규칙적으로 뛰는데, 마치 엔진 속에서 검은 유막에 싸인 채 쏜살같이 오르내리는 태핏 같다. 지극히 생생한 모습으로 그녀를 볼 수 있었다—사각형으로 재단한 드레스 위로 훤히 드러난 매끄러운 젖가슴, 황갈색의 매끄러운 다리. 다만 얼굴은, 특히 이마는 지나치게 매끄럽고 반들반들해서 그의 취향은 아니었다. 바로 그곳에서 그녀의 신랄한 성정이 고스란히 드러난다. 그런 이마를 프랑스어로는 '르 프롱 봉베'*라고 부른다. 다른 용어로는 소아형 이마라고도 한다. 그런 이마 속에서 어떤 일이 벌어지는지 헤아리기란 근본적으로 불가능하다. 알겠느냐, 모지스? 우리는 서로를 모른다. 심지어 거즈바크조차도, 사기꾼, 사이코패스, 그 밖에 또 뭐라고 부르든 간에, 이글거리는 거짓투성이 눈빛과 꼴사나운 볼때기에 주름살이 가득한 그놈조차도. 나는 그놈을 다 알지 못한다. 나도 마찬가지다. 그러나 악인들이 어떤 사람에게 잔인하고 무자비한 짓을 저질렀다면 그들은 그 사람을 완벽하게 이해했다고 단언한 셈이다. 그들은 나를 겪어버렸고, 따라서 허조그를 속속들이 알았다고 주장할 수 있었다. 그들이 나를 간파했다! 그리고 나는 인간에게 불가능한 일을 요구하거나 힘을 발휘할 수 없는 곳에 발휘하라고 요구하는 일은

---

* '볼록한 이마'라는 뜻.

횡포라고 했던 스피노자의 말에 동의한다(스피노자도 싫어하지 않았으면 좋겠다). 그러므로 두 분 신사숙녀께 대단히 죄송스러운 말씀이오나 두 분이 이 몸을 그따위로 정의하신다면 저로서는 거부할 수밖에 없사옵니다. 아, 지금의 매들린은 낯선 여자다―저토록 교만하지만 제대로 씻지도 않는 여자, 저토록 아름답지만 분노를 못 이겨 찌푸린 여자―한마디로 순수한 다이아몬드와 울워스*의 값싼 유리가 혼재하는 정신이다. 그리고 거즈바크는 나에게 알랑거리던 놈이다. 그놈은 공생관계를 추구했다. 공생관계라는 개수작을. 저 쌍년은 싸구려 사탕처럼 달콤하고 인공적인 단맛처럼 해로운 여자다. 그래도 최종판단은 유보하련다. 내가 아니라 그들의 몫이니까. 내가 그들을 해치려고 왔다는 사실을 인정한다. 그러나 처음 피를 흘린 사람은 나였고, 이제 나는 빠지고 싶다. 부디 나를 빼다오. 준과 관련된 일은 물론 예외다. 그러나 나머지 일에 대해서는 가급적 빨리 정리하고 싶다. 다들 잘 있어라.

"자, 이분이 부인을 귀찮게 했소?" 자기도 모르게 듣고 있던 허조그에게 경사의 질문이 들려왔다.

허조그는 매들린에게 통명스럽게 말했다. "부탁인데 말조심해. 쓸데없이 말썽 일으키지 말자."

그녀는 그 말을 무시해버렸다. "저를 괴롭히긴 했죠."

"협박도 했소?"

허조그는 긴장하며 대답을 기다렸다. 양육비 문제도 고려해야겠지―집세도. 약삭빠르고 기막히게 교활한 여자, 굉장히 약삭빠른 여자

---

* 20세기 말까지 성업했던 미국 잡화점.

니까. 그러나 그녀에게는 격렬한 증오심도 있는데, 그 증오심은 약간의 광기까지 드러냈다.

"아뇨, 저를 직접 협박하진 않았어요. 작년 10월 이후에는 만난 적도 없으니까요."

"그럼 누구한테?" 경사가 다그쳤다.

보나마나 매들린은 허조그의 입장을 곤란하게 만들려고 무슨 짓이든 하려 들겠지. 거즈바크와의 관계가 양육권 소송의 근거가 될 수 있다는 사실을 잘 알고, 따라서 지금의 내 약점을—내 바보짓을—최대한 활용하겠지. 매들린이 말했다. "저 사람을 담당했던 정신과의사가 조심하라고 경고했어요."

"조심하라니! 도대체 뭘!" 허조그가 말했다.

매들린은 아랑곳하지 않고 경사에게 말했다. "좀 걱정스럽다고 했어요. 에드비그 박사한테 직접 물어보세요. 아무래도 저한테 귀띔해줄 필요가 있다고 판단해서⋯⋯"

"에드비그는 머저리야—멍청한 놈이라고!" 허조그가 내뱉었다.

매들린의 안색이 몹시 붉어지고, 목까지 분홍색에 가까워져 장미석영 같은 빛깔을 띠고, 눈가에도 기이한 색조가 감돌았다. 허조그는 지금 이 순간 그녀가 어떤 감정을 느끼는지 알아차렸다—행복이다! 마음속으로 뇌까렸다. 아, 그래, 유대인 등신새끼가 외야에서 간단한 플라이를 또 놓쳐버렸구나. 상대 팀의 득점이다—모든 주자가 홈으로 들어왔다. 저 여자가 내 실수를 절묘하게도 써먹는다.

"이 권총을 본 적 있소?" 경사는 누르스름한 손바닥에 권총을 올려놓고 섬세한 손놀림으로 물고기처럼—농어처럼—홱홱 뒤집었다.

권총을 내려다보는 그녀의 얼굴이 화사하게 빛났다. 허조그는 그녀가 성적 희열을 느낄 때조차 그토록 황홀한 표정은 본 적이 없었다. 매들린이 말했다. "저 사람 총이죠? 총탄도?" 허조그는 그녀의 눈빛에서 강렬하고 뚜렷한 기쁨을 발견했다. 입술은 굳게 다문 모습이다.

"저분이 소지했소. 아시는 총이오?"

"본 적은 없지만 놀라운 일도 아니군요."

모지스는 이제 준을 바라보았다. 아이의 표정이 다시 어두워졌다. 살짝 찡그리는 듯했다.

"여기 계신 모지스를 고소하신 적이 있소?"

"아뇨." 매디가 말했다. "실제로 고소한 적은 없어요." 그러더니 급히 숨을 들이마셨다. 바야흐로 뭔가 도박을 걸어보려는 참이다.

"경사님," 허조그가 말했다. "고소는 없었다고 말씀드렸잖아요. 제가 단 한 번이라도 양육비를 거른 적이 있었는지 물어보세요."

그러자 매들린이 말했다. "저 사람 사진을 하이드파크 경찰에 제출하긴 했어요."

허조그는 그녀에게 지나친 말은 삼가라고 경고했다. "매들린!"

"조용히 하시오, 모지스." 경사가 말했다. "사진은 왜 제출했소, 부인?"

"저 사람이 집 근처에서 배회할지도 모르잖아요. 그래서 잘 지켜달라는 뜻으로."

허조그는 머리를 절레절레 흔들었다. 자신이 한심스럽기 때문이기도 했다. 예전에나 저질렀을 만한 실수를 오늘도 저지르고 말았다. 오늘부터는 달라지기로 마음먹었건만. 어쨌든 예전의 실수에 대해서는 대가를 치러야 했다. 자신을 꾸짖었다. 이제라도 철이 들었으면 사리 분별을 할 줄 알아야지! 도대체 언제 정신 차릴래!

"저분이 집 근처에서 배회한 적이 있소?"

"눈에 띈 적은 없지만 보나마나 그랬겠죠. 질투심도 많고 걸핏하면 말썽을 일으키는 사람이니까. 성미도 고약해요."

"그런데도 고소하지 않았소?"

"네. 그렇지만 어떤 종류의 폭력이든 상관없이 보호받고 싶어요."

매들린의 목소리가 급격히 높아졌고, 그녀가 말하는 동안 허조그는 경사가 새삼스러운 눈으로 그녀를 바라보는 모습을 볼 수 있었는데, 이제야 매들린 특유의 거만한 태도를 어렴풋이 알아차린 듯했다. 경사가 명판 모양의 렌즈를 끼운 원근 겸용 안경을 집어들었다. "폭력은 걱정하지 마시오, 부인."

모지스는 생각했다. 그래, 드디어 경사도 매들린이 어떤 여자인지 알아차렸구나. "저는 권총을 문진 대용으로 쓰려고 했을 뿐입니다." 그가 말했다.

그러자 매들린이 손가락을 꼿꼿이 세워 총탄 두 발을 가리키더니 허조그의 눈을 똑바로 응시하며 이제야 처음으로 그에게 말했다. "한 발은 나한테 쏘려고 했잖아!"

"그렇게 생각해? 왜 그런 생각이 들었을까? 그리고 나머지 한 발은 누구한테 쏘려고 했다는 소리야?" 허조그는 매우 침착하게, 담담한 어조를 유지하며 말했다. 매들린의 숨은 일면, 자기만 아는 모습을 끌어내려고 최선을 다했다. 허조그를 노려보는 그녀의 얼굴에서 핏기가 싹 가시고 코가 아주 희미하게 씰룩거리기 시작했다. 이런 안면경련과 사나운 시선을 자제해야 한다는 것을 그녀도 깨달은 듯했다. 그러나 안색은 시시각각 창백해져 아주 새하얘지고 두 눈은 점점 더 작아지고 싸늘해졌다. 허조그는 그 눈빛의 의미를 읽어낼 수 있다고 믿었다. 그녀의 눈은 그가 죽어야만 한다는 절대적 의지를 표출했다. 일상적 수준을 아득히 뛰어넘을 만큼 지독한 증오심이었다. 그의 소멸을 간절히 원하는 찬성표라는 생각이 들었다. 경사도 그런 속내를 간파했는지 궁금했다. "자, 당신은 두번째 총탄이 누구를 노린다고 상상했지?"

그녀는 말없이 허조그를 계속 노려볼 뿐이었다.

"이제 끝났소, 부인. 이제 애를 데려가시오."

"잘 가라, 준." 모지스가 말했다. "이제 집에 가. 아빠가 금방 또 보러 올게. 자, 아빠 뺨에 뽀뽀해줘." 아이의 입술이 와닿는 감촉을 느꼈다. 준이 엄마의 어깨 너머로 손을 내밀어 그의 얼굴을 만졌다. "잘 지내라." 그리고 매들린이 성큼성큼 걸어갈 때 이렇게 덧붙였다. "또 올게."

"조서 작성을 끝내야겠소, 모지스."

"보석금을 내야 하나요? 얼마예요?"

"300달러. 이런 거 말고 미국 돈으로."

"그럼 전화 좀 쓰게 해주세요."

경사는 모지스가 꺼내놓았던 소지품 중 10센트짜리 동전 하나를 가져가라고 말없이 손짓했고, 그사이에 모지스는 경찰관의 강인한 얼굴을 눈여겨보았다. 인디언 혈통이 섞인 듯한데—아마도 체로키족, 아니면 오세이지족, 그리고 아일랜드계 조상 한두 명. 누르스름한 황금빛 피부와 세로로 팬 굵은 주름살, 준엄한 콧날과 두드러진 입술은 공명정대한 성품을 말해주는 듯하고, 두피 위에 낱낱이 아주 조그맣게 돌돌 말린 허연 곱슬머리가 위풍당당했다. 경사의 우툴두툴한 손가락이 공중전화 부스를 가리켰다.

형의 전화번호를 돌릴 때 허조그는 피곤하다못해 기진맥진했지만 의기소침한 상태는 결코 아니었다. 이유는 모르겠지만 그럭저럭 일을 잘 처리했다고 믿었기 때문이다. 그래, 이번에도 나다운 짓이었지, 또 말썽을 일으켰으니까, 그래서 형이 나를 꺼내줘야 하니까. 그래도 마음이 무겁기는커녕 오히려 홀가분했다. 어쩌면 너무 지쳐 우울해질 겨를이 없었는지도 모른다. 정말 그런지도 모르겠는데—피로 때문에 쌓인 노폐물이(그가 좋아하는 생리학적 설명인데, 이 이야기는 프로이트의 수필「애도와 우울」에 나온다) 일시적으로 마음을 가볍게 하고 명랑해지게 만들기도 한다니까.

"여보세요."

"윌 허조그 씨 계십니까?"

두 사람은 서로의 목소리를 알아들었다.

"모즈!" 윌이 말했다.

허조그는 형의 목소리를 듣자마자 복받치는 감정을 가늘 길이 없었다. 익숙한 말투, 익숙한 이름을 듣는 순간 갑자기 만감이 교차했다. 모지스는 윌과 헬렌을 사랑했고, 백만장자가 되고 나서 조금 멀어지긴 했지만 슈라도 사랑했다. 비좁은 금속제 상자에 들어온 탓에 금방 목덜미가 축축해졌다.

"모즈, 너 어디 있었니? 간밤에 작은엄마가 연락하셨어. 그때부터 한잠도 못 잤다. 지금 어디니?"

"엘리야* 형." 모지스는 가족끼리 쓰는 이름을 불렀다. "걱정하지 마. 심각한 짓은 안 했지만 지금 11번과 스테이트 사이에 있어."

"경찰본부 말이니?"

"가벼운 교통사고였어. 다친 사람도 없고. 그런데 지금 보석금 300달러가 없어 못 나가는 중이야."

"나 참, 모즈. 작년 여름 이후로 너를 봤다는 사람이 아무도 없더라. 다들 미치도록 걱정했다고. 금방 갈게."

다른 두 남자와 함께 유치장 안에서 기다렸다. 한 명은 술에 취해 때묻은 속옷 바람으로 잠만 잤다. 다른 한 명은 흑인 소년이었는데 아직 면도할 나이조차 아니었다. 값비싼 황갈색 정장 차림에 갈색 악어가죽 구두를 신었다. 허조그가 인사를 건넸지만 소년은 대꾸도 하지 않았다. 자신의 불행한 처지에만 집착하는지 고개를 돌려버렸다. 모지스는 소년을 측은하게 여겼다. 철창에 등을 기댄 채 기다렸다. 유치장에 갇힌 신세라—그는 안팎의 경계선이 뺨에 와닿는 감촉을 느꼈다. 유치장 내부에는 변기 하나, 휑뎅그렁한 철제 침대 하나, 그리고 천장에 붙은 파리 몇 마리. 허조그는 이곳이 자신의 죄를 다스릴 공간은 아니라는 사실을 깨달았다. 이곳은 잠시 지나갈 뿐이다. 바깥의 길거리, 미국 사회, 그곳이야말로 그가 형기를 치러야 하는 곳이다. 차분하게 침대에 걸터앉았다. 당연한 일이지만 여기서 나가자마자 시카고를 떠나기로, 그리고 준에게 도움이 되는 일, 정말 이로운 일을 해줄 준비가 되기 전에는 돌아오지 않기로 마음먹었다. 비통한 가슴을 안고 미친듯이

---

* '엘리야'는 고대 이스라엘의 예언자로, 바알 숭배를 비판하고 여호와를 유일신으로 선포했다. 유대인들은 구세주 재림의 선구자로 여긴다.

돌아다니며 창문 너머나 훔쳐보는 우스꽝스러운 짓은 이제 그만, 교통사고도, 기절도, '자꾸 때린다고 엉엉 우는' 식의 만남도, 정면대결도 다 집어치우자. 유치장과 복도에서 들려오는 분쟁의 소음, 경찰본부의 악취, 비참한 표정들, 그리고 오줌으로 얼룩진 속옷을 입은 채 인사불성으로 곯아떨어진 남자만큼이나 희망 따위는 찾아볼 수 없는 열쇠를 돌리는 손―눈 있고 코 있고 귀 있는 자는 보고 냄새 맡고 들으라.* 지성과 감정을 겸비한 자는 고민해보라.

허조그는 옆구리의 통증을 줄여주는 자세로 앉아 자신에게 남기는 몇 가지 비망록까지 썼다. 그다지 일관성이 있거나 논리적인 내용은 아니지만 매우 자연스럽게 생각이 떠올랐다. 그것이야말로 모지스 E. 허조그가 일하는 방식이었고, 그는 공책을 무릎에 받쳐놓은 채 즐겁고 간절한 마음으로 이렇게 썼다. 어설프고 불확실한 치안 시스템. 누구는 원시적이라고 말하겠지. 프로이트와 로하임**이 믿었던 대로 인류 공통의 원초적 범죄가 사회질서의 기원이라면, 형제가 합세하여 최초의 아버지를 죽이고 시신을 먹어치웠다면, 그리고 이 살인으로 비로소 자유를 쟁취하고 유혈참극을 통해 단결했다면, 감옥이라는 곳의 분위기가 이토록 암울하고 고리타분한 것도 당연한 일이다. 아, 그래, 형제, 군인, 강간범 등의 무리가 내뿜는 사나운 기세. 그러나 이런 생각은 모두 은유에 불과하다. 실수만 연발하는 내 모습을 진심으로 이 짙은 무의식적 어둠의 탓으로 돌릴 수는 없다. 피에 굶주린 원시적 현혹 상태로 여기지 말자.

우리가 아무리 불신하고 부정해도 사실 마음속으로는 누구나 자신의 인생

---

* "귀 있는 자는 들으라 하시니라"(「마가복음」 4:9).
** 헝가리 태생의 미국 정신분석학자 게자 로하임(1891~1953).

이 의미 있는 형태로 완성되길 꿈꾼다. 어떤 불가사의한 방식으로. 죽기 전에. 딱히 비논리적이지는 않더라도 이해하기 어려운 모종의 방식으로, 저절로, 인생이 완벽해지길 바란다. 저 어설픈 경찰의 보호망을 벗어나면 너는 마지막 깨달음의 기회를 얻으리라—정의를. 진리를.

에드비그 박사에게, 빠르게 써내려갔다. 모호한 상황을 견디지 못하는 정도에 따라 노이로제의 등급을 매길 수 있다고 설명해주었을 때 당신은 비로소 내가 치렀던 진료비만큼의 돈값을 다한 셈이오. 나는 방금 매들린의 눈빛에서 어떤 판결을 읽을 수 있었소. '비겁한 자는 존재하지도 말라!' 그녀의 장애는 놀라운 통찰력이었소. 검허하게 밝히건대 나는 이제 모호한 상황에도 훨씬 더 잘 대처할 수 있게 되었소. 그러나 다행히 지식인들을 괴롭히는 가장 모호한 상황만은 모면했다고 생각하는데, 그것은 바로 문명인들이 자신의 삶을 가능하게 해주는 문명을 오히려 혐오하고 원망하는 상황이오. 문명인들은 천재적 재능으로 만들어낸 상상 속의 인간 상황을 사랑하며, 그것만이 인간의 진실하고 유일무이한 현실이라고 믿으니까. 이 얼마나 기이한 발상이오! 하지만 어느 사회를 보더라도 최고의 대우를 받고 최고의 혜택을 누리는 지식인들이 오히려 누구보다 고마움을 모르는 경우가 많소. 그러나 이런 배은망덕은 지식인들의 사회적 기능이기도 하지. 자, 이거야말로 모호한 상황이 아니겠소!…… 라모나에게, 당신은 나에게 큰 도움을 주었지. 나도 잘 알아. 하지만 곧바로 뉴욕으로 돌아갈 수 없을지도 몰라. 어쨌든 계속 연락할게. 하느님! 자비를 베푸소서! 하느님! 라하임 올레누…… 멜레크 마이미스…… 삶과 죽음을 다스리는 왕이시여……!

경찰본부를 나설 때 형이 말했다. "많이 당황한 표정은 아니구나."

"맞아, 형."

보행로 상공의 어둑어둑한 하늘에는 황금빛 비행운 몇 가닥이 길게 떴고, 12번 스트리트의 북쪽 길가에는 벌써부터 북적거리는 술집들이 환하게 불을 밝혀 도로가 끝나는 곳까지 불야성을 이뤘다.

"몸은 좀 어때?"

"멀쩡해." 모지스가 말했다. "내 모습이 어떤데?"

형이 신중하게 대답했다. "아무래도 좀 쉬어야겠다. 내 주치의한테 들러 진찰 좀 받아보면 어떨까 싶은데."

"그럴 필요는 없을 것 같아. 머리가 조금 찢어졌지만 출혈도 금방 멎었으니까."

"아까부터 옆구리를 붙잡고 있었으면서. 바보처럼 굴지 마라, 모즈."

월은 좀처럼 감정을 드러내지 않으며 늘 성실하고 빈틈없고 조용한 성격인데, 키는 동생보다 작지만 머리는 더 진하고 더 풍성했다. 아버지나 지포라 고모처럼 열정적으로 감정을 표현하는 집안에서 자랐는데도 월은 늘 차분하고 주의깊고 과묵했다.

"식구들은 어때, 형—애들은?"

"다들 잘 있고…… 너 도대체 무슨 짓을 하고 다녔니, 모지스?"

"겉모습만 보고 판단하지 마. 형이 생각하는 것만큼 걱정할 일은 아니야. 정말 괜찮다니까. 우리가 완다웨가호수에서 길을 잃었던 일 생각나지? 진창 속에서 허우적거리다가 갈대에 찔려 발을 다치기도 했잖아? 그때가 정말 위험했지. 이 정도는 아무것도 아니야."

"권총은 왜 가져왔어?"

"아버지처럼 나도 사람한테 총질하지 못한다는 거 알잖아. 형이 아버지 시곗줄을 가져갔다면서? 서랍 속에 있는 루블화가 생각나서 갔다가 권총도 함께 챙겼어. 괜한 짓을 했지. 적어도 실탄은 빼놨어야 했는데. 충동적으로 멍청한 짓을 저질렀을 뿐이야. 다 잊어버리자."

"알았어." 윌이 말했다. "너를 난처하게 할 생각은 없어. 중요한 건 그게 아니니까."

"무슨 뜻인지 알아." 모지스가 말했다. "걱정했겠지." 목소리가 떨리지 않게 하려고 작은 소리로 말했다. "나도 형을 사랑해."

"그래, 알지."

"하지만 내가 현명하게 행동하지 못했어. 형이 보기에는 당연히…… 아니, 정상적인 사람이라면 누가 보더라도. 내가 매들린과 결혼하기 전에 형네 사무실로 데려간 적이 있잖아. 그날 나는 형이 탐탁잖게 여긴다는 사실을 알아차렸어. 사실은 나도 그 여자를 탐탁잖게 생각했지. 그 여자도 나를 탐탁잖게 생각했고."

"그런데 왜 결혼했어?"

"하느님은 끈만 보면 아무렇게나 묶어버린다잖아. 왜 그러시는지 누가 알겠냐고! 하느님은 내 행복이나 자존심, 그토록 소중한 내 자존심 따위에는 관심도 없으니까. 그럴 때 우리는 이렇게 중얼거릴 뿐이야. '어라, 빨간색 끈을 초록색 끈에, 아니면 파란색 끈에 묶어놓다니 이게 웬일일까.' 게다가 내가 루디빌 집에 그 많은 돈을 다 써버렸어. 한마디로 미친 짓이었지."

"아닐지도 몰라." 윌이 말했다. "어쨌든 부동산이잖아. 팔려고 시도해보긴 했니?" 윌은 부동산의 가치를 굳게 믿었다.

"누구한테? 어떻게?"

"중개인한테 맡겨봐. 내가 한번 들러 살펴볼 수도 있고."

"나야 고맙지." 모지스가 말했다. "제정신 박힌 사람이라면 건드리지도 않겠지만."

"아무튼 모즈, 내 주치의 램즈버그 박사한테 연락해서 진찰부터 받아보자. 그러고 나서 우리집에서 저녁도 먹고. 식구들이 다 반가워할 거야."

"루디빌에는 언제쯤 와줄 수 있을까?"

"다음주에는 보스턴에 가봐야 해. 거기 다녀온 뒤에는 뮤리엘이랑 케이프코드에 가기로 했고."

"루디빌에 들렀다 가. 요금소 근처니까. 크게 신세진다고 생각할게. 그 집을 꼭 팔아야 돼."

"우리집에서 저녁 먹으면서 얘기해보자."

"형—그건 곤란해. 그럴 상황이 아니야. 지금 내 꼴을 보라고. 이렇게 지저분한 몰골로 나타나면 다들 놀랄걸. 길 잃은 양 같은 꼬락서니잖아." 그러면서 웃었다. "그래, 나중에 좀 괜찮아졌다 싶으면 그때 갈게. 지금은 방금 이 나라에 도착한 사람 같잖아. 피난민 말이야. 옛날에 우리가 캐나다를 떠나 볼티모어 앤드 오하이오 역에 도착했을 때처럼. 미시간 센트럴 철도를 타고. 맙소사, 석탄 검댕 때문에 다들 꾀죄죄했지."

윌리엄은 동생처럼 열정적으로 옛 추억에 빠져들지 않았다. 기술자이며 공학자, 건설업자이며 건축가인 그는 균형 잡힌 사고방식과 분별력을 가진 사람이었고, 동생의 심상찮은 상태를 바라보며 괴로워했다.

윌리엄의 주름진 얼굴이 뜨겁게 달아오르고 근심스러운 표정이었다. 그는 값비싼 맞춤정장의 안주머니에서 손수건을 꺼내 허조그 집안의 커다란 눈 밑으로 보이는 이마와 뺨을 꾹꾹 눌렀다.

"미안해, 엘리야 형." 한결 조용해진 목소리로 모지스가 말했다.

"거참—"

"마음을 추스를 시간을 줘. 나 때문에 형이 걱정한다는 건 알아. 하지만 바로 그게 문제라고. 걱정하게 해서 미안해. 하지만 난 정말 괜찮아."

"정말이니?" 윌이 슬픈 눈으로 동생을 쳐다보았다.

"그래, 내가 지금 몹시 불리한 입장이잖아—지저분하지, 멍청한 짓을 저질렀지, 게다가 방금 유치장에서 나왔으니까. 한심스러운 몰골이지. 하지만 다음주에 동부에서 만날 때는 전혀 다른 모습일 거야. 형만 좋다면 보스턴에서 만나도 돼. 그때쯤에는 내 상태가 훨씬 더 좋아지겠지. 지금 당장은 형이 나를 무슨 얼간이처럼—아니, 어린애처럼 대할 수밖에 없을 테니까. 그러면 안 되는 거잖아."

"너를 함부로 판단할 생각은 없어. 네가 좀 난처하다면 우리집에는 안 가도 돼. 식구들만 있는데 뭐가 그렇게 난처한지는 모르겠다만…… 아무튼 내 차는 저기 길 건너편에 세워놨어." 그가 암청색 캐딜락을 가리켰다. "그냥 의사한테 가서 아까 그 사고 때문에 다친 데는 없는지만 확인해보자. 그러고 나면 네가 하고 싶은 대로 해."

"알았어. 괜찮은 생각이네. 하지만 난 정말 멀쩡하다니까. 확실하다고."

그러나 갈비뼈 하나가 부러졌다는 말을 들었을 때도 완전히 뜻밖의 결과라고 생각하지는 않았다. "다행히 허파를 찌르진 않았네." 의사가 말했다. 육 주쯤은 붕대를 감은 채 살아야겠지. 머리도 두어 바늘 꿰매야겠고. 그게 전부요. 무거운 물건을 든다든지, 무리한다든지, 예컨대 장작을 팬다든지, 그렇게 격렬한 운동은 피해야겠소. 윌이 그러던데, 시골 유지시라고. 버크셔스에서 농장을 하신다지? 저택도 있고?"

반백의 머리를 뒤로 빗어넘긴 의사가 얇은 입술에 웃음기를 머금은 채 작고 예리한 눈으로 모지스를 쳐다보았다.

"지금은 상태가 형편없죠. 유대교 회당에서도 몇 마일이나 떨어져 있고." 허조그가 말했다.

"하, 아우님이 농담도 잘하시네." 램즈버그 박사가 말했다. 윌도 희미한 미소를 지었다. 팔짱을 끼고 한쪽 발에만 체중을 실었는데, 아버지를 닮은 자세였고 아버지의 기품도 조금은 물려받았지만 아버지의 괴팍한 일면은 조금도 물려받지 않았다. 허조그는 윌이 큰 사업을 운영하느라 괴팍해질 겨를도 없었으리라 짐작했다. 아마 별다른 관심도 없었겠지. 일하느라 바빴을 테니까. 윌은 좋은 사람, 아주 좋은 사람이다. 그러나 우리 사이에는 묘한 역할분담이 존재하는 듯한데, 내 전문분야는…… 정신적 자의식, 혹은 감정과잉, 혹은 관념론, 혹은 허튼소리. 어떤 원초적 감정들을 보존한다는 점을 제외하면 그리 유익하지도 않고 필요하지도 않은 기능이라고 해야겠지. 반면에 형은 시멘트를 혼합하여 시내 곳곳에 올라가는 고층빌딩에 공급한다. 그러기 위해서는 정치적 판단도 하고 타협도 하고 책략도 쓰고 뒷돈도 주고 세금계산도 해야 한다. 아버지는 이 모든 일에 무능하면서도 스스로는 타고났다고 착각했다. 윌은 자신의 본분과 일상을 중요시하는 조용한 사람이고,

돈과 지위와 영향력이 있는 사람, 그리고 사생활이나 '개인적' 측면은 기꺼이 희생할 줄 아는 사람이다. 형이 생각하는 나는 세상의 광야에서 홀로 불줄기를 내뿜는 놈이고, 아마도 그런 내 성격을 가엾게 여기겠지. 낡은 가치체계 속에 갇힌 채 비틀거리는 천진난만한 바보 모지스, 잔꾀 따위는 부릴 줄 모르는 놈, 그래서 보호해줘야 하는 놈, 불건전한 괴짜, 현대에 태어났으면서도 여전히 다른 세상에서 사는 놈—과거의 가치체계에 얽매인 채 살아가는 나는 결국 보호가 필요한 놈이다. 그리고 형은 기꺼이 나를 지켜주려 한다—형은 '세상의 현실을 아는' 사람이니까. 반면에 나 같은 인간은 도도한 주관성을 앞세우며 인류의 집단적이고 역사적인 진보의 대열에서 제멋대로 이탈해버리기 일쑤였다. 하층계급에 속하는 청소년 가운데 유난히 정서적인 아이들, 그래서 남달리 심미적이고 감수성이 풍부한 아이들이 그런 경우다. 그들은 대중의 혹독한 압력 속에서도 자기들의 존재방식을 유지하려고 노력한다. 일찍이 마르크스가 말했던 '물질적 압력' 속에서도. 그것은 나의 이른바 '사생활'을 한낱 서커스로, 검투사의 싸움으로 만들어버린다. 혹은 그보다 단조로운 형태의 각종 오락으로 전락시킨다. 사람들은 각자의 '수치'를—잠깐 동안의 어리석음을—웃음거리로 여기며, 그 결과로 고통받아 마땅하다고 주장한다. 작은 진찰실의 최신식 백색 조명등이 빙글빙글 돌았다. 의사가 약냄새를 풍기는 붕대를 가슴에 단단히 감아주는 동안 허조그는 자신도 조명등처럼 빙빙 돈다고 느꼈다. 자, 이런 착각을 물리치려면……

"아무래도 제 동생은 좀 쉬는 게 좋겠네요." 윌이 말했다. "선생님은 어떻게 생각하세요?"

"최근에 좀 무리한 듯싶은 건 사실일세."

"루디빌에 가서 일주일쯤 쉬려고 해요." 모지스가 말했다.

"아니, 내 말은 철저한 휴식—요양 말이야."

"그래, 내 상태가 좀 엉망이긴 해. 하지만 그 정도로 심각하진 않아."

"그래도 걱정스러워서 그래." 형이 말했다.

모지스, 저 다정다감한 녀석—예민하고 버릇없고 다정다감한 녀석. 저런 놈을 누가 쓸모 있게 만들어줄까? 모지스는 쓸모 있어지길 갈망하는데. 어떤 곳에 필요할까? 진리를, 질서를, 평화를 위하여 희생하는 방법만 가르쳐주면 될 텐데. 아, 정말 불가사의한 녀석! 붕대 때문에 몸놀림이 거북해진 모지스는 형의 도움을 받으며 구깃구깃한 셔츠를 다시 입었다.

이튿날 오후에는 시골집에 도착했다. 올버니까지는 비행기를 탔고, 거기서 버스를 타고 피츠필드로 건너갔고, 거기서 루디빌까지는 택시를 이용했다. 전날 밤에 애스펠터가 튜이날*을 주었다. 약을 먹고 푹 잔 덕분인지 옆구리에 붕대를 감았는데도 몸이 멀쩡해진 기분이었다.

집은 마을에서 2마일이나 떨어진 언덕 위에 있었다. 버크셔스는 아름답고 반짝거리는 여름 날씨였다. 공기는 상쾌하고, 시냇물은 빠르게 흐르고, 숲은 우거지고, 녹음은 싱싱했다. 모여드는 새들 때문에 허조그의 땅은 자연보호구역이 되어버린 듯했다. 베란다의 소용돌이 장식 밑에는 굴뚝새가 둥지를 틀었다. 느릅나무 거목은 아직 완전히 죽

---

* 진정제 상품명.

지 않았고 여전히 찌르레기 가족이 살았다. 허조그는 택시 운전사에게 이끼가 낀 진입로 어귀의 돌담 앞에 세워달라고 했다. 집 앞까지 차가 들어갈 수 있을지 확신할 수 없었기 때문이다. 그런데 나무가 쓰러져 길을 막아버린 경우도 없었고, 비록 눈석임물과 폭풍우 때문에 자갈이 많이 씻겨 내려갔지만 택시로도 어렵잖게 통과했을 만한 상태였다. 그러나 모지스는 이 짤막한 오르막길이 싫지 않았다. 붕대로 동여맨 가슴은 갑옷을 입은 듯 든든하고 발걸음은 가벼웠다. 아까 루디빌에서 구입한 식료품도 가져왔다. 사냥꾼이나 좀도둑이 다 먹어치우지만 않았다면 지하실에 통조림이 더러 남았겠지. 이 년 전에 토마토, 콩, 산딸기 잼 따위를 쟁여두었고, 시카고로 떠나기 전에 와인과 위스키는 감춰놓았다. 전기는 당연히 끊어졌겠지만 낡은 수동식 펌프는 그럭저럭 작동하겠지. 펌프가 고장났더라도 물탱크가 있으니 걱정없다. 요리는 벽난로에서 하면 되는데, 오래된 걸쇠와 삼발이가 있으니까—바로 그때 (심장이 전율했다) 온갖 잡초와 덩굴과 나무와 꽃 사이에서 드디어 집이 모습을 드러냈다. 허조그의 돈지랄! 이 집은 그가 진심과 애정을 다 쏟았던 바보짓을, 그리고 예전에는 미처 알아차리지 못했던 성격상의 결함을 기리는 기념비였고, 또한 화이트 앵글로색슨 프로테스탄트*가 지배하는 미국에서(격언을 좋아하는 노인이 취임식장에서 선언했듯이 '우리가 이 땅의 국민이기 전에도 우리의 땅'**이었던 이곳

---

* White Anglo-Saxon Protestant, 약자 WASP(와스프).

** 1961년 1월 20일, 존 F. 케네디 대통령 취임식 자리에서 당시 86세였던 미국 시인 로버트 프로스트가 케네디의 요청으로 낭송했던 자작시 「명백한 선물The Gift Outright」에서 인용.

에서) 유대인으로서 확실한 발판을 마련하려고 발버둥쳤던 온갖 악전고투의 상징이기도 했다. 나도 성공하기 위해 나름대로 노력했다. 그렇게 적잖이 거만한 생각을 하며 와스프 족속을 무시해버렸는데, 정부가 이 대륙의 상당 부분을 철도건설에 바쳤으므로 1880년경부터 그들은 비누를 손수 만들던 일마저 그만두고 유럽 여행을 다니며 믹이나 스픽이나 시니*에 대해 투덜거리기 시작했기 때문이다. 나에게는 얼마나 힘겨운 투쟁이었던가! 불리한 상황에서도 치열하게 싸웠지. 그러나 그만큼 했으면 되었다. 드디어 여기까지 왔다. 히네니!** 오늘은 날씨마저 기막히게 아름답구나. 잡초가 우거진 마당에서 걸음을 멈추고 햇빛 아래서 눈을 감고 심홍색 섬광을 바라보며 개오동나무 꽃, 흙, 인동덩굴, 달래, 각종 향초의 냄새를 들이마셨다. 느릅나무 부근의 잔디밭에 사슴이나 연인들이 누웠는지 그 자리만 풀잎이 쓰러졌다. 집이 많이 훼손됐는지 확인하려고 집 둘레를 한 바퀴 돌아보았다. 깨진 유리창은 없었다. 안쪽에서 걸쇠로 잠가두었던 덧문도 모두 그대로였다. 다만 이 집은 경찰이 보호하는 건물이라고 밝힌 경고 전단 몇 장이 찢겨나갔다. 정원은 가시덤불과 장미와 산딸기 따위가 마구 뒤엉켜 엉망이었다. 척 보기에도 절망적인 상태였다. 그러나 후회해봤자 소용없다. 예전처럼 다시 일에 매진할 수 있을까, 언제 기운을 차려 그때처럼 망치질을 하고 페인트를 칠하고 여기저기 땜질하고 묶어주고 가지치기를 하고 살충제를 뿌릴까. 그는 상황을 파악하려고 이곳에 왔을 뿐

---

* 각각 아일랜드계, 스페인계, 유대계를 일컫는 멸칭.
** "제가 여기 있나이다!" 떨기나무 불꽃 속에서 하느님의 음성이 자신을 불렀을 때 모세의 대답(「출애굽기」 3:4).

이었다.

집안에는 예상대로 곰팡내가 진동했다. 부엌의 창문과 덧문 몇 개를 열어놓았다. 가랑잎과 솔잎, 거미줄, 고치, 곤충 사체 따위를 쓸어냈다. 당장 필요한 것은 불이다. 성냥은 가져왔다. 나이가 들면서 생긴 바람직한 변화는 그런 것들을 잘 챙기게 되었다는 점이다. 선견지명. 물론 자전거가 있으니 혹시 잊어버린 물건이 있더라도 마을에 가서 사오면 그만이다. 타이어가 눌리지 않게 안장이 아래로 가도록 세워둔 것도 현명한 조치였다. 타이어 속에 공기가 많이 남지는 않았지만 에소주유소까지는 충분히 타고 갈 만하다. 소나무 장작 몇 개와 불쏘시개를 가져왔고, 환기가 제대로 되는지 확인하려고 우선 조그맣게 불을 피웠다. 굴뚝 내부에 새나 다람쥐가 살고 있을지도 모르니까. 그런데 문득 예전에 지붕 위로 올라가 굴뚝마다 철망으로 막아버렸던 일이 떠올랐다. 일을 좀 능률적으로 처리하는 데 골몰하던 시기에 했던 작업이다. 그래서 장작을 더 많이 쌓았다. 오래된 나무껍질이 떨어져나가자 벌레들의 소행이 드러났다. 구더기, 개미, 장다리거미 따위가 허둥지둥 도망쳤다. 벌레들에게 탈출 기회를 충분히 주었다. 까맣게 잘 마른 나뭇가지가 노란색 불꽃을 일으키며 타오르기 시작했다. 장작을 더 올려놓고 장작 받침쇠로 고정해놓은 후 다시 집안을 살펴보았다.

통조림은 아무도 건드린 흔적이 없었다. 매들린이 사들인 특이한 식재료도 있었는데(뭐든지 최고급만 고집했으니까), S. S. 피어스*의 식용거북 수프, 인디언 푸딩,** 트러플, 올리브 등이었고, 그런 것들에 비

---

* 미국 식료품 회사.
** 옥수숫가루, 당밀, 물이나 우유 따위를 졸여 만드는 푸딩.

하면 좀 초라해 보이지만 모지스 자신이 잉여 군수품 매장에서 사 온 식품도 있었다. 콩이나 통조림 빵 따위였다. 한때나마 홀로 자급자족하는 삶을 꿈꾸었던 일이 떠올라 막연한 호기심을 느끼며 재고조사를 해보았다. 세탁기, 건조기, 온수 보일러 등등, 이렇게 반질반질한 순백색 제품들을 사들이느라 돌아가신 아버지의 돈을 아낌없이 써버렸다. 아버지는 이 꼴사나운 녹색 돈을 벌어들이느라 피땀 흘리며 지겹도록 헤아리고 또 헤아렸건만, 상속자들은 고심 끝에 나눠 가졌건만. 허조그는 생각했다. 그래, 그래, 아버지는 나를 학교에 보내 이미 죽은 황제들에 대해 배우게 하지 말았어야 했어. "내 이름은 오지만디아스, 왕중왕이니/ 위대한 자들이여, 내 업적을 우러러보며 절망하라!"* 그러나 자급자족과 고독, 조용한 삶 따위가 그때는 모두 매혹적이고 순수해 보일 뿐이었고, 허조그는 만족스럽게 생활할 수 있으리라 믿으며 미소를 지었다. 그렇게 감춰진 낙원 같았던 곳이 얼마나 사나워질 수 있는지는 나중에야 비로소 깨달았다. 식료품 저장실에서 이렇게 썼다. 실직자의 의식. 나는 실직자가 넘쳐나던 시대에 성장했고, 그래서 나를 위한 일자리가 있으려니 믿어본 적도 없었다. 마침내 이런저런 직장이 생겼지만 왠지 내 의식은 여전히 실직 상태였다. 난롯가로 자리를 옮겨 글을 이어갔다. 그리고 결국 인간의 지성은 우주에 존재하는 거대한 힘 가운데 하나다. 지성을 쓰지 않고 내버려둔다면 결코 안전할 리가 없다. 인간의 다양한 삶이 (예컨대 중산층 가정의 생활이) 그토록 따분한 이유는 새로운 세대의 지성을 해방시켜 과학에 전념하게 하려는 역사적 목표 때문이 아닐까 하는 생각이 들

---

* 영국 시인 퍼시 셸리가 이집트 석상에 대해 노래한 소네트 「오지만디아스」에서 인용. '오지만디아스'는 파라오 람세스 2세의 그리스어 호칭이다.

지경이다. 그러나 한평생 경험하는 무시무시한 고독은 리바이어던을 먹여 살리는 플랑크톤과 같으므로…… 재고해야 한다. 영혼은 강렬한 경험을 요구한다. 동시에 미덕은 인류를 따분하게 한다. 공자의 말을 다시 읽어라. 어마어마한 인구팽창 때문에 전 세계가 중국인처럼 살아갈 각오를 해야 하니까.

지금 허조그가 느끼는 외로움은 의식적으로 즐기는 중이므로 외로움이라고 부를 수도 없을 듯싶었다. 화장실—종종 포프나 드라이든의 10센트짜리 시집을 들고 혼자 틀어박혀 "나는 큐에 계시는 전하의 개랍니다" 또는 "위대한 지혜와 광기는 가까운 동맹관계이니"* 같은 구절을 읽던 곳—에 들어가 틈새 너머로 바깥을 내다보았다. 그곳에는 그에게 위안을 주던 찔레꽃이 예년과 똑같은 자리에 피어났는데—늘 그랬듯이 여전히 예쁘장하고 여전히 (그의 상상 속에서는 '성기'를 연상시킬 만큼) 붉었다. 좋은 일이 되풀이되기도 하는구나. 벽돌과 목재 사이의 틈새로 오래도록 찔레꽃을 바라보았다. 벽돌과 합판으로 지은 골방 같은 이 화장실에는 축축한 곳을 좋아하는 (대형 메뚜기목에 속하는) 귀뚜라미도 변함없이 살고 있었다. 성냥불을 켜자 그들의 모습이 드러났다. 배관 사이사이에서.

집안을 둘러보며 야릇한 기분을 느꼈다. 서재에 들어가 보니 책상과 선반 곳곳에 학문적 기획의 흔적이 즐비했다. 유리창마다 아이오딘으로 얼룩진 듯이 변색되었고, 바깥에서 인동덩굴이 파고들어 방충망을 뜯어내다시피 했다. 소파에는 실제로 연인들이 다녀간 흔적이 역력했다. 열정에 몸이 달아 어둠 속에서 침실을 찾아 헤맬 여유조차 없었

---

* 영국 시인 존 드라이든의 풍자시 「압살롬과 아히토펠」에서 인용. 이어지는 구절은, "둘 사이에는 얇은 칸막이가 있을 뿐이로다".

던 모양이다. 하지만 매들린이 침실에 들인 말총 골동품을 썼다면 허리가 다 휘어버렸겠지. 아무튼 마을 젊은이들이 하필 이곳을—학문적 기록이 여기저기 쌓인 이 서재를—선택했다는 사실이 왠지 유난히 기뻤다. 둥그스름한 팔걸이에서 여자 머리카락 몇 가닥을 발견하고 그들의 몸매와 얼굴과 체취를 상상해보았다. 라모나 덕분에 특별히 그들을 탐낼 이유는 없지만 젊음을 조금 부러워하는 정도는 자연스러운 일이기도 했다. 방바닥에 떨어진 큼직한 인덱스카드에 자신의 메모가 적혀 있었다. 콩도르세*를 제대로 평가하려면⋯⋯ 더 읽어볼 기분이 안 들어 책상 위에 엎어놓았다. 어쨌든 당분간 콩도르세는 다른 옹호자를 찾아봐야겠지. 부엌에는 테니가 되찾고 싶어하는 소중한 그릇이 있었다. 진홍색 테를 두른 본차이나 제품인데 대단히 훌륭하다. 그에게는 필요 없는 물건이다. 모슬린 천으로 가려놓은 책들은 아무도 건드리지 않았다. 천을 걷어내고 별 관심도 없이 훑어보았다. 작은 화장실에 들어가서 매들린이 슬론 가구점에서 구입한 사치스러운 소품들을 보니 아기자기한 재미가 있었다. 가리비 모양의 은제 비누받침, 토글볼트로 고정하기는 했지만 애당초 석고벽에 달기에는 너무 무거웠던 번쩍거리는 수건걸이. 벌써 헐렁헐렁해졌다. 샤워부스에는 거즈바크의 편의를 위해—정작 거즈바크의 배링턴 집에는 샤워 시설조차 없었건만—사려 깊게 손잡이까지 설치했다. "기왕 하는 김에 밸런타인도 편히 쓰게 해주자." 매들린이 그렇게 말했다. 나 원 참. 모지스는 으쓱 어깻짓을 했다. 그다음에는 변기에서 풍기는 이상한 냄새가 주의를 끌어 목

---

* 프랑스 수학자, 철학자 니콜라 드 콩도르세(1743~1794).

제 뚜껑을 젖혀보니 부리 달린 조그마한 두개골을 비롯하여 새들의 사체가 있었다. 변기 물이 다 빠진 후 새들이 둥지를 틀었다가 뚜껑이 닫히는 바람에 생매장을 당한 모양이다. 이 비참한 사고를 안타까워하며 시무룩하게 변기 속을 들여다보았다. 아마도 다락방 창문이 깨졌으려니, 그리고 다른 새들도 집안에 둥지를 틀었으려니 짐작했다. 아니나 다를까, 침실에 들어가보니 붉은 커튼 위에 올빼미 두 마리가 떡하니 앉아 있고 커튼에는 긴 새똥 자국이 즐비했다. 올빼미들에게 도망칠 시간을 충분히 주고, 새들이 날아간 후 둥지를 찾아나섰다. 침대 위에 설치한 대형 전등 속에서 새끼 올빼미들을 발견했다. 허조그와 매들린이 크나큰 고통과 증오를 맛보았던 바로 그 침대 위였다. (약간의 즐거움도 없지 않았지만.) 매트리스에는 둥지에서 떨어진 잡동사니가 가득했다. 지푸라기, 털실, 솜털, 고기 조각(생쥐 꼬랑지), 새똥 등등. 얼굴이 납작한 이 작은 새들을 방해하기 싫어 부부 침대의 매트리스를 준의 방으로 끌고 갔다. 창문을 몇 개 더 열어젖히자 햇빛과 시골 공기가 한꺼번에 밀려들었다. 뜻하지 않은 만족감이 놀랍기만 한데…… 아니, 겨우 만족감? 도대체 누구를 속이려고, 이건 기쁨이잖아! 아마도 처음으로 그는 매들린에게서 해방된 기분이 어떤지 실감했다. 기쁨이다! 비로소 노예 생활이 끝나고 무시무시한 중압감과 속박에서 풀려났다. 무엇보다 매들린이 이곳에 없다는 사실, 그녀가 없다는 바로 그 사실 때문에 마음이 한없이 가볍고 즐거웠다. 경찰서에서 만났을 때 매들린은 곤경에 빠진 그의 모습을 보며 흡족해했는데, 지금 루디빌에 있는 허조그는 어깨와 사타구니에 꽂혀 걸리적거리며 팔과 목을 제대로 못 쓰게 만들던 무엇을 뽑아버리듯이 그녀를 시원하게 제거했다는 사실에 감미로운 기쁨을 만끽했다. 지극히 현명하면서도 멍청하기 짝이 없는 에드비그에게. 인간은 고통이 가라앉기만 해도 적잖이 행복해지는 모양이오. 아주 원시적이고 보잘것없는 수준에서 행복을 막아놨던 밸브가 간혹 이렇게 열리기도 하는지…… 허조그의 갈색 눈에 기이한 광채가 떠올랐다. 과로에 시달리는 두뇌의 부산물, 즉 우울증 때문에 종종 흐릿한 박막이나 단단한 키틴질로 덮인 듯했던 두 눈이 다시 빛나기 시작했다.

준이 쓰던 방에서 매트리스를 뒤집느라 고생 좀 했다. 준이 던져놓은 장난감 몇 개, 어린이용 가구, 파란 눈이 달린 커다란 호랑이 인형, 변기의자, 그리고 아직 멀쩡한 빨간색 방한복부터 치워야 했다. 할머니의 비키니, 반바지, 끈 달린 드레스 등을 보았다. 피비가 허조그의 머리글자를 수놓아 생일선물로 주었던 수건도 나왔는데, 그가 귀를 깨끗이 씻지 않는다는 사실을 넌지시 알려주기 위한 선물이었는지도 모른다. 허조그는 활짝 웃으며 수건을 발끝으로 밀어냈다. 그 밑에서 딱정벌레 한 마리가 바삐 도망쳤다. 허조그는 열린 창문 아래 놓인 매트리스에 드러누워 얼굴에 햇볕을 쬐며 잠시 쉬었다. 앞마당에 우뚝 선 전나무 거목들이 톱니처럼 깔쭉깔쭉한 아름다움을 뽐내며 햇볕에 뜨거워진 바늘잎과 송진냄새를 살랑살랑 내려보냈.

바로 그곳에서 햇볕이 방안을 떠날 때까지 허조그는 평온하고 충만한 마음으로 다시 본격적으로 편지 몇 통을 썼다.

친애하는 라모나에게. 겨우 '친애하는'? 어이, 모지스, 좀 솔직해지라고. 사랑하는 라모나에게. 당신은 정말 비범한 사람이야. 이 대목에서 잠시 손을 멈추고 지금 루디빌에 왔다는 사실을 밝혀야 좋을지 고민해보았다. 그녀가 메르세데스를 타고 온다면 뉴욕에서 여기까지 세 시간이면 충분하니까 정말 달려올지도 모른다. 좀 짧지만 완벽한 다리, 탄탄하고 빛깔 고운 젖가슴, 시원시원하고 가지런한 치아, 날렵한 눈썹과 곱슬머리―하느님, 감사합니다. 남자 홀리는 여자. 그러나 편지는 일단 시카고로 보내서 루커스에게 다시 부쳐달라고 부탁하기로 마음먹었다. 지금 원하는 것은 평화니까―평화와 맑은 정신이니까. 내가 달아나버렸다고 너무 걱정하지 말았으면 좋겠어. 하지만 당신은 약속 한 번 어기면 한 달 동안이나 달래줘야 하는 고리타분한 여자들과는 다른 사람이지. 내 딸을, 그리고 내 아들을 꼭 만나야 했어. 아들은 캐츠킬 근처에 있는 아유마캠프장에 갔어. 올여름은 내가 점점 분주해지네. 몇 가지 흥미로운 변화도 있었고. 아직 이런저런 단정을 내리긴 좀 이르지만, 적어도 내가 늘 섣불리 단정하고 감정에 휩쓸리는 경향이 있다는 사실만은 인정할 수 있게 됐어. 진실의 빛은 결코 멀리 있지 않은데, 그 빛 속으로 들어가지도 못할 만큼 보잘것없거나 타락한 인간은 아마 없겠지. 이런 말을 못할 이유는 없으니까. 그렇지만 이런 무력감을, 외로운 귀양살이를, 이 혼란을 받아들이려면…… 그런 일이라면, 허조그, 옆방에 사는 올빼미들에게, 아직 헐벗은 몸에 푸르뎅뎅한 돌기만 돋아난 새끼 올빼미들에게 먼저 시험해봐라. 최후의 문제인 동시에 최초의 문제이기도 한 죽음은 우리에게 흥미로운 대안을 제시하는데, '자유'의 증거인 의지의 힘으로 자신을 파괴할 수도 있고, 혹은 인생을 제대로 살기 위해서는 지금처럼 잠시나마 공허 따위는 무시해버리고 오롯이 깨어 있는 순간이 필요하다고 인정할 수도 있지. (어차피 우리는 그 공허에 대해서도 확실히 알지 못하니까.)

라모나에게 이런 말을 다 털어놔야 할까? 어떤 여자들은 진지한 태도를 구애로 여긴다. 라모나는 아이도 원하겠지. 이런 말을 할 줄 아는 남자의 아이를 기르고 싶어하겠지. 일해라. 일해라. 정말 필요한 일을……
글쓰기를 멈췄다. 그러나 라모나는 자진해서 일하는 사람이다. 그리고
자신의 일을 사랑한다. 허조그는 양지바른 매트리스에 누워 애정 가득
한 미소를 지었다.

마르코에게. 아빠는 집도 둘러보며 좀 쉬려고 시골집에 왔어. 집 상태는 그
럭저럭 괜찮은 편이야. 캠프가 끝나면 네가 여기 와서 며칠 동안—불편한 생
활이겠지만—아빠랑 단둘이 지내면 어떨까 싶어. 어버이날에 만나 의논해보
자. 그날이 빨리 왔으면 좋겠구나. 어제는 시카고에서 네 동생 주니를 만났는
데 여전히 생기 넘치고 예쁘더라. 네가 보낸 엽서도 잘 받았대.

우리가 스콧의 남극탐험에 대해 얘기할 때 불쌍한 스콧이 아문센보다 한
발 늦게 남극에 도착했다고 했지? 그날 너도 재미있어했잖아. 매번 아빠를 감
동시키는 일도 있었단다. 스콧의 탐험대원 한 명이 다른 사람들에게 생존기
회를 주려고 혼자 사라져버렸지.* 건강이 안 좋은데다 발병까지 들어 더는 따
라갈 수 없었거든. 그리고 탐험대가 얼어붙은 핏덩어리를, 자기들이 도살했던
조랑말의 피를 우연히 발견했을 때 그걸 녹여 마시며 얼마나 감사했는지도 기
억하지? 아문센이 성공한 비결은 조랑말 대신 개를 부렸기 때문이었어. 약한
놈들을 잡아 강한 놈들에게 먹였지. 그러지 않았다면 그 탐험도 실패로 끝났
을걸. 다만 궁금한 점이 하나 있어. 개들이 아무리 굶주렸어도 동족의 살냄새
를 맡고는 물러나지 않았을까. 가죽을 벗겨주기 전에는 안 먹었겠지.

이번 크리스마스 때는 아빠랑 캐나다에 가서 정말 지독한 추위를 체험해보
는 것도 좋겠다. 너도 알다시피 아빠는 캐나다 사람이기도 하잖니. 로렌시아

---

* 로런스 오츠의 실화. 마지막으로 남긴 말은 다음과 같다. "바깥에 나가봐야겠는데, 좀
오래 걸릴지도 몰라."

산맥에 있는 생트아가트에 가보자. 16일 아침 일찍 만나러 갈게.

루크에게―동봉한 편지 몇 통 부쳐주면 좋겠어. 네 우울증이 지나갔다는 소식을 듣게 되길. 너희 고모가 소방대원에게 구조되는 장면이나 여자들이 소프트볼하는 장면을 상상한다는 것은 정신적 탄력성을 말해주는 증거라고 믿어. 너는 틀림없이 회복될 거야. 그리고 나는…… 허조그는 생각했다. 지금 네 기분이 어떤지, 얼마나 충만한 기분인지는 말하지 마라! 그런다고 루커스가 더 행복해지지는 않을 테니까. 기쁨이 넘쳐도 마음속에만 간직해라. 어쨌든 루커스가 알게 되면 네가 이번엔 완전히 미쳐버렸다고 생각할지도 모르니까.

그러나 내가 정말 미쳤더라도 상관없다.

머멜스타인 교수님께. 귀하의 탁월한 저서에 대해 축하의 마음을 전합니다. 교수님은 몇 가지 주제에서 저를 한발 앞지르셨고, 그래서 저는 몹시 낙심했고―제 작업의 상당 부분을 헛수고로 만들어버린 교수님을 꼬박 하루종일 원망했습니다(월리스*와 다윈 같은 경쟁관계?). 그러나 그런 연구에 얼마나 많은 노고와 인내가 필요한지는 저도 잘 압니다. 무수히 파헤치고 깨닫고 종합해야만 가능한 일이니 경탄할 따름입니다. 차후에 개정판을―혹은 다른 책을―출간하실 때 몇몇 문제점에 대해 논의해볼 기회를 주신다면 대단히 기쁘겠습니다. 제가 쓰려고 했던 책의 내용이지만 집필을 계속할 생각은 없으니까요, 제가 모은 자료는 교수님 뜻대로 활용하셔도 됩니다. 제가 예전에 출간했던 책에서(고맙게도 교수님이 언급해주신 적도 있지요) 한 절을 할애하여 종

---

* 영국 생물학자 앨프리드 러셀 월리스(1823~1913). 찰스 다윈과는 별개로 자연선택을 통한 진화의 개념을 발견했으나. 그의 논문이 『종의 기원』의 출간(1859)을 앞당기는 계기가 되었다.

말론적 낭만주의에서 이야기하는 천국과 지옥을 다뤘습니다. 설령 그 부분이 교수님의 마음에 들지 않았더라도 완전히 배제하시면 안 됩니다. 에그버트 샤피로라는 뚱뚱하고 말쑥한 놈이 발표한 연구서 『루터에서 레닌까지, 혁명적 심리학의 역사』를 꼭 읽어보세요. 불룩한 볼따구니 때문에 기번*을 빼닮은 얼굴이지. 꽤나 유익한 책입니다. 저는 '천년왕국설과 편집증'이라는 절을 읽고 깊은 감명을 받았습니다. 현대의 권력체계가 이 정신병과 유사하다는 사실을 간과하시면 안 됩니다. 이 문제에 대해서는 바노비치라는 자도 섬뜩하고 터무니없는 책을 썼습니다. 매우 비인간적일 뿐만 아니라 지독한 편집증적 가설이 가득한 책인데, 예컨대 군중은 본질적으로 식인종이라느니, 서 있는 사람은 앉아 있는 사람에게 은연중 두려움을 심어준다느니, 미소를 지을 때 드러나는 치아는 굶주림의 흉기라느니, 폭군은 자기 주변에 시체가 널린 광경에 (먹을 수 있으니까?) 환장한다느니.** 물론 현대의 독재자들(히틀러, 스탈린 등등)과 그 추종자들이 이룩한 가장 극적인 업적이 시체를 양산하는 일이었다는 지적은 충분히 옳았다고 생각합니다. 이 말은 머멜스타인에게 옛 스탈린주의의 잔재가 남았는지 확인하려고—즉 시험삼아—넌지시 덧붙였다. 그렇지만 샤피로 녀석은 좀 괴짜니까 극단적인 사례로 언급했습니다. 우리는 누구나 극단적 사례와 세계종말, 화재사건, 익사사건, 교살사건 따위에 열광하니까요. 온순하고 기본적으로 윤리적이고 소심한 중산층이 늘어날수록 파격적인 자극을 찾으려는 욕구는 오히려 더 강해집니다. 온건하고 어중간한 진실성이나 올바름은 매력이 전혀 없는 모양입니다. 오늘날 우리에게

---

* 영국 역사가 에드워드 기번(1737~1794). 대표작은 『로마제국 쇠망사』.
** 불가리아 태생의 영국 작가로 1981년 노벨문학상을 수상한 엘리아스 카네티의 『군중과 권력』에 대한 언급.

꼭 필요한 것인데도! (아버지는 살아생전에 "네놈은 물에 빠진 개한테 물 한잔 권할 놈"이라고 신랄하게 비판하셨지.) 아무튼 제 책에서 종말론과 낭만주의를 다룬 장을 읽어보셨다면 교수님이 그토록 존경하는 그 러시아인을 조금 더 올곧은 시각으로 바라보셨을 텐데—이스볼스키였던가요? 그자는 개개인의 영혼을 저주받은 존재로 여겨 지옥의 모래폭풍처럼 저마다 분쇄되어 원자화되었다고 하며, 따라서 정신적 품성이나 진정한 개성을 잃어버린 채 집단화된 인류는 결국 루시퍼에게 지배당하리라 경고합니다. 이 같은 주장에도 더러 일리가 있음을 부인하지는 않겠지만, 이런 생각은 그렇게 약간의 진실을 암시하는 까닭에 오히려 궁극적으로는 변함없이 숨막히는 교회 또는 회당으로 우리를 다시 데려가지나 않을까 우려스럽습니다. 그리고 여기저기서 남의 의견을 차용하고 참고하거나 다른 작가들의 진지한 신념을 한낱 비유로 써먹는 작태도 제가 보기에는 '뺑소니'와 다름없어 다소 불쾌했습니다. 예컨대 「고통의 해석」이나 「권태론에 관하여」 같은 절은 마음에 들었습니다. 훌륭한 연구였지요. 그렇지만 키르케고르에 대해 논의하신 대목은 좀 경솔하다고 생각했습니다. 감히 제 의견을 밝히자면, 키르케고르의 진의는 우리 사이에서 진리는 이미 힘을 잃었으므로 우리는 끔찍한 고통과 악행을 통하여 진리를 다시 배워야 하며, 그리하여 지옥의 영원한 형벌이 다시 현실적으로 느껴질 때 비로소 인류가 다시금 진지해진다는 뜻입니다. 그러나 제 생각은 좀 다릅니다. 정작 본인은 안전하고 안락하게 지내면서도 무슨 위기나 소외나 종말이나 절망 따위를 재미삼아 들먹이는 사람들이 그렇게 확신에 찬 발언을 내뱉을 때마다 역겨울 따름이라는 사실은 일단 제쳐두겠습니다. 지금은 파멸을 앞둔 시대라느니, 우리는 세계종말을 기다리는 중이라느니, 그따위 생각은 요즘 유행하는 잡지에 흔히 실리는 허접쓰레기 같은 발상에 불과하므로 하루빨리 머릿속에서 지워버려야 합니다. 굳이 그렇게 섬뜩한 장난질을 하지 않더라도 현실은 충분히 암담하니까요. 공연히 서로에게 겁을 주다니—정신적 활동이라고 쳐도 한심스러운 수준입니다. 어쨌든 본론으로 들어가자면, 고통을 옹호하거나 찬양하는 행위는 자칫 우리를 잘못된 방향으로 이끌기 마련인데, 여전히 문명에 충실하게 사는 사람들은 그런 길을 걷지 말아야 합니다. 오히려 고통을 이용하고 뉘우치고 스스로 깨닫는 능력을 지녀야 하는데, 그러기 위해서는 모든 기회를 활용하고 넉넉한 시간을 들여야 합니다. 종교인의 경우에 고통을 사랑하는 일은 악을 경험한 데 대한, 혹은 악을 경험함으로써 그것을 선으로 바꿀 기회를 얻은 데 대한 감사의 표시입니다. 그들은 이러한 정신적 순환과정이 한 인간의 삶 속에서 완성될 수 있고 또한 마땅히 그래야 한다고 믿으며 자신의 고통을 어떻게든 활용하는데, 비록 생애의 마지막 순간일지라도 하느님이 자비를 베풀어 진리를 보여주신다면 전혀 다른 사람이 되어 숨을 거둘 수 있으리라 믿기 때문입니다. 그러나 이는 특수한 사례입니다. 고통은 인간을 짓밟고 무너뜨려 오히려 깨달음을 방해하는 일이 더 흔합니다. 아시다시피 인간이 고통을 이겨내지 못하면 무시무시하게 파멸하고 마는데, 이때는 인간성부터 잃어버리기 마련이므로 또하나의 괴로움이 가중되는 셈이고, 따라서 그들의 죽음은 이미 완벽한 패배와 다름없습니다. 그런데도 교수님은 "오르페우스교*의 현대적 형태"라느니, "고통을 두려워하지 않는 사람들"이라느니, 그렇게 파티장에서나 주고받을 만한 표현을 늘어놓으셨지요. 차라리 이렇게 말씀하시지—그들은 유난히 상상력이 뛰어난 사람들이었다고, 그래서 깊은 몽상에 빠져 온갖 경이롭고 독선적인 허구를 날조하는 경향이 있는데, 그

---

* 고대 그리스의 밀교. 오르페우스를 교조로 삼고 디오니소스를 섬기며 영혼불멸을 믿었다.

런 와중에도 제정신을 차리려고 자기 살을 꼬집어보듯이 가끔은 행복에 겨워 잠시 고통을 맛보았을 뿐이라고. 굳이 말씀드리자면 사실 제가 겪은 고통도 그럴 때가 많았는데, 삶의 연장이라고나 할까, 진정한 각성을 위한 노력이며 망상을 깨뜨리는 해독제랄까, 그러므로 진짜 고통이었다고 말하기도 어렵겠지요. 이제는 굳이 그렇게 고통을 연습하지 않더라도 기꺼이 마음을 열 수 있습니다. 고통을 부르짖는 교리나 신학 따위가 없어도 충분히 가능한 일이니까요. 종말론, 위기를 들먹이는 도덕론, 온갖 자극적 표현을 구사하는 현란한 극단론—우리는 그런 것들을 지나치게 좋아합니다. 죄송하지만 사양하겠습니다. 패악스러운 만행이라면 이미 질리도록 보았습니다. 인류의 역사에서 우리는 마침내 몇몇 특정인에 대하여 질문을 던질 수 있는 시대에 이르렀습니다. "저 '괴물'은 뭐지?" 이젠 지긋지긋합니다—그만, 그만! 좋든 나쁘든 저는 한 인간일 뿐입니다. 제가 좋은 사람인지 나쁜 사람인지조차 교수님의 판단에 맡기겠습니다. 직접 결정하세요. 교수님은 비유하길 좋아하시더군요. 그런 취향만 없었다면 훌륭한 저서였을 텐데 좀 아쉽습니다. 교수님이라면 아마 저에 대해서도 근사한 비유를 찾아내시겠지요. 그러나 이것만은 잊지 말고 꼭 언급해주세요—저는 누구에게도 고통에 대해 설명하지 않으며, 우리를 진지하고 진실하게 만든답시고 지옥을 들먹이지도 않습니다. 심지어 고통을 바라보는 인류의 인식이 지나치게 고상해졌다고 생각합니다. 하지만 이 문제에 대해서도 긴 논의가 필요하겠지요.

　이제 됐소, 머멜스타인. 가서 다시는 죄짓지 마시오.* 이렇게 기이하고 통렬한 비판을 쏟아내고 좀 멋쩍었는지 허조그는 (햇볕이 멀어져가

---

*「요한복음」 8:11.

는) 매트리스에서 일어나 다시 아래층으로 내려갔다. 빵 몇 장과 강낭콩 통조림을 데우지도 않은 채 샌드위치를 만들어 먹은 후 해먹과 접의자 두 개를 들고 바깥으로 나갔다.

그리하여 그가 마지막으로 편지를 쓰는 한 주가 시작되었다. 20에이커에 달하는 자기 소유의 산비탈과 조림지를 돌아다니며 편지를 썼지만 한 통도 부치지 않았다. 자전거를 타고 우체국에 가서 허조그 부인과 어린 준의 안부를 묻는 마을 사람들의 질문에 일일이 답변할 엄두가 아직 안 났다. 자신도 잘 알다시피 허조그 스캔들을 둘러싼 온갖 괴상망측한 진상이 마을 공동선을 타고 고스란히 흘러나가 루디빌 사람들의 상상세계를 풍족하게 해주었기 때문이다. 통화중에 그는 몹시 흥분하여 말을 가려가며 하지 못했다. 그리고 매들린은 워낙 귀하신 몸인지라 시골뜨기들이 엿듣거나 말거나 아랑곳하지 않았다. 어차피 허조그와 헤어지려는 참이었다. 말조심하지 않았다고 그녀를 탓할 일은 아니었다.

매들린—당신은 정말 대단해! 축하해! 아주 끝내주는 여자라니까! 식당에 가서 외식을 하고 립스틱을 바를 때마다 그녀는 나이프 날에 얼굴을 비춰보았다. 그는 그 모습을 회상하며 즐거워했다. 그리고 너, 거즈바크, 매들린은 기꺼이 너한테 양보할게. 그 여자를 마음껏 즐겨봐—실컷 재미 보라고. 그래 봤자 그 여자를 통해 나에게 도달하지는 못할 테니까. 네가 매들린의 육체 속에서 나를 찾으려 했다는 걸 알아. 하지만 나는 이미 그곳을 떠났어.

담당자 여러분께, 파나마시티를 지나갈 때 쥐가 너무 크고 많아서 정말 놀랐습니다. 한 마리는 수영장 옆에서 일광욕을 하더군요. 어떤 놈은 제가 식당에서 과일 샐러드를 먹을 때 징두리 위에서 저를 빤히 내려다보기도 했어요.

수많은 쥐가 바나나나무에 걸린 전선을 타고 오르락내리락하며 바나나를 수확하는 장면도 봤습니다. 전선 위에서 스무 번도 넘게 오락가락 뛰어다녔지만 단 한 번도 서로 충돌하지 않더라고요. 그래서 미끼에 피임약을 섞는 방법을 권하고 싶습니다. 쥐약은 전혀 쓸모가 없을 테니까요(맬서스의 이론에서도 알 수 있듯이 개체수가 다소 줄어들면 더욱더 급격히 늘어나기 마련이죠). 하지만 몇 년 동안만 피임조치를 실시하면 쥐 문제가 말끔히 해결될지도 모릅니다.

니체 선생님께—선생님, 청중석에서 질문 하나만 드려도 될까요? 선생님은 온갖 '참상'과 '의혹'의 장면을 견뎌내고 '파괴'라는 호사를 누리며 나아가 '부패' '만행' '악행'까지 목격하는 디오니소스적 정신의 능력*에 대해 이야기하셨습니다. 디오니소스적 정신이 이런 일을 해내는 까닭은 '대자연'과 같은 회복력이 있기 때문입니다. 그런데 이런 표현 중 일부는 매우 독일적인 인상을 풍긴다는 사실을 지적해야겠네요. 특히 "파괴라는 호사" 같은 표현은 확실히 바그너풍인데, 바그너풍의 역겨운 어리석음이나 허세는 모조리 경멸하신다고 들었는데 말입니다. 지금까지 우리는 디오니소스적 정신의 능력을 가늠하기에 충분할 만큼 수많은 파괴행위를 목격했는데, 파괴를 이겨내고 회생한 영웅들은 다 어디 있습니까? 저는 버크셔스의 (그야말로) '대자연' 속에서 혼자 지내는데, 저에게는 세상의 이치를 헤아려볼 기회이기도 합니다. 지금 이 순간에도 가슴에 턱을 얹고 두 손을 맞잡은 채 해먹에 누웠는데, 마음속에는 온갖 생각이 가득하지만, 예, 물론 심란하지만, 한편으로는 유쾌하기도 합니다. 선생님도 유쾌함을 중시하신다고 들었으니—쾌락주의자들의 피상적 낙천성이나 상심한 자들의 전략적 명랑함이 아니라 진정한 유쾌함 말입니

---

*『비극의 탄생』(1872)에서, 이성적인 아폴론적 정신의 상대적 개념으로, 감정이나 욕망을 중시하는 성격을 뜻한다. 니체는 그리스 비극에서 두 요소의 조화를 보았다.

다. 그리고 깊은 고통, 생나무처럼 서서히 타는 고통은 사람을 숭고하게 만든다고 생각하신다는 말도 들었는데, 어느 정도는 저도 동의합니다. 하지만 그렇게 고상한 교육을 받으려면 일단 생존해야 합니다. 고통을 이겨내고 살아남아야 합니다. 허조그! 이렇게 자꾸 위대한 인물에게 시비를 걸며 괴롭히지 마라. 아니, 진심인데요, 니체 선생님, 저는 선생님을 대단히 존경합니다. 공감하기도 하고. 선생님은 허무와 더불어 살아가는 방법을 우리에게 가르쳐주려 하셨죠. 착한 마음씨, 신뢰, 평범하고 어중간한 인간적 배려 따위를 내세우며 자신을 속이지 말고, 차라리 아무도 묻지 않았던 질문을 던져보라고, 가차없이, 강철 같은 의지로, 비겁한 안일을 내던지고, 세상의 악 속으로, 악 사이로, 악 너머로 달려들라고. 무엇보다 절대적인 질문, 무엇보다 예리한 질문. 지금의 인류, 즉 그저 예사롭고 실리만 추구하고 손버릇 나쁘고 불쾌하고 무지몽매하고 멍청하기 짝이 없는 오합지졸은 거부하라고, 노동계급의 오합지졸만 문제가 아니라, 책과 음악회와 강연회를 좋아하고 비현실적인 연극 같은 '사랑'과 '열정'과 자유주의를 부르짖는 '유식한' 오합지졸은 더 나쁘다고—모두 죽어 마땅하고 결국 다 죽는다고 말입니다. 좋아요. 하지만 선생님의 극단주의자들도 일단 생존해야 합니다. 생존하지 못하면 운명애運命愛*도 불가능하니까요. 선생님의 배덕자背德者들도 고기를 먹습니다. 버스를 탑니다. 차멀미가 유난히 심한 승객일 뿐이죠. 원래 인류는 대체로 비뚤어진 사상을 바탕으로 살아가기 마련입니다. 비뚤어졌다는 점에서는 선생님의 사상도 선생님이 규탄하는 기독교 사상보다 나을 게 하나도 없어요. 인류와 더불어 관계를 유지하고 싶어하는 철학자라면 인류가 자신의 사상체계를 받아들인 후 수십 년

---

* 아모르 파티(Amor Fati). 니체의 운명론으로, 필연적 운명을 긍정하고 사랑할 때 인간의 위대함이 드러난다는 사상.

이 지났을 때 어떻게 보일지 미리미리 내다보고 바로잡아야죠. 풀빛에 물든 속세의 보잘것없는 변두리에서 안부를 전하며, 지금 어디 계시든, 부디 행복하시길 기원합니다. 마야*의 베일 아래에서, M. E. H.

모르겐프루 박사에게. 꽤 오래전에 죽은 사람이다. 허조그요, 모지스 E. 정체부터 밝혀라. 우리는 위스콘신주 매디슨에서 함께 당구를 치던 사이요. 더 말해줘라. 그러다가 윌리 호피**가 나타나 시범경기를 펼치는 바람에 둘 다 코가 납작해졌지. 위대한 당구 명인의 명령에 공 세 개가 절대복종했다. 마치 공들에게 은밀히 속삭이며 큐대로 살짝 쓰다듬는 듯했는데 그때마다 공들이 헤어졌다가 다시 입맞춤을 했다. 그때마다 모르겐프루는—대머리, 고상하면서도 익살맞게 휘어진 코, 이국적 매력—박수를 치며 목청껏 소리쳤다. "브라보!" 모르겐프루는 피아노를 치다가 눈물을 흘리기도 했다. 슈만 연주는 헬렌이 더 잘했지만 누나에게는 절실함이 부족했다. 누나는 이 음악이 위험한 짐승이라는 듯이, 그러나 자기가 길들일 수 있다는 듯이 악보를 향해 눈살을 찌푸렸다. 그러나 모르겐프루는 모피코트를 입고 피아노 앞에 앉아 신음소리를 냈다. 그러다가 선율을 따라 부르더니 마침내 울음을 터뜨렸고—그만큼 음악에 감동했다. 사기꾼 기질이 조금 있지만 훌륭한 사람이었는데, 누구에게 그 이상을 기대할 수 있으랴? 그리운 모르겐프루 박사, 동아프리카이 올두바이협곡***에서 날아든 최신 정보에 따르면 인류의 조상은 나무 위에서 평화롭게 살던 유인원이 아니라 지상에서 무리를 지어 사냥하며 몽둥이

---

* 힌두신화에서 환상과 허위로 충만한 현상계를 상징하는 여신.
** 미국 당구선수.
*** 탄자니아의 고대 인류 유적지.

나 대퇴골을 휘둘러 먹잇감의 두개골을 때려부수는 육식동물이었다고 추정할 만한 근거가 나왔다는군. 인간의 본성이 너그럽고 희망적이라고 믿는 낙관론자들에게는 달갑잖은 소식이 아닐 수 없소, 모르겐프루. 런던동물원에서 유인원을 연구했던 솔리 주커먼 경*에 대해 자주 언급하셨지만 이제 그의 학설은 쓸모없게 되어버렸소. 본래의 서식지에 사는 유인원은 우리에 갇힌 유인원에 비해 성욕이 약하기 마련이라오. 구속이나 권태가 번식욕구를 자극하는 모양이지. 어쩌면 성욕보다 세력권을 지키려는 본능이 더 강하다는 뜻일 수도 있고. 편히 쉬시오, 모르겐프루. 가끔 안부 전하겠소.

야외에서 많은 시간을 보내는데도 자신이 여전히 창백해 보인다고 믿었다. 어쩌면 화장실 문짝에 달려 아침마다 들여다보는 거울에 바깥의 녹음이 함께 비치기 때문인지도 모르겠다. 아니, 실제로 안색이 안 좋다. 너무 흥분한 탓에 급격히 기운이 빠진 모양이라고 짐작했다. 게다가 가슴에 감은 붕대에서 끊임없이 풍기는 약품냄새도 몸이 별로 안 좋다는 사실을 일깨워주었다. 이틀이나 사흘을 보낸 뒤에는 이층에서 잠을 자는 일도 없었다. 어미 올빼미들을 집밖으로 내쫓으면 새끼들은 황동 사슬 세 줄에 매달린 낡은 전등 속에서 굶어죽을 테니까. 변기 속에서 발견했던 조그마한 해골 몇 개만으로도 충분히 심란했다. 그래서 몇 가지 유용한 물건만 챙겨 아래층으로 거처를 옮겼는데, 낡은 트렌치코트, 방수모자, 세인트폴의 고키 상점에서 주문한 장화 따위였다. 특히 장화는 아주 근사하고 나긋나긋한데다 뱀의 공격에도 안전했다. 그런 장화가 있다는 사실조차 까맣게 잊고 지냈다. 창고에서도 몇몇

---

* 영국 동물학자(1904~1993).

흥미로운 물건을 발견했는데, '행복했던 시절'의 사진, 옷상자, 매들린의 편지, 부도수표 묶음, 정교하게 돋을새김한 결혼선언문, 그리고 피비 거즈바크에게 빌린 요리책 따위였다. 사진은 그가 나온 것들뿐이었다. 매들린이 그것들만 남겨두고 나머지는 다 가져가버렸다. 재미있구나―그런 행동. 그녀가 버려둔 드레스 중에는 값비싼 임산복도 몇 벌 있었다. 수표마다 적잖은 금액을 적었는데 특히 캐시 상점에 지불하는 수표가 많았다. 혹시 그동안 몰래 돈을 빼돌렸을까? 그러고도 남을 여자다. 결혼선언문을 보자마자 웃음이 터졌다. 폰트리터 부부가 자기네 여식과 모지스 E. 허조그 박사의 결혼을 허락한다나.

벽장 한 곳에서는 뻣뻣하게 굳어진 도장공사용 가리개 밑에서 러시아 책 여남은 권을 발견했다. 셰스토프,* 로자노프―허조그는 로자노프를 좋아하는 편이었는데 다행히 영역본이었다. 『묵상』 몇 쪽을 읽어보았다. 그러고 나서 페인트 상태를 확인했다―쓰던 붓, 증발해버린 시너, 덕지덕지 말라붙은 양동이. 에나멜 깡통이 몇 개 남아 이런 생각이 들었다. 작은 피아노를 색칠하면 어떨까? 시카고에 있는 주니에게 보내주면 좋을 텐데. 그 아이는 음악적 재능이 정말 뛰어나다. 배송료까지 내고 발송하면 매들린 그년도 받을 수밖에 없겠지. 반송하지는 못할 테니까. 초록색 에나멜이 썩 잘 어울릴 듯싶었고, 지체 없이 가장 쓸 만한 붓을 골라 거실에서 의욕적으로 작업에 착수했다. 로자노프 선생에게. 우선 피아노 상판을 칠하는 일에 몰두했다. 여름 사과처럼 밝고 아름다운 초록색이다. 선생은 일찍이 어떤 선지자도 말한 적이 없는 엄

―――
* 러시아 실존주의 철학자 레프 셰스토프(1866~1938).

청난 진실을 밝히셨습니다. 사생활이 무엇보다 중요하다고 하셨지요. 종교보다 보편적이니까. 진실은 태양보다도 높은 곳에 있다. 영혼은 곧 열정이다. "나는 삼라만상을 태우는 불이로다." 온갖 생각이 밀려들어 가슴 벅차는 순간이 즐겁다. 착한 사람은 남이 자기 이야기를 할 때도 묵묵히 들어주기 마련이다. 그런 이야기를 따분해하는 사람은 신뢰할 수 없다. 하느님이 나를 온통 빛나게 하셨다. 좋은 표현입니다—하느님이 나를 온통 빛나게 하셨다니. 매우 감동적이다, 이 사람, 비록 때로는 지극히 천박하고 온갖 극심한 편견에 사로잡히긴 했지만. 에나멜은 잘 칠해졌지만 한 겹 더 칠해야 할 듯싶은데 아무래도 에나멜이 좀 모자라겠다. 붓을 내려놓고 피아노 상판이 마를 때까지 기다리는 동안 피아노를 이 집에서 내갈 방법을 궁리해보았다. 거대한 이삿짐 트럭은 언덕 위까지 올라오지도 못하겠지. 마을에 사는 터틀에게 픽업트럭을 가지고 와달라고 부탁하는 수밖에 없겠다. 비용이 100달러쯤은 들겠지만 아이에게 해줄 수 있는 일이라면 뭐든지 해야 하는데, 더구나 이제는 돈 문제도 그리 심각하지 않다. 올여름을 보내는 데 필요한 돈은 월 형이 얼마든지 빌려주겠다고 했기 때문이다. 역사의식이 발달하며 생긴 특이한 결과는 사람들이 생존을 위해 설명이 필요하다고 생각한다는 사실입니다. 그래서 자신이 처한 상황을 일일이 설명하려 합니다. 그리고 설명할 수 없는 삶은 살아갈 가치조차 없다지만 이미 설명이 끝나버린 삶도 견딜 수 없기는 마찬가지입니다. "통합하지 못하면 죽어라!" 그것이 새로운 율법일까요? 그러나 인간의 마음속에서 얼마나 기이한 발상이나 망상이나 심상이 생겨나는지 확인하고 나면 신의 '섭리'를 다시 믿고 싶어집니다. 그런 어리석음을 이겨내고 살아남으려면…… 어차피 지식인은 늘 분리주의자였습니다. 분리주의자가 생각해낼 만한 통합은 어떤 것일까요? 다행히 나는 우리의 공통적 일상으로부터 너무 멀어질 만한 여유가 없었다. 그래서 기쁘다. 이제부터는 가급적 다른 인간들과 함께 나누며 살아가련다. 예전과 똑같이 살아가며 여생을 망쳐버리긴 싫다. 허조그는 새로 시작하고 싶다는 깊고 어질어질한 열망을 느꼈다.

물탱크에 담긴 물을 써야 했다. 펌프가 너무 심하게 녹슬었기 때문이다. 괜히 마중물을 붓고 손잡이를 움직여보려다가 지치기만 했다. 물탱크에는 물이 가득했다. 지렛대로 철제 뚜껑을 열어젖히고 두레박을 내려보냈다. 두레박이 수면에 떨어지는 소리가 상쾌했다. 이보다 좋은 단물은 어디서도 찾을 수 없겠지만 반드시 끓여 마셔야 한다. 길어올린 물은 맑고 깨끗해 충분히 안전해 보이지만 물탱크 밑바닥에는 익사한 얼룩다람쥐나 들쥐의 사체가 있을지도 모르니까.

나무 밑으로 가서 앉았다. 그의 나무다. 이곳 미국에서, 2만 달러짜리 시골 땅의 고독과 프라이버시 속에서 이렇게 휴식을 취한다는 사실이 흥미로웠다. 자신이 주인이라는 사실은 실감나지 않았다. 2만 달러나 들이긴 했지만 사실 이곳의 가치는 기껏해야 삼사천 달러에 불과할 터였다. 음악제나 현대무용, 혹은 사냥개를 앞세운 기마사냥 등으로 속물근성을 충족시킬 만한 관광지라면 또 모를까, 고작 버크셔스 변두리의 구닥다리 집을 원하는 사람은 아무도 없을 테니까. 이곳 산비탈에서는 스키조차 탈 수 없다. 그래서 아무도 오지 않는다. 이웃이라고는 상냥하지만 머리가 좀 이상한 노인들이 있을 뿐인데, 주크 일가와 캘리캐크 일가라고나 할까,* 날마다 베란다 흔들의자에 앉아 온종일 흔

---

* 미국에 실재했던 두 집안을 가리키는 가명으로, 각종 범죄와 정신병이 빈발하여 악질 유전의 전형으로 여겨졌으며 지금도 농촌빈민의 대명사로 불린다.

들거리거나 텔레비전만 바라본다. 이 궁벽한 촌구석에서 조용히 죽어가는 19세기의 모습을 보는 듯하다. 그래, 어쨌든 이곳은 내 땅이고 내 집이다. 내 자작나무, 내 개오동나무, 내 칠엽수. 평화를 꿈꾸다가 이런 꼴이 되었다. 아이들에게 물려줄 유산이라면—마르코에게는 매사추세츠주의 이 쓸모없는 땅뙈기, 그리고 준에게는 자상한 아빠가 애정 어린 초록색으로 색칠한 작은 피아노. 하는 일마다 대부분 그랬듯이 어쩌면 그 일마저 망쳐버릴지도 모른다. 그러나 적어도 한때의 두려움처럼 이곳에서 숨을 거두는 일은 없을 것이다. 예전에는 한여름에 잔디를 깎다가 너무 더워 잠시 잔디깎이에 몸을 기대고 쉴 때 이런 생각이 들었다. 이러다가 갑자기 심장마비로 죽어버리면 어쩌지? 내 시신은 어디에 묻힐까? 내가 묻힐 곳을 미리 정해둬야겠다. 가문비나무 아래? 그곳은 집에서 너무 가깝다. 그런데 지금 다시 생각해보니 매들린이라면 아마도 내 시신을 화장해버리겠지. 이런 설명은 견디기 힘들지만 반드시 짚고 넘어가야 합니다. 17세기 무렵에는 절대적 진리를 찾으려는 열렬한 탐색이 중지되었고, 인류는 비로소 세계를 바꿔놓기 시작했습니다. 사고력을 활용하여 실용적인 사업을 추진했습니다. 그때는 정신이 곧 현실화되었습니다. 절대적 가치를 찾는 일에서 해방된 덕분에 삶이 쾌적해졌습니다. 극소수의 광신적 지식인이나 전문가만 여전히 절대적 가치를 추구했습니다. 그러나 핵전쟁의 공포를 비롯하여 오늘날의 변혁은 우리에게 온갖 형이상학적 차원의 고민을 되돌려줍니다. 인류의 실용적 활동은 이미 최고조에 이르렀습니다. 이제 모든 것이 사라져버릴지도 모르는데—문명도, 역사도, 의미도, 자연도, 한꺼번에! 이제 키르케고르가 제기했던 문제를 상기한다면……

월드마 조조 박사에게. 1942년경 버지니아주 노퍽에서 당시 해군 정신과

의사였던 당신이 나를 검진한 후 남달리 미숙한 성격이라고 말했지. 이미 알았던 사실이지만 그렇게 전문가의 확인까지 받은 덕분에 깊은 고민에 빠져버렸소. 고민할 때는 미숙하지 않았으니까. 고민이라면 이미 다년간 경험했으니까. 그 시절에는 상황이 매우 심각하다고 생각했소. 어쨌든 결국 일찍 제대하긴 했지만 미숙함 때문이 아니라 천식 때문이었지. 나는 대서양을 사랑했소. 드넓은 그물처럼 펼쳐진 바다, 해저에 산맥을 품은 바다! 그러나 바다안개가 내 목소리를 빼앗아갔고, 통신장교에게는 청천벽력 같은 일이었소. 그렇지만 당신의 진찰실에 앉아 창백한 알몸을 드러낸 채 바깥의 흙먼지 속에서 병사들이 훈련하는 소리를 듣던 그날, 내 성격에 대한 이야기에 귀를 기울이며 남부의 더위를 온몸으로 느끼던 그날, 초조하게 양손을 쥐어짜는 행동은 왠지 부적절하다고 여겼소. 그래서 둘 다 허벅지에 얌전히 올려놓은 채 한사코 버텼지.

처음에는 증오심 때문이었지만 나중에는 객관적 관심 때문에 각종 학술지에서 당신의 글을 찾아 읽었소. 최근에 발표한 「무의식의 실존적 불안」이 나를 매우 즐겁게 해주더군. 정말 멋들어진 글이었소. 내가 이런 식으로 말한다고 너무 못마땅하게 생각하지 말았으면 좋겠소. 사실 지금의 나는 정신적으로 매우 자유로운 상태요. 월트 휘트먼이 절묘하게 표현했듯이 "인적 없는 길"*을 걷는 심정이랄까. "스스로를 전시하는 삶에서 벗어나……" 아, 스스로를 전시하는 삶이라니, 그거야말로 재앙이지, 진정한 재앙이지! 언젠가는 아담의 어리석은 후손들이 저마다 몸을 일으키고 남들을 향해 일갈하려 드는 날이 올 테지. 저마다 본인만 칭송하는 추악한 몰골을 하고, 저마다 온갖 기벽

---

*『풀잎』에서 인용.

이나 경련이나 몸짓을 고스란히 보여주며, 이를 드러낸 채 빙긋 웃는 입, 뾰죽한 코, 미친듯이 비뚤어진 정신세계까지—그렇게 극심한 자아도취에 빠졌으면서도 스스로는 자비로움이라고 착각하며—"나는 진실을 목격하러 왔노라. 너희에게 모범을 보이러 왔노라." 한심하고 얼빠진 놈!…… 아무튼 휘트먼의 말처럼 스스로를 전시하는 삶에서 벗어나 "향기로운 혀들이 건네는 말을 들을 때"…… 그러나 더욱 흥미로운 사실은 따로 있소. 작년 봄 54번 스트리트의 원시미술박물관에서 당신을 봤소. 그날은 발이 너무 아팠다! 라모나에게 잠시 앉아 쉬자고 말할 수밖에 없었다. 동행했던 여자분에게 이렇게 물었소. "저기 월드마 조조 박사 아니야?" 그 여자분도 당신을 알았기에 근황을 자세히 들려주었소. 꽤 부유하다는 사실, 아프리카 골동품을 수집한다는 사실, 당신 딸이 포크가수라는 사실 등등. 그날 나는 여전히 당신을 혐오한다는 사실을 불현듯 깨달았소. 이미 용서했다고 여겼건만. 그러나 그날 당신을 바라보며, 흰색 터틀넥 셔츠와 디너재킷을, 에드워드시대의 콧수염을, 축축하게 젖은 입술을, 대머리를 교묘하게 가린 뒷머리를, 불룩한 올챙이배를, 펑퍼짐한(생화학적으로도 늙어버린!) 궁둥이를 노려보며, 내가 당신을 얼마나 혐오하는지 깨달았을 때 오히려 반가웠소. 벌써 이십 년이나 지났는데도 마음속에서 새록새록 혐오감이 솟아났으니까.

허조그의 생각이 또 엉뚱한 쪽으로 치달았다. 그는 때묻은 공책에서 깨끗한 페이지를 펼쳤고, 천막벌레나방 유충이 우글거리는 벚나무 가지가 갈라놓은 그늘 속에서 창작시를 위한 메모를 쓰기 시작했다. 주니를 위해 '곤충 일리아스'를 써볼 생각이었다. 아이는 아직 글을 읽지 못하지만 완성된 부분을 전달할 때마다 루크 애스펠터가 아이를 잭슨 공원에 데려가 읽어주는 정도는 매들린도 허락해줄 테니까. 루크는 자연사에 해박하다. 그에게도 유익한 경험이겠지. 이 터무니없는 계획에 진심으로 몰두하여 얼굴마저 창백해진 모지스는 공책을 등뒤로 맞잡고 구부정하게 서서 갈색 눈으로 땅바닥을 골똘히 내려다보았다. 트로이 병사들은 개미로 설정하자. 그리스 병사들은 소금쟁이로 할까. 꼴사나운 여인상 몇 개가 늘어선 연못가에서 루크가 소금쟁이를 찾아 아이에게 보여줘도 좋겠지. 그래, 소금쟁이로 하자, 긴 벨벳 같은 솜털에 반짝이는 공기방울이 송알송알 맺힌 그놈들. 헬레네는 말벌이다. 늙은 프리아모스왕에 어울리는 곤충이라면 나무뿌리에서 수액을 빨아먹으며 흙손처럼 생긴 아랫배로 땅굴 벽을 손질하는 매미가 제격이다. 아킬레우스는 반인반신이지만 요절할 운명이니까 뾰족한 뿔이 달리고 무시무시하게 힘센 사슴벌레가 좋겠다. 그는 물가에서 어머니를 목놓아 불렀고

> 아킬레우스가 오열하자
> 깊은 바다 밑 드넓은 동굴에서
> 늙은 아버지를 모시던 테티스도
> 아들의 목소리를 들었다.*

그러나 이 계획은 금방 포기해버렸다. 좋은 아이디어가 아니었으므로, 정말 아니었으므로. 우선 마음이 안정되지 않아 좀처럼 집중할 수 없었다. 너무 이상한 상태였는데—그 속에는 통찰력과 울분, 때늦은

---

* 호메로스의 『일리아스』에서 아킬레우스가 친구 파트로클로스를 잃고 슬퍼하는 대목.

깨달음, 숭고한 영감, 시상과 난센스, 온갖 아이디어, 감각과민증 따위가 혼재했고―지금처럼 배회하는 동안에도 내면에서는 격렬하면서도 불분명한 음악이 들려오고 헛것이 보이고 더할 나위 없이 뚜렷한 사물의 윤곽이 보랏빛으로 보였다. 그의 정신은 그 물탱크 같은 상태였다―철제 뚜껑 밑에는 맑은 단물이 고였지만 마셔도 안전하다고 말할 수는 없었다. 그래, 차라리 아이에게 줄 피아노를 색칠하는 일에만 전념해야겠다. 가라, 상상력의 사나운 발톱을 벌려 초록색 붓을 움켜쥐어라! 하지만 초벌칠이 아직 덜 말랐을 테니 트렌치코트 주머니에 넣어 가져온 꾸러미에서 빵 한 조각을 꺼내 먹으며 어슬렁어슬렁 숲을 나섰다. 금방이라도 형이 찾아올지 모른다는 사실을 의식했다. 지난번에 윌은 모지스의 모습을 보고 걱정했다. 형의 표정만 보아도 명백했다. 이번에는 조심해야겠다고 허조그는 생각했다. 정신병원에 갇히는 일이 현실에서도 벌어지는데 오히려 본인의 의도처럼 보이기도 하니까. 한때는 보살핌을 받고 싶었다. 에머리치 박사가 나를 환자로 진단해주길 간절히 바랐다. 그러나 지금은 그렇게 생각하지 않는다. 나에게는 책임이 있으니까, 올바른 판단을 내려야 하니까. 지금은 일시적 흥분 상태일 뿐이다. 아이들을 책임져야 한다. 그는 조용히 숲속으로 들어갔다. 무수한 나뭇잎, 더러는 살고 더러는 죽고, 녹색이나 갈색, 그리고 썩은 그루터기 사이사이에는 이끼와 둥글넓적한 버섯. 사냥꾼이 다니는 오솔길을 발견하고 사슴의 흔적도 보았다. 숲속에 들어오니 기분이 좋아지고 마음이 한결 편안해졌다. 적막이 기운을 북돋워주었고, 화창한 날씨, 그리고 천지만물이 포근히 감싸준다는 느낌까지. 공책에 썼다. 하느님의 공간 속에서, 복잡다단한 세상사는 들리지 않는다, 그리고, 머나먼 앞날도 보이지 않는다. 20억 광년 저 너머처럼. 초신성처럼.

하느님의 공간 속에서
날마다 빛이 지나간다

하느님에게도 몇 줄 남겼다.
인생에서 의미를 찾아보려고 안간힘을 쓰며 살았습니다. 그리 잘하지는 못했습니다. 하지만 믿음도 없이 하느님의 알 수 없는 뜻을 따르고 하느님을 받들며 살고 싶었습니다. 아주 중요한 일이다. 특히 저 자신을 잃어버리는 경우에는 더더욱.

그러다가 현실적인 문제로 돌아왔다. 윌을 만나면 매우 조심스럽게 대하고, 이 부동산처럼 구체적인 일에 대해서도 철저히 구체적으로 설명하고, 어떻게든 정상적인 모습만 보여줘야 한다. 쓸데없이 잘난 체하는 표정을 짓기라도 하면 순식간에 곤경에 빠져버린다고 자신을 타일렀다. 그런 표정은 누구도 참을 수 없을 텐데, 형제지간이라도 마찬가지다. 그러니까 표정관리 잘해라! 어떤 표정은 사람 속을 확 뒤집어놓기도 하는데, 특히 잘난 체하는 표정을 보였다가는 정신병원으로 직행할지도 모른다. 자업자득일 테고!

아까시나무 밑에 드러누웠다. 작고 가볍지만 향기로운 꽃이 만발했는데—이런 광경을 매번 놓쳤다는 사실이 안타까웠다. 불과 일주일 전에 뉴욕의 지저분한 소파에 누웠을 때 그랬듯이 팔베개를 하고 다리는 아무렇게나 뻗은 자세였다. 그런데 겨우 일주일 전이었다니—겨우 닷새였나? 말도 안 돼! 내 기분은 이토록 달라졌는데! 자신만만하고, 행복할 정도로 들뜨고, 그러면서도 안정된 기분이다. 그러나 머지않아 다시 쓴잔을 들겠지. 지금의 휴식과 행복감은 삶과 공허 사이에 존재하는 기이한 안감이나 변화무쌍한 비단결에 생긴 일시적 변화일 뿐이다. 어머니가 저에게 주신 삶은 참 기이했어요. 돌아가신 어머니에게 말하고 싶었다. 언젠가 물려받을 죽음은 더욱더 기이하겠지요. 때로는 죽음이 좀 서둘러주길, 더 빨리 오길 바라기도 했어요. 하지만 저는 여전히 이승에 남아 있네요. 그래도 괜찮아요—아직 몇 가지 할일이 남았으니까. 소란을 피우는 일은 없었으면 좋겠지만. 제가 오래전에 세웠던 목표 몇 개는 이미 사라져버린 듯해요. 그러나 다른 목표가 생겼다. 지상의 삶이 그림처럼 아름답기만 할 수야 없겠지요. 그리고 나의 내면에는 무시무시한 힘이 도사리고 있는데, 그중에는 감탄하거나 찬양하는 힘도 있고 사랑하는 힘도 있지만, 몹시 파괴적인 이 힘을 감당할 능력이 없어 하마터면 바보가 될 뻔했다. 어쩌면 모두가, 어머니까지, 심지어 저 자신까지 예상했던 것과 달리 제가 그렇게까지 한심스럽고 절망적인 얼간이로 끝나지는 않을지도 모르겠어요. 끈질기게 나를 괴롭혔던 몇 가지 번민도 떠나보내야겠다. 지나치게 활동적이었던 이 얼굴의 활동성도 버려야겠다. 저 찬란한 햇빛을 향해 고개를 들어라. 어머니께, 그리고 다른 분들께, 제 마음속에서 가장 깊은 사랑을 보냅니다. 제가 그곳까지—제가 이해하지 못하는 그곳까지 마음을 전할 방법은 이것뿐이에요. 그래서 이렇게 기도해요. 그러니까 부디…… 편히 쉬세요!

다음 이틀 동안—아니, 사흘이었나?—허조그는 아무것도 하지 않고 그런 전갈을 보내거나 노랫말, 찬송가, 이런저런 발언 등을 쓰는 데 전념했고, 그렇게 생각은 자주 했으나 모양새 따위의 여러 이유로 늘 자제하기만 했던 내용을 말로 표현했다. 그러다가 이따금 피아노를 색칠하거나 부엌에서 빵과 콩 통조림을 먹거나 해먹에서 잠을 청했는데, 그렇게 일에만 몰두하는 자신의 모습이 매번 은근히 놀라웠다. 그러던 어느 날 아침, 달력을 보며 날짜를 가늠해보려고 지나간 낮과 밤을 조용히 헤아려보았다—아니, 대충 짐작해보았다. 수염이 두뇌보다 정확한 정보를 제공했다. 수염의 길이로 보아 나흘쯤은 자란 듯했고, 형이 오기 전에 말끔히 면도해야겠다는 생각이 들었다.

불을 지펴 냄비에 물을 끓이고 갈색 세탁비누로 거품을 내서 양쪽 뺨에 발랐다. 깨끗이 면도하고 나니 얼굴이 몹시 창백했다. 많이 홀쭉해지기도 했다. 막 면도기를 내려놓았을 때 진입로 끄트머리에서 잔잔한 엔진소리가 들렸다. 형을 마중하려고 정원으로 뛰어나갔다.

캐딜락을 타고 온 사람은 윌 혼자였다. 대형 승용차는 바윗돌에 아랫배를 긁히거나 길게 자란 잡초와 덩굴줄기를 차례차례 구부리며 천천히 언덕길을 올라왔다. 윌은 운전을 잘했다. 키는 좀 작지만 소심한 구석은 조금도 없어 아름다운 자두색 캐딜락이 몇 군데 긁힌들 전전긍긍할 사람이 아니었다. 이윽고 평지로 올라선 차가 느릅나무 밑에서 공회전했다. 승용차 꽁무니가 두 줄기 배기가스를 길게 뿜어내더니 윌리엄이 햇빛 때문에 얼굴을 찡그리며 차에서 내렸다. 모지스가 반갑게 다가갈 때 윌이 집 쪽을 살펴보았다. 모지스는 형이 어떻게 생각할지 궁금했다. 보나마나 경악했겠지. 당연하잖아?

"형! 잘 지냈어?" 그러면서 형을 얼싸안았다.

"안녕, 모지스. 몸은 좀 괜찮아졌고?" 아무리 점잖은 척해도 소용없다. 옛날부터 동생에게는 진심을 감추지 못했으니까.

"방금 면도했어. 나는 면도만 하면 얼굴이 창백해 보이지만 몸은 멀쩡해. 정말이야."

"살 빠졌구나. 시카고에서 봤을 때보다 10파운드쯤. 너무 많이 빠졌네." 윌이 말했다. "갈비뼈는 어떠니?"

"아무렇지도 않아."

"머리는?"

"괜찮아. 줄곧 쉬었으니까. 형수는 어디 있어? 같이 올 줄 알았는데."

"뮤리엘은 비행기를 탔어. 보스턴에서 만나기로 했지."

윌은 살면서 언행을 자제하는 법을 배웠다. 허조그 가문의 핏줄인데도 인내심이 대단했다. 모지스는 윌리도 한때는 누구 못지않게 외향적이고 열정적이고 성급해 걸핏하면 화를 내거나 물건을 바닥에 팽개치기 일쑤였다는 사실을 기억했다. 잠깐—그때 형이 집어던진 물건이 뭐였더라? 솔이었지! 맞아! 널찍하고 낡아빠진 러시아제 구둣솔. 윌이 너무 세차게 팽개치는 바람에 뒷면의 베니어판이 떨어져나가고 그 속의 솔기가 고스란히 드러났는데, 밀랍을 입힌 오래된 털은 어쩌면 동물의 힘줄로 만들었는지도 모른다. 그러나 아주 오래전의 일이다. 줄잡아도 삼십오 년은 지났겠지. 그렇다면 윌리 허조그의 분노는 다 어디로 갔을까? 사랑하는 형의 분노는? 침착하고 조용한 성격으로 바뀌었는데, 더러는 점잖아졌기 때문일 테고 또 더러는 (아마도) 노예근성 때문이겠지. 밖으로 터뜨리던 버릇이 안으로 터뜨리는 버릇으로, 한때는 밝았던 부분이 어둠으로 조금씩 변해갔다. 그러나 상관없다. 윌의 얼굴을 보기만 해도 새삼스레 사랑이 샘솟으니까. 윌은 좀 피곤하고 주름진 표정이었다. 먼길을 달려왔으니 요기도 하고 좀 쉬어야겠지.

형이 이렇게 긴 여행을 한 이유는 모지스가 걱정스러웠기 때문이다. 뮤리엘을 데려오지 않은 것도 사려 깊은 배려였다.

"운전하기 힘들었지, 형? 혹시 배고파? 참치 통조림 하나 따줄까?"

"나보다 네가 더 오래 굶은 얼굴이구나. 난 오는 길에 뭐 좀 먹었어."

"그럼 여기 좀 앉아." 그는 형을 접의자 쪽으로 데려갔다. "내가 잘 돌볼 때는 여기도 제법 근사했지."

"그래, 이 집이란 말이지? 아니, 지금은 앉기 싫어. 우선 좀 둘러봤으면 좋겠다. 구경 좀 하자."

"그래, 여기가 형이 말로만 듣던 집, 행복이 가득한 집이야." 모지스는 이내 이렇게 덧붙였다. "아닌 게 아니라 이 집에서 정말 행복했던 시절도 있었지. 그때는 지금처럼 배은망덕하지 않았고."

"잘 지은 집 같은데."

"건축가 관점으로 보면 끝내주지. 요즘이라면 비용이 얼마나 들지 상상해봐. 토대는 엠파이어스테이트빌딩을 세워도 끄떡없을 만큼 튼튼해. 일일이 손으로 다듬은 밤나무 대들보도 보여줄게. 옛날식 장부 맞춤이야. 쇠붙이는 하나도 안 썼지."

"난방하기가 좀 힘들겠다."

"그렇게 힘들진 않아. 전기 바닥재를 깔았거든."

"너한테 전깃세 받으면 좋겠구나. 떼돈 벌 텐데…… 아무튼 경치 하나는 인정해줘야겠다. 저 나무도 모두 근사하고. 넓이는 몇 에이커냐?"

"40에이커.* 하지만 주변이 온통 버려진 농장이야. 반경 2마일 안에

---

* 16만 제곱미터.

는 이웃 한 명도 없어."

"아하…… 그게 좋은 거냐?"

"아주 한갓지다는 뜻이지."

"세금은 얼마나 내는데?"

"186달러쯤. 190달러 넘어간 적은 없어."

"대출금은?"

"원금이 얼마 안 돼. 원금 이자 합치면 일 년에 250달러."

"그건 좋네." 월이 만족스럽다는 듯이 말했다. "그런데 이제 말해봐라, 여기다 돈을 얼마나 쏟아부었냐, 모즈?"

"합산해본 적은 없어. 아마 2만 달러쯤 되겠지. 절반 이상은 수리비였고."

월이 고개를 끄덕였다. 팔짱을 끼더니 얼굴을 살짝 돌린 채 건물 쪽을 물끄러미 올려다보는데―형도 어머니에게 모지스와 똑같은 버릇을 물려받았다. 다만 꿈꾸는 듯 몽롱하기보다 침착하고 빈틈없는 시선이었다. 그러나 모지스는 형이 지금 무슨 생각을 하는지를 일말의 어려움도 없이 즉각 알아차렸다.

내심 형의 생각을 이디시어로 표현해보았다. 인 드레르드 아우폰 데크. 시골 촌구석 외딴집이라. 아주 지옥 지붕에 올라앉았네.

"부동산 자체는 아주 근사하구나. 언젠가는 투자수익이 제법 짭짤할지도 몰라. 물론 위치가 조금 꺼림칙하긴 해. 루디빌은 지도에도 안 나오더라."

"그래, 에소 지도에는 없지." 모지스도 인정했다. "그래도 매사추세츠주정부는 여기가 어디 박혔는지 잘만 알더라, 당연한 일이지만."

두 형제는 서로의 시선을 피하며 슬그머니 웃었다.

"집안도 구경하자." 윌이 말했다.

모지스는 부엌부터 시작해서 집안을 두루 보여주었다. "환기 좀 해야겠네."

"좀 퀴퀴하긴 하구나. 그래도 이만하면 훌륭해. 석고벽 상태도 아주 좋고."

"들쥐를 잡으려면 고양이 한 마리 길러야겠어. 집안에서 월동하거든. 그놈들을 좋아하는 편이지만 뭐든지 갉아먹어 골칫거리야. 책등까지 먹더라고. 접착제를 좋아하나봐. 밀랍도. 파라핀도. 그런 종류는 뭐든지 먹어."

윌은 동생을 대단히 조심스럽게 대했다. 슈라처럼 원칙을 들먹이며 모질게 몰아세우지 않았다. 윌은 늘 상냥하고 너그러웠다. 헬렌도 그랬다. 슈라 형이었다면 아마 이렇게 말했겠지. '이따위 헛간에 그 많은 돈을 퍼붓다니, 에라, 이 멍청한 놈아.' 어쨌든 슈라 형은 늘 그런 식이다. 그래도 모지스는 둘 다 사랑했다.

"물은 넉넉한 편이냐?" 윌이 물었다.

"펌프로 지하수를 퍼올리지. 오래된 우물도 두 개나 있어. 한 개는 등유 때문에 못 쓰게 돼버렸지만. 누가 놔뒀는지 등유 한 통이 다 새서 땅속으로 스며들었거든. 그래도 상관없어. 물은 충분하니까. 정화조도 튼튼하고. 스무 명이 살아도 문제없을걸. 오렌지나무는 필요 없어."

"무슨 소리야?"

"베르사유궁전에 똥냄새가 진동해서 루이 14세가 오렌지나무를 심었다잖아."

"아는 거 많아서 좋겠네." 월이 말했다.

"아는 체한다는 뜻이구나." 허조그가 말했다. 완벽하게 정상이라는 인상을 주려고 각별히 신경을 써가며 매우 조심스럽게 말을 골랐다. 윌이―허조그 집안에서 누구보다 신중하고 관찰력도 뛰어난 윌이―샅샅이 살펴보는 기색이 분명했기 때문이다. 모지스는 형이 아무리 자세히 봐도 그럭저럭 넘어갈 만하다고 생각했다. 방금 면도를 마친 초췌한 뺨은 불리한 요소였다. 집 전체도 마찬가지였고(변기 속의 해골 몇 개, 전등에 둥지를 튼 올빼미 가족, 칠하다 만 피아노, 아내의 손길이 닿지 않은 분위기), '뜬금없는' 시카고 방문도 바람직한 행동은 아니었다. 아니, 형편없는 행동이었다. 그리고 신체적으로도 비정상적인 상태라는 사실이 눈에 띌 텐데, 흥분 때문에 크게 팽창한 동공만 보아도 맥박이 뛰는 속도까지 짐작할 만하니까. 내 심장은 걸핏하면 왜 이렇게 두근거리는지…… 어쨌든 그래. 나는 그렇게 생겨먹었고, 어차피 늙은 개는 훈련도 안 된다잖아. 나는 원래 이런 놈이고 앞으로도 이렇게 살아야겠지. 저항해봤자 소용없잖아? 나는 불안정성에서 마음의 평화를 얻지. 남들처럼 준비성이나 용기 때문에 편안해지는 게 아니라고. 고달픈 일이지만 현실인걸. 이런 상황에서는 나 역시―나조차도!―이런저런 것들을 알아차린다. 어쩌면 내가 인생을 살아가는 유일한 방법인지도 몰라. 생긴 대로 사는 수밖에.

"피아노를 색칠하고 있었구나."

"준한테 주려고." 허조그가 말했다. "선물이야. 깜짝 선물."

"뭐?" 윌이 웃었다. "이걸 여기서 보내주려고? 아니, 화물로 보내도 200달러는 들 텐데. 게다가 수리도 해야지, 조율도 해야지. 이게 그렇게 좋은 피아노냐?"

"매들린이 경매장에서 25달러 주고 샀어."

"모지스, 내가 장담하는데, 시카고에서도 창고세일할 때 가면 좋은 중고 피아노를 얼마든지 구할 수 있어. 이런 중고 악기라면 여기저기 널렸으니까."

"그런가……? 나는 이 색깔이 마음에 드는데." 여름 사과 같은 색, 앵무새 같은 색, 루디빌만의 특별한 색. 모지스는 문득 영감을 받고 열심히 색칠한 작품에서 눈을 떼지 못했다. 지금 그는 공공연히 충동적인 행동을 저지르기 일보 직전이었고, 당장이라도 괴팍한 말이 튀어나올 듯했다. 그러나 그런 사태는 용납할 수 없다. 무슨 일이 있더라도 이치에 어긋난다고 풀이될 만한 말은 한마디도 내뱉지 말아야 한다. 안 그래도 상황이 그리 좋지 않은데. 그래서 피아노에서 시선을 돌려 정원의 뚜렷한 그늘을 바라보았고, 그곳처럼 뚜렷하게 정신을 가다듬으려고 노력했다. 이윽고 형의 의견에 동의했다. "알았어. 다음번에 가면 주니에게 피아노를 사줄게."

"여름 별장으로 쓰기에는 더할 나위 없겠다." 윌이 말했다. "좀 후미진 곳이지만 아주 좋아. 청소만 제대로 한다면."

"근사해지겠지. 그건 그렇고, 여기를 허조그 집안의 피서지로 꾸며도 돼. 온 가족이 쓸 수 있게. 모두가 조금씩 돈을 모아서. 잡목 숲은 베어내고. 수영장도 만들고."

"말도 안 되는 소리. 너도 알다시피 헬렌은 여행을 싫어하잖아. 슈라는 경마장이나 카드 노름판도 없고 다른 거물이나 여자도 없는 이런 촌구석까지 찾아올 놈이 아니고."

"배링턴 시장에 경마장이 있긴 한데…… 그래, 내가 생각해도 좋은 계획은 아니네. 그럼 양로원으로 개조해보면 어떨까. 아예 다른 부지로 옮기든지."

"헛짓이야. 슬럼가를 철거하거나 고속도로를 신설하려고 멀쩡한 건물을 때려부수는 경우도 많이 봤어. 이 집은 해체할 만한 가치도 없다고. 혹시 세를 놓을 수는 없을까?"

허조그는 소리 없이 웃으며 익살맞은 표정으로 윌을 쩨려보았다.

"알았다, 모즈, 그럼 매물로 내놓는 방법만 남았네. 이 집에 퍼부은 돈만큼 받아내지는 못하겠지만."

"내가 일해서 부자가 되는 방법도 있지. 돈을 왕창 벌어들이면 이 집을 지킬 수 있을 테니까."

"그래. 그래도 되지." 윌이 동생에게 상냥한 말투로 대답했다.

"내가 상황을 좀 난감하게 만들어버렸네, 형―그렇지? 나 자신에게도. 우리에게도―우리 허조그 집안 말이야. 여기저기 전전하다가 찾아든 곳이 하필 이렇게 야릇한 촌구석이라니. 고즈넉한 시골…… 형도 나 때문에 걱정이 많겠다."

심란하면서도 조심스러운 얼굴, 인간의 얼굴을 통틀어 누구보다 친숙하고 누구보다 오래 사랑했던 윌의 얼굴이 도저히 착각할 수 없는 눈빛으로 동생을 바라보았다. "걱정하는 게 당연하잖아. 헬렌도 그렇고."

"그래도 나 때문에 너무 괴로워하지는 마. 지금 내 상태가 좀 이상하긴 해도 안 좋은 상태는 아니니까. 내 마음에 손잡이가 달렸다면 활짝 열어 형한테 보여줄 텐데. 아무튼 내 걱정은 안 해도 돼. 아이고, 형, 나 이러다가 울어버리겠다! 내가 어쩌다 이렇게 됐지? 울진 않을게. 그냥 사랑이 복받쳐서 그래. 그게 아니더라도 사랑 못지않게 벅찬 어떤 감정이겠지. 아마 사랑이 맞을 거야. 지금 나는 사랑을 감당할 만한 상태가 아니고. 내가 비정상이라고 오해하지 말았으면 좋겠어."

"모즈—내가 왜 오해하겠니?" 윌이 나지막한 목소리로 말했다. "내 마음속에도 너를 생각하는 감정이 있어. 나도 비슷한 감정을 느낀다고. 건설업자라고 해도 네 말뜻을 못 알아들을 정도는 아니야. 너한테 해로운 짓을 하려고 온 것도 아니고. 그래, 모즈, 어디 좀 앉아라. 힘들어 보인다."

모지스가 낡은 소파에 앉자마자 먼지가 풀썩 일어났다.

"네가 흥분을 좀 가라앉혔으면 좋겠다. 뭐라도 먹고 푹 자야겠어. 치료도 받고. 입원해서 며칠만 쉬면 될 텐데."

"형, 나는 환자가 아니라 좀 흥분했을 뿐이야. 머리가 이상해진 놈처럼 취급받긴 싫다고. 형이 와줘서 고맙긴 하지만." 차라리 울음을 터뜨리고 싶은 격렬하고 갑갑한 갈망과 싸우며 모지스는 앉은 채로 조용히, 완강하게 버텼다. 목소리마저 제대로 나오지 않았다.

"천천히 얘기해." 형이 말했다.

"내가……" 모지스가 마침내 목소리를 되찾고 또박또박 말했다. "한 가지만 분명히 해두고 싶어. 지금 내가 허약하거나 앞가림을 못해서 형한테 의지하려는 게 아니야. 며칠 입원해서 쉬는 것도 괜찮겠지. 꼭 그래야 한다고 형이나 헬렌 누나가 판단한다면 나도 반대할 이유가 없어. 깨끗한 이부자리, 목욕, 따끈한 음식. 그리고 잠. 다 좋은 거니까. 하지만 그것도 며칠만이야. 16일에는 캠프장에서 마르코를 만나기로 했어. 어버이날이니까 마르코가 기다릴 거야."

"좋은 생각이네." 윌이 말했다. "좋아."

"얼마 전만 하더라도, 뉴욕에 있을 때, 병원에 입원하는 상상을 했어."

"오히려 현명한 생각을 한 거야." 형이 말했다. "너한테는 보살핌을 받는 휴식이 필요하니까. 나도 가끔 그런 생각을 했거든. 누구나 가끔은 그럴 때가 있잖아. 그래서"—형이 손목시계를 들여다보았다—"내 주치의한테 이 근처 병원에 연락해달라고 부탁해놨어. 피츠필드에 있는 병원."

월이 그 말을 하자마자 모지스는 소파에 기댔던 몸을 일으켰다. 할 말을 찾지 못했다. 고개를 저어 거절한다는 표시만 했다. 그러자 월의 표정도 달라졌다. 병원이라는 말을 너무 갑작스럽게 꺼냈다고, 더 천천히, 더 신중하게 이야기를 꺼냈어야 했다고 생각하는 듯했다.

"싫어." 여전히 고개를 가로저으며 모지스가 말했다. "싫다고. 절대로 안 돼."

그러자 월이 입을 다물었는데, 전략적 실수를 저지르고 괴로워하는 사람 같은 표정은 여전했다. 모지스는 월이 자신을 유치장에서 꺼내준 후 헬렌에게 뭐라고 말했을지, 그리고 둘이서 걱정하며 어떤 의논을 했을지 충분히 짐작할 수 있었다. ("이제 어떡하지? 불쌍한 모즈—그런 일을 겪었으니 미칠 지경이었겠지. 전문가 의견이라도 들어보자.") 헬렌은 전문가 의견이라면 사족을 못 썼다. 헬렌이 '전문가 의견'이라고 말할 때마다 모지스는 그녀의 존경어린 태도를 재미있어했다. 아무튼 두 사람은 월의 내과의사에게 연락하여 비밀리에 버크셔 일대의 병원을 주선해달라고 부탁했을 것이다. "너도 동의한 줄 알았는데." 월이 말했다.

"아니야, 형. 병원은 싫어. 형이나 헬렌 누나가 나를 위해 이런다는 건 알아. 시키는 대로 하고 싶기도 하고. 나 같은 놈한테는 솔깃한 제안이니까. '보살핌을 받는 휴식'이잖아."

"그런데 왜 안 가? 네가 좀 나아졌다면 이런 말을 꺼내지도 않았겠지. 그런데 지금 네 꼴 좀 봐라."

"나도 알아. 하지만 이제야 조금씩 이성을 되찾으려는 참인데 형은 나를 정신과의사에게 넘기려고 하잖아. 형이랑 누나가 말하는 전문가가 정신과의사 맞지?"

윌은 내심 고민하느라 침묵했다. 이윽고 한숨을 쉬며 말했다. "일단 만나본다고 손해볼 건 없잖아?"

"이렇게 마누라가 둘이나 생기고 애들도 생기고 이런 집에 들어와 사는 내가 밀주업자로 살았던 아버지보다 더 신기해? 그래도 우리는 아버지가 돌았다고 생각하진 않았잖아." 모지스는 어렴풋이 미소를 지었다. "……형도 생각날 텐데—아버지는 가짜 상표를 잔뜩 찍어두셨지. 화이트 호스, 조니 워커, 헤이그 앤드 헤이그 등등. 우리가 풀 단지를 꺼내놓고 식탁에 둘러앉으면 아버지가 상표를 보여주며 그러셨잖아. '자, 애들아, 오늘은 뭘 만들어볼까?' 그러면 제가끔 빽빽 소리쳤지. '화이트 호스!' '티처스!' 석탄 난로가 뜨겁게 달아오르고, 빨간 이빨 같은 불티가 잿더미에 뚝뚝 떨어지고. 아버지한테는 예쁜 진녹색 술병이 수두룩했잖아. 요즘은 그런 유리병은, 그런 모양은 만들지도 않지. 내가 좋아했던 상표는 화이트 호스였어."

윌이 나지막이 웃었다.

"병원에 가는 것도 괜찮겠지." 모지스가 말했다. "하지만 지금 가면 오히려 역효과야. 이젠 이런 저주 때문에 끙끙거리는 짓을 그만둘 때도 됐으니까. 나는 곰곰이 생각해서 해결책을 궁리해. 내가 지금 뭘 피해야 하는지도 분명히 알고. 그런데 느닷없이 바로 그 문제를 껴안고 침대에 들어가 뒹군단 말이야. 매들린이랑 그랬듯이. 매들린이 뭔가 특별한 욕구를 채워준 모양이야."

"그게 뭐라고 생각하니, 모지스?" 윌이 소파로 다가와 모지스 곁에 앉았다.

"아주 특별한 욕구야. 뭔지는 나도 몰라. 매들린은 내 인생에 이데올로기를 불러왔어. 재앙과 다름없는 이데올로기를. 어쨌든 지금은 이데올로기의 시대니까. 어쩌면 자기가 좋아했던 사람은 아빠가 되게 해주기 싫은지도 몰라."

윌은 모지스의 표현을 듣고 미소 지었다. "그럼 이제부터 뭘 하려고?"

"그냥 여기서 지내도 괜찮겠어. 마르코가 있는 캠프장도 멀지 않고. 그래, 바로 그거야. 데이지가 허락만 해준다면 다음달에 마르코를 이리 데려올 거야. 내 계획은 이래. 형이 자전거를 싣고 루디빌까지 태워다주면 전기랑 전화를 연결할게. 터틀이 와서 잡초를 싹 밀어줄 거야. 터틀 부인이 청소까지 해줄지도 몰라. 이게 내 계획이야." 모지스는 일어났다. "물도 다시 나오게 하고 괜찮은 음식도 사야겠어. 형, 터틀네 집까지만 태워다줘."

"터틀이 누군데?"

"뭐든지 해주는 사람이야. 루디빌 터줏대감. 키가 크지. 겉으로는 소심해 보이지만 약삭빠른 꼼수일 뿐이야. 이 동네 만능재주꾼이라니까.

이 집에 전등을 훤히 밝히기까지 아마 한 시간도 안 걸릴 거야. 모르는 게 없어. 수고비가 좀 비싼 게 흠이지만 그것도 아주, 아주 소심하게 조금만 붙이거든."

월의 차가 그곳에 도착했을 때 터틀은 껑충하고 좁다란 구닥다리 주유기 옆에 서 있었다. 홀쭉하고 주름진 얼굴, 힘줄이 불거진 팔뚝에는 오트밀처럼 희멀건 솜털, 면직 페인트 모자, 틀니 사이에는(언젠가 금연에 도움이 된다고 설명했던) 플라스틱 이쑤시개. "그 집에 계시는 줄은 알았소, 허조그 선생." 터틀이 말했다. "잘 오셨소."

"어떻게 아셨습니까?"

"그 댁 굴뚝에서 나오는 연기를 봤는데 그게 첫번째 신호였지."

"그래요? 두번째는 뭐였죠?"

"어떤 여자분이 전화해서 선생을 찾더라고."

"누군데요?" 월이 물었다.

"배링턴 쪽이던데. 전화번호 받아놨소."

"번호만?" 모지스가 물었다. "이름은 모르시고?"

"하모나라던가, 아니면 아모나."

"라모나예요." 모지스가 말했다. "배링턴에 왔대요?"

"기다리는 사람이 있었니?" 운전석에 앉은 월이 동생을 돌아보았다.

"형 말고는 없어."

월이 다시 캐물었다. "누군데 그래?"

모지스는 마지못해 얼버무리듯이 대답했다. "어떤 아가씨—여자."

그러다가 더는 감추려 하지 않고—어차피 긴장할 이유도 없잖아?—

덧붙였다. "여자, 꽃집 주인, 뉴욕에 사는 친구."

"연락할 생각이냐?"

"그래, 당연하지." 그는 캄캄한 매점 안에서 대화를 듣는 터틀 부인의 허연 얼굴을 보았다. 터틀에게 말했다. "혹시…… 제가 그 집을 쓰려고 하는데요. 전기를 연결해야겠어요. 그리고 부인께서 청소를 좀 도와주셨으면 좋겠는데."

"아, 그 정도는 해줄 거요."

터틀 부인은 테니스화를 신었는데 드레스 밑으로 잠옷 자락이 보였다. 잘 다듬은 손톱이 담뱃진에 물들었다. 모지스가 못 본 사이에 체중이 많이 늘었는데, 예쁘장하던 얼굴은 일그러지고 검은 머리는 관리를 하지 않아 축축 늘어지고 회색 눈동자는 흐리멍덩해지는 등 변화를 확인할 수 있었다. 몸에 붙은 지방이 마취효과를 일으킨 듯했다. 모지스는 마을 공동선으로 매들린과 통화할 때마다 터틀 부인이 몰래 엿들었다는 사실을 알고 있었다. 아마도 둘이서 주고받는 남부끄럽고 잔인한 말은 물론이고 고함소리와 흐느끼는 소리까지 낱낱이 들었으리라. 그런 여자에게 지금 집에 와서 일 좀 해달라고, 바닥을 쓸고 침구를 정돈해달라고 부탁하려는 참이다. 그녀가 필터 담배 한 개비를 꺼내고 남자 같은 동작으로 불을 붙이더니 연기 너머로, 몽롱한 회색 눈으로 쳐다보며 말했다. "그래요, 해드릴 수 있겠네요. 마침 오늘은 모텔 일을 쉬거든요. 요즘 고속도로에 새로 생긴 모텔에서 객실 담당으로 일했죠."

"모지스!" 전화를 받은 라모나가 말했다. "내가 남긴 전갈을 받았군요. 집에 갔으니 얼마나 좋을까. 배링턴 사람들은 한결같이 루디빌에서 해결할 일이 생기면 터틀 씨에게 연락하라고 하더라고요."

"안녕, 라모나. 내가 시카고에서 보낸 전보는 못 받았어?"

"받았어요, 모지스. 아주 자상한 배려였어요. 그래도 이렇게 오랫동안 안 돌아올 줄은 몰랐는데, 왠지 시골집에 갔겠다는 생각이 들더라고요. 어차피 배링턴에 사는 오랜 친구들을 만날 일도 있어 여기까지 와버렸어요."

"그래?" 허조그가 말했다. "오늘이 무슨 요일이지?"

라모나가 웃었다. "당신답네요. 이러니까 여자들이 당신만 보면 정신을 못 차리지. 오늘은 토요일이에요. 난 지금 마이라와 에두아르도 미셸리네 집에 있어요."

"아, 그 바이올리니스트. 나랑은 슈퍼마켓에서 만나면 서로 눈인사나 하는 정도지."

"매력적인 사람이에요. 그 사람이 바이올린 제작기술까지 공부한다는 거 알아요? 오전 내내 그 사람 작업실에 있었거든요. 그러다가 허조그 가문의 영지를 구경해야겠다는 생각이 들었어요."

"형이랑 같이 있는데―윌 말이야."

"아, 잘됐네요." 라모나가 높은 목소리로 말했다. "형님도 당신 집에 같이 있어요?"

"아니, 지나는 길에 들렀어."

"형님도 뵙고 싶어요. 미셸리 부부가 나를 위해 작은 파티를 열어준대요. 저녁때 지나서."

윌도 전화부스 옆에서 대화를 듣는 중이었다. 진지하고 근심스럽고 어두운 눈동자가 모지스에게 제발 더는 실수하지 말라고 넌지시 호소했다. 모지스는 약속할 수 없다고 생각했다. 다만 지금 당장은 라모나든 누구든 여자에게 운명을 맡길 생각은 없다고 말해줄 수 있을 뿐이다. 윌의 눈도 허조그 집안의 갈색 눈 그대로였고, 그 눈빛의 의미는 말보다 더 분명했다.

"고맙지만 사양할게." 허조그가 말했다. "파티는 싫어. 지금은 그럴 기분이 아니야. 그런데 말이야, 라모나……"

"그럼 내가 갈까요?" 라모나가 말했다. "이렇게 통화만 한다는 건 우습잖아요. 겨우 팔 분 거린데."

"하긴 그래." 허조그가 말했다. "방금 생각났는데, 어차피 내가 배링턴에 가서 장도 보고 전화도 연결해야겠어."

"아, 한동안 루디빌에서 지낼 예정이에요?"

"그래, 마르코도 올 테니까. 잠깐만, 라모나." 허조그는 손바닥으로 송화구를 가린 채 윌에게 물었다. "배링턴에 내려줄 수 있을까?" 윌은 당연히 승낙했다.

그로부터 몇 분 후, 라모나는 미소 띤 얼굴로 기다렸다. 반바지와 샌들 차림으로 자신의 검은색 메르세데스 옆에 서 있었다. 동전 단추가 달린 멕시코 블라우스를 입었다. 머리카락이 반짝거리고 상기된 낯빛이었다. 이 순간이 조마조마한지 자칫하면 자제력을 잃을 지경이었다. "라모나." 허조그가 말했다. "이쪽은 윌."

"아, 허조그 씨, 모지스의 형님을 뵙게 돼서 정말 반가워요."

윌은 그녀를 경계하면서도 정중한 태도를 보였다. 사교예절이 침착하고 단정했다. 모지스는 윌의 깍듯하고 세련된 인사를 보고 고마움을 느꼈다. 윌의 시선은 따뜻했다. 미소를 지었지만 너무 헤프게 웃지는 않았다. 라모나가 대단히 매력적이라고 여기는 것이 분명했다. 모지스

는 생각했다. '시시한 여자를 예상했던 모양이네.'

"아니, 모지스, 면도하다가 다쳤나봐요. 좀 심하네요. 턱이 온통 상처투성이네."

"그래?" 모지스는 그리 걱정스럽지도 않다는 듯 턱을 어루만졌다.

"동생이랑 정말 많이 닮으셨어요, 허조그 씨. 잘생긴 두상도 똑같고, 은은한 담갈색 눈도 그렇고. 여기 머물지 않으세요?"

"보스턴으로 가는 길입니다."

"저는 그냥 뉴욕을 좀 벗어나야만 했어요. 버크셔스는 정말 아름답지 않아요? 저렇게 푸르다니!"

사랑도둑―타블로이드판 신문은 라모나 같은 검은색 머리를 그렇게 불렀다. 20년대에는 그랬다. 아닌 게 아니라 라모나는 당당한 성적 매력을 뿜어냈다. 그러나 몹시 애틋한 일면도 있었다. 그녀는 노력하고 투쟁했다. 지금과 같은 평정을 유지하는 데는 비범한 용기가 필요했다. 이런 세상에서 모든 문제를 스스로 해결하는 여자! 그녀의 용기는 확고하지 않았다. 때로는 흔들렸다. 지금도 한쪽 뺨이 파르르 떨리자 핸드백 속에서 뭔가 찾는 시늉을 했다. 라모나의 어깨에서 피어오르는 향수 냄새가 모지스의 콧속으로 밀려들었다. 그러자 거의 언제나 그랬듯이 굵직하고 웅장한 소리, 백치 같은 남성적 반응의 소리가 들려왔다―꽥. 깊은 곳에서 터져나오는 소리, 번식을 갈망하는 음탕한 울부짖음. 꽥꽥.

"파티에는 안 온다는 거죠? 그런데 집 구경은 언제 해요?" 라모나가 말했다.

"지금 청소 좀 하는 중이야."

"그럼 우리…… 저녁식사라도 할까요? 허조그 씨도 오세요. 모지스한테 물어보면 아시겠지만 제가 만드는 새우 레물라드가 꽤 맛있어요."

"그 정도가 아니지. 그것보다 맛있는 요리는 못 먹어봤으니까. 하지만 형은 이제 가봐야 하고, 당신도 모처럼 쉬는 날인데 3인분 식사를 차리게 할 수야 없지. 차라리 우리집에서 먹을까?"

"어머나!" 라모나가 더욱 즐거워했다. "당신이 식사대접을 하겠다는 거예요?"

"못할 게 뭐 있어? 황새치 스테이크를 구워줄게."

월이 모지스를 바라보며 어렴풋한 미소를 지었다.

"좋아요. 내가 와인 한 병 가져갈게요."

"그럴 필요 없어. 여섯시까지 와. 일곱시에 식사를 해도 파티에 갈 시간은 충분할 거야."

라모나가 윌에게 노래하듯이(의도적인 발성일까? 모지스는 판단할 수 없었다) 말했다. "그럼 안녕히 가세요, 허조그 씨. 다시 만나길 바랄게요." 그녀는 메르세데스 쪽으로 돌아서며 모지스의 어깨에 잠시 손을 올렸다. "맛있는 식사를 기대할 테니까……"

그녀는 윌에게 둘 사이의 친밀감을 과시하고 싶어했고 모지스도 마다할 이유가 없었다. 그녀와 얼굴을 맞댔다.

"우리도 여기서 헤어질까?" 그녀가 출발하고 나서 모지스가 말했다. "나는 택시를 타면 돼. 괜히 나 때문에 지각하지 말고."

"아니, 아니, 루디빌까지 데려다줄게."

"나는 여기 들어가서 황새치 좀 사야겠어. 레몬도 사고. 버터도. 커피도."

루디빌로 들어가는 마지막 비탈길을 내려갈 때 윌이 물었다. "내가 너를 좋은 사람한테 맡기는 거 맞냐, 모즈?"

"안심하고 가도 되냐는 뜻이지? 그래도 된다고 확신해. 라모나는 괜찮은 여자니까."

"괜찮은 여자? 그게 무슨 소리냐? 굉장히 예쁘던데. 하지만 매들린도 그랬잖아."

"내가 누구한테 맡겨놔야 하는 놈은 아니잖아."

그러자 슬픔과 애정과 역설이 공존하는 따뜻하고 다정한 표정으로 윌이 말했다. "아멘. 그런데 이데올로기 문제는 어쩌려고. 그 여자한테는 그런 게 없냐?"

"여기, 터틀 씨 댁 앞에 내려주면 돼. 픽업트럭으로 자전거든 뭐든 다 실어다줄 테니까. 그래, 이데올로기 문제가 없진 않아. 섹스에 관해서는. 라모나가 섹스에는 좀 광신적이거든. 하지만 나도 싫진 않고."

"같이 내려 길 좀 물어봐야겠다." 윌이 말했다.

두 사람이 천천히 걸으며 터틀 곁을 지나칠 때 터틀이 모지스에게 말했다. "선생 댁에 전기 연결하는 일은 몇 분 안에 해결될 것 같소."

"고맙습니다⋯⋯ 자, 형, 측백나무 잎 좀 씹어봐. 맛이 아주 상쾌해."

"지금은 아무것도 결정하지 마. 또 실수하면 곤란하잖아."

"같이 저녁 먹자고 했어. 그뿐이라고. 그러고 나면 라모나는 미셀리 씨 댁 파티에 가고—나는 안 가. 그리고 내일은 일요일이잖아. 라모나는 뉴욕에서 꽃집을 열어야 하니까 여기서 자고 갈 수도 없지. 내가 라모나랑 벼락결혼을 하는 일은 없을 거야. 형도 봤듯이 라모나도 그럴 사람은 아니고."

"너는 사람들한테 희한한 영향력을 발휘한단 말이야." 윌이 말했다. "그럼 잘 있어라, 모즈. 어쩌면 서쪽으로 가는 길에 뮤리엘이랑 같이 들를지도 몰라."

"그때도 나는 미혼일 거야."

"네가 무신경한 놈이었다면야 상관없겠지. 마누라가 대여섯쯤 더 생기든 말든. 그렇지만 너처럼 매사에 치열한 놈은…… 게다가 매번 치명적 선택을 하는 재주가 탁월하잖아."

"형, 안심하고 가도 돼. 내가 장담하는데…… 약속할게. 다시는 그런 일 없을 거야. 절대로. 조심해서 잘 가고, 고마워. 그리고 집 문제는……"

"생각해볼게. 돈 필요하냐?"

"아니."

"정말이냐? 솔직한 대답이야? 잊지 마라, 나 형이라고."

"누군지는 나도 알아." 모지스는 윌의 양쪽 어깨를 붙잡고 뺨에 입맞춤을 했다. "잘 가, 형. 마을에서 나가자마자 우회전해. 요금소 표지판이 보일 거야."

월이 떠난 후 모지스는 측백나무 옆에 놓인 의자에 앉아 터틀 부인을 기다리며 처음으로 느긋하게 마을을 둘러보았다. 지상의 어떤 곳이든 자연 창조의 원형은 바다인 듯하다. 저 산맥만 봐도 그런 확신이 드는데, 저 웅장하고 가파른 산세, 그리고 저 도도한 푸른색. 심지어 저 볼품없는 잔디밭까지. 붉은 벽돌로 지은 집들이 저런 파도 위에서도 무너지지 않는 까닭은 내부의 진부함 때문이다. 그 냄새가 망사창으로 흘러나온다. 영혼들의 악취가 벽을 떠받치는 버팀목이다. 그것마저 없다면 저 굽이치는 언덕이 모조리 무너뜨리겠지.

"고택이 아주 근사하네요, 허조그 씨." 터틀 부인의 낡은 차를 타고 언덕길을 올라갈 때 그녀가 말했다. "집수리하는 데 돈깨나 들었겠어요. 비워두시는 시간이 더 많아서 안타깝네요."

"우선 부엌부터 정리해야 뭐라도 만들어 먹을 수 있겠어요. 빗자루나 들통 같은 거 있는지 찾아볼게요."

어두운 찬방에서 더듬거릴 때 전등이 켜졌다. 터틀 씨는 역시 기적을 일으키는 사람이구나. 내가 부탁했을 때가 두시쯤이었다. 지금은 네시 반이나 다섯시쯤 되었으려나.

터틀 부인은 담배 한 개비를 입에 물고 머리에는 반다나를 질끈 동여맸다. 드레스 아랫단 밑으로 비어져나온 복숭아색 나일론 잠옷이 바닥에 닿을락 말락 했다. 허조그는 석조 지하실에서 펌프 스위치를 발견했다. 바로 그 순간 물이 올라와 빈 압력탱크 속으로 쏟아져들어가는 소리가 들렸다. 허조그는 가스레인지를 연결했다. 냉장고도 켜놓았다. 차가워지려면 시간이 좀 걸리겠다. 그때 문득 와인을 샘물에 넣어 식혀야겠다는 생각이 떠올랐다. 그리고 나서 라모나가 집을 둘러보기 편하도록 낫을 들고 마당을 정리했다. 그런데 낫질 몇 번 하기가 무섭게 갈비뼈가 욱신거렸다. 아직은 이런 일을 할 만큼 낫지 않은 모양이다. 접의자에 길게 드러누워 남쪽을 바라보았다. 햇볕의 기세가 좀 수그러들자마자 갈색지빠귀들이 지저귀기 시작했는데, 그들이 감미로우면서도 사나운 음악으로 침입자들을 위협하는 사이에 저녁 어스름이 깔리면 이번에는 찌르레기가 떼를 지어 모여들 테고, 해질 무렵이면 일제히 나뭇가지를 박차고 솟아올라 파도처럼 너울거리며 사오 마일 너머 물가에 만든 보금자리까지 단숨에 날아가겠지.

라모나가 오기로 해서 좀 번거로워진 것은 사실이다. 그러나 저녁식사일 뿐이다. 설거지는 라모나가 도와줄 테고, 그리고 나면 차를 세워둔 곳까지 배웅하겠지.

앞으로는 인생의 기기묘묘한 일면들을 나 스스로 보여주지 않으련다. 내가 특별히 보태주지 않아도 이미 흔해빠졌으니까.

이제 언덕의 한쪽 비탈은 햇빛이 사라져 푸른색이 더 짙어졌고, 반대쪽은 여전히 흰색이나 녹색이었다. 새소리가 몹시 요란했다.

아무튼 나에게 선택의 여지가 많다는 듯 허세를 부려도 될까? 나 자신을 보면 가슴이 보이고, 허벅지, 발—그리고 머리. 이상하게 생긴 이 생물이 언젠가는 죽는다는 사실을 안다. 그리고 내면에는—뭔가 있는데, 뭔가는 있는데, 이것이 행복일까…… "네가 나를 부추겼노라."* 그렇다면 선택의 여지는 없다. 오렌지나무가 오렌지를 맺듯이, 잔디가 푸르듯이, 새들이 따뜻하듯이, 내면의 무엇이 강렬하고 거룩한 감정을 만들어낸다. 아마도 누군가는 더 많이 사랑하고 누군가는 덜 사랑하겠지. 그렇다고 무슨 의미가 있을까? 어떤 이들은 마음의 산물이 지식이라고 말한다. "내 마음을 알고 인간을 안다." 그러나 모지스의 정신은 이제 프랑스어마저 잊어버렸다. 내가 그렇게 말할 수 없다는 것만은 분명하다. 내 얼굴은 너무 눈멀었고, 내 정신은 너무 제한적이고, 내 본능은 너무 편협하다. 그러나 이 강렬한 감정에 과연 아무런 의미도 없을까? 이 동물이, 누구보다 특이한 이 동물이 무슨 말이든 부르짖게 만드는 백치 같은 기쁨에 불과할까? 그리고 그 동물은 이런 반응을 영생이 가능하다

---

* 「욥기」에서 하느님이 사탄에게 하는 말. 전문은 다음과 같다. "네가 나를 부추겨 까닭 없이 욥을 괴롭혔으나 그는 여전히 진실하도다"(2:3).

는 징조나 증거로 여길까? 그리고 자신의 가슴속에 영원을 품었다고? 그러나 이 문제에 대해서는 할말이 없다. "네가 나를 부추겼노라." "하지만 네가 원하는 것은 무엇이냐, 허조그?" "바로 그거야—아무것도 원하지 않아. 그냥 살아 있다는 사실만으로, 예정된 그대로, 내가 이 육체에 깃들어 산다는 사실만으로도 충분히 만족하니까."

그러다가 저녁식사 때 라모나가 좋아하는 촛불을 켜야겠다고 생각했다. 두꺼비집에 양초 한두 개쯤은 있을지도 모른다. 그나저나 이제 샘물에 담가둔 와인을 꺼낼 때가 되었다. 라벨은 떨어져나갔지만 유리병은 충분히 시원해졌다. 샘물의 짜릿한 냉기가 상쾌했다.

숲에서 돌아올 때 식탁에 올려놓을 꽃을 꺾었다. 서랍에 코르크 따개가 있을까 생각해보았다. 매들린이 시카고로 가져가버렸을까? 그래, 라모나의 메르세데스에 코르크 따개 하나쯤은 있을지도 몰라. 비현실적인 생각이다. 정 방법이 없으면 못으로 따도 된다. 옛날 영화에서처럼 병모가지를 깨버리거나. 그런 생각을 하며, 물받이 홈통을 타고 올라가는 덩굴장미를 꺾어 모자에 담았다. 가시가 아직 여물지 않아 찔려도 별로 아프지 않았다. 물탱크 옆에는 노란 나리가 피었다. 몇 송이 꺾었지만 금방 시들었다. 어둑어둑한 뒤뜰에 가서 모란을 찾아보려 했다. 몇 송이쯤은 살아남았을지도 모르니까. 그러다가 문득 이런 짓이 실수일지도 모른다는 생각이 들어 걸음을 멈추고, 터틀 부인이 사악사악 비질하는 소리, 빗자루의 리듬을 잠시 들어보았다. 내가 꽃을 꺾는다? 사려 깊은 행동, 귀여운 행동이다. 라모나는 이 꽃을 어떤 의미로 받아들일까? (모지스는 희미한 미소를 지었다.) 어쨌든 내 마음만 분명히 알면 되니까 꽃은 굳이 식탁에 올리지 말아야겠다. 아니, 꽃을 올린다고 손해볼 이유도 없잖아. 그래서 버리지는 않았다. 어두운 표정으로 집 쪽을 돌아보았다. 모퉁이를 돌아 앞문으로 들어가면서, 병원에 가보길 거절한 일 말고도 제정신이라는 증거가 또 있을까 생각해보았다. 어쩌면 편지 쓰기를 그만둘지도 모른다. 그래, 아닌 게 아니라 이제 그만둘 때도 되었다. 지난 몇 개월 동안 무엇에 홀렸는지 모르겠지만 그 마력이 점점 약해져 정말 사라져가는 모양이다. 칠하다 만 피아노에 장미와 나리를 담은 모자를 올려놓은 후 와인 두 병을 곤봉 한 쌍처럼 한 손에 모아쥐고 서재로 들어갔다. 흩어진 공책이나 종이 너머로 걸음을 옮겨 긴 의자에 누웠다. 다리를 쭉 뻗으며 숨을 길게 들이쉰 후 편안히 드러누웠고, 덩굴에 휘감겨 헐거워진 망사문을 바라보며, 바닥을 쓰는 터틀 부인의 비질 소리에 귀를 기울였다. 부인에게 바닥에 물을 뿌리라고 말하고 싶었다. 비질 때문에 먼지가 너무 심하다. 잠시 후 아래층을 향해 소리쳐야겠다. '물 좀 뿌리세요, 터틀 부인. 싱크대에 물 있어요.' 그러나 아직 아니다. 지금은 아무에게도 할말이 없다. 그렇다. 한마디도 없다.

해설 ▮

추락에서 치유로

솔 벨로는 1976년 노벨상과 퓰리처상을 수상했고, 전미도서상을 세 차례나 수상했다. 20세기 미국을 대표하는 소설가로, 혹은 가장 뛰어난 영어권 작가 중 하나로 손꼽히곤 한다.

그는 1915년 캐나다 몬트리올 근교의 라신에서 출생했다. 부모는 러시아의 페테르부르크로부터 건너온 유대인 이민자였다. 러시아에서 별장도 소유하고 하인도 거느리며 비교적 윤택한 생활을 했던 그의 가족은 신대륙에 정착하는 과정에서 고달픈 노동계층의 삶을 살았으며, 미국 시카고로 이주한 후에도 한동안 생활이 어려웠다. 그러나 1928년 아버지 에이브러햄이 연료 공장을 운영하게 되면서부터 비교적 안정된 생활을 영위하게 되었다. 그의 아버지는 랍비였으며, 그의 가정은 유대교의 전통에 깊이 물들어 있었다. 그가 세속화된 인간으로 살아가면서도 끊임없이 초월적 존재, 죽음, 삶의 궁극적 의미에 대한 질문으로 회귀하는 것은 이러한 배경에서 나온 것으로 보인다. 그는 평생 자신을 물질적 풍요와 실용주의 속에서 편안함을 느끼는 전형적인 미국인으로 인식하기보다는 유럽이라는 구세계의 정신문화와 유대인이라는 정체성에 뿌리를 둔 이민자로 인식했다.

『허조그』의 주인공인 모지스 허조그는 솔 벨로와 많은 특성을 공유한다. 그의 정신세계는 보통의 미국인에 비하여 지성적이고, 섬세하고 격정적이며, 물질보다는 문화와 철학, 도덕적 사유 등으로 기울어 있다. 허조그에게 미국 문화는 거대하고 비인간적이며, 무감각하고 파괴적인 모습으로 다가온다. 반면 가난했지만, 애틋한 정으로 감싸인 어린 시절의 가족관계는 그에게 잊지 못할 추억으로 남아 있다.

비교적 성공한 대학교수로서, 어느 정도의 사회적 지위를 확보하고 있음에도 불구하고 허조그는 자신이 미국 문화의 본류에 속하지 않는 존재임을 항상 의식하고 있다. 그는 두 번 결혼했다가 이혼을 한 상태다. 첫번째 부인 데이지는 성실한 여성으로 그가 학자로서 안정된 생활을 유지하도록 기반을 제공해주었으며, 허조그와의 사이에 마르코라는 아들을 두었다. 그는 데이지를 떠나 지적 욕구가 강한 화려한 미모의 매들린이라는 여자와 결혼하지만, 몇 년 못 가서 그녀에게 버림받는다. 그와의 사이에 준이라는 딸을 둔 매들린은 그의 절친이자 이웃인 밸런타인 거즈바크라는 방송인과 사랑에 빠지게 된다. 실제로 솔 벨로의 두 번째 아내 사샤는 솔 벨로의 학계의 동료이자 친구인 잭 루드비그와 불륜관계를 맺었으며, 이것은 그에게 큰 상처가 되었다고 한다.

매들린은 처음에는 모지스에게 교직을 떠나 전원생활을 하자고 제안했다가, 나중에는 그녀를 위해 마련한 루디빌의 시골집을 버리고 시카고로 이사할 것을 주장한다. 그녀는 슬라브어 박사과정에 등록하고, 모지스로 하여금 시카고에 직장을 구하고, 연인 거즈바크의 직장까지 구하도록 종용한다. 그녀가 새로 이사한 집에 정착하는 일이 끝나자마자 그를 쫓아낼 때까지 모지스는 둘 사이의 관계를 눈치채지 못한다.

매들린의 일방적이고도 잔인한 결별 선언의 충격을 이기지 못한 허조그는 유럽과 이스라엘을 몇 개월간 방문하고, 3월에 뉴욕으로 돌아온다. 모지스는 여행에서 돌아온 뒤에 자신이 가르치는 야간과정의 학생이었던 라모나라는 미모와 독립성을 가진 괜찮은 여자와 만나고 있다. 그러나 그의 정신적 혼란은 수습되지 않고, 6월경에 이르러서는 수업을 제대로 진행할 수 없을 정도로 분열적인 상태가 된다. 끊임없이 수많은 사람에게 편지를 쓰고, 떠오르는 생각을 노트에 적기도 한다. 이러한 글쓰기를 통해 자신의 처지를 설명하고, 정당화하고, 조망하며, 규명하는 작업을 한다. 그는 자신의 생애를 다음과 같이 결산한다. 자신이 두 번의 결혼에서 모두 나쁜 남편이었음을 인정한다. 아이들을 사랑하는 아빠이긴 했으나 아버지 노릇은 잘하지 못했다. 부모님에게는 감사를 모르는 아이였고, 무관심한 시민이었다. 형제자매에게는 애정을 가지고 있었으나 거리를 두었다. 친구들에게는 이기적이었고 사랑에는 게을렀다. 명민하지 못하고 우둔했으며, 권력의 문제에서는 수동적이었고, 영혼의 문제에서는 회피적이었다. 편지들을 가방 가득 담아가지고 시카고와 뉴욕을 오가며, 신문사에, 공직자들에게, 친구들과 친척들에게, 그리고 저명한, 혹은 평범한 죽은 자들에게 편지를 써댄다.

이 두서없는 편지들은 삼인칭 서사와 함께, 그의 내면의 소리를 들려주며, 그가 복잡한 인물망들과 가지는 관계를 통해 그의 삶의 모습을 좀더 입체적으로 드러낸다. 편지가 표현하는 주관적 세계는 시간의 흐름과 사건들의 누적을 통해 드러나는 주변세계와 상호작용을 하면서 그 사이에 존재하는 관계성과 차이성을 효과적으로 표현한다. 허조그의 서간문들은 그가 겪고 있는 정신적 고통 때문에 혼미해진 정신세계를 어느 정도 반영하고 있어서, 문학사적 선례에서 볼 수 있는 정치한 서사성을 결여하며, 모더니즘적 혹은 포스트모더니즘적 산발성을 가지고 허조그의 생애를 조명한다.

또한 모지스의 삶은 끝없는 운동성으로 점철되어 있다. 데이지와 마르코는 뉴욕에 살며, 매들린과 준은 시카고에 사는 한편, 그에게는 뉴욕의 아파트와 이 년간 살지 않아 폐허가 된 루디빌의 집이 있다. 데이지와 이혼한 후 필라델피아에 방을 얻어 살며 그곳에서 일 년간 가르친 적도 있다. 그러면서 마르코를 보기 위해 뉴욕으로 일주일에 서너 번씩 기차를 타고 다녔다. 이러한 장소의 다양성과 끊임없는 운동성 때문에, 이 작품은 소설의 전신인 피카레스크소설처럼 장소의 다양성과 사건의 다양성을 포괄하고 있다. 편지가 내면적, 심리적 세계에의 천착을 담보한다면, 다양한 장소들과 풍경들이 끌어들이는 세계의 모습들, 변화하는 풍경들이 환기시키는 기억들은 이 소설에 심리적, 공간적 확장성을 부여한다. 그리하여 독자는 역동적으로 파괴되면서 다시 만들어지는 도시의 모습들, 거칠고 숨막히는 도시의 세계와 대조되는 생명이 번성하는 전원의 세계, 허조그의 가족이 겪어온 구대륙 러시아에서의 삶, 캐나다 빈민가에서의 삶, 그리고 시카고에서 보낸 허조그의 성장기의 이야기들을 응축된 지면 속에서 접할 기회를 얻게 된다.

학자 허조그의 관심사였던 낭만주의와 평등화의 과정으로서의 인류 역사, 그의 유대인적 정체성이 환기시키는 유대인 학살의 기억, 유럽과 이스라엘 여행, 그곳에서 만난 여성들, 그리고 뉴욕에서 잠시 그의 연인이 되는 일본 여성, 이 모든 것은 그를 미국 내의 도시들뿐 아니라 세계의 여러 장소와 연관시키기도 하며, 역사의 세계와도 연결시킨다. 모지스의 흥분되고 불안정한 정신세계는 그의 심리변화를 가속화하고, 이런 흥분 상태는 마치 의식의 흐름 수법을 3배속, 4배속으로 돌리는 듯한 효과를 내어, 장면과 기억의 빠른 전환을 가져온다.

두번째 아내 매들린과의 결별은 그에게 비참한 추락의 경험이었지만, 이를 통하여 그는 자기 성찰에 이르게 되어 삶의 허위적 부분과 진실한 부분을 가려낼 수 있게 된다. 아내와 그녀의 연인 밸런타인 거즈바크에게 분노하고, 그들이 자신의 딸 준을 제대로 돌보지 않을지도 모른다는 의심 때문에 아버지의 유품인 권총을 찾아들고 살의를 품은 채 그들의 보금자리인 시카고 하퍼 스트리트의 집을 찾아가 엿본다. 거기서 그가 보게 된 것은 다정하게 자신의 딸 준을 돌보고 있는 거즈바크의 모습이다. 이기적이고 지배욕구가 강한 매들린도 문제이지만, 역시 이기적이며, 민감하고, 까다로우며, 잔소리가 심하며, 화를 잘 내는 모지스 역시 매들린의 여성으로서의 기대를 만족시키지 못했을 거라는 단서가 여기 있다. 다소 거칠고 상스러워도 활기 넘치고, 박력 있고, 다정하며, 돌봄의 능력이 있는 거즈바크가 매들린에게 더 필요한 존재일 수 있겠다는 생각도 든다.

　매들린과 밸런타인을 죽이겠다는 허황된 계획을 포기하고, 준에게 자연사박물관을 보여주고 나오다가 주차장에서 간선도로로 진입하는 과정에서 모지스는 바짝 따르던 소형트럭의 추돌로 정신을 잃는다. 머리에서는 피가 나고, 준은 놀라 비명을 지른다. 사고현장에 달려온 경찰은 그의 주머니에서 두 발의 총탄이 장전된 권총을 발견하게 된다. 경찰은 교통사고는 가볍게 넘겼지만, 허가 없이 장전된 총을 소지하고 있는 그를 의심스럽게 생각하여 잡범들이 있는 유치장에 가둔다. 준을 데리러 온 매들린은 결국 자신을 죽이기 위해 준비되었던 총을 보게 된다. 딸을 위해 하고자 한 일이 결국 딸에게 상처가 되는 장면을 초래한 것을 보고, 자신의 의도가 매들린에게까지 노출된 것을 본 그는, 자신의 어리석은 집착에 눈뜨게 된다.

　모지스는 형 윌리를 루디빌로 청하여 자신이 아버지에게 받은 유산을 몽땅 집어넣었지만 이제는 폐가가 되다시피 한 그 집을 팔 수 있는지 알아보고자 한다. 형을 맞이하기 위해 이 년간이나 폐쇄되었던 집을 청소하고, 살 만한 장소로 만드는 과정에서 그는 집안엔 부엉이가 들어와 살고 쥐들이 그의 빵을 갉아먹는 이곳, 마당에 무성한 잡초들과 야생동물들과 공존해야 하는 이곳, 마당의 해먹에서 잠들었다가 눈을 뜨면 하늘의 별들이 그를 맞이하는 이곳에서 해방과 치유를 경험한다. 이러한 경험이 그에게 정신적 평화와 명징성을 준다.

　허조그는 하소연과 변명의 편지, 자신의 실패를 규명하기 위한 편지, 세상을 한탄하는 편지 쓰기를 멈추고, 앞날을 기획하며, 반려 원숭이를 잃고 우울증에 빠진 친구 루크 애스팰터를 위로하는 편지를 쓰게 된다. 그곳에 있던 피아노를 신선한 생명을 상징하는 초록색으로 새로 칠하여 준에게 선물하고자 하며, 마르코와는 거기에서 캠핑을 하듯이 같이 시간을 보내자고 제안한다. 또한 마르코가 많은 관심을 보였던 북극탐험의 추위를 실감하기 위해 캐나다를 방문하자고도 한다. 그는 물리적으로 아이들과 같이 있을 수는 없지만, 그들의 꿈을 키워주는 역할을 스스로에게 부여한다. 준은 시카고에서 만났을 때, 웃기는 표정을 잘 짓는 거즈바크 아저씨도 재미있지만 얘기는 아빠가 더 잘한다고 말한 적이 있는데, 이것은 결국 그가 아이들의 양육에서 기여할 수 있는 부분을 보여준다. 떠나가는 것은 보내고, 남은 조각들을 추슬러 미래의 삶을 새로 꾸려보는 갱생의 힘을 그는 자연의 생명력과 연대하는 전원의 삶으로부터 얻는다.

전수용(이화여대 영어영문학과 명예교수)

솔 벨로 연보

1915년   6월 10일, 캐나다 퀘백주 라신에서 러시아계 유대인 이민자 부부 에이브러햄 벨로즈와 라이자 벨로즈의 사남매 중 막내로 태어남. 본명은 솔로몬 벨로즈 Solomon Bellows.
1918년   가족과 퀘백주 몬트리올로 이사.
1923년   해리엇 비처 스토의 『톰 아저씨의 오두막』을 읽고 작가가 되기로 결심.
1924년   미국 일리노이주 시카고로 이주. 아버지는 제빵사, 양파 수입업자로 일하며 석탄 배달, 주류 밀매 등으로 생계를 꾸림.
1930년   새빈중학교 졸업.
1933년   툴리고등학교 졸업. 재학 시절, 나중에 작가가 된 아이작 로즌펠드와 철학과 문학에 몰두했는데, 벨로는 특히 셰익스피어와 19세기 러시아 소설에 심취함. 어머니가 50세를 일기로 사망. 9월, 시카고대학교 입학.
1934년   시카고대학교에서 영문학을 수강하지만 교수들에게 좋은 평가를 받지 못해 실망함.
1935년   노스웨스턴대학교 전학. 영문학과에서 유대인에 대한 편견을 느껴 인류학 및 사회학으로 전과.
1936년   노스웨스턴대학교 대학신문 소설 공모에 단편을 기고해 3등상 수상. 솔로몬 벨로즈에서 솔 벨로로 개명.
1937년   노스웨스턴대학교 졸업. 위스콘신대학교 대학원에 장학생으로 입학. 인류학을 전공하지만 학업에 만족하지 못함. 12월, 애니타 고시킨과 결혼. 가족의 반대를 무릅쓰고 작가가 되기로 결심.

1938년	학업을 중단하고 시카고로 돌아옴. 페스탈로치-프뢰벨사범대학에서 인류학과 영문학 강의.
1940년	D. H. 로런스의 여행기 『멕시코의 아침 Mornings in Mexico』을 읽고 멕시코를 여행함.
1941년	미국인으로 귀화. 〈파르티잔 리뷰〉에 첫 단편 「두 개의 아침 독백 Two Morning Monologues」 발표.
1942년	〈파르티잔 리뷰〉에 단편 「멕시코 장군 The Mexican General」 발표.
1943년	브리태니커백과사전 편집에 참여.
1944년	첫 장편 『허공에 매달린 남자 Dangling Man』 출간. 4월, 장남 그레고리 태어남.
1946년	1948년까지 미네소타대학교에서 문학과 창작 강의.
1947년	유대인과 비유대인의 관계를 다룬 장편 『피해자 The Victim』 출간. 미니애폴리스 프로스펙트파크의 오래된 저택으로 이사.
1948년	단편 「펩 박사의 설교 A Sermon of Dr. Pep」 발표. 구겐하임펠로십을 받고 이 년 동안 유럽 여행. 파리에서 장편 『오기 마치의 모험 The Adventures of Augie March』 집필 시작.
1950년	귀국 후 뉴욕대학교에서 강의.
1951년	단편 「그린 씨를 찾아서 Looking for Mr. Green」 「바위 앞에서 By the Rock」 발표.
1952년	프린스턴대학교에서 강의.
1953년	『오기 마치의 모험』 출간. 아이작 싱어의 단편 「바보 김펠 Gimpel the Fool」(1945)을 번역해 〈파르티잔 리뷰〉에 소개. 바드대학교에서 문학 강의.
1954년	『오기 마치의 모험』으로 전미도서상 수상. 유대인 소년의 모험을 그린 이 소설의 성공으로 작가로서 자리매김함. 미네소타대학교 교수로 임용됨.

1955년   아버지가 74세를 일기로 사망.

1956년   장편 『오늘을 잡아라Seize the Day』 출간. 단편 「아버지가 될 사람 A Father-To-Be」 「곤자가의 유고The Gonzaga Manuscripts」 발표. 애니타 고시킨과 이혼 후 러시아 태생의 미국 화가 나훔 차크바소프의 딸 알렉산드라와 재혼. 친구 아이작 로즌펠드 사망.

1957년   차남 애덤 태어남. 가을에 시카고로 돌아옴.

1958년   단편 「노란 집을 떠나며Leaving the Yellow House」 발표. 미네소타대학교에서 강의.

1959년   장편 『비의 왕 헨더슨Henderson the Rain King』 출간. 포드재단의 지원금을 받음. 두번째 아내 알렉산드라와 이혼.

1960년   미 국무성의 지원으로 석 달 동안 유럽에서 문학 강의.

1961년   푸에르토리코대학교에서 문학과 창작 강의. 수전 글래스먼과 세번째 결혼. 겨울에 시카고로 돌아옴.

1962년   시카고대학교에서 홍보학 강의. 인문학대학원에 해당하는 '사회사상위원회Committee on Social Thought' 교수로 임용된 후 삼십여 년 재직. 1970~1976년 위원장 역임.

1963년   『유대인 대표작가 단편선』 편집 출간.

1964년   장편 『허조그Herzog』를 출간하여 큰 성공을 거둠. 희곡 『마지막 분석The Last Analysis』 상연. 삼남 대니얼 태어남. 세번째 아내 수전과 이혼.

1965년   『허조그』로 두번째 전미도서상 수상. 희곡 『오렌지 수플레Orange Soufflé』 『위기 탈출Out from Under』 『거대도시A Wen』 오프브로드웨이 상연.

1967년   단편 「낡은 제도The Old System」 발표. 〈뉴스데이〉 신문사 요청으로 이스라엘 '6일전쟁' 취재.

1968년   유대문화유산상 수상. 단편집 『모즈비의 회고록Mosby's Memoirs, and Other Stories』 출간.

1969년	미국예술과학아카데미(AAAS) 회원으로 선임됨.
1970년	『샘러 씨의 행성*Mr. Sammler's Planet*』 출간. 뉴욕대학교에서 명예박사학위를 받음. 예루살렘히브리대학교 초청으로 이스라엘 방문.
1971년	『샘러 씨의 행성』으로 세번째 전미도서상을 수상하며 전무후무한 기록을 세움.
1972년	하버드대학교와 예일대학교에서 명예박사학위를 받음.
1974년	단편「제트랜드: 성격증인의 증언Zetland: By a Character Witness」발표. 루마니아 태생의 노스웨스턴대학교 수학과 교수 알렉산드라 바그다사르와 네번째 결혼.
1975년	장편『험볼트의 선물*Humboldt's Gift*』출간. 석 달의 안식월 동안 아내와 이스라엘, 유럽 여행.
1976년	노벨문학상 수상. 『험볼트의 선물』로 퓰리처상 수상. 『예루살렘을 다녀오다: 개인의 기록*To Jerusalem and Back: A Personal Account*』 출간.
1977년	국립인문학기금 제퍼슨 강연의 강연자로 선정됨. 미국문예아카데미 소설 부문 금메달 수훈. 미국예술과학아카데미 에머슨소로메달 수훈.
1978년	단편「은접시A Silver Dish」발표. 장모의 임종을 보기 위해 루마니아 부쿠레슈티 방문.
1980년	오헨리상 수상.
1982년	장편『학생처장의 12월*The Dean's December*』 출간.
1984년	이탈리아 말라파르테문학상 수상. 단편「사촌들Cousins」「어떻게 지냈나요?What Kind of Day You Have?」발표. 단편집『말실수하는 남자*Him with His Foot in His Mouth and Other Stories*』 출간.
1985년	네번째 아내 알렉산드라와 이혼.

1986년   세인트루이스문학상 수상.
1987년   장편 『실연으로 인한 죽음 More Die of Heartbreak』 출간.
1988년   커먼웰스상 수상. 국가예술훈장 수훈.
1989년   펜/맬러머드상 수상. 페기 헬머리치 저명작가상 수상. 중편 『도둑질 A Theft』 『벨라로사 커넥션 The Bellarosa Connection』 출간. 비서였던 재니스 프리드먼과 다섯번째 결혼.
1990년   전미도서재단 공로훈장 수훈.
1991년   중편집 『나를 기억하게 하는 것 Something to Remember Me By: Three Tales』 출간. 루스 밀러가 집필한 『솔 벨로: 상상력에 관한 전기 Saul Bellow: A Biography of the Imagination』 출간.
1992년   시카고대학교 사회사상위원회 소속 동료 교수이며 절친한 친구였던 앨런 블룸 사망.
1993년   시카고를 떠나 매사추세츠주 브루클라인으로 이사. 보스턴대학교에서 강의.
1994년   산문집 『총정리: 희미한 과거부터 불확실한 미래까지 It All Adds Up: From the Dim Past to the Uncertain Future』 출간.
1995년   12월, 시카고대학교 특강을 위해 시카고 방문.
1997년   중편 『진실 The Actual』 출간.
1998년   미국철학협회 회원으로 선임됨.
1999년   외동딸 나오미 로즈 태어남.
2000년   앨런 블룸을 애도하며 쓴 전기저 장편 『래블스타인 Ravelstein』 출간. 보스턴대학교 명예교수로 추대됨.
2001년   생전의 마지막 작품집 『단편선 Collected Stories』 출간.
2005년   4월 5일, 매사추세츠주 브루클라인의 자택에서 89세를 일기로 영면. 버몬트주 브래틀버러에 있는 유대인 묘지에 안장됨.

문학동네 세계문학전집 발간에 부쳐

세계문학은 국민문학 혹은 지역문학을 떠나 존재하는 문학이 아니지만 그것들의 총합도 아니다. 세계문학이라는 용어에는 그 나름의 언어와 전통을 갖고 있는 국민문학이나 지역문학의 존재를 인정하면서 그것을 넘어서는 문학의 보편적 질서에 대한 관념이 새겨져 있다. 그 용어를 처음 고안한 19세기 유럽인들은 유럽 문학을 중심으로 그 질서를 구축했지만 풍부한 국민문학의 전통을 가지고 있는 현대의 문학 강국들은 나름의 방식으로 세계문학을 이해하면서 정전(正典)의 목록을 작성하고 또 수정한다.

한국에서도 세계문학 관념은 우리 사회와 문화의 변화 속에서 거듭 수정돼왔다. 어느 시기에는 제국 일본의 교양주의를 반영한 세계문학 관념이, 어느 시기에는 제3세계 민족주의에 동조한 세계문학 관념이 출현했고, 그러한 관념을 실천한 전집물이 출판됐다. 21세기 한국에 새로운 세계문학전집이 필요하다는 것은 명백하다. 우리의 지성과 감성의 기준에 부합하는 세계문학을 다시 구상할 때가 되었다.

문학동네 세계문학전집은 범세계적으로 통용되는 고전에 대한 상식을 존중하면서도 지난 반세기 동안 해외 주요 언어권에서 창작과 연구의 진전에 따라 일어난 정전의 변동을 고려하여 편성되었다. 그래서 불멸의 명작은 물론 동시대 세계의 중요한 정치·문화적 실천에 영감을 준 새로운 작품들을 두루 포함시켰다.

창립 이후 지금까지 한국문학 및 번역문학 출판에서 가장 전문적이고 생산적인 그룹을 대표해온 문학동네가 그긴 축적한 문학 출판 경험을 바탕으로 새로운 세계문학전집을 펴낸다. 인류가 무지와 몽매의 어둠 속을 방황하면서도 끝내 길을 잃지 않은 것은 세계문학사의 하늘에 떠 있는 빛나는 별들이 길잡이가 되어주었기 때문이다. 우리가 자부심과 사명감 속에서 그리게 될 이 새로운 별자리가 독자들의 관심과 애정에 힘입어 우리 모두의 뿌듯한 자산이 되기를 소망한다.

문학동네 세계문학전집 편집위원
민은경, 박유하, 변현태, 송병선, 이재룡, 홍길표, 남진우, 황종연

세계문학전집 269
허조그

초판 인쇄 2025년 9월 10일
초판 발행 2025년 9월 19일

지은이 솔 벨로 | 옮긴이 김진준

책임편집 손예린 | 편집 오동규
디자인 윤종윤 유현아 | 저작권 박지영 형소진 주은수 오서영 조경은
마케팅 정민호 서지화 한민아 이민경 왕지경 정유진 한경화 정경주 김혜원 김예진 이서진
브랜딩 함유지 박민재 이송이 박다솔 조다현 김하연 이준희 복다은
제작 강신은 김동욱 이순호 | 제작처 영신사

펴낸곳 (주)문학동네 | 펴낸이 김소영
출판등록 1993년 10월 22일 제2003-000045호
주소 10881 경기도 파주시 회동길 210
전자우편 editor@munhak.com | 대표전화 031) 955-8888 | 팩스 031) 955-8855
문학동네카페 http://cafe.naver.com/mhdn
인스타그램 @munhakdongne | 트위터 @munhakdongne
북클럽문학동네 http://bookclubmunhak.com

ISBN 979-11-416-1079-1 04840
978-89-546-0901-2 (세트)

잘못된 책은 구입하신 서점에서 교환해드립니다.
기타 교환 문의 031) 955-2661, 3580

www.munhak.com

문학동네 세계문학전집

1, 2, 3 안나 카레니나 레프 톨스토이 | 박형규 옮김
4 판탈레온과 특별봉사대 마리오 바르가스 요사 | 송병선 옮김
5 황금 물고기 J. M. G. 르 클레지오 | 최수철 옮김
6 템페스트 윌리엄 셰익스피어 | 이경식 옮김
7 위대한 개츠비 F. 스콧 피츠제럴드 | 김영하 옮김
8 아름다운 애너벨 리 싸늘하게 죽다 오에 겐자부로 | 박유하 옮김
9, 10 파우스트 요한 볼프강 폰 괴테 | 이인웅 옮김
11 가면의 고백 미시마 유키오 | 양윤옥 옮김
12 킴 러디어드 키플링 | 하창수 옮김
13 나귀 가죽 오노레 드 발자크 | 이철의 옮김
14 피아노 치는 여자 엘프리데 옐리네크 | 이병애 옮김
15 1984 조지 오웰 | 김기혁 옮김
16 벤야멘타 하인학교-야콥 폰 군텐 이야기 로베르트 발저 | 홍길표 옮김
17, 18 적과 흑 스탕달 | 이규식 옮김
19, 20 휴먼 스테인 필립 로스 | 박범수 옮김
21 체스 이야기·낯선 여인의 편지 슈테판 츠바이크 | 김연수 옮김
22 왼손잡이 니콜라이 레스코프 | 이상훈 옮김
23 소송 프란츠 카프카 | 권혁준 옮김
24 마크롤 가비에로의 모험 알바로 무티스 | 송병선 옮김
25 파계 시마자키 도손 | 노영희 옮김
26 내 생명 앗아가주오 앙헬레스 마스트레타 | 강성식 옮김
27 여명 시도니가브리엘 콜레트 | 송기정 옮김
28 한때 흑인이었던 남자의 자서전 제임스 웰던 존슨 | 천승걸 옮김
29 슬픈 짐승 모니카 마론 | 김미선 옮김
30 피로 물든 방 앤절라 카터 | 이귀우 옮김
31 숨그네 헤르타 뮐러 | 박경희 옮김
32 우리 시대의 영웅 미하일 레르몬토프 | 김연경 옮김
33, 34 실낙원 존 밀턴 | 조신권 옮김
35 복낙원 존 밀턴 | 조신권 옮김
36 포로기 오오카 쇼헤이 | 허호 옮김
37 동물농장·파리와 런던의 따라지 인생 조지 오웰 | 김기혁 옮김
38 루이 랑베르 오노레 드 발자크 | 송기정 옮김
39 코틀로반 안드레이 플라토노프 | 김철균 옮김
40 어두운 상점들의 거리 파트릭 모디아노 | 김화영 옮김
41 순교자 김은국 | 도정일 옮김
42 젊은 베르테르의 슬픔 요한 볼프강 폰 괴테 | 안장혁 옮김
43 더블린 사람들 제임스 조이스 | 진선주 옮김
44 설득 제인 오스틴 | 원영선, 전신화 옮김
45 인공호흡 리카르도 피글리아 | 엄지영 옮김
46 정글북 러디어드 키플링 | 손향숙 옮김
47 외로운 남자 외젠 이오네스코 | 이재룡 옮김
48 에피 브리스트 테오도어 폰타네 | 한미희 옮김

49 둔황 이노우에 야스시 | 임용택 옮김
50 미크로메가스·캉디드 혹은 낙관주의 볼테르 | 이병애 옮김
51, 52 염소의 축제 마리오 바르가스 요사 | 송병선 옮김
53 고야산 스님·초롱불 노래 이즈미 교카 | 임태균 옮김
54 다니엘서 E. L. 닥터로 | 정상준 옮김
55 이날을 위한 우산 빌헬름 게나치노 | 박교진 옮김
56 톰 소여의 모험 마크 트웨인 | 강미경 옮김
57 카사노바의 귀향·꿈의 노벨레 아르투어 슈니츨러 | 모명숙 옮김
58 바보들을 위한 학교 사샤 소콜로프 | 권정임 옮김
59 어느 어릿광대의 견해 하인리히 뵐 | 신동도 옮김
60 웃는 늑대 쓰시마 유코 | 김훈아 옮김
61 팔코너 존 치버 | 박영원 옮김
62 한눈팔기 나쓰메 소세키 | 조영석 옮김
63, 64 톰 아저씨의 오두막 해리엇 비처 스토 | 이종인 옮김
65 아버지와 아들 이반 투르게네프 | 이항재 옮김
66 베니스의 상인 윌리엄 셰익스피어 | 이경식 옮김
67 해부학자 페데리코 안다이시 | 조구호 옮김
68 긴 이별을 위한 짧은 편지 페터 한트케 | 안장혁 옮김
69 호텔 뒤락 애니타 브루크너 | 김정 옮김
70 잔해 쥘리앵 그린 | 김종우 옮김
71 절망 블라디미르 나보코프 | 최종술 옮김
72 더버빌가의 테스 토머스 하디 | 유명숙 옮김
73 감상소설 미하일 조셴코 | 백용식 옮김
74 빙하와 어둠의 공포 크리스토프 란스마이어 | 진일상 옮김
75 쓰가루·석별·옛날이야기 다자이 오사무 | 서재곤 옮김
76 이인 알베르 카뮈 | 이기언 옮김
77 달려라, 토끼 존 업다이크 | 정영목 옮김
78 몰락하는 자 토마스 베른하르트 | 박인원 옮김
79, 80 한밤의 아이들 살만 루슈디 | 김진준 옮김
81 죽은 군대의 장군 이스마일 카다레 | 이창실 옮김
82 페레이라가 주장하다 안토니오 타부키 | 이승수 옮김
83, 84 목로주점 에밀 졸라 | 박명숙 옮김
85 아베 일족 모리 오가이 | 권태민 옮김
86 폭풍의 언덕 에밀리 브론테 | 김정아 옮김
87, 88 늦여름 아달베르트 슈티프터 | 박종대 옮김
89 클레브 공작부인 라파예트 부인 | 류재화 옮김
90 P세대 빅토르 펠레빈 | 박혜경 옮김
91 노인과 바다 어니스트 헤밍웨이 | 이인규 옮김
92 물방울 메도루마 슌 | 유은경 옮김
93 도깨비불 피에르 드리외라로셸 | 이재룡 옮김
94 프랑켄슈타인 메리 셸리 | 김선형 옮김
95 래그타임 E. L. 닥터로 | 최용준 옮김

96 캔터빌의 유령 오스카 와일드 | 김미나 옮김
97 만(卍)·시게모토 소장의 어머니 다니자키 준이치로 | 김춘미, 이호철 옮김
98 맨해튼 트랜스퍼 존 더스패서스 | 박경희 옮김
99 단순한 열정 아니 에르노 | 최정수 옮김
100 열세 걸음 모옌 | 임홍빈 옮김
101 데미안 헤르만 헤세 | 안인희 옮김
102 수레바퀴 아래서 헤르만 헤세 | 한미희 옮김
103 소리와 분노 윌리엄 포크너 | 공진호 옮김
104 곰 윌리엄 포크너 | 민은영 옮김
105 롤리타 블라디미르 나보코프 | 김진준 옮김
106, 107 부활 레프 톨스토이 | 박형규 옮김
108, 109 모래그릇 마쓰모토 세이초 | 이병진 옮김
110 은둔자 막심 고리키 | 이강은 옮김
111 불타버린 지도 아베 고보 | 이영미 옮김
112 말라볼리아가의 사람들 조반니 베르가 | 김운찬 옮김
113 디어 라이프 앨리스 먼로 | 정연희 옮김
114 돈 카를로스 프리드리히 실러 | 안인희 옮김
115 인간 짐승 에밀 졸라 | 이철의 옮김
116 빌러비드 토니 모리슨 | 최인자 옮김
117, 118 미국의 목가 필립 로스 | 정영목 옮김
119 대성당 레이먼드 카버 | 김연수 옮김
120 나나 에밀 졸라 | 김치수 옮김
121, 122 제르미날 에밀 졸라 | 박명숙 옮김
123 현기증. 감정들 W. G. 제발트 | 배수아 옮김
124 강 동쪽의 기담 나가이 가후 | 정병호 옮김
125 붉은 밤의 도시들 윌리엄 버로스 | 박인찬 옮김
126 수고양이 무어의 인생관 E. T. A. 호프만 | 박은경 옮김
127 맘브루 R. H. 모레노 두란 | 송병선 옮김
128 익사 오에 겐자부로 | 박유하 옮김
129 땅의 혜택 크누트 함순 | 안미란 옮김
130 불안의 책 페르난두 페소아 | 오진영 옮김
131, 132 사랑과 어둠의 이야기 아모스 오즈 | 최창모 옮김
133 페스트 알베르 카뮈 | 유호식 옮김
134 다마세누 몬테이루의 잃어버린 머리 안토니오 타부키 | 이현경 옮김
135 작은 것들의 신 아룬다티 로이 | 박찬원 옮김
136 시스터 캐리 시어도어 드라이저 | 송은주 옮김
137 고독한 산책자의 몽상 장자크 루소 | 문경자 옮김
138 용의자의 야간열차 다와다 요코 | 이영미 옮김
139 세기아의 고백 알프레드 드 뮈세 | 김미성 옮김
140 햄릿 윌리엄 셰익스피어 | 이경식 옮김
141 카산드라 크리스타 볼프 | 한미희 옮김
142 이 글을 읽는 사람에게 영원한 저주를 마누엘 푸익 | 송병선 옮김

143 마음 나쓰메 소세키 | 유은경 옮김
144 바다 존 밴빌 | 정영목 옮김
145, 146, 147, 148 전쟁과 평화 레프 톨스토이 | 박형규 옮김
149 세 가지 이야기 귀스타브 플로베르 | 고봉만 옮김
150 제5도살장 커트 보니것 | 정영목 옮김
151 알렉시·은총의 일격 마르그리트 유르스나르 | 윤진 옮김
152 말라 온다 알베르토 푸겟 | 엄지영 옮김
153 아르세니예프의 인생 이반 부닌 | 이항재 옮김
154 오만과 편견 제인 오스틴 | 류경희 옮김
155 돈 에밀 졸라 | 유기환 옮김
156 젊은 예술가의 초상 제임스 조이스 | 진선주 옮김
157, 158, 159 카라마조프가의 형제들 표도르 도스토옙스키 | 김희숙 옮김
160 진 브로디 선생의 전성기 뮤리얼 스파크 | 서정은 옮김
161 13인당 이야기 오노레 드 발자크 | 송기정 옮김
162 하지 무라트 레프 톨스토이 | 박형규 옮김
163 희망 앙드레 말로 | 김웅권 옮김
164 임멘 호수·백마의 기사·프시케 테오도어 슈토름 | 배정희 옮김
165 밤은 부드러워라 F. 스콧 피츠제럴드 | 정영목 옮김
166 야간비행 앙투안 드 생텍쥐페리 | 용경식 옮김
167 나이트우드 주나 반스 | 이예원 옮김
168 소년들 앙리 드 몽테를랑 | 유정애 옮김
169, 170 독립기념일 리처드 포드 | 박영원 옮김
171, 172 닥터 지바고 보리스 파스테르나크 | 박형규 옮김
173 싯다르타 헤르만 헤세 | 권혁준 옮김
174 야만인을 기다리며 J. M. 쿳시 | 왕은철 옮김
175 철학편지 볼테르 | 이봉지 옮김
176 거지 소녀 앨리스 먼로 | 민은영 옮김
177 창백한 불꽃 블라디미르 나보코프 | 김윤아 옮김
178 슈틸러 막스 프리슈 | 김인순 옮김
179 시핑 뉴스 애니 프루 | 민승남 옮김
180 이 세상의 왕국 알레호 카르펜티에르 | 조구호 옮김
181 철의 시대 J. M. 쿳시 | 왕은철 옮김
182 카시지 조이스 캐럴 오츠 | 공경희 옮김
183, 184 모비 딕 허먼 멜빌 | 황유원 옮김
185 솔로몬의 노래 토니 모리슨 | 김선형 옮김
186 무기여 잘 있거라 어니스트 헤밍웨이 | 권진아 옮김
187 컬러 퍼플 앨리스 워커 | 고정아 옮김
188, 189 죄와 벌 표도르 도스토옙스키 | 이문영 옮김
190 사랑 광기 그리고 죽음의 이야기 오라시오 키로사 | 엄지영 옮김
191 빅 슬립 레이먼드 챈들러 | 김진준 옮김
192 시간은 밤 류드밀라 페트루솁스카야 | 김혜란 옮김
193 타타르인의 사막 디노 부차티 | 한리나 옮김

194 고양이와 쥐 귄터 그라스 | 박경희 옮김
195 펠리시아의 여정 윌리엄 트레버 | 박찬원 옮김
196 마이클 K의 삶과 시대 J. M. 쿳시 | 왕은철 옮김
197, 198 오스카와 루신다 피터 케리 | 김시현 옮김
199 패싱 넬라 라슨 | 박경희 옮김
200 마담 보바리 귀스타브 플로베르 | 김남주 옮김
201 패주 에밀 졸라 | 유기환 옮김
202 도시와 개들 마리오 바르가스 요사 | 송병선 옮김
203 루시 저메이카 킨케이드 | 정소영 옮김
204 대지 에밀 졸라 | 조성애 옮김
205, 206 백치 표도르 도스토옙스키 | 김희숙 옮김
207 백야 표도르 도스토옙스키 | 박은정 옮김
208 순수의 시대 이디스 워턴 | 손영미 옮김
209 단순한 이야기 엘리자베스 인치볼드 | 이혜수 옮김
210 바닷가에서 압둘라자크 구르나 | 황유원 옮김
211 낙원 압둘라자크 구르나 | 왕은철 옮김
212 피라미드 이스마일 카다레 | 이창실 옮김
213 애니 존 저메이카 킨케이드 | 정소영 옮김
214 지고 말 것을 가와바타 야스나리 | 박혜성 옮김
215 부서진 사월 이스마일 카다레 | 유정희 옮김
216 사람은 무엇으로 사는가 레프 톨스토이 | 이항재 옮김
217, 218 악마의 시 살만 루슈디 | 김진준 옮김
219 오늘을 잡아라 솔 벨로 | 김진준 옮김
220 배반 압둘라자크 구르나 | 황가한 옮김
221 어두운 밤 나는 적막한 집을 나섰다 페터 한트케 | 윤시향 옮김
222 무어의 마지막 한숨 살만 루슈디 | 김진준 옮김
223 속죄 이언 매큐언 | 한정아 옮김
224 암스테르담 이언 매큐언 | 박경희 옮김
225, 226, 227 특성 없는 남자 로베르트 무질 | 박종대 옮김
228 앨프리드와 에밀리 도리스 레싱 | 민은영 옮김
229 북과 남 엘리자베스 개스켈 | 민승남 옮김
230 마지막 이야기들 윌리엄 트레버 | 민승남 옮김
231 벤저민 프랭클린 자서전 벤저민 프랭클린 | 이종인 옮김
232 만년양식집 오에 겐자부로 | 박유하 옮김
233 이상한 나라의 앨리스 루이스 캐럴 | 존 테니얼 그림 | 김희진 옮김
234 소네치카·스페이드의 여왕 류드밀라 울리츠카야 | 박종소 옮김
235 메데야와 그녀의 아이들 류드밀라 울리츠카야 | 최종술 옮김
236 실종자 프란츠 카프카 | 이재황 옮김
237 진 알랭 로브그리예 | 성귀수 옮김
238 말테의 수기 라이너 마리아 릴케 | 홍사현 옮김
239, 240 율리시스 제임스 조이스 | 이종일 옮김
241 지도와 영토 미셸 우엘벡 | 장소미 옮김

242 사막 J. M. G. 르 클레지오 | 홍상희 옮김
243 사냥꾼의 수기 이반 투르게네프 | 이종현 옮김
244 험볼트의 선물 솔 벨로 | 전수용 옮김
245 바베트의 만찬 이자크 디네센 | 추미옥 옮김
246 나르치스와 골드문트 헤르만 헤세 | 안인희 옮김
247 변신·단식 광대 프란츠 카프카 | 이재황 옮김
248 상자 속의 사나이 안톤 체호프 | 박현섭 옮김
249 가장 파란 눈 토니 모리슨 | 정소영 옮김
250 꽃피는 노트르담 장 주네 | 성귀수 옮김
251, 252 울프홀 힐러리 맨틀 | 강아름 옮김
253 시체들을 끌어내라 힐러리 맨틀 | 김선형 옮김
254 샌프란시스코에서 온 신사 이반 부닌 | 최진희 옮김
255 포화 앙리 바르뷔스 | 김웅권 옮김
256 추락 J. M. 쿳시 | 왕은철 옮김
257 킬리만자로의 눈 어니스트 헤밍웨이 | 정영목 옮김
258 오래된 빛 존 밴빌 | 정영목 옮김
259 고리오 영감 오노레 드 발자크 | 이철의 옮김
260 동네 공원 마르그리트 뒤라스 | 김정아 옮김
261 앨리스 B. 토클러스의 자서전 거트루드 스타인 | 윤희기 옮김
262 댈러웨이 부인 버지니아 울프 | 민은영 옮김
263 인간 실격 다자이 오사무 | 홍은주 옮김
264 감정의 혼란 슈테판 츠바이크 | 황종민 옮김
265 돌아온 토끼 존 업다이크 | 정영목 옮김
266 토끼는 부자다 존 업다이크 | 김승욱 옮김
267 토끼 잠들다 존 업다이크 | 김승욱 옮김
268 노인을 위한 나라는 없다 코맥 매카시 | 황유원 옮김
269 허조그 솔 벨로 | 김진준 옮김
270 보스턴 사람들 헨리 제임스 | 윤조원 옮김

● 문학동네 세계문학전집은 계속 출간됩니다